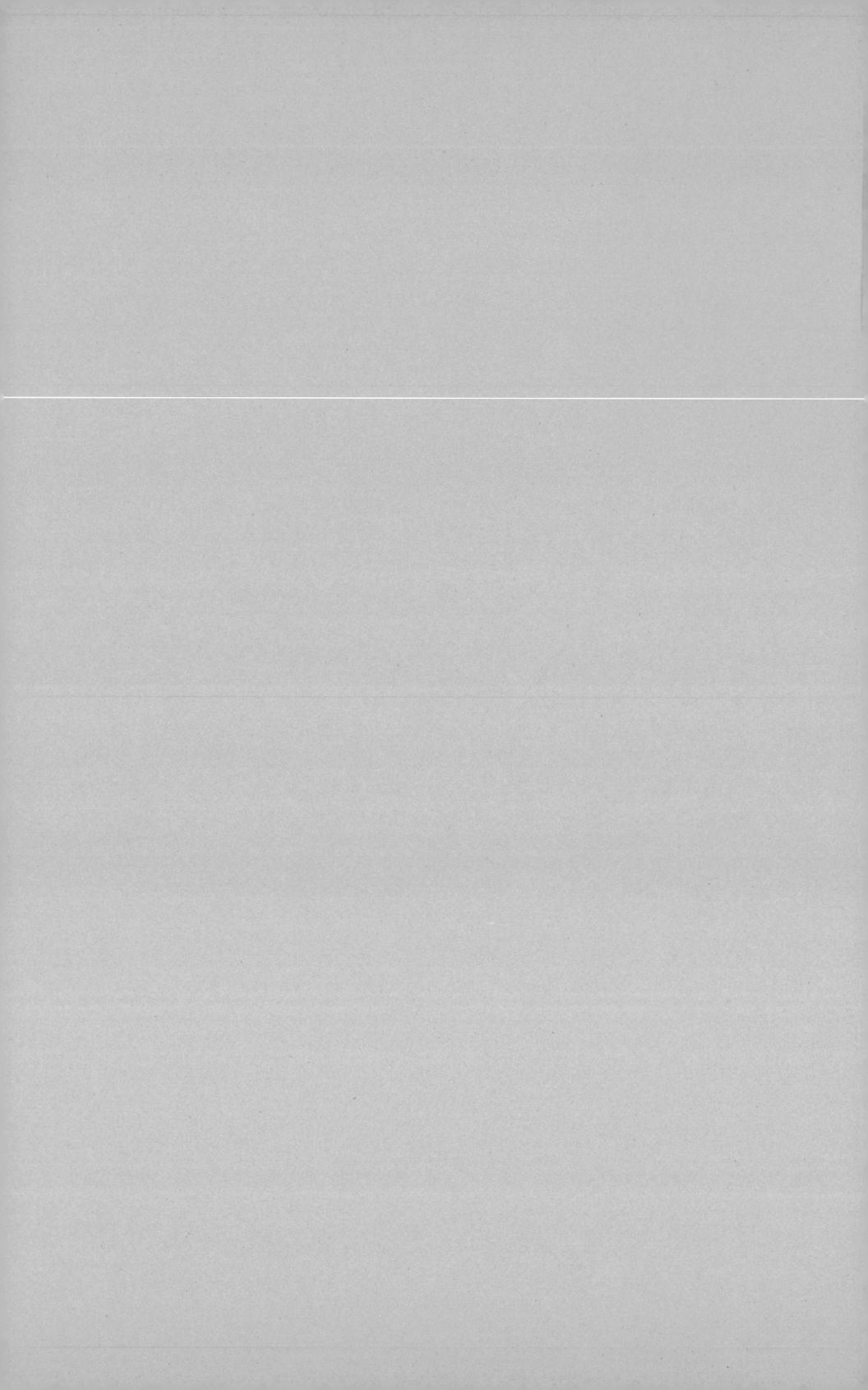

아버지의
깃발

하

아버지의 깃발 하

발행일	2024년 10월 11일

지은이	김창휘		
펴낸이	손형국		
펴낸곳	(주)북랩		
편집인	선일영	편집	김은수, 배진용, 김현아, 김다빈, 김부경
디자인	이현수, 김민하, 임진형, 안유경, 신혜림	제작	박기성, 구성우, 이창영, 배상진
마케팅	김회란, 박진관		
출판등록	2004. 12. 1(제2012-000051호)		
주소	서울특별시 금천구 가산디지털 1로 168, 우림라이온스밸리 B동 B111호, B113~115호		
홈페이지	www.book.co.kr		
전화번호	(02)2026-5777	팩스	(02)3159-9637
ISBN	979-11-7224-310-4 03810 (종이책)		979-11-7224-311-1 05810 (전자책)

잘못된 책은 구입한 곳에서 교환해드립니다.
이 책은 저작권법에 따라 보호받는 저작물이므로 무단 전재와 복제를 금합니다.
이 책은 (주)북랩이 보유한 리코 장비로 인쇄되었습니다.

(주)북랩 성공출판의 파트너

북랩 홈페이지와 패밀리 사이트에서 다양한 출판 솔루션을 만나 보세요!

홈페이지 book.co.kr • 블로그 blog.naver.com/essaybook • 출판문의 text@book.co.kr

---

작가 연락처 문의 ▶ ask.book.co.kr

작가 연락처는 개인정보이므로 북랩에서 알려드릴 수 없습니다.

김창휘 장편소설

아버지의 깃발
하

북랩

종이여, 울려라

종이여, 울려라
온몸 부서지도록 울려라
분노의 피울음으로 울려라
새벽빛 깨우침으로 울려라

어떻게 되찾은 나라인가
강토는 강탈당했으나 얼은
도도히 살아 있음에
허기지고 외롭고 두려운 곳에서도
상상에서 신념으로 투쟁으로
임들 계셨기에
오늘이 있지 아니한가.

어떻게 계승된 역사인가
당 태종 이세민의 백만 대군도
풍신수길 왜구무리 7년 전쟁도
오만한 침략자들의
정권 붕괴로 이어졌거늘

언제부터 이 땅 이 사람들의 의식은
스스로를 반도(半島)에 가둬버렸나
언제부터 왜국의 충견들이
활개치기 시작했나

인간이 인간다움은
양심과 깨달음에 있거늘
보라,
인류가 억겁을 살아갈 바다에
방사능폐기물을 방류하고,
진솔한 반성조차 없이
군화 소리 핏자국과
약탈의 흔적 지우기에 급급하면서
세계문화유산 등재를 탐하는
2중성의 교활한 군국주의 망령을!

도탄과 암흑의 36년,
한민족 가슴 가슴마다

쓰리고 아픈 흡혈의 상처가
핏빛 마그마로 끓고 있거늘
사죄는 고사하고
궤변만 되풀이하는 저들,

해적과 사무라이와 하라키리(腹切)와
가미카제와 인간 사냥의 야만과,
남의 땅을 제 것이라 주장하는
날강도의 본성이
아득한 예부터나, 임진년에나, 을사년에나,
또 지금이나,
1만 년이 가고 또 가도 변하지 않을
저 섬나라 반(反) 문명인들을
앞장서 찬양 비호(庇護)하는 변종들은
대체 누구인가

어느 음습한 곳에서 태어나
메두사의 대가리를 흔들어대고 있나

어떤 혈통을 지녔고
어느 대(代)로부터
어떤 썩은 음식을 얻어먹었고
어느 깊은 지심까지 꼬리가 박혔기에
건국 백년이 넘었어도

동굴에 숨어 눈알을 굴리고 있었던가

정치 외교 종교 문화계에서, 강단에서
혹은 군중 속에 꼬리를 감추고
그럴듯한 논리와 궤변을 조작하여
찬란한 한민족 역사를 토막 내 던지고자
눈과 귀를 혼란케 하고 있으니
저 자들의 조상은
임진 7년 전쟁에도 편안히 살았던가

일본의 주구(走狗) 중 어떤 자라도
능히 국민을 무시할 힘이 있다면
독도와 동해를 기꺼이 저들에 넘기거나
창자를 비워놓고 군국주의 망령을
영접할 것이 아닌가

종이여 울려라
잠자는 민족의 귀에
경고의 소리 울려
온몸 세포마다 소름 돋워라.

깨어나라, 행동하라
가슴 울리는 저 종소리
피 토하는 저 종소리

무지한 자는 깨달아 돌아오고
잠자는 이는 일어나
군국주의 망령을 쓸어내자
민족혼의 깃발을 높이 들자
1만 년 고고한 역사를 지켜내자

대한이여, 힘차게 뻗어라
잃어버린 고토로, 대륙으로!
민족이여, 쉼 없이 저어가자
5대양 6대주로!

그리하여 다시 천하의 중심
고구려의 역사로!

시상대 위로, 위로
애국가 울리며 솟구칠 때마다
눈시울 뜨거워지는
아아 태극기여, 나의 태극기여
우리들의 태극기여!

작가의 말

요즈음 일본 제국주의 식민 지배에 관해 '과거사 청산'이니, '친일'이니 '밀정'이니 하는 말들로 언론을 비롯하여 나라 안팎이 시끌벅적하다.

이런 말을 들을 때 필자의 머릿속에 떠오르는 두 개의 문장이 있다.

하나는

"역사를 잊은 민족에게 미래는 없다."는 단재(丹齋) 신채호(申采浩) 선생님의 유명한 말씀이고,

다른 하나는

"역사에서 가장 큰 교훈은 인간이 역사를 통해 배우지 못한다는 것이다."라는 조지 산타야나(George Santayana) 교수의 말씀이다.

주지하는 것처럼 단재 선생님께서는 일제의 침략에 맞서 혹독한 시련을 겪으며 국권과 정체성, 자아와 자존을 수호하기 위해 불꽃 같은 인생을 사셨다. 이 문장이 비록 짧지만, 죽음의 위기를 넘나들며 침략자의 압제와 폭력에 맞서 온몸으로 싸운 생생한 체험으로부터 비롯된 것이므로 가슴에 울리는 반향이 클 수밖에 없다.

선생님께서는 민족자존 수호를 위한 언론인으로, 배달민족의 고대사 규명을 위한 역사학자(조선 상고사, 강역고 등)로, 현실 인식에 기반한 비타협 무장투쟁의 독립운동가로 한시도 자신을 돌봄이 없는 활동을 하

시다가 가석방 제의마저 거절하고 고문 후유증과 영양실조, 동상 등이 겹쳐 향년 57세로 뤼순 감옥에서 지키는 이 없이 외롭게 순국하셨다.

스페인 태생의 철학자이며 시인인 조지 산타야나 교수가 한 이 말씀의 본래 취지는 '진보의 발전'에 관한 것이라 하더라도 문장 그대로 해석하고자 하는 이유는 지나온 우리 역사에 투영된 바로 지금의 우리들 모습이 이와 같기 때문이다.

고래로부터 일본 해적들의 침입으로 입은 수많은 피해는 차치하고라도, 불과 3백 년 전에 있었던 임진왜란의 참혹한 7년 전쟁을 뼈아프게 경험한 민족이 또다시 같은 자들로부터 같은 침략을 받아 급기야는 나라를 점령 당했으니 단재 선생님의 말씀은 우리 민족에게 하시는 불호령인 셈이고, 조지 산타야나 교수의 말씀은 우리의 어리석음을 지적한 것으로 해석할 수밖에 없다.

도대체 지금이 어느 때인데 일제가 쫓겨간 지 80년에 이르는 지금까지도 과거사 문제나 반일과 친일이 화두가 되어 국론이 분열되고 민족 간에 갈등이 발생하는가.

가해자인 일본은 우리에게 말장난이나 하면서 전 국민이 하나 되어 머리띠를 두르고 제 나라 잇속 챙기기에 급급한데 피해자인 우리 가운데는 아직도 친일파의 무리가 알에서 나온 독사의 무리처럼 번성하고 있고, 현대에도 밀정이 존재하고 있다는 사실은 대체 어떻게 해석해야 하는가.

자다가 한밤중에 경기(驚氣)할 일이고, 밥 먹다가 폭소를 터뜨릴 일이다. 필자가 과문한 탓인지 모르나 성서를 제외하고 이스라엘 민족에 배신자나 밀정이 있었다는 말을 들어보지 못했다.

거슬러 올라가 보면, 1948.9.22. 제헌국회가 제정한 '반민족행위처벌법'이 단 한 명의 친일 부역자 처벌의 성과도 없이 1949.6.6. 이승만 정권과 친일 경찰의 조직적 방해로 강제해산 된 것에 원인이 있으나 민주 정부들이 들어선 이후에도 구체적인 조치가 없었으니 독사의 알들에서 나온 새끼들이 커다란 뱀이 되어 낙토를 어지럽힐 수밖에 없다.

일제 강점기 조선인들이 일제를 대하는 모습은 각양각색이었다. 왕조와 나라의 힘없음을 원망하며 말없이 명령에 따르는 이가 대부분이었고, 혹은 일제에 소극적 협력의 방법으로 자신과 가족의 안녕을 도모한 사람들도 있었다. 군인이나 경찰이나 밀정처럼 그들의 힘에 적극적으로 편승하여 생존의 방법을 찾은 자들도 있었다.

그런가 하면 오직 신념과 확신 하나로 암흑 속에서 횃불을 든 애국지사와 열사님들이 계셨고 그분들로 인해 오늘의 우리가 존재한다.

아주 드물게는 잘못된 길에 발을 들여놓았다가 자아를 찾는 이들도 있었다.

우리 소설에서 소선인으로 일본 순사나 밀정이 된 사람들의 모습을 그린 작품들이 더러 있지만, 기존 소설들과는 다른 시선에서 우연한 기회에 일본 경찰이 된 한 산골 청년이 겪게 되는 고뇌와 번민, 사랑과 애환, 심리적 갈등, 자아를 찾아가는 과정 등을 그려보고 싶었다.

여기 소설 속에 한 인물이 등장한다.

경술국치가 있고 7년이 지난 10월의 어느 날 강원도 오대산 아랫마을 을수동에 호랑이가 출몰하여 마을을 공포로 몰아넣는다. 인근 마을에서 창으로 사냥을 하며 생활하는 개동이는 호랑이와의 대결장에서 위기에 처한 창꾼의 생명을 구한다. 한편 조선총독부 정무총감 야마가타 이사부로(山伊三郞)는 일본 육군의 아버지라 불리는 양부 야마가타 아리토모(山縣有朋) 장군이 병석에 있으므로 그에게 살아있는 호랑이와 창꾼의 대결을 그림과 사진으로 보여주기 위해 밤중에 먼 길을 달려 을수골까지 와서 은밀하게 이 모습을 구경한다. 아리토모는 일본에는 없는 조선 호랑이 예찬자다. 이사부로와 함께 온 송창양행(松昌洋行) 사장 야마모토 다다사부로(山本唯三郞)는 조선 호랑이를 대대적으로 사냥하기 위한 정호군(征虎軍) 출발을 한 달 앞두고 있다. 출정의 목적은 사방에서 불끈거리는 조선인들의 기를 꺾어놓고 일본의 위세를 세계만방에 과시하려 함이다. 개동이는 정호군의 일원으로 함경도 팀에 소속되어 유명한 강용근 포수를 따라 백두산을 누비는데 이곳에서 중국인 사냥꾼들로부터 총을 맞은 남매를 구해준다. 훗날 이들과는 또 다른 인연으로 이어진다.

정무총감의 건강을 위해 강원도 산골에서 한성의 총감 관저까지 먼 길을 다니던 개동이는 어느 날 호시노(星野)집사의 안내로 야마가타 정무총감을 직접 만나게 되는데 총감의 질문으로 평소 동경하던 일본 순사가 되고 싶다는 소원을 말한다. 주구장창 나물죽 먹을 일 없고, 까만 정복에 칼을 차고 다니며 아무에게나 명령하는 모습이 부러웠기 때문이다.

총감은 말한다.

"좋아! 대일본제국의 신민은 오직 하나가 되어야 한다. 열이 하나가 되는 것이 필요할 뿐, 하나가 열이 돼선 안 된다. 천황폐하를 중심으로 오직 하나가 되는 일에 신명을 바쳐라. 그것이 야마토 정신인 영원한 마코토(誠, 성실)요, 기무(務, 충성)이며, 온가시에(來可視に, 은혜)에 대한 보답이다. 앞으로 군(君, 자네)이 어떻게 행동하는지 특별히 눈여겨 볼 것이니 실망시키지 않도록 하라!"면서 황제 폐하를 위하는 일에는 가족이니 부모 형제니, 사랑이니 하는 것도 다만 부속품에 지나지 않는 것이라며, 오늘부터 우수꽝스런 이름을 버리고 일본 고유종인 삼나무 가운데에서도 태양(일본의 상징)을 향해 가장 곧게 뻗은 삼나무가 되라며 '스기야마 나오키(杉山直樹)'라는 이름을 지어준다.

경찰이 되는 길은 세 갈래가 있는데 개동이, 즉 스기야마는 헌병 부사관이 되는 과정을 거쳐 일본 순사부장으로 전직하여 만주 봉천(평텐) 영사관 경찰로 근무하게 된다.

고향에서 사랑하던 연인과의 관계마저 끊고 제국을 위해 열심히 일하며 신뢰와 명성을 얻어가지만 노예처럼 살아가는 동포들의 모습을 보면서 차츰 내적 갈등이 쌓여간다.

특히 아버지의 사망으로 고향을 찾게 되는데 평소 아버지가 자주 드나들던 광(창고)에서 지하실과 연결된 통로를 발견하고 아버지가 동학농민군 전사였으며 그가 생전에 했던 일이 무엇인지를 알게 된다.

우리 현대사에서 3·1운동과 더불어 민중의 승리 양대 축인 갑오농민혁명의 최종 결전장인 홍천 서석면 풍암리 자작고개 전투에 관해

묘사한 것도 크나큰 보람으로 여긴다. 어느 일에나 시작이 있으면 끝이 있게 마련이다. 시작은 영광스러우나 끝이 보잘것없다면 그 의미는 반감될 수밖에 없다. 갑오농민혁명은 처음도 끝도 역사의 찬란한 무지개다.

주인공의 활동공간은 만주 여러 지역과 조선 국내는 물론 러시아 연해주를 넘나드는 광범위한 지역이다.

당시의 정치 군사적 상황이나 만주나 연해주의 지리, 함경도와 평안도 지방 옛 방언 등 어려움이 많아 몇 번인가 접으려 했으나 미력이나마 뜨거운 사명감이 종결까지 이어지도록 나 자신에게 힘을 부여했다.

지면을 빌어 소설의 미진한 부분들을 다듬고 보완하기 위해 노력을 아끼지 않으신 출판사 북랩(www.book.co.kr)의 사장님과 김은수 팀장님을 비롯한 관계자 여러분의 세심하고 깊은 배려에 특별히 감사의 말씀을 드립니다.

끝으로, 필자로서는 최선을 다했다고 생각되나 독자 여러분이 보실 때 미흡한 부분이 많을 것으로 여겨져 한편으로는 두려운 마음이 앞섭니다. 깊은 이해가 있으시기 바랍니다.

2024년 9월
저자 김창휘

차례

종이여, 울려라 _ 4

작가의 말 _ 9

제1부

제1편 호랑이 사냥

제2편 음전이

제3편 삼원보(三源堡)의 촌장

제4편 통곡의 땅

제5편 동학, 최후의 결전

제6편 뗏목 위의 결투 _ 18

제7편 잿더미 속 뼈의 의미 _ 101

제8편 함정에 들다 _ 147

제2부

제1편 백두산 그곳 _ 190

제2편 가와모토의 그물 _ 260

제3편 종로 시전(市廛)의 낯선 거지 _ 286

제4편 한밤의 무기 거래 _ 334

제5편 마상의 복면 여인 _ 379

제6편 악의 제국, 광란의 춤 _ 409

제7편 어떤 사랑 _ 523

제8편 죄수 구출 작전 _ 564

제9편 진홍색 면사포 _ 597

그 후의 이야기 _ 604

제6편

뗏목 위의 결투

가와모토는 아주 신이 나 있었다.

"드디어 내가 끈질기게 물고 늘어졌던 사건이 빛을 발하기 시작하고 있습니다. 윗사람들한테 미련하다는 말을 들으면서도 '나는 죽은 말이올시다' 하고 밀고 나갔던 건 내 촉(觸)이 누구보다 뛰어나다는 확신이 있기 때문이었소. 어지간한 사람 같으면 배알이 뒤틀려 일찌감치 손을 떼었을 것이오. 하지만 나는 확신이 있었기 때문에 혼자서 사방팔방을 누비면서 실마리를 찾기 위해 뛰어다녔소. 원래 인류 역사는 소신 있는 사람들에 의해 오늘과 같은 문명사회를 이룬 것이 아니겠소. 마치 콜럼버스가 북미대륙을 발견한 것처럼 말이오. 내가 훈장을 받으면 스기야마 부장도 표창 정도는 받을 수 있을 것이오. 놈들의 정체가 밝혀질 시간이 얼마 남지 않았으니 열심히 뜁시다."

그러나 종결처리 되었던 박춘삼 사건이 오랜 시일이 지난 후에 본격 수사의 전기를 맞게 된 것은 가와모토의 말과는 다르게 전혀 생각지도 않았던 곳에서 불씨가 살아났기 때문이다.

어느 날 마제산(馬堤山) 밑에 있는 허름한 주막에서 쿨리 두 명이 술을 마시다가 언쟁이 벌어졌다. 어떤 일로 말싸움을 하다가 나중에는 몸싸움으로 비화했다. 마침내는 한데 뒤엉켜 골짜기를 구르며 서로에게 주먹질을 했다. 주변을 지나던 사람들이 하나둘 모여들었다. 싸움 중 간간이 오가는 말 중에 '무덤'이니 '경찰'이니 '돈'이니 '시체'니 '혼자 먹으려 했다'느니 그런 말들이 섞여 있었다. 인간 세상에서 발생하는 문제의 50%는 '입'으로부터 기인한다고 봐도 과언은 아닐 것이다.

이야기는 밀정의 귀에 포착됐고 만 하루도 지나지 않아 영사관 경찰서에 전해졌다. 보고를 받은 서장은 박춘삼을 추적해 왔던 가와모토를 직접 불러 사건 재조사를 지시했다.

그동안 풀이 죽어 있던 가와모토는 신바람이 나서 일에 착수했다. 시체를 싣고 갔던 차의 인솔자 사사키(佐佐木) 순사보와 운전수를 불렀다. 그리고 쿨리 두 사람도 중국 당국 몰래 잡아들여 조서를 닦기 시작했다. 아무리 비천한 쿨리라 하더라도 중국 정부가 알면 국제적인 문제가 발생하기 때문이다. 몇 번 주먹맛을 봐서 볼이 벌겋게 부어오른 쿨리들은 아는 내용을 순순히 털어놓있다.

"시체를 받아 간 자들이 몇 명이었나?"

"3명이었습니다."

"얼굴은 알아볼 수 있었나?"

"낮이나 달밤이나 눈만 보이게 수건으로 가렸기 때문에 얼굴을 볼 수 없었습니다."

"그자들이 쓴 언어는?"

"조선말을 했습니다."

"너희와의 의사소통은 무엇으로 했나?"

"중국말과 조선말을 섞어서 했습니다."

"너희가 조선말을 어떻게 알아?"

"전에 홍지허(홍기하, 紅旗河) 쪽에서 몇 년간 조선 사람들과 어울려 목도(장대에 줄로 통나무를 걸어 어깨로 옮기는 일) 일을 한 적이 있어서 대충은 알아들을 수 있습니다."

"조선인들에게 시체를 넘기고 돈을 받은 적이 몇 번 있었나?"

"모두 다섯 번입니다."

"모두 몇 구였나?"

"일곱 구였습니다."

"한 구에 얼마씩 받았나?"

"5원씩 받았습니다."

그 숫자가 몇 명인지 통계도 잡히지 않는 쿨리들은 기술의 유무나 노동의 질에 상관없이 하루 품삯이 평균 70전 정도인데 이 금액은 일본인 보통 인부의 하루 품삯 2원 50전에 비하면 4분의 1 정도에 불과하고 중국 랴오바이싱(老白姓·일반인)들의 1원 50전과 비교하면 50%에 불과하다. 그러므로 시신 한 구당 5원씩이면 꽤는 쏠쏠한 수입이다.

가와모토가 다시 묻는다.

"그자들과의 최초 거래는 어떻게 텄나?"

"처음에는 다른 사람이 찾아와 거래를 텄습니다."

"처음 거래를 튼 사람은 어디에 살고 있나?"

"사는 곳은 모릅니다."

"어디서 만났나?"

"공동묘지 산 아래에서 만났었습니다."

"시신은 어떤 방법으로 넘겨줬나?"

"감독하는 순사가 없을 때는 그냥 넘겨줬고, 옆에 있을 때는 엉성하게 땅에 묻었다가 가고 나면 무덤을 파헤쳐서 넘겨줬습니다."

"시신을 땅에 묻지 않고 넘긴 적은 몇 번 있었나?"

"딱 두 번 있었습니다."

"언제야?"

"날짜는 기억하지 못하겠는데 재작년 여름과 작년 늦가을 어느 때였습니다."

"돈은 한 구당 5원씩 매번 같은 금액으로 받았나?"

"네 그렇습니다."

"그때 왔던 자들도 전에 왔던 자들하고 같은가?"

"예 그렇습니다."

"복면을 했는데 같은 자들이라는 걸 어떻게 알 수 있었나?"

"키나 몸집이 같고 목소리도 같았기 때문에 알 수 있었습니다."

"그자들의 몸집은?"

"모두 키도 별반 크지 않고 바짝 마른 사람들이었습니다."

"복장은?"

"보통의 노동자들이 입는 옷이었습니다."

"그들이 간 방향은?"

"우리는 시체를 넘겨주고 먼저 산을 내려갔으니까 어느 방향으로 갔는지는 모릅니다."

"시신은 무엇으로 운반했나?"

"들것이 있었습니다."

"차 소리 같은 건 듣지 못했나?"

"못 들었습니다."

"그자들이 영사관 경찰에서 시신이 나온다는 걸 어떻게 알았을까?"

"그건 저희도 모릅니다. 미리 주변에 와서 숨어 있다가 돈을 주고 시체를 받아 갔으니까요."

"그자들의 직업이 무엇이라고 생각하나?"

"글쎄요, 잘 모르겠습니다."

"나눴던 이야기 중에 특별한 것이 없어?"

"기억나지 않습니다."

스기야마가 눈을 부라렸다.

"잘 기억해 봐. 그런 게 나오지 않으면 너희 두 놈은 여기서 죽어!"

둘은 한참 동안 머리를 기웃거리면서 이야기를 나누더니 한 사람이 말했다.

"그 사람들이 했던 말 중에 '떼무이'라는 얘기를 얼핏 들은 것 같습니다."

"떼무이가 뭐야?"

"통나무를 강에 띄우기 위해 틀을 짜는 걸 말합니다."

"호오, 그래?"

가와모토의 얼굴에 화색이 돌았다.

"틀림없어?"

"틀림없습니다요."

"좋아, 살아 나갈 희망이 쥐구멍만큼 생겨나는군."

기와모토는 빙긋 웃고 나서

"그러면 강이나 산 이름이나 동네 이름, 그런 건 생각나는 거 없어?"

두 사람은 서로의 얼굴을 바라보기도 하고 한참 동안 고개를 숙이다가 천장을 올려다보기도 하면서 기억을 더듬어 내려고 애를 쓴다.

그리고 낙담한 표정으로 고개를 좌우로 저었다.

"떼무이를 들었다면 분명 다른 말도 연결된 게 있을 거야. 죽느냐 사느냐의 문제니까 다시 잘 생각해 봐."

꺽다리가 한참 동안 고개를 갸웃거렸다. 그리고 동료의 얼굴을 바라보며 말했다.

"우리한테 감자떡 나눠줄 때 '씽지아포젠(신갈파진, 新乫坡鎭)' 얘기를 한 거 같아."

"언제 그랬어? 난 그런 말 들은 적이 없는데…? 여기서 거짓말하면 우린 죽어."

기와모토의 눈동자가 두 사람의 얼굴을 번갈아 바라본다.

그 순간 꺽다리가 자리에서 벌떡 일어서며 손뼉을 쳤다.

"그래 맞아, 이제 확실하게 생각났어. 그때 왜 그 감자떡 우리한테 주고 나서 자기들끼리 한쪽에 가서 먹으면서 '올해는 씽지아포젠에서 내려오는 물량이 많은 것 같다.'느니 어쩌구 했구, 그리구 '씽지아포젠을 갈까, 후이샨(혜산)을 갈까, 창바이(장백)를 갈까' 그런 말두 했어. 또 '씽지아포젠은 물 흐름이 무지 빨라 물귀신 되기 십상'이라는 말두 했어. 이제 분명히 기억났어. 쭈구리 너는 똥 싸러 가서 듣지 못했지만 난 똑똑히 들었어. 내가 왜 그걸 기억하냐면 너한테두 얘기했지만 벌어먹기 힘들어서 뗏목이나 타 볼까, 생각 중이었거든. 맞아, 맞아."

가와모토가 물었다.

"그래? 틀림없지?"

"여기서 어떻게 거짓말을 할 수 있겠어요."

"좋아!"

조선의 신갈파진은 개마고원 아래인 상류지대이고, 개마고원 일대에서 가장 큰 도시인 혜산(惠山)을 비롯하여 중강진(中江鎭) 만포(滿浦) 수풍(水豊) 신의주(新義州)는 압록강을 사이에 두고 중국의 장백(長白) 임강(臨江) 집안(輯安) 등과 마주 보는 도시들로 양쪽 도시들 모두 압록강 연안 일대를 통틀어 가장 큰 목재의 집산지들이다. 혜산과 장백 사이의 강은 가장 좁은 곳은 10미터에 불과하다.

수사가 끝나자 사사키 순사보는 감봉 6개월의 징계를 받았고, 운전수는 다른 사람으로 교체됐다. 쿨리들은 어디 가서 함부로 입을 열지 못하도록 매타작을 하고 단단히 경고를 주었다. 실제로 그들은 이후 그 일에 대해 입도 뻥긋하지 않았다.

압록강은 한민족의 조강(祖江)이다. 그뿐 아니라 동북아시아에 있는 모든 강의 할아버지다. 현재 우리나라에서 압록강에 대한 대부분의 해설은 다음과 같이 기록하고 있다. '예로부터 신성한 강으로 여겨져 압록수(鴨綠水), 마자수(馬訾水), 안민강(安民江), 청하(淸河), 아리수(阿利水, 아리가람, 즉 긴 강이라는 데에서 유래) 얄루 등 여러 이름으로 불렸다. 중국인들은 압록강을 황하, 양자강과 더불어 3대수(三大水)라 불렀다. 압록강은 '물빛이 오리 머리를 닮았다(杜佑-735~812-의 '통전'에서 鴨綠江…水色似鴨頭, 故俗名之)는 말처럼 푸르고 투명하다. 머리글자 압(鴨)은 광택이 나는 청둥오리의 머리를 뜻한다는 말도 있다…'고 기록하고 있다. 압록강은 한반도에서 만주에 이르기까지 울울창창 백두산 기슭과 그 일대 수천 갈래의 크고 작은 물길들을 품에 안아 흐르는 한민족의 조강(祖江)이다.

직선 길이 806㎞, 그러나 곡선으로는 3배가 넘는다. 연안 면적 총 6만 3,160㎢, 이 중 한반도에 속하는 면적이 3만 1,226㎢로서 한반도 전체 면적의 14%에 해당한다. 압록강의 발원지는 백두산 최고봉인 2,750m 장군봉에서 남서쪽 아래에 있는 '부석돌짬'에서 발원하여 계곡수로 흐르다가 하류로 내려오는 동안 만주를 제외하고 북한지역에서만도 900여 갈래의 크고 작은 지류들을 가지고 있는 강들과 합류하면서 거대한 용의 모습이 된다. 마침내는 평안북도 용천군 부내면 용암포 초하류(稍下流)의 서해로 진입하는 길고 긴 여정이다. 압록강은 백두산과 마찬가지로 그 광대하고 심오함과 신비함으로 인해 수많은 전설과 이야기들이 끊임없이 생멸을 거듭하고 있다.

특히 이 일대에서 생산하는 목재는 양은 물론, 질적인 면에서도 타의 추종을 불허한다.

계곡에 얼음이 풀리기 시작하면 개마고원 아래 부전강과 장진강이 합치는 신갈파진을 비롯하여 갑산의 허천강과 압록강이 합하는 강구마을 일대나, 만주 길림성 용강현 이도강촌(二道岡村) 등 백두산 아랫마을들은 마치 긴 잠에서 깨어난 것처럼 부산하다. 눈과 얼음의 상태를 살피면서 겨울 동안 벌목을 하여 벌구로 끌어다 군데군데 쌓아놓은 통나무들을 운반할 시기를 계산해 본다. 야지에 어느 정도 눈과 얼음이 녹으면 마을 사람들이 동원되어 물동보(筏渠)까지 연결된 길을 보수하거나 임시로 사용할 길을 개설하기에 바쁘다. 물동보 부근에도 겨울에 옮겨다 놓은 통나무들이 산더미처럼 쌓인다. 어른 두 사람이 팔을 뻗어 손을 맞잡아도 닿지 않을 어마어마한 통나무들이다.

성질 급한 목상은 매일 같이 물동보에서 하류로 연결된 개울을 따라 내려가며 얼음이 풀리지 않은 곳이 있는지를 살핀다. 이윽고 흩어졌던 목도꾼들이 한둘 모여들기 시작하고 함바집들은 활기를 띠기 시작한다.

날을 잡아 산신제를 지내고 나면 계곡은 온통 목도꾼 운재(運材) 소리로 가득하다.

> 여러분네 일심 동력 (후렴: 웃야호호)/
> 앉았다가 일어서며 / 고부랑곱신 당겨 주오/
> 낭그는 크고 사람은 적다/
> 엿차소리 낭기간다 / 마읍골에 낭기간다/
> 한치두치 지나가도 / 태산준령 넘어간다/
> 앞줄에는 김장군이 / 뒷줄에는 이장군이/
> 여기모인 두메장사 / 힘을내어 당겨 주오/
> 왈칵덜컥 돌고개냐 / 타박타박 재고개냐/
> 굼실굼실 잘도 간다…

강가 버드나무에 연록 빛이 감돌고 계곡을 흐르는 물소리가 커갈 즈음 물동보를 터트린다. 그리고 통나무들을 하류로 띄워 보내기 시작한다.

돈주들은 "귀한 입쌀 줄 터이니 뗏목 끌고 오라"고 외치고 다닌다. 그러나 이곳에 모여드는 사람들은 매년 왔던 유경험자들이거나, 혹은 가족의 생계를 위해 죽음도 불사할 정도로 긴박한 상황에 놓인 사람들이 아니면 선뜻 나서기를 꺼린다. 그러므로 목재 집산지인 압록강 양안의 도시들에서는 떼꾼이 부족한 때가 많다.

백두산 일대에서 생산된 목재 중 일부는 연안에서 가까운 도시들에서 소비하기도 하지만 대부분은 압록강을 이용해 신의주까지 보내진다. 신의주에 집합된 목재는 다시 경의선 열차로 경성(서울)으로 가고, 많은 양은 경부선을 이용해 부산항을 거쳐 일본으로 가게 된다.

쿨리들을 취조한 날로부터 15일 후-
아침 10:00경.
압록강변 도시 혜산진, 압록의 본류와 가림천이 만나는 합수머리.
수염이 텁수룩한 얼굴에 시커멓게 때가 낀 작업모를 쓰고 남루한 옷차림을 한 사내 둘이 목재 집하장 입구를 걸어들어와 사방을 두리번거린다. 강가에는 많은 사람이 일을 하고 있다. 이곳저곳 나무들이 산더미처럼 쌓여 있는 토장 주변으로 목도꾼들이 힘겨운 맞춤 소리를 하며 원목을 나르고 있고, 떼무이 작업을 하는 도끼나 끌 망치 소리가 섞여 요란하다. 통나무를 어깨에 메고 다니는 사람, 피낫으로 껍질을 벗기는 사람, 전표를 들고 누군가의 이름을 부르며 토장 사이를 바삐 돌아다니는 목재소의 서사로 보이는 사람도 있다. 마치 싸움이라도 하는 것 같은 중국인들의 떠드는 소리도 들린다.
잔파도가 밀려오는 강가에는 이미 민들어진 많은 뗏목이 일렬로 늘어서서 넘실넘실 춤을 추고 있다. 이제 막 강을 떠나고 있는 떼꾼들을 향해 손을 흔드는 사람들도 있다.
관서(關西) 고원지대 해발 700m의 강변마을에 4월의 강바람이 쌀쌀하다. 출렁거리는 강의 등을 할퀴며 달려온 바람에 이따금 물방울들이 튀어 멀리까지 날아가기도 한다.
세찬 강바람이 산더미처럼 쌓인 목재 더미 사이 부스러진 나무껍질들과 모래를 한데 섞어 회오리를 일으키며 달려왔다. 사내들이 모자를 손으로 누르면서 반대 방향으로 몸을 움츠린다. 회오리바람이 사라진 다음 눈을 들어 멀리까지 바라본다. 강변을 따라 길게 늘어선 통나무집들 위로 목재소 간판이 눈에 들어온다.

레이호쿠(嶺北) 목재소, 토쿠신(德信) 목재소, 구로가와(黑川)…아와(阿波)…오카세이(岡淸定)…백산(白山)….

이들 사업장은 을사늑약을 체결하기 전 해인 1904년 2.23. 일본 공사 하야시가 한국 정부를 협박하여 의정 6조(한일의정서)를 체결하고 이를 근거로 삼아 북한지역에서의 관리임면권을 강요하고 압록강 두만강 연안의 산림벌채권은 일본군 사령관의 인준이 없으면 벌채할 수 없도록 했으므로 강탈의 뿌리가 깊다.

"순사 부장님, 저기 있습니다."

"어디?"

"저기요 저 언덕 우에…."

순사부장이라는 사내는 부하가 손가락으로 가리키는 방향에 '타이요(太洋) 목재소'라 쓰인 간판을 보면서

"음, 그렇군" 하고 나서

"순사부장이라고 하지 말랬잖아. 여기선 당신도 나도 서로 모르는 사람이라는 걸 잊지 말아야 해. 내가 올라가고 30분쯤 지나서 와."라고 말했다.

순사부장이 20여m쯤 계단을 올라가 문을 열었다.

사무실 안에는 두 사람이 있었다. 서사(書士)로 보이는 늙수그레한 사람과 청년 한 명이다. 나무 벤치에 앉아 있던 청년이 하품을 하다가 스기야마가 들어서니까 입에 손을 댄 채 올려다본다. 안경을 코끝에 걸고 주판알을 튀기고 있던 서사는 마치 앞에 아무도 없는 양, 하던 일을 계속한다. 청년이 흘깃거리며 서사를 자주 쳐다보는 것으로 보아

짐작건대 그도 떼를 몰러 온 사람으로 서사의 일이 끝나기를 기다리고 있는 것 같다. 한참이 지나서야 서사는 회계장부를 덮고 안경 너머로 빠끔히 청년과 스기야마를 번갈아 바라본다. 청년이 의자에서 일어서 다가가자 책상 모서리에 놓인 공책을 펼쳤다. 때가 묻어 반들거리는 책장을 넘기다가 반쯤 비어있는 곳이 나타나니까 손바닥으로 꾹 눌렀다. 늘 그래왔다는 듯이 자연스런 행동이다. 옆에 놓인 만년필을 들고는

"누레 니 노루?(群れに乗る? 떼를 타려구?)"라고 물었다.

"하이 하이.(예 예.)"

청년이 대답했다.

"국민증 줘봐."

"없는데요"

"국민증 없는 사람이 어딨어."

"잃어버렸어요."

"그럼 못 타!"

"진에는 국민증 없이도 됐있는데요."

"전에 언제?"

"2년쯤 된 거 같습니다."

"호랭이 담배 먹던 시절 얘기를 하는군. 요즘은 형사들이 하도 찾아와 귀찮게 굴어서 신분이 불확실하면 태우질 않아."

국민증이란 원래의 이름이 '황국신민증'으로 한국인들의 저항 의식을 감안하여 '국민증'으로 줄여 불렀다. 본인의 사진과, 좌우 엄지의 지문, 구장(이장) 및 반장, 담당 경찰관, 교부책임자 성명까지 기재되어 있다.

"그럼 다른 데를 알아봐야겠군요."

돌아서 문을 열려고 하자 다급하게

"말이 그렇다는 게야. 다른 곳에 가봐도 별수 없어."라고 말하고는

"젊은 사람이 일거리가 없어서 온 것 같으니까 한 번 눈감아 줘야지 뭐. 이름과 주소를 대봐."라고 했다.

스기야마는 쓴웃음을 지었다. 주거가 불명한 사람들을 가장 많이 쓰고 있는 것을 뻔히 알고 있는데 그것도 세도라고 한 번 휘둘러보는 심술이다.

서사는 청년의 인적 사항을 기재하면서 자신이 한 말에 보충 설명이라도 하듯이

"경찰 놈들은 밥 먹고 할 일이 그리 없는지 전에는 안 하던 짓을 하면서 쓰잘데기없는 일거리를 만들고 있으니 원…"이라고 투덜거렸다.

청년이 뗏목을 탈 날짜를 지정받고 나간 다음 스기야마가 경찰신분증을 제시했다.

서사는 당황한 얼굴로

"와카리마센 모시와케 아리마센. 와타시 와 소노 요나 고토 오 시라쥬, 야메테 미슈오시마시타…(わかりません申し訳ありません。私はそのようなことを知らずやめてミスをしました… 몰라봬서 죄송합니다. 난 그런 줄도 모르고 그만 실수를…)" 하고는 공책에 미리 적어 놓았던 가짜 인적 사항을 읽어본다.

스기야마가 서사에게 그 내용을 확인한다.

"김오복, 경기도 이천군 대원면…, 나이는 34세, 맞습니까?"

"예, 맞습니다."

"내일 출발하는 것도 변동이 없습니까?"

"예, 현재로서는 변동이 없습니다."

문을 나서는 스기야마의 눈에 뿌연 운무(雲霧) 너머 2,494m의 남

포태산 아래로 늘어선 크고 작은 묏부리들이 가뭇하게 비쳐든다. 백두영봉에서 시발하여 남쪽으로 뻗어내린 산줄기가 연지봉(臙脂峰)에서 솟았다가 다시 간백산(間白山)과 선오산(鮮奧山) 침봉(枕峰)을 지나고 허항령(虛項嶺)으로 돌아 북포태(北胞胎)와 남포태(南胞胎)로 이어져서 척량산맥(脊梁山脈)의 길목이 된다. 이들 산의 일대에는 무수한 원시림이 있다. 상상봉 아래로 약 20리 지점인 무트리봉 부근에서 시작하여 50~70리나 150리, 멀게는 230리까지 뻗어있으니 그 수해의 면적과 임상의 크기는 상상을 초월한다. 이곳에 쌓여 있는 아름드리 나무들은 함경북도 갑산군 보혜면 포태리의 포태천 변 산록에서 벌채하였다가 봄이면 홍경촌의 벌거(筏渠)를 이용하여 혜산까지 내려온다.

스기야마 등이 이곳에 오기 전, 용정 총영사관 경찰서에서는 총독부 영림창(신의주) 혜산진 지청에 협조를 요청, 자료를 받아 암행팀을 혜산진 목재 집하장과 장백 집하장, 그리고 상류인 함경남도 신파군(新坡郡)에 있는 신갈파진(新乫坡鎭) 집하장으로 보내 1단계 현장 조사를 했다. 그리고 혜산진 지청의 자료와 현장에서 조사한 자료를 비교해 가미 면밀한 분석을 한 결과, 진력이 매우 의심되는 자들이나 신원이 모호한 자들이 있다고 지목된 목재소에 형사들을 파견하기로 했다.

서장은 형사들이 출장하기 전 다음과 같은 훈시를 했다.

"귀관들 중에 반드시 행운을 잡는 사람이 있을 것으로 나는 믿는다. 이번에 출장하는 곳들 모두가 어쩌면 거대한 하나의 고리로 연결되어 있을지도 모른다. 왜냐하면 그곳은 우리가 오랫동안 의식적 혹은 무의식적으로 관심을 두지 않고 있었던 취약지역들이기 때문이다. 만일에 그런 행운이 현실로 드러난다면 모두가 몇 계급 특진이라는 천재일우의 기회를 잡을 수 있을 것이다. 행운를 빈다!"

노동자로 가장한 일곱 명의 조선인 출신 형사들은 수상한 자들이 타는 뗏목이 떠날 때를 맞춰 3개 목재 집산지, 5곳의 목재소에 숨어들었다. 혜산에는 스기야마 순사부장이 후지타(藤田) 순사보 1명을 데리고 타이요 목재소에, 소메카와(染川) 순사가 간사이(關西) 목재소를, 장백에는 기타가와(北川) 순사부장이 이시가미(石上) 순사보 1명을 데리고 코마츠시마(小松島) 목재소를, 엔도(遠藤) 순사가 이케다(池田) 목재소를 맡았다. 그리고 하야시(林) 순사가 개마고원 기슭에 있는 신갈파진으로 떠났다. 현장에서는 서사들이 연결해 주도록 짜여 있었다. 본부에서는 역시 가와모토가 모든 출장조로부터의 연락을 취합 정리하거나 보고하게 되어 있다.

출장 전에 실시한 교육에서 형사들에게 시달된 내용은 다음과 같다.

1. 무기류의 소지는 일절 금한다.
2. 특이점을 파악하는 이상의 선을 넘는 행동을 해선 안 된다.
3. 한 달간의 출장 기간 경과 이후 철수 여부는 자유의사에 맡긴다. 단, 추가 기일이 필요시는 각 조장이 본부에 목적과 내용을 통보한다.
4. 긴급한 일이 발생될 시 현장 상황에 따라 조장이 우선 처리하되, 48시간 이내에 사후 보고를 이행한다. 본부의 지원이 필요하다고 판단되는 일은 2인 중 한 명이 가까운 파출소나 분소, 혹은 모든 수단을 동원하여 가장 빠른 방법으로 보고하고 명령을 받는다.
5. 신병(身柄), 즉 죽고 사는 문제에 대한 책임은 전적으로 각자의 책임으로 귀속된다.

서사는 스기야마, 즉 김오복을 어느 떼무이터로 데리고 갔다. 그곳에는 대여섯 명의 사람들이 떼바뚝치기(뗏목 만들기)를 하고 있었다. 서사는 작업자들의 옆에 서 있던 사내에게 스기야마를 소개했다. 뗏목꾼들의 조상(우두머리)이라는 얼굴이 길고 중키에 깡마른 체격의 50대 초반으로 보이는 남자는 잠시 아래위를 훑어보고 나서
　"내 성은 하(河)가이고 이름은 무심이라 하우다. 내 아바니께서 잠깐 왔다 가는 인생, 근심 걱덩 없이 무심하게 살라고 이런 이름을 디어주셨는데 세상만사가 모두 근심뿐이니끼니 이데부터는 하근심으로 돌려야 할 것 같수다." 껄껄 웃으면서 손을 내밀었다.
　그가 걸걸한 목소리로 물었다.
　"나이가 덞은 거 같은데 떼꾼 일은 해 본 경험이 있슴네까?"
　스기야마는 옆에 서 있는 서사를 힐끔 보고 나서
　"2년쯤 전에 며칠 해 본 경험이 있습니다. 잘 부탁드리겠습니다."라고 대답했다.
　"메틸 해본 거 개디구는 경험이라구 할 수가 없디. 내일 부텀 이 뗏목을 타구서리 수풍까니 갈 예딩이우다. 잘못하면 목숨을 물귀신한테 바테야 하는 일이니끼리 겁이 나면 지금이라도 맴을 돌리기오."
　그는 말을 마치고 나서 다시 떼무이들과 타리개(뗏목을 묶을 때 쓰는 줄)가 어떻느니, 놀대(뗏목 조종대)가 어떻느니 잔소리도 하고 걸쭉한 농담도 하는 것으로 보아 매우 친숙한 사이 같았다. 뗏목은 나무 끝에 구멍을 뚫고 넝쿨 줄기나 밧줄로 꿰어 연결하는 방법, 쇠고리를 박고 칡넝쿨이나 밧줄로 연결하는 방법 등이 있다. 이렇게 떼를 짜 놓으면 떼꾼들은 그냥 몰고 가기만 하면 된다.
　저녁에는 가까이 있는 주막에서 함께 갈 사람들과 인사를 나눈 후

밥을 먹으면서 막걸리를 마셨다.

총지휘자인 평안도 출신인 하무심 외에 앞사공 이대산은 43세로 함경도 영흥 출신이고, 뒷사공 신두껍은 38세로 역시 함경도 무산 출신, 좌우에서 밀어내기를 할 사람 중의 한 명인 피개득은 평안북도 삭주가 고향으로 올해 30세라고 했다. 맨 마지막으로 합류한 후지타 순사보, 즉 임동막은 경기도 안성 출신이며 올해 23세라고 했다. 조상은 떼를 타 본 경험이 없다는 후지타에게 밥을 짓거나 잔심부름을 하라고 했다. 이로써 떼꾼은 총 6명이다.

처음에는 서먹하던 사이가 술이 몇 순배 돌아가니까 어색하던 분위기가 차츰 사라져 나중에는 구면인 것처럼 스스럼없는 사이로 발전했다.

그들이 떠드는 말들을 종합하면 기초적인 상식은 이랬다.

뗏목을 엮을 때 여러 개의 통나무를 한 묶음으로 엮는 것을 동가리라 하고, 그 동가리 5개를 연결하는 것을 바닥이라고 한다. 뗏목의 단위는 장이며, 1장의 크기는 목재 1백50㎡ 안팎으로 보통은 너비 20m에 길이 6m다. 뗏목 5장을 1개 조로 운반되며 떼꾼 2명씩이 오른다. 떼꾼의 수는 뗏목의 숫자에 따라 결정되는 것이다.

보통 중부의 강들은 대부분 하폭이 매우 좁은 데다 굴곡이 심한 협곡이기 때문에 뗏목의 길이를 길게 하기가 어렵다. 그러므로 떼꾼들도 보통 두세 명 정도면 된다. 그에 비해 압록강은 강폭이 매우 넓은 데다 수량이 많고 나무들도 대부분이 어른 두, 세 명이 맞잡아도 닿지 못할 정도의 궁궐대(지름 600㎝ 이상)들이 많다. 앞머리를 넓고 무겁게 하면 휩쓸리는 물길에 조종하기도 어렵거니와 뒤에 달린 무거운 나무들의 가속도를 제어할 수 없어 자칫하면 절벽에 부딪히거나 인명

사고가 초래될 우려가 있다. 그런 만큼 맨 앞부분은 중간 크기의 통나무 10개 정도를 묶어 그 위에서 조상(우두머리)이 물길이나 바위나 돌발상황을 관찰하면서 방향을 알려주고, 그 뒤에 큰 통나무 여러 개를 엮어 위에서 앞사공이 v자형 쌍가닥 사이로 놀대(물길을 조종하는 노, 지름 10~15㎝, 길이 5~7미터의 나무를 T자형으로 만든 것)를 저어 조종할 수 있도록 한다. 조종꾼, 즉 앞사공이 있는 부분부터는 뗏목을 본격적으로 엮는데 압록강에서는 몇 장만 엮는 것이 아니라 수십 장으로 원목 수백 개를 오징어 모양으로 주렁주렁 달고 중강진이나 만포 신의주까지 간다. 대형 뗏목의 길이는 60~70미터를 넘고, 너비도 10여 미터나 된다. 가다가 기슭에 걸릴 때는 옆에 선 삿대꾼들이 밀어내기를 해야 한다. 뗏목이 바위에 걸려 옴짝달싹 않으면 부득이 도끼로 잘라 버리는데 목적지에 도착하여 계산할 때는 노임에서 공제해야 해야 하지만 어쩔 수 없는 일이다.

첫째 날.

떼누이터는 새벽부터 부산했다.

강가 널찍한 송판 위에는 강치성(江致誠)을 드릴 음식들이 일찌감치 차려져 있었다. 돼지머리와 시루떡, 채나물 세 접시, 메(밥) 세 그릇, 포 한 개, 삼색 실, 목상의 사업발전과 앞사공 뒷사공의 안전을 위한 소지로 쓸 한지(韓紙) 석 장이 마련돼 있다. 부근에는 술도 몇 통자 놓였다.

무꾸리가 한바탕 춤을 추고 나서 제사를 진행했다. 강물에 얼굴과 손을 씻은 여섯 명의 떼꾼도 제단 앞에 두 손을 맞잡고 나란히 섰다.

조상 하무심이 전체를 대표하여 술을 따랐다. 모두 삼배를 한 다음 제상 앞에 엎드렸다.

하무심이 큰 소리로 용왕께 고한다.

"용왕님께 비옵네다. 오늘부터 우리 여섯 사람이 압록강 물길을 따라 뗏목을 몰구서 수풍까디 가야합네다. 부디 도탁하는 끝 시간까디 사람도 무사허구, 낭그도 무사허게 해 주시구레. 음식과 술을 많이 많이 드시구 부모와 같은 심덩으루 인도해 둡시오다."

도쿄에 사는 목재소 주인을 대신하여 현장소장이 절을 하고 돼지머리 입에다 1원짜리 두 장을 끼운다.

조상이 소지에 불을 붙여 하늘에 올렸다.

어제와 달리 날씨가 좋다. 따사로운 햇볕이 출렁이는 물결에 부딪혀 보석처럼 반짝거리고 있다. 잔잔한 바람이 강변에 잔물결을 일구고 그 율동에 따라 뗏목들이 출렁출렁 춤을 춘다. 모두 한잔씩 음복을 했다. 서사가 조상에게 나무의 종류나 규격, 수량 등을 적은 발기장을 건네주자 모두에게 흔들어 보였다.

뗏목에 올랐다.

환송을 위해 나온 가족은 없었다. 그것이 이곳에서 지켜야 할 법칙이다. 마지막 인사가 돼선 안 되기 때문이다. 여자들이 나오는 것도 금기(禁忌)다.

맨 앞에서 안내를 맡은 조상이 큰 소리로 "출발!" 하고 신호를 보냈다. 그때 누군가가 황급히 떼에 올라 강치성을 지냈던 음식들을 싼 종이 보따리를 놓으면서

"수고스럽지마내두 저 쌀자루르 잊지르 말구서리 우리 성님네 집에 자르 좀 전해 주기오." 하고 내려간다. 조상이 고개를 끄덕였다. 그러고 보니 어저께 떼장에서 조상과 잡담을 나눴던 목수다.

드디어 힘들고 위험하다는 뗏목꾼 생활이 시작됐다. 밀꾼이 삿대로

강바닥을 밀었다. 좀체 움직이지 않는다. 반대편에 서 있던 밀꾼 김오복과 잔심부름꾼 후지타도 와서 합세했다. 뗏목이 머리를 오른쪽으로 비스듬히 하여 강의 중심을 향해 서서히 나아간다. 앞사공이 그레(지름 10~15㎝, 길이 5~7m의 T자형 운전대로 아랫부분은 납작하게 깎아서 물살을 가르기 좋도록 만들었다.)로 방향을 조종한다. 뒷사공도 방향에 맞춰 힘차게 놀대를 젓는다. 강변에 선 사람들이 손을 흔들었다. 뗏목은 물안개가 흩어지고 있는 강의 중심으로 나왔다. 상류의 강폭은 140m 내외이나 수심은 1미터 정도로 얕은 곳이 많고 물의 흐름이 빠르다. 아니나 다를까 3㎞쯤 지난 곳에서 뗏목이 강바닥에 걸려서 빼내려고 안간힘을 썼으나 움쩍도 하지 않았다. 세 아름이 넘는 나무들이므로 강바닥에 걸리는 일이 자주 발생한다. 하는 수 없이 삿꾼 피개득과 스기야마와 후지타 세 사람이 얼음장처럼 차가운 강물에 옷을 벗고 들어가 데미치기(혹은 찰떡꾼, 돌에 박혀 떠내려가지 못하는 나무를 흘러가게 하는 작업)를 하고 앞뒤 사공이 이리저리 놀질을 한 끝에야 겨우 빠져나왔다.

　물밑에는 여기저기 암초들이 있어서 조상은 따오기처럼 자주 강바닥을 내려다보곤 했다. 아무리 경험 많은 그라 하더라도 날씨와 조류의 변화에 따라 수시로 변화하는 강바닥을 완벽하게 파악할 수는 없기 때문이다. 하류로 내려가자 마치 돼지 창자처럼 굴곡이 심한 물굽이들이 나타났다가 사라지곤 한다. 화살처럼 빠른 물살에 하얀 거품들이 출렁거리고 고기떼들이 놀라 이리저리 흩어진다. 물굽이들의 앞에는 어김없이 높고 가파른 절벽이 버티고 있다. 절벽을 감아 돌 때마다 앞머리에서 우두두두둑 벼락 치는 소리가 난다. 조금만 방심하면 암초에 걸리거나 바위에 부딪히거나, 혹은 급류로 인해 뗏목의 앞부분이 뭍으로 치달으며 인명사고가 발생하거나, 옴짝달싹 않는 앞머리 부분을 잘라내야만 하는 때도 있으니 일 초도 방심할 수가 없다. 압록강 상류 지역인 백두산 남서쪽 계곡, 즉 보혜천(普惠川)에서 혜산을 지나 중간 지대인 중강진까지는 하폭이 좁게는 50미터, 평균 100미터 내외로 깊이는 1미터 정도로서 급하게 도는 물굽이들이 계속되어 보통의 흐름보다 3배나 빠르다. 중강진에서부터 만포까지는 하폭이 200~250m로 넓어지고 수심은 1.5m 정도에 속도는 1.6배가 된다. 그리고 하류의 강폭은 점점 넓어져서 수풍호가 있는 산도장에는 하폭이 2.5㎞에 이르고 속도는 1.4배가 되니까 상류에서는 더욱 조심할 수밖에 없다.

조상은 수심이 깊은 곳을 찾아 떼 길을 유도해야 한다. 압록강 뗏목은 하루 평균 100리를 가는데 조상이 노련하면 좀 더 빨리 갈 수 있다.

물굽이나 바위를 지날 때마다 거대한 태풍이 몰아치는 것 같고 조상은 싸우는 사람처럼 소리를 질러댔다. 뒤에 있는 사람들은 절벽이나 바위에 부딪히지 않기 위해 정신없이 놀대를 돌리고 밀대질을 해댔다. 무려 4시간가량을 헤쳐 나간 뒤에야 조금 안심이 되는 구역에 이르렀다. 언제 또 바위 절벽들이 닥칠지는 모르지만, 앞을 바라보니 일단은 숨을 돌릴 정도는 된 것 같다. 얼마나 힘이 들었던지 모두 뗏목 위에 주저앉았다. 이마의 땀을 닦기도 하고 넋 잃은 사람처럼 기슭을 바라봤다. 그러고 보니 지나오는 동안 수많은 폭포와 기암괴석들이 있었는데도 화급한 상황이라 그것들을 제대로 보지 못했다.

아래쪽 강변은 갈수록 평평해지고 언덕도 완만한 능선이 되어 퍼져 나갔다. 연록의 잎들을 달고 마파람에 한들거리는 버드나무 아래에서 소와 염소들이 파릇한 풀을 뜯어 먹으며 이른 봄볕을 즐기고 있다. 흰

옷과 푸른 옷을 입은 여인들이 어울려 빨래하는 모습이 정겹고, 언덕 위 밭에서는 농부들이 거름을 내느라 바쁘다. 비단이불을 덮은 것 같은 크고 작은 산들이 그림처럼 지나간다.

넓은 강에 나오니까 모두들 흥이 솟는지 노래를 합창한다.

> 청명 곡우 지나 얼음 녹으니
> 흥경촌 물동보에 수문이 열리네
> 에헤야 데야 헤야
> 피나무 사스레 이깔 떼깔 미인송
> 궁궐대 통나무들 잘도 내려온다.
> 에헤야 데야 헤야
> 운목을 하여라, 떼를 엮어라
> 앞동가리 뒷동가리 뗏목을 짜라
> 에헤야 데야 헤야
> 나는야 노총각 압록강 뗏목꾼
> 딸도 주지 않는다는 뗏목꾼이나
> 에헤야 데야 헤야.
> 왕후장상 저 님네는 무슨 팔자요
> 칠성판 멘 이 팔자 전생에 뭐였던고
> 에헤라 데야 헤야
> 인생은 채울수록 허기지는 것,
> 슬기롭게 사는 법도 알고 있다네
> 에헤야 데야 헤야
> 일락서산 해 떨어지니 신의주 어드메냐

물길 별길 2천 리에 노를 저어라
춤추는 압록강에 노를 저어라
에헤야 데야 헤야, 에헤~야

"오마니께서 돌아가시면서 떼배 타디 말라는 유언을 하셨는데 올해도 또 떼를 타는구나…."

삿꾼 피개득이 돛배가 지나가는 먼 강을 바라보며 중얼거린다.

그 말에 뒷사공 신두껍이

"그러게나 말입궁, 나야말로 어드메 가서 머슴살이나 할까 신싱이(공연히) 여기저기 돌아댕기다가 시간만 까먹구 또 여게를 찾아들었습메. 다시는 오지 않겠다구 맹세르 했는데 말입메."라고 말했다.

조상 하무심이

"기런데 어마임은 언제 돌아가셨능가?"라고 물었다.

"작년 가을에 84세로 돌아가셨습네다. 무슨 병인디 시름시름 앓으셔댔는데 돈이 없어 의원에두 모시구 가디르 못하구서 매삽디르(매삽질, 안절부절)하고 있어댔시오. 한 닷새 지내다 그만 돌아가시구 말았소. 이 불효를 어찌 갚을 수 있을디 생각하문 내레 디금도 가슴이 메에딥네다."

"서운하지마내두 호상이니끼리 너무 슬퍼하디는 말기오. 누구나 한 번은 가는 길이 앵이오…. 이담에 둏은 곳에서 어마임 만날 땐 떼꾼은 앙이 할 거 댆인가."

모두들 말이 없다.

"하기야 우리덜 신세를 누가 알갔능가. 거 메사니(거시기) 내레 닥년 그러께는 이 물에서 시테(체)를 다 봤디 앵요."

"시체라니요?"

궁금해서 모두들 조상의 얼굴을 바라본다.

"기거이 어케 됐나 하문, 누월(6월)달에 혼다(자)서 스무 바닥으 끌구서 수풍까디 가는 길이댔디. 다(자)성 강구를 가다나니까 물 우로 뭐가 불쑥 솟는 기야요. 기래서 손으루 떠들어보이까 시테(체)가 앙이간네. 옷다락에 놀대가 달래 있습데. 기걸 보문서리 아, 이거이 바루 내 신세로구나 생각하니 탐으루 슬퍼디는 마음이었디. 강물을 내레다 보문서리 엉엉엉 통곡을 했수다. 강가에 버린 시테는 승냥이가 먹구, 물속에 버리면 물고기 밥이 되는 거이 우리덜 신세 앙이갔음네까?!"

"……"

    노 젓다 언뜻 떠오르는 그림자 있어
    손으로 움켜보니 사공의 몸뚱이더라
    내 인생도 이러려니 목 놓아 울다가
    언뜻 비치는 낮달을 본다
    강물 속을 흘러가는 외로운 세여

    모두들 해거름엔 집을 찾건만
    물 위에 앉아 사는 이 팔자라네.
    딸도 주지 않는다는 떼꾼이라네
    구름은 둥둥 떠 어디로 가나
    온 곳은 몰라도 갈 곳을 아네

    서럽게 왔다 가는 내 인생에도

그 봄날 그 강가의 꿈같던 사랑,
홀아비 손끝에 자란 분이야
나 죽거든 울질랑 마라
이승과 저승 사이 문 하나 있어
사무치게 그리울 땐 꿈에서 나누리라

이 풍진 세상 떠나 저세상 가면
소망하는 남사당 춤꾼 되어
이 고을 저 산하 맘껏 누비며
덩더쿵 시나위 장단에 춤추며 살으리

압록강이 흐르네, 밤이 흐르네
뗏목이 흐르네, 내 인생도 흐르네

  첫날 점심은 고사 지낸 음식으로 때웠다. 첫날을 제외하곤 목적지에 도착할 때까지 점심은 주막집에 부탁하거나, 아침밥을 지을 때 함께 지어 삼베에다 싸 와서 뗏목 위에서 해결했다. 감자나 옥수수 타갠 것에 반찬은 파와 된장이 전부다. 식수는 강물을 떠서 마신다.
  백 리쯤 왔을까 어스름이 덮이더니 강가에 이따금 희미한 호롱 불빛들이 지나갔다. 조상이 강변에 떼를 대라고 소리쳤다. 장진강 부근으로 허름한 집들 서너 채가 어스름 속에 띄엄띄엄 흩어져 있었다. 떼꾼들에게 방을 빌려주고 음식을 파는 마을이다.
  조상을 따라 자그마한 언덕을 올라 그중의 한 집으로 들어갔다. 마침 방이 있다고 했다. 한 칸을 빌려 귀리밥에 두부 한 모씩을 먹었다.

첫날이라 조상이 특별히 강냉이밥보다 나은 귀리밥과 두부를 시켜주었다. 상을 물린 다음 각자 벽에 기대어 호롱불을 바라보면서 몇 마디 이야기를 주고받다가 하나둘 스르르 쓰러져 그대로 잠이 들었다.

이튿날 아침 일찍 강냉이밥에 짐채(김치) 반찬을 먹고 계산은 광목을 끊어서 치렀다.

저녁 무렵 후주천이 내려오는 부근에 떼를 맸다. 그곳은 바위 암벽 아래 모래사장으로 집이라곤 없는 곳이다. 이 시간대에 도착하여 쉴 만한 집이 인근에는 없다고 한다. 모래사장 뒤편 갈대숲 사이에 그들이 늘 사용하는 것으로 보이는 움막이 하나가 있었다. 강에서 눈여겨 보지 않고는 좀체 사람들 눈에 띄지 않을 장소다. 움막은 벽과 지붕을 갈대로 덮었는데 대여섯이 억지로라도 들어가 쉴 정도는 됐다.

떼꾼들은 하류로 내려가 강폭이 넓고 흐름이 느린 곳에서는 달밤을 이용하여 야간에도 갈 수 있지만 위험한 곳이나 강폭이 좁은 곳에서는 운행을 중지하고 서너 시간이라도 잠을 자야 한다. 하무심이 이끄는 이 떼꾼들도 인가가 없는 한두 곳에 이런 움막을 만들어 놓았다.

상변에 보낙불을 피우고 후시타가 지은 산밥을 둘러앉아 먹었다. 그리고 나서 이내 잠에 떨어졌다.

사흘째 날, 민가에서 자는 잠은 거적떼기 위에서라도 꿀잠이다. 조상이 집주인에게 쌀자루를 건네면서 부탁받은 것이니 아무개네 집에 잘 좀 전해달라고 말했다. 주인은 두어 말 정도 되는 자루를 힘주어 받으면서 "기러구 보니까나 순돌이네 아방이 기제사가 이맘때루 기억되는구만. 기래서 아우가 귀한 싸르 보냈구마. 걱정으 앙이 해두 됩메다. 내일 아침에 혼소바루(빨리) 전해 주갔습네다."

그 밖에는 지금까지 지나온 뱃길과 별반 다르지 않았다.

나흘째 날에는 중강진에 도착해 주막에서 국밥 한 그릇씩을 먹었다. 오랜만에 맛보는 밥다운 밥이다.

이곳으로부터는 점차 강폭도 넓어지고 흐름도 완만해져서 낮에도 뗏목 위에서 더러는 노루잠을 잤다. 배들이 하나 둘 눈에 띄기 시작했다. 대부분은 길이 12m에 폭이 3m인 소형 돛배들이지만 아래로 내려가자 제법 규모가 큰 통통선들도 오간다.

압록강의 물빛은 재주 좋은 화가의 붓끝에서 그려지는 그림처럼 변화무쌍했다. 햇볕에 따라 시시각각 천(千)의 얼굴로 변한다. 때로는 하늘빛으로, 때로는 연초록으로, 때로는 갈색으로, 암록에서 암청으로, 석양녘이면 옅은 주황이 차츰 변화하여 뜨거운 핏빛으로 출렁거리기도 했다.

그날 오후에는 뗏목 위에서 술타령을 벌였다. 메지구름이 어른거리다가 빗방울을 흩뿌리는데도 피개득이 떼 위를 돌아다니면서 아저씨야 형이야 하면서 술을 권했다.

앞사공 이대산이 혀 꼬부라진 소리로 신세 한탄을 한다.

"내레 일찍이 집에서 뛰쳐나와 여기저기 떠돌아 댕기다가 안산 제철소에서 일으 하댔는데 거기 함박으 하던 집에 드난(한 곳에 매이지 않고 임시로 행랑에 붙어살면서 일을 도와주는 여자)이가 있어댔슴다. 주인 아즈마이 말이 까막과부(청혼한 남자가 죽어서 시집도 가보지 못한 과부)라구 합데다. 올타꾸나 총각 딱지 좀 떼 볼 기회가 생겼다 하는 생각으 하구서리 밤낮으로 눈정(보고 느끼는 정분)으 주구 정성을 다해 마음으 얻어댔슴다. 설흔 일곱이 돼서 난생처음 꽃잠(신혼 첫날 밤)두 자보구 뽄새 좋게 동미(동무)들으 불러다 댕기풀이(신부의 댕기를 푼 신랑이 친구들에게 한 턱 내는 일)두 했수다. 기런데 알구 보이까나 이 에미나이레 덤받이(전 남편에게서 데리고 온 자식)

가 있는 되모시(처녀행세를 한 여자)가 앙이겠소. 얼레부키(거짓말)라는 말으 듣는 순간에 열토이 번져서리 견딜 수가 없읍데다. 맨정신에는 할 수 없구, 밖에 나가 꼭지가 돌두룩이 술으 퍼마시구서리 망탕(마구) 고아댔(고함지르다)지요. 죽을 죄르 지었다구 싹싹 빌면서 매삼질(안절부절)으 합데다. 안까이(마누라)는 그 일이 있은 다음부터 더욱 열심히 일으 하구 나한테두 아주 자르 했습네다. 고라지마내두 델쿠온 그 아새끼(아이) 얼굴으 볼 적마다 안까이 얼굴에 나 있는 포리똥(주근깨)이 철공소에 날리는 쇳가루 같아서리 견딜 수가 없었습네다. 기럭저럭 한 1년 지내댔는데 어느 날 퇴근해서 와 보니까나 아름찼는지(힘겨웠는지) 재비루(스스로) 가버리구 없읍데다. 맴이 안 잽히구, 영사하게(쪽팔리게) 말밥(구설수)을 듣는 것두 싫구 해서리 나두 제철소르 그만둬 뿌렸수다. 집이랑 모든 거르 옴팡 정리하구서리 또 떠돌이생활으 시작했슴다."

그는 가랑비 속에 아른거리는 먼 산을 바라보면서 깊은 한숨을 쉬었다.

"지금 생각하문 내가 참으루 분수르 모르는 도투바이(욕심쟁이)고 헴없는(철없는) 돌내구리가 앙이겠습네까. 누구는 속이구 싶어서 그랬겠소. 든 정으 떼칠 수가 없었을 테구, 한편으로는 팔자르 고쳐 오순도순 살아보구 싶은 맘도 있었겠지비. 나야말로 40이 가까운 나이에, 그 아아는 신령님 아바이께서 보내주신 내 자식으루 생각하문 지금 같은 떼꾼 생활두 앙이 했을 테구, 따뜻한 가정으 이루고 살구 있을 텐데 말이우다. 이 줏살(주제), 하바닥 신세에 어데가서 그런 착한 네미나이르 만나겠슴까. 어방이 없는 일입지. 어리석구 헛된 생각으루 착한 안까이르 떠나 보낸 거르 생각하문 참으루 후회막급입네다."

오래지 않아 가랑비가 굵은 빗방울로 변하더니 소나기가 쏟아지기

시작했다. 술취한 그가 벌떡 일어서더니 가슴을 풀어헤쳐 속살을 드러내놓고는

"우레야 쳐라. 소낙비야 내레라. 천지를 집어 삼케라!" 하고 팔을 휘저었다. 그러고는

"곱단아, 곱단아~~"

하늘을 향해 목이 터져라 외쳤다. 마치 목에서 피가 튈 것 같은 외침은 소나기를 타고 올라갔다가 떨어져 강물 위에 동그라미를 그렸다가 이내 사라지곤 했다. 그가 비틀거렸으나 누구도 위험을 말리거나 대꾸하는 사람이 없었다. 모두들 눈물인지 빗물인지 흘러내리는 물을 훔치지도 않고 굽은 등을 한 채 황소처럼 눈만 끔벅거렸다.

술판은 이후에도 종종 벌어졌다. 그리고 취하면 주로 신세 한탄을 했다. 하지만 다른 뗏목에서 자주 한다는 투전은 하지 않았다.

닷새, 엿새도 별로 주목할 만한 일이 없었다. 다른 점을 굳이 꼽으라면 한 가지가 있긴 하다.

닷새째 되던 날 뗏목을 몰다가 어느 지점에선가 작은 돛배 한 척이 다가왔다. 떼의 머리 부분과 돛배의 선수(船首)가 닿을까 말까 하는 순간 두 사람이 배에서 상자 하나를 들고 뛰어내려 앞사공의 뒤에 놓았다. 그중 한 사람이 조상을 향해 큰 소리로 "대장간에서 사 온 농사 연장들인데 처가댁에 자르 좀 전해 주기오." 하고는 자신들의 배에 올라 상류로 노를 저어 갔다. 겉보기에도 무거운 물건인데 매우 빠른 동작이다. 물길을 오가는 배꾼다웠다. 스기야마는 그 모습을 보면서 문득 수호지에 나오는 낭리백조(浪裏白條) 장순(張順)을 연상했다.

자세히 보니 가로가 120㎝, 세로가 150㎝, 폭이 100㎝쯤 될 것 같은 상자는 판자로 짜였는데 자물통이 걸려 있었다. 앞사공에게 슬며시 물

어보니까 돛배의 주인은 조상과 먼 친척이 되는 사람인데 집안(輯安) 부근에 사는 처가에 전해달라며 이따금 사례비를 조금 주고 부탁을 한다고 대답했다. 그도 배가 있는데 왜 직접 전하지 않고 남에게 부탁을 하는지 궁금했으나 꼬치꼬치 캐물을 수도 없는지라 내용물을 확인할 기회가 오겠거니 참았다.

그 외에는 특별한 것이 눈에 잡히지 않는, 뗏목꾼의 입장에서는 그저 평범한 일상에 지나지 않았다.

그리고 나무상자에 대한 궁금증도 혜산에서 출발한 지 7일째 되는 날에 풀렸다.

떼군들은 만포와 초산 사이에 위치한 위원군 건너편에 뗏목을 댔다.

만포와 집안현, 압록강과 통구하(通溝河)가 만나는 강가에 외롭게 자리한 허름한 민가를 찾아 방을 정했다. 그 집은 아무도 없는 백사장을 지나 잡풀들이 듬성한 통구하 옆을 100여m쯤 따라가다가 북쪽 산밑으로 낮은 언덕 위에 자리하고 있었다.

모두들 밥을 먹으면서 고된 하루의 여유를 즐겼지만, 뒷사공 신두껍은 바빴다. 뱃사공으로부터 부닥받은 농사에 쓸 연장 상자를 전해야 하기 때문이다.

뱃사공의 처가는 강에서 십여 리나 떨어진 산골이라고 한다. 그는 배 운송의 일거리가 많은 봄과 가을에 본가나 처가에 전할 물건이 있을 때는 이렇게 부탁하는 일이 종종 있다고 한다. 한창 돈을 벌 시기에 공연히 붙들려 시간을 허비하기보다는 적정한 보수를 주고 대신 물건을 전하는 것이 훨씬 이득이기 때문이다. 봄에는 쌀이나 목재, 석탄 등 운반할 일거리가 가장 많은 계절이다.

뒷사공 신두껍이 빌린 지게에 상자를 얹어놓고 어둑어둑한 골짜기

를 바라보면서 영 내키지 않는다는 듯

"해마다 부탁으 받아서 그 사람 개새비(장인)르 내가 자르 압네다. 70 먹은 노치인데 잔소리꾼이오. 내가 알기로 작년 봄부터서 내내로(늘) 연장으 보내 달라고 싸위한테 부탁으 해댔는데 이제야 전하게 되니 그 욕으는 내가 대신 먹게 생겼수다. 씨벨랑게(욕설) 밤중에 찾아 들으니 더욱이 앙이 그럽메."라고 투덜거리며 떠나는 것을 보고 앞사공 이대산이 웃으면서

"이 사람 두께비, 고라재마는 떼꾼 일당에 부수입까지 생기는데 잔소리르 몇 마디 듣는 거이 무스거 대수겠능가. 그러하구 돈으 벌기가 쉬운 일인가. 일이 있으며는 한밤중에라도 오숩소리(조용히) 댕게 와얍지, 닥닥새 낭그 쪼아대듯 불평을 하문 되겠능가. 배르 내지 말구서리 얼피덩 댕겨와서 술이나 한잔 합세."라고 구슬렀다.

혹시나 하고 기대를 걸고 있었던 스기야마는 그들이 나누는 욕설까지 섞인 신두껍의 불평, 표정, 행동에서 결코 의심할 만한 것들이 없다는 것을 느끼게 되자 허탈한 심정에 주저앉고 싶었다. 한편 곰곰이 생각하면 누구보다 힘들고 불안하고 천대받는 뗏목꾼들이 불령한 일들을 하지 않는 것이 다행스럽다는 생각이 들기도 했다.

수풍에 닿아 목상에게 떼를 전하고 첫 번째 여정을 끝냈다. 조상의 몫 120원과 경비 20원을 제하고 한 사람당 80원씩 돌아갔다. 원래는 75원으로 계산이 됐으나 긴 물길에 수고 많았다면서 목상이 5원씩을 얹어서 계산을 마무리해줬다.

스기야마는 이 뗏목꾼들에게서는 별 의미가 없다는 생각이 들었다. 이들과의 일은 이번으로 끝을 내고 차라리 토장을 돌면서 정보를

수집하는 편이 낫지 않을까 계산을 했다. 그러나 단 한 번의 여정으로는 뭔가 마뜩잖은 느낌이다. 형사는 허탕이 99.9%로 생각되더라도 단 0.1%의 확률을 위해 정보활동을 한다. 그렇다면 적어도 두 번은 확인해야 자신부터 납득시킬 수가 있을 것이다.

두 번째 뗏목은 혜산으로 돌아온 후 닷새가 지나 시작됐다.
지난번에는 경험이 없어서 너무 힘들었는데 이번은 떼 바닥이 조금 늘긴 했어도 훨씬 수월할 것 같았다. 뗏목 가운데에 죽데기로 움막을 하나 만들어 부탁받은 쌀자루 몇 개와 무 배추 등 짐꾸러미를 그 안에 넣었다.
여정은 지난번과 별반 다르지 않았다.
후창, 중강진, 자성을 지났다.
그리고 7일째 되는 날 집안(輯安)에 도착하여 전번에 머물렀던 통구하 입구에 있는 외딴집에 숙소를 정했다.
그날 저녁엔 일찌감치 술판이 벌어졌다. 여지껏 못 보던 상차림이라 모두 눈이 휘둥그레졌다. 그 모습을 보고 조상이 빙그레 웃으면서
"허허 오래간만에 도티(돼지)개기두, 달기(닭)개기두 있구, 감둬(쥐) 부팀(침)이 허구 메사기(메기) 뾰돌티(치)랑 물개기두 보니깐 눈들이 돌아가는구만 기래. 오늘 저낙(저녁)은 닙안에 도착한 기념으루다가 술판을 한 번 벌여보기루 했수다. 이 음식들은 지난번 뱃꾼 남격쇠 부탁으루 그 가시애비(장인)한테 농기구를 전해 주구 받은 돈에다 공짜루 생긴 돈을 보태서 타린 것이오. 신두껍 저 사람이 고상은 했디만 우리들 품삯에서 나가는 돈은 앙이니깐 맴들 놓구 들구레."라고 설명했다.
술잔은 신참인 스기야마와 후지타에게 집중되었다. 그러나 후지타

는 서너 잔 마시더니 평소에 술을 마셔본 적이 별로 없어 머리가 어지럽다면서 일찌감치 자리에 누워버렸다. 스기야마는 어떤 핑계라도 댈까, 궁리를 했으나 지난번 처음 떼를 타던 때 이들과 친해지기 위해 술을 많이 마신 적이 있으므로 빠져나갈 방법을 찾지 못했다. 요령껏 마시는 수밖에 없었다.

 그리고 어느 때쯤 됐을까, 목이 말라 잠에서 깼다. 일어나 보니 방에는 피개득과 후지타만 코를 드르렁거리며 잠에 떨어져 있고 다른 사람은 아무도 없다. 머릿속을 번개처럼 지나는 것이 있다. 살며시 밖으로 나왔다. 마당 가 나무 그늘에 몸을 숨기고 주변을 살폈다. 서편 하늘에 상현달이 어슴푸레 계곡을 비치고 있었다. 북쪽은 어둠에 싸였고 아래쪽으로 바라보이는 곳은 뗏목을 매어둔 압록강과 통구하의 합수머리다. 눈을 비비고 물안개에 싸인 아래쪽을 바라보니 강가에 무언가가 움직이는 것 같다. 그러나 확실하게 알 수가 없다. 몸을 낮추고 숲사이로 난 길을 따라 70미터 가까이 다가갔다. 뿌우연 물안개 속으로 뗏목의 모습이 눈에 들어왔다. 위쪽으로 작은 목선 한 척이 닿아 있었다. 사람들이 그 배에서 뭔가를 내려 각자 어깨에 둘러메고 있었다. 먼저 멘 사람들은 스기야마가 있는 길을 따라 다가왔다. 얼른 숲 속에 몸을 숨겼다. 옆으로 한 사람씩 지나갔다. 맨 앞에 조상 하무심이 지나가고 그 뒤를 이대산과 신두껍이 어깨에 짐을 둘러메고 따랐다. 그리고 맨 뒤엔 흰 두루마기를 입은 두 사람이 보따리를 하나씩 들고 지나갔다. 스기야마는 적당한 간격을 두고 뒤를 미행했다. 작은 개울을 따라 한참을 가니까 계곡이 나타났고 위로 올라갈수록 점점 좁아졌다. 가운데 오솔길을 따라 3㎞가량을 올라갔다. 눈앞에 널따란 공지가 보였다. 조상과 짐을 멘 사람들이 공지로 가까이 갔다. 서로 인사를 나누는 음성이 들렸다. 몸을 낮추고 자세히 살펴봤다. 아슴푸레한 달빛 속에 많은 사람이 움직이고 있었다. 달빛이 흐린 탓으로 아른거리는 형상들만 눈에 들어왔다.

어느 순간 구령이 떨어지고 일대가 환하게 밝아졌다. 막대기 끝에 불을 붙인 사람들이 네 귀퉁이에 서 있었다. 모습들이 선명하게 눈에 들어왔다. 사람들의 숫자는 30여 명가량 되는데 그들 대부분은 군인이고 흰 두루마기를 입은 사람 대여섯은 하무심을 비롯한 떼꾼들이다. 그런데 흰 두루마기를 입은 사람들 가운데 유달리 시선을 끄는 사람이 있었다. 꼽추 등을 하고 다리를 심하게 절고 있었기 때문이다. 어디서 많이 본 듯한 얼굴이라는 생각이 들었다. 순간 자신도 모르게 헉! 하고 신음 소리를 냈다. 그 사람은 다름 아닌 박춘삼, 그였기 때문이다. 가와모토의 시뻘겋게 피 묻은 이빨이 떠올랐다 사라졌다. 마음을 진정시키고 다시 그곳을 주시했다.

군인들의 복장은 중국군처럼 다갈색에 검은색 모자를 썼는데 중국 군대식 금장(襟章)과 견장(肩章)이 불빛에 이따금 번쩍거렸다. 무장도 중국군과 비슷하고 허리와 어깨에는 탄띠를 둘렀다. 신임자가 앞에 나와 구령을 붙이자 흩어져 있던 사람들이 횃불의 가운데로 나와 암벽을 향해 도열했다. 한눈에 보기에도 질서가 정연하다. 그도 그럴 것이 이 군인들은 황포(黃埔)군관학교 및 모스크바 국제사관학교 출신의 동포 장교들로부터 이론과 실기를 훈련받았고, 조선 국내 진공 작전을 비롯하여 지금까지 무려 50회에 가까운 크고 작은 전투를 감행한 역전의 용사들이기 때문이다. 잠시 후 검은 군복을 입은 사나이가 사람들의 선두에 나와 그 역시 암벽을 향해 섰다. 그들의 앞에는 제단이 있고 제물이 놓인 사면에 촛불이 켜져 있었다. 그리고 제단 뒤쪽으로 신주가 모셔져 있었다. 흰 두루마기를 입은 사람들 중에서 두 사람이 나와 제단 옆에 섰다. 제사를 인도하는 집사들이다.

그중 한 사람의 말에 따라 앞에 선 대장이 거수경례를 한 다음 술을 따라 올렸다. 도열한 사람들이 대장을 따라 몇 번 경례를 했다. 소지가 올려졌다.

제사가 끝나고 대장이 사람들을 향해 돌아섰다. 스기야마는 그의 얼굴을 보고 다시 한번 놀랐다. 그는 오래전부터 일본 경찰에서 현상금을 걸어놓고 있는 백광운(白狂雲)이다.

그가 입을 열었다.

"대한민국 임시정부 참의부 장교 여러분, 나는 대한민국 임시정부 육군 주만참의부(駐滿參議府) 참의장 겸 제1중대장 백광운이다.

우리는 대한독립이라는 같은 목표를 향해 이국땅에서 투쟁하는 같은 동족 같은 독립군이지만 그동안 여러 갈래로 분산되어 일사불란한 체제를 갖추지 못했다. 이는 적을 타격하는 데에 있어 정신적으로나 물리적으로 비효율이라고 아니할 수 없다. 그러나 얼마 전 대한민국 임시정부로부터 만주에 있는 모든 부대를 통합하는 직할 부대인 주만참의부로 승인을 받았고 형식적인 절차만을 남겨두고 있다. 아직 우리의 편제 속으로 들어오지 않는 부대들이 있으나 머잖아 모두가 하나로 통합될 것이다. 그러므로 우리는 대한민국 임시정부 육군 주만참의부 장령들이다. 이를 계기로 더욱 강고한 의지와 강력한 힘을 모아 적들에게 더욱 심대한 타격을 가하고자 한다.

지금 나와 제장(諸將)들이 서 있는 이곳은 어디인가?!

남으로 압록강을 두고, 동으로는 용산(龍山), 서로는 칠성산(七星山)이 있고, 북에는 우산(禹山)이 있는 그 옛날 고구려의 제2 궁성인 국내성이 있던 곳, 광개토대왕 할아버지의 무덤과 장군총이 있는 길림성(吉林省) 집안현(輯安縣) 통구성(通口城) 터다.

방금 여러분과 나는 유리왕(琉璃王) 할아버님과 광개토대왕(廣開土大王) 할아버님을 비롯한 조상님들께 일본 왕 요시히토(嘉人)와 그 아들인 섭정(攝政) 히로히토(裕仁), 조선 총독 사이토 마코토(齊藤 實)와 그 주구들을 척살하고 조국광복을 앞당기도록 더욱더 강한 정신력과 힘을 달라는 기도를 올렸다.

지금으로부터 4천2백50(서기전 2333)여 년 전, 단군왕검께서 아사달에 도읍을 정하시고 고조선을 건국하신 이래 우리의 할아버지들은 이민족들의 거센 저항을 잠재우며 서쪽으로는 중국의 북경을 훨씬 넘어 섬서성(陝西省)까지, 남으로는 복건성까지, 북으로는 시베리아 일대까지, 동으로는 연해주, 남으로는 대마도에 이르는 광대한 땅을 아우르면서 박국, 즉 밝은 민족의 배달나라 대제국 조선을 건설하셨다. 광개토 호태왕(好太王) 할아버지와 장수왕 할아버지, 발해를 건국하신 대조영 할아버지를 비롯한 조상님들께서는 준마를 달리며 내륙을 호령하셨다. 그런데 지금 우리의 모습은 어떠한가?

을사년에 섬나라 일본 승냥이들이 신성한 배달의 땅에 발톱을 꽂고, 경술년에 나라를 빼앗은 지 어언 15년이 지나는 동안 놈들은 우리의 조국과 조선인의 생명 재산을 강탈하고 고귀한 배달민족의 혈통을 자신들의 더러운 피와 섞기 위해 소위 내선일체화라는 해괴한 망동을 벌이고 있다. 지금 조선 땅은 피폐되고 민족은 만주와 연해주를 비롯한 로서아(露西亞) 땅으로까지 뿔뿔이 흩어졌다.

놈들은 중국과 로서아를 아가리에 넣으려고 군대 수송을 위한 철도를 놓고, 곳곳에 무단으로 영사관 경찰서를 설치하고, 이를 효율적으로 관리하기 위해 소위 관동청(관동도독부 후신)을 만들고 관동군을 창설하는 등 침략 음모를 지속적으로 진행하고 있다.

조선총독 사이토는 제2대 조선 주둔 일본군 사령관으로도 근무한 경력이 있는 전임 총독 하세가와 요시미치(長谷川好道)가 3·1운동 당시 수많은 우리 동포를 죽인 탓으로 성난 민심에 쫓겨감에 따라 그의 후임으로 왔다. 그러나 놈은 소위 '문화정치'라는 미명으로 곳곳에 왜놈학교를 세워 사상교육을 강화하고 민족신문을 친일신문으로 만드는 등으로 조선인의 저항을 무력화시키는 교활한 정책을 시행하고 있다. 전임 하세가와란 놈이 우리를 힘으로 지배하려 했다면 사이토란 놈은 우리의 정신을 정복하려는 간교한 술수를 쓰고 있다.

그뿐인가.

우리는 이곳 만주에서도 저들이 어떤 악랄한 행동을 하는지를 똑똑히 보고 있다.

그 대표적인 예로 단기 4248(1915)년, 을미년 1월에는 원세개(袁世凱) 정부와 만·몽조약을 체결하여 조선 땅인 간도를 남만주철도 부설권 및 무순탄광 채굴권과 맞바꾸어 대륙침략의 발판을 마련하는 날강도짓을 감행했다.

경신년(1920) 4월에 블라디보스토크에 주둔하던 왜놈 군대가 신한촌을 급습하여 니콜라스크에서 독립운동을 하던 대한민국 임시정부 초대 재무총장 최재형 동지 등 90여 명을 총살하였다. 그리고 같은 해 9월에는 본격적으로 만주 출병을 기획하고 마적단을 매수하여 훈춘사건을 조작했다. 10월에는 조선주차군사령부(朝鮮駐箚軍司令部)가 소위 '간도 불령선인 초토계획(剿討計劃)'을 수립하고 정규군 19사단을 동원하여 이듬해 2월까지 4개월 동안 화룡현 장암동, 연길현 의란구와 와룡동 등 우리 동포들이 사는 마을을 샅샅이 뒤졌다. 그리하여 무려 3천 7백여 명의 동포를 학살하고, 3천 3백여 채에 이르는 가옥을 불살랐다. 비명에 돌아가신 숫자는 신원 불명한 분들까지 합하면 만 여 명으로 추산되고 있다.

우리의 부모님과 형제자매들은 가장 비열하고 가장 악랄하고 가장 야만적인 수단에 의해 목숨을 잃었다. 교회당에 집단으로 가두고 기름을 뿌려 화마로 죽였으며 견디지 못해 뛰쳐나오면 총창으로 찔러 다시 불구덩이에 밀어 넣었다. 작두와 일본도로 목을 잘랐고, 사지를 절단했으며, 얼굴 가죽을 벗기는 고통을 주어 살해했다. 나무 기둥에 묶어놓고 총검술 연습의 도구로 삼기도 했다. 심지어는 갓난아이를 빼앗아 공중에 던져놓고 총검으로 찔러 창끝에 꽂아 들고 그 어머니가 졸도하는 모습을 보면서 히죽거리는 놈도 있었으니, 인간의 탈을 쓰고 어찌 이 같은 짓을 할 수가 있단 말인가?!

놈들이 그 같은 만행을 저지른 목적은 첫째는 독립군과의 전투에 패배한 복수심에서 비롯된 것이요, 둘째는 우리 동포로 하여금 공포심을 갖게 하여 독립운동가들이 설 자리를 없애려는 것이다.

사랑하는 대한민국 임시정부 육군 주만참의부 장교 여러분!

만일에 우리가 저 왜나라 야만인들의 만행을 외면한다면 그것은 대륙을 호령하시던 할아버님들을 욕되게 함이요, 자손만대에 이르기까지 민족의 오명으로 남을 것이며, 우리는 죽어서도 눈을 감지 못할 것이다.

경신참변 이후 대부분의 독립군 부대가 연해주 방면을 비롯하여 이리저리 자리를 옮기고 일제의 압력으로 장작림(장쭤린) 군부의 박해가 가장 심하던 때에도 우리 주만참의부는 여기 남아 싸웠다.

우리는 결코 두렵지 않다. 그 어떤 상황에서도 싸울 것이다. 여기 모인 동지들 대다수는 압록강을 넘나들며 적의 파출소를 비롯한 관공서들을 공격하고 경찰과 배신자들을 처단하는 등 그 누구보다 많은 전과를 올려왔던 불퇴전의 용사들이다. 그리고 우리는 지옥에서 온 사자가 되어 일본 제국주의자들이 조선과 만주에서 물러가는 그날까지 피와 죽음의 공포를 깨닫게 해 줄 것이다. 더욱이나 오늘 자리를 함께 하신 민간 동지들은 왜적의 겁박에도 기죽지 않고 아무도 상상하기 어려운 방법으로 총기와 탄약과 식량을 조달해 주고 계시니 어찌 분발하지 않을 것인가!

앞으로도 예상할 수 없는 고통과 시련이 무수히 닥치겠지만, 독립군으로서의 사명감과 긍지와 자부심이 있다면 이 또한 어찌 극복하지 못할 것인가!

국권 회복에 목숨을 걸고자 하는 동지 여러분!

나는 지금으로부터 8년 전 단기 4245년(1912) 7.20. 우당 이회영 선생님과 그 형제들이 창설하신 신흥무관학교 출신이다. 우리는 일제의 온갖 방해와 추위와 배고픔 속에서도 설산에 선 한 그루 조선 소나무처럼 굳센 정신력을 습득하였으며 초인적인 훈련을 받아 일당 백의 군인으로 태어났다. 지금 중국에는 3,500여 명에 달하는 동문들이 적을 섬멸하기 위해 활약하고 있다. 나는 이국땅에서 외롭고 힘들 때마다 그분들과, 또한 여기 불퇴전의 실력으로 무장한 동지들이 함께 있다는 것에 크나큰 자부심과 용기를 느끼고 있다.

나는 또한 오래전에 부모님께서 지어주신 본명을 고쳤다.

본래의 내 이름은 채찬(蔡燦)이다. 그러나 백의민족을 뜻하는 흰 백

(白)자에, 미칠 광(狂)자와 구름 운(雲)자, 백광운(白狂雲)으로 고쳤다. 그렇다. 나는 백의민족의 군인 신분으로 일본제국주의 침략자들에게 미친 구름이 되려는 것이다. 적 수괴들을 죽이고 그 주구들의 생명 하나하나와 맞바꿀 수 있다면 기꺼이 내 이 뜨거운 심장을 터뜨려 붉은 피로 일본열도와 조선과 만주를 덮고, 혈관을 토막토막 끊고, 팔다리와 살점 하나하나를 발라내어 적 한 놈 한 놈의 생명과 맞바꿀 것이다. 내 나라를 되찾고 형제자매 이천만 민족에게 광복의 기쁨을 줄 수 있다면, 배달겨레가 이리들의 압제에서 벗어나 광명한 세상을 맞을 수 있다면, 그리하여 지하에 계신 조상님들께서 편히 눈을 감으실 수 있다면 두려워할 상대가 누구이며, 아까워할 것이 무엇이겠는가?! 나는 잠에서도 대한독립의 꿈을 꾸었고 밥을 먹으면서도, 뒷간에 가서도 광복의 그날을 꿈꾸었다. 어떻게 하면 이 몸을 효과적으로 대한독립의 제단에 바칠 수 있을 것인가를 생각하고 또 생각했다.

사랑하는 동지 여러분,

이것이 어찌 나만의 생각이겠는가.

제장(諸將)은 나의 자랑스런 동지요 분신이며, 피로 맺어진 형세다. 그러므로 여러분 모두가 미친 구름이다.

여기 모인 한 명 한 명의 백광운이 뜰 때마다 일본 왕 요시히토와 그 아들인 섭정 히로히토, 조선 총독 사이토와 그 주구들의 얼굴이 하얗게 질리는 공포의 존재가 되자.

오늘 우리의 역사는 단절의 위기를 맞고 있다. 저 일본 섬나라 종족들의 간교한 침탈로 인해 면면히 이어져 오던 일만 년 찬란한 조선의 시간이 단절될 위기에 처했고, 반도에서 대륙으로 이어진 공간이 점령당했다.

게다가 근래 들어 왜놈들의 힘을 믿고 목숨과 재산을 보장받으려는 민족의 배신자들이 늘어나고 있다. 밀정을 비롯한 왜구의 앞잡이들에게 우리가 얼마나 강하고 끈질긴 집념의 존재인지, 최후의 승리자가 누구인지를 보여주자.

우리는 반드시 승리한다.

오늘 이곳에 옛 궁성은 이끼가 끼고 허물어져 천하를 제패하던 자취만 남았다. 그러나 조상님들의 혼백은 분명 이곳에 계시다. 우리는 할아버님들의 원대한 이상과 불퇴전의 용기를 본받자.

조선은 기가 살아 있는 나라이며 한민족은 그 어떤 강대한 힘 앞에도 굴복한 적이 없다. 역사상 조선을 침략했던 자들은 당 태종이나 수양제처럼 망국의 쓰라림을 면치 못했고, 도요토미 히데요시처럼 정권이 붕괴되는 고통을 면치 못했다.

조선 호랑이처럼 용맹한 제장들이여!

백두산 멧부리에서 기를 얻고, 만주 성터에서 음력(陰力)을 받아 2천리 압록강 용의 등줄기를 타고 나아가자. 왜적을 섬멸하고 고조선의 옛 영광을 되찾자.

그리하여 우리의 마음속에 독사처럼 숨어 있는 것, 즉 압록강이 국토의 경계라는 인식도 없애 버리자.

압록강과 두만강은 국토의 경계가 아니라 조선 민족을 등에 업고 대륙으로 바다로 웅비하는 황룡과 청룡이다. 백두산 멧부리에서 뻗어내린 산맥은 그 아래 크고 작은 강줄기들과 더불어 강력한 발톱을 만들고 있으니, 그 기세는 동, 남, 서, 북의 바다와 대륙을 향하고 있다. 그것은 자주독립의 산을 넘어 다시 5대양 6대주로 힘차게 진출하라는 하늘의 계시(啓示)가 아니겠는가!

오늘 이 용의 등에 서서 다시금 결의를 다지고자 내가 묻노니 여러분은 답하라."

그가 잠시 말을 끊고 모인 장교들을 둘러보더니 우렁찬 소리로 외쳤다.

"여러분은 무엇을 위해 참의부에 들어왔는가?"

"왜적과 싸우기 위해 들어왔습니다."

"여러분이 싸워서 얻고자 하는 것은 무엇인가?"

"대한독립을 이루기 위해섭니다."

"여러분은 왜적과 싸워 이길 수 있는가?"

"우리는 반드시 승리합니다."

본명 채찬(蔡燦), 아니 백 대장의 말에 모두가 총을 하늘로 올리며 '대한독립 만세'와 '백광운'을 연호했다.

집안현 통구성 골짜기는 함성으로 가득 찼다.

이 모습을 바라보는 스기야마는 문득 외로움을 느꼈다. 마치 광야에 홀로 버려 진 아이 같다는 생각이 들었다. 곧이어 자신도 모르는 사이에 그들의 함성 속으로 빨려 들어가는 느낌을 받았다. 온몸에 부르르 경련이 일었다. 그것은 분명 두려움에서 비롯된 떨림이 아니었다. 지금까지 경험해 보지 못한 경이로운 체험을 할 때 느끼는 그런 떨림이었다. 스스로 옳다고 생각하는 일에 목숨을 던지겠다는 차돌처럼 단단한 신념, 불가능하다고 여겨지는 것에 대한 도전, 무모함을 깨트리는 일에 추호의 의심도 하지 않는 사람들에 대한 존경이었다. 그렇다. 혹자는 어리석음이라고 말들을 하지만, 진정한 용기는 불가능을 깨트릴 수 있다는 자기 확신에서 비롯되는 것이 아니겠는가. 그러한 도전이 없었다면 인류는 구속과 수탈과 억압의 야만에 머물러 있을 것이다. 도전이야말로 새로운 역사와 불가능의 자물통을 깨어 부수고 광대한 미지의 신세계로 향하는 첫걸음이다.

스기야마는 숲에서 나와 뛰었다. 숨을 헐떡이며 뛰고 또 뛰었다. 그런데 왜 자꾸만 눈물이 나고 있나? 백광운의 연설을 들었을 때도 자신도 모르게 눈물이 주르르 흘렀던 이유가 무엇일까? 생각하면서도 부리나케 달렸다. 그리고 숙소의 문을 열어젖혔다. 다행스럽게도 후지타는 아직 자고 있었다. 그와 함께 자던 피개득은 보이지 않았다. 후지타의 궁둥이를 걷어찼다. 그가 눈을 껌벅거리며 무슨 일인가 쳐다봤다.

"빨리 일어나! 도망쳐야 해!"

그러나 문을 열고 한쪽 발을 뜨락에 내딛는 순간 이미 때가 늦었다는 것을 깨달았다.

열린 문 안을 향해 싸늘한 총구가 기다리고 있었다. 피개득이다.

오래지 않아 하무심 조상을 비롯한 떼꾼들과 두루마기를 입은 두 명의 사람이 들이닥쳤다. 꼽추 박춘삼의 눈빛이 번쩍거렸다. 다른 두루마기가 권총으로 방향을 가리켰다. 우두머리로 보였다. 스기야마와 후지타는 그가 시키는 대로 뗏목으로 향했고 나머지 사람들이 그 뒤를 따랐다.

떼에 오르자 두목이 낮은 소리로 조상에게 말했다.

"떼를 강 가운데로 몰아가시오. 물안개가 가득 덮였으니까 강변에선 총소리가 딱총소리로밖에 들리지 않을 것이오. 저놈들을 처리하기엔 딱 좋은 시간이오."

뗏목이 강의 가운데로 나왔다. 사방이 물안개에 가려 보이지는 않았지만 굵은 흐름으로 보아 가운데쯤으로 여겨졌다.

두루마기가 권총을 하늘로 향했다가 서서히 내리면서 말했다.

"나는 너희 용정영사관 경찰서 순사 놈들이 그토록 찾던 풍물 장수 황만수다. 여기 게시는 하무심 동지와 박춘삼 동지를 비롯한 여러 동지들과 조선 민족의 이름으로 너희 배신자들을 총살에 처한다. 다음 세상에 가면 조상님들께 죄를 빌어라. 잘…"

순간 후지타가 옆에 있는 신두껍을 두목 쪽으로 힘껏 밀었다. 그 바람에 잠시 혼란이 일어났다. 두 사람은 그 틈을 타 공격을 가했다. 뗏목꾼들이 일시에 두 사람에게 달려들었다. 육탄전이 전개됐다. 황만수는 권총을 들었으나 방향을 잡지 못하고 총구를 이리저리 움직이고 있었다. 그러나 5 대 2의 싸움이다. 게다가 뗏목 위다. 일렁거리는 통나무들 위를 요리조리 옮겨 다니며 타격을 가하는 능숙한 떼꾼들을 당할 재주가 없다. 오래지 않아 후지타는 칼에 찔려 비틀거리다 강으로 떨어졌다. 스기야마는 혼자서 사력을 다해 싸웠으나 한쪽으로 밀리기 시작했다. 피아의 구분이 확연해지자 황만수가 권총을 위에서 아래로 내렸다. 그를 향해 달려들었으나 둔탁한 총성과 함께 한순간 옆구리에 화끈한 감각을 느끼며 급류 속으로 빨려 들어갔다.

안개 속을 헤매다 눈을 떴다.

천장이 보였다. 낯선 천장이다.

몸을 일으키려 했다. 오른쪽 옆구리 갈비뼈 부근에 심한 통증이 왔다.

자신도 모르게 신음소리를 냈다. 그러자

"움직이지 말고 그대로 누워있어요. 잘못하면 생명을 잃을 수도 있으니까."

젊은 여자의 음성이다. 고개를 들어보니 창문 쪽으로 저고리를 입은 가냘픈 등만 보인다. 방안에는 한약 냄새가 진동했다. 그러고 보니 자신의 입에서도 한약 냄새가 났다. 기억을 더듬었다. 총을 맞던 순간의 모습이 떠오른다.

"여기가 어딥니까?"

"어디라면 알겠어요? 그냥 고단한 목숨 하나 치료해 주는 곳으로 알고 누워있어요. 나로서는 당신 같은 사람을 치료해 주는 게 썩 내키지 않는 일입니다. 게다가 묻는 게 많으면 귀찮아서 버려둘 수도 있어요."

얼음장처럼 차가운 말에 스기야마는 멍한 느낌을 받았다.

잠시 후

"목숨을 구걸하고 싶은 생각은 없소. 그러나 내가 어디에 와 있는지는 알아야 할 게 아니오."

"조금 있으면 대답해 줄 사람이 나타날 겁니다. 내가 할 수 있는 말은 살고 싶은 생각이 없다면 몰라도 그렇지 않다면 치료한 부위가 덧나지 않도록 당분간은 몸을 움직이지 않도록 하라는 것뿐이에요."

그녀는 얼굴도 보이지 않은 채 약탕기를 들고 밖으로 나가 버렸다.

좌우로 고개를 돌려보니 사방이 여덟 자 정도 되는 좁은 방이다. 오른편 미닫이 창살 문이 있는 구석에 문갑이 하나 놓였고 그 옆에 칸막이들로 이루어진 자그마한 약장이 있다. 약장의 크기로 보아 아마도 장기 투숙 환자의 치료를 위해 마련된 방으로 생각됐다.

고요한 가운데 간헐적으로 들리는 바람 소리, 낮은 물소리… 어느 곳일까?

눈을 감고 다시 기억을 더듬어 본다.

분명 두루마기의 총을 맞고 강으로 떨어졌다. 그리고 강한 물살에 한참 동안 허둥댔다. 이후의 기억은 없다. 그토록 넓은 강에서 누가 어떻게 구했을까?

뗏목꾼들은 어쩌면 그렇게 완벽에 가까운 연기를 할 수 있는가?! 뱃사공이 장인에게 전해달라고 부탁했던 나무상자에는 분명 무기가 들어있었다. 그걸 간과하지 않았더라면 이런 일을 겪지 않고 일찍 돌아갈 수 있었을 것이다.

사건의 전개 과정을 하나하나 짚어본다. 그제야 모든 일이 서서히 드러난다. 황만수나 김막쇠 둘 중 한 사람은 독립군들을 담당하는 연락책이었고, 다른 한 사람은 뗏목꾼들을 담당하는 연락책으로 그 중간에서 거점 역할을 한 사람이 박춘삼일 것이다. 어쩌면 그들의 중간지대에 용정지역 거류민회 의원인 김약연 목사나, 또는 그의 동생 학연, 정재면 선생 등이 연결돼 있는지도 모른다. 막노동꾼 김막쇠는 명동촌을 뻔질나게 들락거렸다고 하지 않던가. 어쨌거나 분명한 것은 박춘삼, 황만수, 김막쇠 세 사람이 뗏목꾼들과 이렇게 연결이 돼 있었다는 사실이다. 참으로 상상조차 못 한 일이다. 그들은 아무도 생각해내기 어려운 방법으로 백광운 부대에 무기와 탄약과 식품을 비롯한 물자를 공급해 왔던 것이다.

그러고 보니 이번 일은 영사관 경찰이 목재소 집산지들에 대한 감시를 소홀히 한 데에서 비롯된 것이다.

대부분이 본토 출신인 목재소 소유자들은 실상 경찰의 통제선 밖에 있었다. 목재나 광공업 등 조선에서의 이권을 틀어쥐고 있는 그들은 일본 황실과 제국주의를 떠받치고 있는 가장 충성스럽고 강력한 힘을 지닌 사람들이다. 귀족이거나, 정치계나 재계의 거물이거나, 적어도 힘 있는 자들을 배경에 두고 있어서 감히 통제하기 어려운 사람들이다. 소유주들은 지위와 명성이 있는 만큼 초기에는 실수를 하지 않기 위해 사업 운영에 엄격한 자기통제를 수행했다. 주거지인 일본 본토로부터 벌목장이 산재한 백두산이나 목재의 집산지인 압록강 두만강 양안 일대에 자주 출장을 왔다. 회계나 관리상태를 점검하고 대리인인 사장들을 독려했다. 인부들 관리에도 엄격함을 요구했다. 비록 뗏목꾼이라 할지라도 신분이 확실해야 일을 시키도록 했다. 작은 사고라도 발생하면 즉시 추방했다. 떼꾼과 인부들은 자기들끼리 투전을 하거나 술타령을 하는 때에도 쉬쉬하며 조심했다. 사고가 일어나지 않았다. 더욱이나 독립운동에 가담하는 일 같은 건 상상조차 할 수 없는 분위기였다. 그러다가 점차 소유자들의 출장 횟수가 줄어들고 통제가 느슨해졌다. 사고가 하나 둘 발생하기 시작했다. 하지만 경찰의 감시나 통제는 여전히 형식적이었다. 말단 경찰들도 이곳은 감히 건드릴 수 없다는 것을 알기 때문이다. 독립군들은 그것을 간파한 것이다. 영사관 경찰과 헌병대에서 독립군들을 색출하고 파괴하기 위해 전력을 다하고 있으나 그런 취약한 부분이 있을 줄을 생각이나 했겠는가. 출장 전 서장이 훈시에서 '의식적 혹은 무의식적으로 오랫동안 관심을 두지 않고 있었던 취약지역'이라고 한 말은 이런 의미를 내포하고 있었던 것이다.

옆구리 통증은 심술궂은 아이처럼 끊임없이 괴롭혔다.

늦은 밤까지 통증과 싸우느라 잠을 이루지 못했으므로 때때로 한낮에 잠을 잤다.

부스럭거리는 소리에 눈을 떴다.

누군가가 이불을 열고 상처 부위를 살피고 있었다.

일어나려고 상체를 들었으나 어깨를 지그시 눌렀다.

얼굴을 본 순간 소스라치게 놀라 벌떡 일어나고야 말았다.

눈앞에 있는 이는 박춘삼, 그 사람이다.

춘삼은 다시 한번 스기야마의 상체를 지그시 밀어 눕히면서

"어서 눕기오. 다행스럽게두 총알이 신장을 빗겨갔으니끼니 일단 생명으는 건진 거 같습네다. 용한 의사가 있어서 총알으 빼냈으니 치료만 하면 될 기구… 시간이야 좀 걸리겠지만서두 천만다행한 일이 아니갔슴두?! 상처 난 데르 드티우면 싸무러버지니끼니 가급적이면 오솝소리 누워 계시오다."

그는 팔짱을 끼고 몸을 좌우로 흔들며 한참 동안 천장을 올려다보고 나서

"인생은 돌고 도는 것이라더니 그 말이가 맞는 것 같소. 당신으 이렇게 다시 만난 것두 그런 이치가 아니갔습네까?! 아마도 우리 사이에는 해야 할 이야기가 좀 있는 거 같수다. 하지마내두 우선은 다친 곳으 치료하는 거이 먼저니까 마음으 안정하구 치료에 집중 하기오. 잘못하문 몇 고부래이(곱절) 고상을 하게 됩지비…."

스기야마는 작은 소리로 대답했다.

"내겐 할 말이 별로 없는 것 같소."

그리고 눈을 감았다.

이 사람의 말처럼 인생이 돌고 돈다고는 하나 어찌 이런 상황까지 이를 수가 있단 말인가. 차라리 죽음만 같지 못하다.

곤혹스럽고 절망적인 표정을 내려다보고 있던 춘삼은

"맘으 편하게 하기오. 기러문 또 봅수다."라는 말을 남기고 방을 나갔다.

아침이 되자 열서너 살쯤으로 보이는 사내아이가 개다리소반에 밥상을 들고 들어왔다.

아이는 근심스런 표정으로 스기야마의 얼굴을 내려다보며
"아저씨, 몹시 아프지요?"라고 물었다.
동글동글 귀엽게 생긴 얼굴이다.
"아니다. 괜찮다."
"일어나기 어려운데 내가 떠먹여 드릴까요?"
"아니다. 그냥 놔두거라. 생각날 때 먹을 테니…."
"아니에요. 누나가 떠먹여 드리라고 했어요. 아저씨가 깨어나지 못했던 때에는 누나가 미음을 흘려 드렸지만 이제 정신이 돌아왔으니까 나더러 하라구 했어요."
소년이 말하는 누나는 아마도 어저께 벌침처럼 쏘아붙이던 그 젊은 여자인 것으로 짐작됐다.
"나를 치료해 준 분이 네 누나냐?"
"예, 맞아요."
"넌 몇 살이냐?"
"난 열네 살이고, 누나는 스물두 살이에요."
"네 이름은 뭐냐?"
"저는 한돌이, 송한돌이구요, 누나 이름은 점분이에요."
아이는 묻지도 않은 누나의 나이와 이름까지 술술 잘도 말해 줬다.
스기야마는 문득 처녀로 생각되는 스물두 살짜리가 꽤는 당돌하다는 생각을 했다.
"내가 어떻게 여기까지 오게 됐는지 너는 알겠구나?"
"예 그럼요. 사흘 전 해거름에 춘삼이 아저씨가 헐레벌떡 뛰어 들어오시더니 누나를 불러냈고, 좀 있다가 두 분이 양쪽에서 아저씨 어깨를 들쳐메고 들어왔어요. 옷이 전부 물에 젖었는데도 옆구리에서 피가 계속 흘러나왔어요. 누나 말이 총알이 조금만 더 오른쪽으로 갔으면 신장을 건드릴 뻔했대요. 그러면 못 고친대요."

"그럼 내가 이 방에서 이틀 동안이나 깨어나지 않고 있었단 말이냐?"

"예, 누나가 아저씨 배에 빵빵하게 찬 물두 빼구, 총알두 빼구, 치료하느라구 애먹었어요. 춘삼이 아저씨와 나는 심부름하느라구 정신없이 뛰어다녔구요."

"그랬구나…"

아이의 도움을 받아 죽을 몇 술 먹으면서도 박춘삼이 왜 자신을 살렸는지 아무리 생각해도 도저히 이해할 수 없었다. 번쩍거리던 그의 눈빛을 생각하면 더욱 그렇다.

젊은 처녀는 어떤 의술을 갖고 있기에 다 죽게 된 사람을 살릴 수 있었는가?

11시경에 송점분, 그녀가 들어와 환부의 심지를 뽑고 다른 심지로 교체했다. 한두 번 해 본 솜씨가 아닌 것을 짐작케 했다. 그녀는 한마디 말도 없이 마치 맘속에 미움이 쌓여 있는 사람처럼 차갑고 무지막지하게 손끝을 놀렸다. 스기야마는 몇 번이나 신음 소리를 냈다. 쌍꺼풀에 선명한 눈빛, 도톰한 코, 각이 진 턱이 그녀의 개성을 엿보게 했다. 점분은 심지를 갈고 겉에 약을 바른 다음 또 말없이 나가버렸다.

오후 4시경에 아이가 탕약 사발을 들고 왔다.

이틀 동안 이런 어색한 일이 반복됐다.

사흘째 날 오후에 박춘삼이 왔다.

"좀 어떻습네까?"

"통증이 좀 심합니다. 그래도 참을 만은 합니다."

"아직은 그럴 테지요. 병으 고치는 사람이 기술이 좋으니꺼니 인차(

곧) 나을 겝메다."

"그건 차치하고, 나를 구해주신 이유가 무엇인지 말해 주시오."

"당연히 궁금하실 테지요."

그는 허리가 내려앉아 곱사등이 된 상체에서 앞으로 튀어나온 자라목을 두어 번 뒤로 젖히면서 부자유한 몸을 추스르려고 애쓰며 자리에 앉았다. 스기야마는 시선을 돌렸다.

"우리가 세상으 살아가는 동안 인간 사이에 상처를 받을 때도 있구, 고마움으 느낄 때도 있습네다. 그 상처나 고마움은 큰일에서만 이루어지는 건 아니지요. 별것두 아닌 말 한마디에 평생 씻을 수 없는 상처를 받을 때두 있구, 아주 작은 일에도 눈물이 날 정도의 고마움으 느낄 때도 있습네다. 내가 당신으 구출, 아니 면바로(정확하게) 이야기한다며는 구출은 운 좋게 이루어진 것이지마는, 여하튼 당신이 살아나게 된 이유는 아주 단순한 일에서 비롯된 거우다. 어쩌며는 당신에게는 아조 사소한 일이라서 이미 허양(쉽게) 잊어버렸을 테지만 내가 총영사관에 붙들려 고문으 당할 때 당신 스기야마 형사는 내게 물으 줬습네다. 평소 같으며는 물 한 잔 같은 거는 아무것도 앙이고 입에 올릴 만한 거이 앙이 되겠지만두, 5일 동안 목조차 축이지 못한 내한테는 마치 사막에서 죽어가던 사람이 생명수르 얻은 것과 같았습네다. 나르 고문하던 가와모토란 놈은 절대로 물으 주지 말라구 당신에게 말했습네다. 그렇지만두 당신은 내게 물으 줬고, 그 일로 언쟁까지 했다는 거르 자르 압메다. 그런 행동은 자칫 일본 제국에 대한 반역행위로 매도당할 수도 있다는 것도 당신이 모르고 있었을 거라고는 생각지 않습메다. 또한 가와모토가 나르 고문하면서 도와달라고 했던 때에도 당신은 얼굴을 찌푸리고 그가 시키는 일으 막으려구 애르 쓰지 않았습등?!

그 모든 사실들으 나는 자르 압메다."

"아무리 그렇다 한들 적은 적이지 않습니까. 그것이 생명을 살릴 만큼의 의미가 있는 것이겠습니까?"

그는 묻는 말에 대꾸를 하지 않고 이야기를 계속했다.

"경찰이라는 사람들이 고문으 자꾸 하다 보면 어느 시점부터는 즐기게 되는 것 같습데다. 인간우 내면에 숨어 있던 악마가 선한 심성을 억누르구서리 그동안 숨겨왔던 본성으 맘껏 즐기도록 하는 거이 앙이겠습네까?! 마치 섬나라에 갇혀 살던 왜인들이 조선을 침략하여 온갖 못된 짓으 하고 있는 것처럼 말이우다. 가와모토를 비롯한 다른 일본 순사 놈들으는 고문으 즐겨댔는데 당신은 보는 것마저 괴로워했습네다. 나는 허리가 절단난 몸이지만서두 동지들우 도움으루 사지에서 돌아와 저 새기(처녀) 의술 덕분에 용케두 살아났습네다. 그러구 집안두 사업두 풍비박산이 났지만 절대루 후회하지 않습네다. 내가 옳다고 믿는 일을 하고 있으니까요. 여하튼 그 이후부터 내 머릿속에는 당신이 자주 떠올랐습네다. 무스기 이유로 그 상황에서 내게 물으 줬으까? 본성이 아주 착해서일까. 그도 저도 아니면 어르나 같은 동쪽애 때문일까? 더군다나 당신우 계급으는 초짜도 아닌데 말입네다. 나는 당신이 왜놈 순사가 된 거는 모르기는 하지마내두 어떤 피치 못할 사연이 있을 것이다. 그렇지만 착한 사람도 세월이 가며는 또 한 명 고문으 즐기는 악질 일본 순사로 변해가겠지, 상기 그런 생각을 하고 있었습네다. 헌데 이곳 집안(輯安)에서 당신을 만나게 될 줄으는 꿈에도 생각지 못했습네다. 처음에 당신을 문 앞에서 봤을 때 기절으 할 정도로 놀랐수다. 그럭하구 뗏목까지 오는 동안에는 살벌한 분위기에 휩쓸려 당신을 죽이는 거이 당연한 것으루 여겼습네다. 모두가 뒤엉켜 싸우던 때에는 적개심마저 타올라댔시오. 기런데 당신이 뗏목 끝에 서서 총탄으 맞기 직전 머릿속에 퍼뜩 떠오르는 거이 있었습네다. 눈물이 고인 눈으루 내게 물으 먹여주던 생각 말이우다. 아뿔싸 내가 왜 기거를 잊고 있었을까 화들짝 놀라댔시오. 그러구 나서 시체라두 찾아 장례를 치러줘야겠다는 생각으 했습네다. 사람들이 떠나간 즉시 강벤을 오르내리면서리 행여나 하구 샅샅이 뒤져댔시오. 천만다행하게도 약 2마장쯤 떨어진 곳에서 하반신이 물에 잠긴 당신으 발견했습네다. 아마 무의식중에도 살기 위해 맹렬히 헴으 쳤던 걸루 생각이 됩네다. 기럭하구 다른 한 가지 리유도 있었던 것 같습네다. 기건…."

춘삼이 마지막 말을 머뭇거렸으므로 스기야마는 궁금한 표정으로 그의 얼굴을 올려다봤다.

"지금의 당신과 나 사이에는 서푼짜리밖에 앙이 되지만, 그래두 피는 물보다 진하다는 거이 사실이 앙이겠습네까?!"

"…당신들이 영사관 경찰에서 고문받다 죽은 사람들의 시신을 굳이 빼내 가려고 한 이유가 무엇입니까?"

"온갖 위험과 어려움으 극복하면서 독립운동으 하다가 경찰에 붙들려간 동지들으 구해내지 못하는 것에 우리가 얼마나 죄책감으 느끼고 있는지르 당신은 알지 못할 깁네다. 그러하기 때문에 시신이라도 구출하여 가족에게 넘겨주거나, 혹은 장례라도 치러주려구 한 때문입지요."

긴 침묵이 이어졌다. 스기야마는 말없이 천장을 바라보고 춘삼은 벽을 바라봤다. 한참 만에 스기야마가 물었다.

"이제 나를 어떻게 할 작정입니까?"

"기건 나도 모릅네다."

"평소에 그런 생각을 했었다면 살려서 보내줘야 하는 게 이치에 맞은 일이 아닙니까?"

"당초의 생각대로라면 그래얍지요. 헌데 곰곰 생각해보니끼니 그기 또 조련하게 결정을 내릴 일이 앙이고 여러 가지 복잡한 관계가 연결돼 있더란 말입네다."

그날의 이야기는 여기서 끝났다.

10여 일이 지나는 동안 상처는 많이 좋아지고 있었다. 점분은 여전 냉랭한 표정이지만 열심히 치료를 해 줬고, 약도 달여 줬다. 하루 세 끼 한돌이 가져다주는 밥을 열심히 먹었다. 게다가 기본 체력이 튼튼하니까 빨리 회복되는 것 같았다. 이따금 밖에도 나왔다. 뒷간에 갈 때에나 부분적으로 볼 수 있었던 주변의 모습도 여유로운 눈으로 살펴볼 수 있었다.

그들이 있는 곳은 섬이었다. 집안(輯安) 쪽 강변으로부터 100여 미터쯤 떨어져 있는 작은 섬으로 면적은 2천 평도 채 되지 않을 것 같았다. 이곳은 상류로부터의 물굽이가 밀고 내려온 모래가 쌓여 퇴적층을 이룬 곳이나.

주변으로 버드나무와 갈대들이 빽빽하게 들어찬 섬 가운데로 두 채의 집이 있고 그 부근으로 서너 군데의 작은 밭들이 있었다. 중앙에 위치한 20평 정도가 되는 집에는 점분 남매가 살고 있고, 그곳으로부터 약 60m쯤 떨어진 곳에 있는 10평 정도의 작은 오두막이 스기야마가 치료를 받는 집이다. 모두 벽체는 흙과 강돌을 섞어 지었고 지붕은 갈대로 엮었다. 그리고 섬 건너 언덕 위에 한 채의 집이 있었다. 춘삼의 집이다. 그 집 마당에는 빨래가 자주 걸렸는데 그 색깔이 흰색일 때가 많았고 아주 드물게는 빨간색인 날들이 있었다. 스기야마는 빨간

색은 조심하라는 경계의 신호라고 짐작했다. 섬에는 이따금 중상을 입은 독립군들이 치료를 받으러 오는 때가 있기 때문일 것이다. 춘삼의 집 마당에는 또 다른 한 사람의 그림자가 어른거렸는데 그물을 가지고 강으로 나가기도 했다. 함께 행동하는 사람일 것이다. 그의 집으로부터 멀리 상류 쪽 높은 구릉 위에 지붕들이 보였다. 마을이 있는 것으로 짐작됐다. 춘삼은 이따금 조각배를 타고 섬으로 건너와 질뚝거리며 이것저것 살펴본 다음 돌아갔다. 신상 문제에 대해선 여전히 아무 말도 하지 않았다. 치료를 받고 나면 헝클어진 버드나무와 갈대숲을 비집고 다니며 산보를 했다. 그러다가 밭일을 하는 점분 남매를 만나는 때가 몇 번 있었다. 하지만 그녀는 여전 냉랭했고, 어색한 분위기 속에서 한돌과 몇 마디 이야기를 나누다 돌아갔다.

답답했다. 누구도 바깥세상이 어떻게 돌아가는지 알려주는 사람이 없기 때문이다.

주어진 한 달의 기간이 얼마 남지 않았다. 그 기간이 끝나고 추가로 연장이 필요할 경우 조장인 자신이 후지타 순사보의 신상 문제나 출장 기간 연장 여부를 보고하게 돼 있다. 영사관 경찰서에서는 아직은 두 사람의 일을 모르고 있음이 분명하다. 자신처럼 누군가에 의해 구조됐거나 시체라도 발견됐다면 발칵 뒤집혀 수색대가 오고 난리가 났을 것이다.

몹시도 비바람이 세차게 쏟아지는 어느 날 밤이다. 문풍지를 울리는 비바람 소리에다 자신과 주변 사람들에 대한 생각으로 늦도록 잠을 이루지 못해 이리저리 몸을 뒤척이고 있었다. 시간이 얼마나 됐을까. 비바람 소리에 섞여 아주 희미하게 울부짖는 소리 같은 것이 들려왔다. 그 소리는 두어 번 끊어졌다가 다시 이어졌다. 짐승의 울음소리인가? 분명 강 건너에서 들리는 소리는 아니다.

손을 더듬어 옷을 입으려는 찰나 찌직 소리가 들렸다. 툇마루를 밟는 소리다. 분명 몸무게가 무거운 사람이 밟는 소리다. 살그머니 일어나 문 옆에 바짝 붙어 섰다. 한동안 침묵이 흐르더니 미닫이문이 스르르 열렸다. 반쯤 열린 문 사이로 커다란 몸집의 검은 물체가 들어서고 있었다. 순간 머리를 향해 있는 힘껏 주먹을 날렸다. 퍽 하는 소리와 함께 물체가 쓰러졌다. 몸을 타고 앉아 쉬지 않고 가격했다. 그리고 불을 켰다. 낯모를 건장한 몸이 뻗어 있었다. 이불 위에는 권총 한 자루가 떨어져 있었다. 아무렇게나 옷을 걸치고 남매가 있는 집을 향해 달려갔다.

쏟아지는 빗줄기 속에 희미한 불빛이 간들거렸다. 조심조심 다가가 문틈으로 안을 들여다봤다. 방 가운데에 한 놈이 버둥거리는 점분을 깔고 앉았고 한 놈은 그 모습을 희희 거리며 내려다보고 있다. 오른쪽 구석에는 한돌이 정신을 잃고 쓰러져 있었다. 발길로 문을 박차고 들어가며 언서푸 방아쇠를 당겼다. 두 놈은 피두성이가 되어 나뒹굴었다.

한돌은 얼굴에 물을 뿌려주자 부스스 깨어났다. 구석으로 가서 오돌오돌 떨고 있는 점분을 따뜻이 안아줬다. 그런 다음 물을 데워다 마시게 했다.

이 정도로 끝난 것이 천만다행이다.

놈들의 호주머니에서는 중국인 신분증이 나왔다.

아침에 보니까 조각배는 상류 쪽 버드나무에 매여 있었다. 놈들은 춘삼의 조각배를 끌고 상류로 올라가서 비바람을 이용해 아래쪽으로 내려와 섬에 도달한 다음 나무에 매어 놓고 안으로 들어왔던 것이다. 강도짓을 벌인 다음 다시 밖으로 나가기 위해서다. 이틀 전부터 강 건너로 사람들의 모습이 어른거리는 것을 봤다고 한돌이 말했다. 추정컨대 놈들은 강 건너 숲속을 들락거리며 섬을 탐색했을 것이다. 점분 남매에게는 운이 사나워 춘삼들의 눈에 띄지 않았을 것이다.

사건이 있고 나서 며칠 동안 점분은 치료를 하러 와서도 부끄러움에 얼굴을 돌리려 애를 썼다.

그러나 차츰 웃는 모습을 보이기 시작했다. 웃을 때마다 하얀 옥니가 드러났다.

"그 일로 상처가 덧났어요. 치료를 더욱 단단히 해야 할 것 같아요. 이제부턴 더욱 말을 잘 들으셔야 해요."

그녀가 얼굴을 돌리면서 하는 '그 일'이라는 말은 강도들이 들었던 사건을 의미하는 것이다.

"내가 점분 의사 선생의 말씀에 언제 반항한 적이 한 번이라도 있었소? 구멍 난 총알 자리에 심지를 마구 쑤셔 넣던 때에도 순한 양처럼 말 한마디 못 했는걸."

"아이, 제게 무슨 의사 선생이라니요. 그리고 언제 심지를 마구⋯."

점분 남매와는 한 상머리에서 밥을 먹거나 강변을 산책하는 일도 잦아졌다.

어느 날 저녁 무렵, 툇마루에서 그녀는 자신이 겪어온 일들을 들려줬다.

평안남도 중화군에서 부모님과 오빠 순돌과 동생 한돌 등 다섯 식구가 가난한 가운데에도 오순도순 정겹게 살았다. 그때까지 아버지는 마을재산을 임대하여 농사를 지었는데 1910년 3. 일제가 공포한 토지조사법으로 인해 총독부 재산으로 땅을 빼앗기게 되었다. 농사를 짓지 못하게 된 아버지는 어느 날 밤 홧김에 술을 마시고 면사무소에 불을 질렀다. 그리고 경찰에 붙들려 옥살이를 하다가 병에 걸려 감옥에서 죽었다. 네 식구는 살길이 막막하게 되어 여기저기 떠돌다가 개천읍(价川邑)에서 오빠가 땔나무 장사를 하게 되었다. 그해에는 눈이 많이 내렸다. 폭설이 내리면 나무꾼들은 산에 오르지 않는다. 그러므로 며칠만 지나면 화목값이 치솟는다. 그럴 때 나무를 지고 온 몇 안 되는 사람들은 높은 값을 받는다. 다른 사람들은 농토도 있고 하니까 눈이 많이 내리면 산에 가지 않아도 되지만 순돌이 객지에서 식구들을 먹여 살리는 유일한 방법은 땔나무 장사를 하는 일뿐이다. 비가 오나 눈이 오나 땔나무를 해야 했다. 그날도 집에서 두 시간이나 걸리는 산에서 눈을 헤치고 땔감을 하여 지게에 가득 지고 시장으로 왔다. 네 명의 나무꾼이 작대기를 고여놓고 손님을 기다리고 있었다. 지나가던 노인이 다가왔다. 80쯤 돼 보이는 인자한 얼굴의 노인은 한 사람씩 차례로 값을 물었다. 그러고 나서 맨 끝에 서 있는 순돌에게

"다른 사람들은 다 70전 80전을 부르는데 자네는 왜 장작을 더 많이 올려놓고도 50전을 부르는가?"라고 물었다.

순돌은 대답하지 않고 계면쩍은 표정을 지었다.

노인은 나무를 사겠다고 앞장서 집으로 향했다. 마을 뒤쪽 산 아래에 있는 커다란 기와집이었다. 입구 기둥에는 '서린 한약방(庶隣漢藥房)'이라는 간판이 붙어 있었다.

나뭇짐을 마당에 내려놓고 나서 값을 치르고는 당귀차 한 잔을 따라주면서

"아까는 왜 대답을 하지 않았는가? 다른 사람들보다 싸게 파는 이유를 말해 보게"라고 물었다.

"네, 말씀드리겠습니다. 제가 다른 사람들보다 비싸게 팔지 않은 것은 그 가격이 평상시의 금액이기 때문입니다. 가격이라는 것이 시기와 장소에 따라 변동되긴 하지만 평균 가격보다 갑자기 오르게 되면 이 어려운 시기에 살림을 꾸려가시는 분들이 어찌 감당할 수 있겠습니까. 게다가 제겐 단골손님들도 계십니다. 그리고 앞서 장터에서 어르신의 물음에 답변을 드리지 않은 이유는 다른 나무꾼들의 기분을 상하지 않게 하기 위해서였습니다."

이것이 인연이 되어 순돌은 서린 한약방에 고정적으로 나무를 공급하게 되었다. 그리고 얼마 뒤 그 집에 머슴으로 있던 사람이 장가를 들어 다른 곳으로 이사를 하게 되자 그 자리를 인계받았다.

순돌은 일찍 일어나 앞뒤 마당을 쓸고 허드렛일을 열심히 했다. 얼마 지나지 않아 점분도 그 집에 들어와 소소한 잔심부름을 하게 되었다. 눈썰미가 있고 성격이 명랑했으므로 노인 내외의 귀여움을 받았다. 그리고 약탕관을 끓이다가 언제부턴가 노인의 조수가 되었다. 어깨너머로 의술을 습득하기 시작하고, 때로는 노인의 말에 따라 약을 조제했다. 집안에 큰 행사가 있을 때는 어머니도 불려 와 안주인의 일을 도왔다. 가까운 친척 같은 사이가 된 것이다.

몇 년 후 한약방 여주인 할머니의 중매로 오빠가 이웃에 사는 아가씨와 혼례를 올렸다. 그러나 주인어른이 더는 일을 할 수 없는 노령에 이르러 서울에서 양의사를 하는 아들에게로 가게 되었다.

생각 끝에 그동안 모아 두었던 돈을 가지고 너도나도 찾아가는 간도에 가서 농사를 짓기로 하고 길을 떠났다. 열차를 타고 단동으로 갔다.

대합실에서 요깃거리로 가지고 온 떡을 먹으며 잠시 쉬고 있었다. 길림으로 가려면 우선 허기를 채워야 하기 때문이다. 그런데 아까부터 그들을 주시하고 있던 도리우찌(헌팅 캡) 모자에 당꼬바지를 입은 사내가 다가왔다. 그러고는 대뜸 순돌을 향해

"아나타!(あなた, 너!)"라고 불렀다.

순돌은 주위를 둘러봤다. 가까운 곳에는 아무도 없었다. 그러자 도리우찌는 다시

"오마에, 아나타, 미분 쇼메이 소 오 다시테 쿠다사이!(おまえ、あなた、身分証明書を出してください! 너 말이야 너, 신분증 내놔 봐!)"라며 눈을 부라렸다.

순돌은 어리벙벙한 얼굴로

"누구신데 처음 보는 사람한테 반말이고 게다가 신분증까지 보자고 합니까?"라고 말했다. 그러나 도리우찌는

"볼 만한 위치에 있으니까 보자는 거야. 웬 잔말이 많아?!"라고 또다시 눈을 부라렸다.

"아 글쎄 댁이 뉘신데 내 여행증명서를 보자는 거냐고요. 댁의 신분증부터 보여 주시오."

순돌도 지지 않고 상대를 노려봤다. 도리우찌는 "아, 와타시와 미테 구다사이(ああ、私は見てください。햐, 요것 봐라)" 하더니 상의 포켓에서 신분증을 꺼내 순돌의 눈 가까이에 바짝 댔다가 얼른 포켓에 집어넣었다.

순돌이 여행증명서를 꺼내 보였다.

여행증명서를 보면 일제가 얼마나 치밀하게 조선인들을 감시하고 있는지를 알 수 있다.

(앞면)

본적: 평안남도 중화군 해압면 매현리 354번지

주소: 평안남도 개천군 개천읍 신송리 267번지

직업: 무직

성명: 차순돌

생년월일: 명치 26년(1893) 2월 4일 생

출발년원일: 대정 9년(1921) 12월 25일

조선최초출발지명: 개천군 개천읍 신송리 267번지

여행기간: 헤이세이(平成) 30년 9.3. ~ 11.2.(2개월간)

여행지역: 만주 봉천시

여행목적: 친척방문

(뒷면)

[상모 (생김새)] 키: 5척 1촌 2푼 (155.1c미터)

얼굴형태: 둥근형태

눈: 큼

입: 보통

코: 보통

치아: 좌측 어금니에서 두 번째 치아 빠져 있음

눈썹: 옅음

귀: 보통

두발: 짧게 깎음

수염: 기르지 않음

도리우찌는 앞뒤를 꼼꼼히 들여다보고 나서

"잠깐 경찰서로 가야겠어. 당신도, 당신도…." 하면서 점분과 올케까지 지목했다. 순돌이 대들었다.

"죄가 없는데 왜 경찰서엘 갑니까?"

"위조 여행증명서가 확실하니까 조사를 받아야 해!"

"정식으로 발급받은 여행증명서인데 위조라니요? 우린 못 갑니다. 아니, 안 갑니다."

옥신각신하게 되자 올케가 말렸다. 죄가 없으니까 잠깐 조사만 받으면 될 게 아니냐고 했다.

올케는 가방을 어머니에게 드리면서 "금방 돌아올 테니 잠깐만 기다리고 계세요."라고 했다.

앞에 가던 도리우찌는 어느 골목길에서 잠깐 기다리라는 말을 남기고는 식당 안으로 들어갔다. 아무리 기다려도 그는 나타나지 않았다.

문득 불길한 예감이 든 세 사람은 대합실을 향해 달렸다. 그때 어머니와 한돌은 역 마당을 마구 배회하고 있었다. 어머니는 창백한 얼굴로 손이 떨려 물도 마시지 못했다. 이야기에 의하면 낯선 청년 둘이 나타나 이것저것 말을 걸며 자신들도 길림으로 간다면서 먹을 것도 주고 살갑게 하다가 사라졌는데 나중에 보니까 가방이 없어졌더라는 것이다.

순돌과 점분은 혹시나 하는 마음으로 일본 영사관파출소를 찾았다. 어머니는 거의 넋을 빼앗긴 상태이고, 점분과 올케는 그 돈이 없으면 우리는 살길이 막막하다고 울며불며 호소했다. 그러나 순사들로부터 들은 말은 "그 정도 돈을 가지고 가족이 한꺼번에 왔으면 친척 방문이라는 건 거짓말이고 만주에 살 곳을 찾아온 거잖아. 여행증명서에 왜 거짓말로 기록을 했소? 뭔가 감추고 싶은 게 있는 거 아니오?" 꼬치꼬치 캐묻고 나서 하는 말은 "도둑질한 인간보다 도둑맞은 사람이 더 나빠!"라는 것이었다. 그들은 도둑맞았다는 사실확인서 한 장을 써 놓고는 쫓겨나듯 밖으로 나왔다. 귓등으로 "멍청한 죠센징!"이라는 말과 함께 낄낄거리는 소리가 들려왔다.

"나쁜 놈들, 말로만 '일선동조(日鮮同祖)'니 '일선동화(日鮮同化)'니 떠들지만, 행동은 원숭이 같아!" 착한 올케도 분을 못 이겨 한마디 했다.

그 후 어머니는 어려운 일을 당할 때마다 "나 때문이야. 이게 다 나 때문이야. 내가 짐이야" 하더니 어느 그믐날 밤 몰래 강에 나가 물에 뛰어들었다.

순돌은 어머니를 공동묘지에 모시면서 그 앞에 무릎을 꿇고

"간도 땅에서 절대로 죽지 않고 살아남을 겁니다. 고향 밭에서 뽑아도 뽑아도 죽지 않던 쑥대궁처럼 살아남을 겁니다. 간도가 우리 땅인데 우리가 왜 여기서 못 살겠어요." 하고는 옷소매로 눈물을 훔쳤다. 그들은 음식을 동냥하면서 힘들게 환인(桓仁)까지 와서 더는 가지 못하고 보따리를 풀었다.

세 사람이 남의 집 일을 해 주는 등 열심히 일해서 삼간초가를 마련하고 작은 농토를 빌려 농사를 짓게 되었다.

그런데 또 사건이 발생했다.

순돌네가 사는 마을에는 소위 보호대라는 이름의 중국군 순찰대가 조선인들을 보호한다는 명목으로 한 달에 한두 번 예고도 없이 마을을 방문했다. 그들이 올 때마다 마을 사람들은 이번에는 또 무슨 짓을 저지를까, 가슴을 졸였다. 그들은 청국인으로 귀화할 것을 강요하다가 말을 듣지 않으면 주먹질을 하고 청국 옷을 입히고는 상

투를 툭툭 건드리며 장난질을 했다. 이장은 마을에서 가장 크고 깨끗한 집에 그들을 모셔놓고는 닭이나 오리를 잡고 귀한 쌀밥에 술까지 대접했다. 그리고 집집을 돌며 가장 깨끗한 이부자리를 걷어다가 재웠다. 밤새 술타령에 고성방가를 하면서 여자를 데려오라고 고래고래 소리를 지르기도 했다. 그들이 나타나면 젊은 여인들은 몸을 숨기고 가슴을 졸였다.

보호대원들은 신발을 신은 채로 잠을 잤으므로 일 년에 몇 번 덮지 않고 아끼는 이부자리는 흙투성이가 되기 일쑤였다.

해가 중천에 이르러서야 일어난 그들에게 속풀이 국에 해장술까지 대접하고는 대장의 호주머니에 돈봉투를 찔러 줘야 했다. 서운하게 대하면 보복을 하기 때문이다. 그들이 보복하는 방법은 여러 가지가 있었다. 얼토당토않은 보고를 하여 공안국에 불려 다니게 하거나, 화투장을 방바닥에 넣어놓고 우연히 발견한 것처럼 하여 도박 혐의를 씌웠다. 가장이나 한창 일할 젊은이가 붙들려 가면 그 집안은 정신이 없다. 그뿐 아니라 수많은 세금 중에 문턱세라는 것이 있어서 혐의가 풀리지 않으면 매일 벌금을 내야 한다. 내칠만 시나면 벌금이 눈덩이처럼 불어나서 감당할 수가 없다. 하루라도 빨리 석방케 하는 것이 현명한 방법이다. 이장은 주민이 끌려가는 즉시 부락회를 연다. 그리고 집집마다 형편에 따라 얼마씩 돈을 거두어 공안국에 가서 문턱세를 내고 석방을 허락받는다. 이런 분위기이므로 조선인들은 무슨 일이든 중국당국에 고발하려 하지 않았다. 잘못하면 마을이 거덜 난다는 것을 잘 알기 때문이다.

그런데 어느 날 일이 터지고야 말았다.

순돌네는 닭을 길렀다. 병아리를 사다가 길러 큰 닭이 되면 올케와 점분이 장에 나가 팔아서 푼돈을 모아 재미를 보곤 했다. 그런데 전에도 몇 번 보호대들이 왔다가 돌아갈 때 상사를 모신다고 오빠네 닭을 잡아갔다.

그날도 대원 세 놈이 주인의 허락도 없이 싸리문 안으로 들어왔다. 때마침 올케가 닭장을 청소하고 있었다.

"와, 자이 즈 지지앤 지 비앤 더 휄창 팡.(哇, 這段時間小雞都變胖很多了. 호오, 그동안 닭들이 아주 토실토실 살이 쪘구만.)"

한 놈이 징그러운 웃음을 흘리며 말을 하자 다른 놈이 힐끗 올케를 보고는

"주인 여자를 닮아 색깔두 발그스레하구…"

올케는 얼른 그 자리를 벗어나고자 닭장 밖으로 나오려 했다.

또 다른 놈이 올케의 허리를 껴안으며

"마누라 본 지 오래돼서 여자 냄새가 어떤지 좀 맡아 봐야겠어" 하고는 코를 벌름거렸다. 어젯밤 마신 술 냄새와 이빨 썩는 냄새가 확 풍겼다. 올케는 놀라서 "에그머니나!" 하고 소리를 질렀다. 놈은 그제야 팔을 놓고 양손에 닭 한 마리씩을 든 두 놈과 함께 문을 나섰다. 비명을 듣고 달려온 오빠가 놈들과 마주쳤다.

"이게 무슨 짓들이오? 왜 사람을 괴롭히고 남의 닭은 또 왜 가져가는 거요?"

그러자 우락부락하게 생긴 놈이 닭 다리를 한 손으로 몰아 쥐더니 오빠의 가슴을 툭툭 밀면서

"이 새끼야, 닭 몇 마리 가져가는 게 그리두 아까워? 아깝냐구? 말해봐. 우리가 조선놈들의 마을을 지켜주느라구 얼마나 고생이 많은데 이까짓 닭 몇 마리 가지구 유세를 떨어? 말해봐 어서!"

그러고는 닭을 땅바닥에 힘껏 메쳤다. 닭들은 잠시 날개를 퍼덕이더니 졸지에 축 늘어져 버렸다.

오빠의 눈에서 번개가 일었다. 놈의 멱살을 잡아 땅바닥에 메다꽂았다.

세 놈이 일시에 달려들었다. 올케와 점분이 매달리며 애원했지만 멀찌감치 내동댕이쳐졌다. 오빠는 갈비뼈가 부러지도록 흠씬 두들겨 맞았다. 놈들은 그러고도 분이 풀리지 않는지 포승줄로 묶어 앞세우고 돌아갔다. 올케와 점분이 뒤따라가며 울부짖었다. 놈들은 총부리를 들이댔다. 하는 수 없이 이장에게 달려갔다. 이장이 부대를 찾아갔으나 아무도 상대를 해 주지 않았다.

오빠는 이틀이 지나도 돌아오지 않았다. 사흘이 지나고 닷새가 지나도 감감무소식이다. 올케와 점분은 사방으로 돌아다녔으나 어떻게 됐는지 알아낼 방법이 없었다.

어느 날 저녁 이슥한 시간에 오빠가 돌아왔다.

얼굴이 핼쑥하고 온몸에 피멍이 든 몸으로 지팡이에 의지해 질뚝거리며 돌아왔다. 맨발로 30리 사갈밭과 일어붙은 개울들을 긴니 도망쳐 왔다고 했다. 방안에 들어서면서 쉬 하고 입을 막았다. 그리고 도망친 것을 알면 밤중에라도 추격해 올 것이니까 빨리 다른 곳으로 옮기자고 했다. 네 식구는 다시 빈 몸으로 야반도주(夜半逃走)를 하여 집안(輯安)까지 왔다. 변두리에 셋방을 얻었다. 오빠는 동상에 걸려 발가락을 잘라냈으므로 날품팔이조차 할 수 없었다. 생각 끝에 대장간을 차렸다. 처음에는 오빠가 쇠붙이를 두드리고 점분이 풍구질을 했다. 호미와 괭이나 낫 같은 것들을 만들면 올케가 내다 팔았다. 그러다가 차츰 알려지고 손님이 들게 되자 올케가 풍구질을 했다. 점분은 본업으로 돌아가 사람들의 병을 고쳐주는 일을 시작했다. 약이 없으므로 직접 산에 가서 약초를 뜯어다가 말리기도 했다. 그러다가 어느 날은 백두산에서 산삼을 팔러왔다는 처녀를 만나 그녀에게 효험이 좋다는 백두산 약초를 주문하였고 이것이 좋은 인연으로 발전하여 동생과 언니 사이가 되었다. 백두산 처녀는 봄이나 가을엔 한 달에 한두 번 오기도 하고 몇 달 동안 오지 않을 때도 있었다. 만나면 서로 반가워 얼싸안았고, 밥도 같이 먹으며 의술에 관한 이야기를 나눴다. 백두산 언니에게서는 배우는 것이 많았다. 점분의 실력은 쌓여갔다. 그리고 점점 이름이 알려졌다. 어느 날 중상자가 있다는 사람들에 이끌려 갔다가 극심한 고문으로 죽어가던 춘삼 아저씨를 치료하게 되었다. 그와의 인연으로 섬 안에 집을 짓고 아예 동생까지 데려와 밭을 일구고 치료도 해 주면서 살게 됐다고 한다.

　버드나무와 갈대로 우거진 섬은 신분을 숨기고 싶은 조선 사람들이 치료받기에는 더할 나위 없이 좋은 은밀한 곳이다.

　점분은 일주일에 한두 번 밖에 나가 환자들을 돌봐주고 돌아오곤 했다.

　어느 날 저녁 무렵 밖에서 돌아온 점분은 완쾌를 축하한다면서 스기야마를 강가 버드나무 아래 너래 바위로 안내했다. 서편 언덕 위로 기우는 해가 출렁이는 강물 위에 복사꽃 꽃가루들을 붉게 뿌리더니 서서히 가라앉고 있었다. 점분은 어깨에 걸치고 온 작은 보따리를 풀었다. 그리고 함께 모닥불을 피웠다.

　그녀가 가지고 온 것은 메밀 적과 전병, 작은 병에 든 막걸리였다.

　점분은 음식들을 펴 놓은 다음 사발에 술을 따라 스기야마에게 전하고 자신은 아주 작은 종지에 술을 따라서 손에 들었다.

"이제 닷새 정도만 지나면 집으로 돌아가실 수 있어요. 건강한 몸으로 회복되신 것을 축하드려요."

"정성껏 보살펴 주신 덕분에 살아났습니다. 고맙습니다."

서로 눈인사를 했다. 스기야마는 천천히 한 모금씩 마시면서 고즈넉한 강가의 분위기를 음미하며 한편으로는 마음속에 고마움을 새겼다. 점분은 술을 마시지 못하는지 반 잔을 마셨는데도 얼굴이 금방 홍당무가 되었다.

이런저런 이야기를 나누다가 웃으면서

"첫날 내가 깨어났을 때 어떻게 내 신분을 알았습니까? 춘삼씨가 알려줬나요?"라고 물었다. 그러자

"제가 선생님 신분을 알았다는 건 어떻게 아셨어요?"라고 되물었다.

"얼음장처럼 차갑게 대꾸하는 건 내 신분을 알고 있었다는 게 아니겠소."

그 말에 점분은

"대단하셔요. 형사는 정말 아무나 하는 게 아니군요." 놀라는 표정을 짓고 나서

"춘삼 아저씨가 알려준 게 아니고 잠꼬대하시는 걸로 대략 눈치챘어요."라고 말했다.

"뭐라고 했는데요?"

"뭐였더라…?! 아, 골짜기, 불령선인, 경찰서, 보고…그런 말씀들을 하신 것 같아요."

"하아 그랬군…."

"처음엔 어머니를 찾으셨어요."

"그러고는?"

"네, 대략…" 하고 얼버무렸다.

"일본 순사를 혐오하시는 것 같은데 순사의 몸으로 은혜를 받고 있다는 생각에 사실은 심적으로 많은 부담이 됐었습니다."

그녀는 오히려 매우 미안한 표정을 지으며 위로하듯 말했다.

"태어나서 자신이 살고 싶은 대로 사는 사람이 몇이나 되겠어요. 더욱이나 어지러운 시대에…."

그러고는 자신의 말이 잘못됐다는 것을 느꼈음인지 손으로 얼른 입을 막았다.

"미안해 할 것 없습니다. 옳은 말이니까요."

"……."

점분은 막대기로 타오르는 모닥불의 가운데를 헤집었다. 마치 뜨거운 심장 같은 그곳은 공기가 들어가자 가느다란 연청색 연기가 생겨나 바람이 자는 어둠 속으로 모락모락 긴 꼬리를 이으며 피어올랐다.

"결혼은 하셨나요?"

"아직…."

"왜 안 하셨어요?"

"안 한 게 아니라 못했습니다."

"남자는 결혼을 해야 모든 것이 자리를 잡는다고 하던데요."

"그건 맞는 말이겠지만 이 혼란한 시대에, 그것도 살벌한 만주 땅에서 자신의 생명조차 어느 때 화를 당할지 모르는 일본 순사가 어떻게 가정을 꾸릴 수 있겠어요."

스기야마는 더 이상의 대답은 하지 않았다. 점분은 종지에 남아 있던 술을 마저 마셨다. 잠시 후 얼굴이 앵두처럼 빨갛게 물들었다. 그녀는 말없이 한동안 막대기로 불덩이들을 굴리고 있더니

"삼월이라고 하셨던가. 그분은 누구예요?"라고 물었다.

스기야마는 깜짝 놀라 점분의 얼굴을 바라봤다.

"이름을 어떻게?"

"제가 환자들을 치료해 보니까 무의식 상태가 되었을 때 가장 그리운 사람의 이름을 부르던데 삼월씨도 그런 분인가 보죠?"

"고향에 있을 때 소꿉동무였습니다."

"지금도 서로 소식을 전하고 계시겠군요."

"서로 멀리 떨어져 있는 데다가 각자가 처한 환경과 생활이 달라 소식을 주고받을 만한 관계가 될 수 없었습니다. 모두가 과거의 일입니다."

스기야마는 더는 말하지 않았다.

"……"

어둠이 점점 깊어지고 모닥불의 진홍색 심장 주변으로 아지랑이가 아른거렸다. 그리고 하늘에는 별들이 점점이 돋아나 바람에 살랑거리는 푸른 수국 꽃잎처럼 강물 위를 물들이고 있었다.

점분은 별들을 올려다보면서 말했다.

"전 오래전부터 별을 볼 때마다 희망이라는 말을 떠올리곤 했습니다. 언제부턴가 별은 제게 등대가 되었습니다. 누구나 태어날 땐 자기 별이 있는 것으로 믿잖아요. 그러므로 저 무수한 별들 가운데는 분명 내 별이 있고 간절히 빌면 소망하는 것이 이루어질 것으로 생각했습니다. 어려운 일을 당할 적마다 별을 올려다 봤고, 오빠와 가족도 제 인생도 좋은 방향, 좋은 곳으로 반드시 이끌어 줄 것이라는 희망으로 잠자리에도 늘 가슴에 별을 품고 잤어요. 그러나 지금까지 나는 속아만 왔다는 걸 깨달았습니다. 별은 희망이라는 미끼로 나를 속였어요. 조금만 가면 좋은 곳이 있다, 조금만 더 가자, 조금만 더 더…. 사랑하는 둘째 동생이 마마(천연두)에 걸렸을 때 새벽마다 정한수를 떠 놓고 지극정성 절을 하는 어머님 곁에서 눈을 비비며 함께 절을 하던 때에도, 우리 가족이 만주에서 모진 시련을 겪던 때에도 그토록 빌었건만 제 별은 쉬지 않고 희망만을 속삭였을 뿐 아무것도 이루어 준 것은 없이 무작정 여기까지 끌고 왔습니다. 근래 들어 많은 생각을 했습니다. 그리고 가슴에서 별을 흔적도 없이 지워버리기로 했습니다. 하루하루 살아가기도 버거운데 희망 같은 건 사치에 불과한 거 아니겠어요?! 별은 희망이라는 이름으로 이룰 수 없는 일들을 마치 이룰 수 있는 것처럼 안개를 피워 어려운 일이 닥칠 때 더욱 우릴 맥 빠지게 하는 존재일 뿐이에요. 다만 저기 보이는 저 물안개 같은 것이라고 생각해요."

그녀는 끄트머리가 꺼멓게 탄 막대기로 대숲을 덮고 있는 물안개를 가리키며 허탈하게 웃었다.

스기야마는 어린 나이에 감당하기 어려운 시련을 겪고 희망마저 포기하려는 이 처녀에게 어떻게든 용기를 북돋아 주고 싶었다.

"별은 안개가 아니고 나침판이며 등대입니다. 인간의 마음은 언제나 비어있습니다. 그 공허함은 누구도 대신 채워줄 수 없습니다. 그곳을 채워줄 수 있는 것은 오직 별뿐입니다. 가슴에 반짝이는 별 하나를 가지고 있지 않다면 어찌 살맛이 나겠습니까. 별이 있으니까 갈 수 있고, 넘을 수 있고, 살 수 있고, 이룰 수 있는 것입니다. 별을 지우는 것은 길을 걷다가 중간에 포기하는 것과 같습니다. 별을 버리지 마세요."

누구나 하는 진부한 말인 때문인지 그녀는 아무 대답도 하지 않았다.

점분의 눈을 바라보며 다시 힘주어 말했다.

"신께서 시련을 주신 다음에는 반드시 도약의 기회를 주십니다. 다만, 간절함을 못 느껴 기회를 흘려보내거나, 평소에 준비가 없거나, 용기가 없는 사람은 고통에서 헤어날 수 없을 뿐입니다."

스기야마는 격려의 말을 입에 올리면서도 지상의 자신은 어디에 서 있으며, 자신의 별은 하늘 어디에 있으며, 기회는 과연 오는 것이며, 기회가 왔을 때 용기를 낼 수 있을 것인가를 생각했다.

얼마 후 강바람이 차가워졌으므로 일어섰다.

스기야마가 퇴원을 불과 사흘 앞두고 있던 1924.5.19. 새벽 시간.

섬으로부터 얼마 떨어지지 않은 집안현 소랑곡(小浪谷) 팔합목(八合目) 압록강 가, 키 작은 잡목들이 빽빽하게 들어선 절벽 위에 13명의 군인 복장을 한 사람들이 강 쪽을 향해 총을 걸쳐놓았다. 이들은 대한민국 임시정부 육군 주만참의부 소속 군인들이다. 그들은 불과 사흘 전 국경을 넘어 평북 초산과 강계에서 일본 경찰과 교전하여 적 3명을 사살하는 전과를 올렸다. 일본 군경은 모든 신경을 국경지대를 순시하는 사이토 총독의 경호에만 집중하고 있다가 독립군 부대로부터 급습을 당했다. 그 루트는 독립군들이 주로 국내 진공 작전을 목적으로 드나든다는 것을 알고는 있었지만 설마 하는 생각에 허를 찔린 것이다.

적과 전투를 벌이고 퇴각한 참의부(參議府) 독립군(獨立軍)은 총독 사이토 마코토가 국경지대를 순시한다는 정보를 입수하고 제거 작전에 나섰다. 참의장 백광운(白狂雲)은 제1중대 제1소대와 제2중대 제1소대원 중에서 사격술이 좋은 대원들을 선발하여 특공대를 조직했다. 제1중대 제1소대장 양세봉, 제2중대 제1소대장 이의준(李義俊, 일명 한웅권) 등 13명이다. 그들은 배가 통과하기 전에 미리부터 자세를 갖추고 있어야 했으므로 주로 야음을 이용하여 행군을 계속했다. 평안북도 강계군 고산면 남산동 마시탄(江界郡 高山面 南山洞 馬嘶灘)에 도착한 다음 배를 타고 강을 건넜다. 총독의 국경 시찰에 대비해 국내는 물론 중국지역인 임강현(臨江縣) 집안현(輯安縣)일대에 걸쳐 개미 한 마리 빠져나갈 틈도 없이 쳐놓은 일본군과 중국군 합동의 비상 경계망을 피해 용케도 목적지인 소량곡 팔합목(小浪谷 八合目) 절벽 위에 도착했다.

보초가 맨 먼저 전투식량을 받아 들고 상체를 낮추며 언덕 위로 올라갔다. 나머지 인원들은 한 곳에 둘러앉았다. 양세봉 소대장이 식사 개시를 선언하자 각자 배낭에서 보자기에 싼 음식을 꺼냈다. 밤새도록 숨돌릴 여유도 없이 달려왔으므로 몹시 시장했던 터라 허겁지겁 먹기 시작했다. 전투식량이라고 해야 고작 옥수수가루와 차좁쌀을 혼합한 밥을 배추 우거지와 섞어 엷은 소금물로 빚은 주먹밥이다.

식사를 마치자 이의준 소대장이 양세봉 소대장을 향해 말했다.

"배가 반대편으로 붙으면 사정거리가 닿지 않을 텐데 어쩌지요? 게다가 장총은 여덟 자루밖에 없질 않소."

그의 말에 양세봉이 쌍안경을 눈에 대고 건너편 마시탄 쪽을 살펴보면서 말한다.

"그나마 이번 초산 강계 작전에서 노획한 장총 3자루가 있어서 다행스럽게도 여덟 자루가 된 게 아니겠소. 우리가 언제는 충분한 물자를 가지고 싸운 적이 있소. 있는 총기들이나 실수하지 않도록 철저히 점검해 보도록 합시다. 내가 생각하기에 건너편 쪽은 퇴적물이 쌓인 탓으로 수심이 얕아 배가 그쪽으로 붙지는 못할 것 같소. 보시오, 강가에 큰 배들은 없질 않소. 게다가 경호상의 문제도 있어서 어느 쪽으로나 바짝 붙지 않고 강의 중심으로 내려올 것이오. 염려하지 않아도 돼요. 그리고 장총이든 권총이든 배가 지나는 짧은 시간 안에 있는 대로 퍼부어야 그중에 몇 개라도 배를 뚫고 들어가 안에 있는 시궁창 왕쥐를 잡을 수 있을 것이오."

'시궁창 왕쥐'란 사이토 총독이 해군 출신이라는 것을 빗대 하는 말이다.

그러고는 부대원들에게 총기를 점검해 보도록 지시했다.

"이럴 때 기관총이 있으면 얼마나 좋을까…."

일본군으로부터 노획한 일명 아리사카 38이라 불리는 '38식 소총'은 7, 8년 전에 보급된 비교적 신형이긴 하지만 6.5밀리 탄환으로 탄력이 약한 데다가 잘못하여 흙이 들어가면 총 자체가 쓸모없게 되는 결점이 있다. 그러나 유효사거리가 2.4킬로에 달하므로 잘만 하면 놈에게 치명상을 입힐 수 있을 것이다.

"오늘은 조선 땅에 들어와 노략질을 하고 있는 시궁창 왕쥐 놈을 잡을 수 있을 거야."

"아무렴 반드시 잡아야지."

모두들 숲속 어두운 그늘에 배를 깔고 총구를 강으로 향한 채 이제 나저세나 보초병으로부터 신호가 오기를 조조하게 기나렸다.

1시간…2시간…3시간….

한편 사이토 총독은 수행원인 경무국장 마루야마 쓰루기치(丸山鶴吉)와 식산국장(농림국으로 분류되기 전으로 산림과 광공업 등을 총괄) 이케다 히데오(池田秀雄), 환영 인사로 온 함경남도 지사 곤코 오후쿠신(金光副臣, 조선이름 김관현金寬鉉), 나남(羅南)사단장 다케가미 쓰네사부(竹上常三郞) 및 지역유지들과 더불어 전날인 18일 밤 평안남도 강계군 강계읍에서 들쭉술과 백로주에 흑우와 단고기, 송이 안주, 가자미 식혜 등으로 밤늦도록 만찬을 벌였다. 사이토가 벌써 일주일이 넘도록 관북(함경도)과 관서(평안도) 순시를 강행하고 있는 이유는 며칠 후 본국 의회에서 조선의 현 시국과 식민지 정책에 관한 상황을 보고하도록 일정이 잡혀 있으므로 그에 앞서 현지를 둘러보며 예상되는 질문에 대한 답변자료를 확보하기 위함이다.

전날 밤 만찬에서도 모든 사람이 하나같이 입을 모아 3·1운동으로 시끄러웠던 조선 반도가 사이토의 유화정책으로 인해 비로소 안정기로 접어들었으며, 이는 내선일체의 진정한 시발점이 될 것이라고 경쟁적으로 칭송을 해댔다.

그들은 아침 식사를 마치고 9:00시에 다음 행선지인 평안북도 벽동군(碧潼郡)으로 가기 위해 문홍리 부두로 나갔다. 총독 일행은 앞의 유희마루(雄飛丸)에 올랐다. 사이토는 며칠째 밤마다 열리는 환영 만찬으로 피로를 느꼈는지 배에 올라서도 여러 번 하품을 했다. 뒤따르는 아스카마루(飛鳥丸)에는 평북 경찰부의 모리나시(森西竹次郎) 경부와 오가타(岡田忠) 순사부장이 중무장한 경비 경찰들을 지휘하고 있었다. 미리부터 말끔한 미색으로 유람선처럼 깨끗하게 단장을 한 두 척의 배는 썰매를 타듯이 강으로 나아갔다. 봄볕이 반짝이는 청록색의 강 위에 미색의 배는 앙상블을 이뤄 낭만감을 자아내기까지 했다.

한편 독립군 쪽.

12:30경, 보초가 황급히 달려와서 보고했다.

"시궁창 쥐가 탄 것으로 여겨지는 대형선박이 상류 1킬로 지점에 나타났습니다."

오래지 않아 두 척의 배가 햇볕에 반짝이는 물살을 가르며 내려오고 있었다. 모두 숨을 죽였다. 스물여섯 날카로운 눈초리가 먹이를 놓치지 않으려는 매의 눈처럼 그곳을 노려봤다. 앞의 뱃머리에는 일장기가 펄럭였다.

양세봉 대장이 낮은 소리로 말했다.

"사격명령이 떨어지면 맨 먼저 앞의 배를 집중하여 사격해야 한다. 앞 배가 지나간 다음엔 바로 뒷배를 쏴라."

모두 대답 대신 어금니를 악물었다. 이윽고 일정한 간격을 두고 출렁거리며 내려오는 목표물들이 가장 좋은 사정권 안에 들어왔다. 앞배의 난간에는 십여 명의 사람들이 손으로 연안을 가리키며 무언가를 떠들고 있었다. 희희낙락하고 여유로운 모습들이다.

양세봉 대장이 방아쇠를 당기며 소리쳤다.

"쏴라, 목표는 난간에 선 놈들이다!"

여덟 자루의 장총과 다섯 자루의 모젤 권총이 불을 뿜기 시작했다. 총소리가 들리자, 난간에 모여있던 자들이 잠시 멈칫하더니 우왕좌왕했다. 상황을 알아채고는 상체를 숙이며 선실 안으로 도망치기 시작했다. 여러 명이 한 사람을 에워싸고 있는 것으로 보아 그곳에 사이토가 있는 것으로 짐작됐다. 곧이어 배들이 속력을 내기 시작했다.

상대 쪽에서도 총알이 날아왔다. 한동안 쌍방 간에 오가는 총소리가 고요하던 강을 흔들어 놓았다. 오래지 않아 배들이 멀리 사라졌다. 이내 독립군들도 썰물처럼 자취를 감췄다.

이 시간, 송점분 남매와 스기야마는 섬에서 밭일을 하고 있었다. 여기저기 파릇파릇 싹이 올라와 녹색 무늬의 수를 놓은 것 같았다. 점분이 대견하다는 표정으로 내려다보며

"올해는 채소뿐만 아니라 시험 삼아 몇 가지 약초를 심었는데 싹이 아주 잘 나왔어요. 보세요, 여기는 당귀 싹, 저기는 강활 싹이 돋았잖아요."

"그렇지만 올해도 잡초는 일본 순사들처럼 우리를 힘들게 할걸."

한돌이 무심코 뱉은 말이지만 점분은 어쩔 줄 몰라 했고, 스기야마는 웃음을 지었다.

그때다.

어디선가 총소리가 들렸다. 주위를 살폈다. 상류 쪽에서 커다란 배 두 척이 쏜살같이 내려오고 있었다. 얼마나 빨리 달리는지 선수(船首)의 갑판이 물에 잠기는 것 같았다. 배가 지나가고 나서 다시 밭일을 시작하려 할 때다.

"누나, 저기 좀 봐."

모두 강 건너 언덕을 바라봤다. 춘삼의 집 마당에 빨간색 빨래가 걸려 있었다. 마당에서 두 사람이 무언가 소리를 지르면서 손짓 발 짓을 하다가 어디론가 사라졌다.

고개를 갸우뚱거리고 있던 점분이 소리쳤다.

"저기 좀 보세요. 저기!"

춘삼의 집 뒤편 마을 쪽에서 검붉은 불길이 일더니 시꺼먼 연기가 뭉게구름처럼 피어오르고 있었다. 강 건너 마시탄 쪽에서는 총소리가 콩 볶듯 했다. 양안(兩岸) 여기저기를 사람들이 도망치고 있었다.

"틀림없이 무슨 일이 일어났어요. 아무래도 안 되겠어요."

점분은 앞장서서 집으로 달려갔다.

마당에 들어서자

"사람들이 도망 다니는 걸 보니 조금 있으면 경찰들이 여기까지 들이닥칠 텐데 어쩌지요?"라고 당혹스런 표정으로 물었다. 스기야마는 잠시 생각했다. 중국 군경이든 일본 경찰이든 수색대가 온다면 자신은 별로 문제 될 것이 없다. 신분이 확인될 것이기 때문이다. 숨겨야 할 부분은 적당히 둘러대면 된다. 경찰 간부 신분이니까 의심받지 않을 것이다. 그러나 점분 남매는 다르다. 추정컨대 두 척의 큰 배에는 누군가 중요한 인사가 탔을 것이다. 여기저기서 총소리가 들리고 마을에 화염이 치솟고 사람들이 도망 다니는 것도 그와 관련이 있기 때문일 것이다. 사안이 중요하다면 남매는 붙들려 조사를 받을 것이고, 그러다 보면 춘삼과 독립군들의 정체도 탄로 날 것이다. 자신이 변명해 준다고 해결될 문제가 아니다.

"배를 타고 뭍으로 건너가는 건 지금 상황에선 더 위험할 것 같소. 혹시 모르니까 우선은 방에 들어가 중요한 물품부터 챙겨 나오시오. 난 배를 감춰놓고 오겠소."

스기야마는 강변으로 달려갔다. 그리고 배를 끌어다 갈대숲 깊숙이 밀어 넣고 돌아왔다.

점분과 한놀은 삭자 보따리 하나씩을 안고 조조하게 스기야마를 기다리고 있었다.

"아예 집에다 불을 놓는 게 낫지 않을까요?"

점분이 말했다. 스기야마는 깜짝 놀라 그녀의 얼굴을 바라봤다.

"수색대가 지나간 것처럼 보이도록 말이오?"

"네. 치료한 증거들도 모두 없애고요."

"그래도 괜찮겠소?"

"우선은 살아야 하니까요."

두 사람은 각자 달려가 조금 전까지도 먹고 자고 했던 집에 불을 놓왔다. 마른 나뭇가지들과 갈대로 이루어진 집은 쉽게 불이 붙었다.

그러고는 섬의 아래쪽으로 달려갔다. 그 일대는 다른 곳보다도 더욱 빽빽하게 버드나무와 갈대들이 뒤엉켜 있는 곳이다. 갈대는 반쯤 물에 잠겼고 그 사이로 뿌리를 박은 버드나무들이 위를 덮고 있어서 무거운 그늘이 드리워져 있었다.

세 사람은 그곳으로 점점 들어갔고 마침내는 목만 내놓고 몸이 전부 물에 잠겼다.

오래지 않아 불길도 잦아들었다. 검은 연기만 뱀의 꼬리처럼 피어오르고 있었다.

그때 강변이 떠들썩하고 말소리들이 들려왔다.

"니 이징 징리구오 모우 거 부멘러?!(你已經經歷過某個部門了。벌써 어느 부댄가 거쳐 갔잖아?!)"

중국 군인들이다.

"우리보다 앞선 부대가 있었던가?"

"그렇지 않으면 누가 불을 놨겠어?"

"그런 건 중요하지 않으니까 일단 건너가서 확인해 봐!"

"건너갈 배가 없지 않습니까?"

"이놈들아, 수색이 유람인 줄 알아? 야, 덩자구이(鄧家貴) 너하구 리성포(李聖潑) 너, 빨리 위쪽으로 올라가서 헤엄쳐 건너가!"

한참 만에 철버덩거리는 소리가 들리고 누군가를 향해 욕설을 늘어놓는 목소리가 들려왔다. 그리고 조용했다.

어느 순간, 자갈 밟는 소리가 가까이 다가오고 있었다.

점분이 헉! 하며 자신의 입을 가렸다. 갈대숲 사이로 군복을 입은 모습이 눈에 들어왔다.

그들 둘은 물로는 들어오지 않고 갈대숲과 주변을 둘러보며 떠들어댔다.

"아무것도 없어."

"집이 불타버렸는데 벌써 도망쳤거나 끌려갔겠지. 여기 있을 리가 없잖아."

"그러게 말이야. 명령을 내리는 놈이 멍청한 거지. 짱구 새끼, 대가리는 멋으로 달고 다니나 봐."

"그러게 말이야…, 여하튼 짱구한테 표시는 내야 하니까 총이나 몇 발 갈기고 돌아가자구."

스기야마는 얼른 자신의 등을 총구 쪽으로 돌리면서 두 사람을 끌어당겨 머리를 물속으로 눌렀다.

놈들은 갈대숲을 향해 드르륵 드르륵 총을 갈기더니 철벙거리는 물소리가 들렸다.

뒤이어 언덕 위 춘삼의 집에서 시뻘건 불길이 치솟았다. 조금이라도 의심이 가면 아무 집에나 불을 지르는 것 같았다. 하기야 그들의 눈에 가난한 백성들의 삶이야 소중하게 보일 리 없다.

강가에 있던 무리는 총을 쏘아대며 하류 쪽으로 몰려가고 있었다. 세 사람은 비로소 한숨을 쉬면서 밖으로 나왔다.

"이제 어떻게 할 작정이오?"

"글쎄요, 당분간은 또 오빠한테 갈 수밖에 없잖아요. 며칠 지내면서 생각해 봐야겠습니다. 선생님은 다시 경찰서로 돌아가셔야 하나요?"

점분의 눈에는 이슬이 고여 있었다.

"죽어가던 사람을 살려줘서 고맙습니다. 두 분은 내게 생명의 은인입니다. 막상 헤어진다고 생각하니 나도 마음이 괴롭군요. 가진 게 없으니 어떻게 감사를 표해야 할지도 모르겠고…."

세 사람은 강을 건넜다. 점분은 강가에 배를 매려는 한돌의 손에서 밧줄을 낚아챘다. 그리고 배 안으로 밧줄을 던졌다. 주인 잃은 조각배는 정처 없는 그들의 인생처럼 하류로 떠내려가기 시작했다. 세 사람은 배가 시야에서 사라질 때까지 바라보고 있었다. 마침내 헤어질 시간이 되었다. 스기야마는 점분과 한돌을 품에 안고 등을 어루만져 주었다.

"잘 가요. 몸조심들 해요."

"감사해요. 생각해 봤는데 선생님 말씀이 맞는 것 같아요. 오늘 이 순간부터 다시 별을 가슴에 품을 거예요. 무사하시고 다시 만날 수 있기를 기도할 겁니다. 그때까지 안녕히~"

스기야마가 답했다.

"하늘에 구름이 끼었어도 별은 자신의 자리를 지키고 있습니다."

세 사람은 서로의 모습이 보이지 않을 때까지 가다가 돌아보기를 반복하며 손을 흔들었다. 스물두 살 귀엽고 야무진 아가씨는 어느 봄날의 애잔한 추억으로 기억될 잔상을 길게 남기며 언덕 너머로 사라져 갔다.

돌아오는 내내 거친 파도를 헤쳐갈 점분네 가족의 앞길이 염려됐다. 그리고 춘삼의 안부도 걱정됐다. 그들이 한곳에 뿌리박지 못하고 또 어느 곳으로 쫓겨 다니게 될지…. 문득 눈시울이 뜨거워졌다. 그러자 야마가타 총감의 얼굴이 떠올랐다. 이내 사라지고 눈에 덮인 오대산 능선을 넘는 한 사나이의 모습이 떠올랐다. 그는 부상한 다리를 절뚝거리면서도 깃대를 꼿꼿이 들고 있었다.

"가만 둬, 이런 놈은 내 아들이 아니야. 일본 놈의 종이 되려는 놈이

내 아들이 될 수는 없어. 이놈은 오늘 내 손에 뒈져야 해."

스기야마는 걸음을 멈추고 넋 나간 사람이 되어 멍하니 하늘을 쳐다보고 서 있었다. 구름에 가려진 낮달이 그물에 걸린 물고기처럼 희미한 모습으로 걸려 있다.

영사관에 돌아오니 모두들 저승에서 돌아온 사람을 만난 것처럼 놀라고 반가워했다. 그도 그럴 것이 자신은 이미 죽은 사람으로 치부되어 있었고, 행방불명을 규명하기 위한 수사대가 편성되고 있었기 때문이다. 후지타 순사보는 칼에 찔려 강으로 떨어졌으나 시체는 찾을 수 없어 외교부 지시에 따라 실종 상태로 처리됐다.

대충 인사를 마치고 그동안 일어났던 일에 대한 보고서를 작성했다. 있었던 일을 사실대로 썼지만, 춘삼과 점분 남매에 대한 이야기는 기록하지 않고 적당히 얼버무려 올렸다. 더러는 상흔을 보고 난 사람들이 소문을 퍼트리고 위로를 하는 상황에서 보고서에 딴지를 거는 상급자는 아무도 없었다. 다만 이 사건 수사를 총괄했던 동료 순사부장 가와모토만은 전후 상황을 예리한 눈으로 살펴보고 있었다.

스기야마는 경찰서에 돌아와서야 사건의 전모를 알게 되었다.

그리고 상해임시정부 기관지 '독립신문'은 1924.5.31 자 머리기사로 '적괴(敵魁) 사이토 습격'이란 제목으로 사건을 크게 보도했다.

사이토 저격사건이 있은 지 4개월 후인 9월에는 백광운이 죽었다는 정보가 날아들었다.

독립군 내부에서 참의부와 통의부의 갈등이 격화되어 마침내는 통의부 유격대장 문학빈이 부하들을 시켜 참의부 참모장 백광운을 사살하였다는 것이다.

모두들 박수를 치고 기뻐했으나 스기야마는 가슴 한쪽이 무너져 내리는 느낌을 받았다.
　"남의 나라에서 싸우는 같은 독립군끼리 이 무슨…."
　깜짝 놀라 정신을 차렸다.
　스기야마가 서에 돌아오고 나서 한 달 정도 지났을 무렵 그는 경부보로 승진하여 남(양)평 분관으로 발령을 받았다. 조선인 출신으로는 파격적인 대우다. 남평은 두만강을 사이로 무산과 마주 보는 곳이다.

제7편

잿더미 속 뼈의 의미

　　스기야마는 오랜 숙제의 결말을 보기로 마음먹었다. 그는 몇 해 전부터 외삼촌의 거주지를 알아내기 위해 시간을 할애하고 있었다. 짬이 날 때마다 각 영사관에서 보고된 재만 조선인 명단을 가지고 이름과 나이에 맞는 사람들을 조사했다. 그러나 유이민(流移民)이란 여권이나 사증, 혹은 이민허가서 같은 것들이 없는 단순 월경(越境)에 불과하므로 제대로 된 조선인의 기록부가 있을 리 없다. 일본영사관에서 수집한 명단은 불령선인들에 대한 동향이나 신병확보를 목적으로 한 것이므로 비교적 정확하게 작성돼 있으나 일반인들에 대한 기록은 부실하기 짝이 없었다. 같은 사람이라도 현장에 가서 확인해 보면 이름의 획이 틀리고 전 주소나 현 거주지도 틀릴 때가 많았다. 이름과 주소가 전혀 생뚱맞은 사람인 경우도 있었다. 그러나 시간이 걸리더라도 반드시 찾아야만 했다. 사방에서 자료를 확보하고 동명이인들을 한 명씩 확인해 나가는 과정을 거쳤다. 바쁜 공적인 업무 가운데에서 개인적으로 진행하는 일은 어렵고 귀찮은 것이다. 그러나 하나뿐인 동생을 애타게 그리는 어머니를 생각하면 더는 늦출 수 없었다. 어머니는 살길을 찾아 일찍 집을 나간 동생의 행방과 안부가 가슴에 한처럼 남아 있었기 때문이다. 그리고 백두산으로 사냥을 떠나던 때에도, 만주로 발령을 받아 떠나던 날에도, 지난번 아버지가 돌아가셨던 때에도 아들에게 애원하듯이 동생의 행방을 부탁했었다. 늙어가는 어머니에게 있어서는 마지막 남은 숙제와도 같다는 것을 스기야마는 아버지 장례를 끝내고 돌아올 때 절실하게 깨달았다. 마침내 한 달간의 장기 휴가를 냈다. 그리고 이토추 상사(伊藤忠商社)에 근무하는 지인을 통해 할리 데이비슨(Harley-Davidson)사의 125cc짜리 모터사이클 한 대를 샀다. 높은 핸들과 낮은 시트가 몸을 편안하게 하는 장점이 있지만 생산된 지 4년밖에 안 된다고 하는데도 조금만 속력을 높이면 두구둥 두구둥 하는 말발굽 소리가 심하게 나서 귀에 거슬렸다. 그가 소개한 것들 가운데 비교적 새것인 트라이엄프나 가와사키 제품이 있었으나 가격대가 높아 부득이 이 제품을 선택할 수밖에 없었다. 그렇다고 고장이 날 정도는 아니고 품질은 비교적 좋았기 때문이다. 모터사이클을 택한 것은 위험한 일이긴 하지만 광대한 만주 땅에서 자동차와 말을 제외하면 시간과 공간을 절약할 수 있는 유일한 방법이다. 말(馬)은 대개의 경우 군인이나 관헌들이 타고 다니는 것이기 때문에 훨씬 위험했으며 오토바이는 여차하면 고속으로 위험지대를 벗어날 수도 있다.

10월 초순의 일요일. 수평선 위로 먹구름이 낮게 내려앉아 우중충한 날씨다. 네 명의 비슷한 사람 중에 두 명을 확인하고 세 번째의 사람을 찾아가는 길이다. 여관을 떠날 때는 괜찮을 것 같았던 하늘이 오후 들어 주막에서 국밥 한 그릇을 먹고 나와 하늘을 쳐다보니 금방이라도 비를 뿌릴 것 같다. 그렇다고 화잔(貨棧, 여관)을 찾아갈 수도 없는 일이다.

광활한 대지에는 귀리나 보리와 밀이 있던 자리가 초여름의 수확으로 대부분이 공지로 남아 있고 그 사이로 군데군데 황금색을 이룬 벼들과 이듬해 수확을 위해 심은 보리와 밀밭들이 녹색으로 드러나 있어서 전체적으로 바라보면 부조화를 이룬 것 같기도 했다. 그 들판 사이 야트막한 구릉들 위로는 어김없이 중국인 지주들의 2층 가옥들이 재력을 과시하듯 위용을 뽐내고 있었다. 그런 건물들이 있는 담장 밖에는 기어들고 기어 나오는 볼품없는 움막들이 대여섯 채, 더러는 십여 채 이상 웅크리고 있었다. 조동(租東)이라고 불리는 중국인 지주들은 대부분 한족으로 청나라 정부가 자신들이 발상지인 만주에 대한 봉금령을 해제하여 본격적인 지아관동(闖關東 틈관동, 말을 타고 만주로 간다는 뜻으로 산해관 서쪽에서 만주로 대대적인 이동을 말함)이 시작되던 1878년 이전에 야금야금 들어와 광대한 토지를 차지했던 사람들이다. 그들은 자신의 장원 안에 이런 초가 흙집들을 여러 채씩 지어놓고 조선인 유이민들을 노예처럼 부렸다. 소작인들은 이곳에서 숙식하며 원호(原戶, 원래부터 있던 한족이나 만주족 지주)나 점산호(占山戶, 대지주)들의 시중을 들며 땅을 빌려 농사를 지었다. 조동이란 말의 어원에 대한 기록을 찾기는 어려우나 필자의 생각으로는 아마도 '오래전부터 동쪽으로 와서 자리를 잡은 사람'이라는 의미가 아닌가 추정해 본다. 그리고 점산호란 말의 유래는 청나라 정부의 이민정책으로부터 생겨났다. 1881년 청나라는 당시까지 자신들의 조상이 탄생한 성역으로 외부인의 출입을 금지해 왔던 길림성 일대에도 조선인 유이민들이 밀려들고 러시아나 일본의 야욕으로 인해 이곳을 더는 봉금 지대로만 머물러 있게 할 수 없다는 판단을 하게 된다. 그리하여 이민을 이용하여 국경지대에 대한 국방력을 강화하고자 훈춘에 초간총국(招墾總局)을 설치하고 이민실변정책(移民實邊政策)을 실시한다.

당시 청나라의 토지를 소유자 별로 보면 맨 상층부에 관유지가 있고 다음으로 왕족들이 소유하는 왕부지(王府地), 사찰 소유의 묘지(廟地), 장군들의 기지(旗地)가 있었다.

맨 아래로 백성들 소유의 민지(民地)가 있는데 각성마다 표준 단위가 제멋대로 되어 있었다. 더욱이나 동북 지방은 봉금지대로 머물러 있었던지라 왕부지를 제외하고는 소유자의 구분이 없는 무주공산과 다름이 없는 곳이 많았다. 이런 상태에서 이민실변정책을 선포하자 이 기회를 이용하여 한몫 챙겨보려는 지방청의 관리들과 토호들과 기타 영향력 있는 자들이 벌떼처럼 몰려들어 평지와 구릉과 산들을 점령하고 자기 땅이라고 선포했다. 청나라 집권 세력인 여진족이거나 중국의 주류 한족인 그들은 종일 말을 타고 지역을 돌아본 뒤 어느 곳에서부터 어느 곳까지는 자신의 땅이라고 선포하면 그 안에 있는 땅은 그의 소유로 인정이 되었다.

'점산호'란 말은 이처럼 '산을 점령한 사람'이라는 뜻에서 비롯된 것이다. 그들이 중국 정부에 내는 세금은 미미했다. 매년 가을 수확물 중에서 약간만 납부하면 그것으로 그만이었다. 중국 정부의 목적은 세금에 있는 것이 아니라 중국인의 토지 점용과 국경수호에 있었기 때문이다. 이 땅은 광폐지지(曠廢之地, 오랫동안 묵혀둔 땅)라고 했던 곳이다. 그리고 청나라와의 국경분쟁이 있기 전에 이미 조선인들이 전체 인구의 80%를 차지하고 있었다. 그러나 힘이 약한 조선 정부의 소극적인 만주 정책으로 인해 간도 땅 대부분은 중국인들이 선점했으며, 결과

적으로 생존을 유지해야 하는 가난한 조선의 유이민들은 중국인들이 쳐놓은 경계선 안에서 노예와 다름없는 생활을 하기에 이른 것이다.

소작인은 조호(租戶)라고 부르는데 조호에는 소작인과 반소작이 있다. 원호나 점산호들이 만들어 놓은 움막에 들어가 그들의 곡식을 꿔서 먹으며 그들이 소유한 황무지를 개간하는 경우가 소작인이고, 자력으로 집을 짓고 생활하면서 토지만 빌려 농사를 짓는 이를 반소작이라고 한다. 개간지의 소작료는 개간의 난이도나 토지의 비옥도에 따라 차이를 두었다. 대개의 경우 그런 것들이 양호하면 5:5로 하고 그렇지 않은 경우는 4:6(지주가 4)으로 했다.

이방자(二幇子)라는 것도 있었다. 중국인 대지주로부터 땅을 빌린 조선인이 같은 조선 이주민에게 소작을 시키고 그로부터 나오는 수확에서 소작료를 제외한 나머지 이익을 취하는 것이다. 중국인 대지주들은 이방자를 이용하는 것이 여러모로 속 편한 일이기 때문에 그들에게 의뢰하는 일도 많았다. 분배에는 차이가 없었다.

조선인 소작인들은 이렇게 농사를 지어도 소작료를 오롯이 수익으로 취하는 게 아니다.

관청에서 부과하는 세금들이 있기 때문이다. 민회세, 수리세, 우세, 염세, 문턱세, 굴뚝세 등등 조그만 틈새만 있으면 명목을 붙여 갈취해 갔다. 국적을 변경하지 않으면 집조(執照, 농지 등기장)를 얻을 수 없다. 그러나 조선 사람들의 능력과 근면함으로 인해 소출이 월등하게 나오는 것을 무시할 수 없다. 그래서 청나라가 생각해 낸 것이 식민지 국적을 소유한 사람들 가운데에서 대표를 선발하여 청나라 국적을 취득한 다음, 그 대표의 이름으로 집조를 취득한 후 농지 매입을 위해 투자한 각자의 면적만큼 농사를 경영하는 방법이다.

그러나 조선인들 입장에서는 몇 가지 문제가 있었다. 첫째는 조선사람으로 어느 누가 기꺼이 국적을 바꾸고 청나라 사람처럼 머리를 깎고 시꺼먼 다부쇤즈(長袍)를 입는 대표 역할을 할 것인가이다. 그것이야말로 굴욕이라고 생각하기 때문이다.

또한 그들 대부분은 만주, 특히 간도가 우리 땅인데 왜 청인으로 국적을 변경하여 머리를 땋아 뒤로 늘이고 검은 장포를 입는 변발흑복(辮髮黑服)을 해야만 하고 그의 명의로 등기를 해야 하는가. 자존심 강한 조선인들은 비록 나라 잃은 유이민일지라도 절대 그럴 수는 없다고 생각했다.

둘째는 지금은 한 사람 명의로 땅을 사도 내용이 분명하지만, 세월이 가서 모두 저세상 사람이 되면 대표의 자손 외에는 집조의 권리를 주장할 수 없다는 것이다.

이를 두고 마을마다 많은 논란이 있었으나 대부분은 어쩔 수 없이 그 방법을 택할 수밖에 없었다. 그래서 생긴 말이 '얼되놈', 즉 '얼치기 되놈'이다. '얼되놈'이 된 사람들은 놀림감이 되기도 했고, 뒤에서 수군대는 말들도 많았다. 한편 생각하면 전체를 대표한 희생자라고도 볼 수 있는데 오히려 놀림감이 되는 것이다.

이러한 사실들을 잘 알고 있는 스기야마는 중국인들의 커다란 건물과 그 앞에 펼쳐진 광활한 농지나 개간 중인 구릉지대들을 지나칠 때마다 그 건물들과 가까운 곳에 검은 해초를 뒤집어쓴 따개비 같은 움막의 숫자들을 헤아리고 그 안에 사는 사람들을 관찰했다. 멀리서 보기에도 소작인들의 움막들에는 냉기가 흘렀다. 어른들의 모습은 보이지 않았다. 새벽부터 중국인 지주들의 집에 가서 탈곡을 비롯한 온갖 잡일과 시중을 들며 노예와 같은 생활을 하고 있기 때문이다. 아이들만 맨살이 들어나 옆구리가 앙상한 모습으로 금방이라도 주저앉을 것만 같은 움막에서 놀고 있었다. 어느 곳에선가 귀에 익은 조선어 노랫소리가 들려와 가슴을 뭉클하게 했다. 한동안 귀를 기울이다가 길가에 오토바이를 세워놓고 노랫소리가 들려오는 곳을 향해 이끌리듯 걸어갔다. 오막살이 집 작은 마당에서 대여섯 명의 아이들이 줄넘기 놀이를 하고 있었다. 핼쑥한 얼굴에 흰색 옷을 입었다. 치마저고리나 바지는 하나같이 검은 천들이 여기저기 눈에 띄는 누더기로 덕지덕지 기운 옷들을 입고 있다. 그러나 목소리를 낭랑하다.

아버지는 나귀 타고 장에 가시고
할머니는 건너마을 아저씨 댁에
고추 먹고 맴맴 달래 먹고 맴맴

할머니가 돌떡 받아 머리에 이고
꼬불꼬불 산골길로 오실 때까지
고추 먹고 맴맴 달래 먹고 맴맴

아이들의 모습을 보니 기쁨과 슬픔으로 마음이 착잡해졌다.
그들 중에는 핼쑥한 얼굴에 쪼그려 앉은 모습이 귀 위에까지 무릎이 올라와 마치 거미 같은 아이도 눈에 띄었다. 오랫동안 굶주리던 사람이 한 번에 너무 많은 음식을 먹어서 위가 불어나서 생긴 식고창이라는 병이다.
그들은 줄넘기를 멈추고 이상한 복장을 한 낯선 사람을 경계의 눈으로 바라봤다. 그러나 같은 조선말을 하는 사람이라는 것을 알게 되자 친근한 얼굴로 변했다. 어린아이들도 주변 환경에 민감해지는 것이 만주에서의 생활이다.

몇 마디 이야기를 나눴다. 7세에서 12세에 이르는 그들 대부분은 서당에 다닌다고 했다. 하루 살기도 버거운 환경에서도 아이들에게만은 희망의 끈을 놓지 않고 있는 동포들에게 깊은 존경심을 느꼈다. 사탕 한 알씩이라도 나누어줄 수 있으면 좋으련만 품에 지닌 것이 없어 조선 은행권 지폐 세 장을 주면서 일일이 머리를 쓰다듬어 주곤 그 자리를 떠났다.

조선인 중에서 아주 드물게는 중국인 지주의 영향권을 벗어나 자력으로 농지를 마련하고 조선 사람끼리 이웃해 사는 자성부락(自成部落)이 있다. 이런 곳은 형편이 훨씬 나아 보였다. 아이들이 떠드는 소리나 사람들의 걸음걸이에서도 활기가 느껴졌다. 이와 같은 자성부락은 전체 조선인 농가의 10% 정도로서 대개 20~30호, 큰 부락은 50~60호로 이루어져 있다.

중국인들은 조선인들을 점어(鮎魚)라고 불렀다. 중국인 농장에서 일하는 조선인들의 소망은 하루라도 빨리 그곳을 벗어나 조선인 자성부락으로 진입하는 것이기 때문에 중국인들이 보기에 마치 물을 따라 상류로 올라가는 메기와 같다고 했다. 그러나 망국노(亡國奴), 즉 나라 잃은 노예라며 천대하는 데에는 차이가 없었다. 평소 같으면 추수를 하는 사람들이 있으련만 날씨 때문인지 눈에 띄지 않았다.

중간중간에 사람들을 만나면 모터사이클을 세우고 물어서 방향을 잡은 다음에 다시 달리곤 했다.

요녕성 홍경현(興京縣) 허투알아(赫圖阿拉), 왕청문에서도 40km 떨어져 있는 동네로 30여 가구가 모여 사는 구릉지대에 도착한 시간은 석양이 가까운 때다. 부락 가운데에 여러 개의 쪽문이 달린 중국식 2층이 있고 주변으로 작은 초막들이 산재해 있었는데 외삼촌의 이름을 물었다. 다섯 번째 사람에 가서야 비로소 대답을 들었는데 마을에서도 8㎞ 정도 떨어져 있는 골짜기 위쪽에 산다고 알려줬다. 서너 개의 구릉을 넘어가자 야트막한 골짜기가 나타났다. 그곳에는 무성한 잡초들 가운데 키 작고 볼품없는 서너 그루의 잡목이 무거운 짐을 지고 고개를 오르는 노인처럼 넝쿨을 뒤집어쓴 고통스런 모습을 하고 있었다. 여기저기 마삭넝쿨들이 돌무지를 우악스럽게 얽어매고 있는 산비탈 자투리 농지들을 지나 고갯마루 가까이 올라가자 100m가량 전면에 금방이라도 주저앉을 것만 같은 작고 초라한 조선식 흙집이 나타났다. 구부정한 사람이 마당에 앉아 곡식을 펼쳐놓고 쭉정이를 고르고 있다가 멀리서부터 부릉거리며 달려오는 모터사이클 위의 사람을 보자 일어서서 멍한 표정으로 바라봤다.

  스기야마는 마당으로부터 얼마간 떨어진 곳에 모터사이클을 세우고 옷매무시를 단정히 하면서 다가갔다.

  노인은 굽은 등과 얼굴 가득한 주름살로 보아 60이 넘은 것으로 보였고 누더기 옷을 입고 있었다. 스기야마는 그에게 다가가

  "혹시 박병삼 씨라고 알고 계십니까?"라고 물었다.

  순간 그의 눈에 공포의 빛이 가득했다. 애써 경계의 빛을 감추려 하는 것 같았으나 빗자루를 든 손에 작은 경련이 일었다. 그것은 아마도 산골 사람들과는 달리 산뜻한 점퍼에 당꼬바지 차림으로 보기 드물게 모터사이클을 탄 이 청년이 틀림없이 어떤 관청에 근무하는 신분일 것이라고 생각하는 것 같았다.

그는 쭈뼛거리면서 떨리는 목소리로

"내가 박병삼이오만…무슨 일로…?"

설마했던 생각이 사실로 확인됐다.

그러나 이 노인이 외삼촌이라고는 도저히 믿어지지 않았다. 건강이 나쁘다는 느낌을 갖게 하는 검은 얼굴에 이마에는 주름살이 많고 양쪽 볼은 바짝 말랐다. 백설이 내려앉은 것 같이 온통 하얗게 센 머리칼, 작은 키에 구부정한 어깨, 바람이 불면 쓰러질 것 같은 허약한 몸, 힘없는 목소리는 스기야마가 평소 머릿속에 그려왔던 외삼촌의 이미지와는 너무도 거리가 멀었다.

"실례지만 고향이 조선의…"

고향의 이름을 듣는 순간 노인의 얼굴은 기쁨과 환희로 가득 찼다. 그러나 얼굴이 일그러지더니 다시 차가운 경계의 눈빛으로 돌아갔다.

"무슨 말씀인지 잘 모르겠는데요…"

"외삼촌, 제가 개동이입니다."

"사람을 잘못 찾아오신 것 같습니다."

"제가 외삼촌의 조카되는 개동이입니다."

"저는 선생을 알지 못합니다."

스기야마는 외삼촌으로 하여금 더는 의심을 하지 않도록 해야겠다는 생각을 했다.

"저를 의심하지 않으셔도 됩니다. 외할아버님의 함자는 '박'자 '형'자 '팔'자십니다. 어머님은 '복'자 '순'자십니다." 그리고 이웃 노인들의 이름이며 지명 같은 것들 몇 가지를 이야기했다.

처음에는 반신반의하다가 눈동자가 점점 커지더니 차츰 다가와 생전 처음 보는 조카를 와락 끌어안았다.

"세상에 이런 반가운 일이 있나. 죽지 않구 살다 보니 이런 일이 생길 때도 있네 그려…."

끌어안은 손을 한동안 놓지 않고 있는 그의 모습에서 혈육의 정에 대한 간절한 그리움을 느낄 수 있었다. 이윽고 외삼촌은 눈물이 그렁한 눈을 끔벅이며 외숙모를 불렀다.

역시 처음 얼굴을 대하는 외숙모는 왜소한 체구에 바짝 마른 몸, 창백한 얼굴로 한쪽 다리를 절고 있었다. 기력이 없는지 말씀 대신 잠깐 미소를 지었다.

"어서 들어가세. 들어가서 이야기하세."

외삼촌의 실제 나이는 52세이고 외숙모는 그보다 한 살 많았다. 그러나 두 분 모두 외모가 너무도 늙어 보였다. 특히 외삼촌의 모습은 어머니가 말씀했던 이가 아니고 또 한 명의 외삼촌이 존재하는 것이 아닌가 하는 생각마저 들게 했다. 고향에 있을 때 어머니는 평소 아들을 앞에 놓고도 마치 다른 사람에게 자랑하듯 동생에 관한 이야기를 했다. 키는 5척 반(165㎝, 당시로서는 비교적 큰 키)이나 되고 얼굴은 매우 준수하게 생겼는데 성격은 호방하여 목소리는 우레저럼 굵나나 했다. 그런 성격이니까 열일곱 나이에 자신의 운명을 개척하려고 밖으로 뛰쳐나간 게 아니겠냐고 아들의 동의를 구하곤 했다.

어머니와는 5년 차이의 동생인데도 누가 보면 당연히 오빠로 볼 것 같았다. 얼핏 보면 어머니와는 닮은 데가 전혀 없는 것 같았다.

그러나 전체적인 얼굴 윤곽과 코나 눈 같은 곳에서 조금은 어머니의 모습을 찾아볼 수 있었다. 그리고 어느 해 나무를 지고 내려오다 넘어져서 다쳤다는 오른쪽 눈가의 상처가 윤기 없는 흰 머리칼 아래로 이어져 있었다.

낡고 우중충한 움막은 허리를 잔뜩 굽혀야 들어갈 수 있었다. 어두운 방에 들어서자 곰팡내와 지린내가 뒤섞인 퀴퀴한 냄새가 코를 찔렀다. 벽은 군데군데 구멍이 뚫려 방안에서도 밖이 보였다. 천장도 시커먼 볏짚 사이로 하늘이 보였다. 하루하루 구멍 뚫린 삶을 메우느라 그런 것에 신경 쓸 겨를이 없었으리라. 가마니가 깔린 방 가운데에는 방금 외숙모가 누웠던 것으로 짐작되는 낡은 담요가 있었다.

외삼촌은 자리에 앉자마자 다그치듯 물었다.

"누님과 매형은 건강이 어떠신가?"

아버지는 얼마 전에 돌아가셨고 어머니도 매우 노쇠하셨다는 설명을 하자

"아, 살아생전 매형의 얼굴이라도 뵈었어야 했는데 내가 무심한 놈이야, 내가…." 방바닥을 치면서 탄식했다.

그는 외숙모에게 얼른 밥을 짓고 아버님께 제사 올릴 준비를 하라고 말했다.

외숙모가 힘없는 목소리로 대답했다.

"돌아가신 날짜가 6월 초사흘인데 어찌 오늘 또 제사를 지낸단 말이우? 일 년에 제사를 두 번 지내는 집이 어디 있답디까?"

그녀가 앉은 모습은 처음 대하는 조카에 대한 예의를 차리느라 자신의 몸을 겨우 지탱하고 있는 것으로 보였다.

"조상한테 제사를 지내는 일이 두 번이면 어떻고 열 번이면 어떻소. 빨리 준비해요."

난처한 표정을 짓자

"우리 살림에 다른 준비가 뭐 있겠소. 메 한 그릇과 숭늉 한 대접씩이면 돼요. 아버님 어머님 매형께서도 충분히 이해하실 거요."

나중에 안 일이지만 그날 지은 메는 행여나 내년 봄에는 농토가 생기지 않을까 기대하여 매달아 놓은 벼를 절구에 찧어서 지은 것이었다.

외삼촌과 조카는 개다리소반에 메 세 그릇과 숭늉 세 그릇을 놓고 절을 했다. 그것이 이들이 할 수 있는 최선의 정성이었다.

절을 마치자 외삼촌은 두 팔로 방바닥을 짚고 고개를 떨군 모습으로 "아버님, 이 불효를 용서하소서." 하고는 몇 번이나 "아버님!"을 불렀다. 그 목소리에는 먼 곳, 다른 세계에 있는 영혼이 이승으로 나올 수밖에 없을 것 같은 애절함이 배어 있었다.

이윽고 자세를 바로 하고 천장을 올려다보는 눈에 이슬이 맺혀 있었다. 일찍 집에서 뛰쳐나와 아버지가 돌아가신 것도 나중에야 알게 된 죄책감과 그리움이 밴 모습이다. 그는 마음을 추스르고 나서

"누님을 찾아뵙는다고 벼르기만 한 세월이 수십 년을 흘러 자네가 이렇게 장성한 몸이 되어 나를 찾아올 줄이야! 그래, 올해 나이가 몇인가? 조선에서 일부러 나를 찾아온 건가, 아니면 중국에 와서 살고 있는 겐가? 지금 무슨 일을 하고 있는가? 혹시 관청에 근무하고 있는가?"

외삼촌은 궁금한 것들을 한꺼번에 알고 싶어 했다. 소카의 직업이 보통사람들과는 다르다는 생각을 하고 있는 것 같았다.

스기야마는 아버지가 돌아가신 이야기며 고향의 소식들을 차근차근 설명해 드렸다. 그리고 자신은 지금 중국에 살고 있고 직업은 중국인이 경영하는 광산에서 광부들을 관리하는 일을 보고 있다고 적당히 둘러댔다.

외삼촌도 그간에 겪은 이야기들을 들려주었다.

"내가 작은하니에서 나오려고 했던 결정적인 동기는 물안골을 드나들며 농사를 짓던 일 때문이었네. 그때 아버님께서는 작은하니에서 시

오리나 떨어진 물안골에 뙈기밭들을 사놓으셨지. 빈궁한 살림에도 자식의 앞날을 위해 궁여지책으로 마련한 농토였을 것으로 생각했네. 아마도 자네는 가보지 않았으리라 짐작하네만 그곳까지 가려면 몇 군데의 도랑을 건너고 높은 잿골을 넘어 또 험한 길을 가야 했네. 작은하니 제바닥(본바닥)에서 감자 종자 한 가마니를 지고 물안골까지 가려면 아무리 멀리 가서 쉬려고 해도 최소 6~7번은 지게를 졌다 내렸다 해야 하는 길이지. 한 해 농사를 지으려면 이 길을 짐을 지고 수도 없이 넘나들어야 했네. 동네 어른들과 형님들은 나에게 그렇게 일을 하면 나이 먹어 골병이 든다고 경고의 말씀을 자주 해 주셨지. 두 해 농사를 짓는 동안 그분들의 말씀대로 몸이 점점 망가지고 있다는 걸 느낄 수 있었어. 젊은 나이에 골병이 들고 있었던 게야. 이런 생활로는 하나밖에 없는 재산인 건강을 망칠 수 있다는 생각을 했네. 마침내는 어느해 농사철을 앞둔 때에 아버님께 말씀을 드렸지. 도저히 더는 농사를 지을 마음이 없으니 침술을 가르쳐달라고 말일세. 그러자 잠자코 듣고 계시던 아버님께서

'얘야, 어쭙잖은 의술을 배운다 한들 이 산골에서 찾아오는 환자가 얼마나 있겠느냐. 아마도 입에 풀칠조차 하기 어려울 게야. 그러니 이태만 고생을 더 해라. 아직은 돈이 부족하지만, 이태만 고생하면 돈이 좀 모일 게다. 그러면 결혼두 하구 농토두 더 살 수 있을 게야. 그리구 물안골 조서방네 맏딸을 네 배필루 정해뒀다. 조서방하구 이미 약조가 돼 있어. 혼인해 처갓집 부근에서 살아라. 세상이 어수선하여 젊은 사람들은 목숨을 보장하기 어려운 때다. 정감록에두 10승지지(十勝之地)라는 것이 나와 있지만 이런 시기에는 가급적 깊디깊은 산속에 숨어서 사는 것이 제일이다. 그래야만 우리 가문이 화를 입지 않고 대를 이어

갈 수 있다. 이런 시대에는 잘못하면 가문이 끊기는 화를 당할 수가 있단 말이다. 나머지는 내가 다 알아서 울타리를 쳐 줄 테니 걱정 말고 애비가 하는 대로 따르기만 해라'라고 말씀하셨네.

당시 물안골에는 여덟 가구가 살고 있었는데 그중에 조씨네가 있었지. 나중에 생각해 보니까 그 집 내외분이 나한테 각별하게 대했던 이유가 있었던 게야. 맘이 착한 분들이고 맏딸이라는 낭자도 수수하게 생겨서 별로 싫은 얼굴은 아니지만 어린 나이에 결혼을 하는 것이 싫었고 물안골에 들어가 평생 산다는 것도 끔찍하다는 생각이 들었네. 어느 날 밤중 장롱에서 아버님의 산삼 판 돈 35원을 훔쳐 호주머니에 넣었네. 방문 앞에 큰절을 올린 다음 싸리문을 열고 뛰쳐나왔지…"

병삼은 열일곱 앳된 나이에 그렇게 정든 고향을 하직했다. 밥벌이라도 하려면 아무래도 사람이 많은 한양으로 올라가야 한다는 생각이 들었다. 길을 물어물어 보름 가까이 돼서야 한양에 도착했다. 며칠 떠도는 사이에 수중에 있던 돈도 바닥이 났으므로 종로에서 날품팔이꾼들에 섞여서 일거리를 구했다. 그리고 십을 씻는 기술자를 가운데 구들 놓는 사람의 조수로 일하게 되었다. 오 년을 따라다니는 동안 전재수 노인과의 인연이 깊어졌다. 혼기가 갓 지났다는 그의 딸 순녀라는 처녀와 조촐한 식을 올린 다음 방 한 칸을 얻어 신혼생활을 시작했다. 친인척이라곤 아무도 없다고 말했으므로 고향에 알리지 않았다. 불효막급한 자신의 행위를 용서받을 수 없다는 생각을 했기 때문이다.

몇 해 동안 열심히 일했으므로 다소의 돈을 마련할 수 있었다. 이즈음 장인어른이 말했다.

"이렇게 여기저기 각처를 돌아다니면서 일을 하는 것은 안정된 생활이라고 할 수가 없네. 더욱이나 요즘 일본인들이 들어와서 다다미방이거나 서양식 건물들을 짓고 있고 조선식 건물은 눈에 띄게 줄어들고 있지 않은가. 구들 놓는 일로는 점점 벌어먹기가 어려워질 것 같네. 자네도 이젠 아이도 태어났고 한 가정을 이끌어가는 가장의 위치에 있으니까 안정적인 생활을 할 방도를 찾아야 하지 않겠나. 막노동꾼의 생활은 자라나는 아이를 생각해서도 오래 할 일은 아닐세. 나도 이젠 나이가 있어서 더는 이런 일을 할 수가 없어. 이젠 고향에 내려가 여생을 보내고 싶네. 내가 눈여겨 봐둔 곳이 있는데 부탁해 놓은 사람한테서 얼마 전 그곳에 좋은 농토가 매물로 나왔다는 연락이 왔네. 땅을 마련하고 나와 가까운 곳에서 새로운 삶을 사는 게 어떻겠는가?"

장인을 따라 충청남도 예산으로 내려갔다. 그럭저럭 안정된 생활을 할 즈음 을사늑약의 소용돌이로 불안한 시국이 닥쳐왔고, 몇 해 뒤 장인이 돌아가시고 그로부터 한 해가 지났을 때 장모가 돌아가셨다. 그토록 의지하고 보살핌을 줬던 장인 장모가 돌아가시자 천애의 고아가 된 것 같아 가슴이 무너져 내렸다. 엎친 데 덮친 격으로 연속 삼 년 동안 흉년이 들었다. 딸 둘에 아들 하나를 둔 다섯 식구의 입에 풀칠하기도 빠듯한 논 여섯 마지기와 밭 천 평 농사 중 서 마지기를 소위 '서민금융'이라는 명목의 빛 좋은 개살구 격인 '금융조합'에 저당 잡혔고 다음 해 가을에 개인에게 저당 잡힌 논 한 마지기에 대한 이자도 갚지 못하고 닦달을 받는 상태가 되었다. 이때 가장 가까운 친구로 이웃해 사는 김두칠이 함께 만주로 가서 살지 않겠느냐는 제안을 했다. 그는 동네에서 비교적 탄탄한 살림인데도 일본인들이 나라를 차지하고 점점 세를 불리고 있는 조선 땅에서는 아무리 생각해도 앞날을 보장받을 수 없다고 했다.

"일본 놈들이 무슨 짓을 하고 있는지 보게나. 토지조사령을 내리고는 역토(驛土)나 둔토(屯土)나 마을재산을 비롯한 공공토지를, 심지어는 황실 재산까지 아무런 대가 없이 수탈하고 있네. 그에 더해 미처 내용을 몰라 신고하지 못한 개인의 토지까지 빼앗아서는 동척(동양척식주식회사)이나 일본인들에게 헐값에 팔고 있지 않은가. 조선인들의 논밭은 줄어만 가는데 일본 놈들의 농장은 해가 갈수록 대농장의 수가 늘고 있지 않은가. 그들에게 담보를 잡히는 날엔 지금까지 쌓아온 모든 것이 날아가는 건 자명한 일이지. 그렇다고 해서 농사꾼이 돈을 빌리지 않을 재주가 있어?! 자네들도 보구 있지 않은가. 우리 고을의 기름진 땅들이 야금야금 일본인들의 수중으로 들어가고 있는 걸 말일세. 그뿐인가. 토지를 빌려 농사를 지으려고 동척(東拓)을 찾아간 사람들이 소작료로 수확의 50%를 내야 한다는 말에 기겁을 하고 발길을 돌렸다고 하네. 요즘엔 불안해서 통 잠을 잘 수가 없네. 아무리 생각해두 여기선 미래가 없어. 유일한 희망은 만주뿐일세."

동네에서도 많은 이들이 그와 같은 생각을 하지만 대부분은 선뜻 용기를 내지 못했고 극히 일부의 사람늘만 떠나가고 있었다. 두칠은 뚝심과 결단력이 있는 사람이다. 병삼네는 그들 집안과 안팎으로 친밀한 사이다. 두칠의 말에 이웃인 천바위도 따라가겠다고 했다. 그러나 천바위네는 그후에 하얼빈으로 갔다.

그해 가을, 추수를 한 후 논밭을 팔아 부채를 정리하니 수중에 남는 것은 몇 푼 되지 않았다. 그것으로 노자는 될 것 같았다. 모두들 빈손으로 가는데 나라고 못 가겠느냐. 더욱이 옆에는 든든한 친구가 있지 않은가 하는 생각이 용기를 주었다.

간도로 가는 길은 험난했다.

여기서 잠시 당시에 이민하는 조선 유이민들의 모습에 대한 기록문의 한 부분을 보기로 하자. 봉천에 있는 '만주예수교 전문학교'의 외국인 목사 쿡(W.T.cook)의 글이다.

'…겨울날 영하 40도의 혹한 속에 흰옷을 입은 군중은 혹은 10여 명, 혹은 20명, 혹은 50명씩 떼를 지어서 산비탈을 기어 넘어온다. 그들은 만주의 수림 많고 바위돌 많은 산간의 척박한 토지를 (악전고투를 하면서 생계를 잇기 위해) 찾아 이처럼 몰려온다…. 여러 명의 한국인이 맨발로 강변의 깨진 얼음장 위에 서서 바지를 걷어 올리고 두 자(2尺)나 깊은 얼음이 섞인 강물을 건너가서 저편 언덕에서 바지를 내리고 신을 신는 것을 나는 본 적이 있다. 남루한 옷을 입은 여자들이 신체의 대부분을 노출한 채 어린아이를 등에 업고 걸어간다. 그와 같이 업음으로써 피차간에 조금이라도 체온을 돕고자 한다. 그러나 이 어린아이의 다리는 남루한 옷 밖으로 나와 있기 때문에 점점 얼어들어가 나중에는 작은 발가락이 얼어 붙어버린다. 늙은 남녀는 굽은 등과 주름살 많은 얼굴로 끝날 줄 모르는 먼 길을 걸어 나중에는 기진맥진하여 한 걸음도 옮기지 못할 정도다. 이와 같이 과거 1년(1920) 간에 7만 5천 명이나 되는 한국인이 만주에 건너왔다….'

엄동설한 12월 중순, 두 식구가 도착한 곳이 홍경현의 왕청문에서도 40㎞나 떨어진 마을이었다. 이곳을 최종목적지로 택한 데에는 이유가 있었다. 이민계획을 세우기 시작한 때부터 사방으로 귀동냥도 하고 정보를 수집했는데 홍경으로는 비교적 몰려드는 사람들의 숫자가 적고, 개간할 땅이 많다는 말을 들었기 때문이다. 중국인은 면식(麵食), 즉 국수가 주식인데 특히 화북이나 만주가 그렇다. 황무지들이 널려 있는 땅에서 중국인들이 생각지 못하는 쌀밥을 생산해 보자는 계산이다.

홍경에 도착했을 때는 수중에 있던 몇 푼 안 되는 돈을 모두 노자로 쓰고 알거지 신세가 되어 있었다. 다행스럽게도 두칠이 서 칸 짜리 구옥을 매입했다. 개간을 하기 위해 중국인의 땅을 빌리는 계약을 체결하고 병삼네가 지주의 농막으로 들어갈 때까지는 두칠의 집 한 칸을 빌려 한 지붕 밑에 기거하기로 계획을 세웠다. 두칠과 병삼은 달포에 걸쳐서 일대의 황무지들을 둘러봤다. 개울과의 거리나 지형과 토질 등을 세밀하게 둘러본 뒤 그 가운데에서 가장 마음에 드는 토지의 소유자인 뤄전위(羅振玉, 나진옥)를 찾아갔다. 나이 54세인 그는 일대에서 땅 많기로 소문난 부자다. 미리 봐뒀던 황무지 3만 평에 대한 개간 계약을 요청하자 겉으로는 거드름을 피웠다. 사흘 동안의 밀고 당기는 협상 끝에 마침내 계약이 이루어졌다. 황무지 3만 평 중 1차로 1만 5천 평을 3년에 걸쳐 개간하고 나머지는 그 후 상황을 보아 세약하되 1차분 개간에서 나오는 수익은 3:7로 하기로 했다. 지주인 뤄전위의 몫이 3으로 다른 지주들의 예보다 적게 책정된 것은 수로를 만드는 구간 중 조건이 나쁜 곳이 여러 군데 있었기 때문이다. 이런 것들을 모를 리 없는 소작인들이 3:7의 분배를 끈질기게 요구하여 얻어낸 결과다.

지주 쪽에서 제시한 계약의 내용은 대략 다음과 같았다.

제1항, 소작인들은 지주 뤄전위의 황무지 10단상(1단상은 3천 평) 중 5단상을 3년에 걸쳐 개간 완료하기로 약정하되 완료

후 수확에 대한 분배는 3:7(지주3)로 하기로 하고 나머지 단상에 대한 개간은 그 이후 상황을 고려하여 쌍방 협의로 결정한다.

제2항, 소작인들은 개간을 완료할 때까지 뤄전위의 가옥(움막)을 무상 임대하여 기거할 수 있으며, 첫 번째 소출이 있을 때까지 뤄전위의 양곡을 차곡(借穀)하고, 이에 대한 이자는 매해 빌린 곡식의 1할로 하여 두 번째 수확이 있을 때까지 상환하기로 한다. 상환이 지체된 양곡에 대해서는 매해 3할의 이자를 붙인다.

제3항, 소작인들은 종자의 종류와 파종 및 수확의 시기를 마음대로 결정할 수 없으며, 반드시 지주와 사전에 상의해야 한다.

제4항, 소작인들은 곡식을 수확한 후 지주의 몫에 관해서는 탈곡은 물론, 지주의 창고에까지 운반하고 적재하여야 한다.

제5항, 소작인들은 매년 12월이 가기 전 지주에게 소작지 1단 상당 우차(딸구지) 2대분의 땔감을 공급하여야 한다.

제6항, 소작인들은 지주가 말먹이나 집 내외의 청소, 심부름 등 잡역을 요청할 때는 이를 거절할 수 없다.

제7항, 지주와 소작인 사이에 분쟁이 있을 때는 지주의 의사에 따른다.

이는 눈을 씻고 봐도 형평성이란 찾아볼 수 없는 노예계약이지만 만주에서 통상적으로 이루어지는 계약이다. 어쨌거나 생존을 위해서는 응할 수밖에 없지만 아무래도 마지막 항목은 받아들이기 어려웠다. 닷새 동안 협의에 임하지 않고 동향을 관망했다. 그러자 6일째 되던 날에 지주 측으로부터 오늘 중으로 계약에 응하지 않으면 다른 사람과 계약하겠다는 협박성 통지가 왔다. 거짓말이라는 것을 알지만 지주의 결심이 변할 것 같지 않고, 한편으로는 통상적으로 이루어지는 계약이라 상식 밖의 짓은 하지 않을 거라는 생각이 들어 계약서에 도장을 찍었다. 또한 두려움과 의심보다는 기대와 희망의 높이가 그런 것들을 상쇄하고도 훨씬 상층부에 있었기 때문이다. 어차피 이런 종류의 계약은 약자가 감수할 수밖에 없는 것이 아니겠는가.

간도 이주민들 사이에 '3년 고생'이라는 말이 있는데 이는 재수가 좋아 비옥한 황무지를 개간할 경우 3년만 고생하면 자작농이 되어 지주의 농막에서 탈출할 수 있다는 것을 의미했다. 하지만 두칠과 병삼네는 3만 평을 개간하기 위해 넉넉하게 '5년 고생'을 할 생각들을 다지고 있었다.

계약과 동시에 병삼은 가족을 이끌고 뤄전위의 움막으로 들어갔다.

개간 예정지는 누어 군데의 악조건을 빼면 논을 만들기에 전혜의 조건을 갖추고 있었다. 약 2㎞ 정도 떨어져 있는 개울물을 연결하면 전체면적 약 3만 평이나 되는 넓은 황무지와 연결할 수 있어서 아주 질 좋은 논을 만들 수가 있었다. 이와 같은 조건을 갖춘 넓은 토지들이 곳곳에 미개간지로 남아 있는 것은 그때까지만 해도 동삼성에 사는 중국인들은 이곳에서는 쌀을 생산할 수 없는 것으로 여겼기 때문이다. 대체로 중국의 쌀 생산지는 양자강 연변인 충칭, 후베이, 후난, 장시, 안후이, 장쑤, 저장 일대를 중심으로 경작이 활발하게 이루어졌다. 중국 쌀 생산량의 70%가 이곳에서 생산되었으며 북쪽으로 올라갈

수록 경지면적이 현저하게 줄어들어 동북삼성에 이르면 논을 찾아볼 수 없었다. 기후 때문에 아예 벼농사를 지을 수 없는 것으로 인식되어 있으므로 중국인들은 누구도 벼농사는 생각조차 하지 못했다. 그러던 것이 1860년대에 이르러 조선인들이 길림성 통화현 상전자(吉林省 通化縣 上甸子) 지방에서 벼농사를 시작한 것을 시초로 그 이후 조선인 유이민들이 증가함에 따라 벼농사가 급속도로 퍼져나갔다. 안봉선 일대의 벼농사는 1880년경 탕산성(湯山城)에서 분분법(分盆法)을 한 것이 그 시초이며 서간도 지역은 1900년대 안동의 서남 탕자(湯子)에서 시작되었다. 북간도 지역은 이보다 오래되었는데 어찌 됐든 이 모두가 조선인 유이민들에 의해서다. 동북 지방에 사는 중국인들에게 쌀밥을 먹게 해 준 사람은 조선인들이며 그들에게 수전 영농기술을 보급해 준 이들도 조선인들이다. 그러나 중국인들의 기술은 조선인들에 비할 바가 되지 못했다.

두 집 가족은 개간에 모든 운명을 걸었다. 매일 같이 개미처럼 일에 매달렸다. 다행스럽게도 양쪽 집에서 일할 수 있는 노동력이 적지 않았다. 병삼네는 부인과 명은이 명주 두 딸, 그리고 아들 경수가 있었다. 그리고 두칠네는 부인과 아들 형길이 세 식구다. 합하면 도합 여덟 명의 끌끌한 일꾼들이 있는 셈이다. 특히 눈에 띄는 사람들은 열아홉 살인 두칠의 아들 형길이와 그보다 두 살 아래인 병삼의 둘째 딸 명주로 그들은 누구보다 의욕이 넘쳤다. 조선에 살던 때는 만나면 서먹하기만 했으나 몇 달 동안 한 지붕 밑에서 살면서 낯을 익힌 관계로 이제는 스스럼없이 이야기를 나누고 일을 하면서도 서로를 향해 정겨운 눈짓을 주고받았다. 이런 두 사람을 향해 이따금 경수가 놀림을 주곤 했다. 그때마다 누이동생 명주는 양 볼이 복숭아처럼 붉어져서 달아났으며 형길은 한 살 아래인 경수의 팔소매를 끌고 외진 곳으로 가 품에 지니고 있던 소소한 것들을 쥐어주며 입막음을 했다.

천혜의 조건을 갖췄다고는 해도 황무지에 장장 2㎞나 되는 수로를 개설하는 일은 처음에 보던 때와는 달리 녹록지 않았다. 개울에서 시작되는 초입 300m가량은 비교적 용이하게 진행됐다. 그러나 모두가 눈대중으로 하는 일이기 때문에 그리 간단한 일이 아니다. 중국인들은 만주의 곳곳에서 조선인들이 수로를 개척하는 일들을 보면서 조선인들은 이런 일에 천부적인 재능을 가지고 있다고 말했다. 이곳에서도 길이가 길고 높낮이가 심한 부분들이 여러 곳이지만 처음에 눈대중으로 말목을 꽂아놓은 지점에서 벗어난 적이 없었다. 마치 자로 잰 듯이 정확하게 들어맞았다. 매일 같이 현장에 나타나는 지주 뤄전위와 중국인 구경꾼들은 이런 모습들을 보면서 감탄을 연발했다. 그러나 500m나 되는 긴 구릉지대를 앞두고는 그리 간단치 않다는 것을 알고 있었다. 구릉은 여러 개의 높고 낮은 언덕으로 이루어졌는데 가장 높은 언덕은 수로로 예상되는 하단으로부터 수직으로 20여 m에 달했다. 지형상 우회로를 만들 수도 없었다.

중국인 구경꾼들은 구릉이 가까워짐에 따라 궁금한 눈으로 주시했다. 저들이라고 별수 있으랴 생각하는 사람이 많았다.

마침내 구릉의 시작점에 도달했다.

총감독인 두칠이 구릉이 끝나는 맞은편 지점을 몇 번이나 오가며 눈대중으로 계산을 하고는 이편 수로와 연결할 막대기를 박아놓았다. 그리고 가장 높은 부분 두 곳은 그대로 놔두고 낮은 지대들부터 수로를 파기 시작했다.

마치 끊어진 뱀의 허리처럼 군데군데 맨흙이 드러났다.

이런 작업은 봄부터 초겨울까지 이어졌다.

남자들은 흙을 파고 여자들은 쌓인 흙을 옮기는 작업을 했다. 특히 형길과 경수는 젊은 나이이긴 하지만 젖 먹던 힘까지 동원하여 온몸의 기력을 모두 불사르고 있었다. 그러면서도 힘들거나 피로하다는 내색을 하지 않았다. 형길은 명주와의 장래에 대한 약속으로 무지갯빛 꿈에 부풀어 있었고, 경수는 신흥무관학교에 들어가겠다는 희망에 부풀어 있다가 학교가 일본 놈들의 공작으로 문을 닫았다는 소식에 낙담했으나 며칠이 지나자 상해 임시정부로 가서 싸우겠다며 결의를 다졌다. 두 집안은 드러내 놓고 입에 올리진 않았으나 은연중 이런 생각들이 약속처럼 자리 잡고 있었다. 명은이 명주가 틈틈이 참으로 귀리죽을 끓이기 위해 자리를 비우는 시간을 제외하곤 모두가 찰거머리처럼 일에 매달렸다. 꼭두새벽부터 어두워질 때까지 반복되는 일은 끝도 없이 계속되었다. 저녁이면 피로에 지쳐 땀내 나는 몸을 씻을 여력도 없이 수저를 놓자마자 쓰러지기가 일쑤였다.

이듬해 1월 세상이 꽁꽁 얼어붙은 한겨울이 되었을 때 구릉의 낮은 부분들은 대략적인 수로의 형태를 갖추었다. 문제는 20여 m에 달하는 두 군데의 높은 언덕들이다.

두칠은 구릉의 가장 높은 곳에 올라가 아래쪽의 수로가 끊어진 곳에 세워놓은 화살 표지를 맞은편 뱀의 허리처럼 파놓은 수로의 방향과 일치시키도록 주문했다. 불을 피워 얼어붙은 입구를 녹이고 흙을 깎아 내리자 토층이 선명하게 나타났다. 그들은 모래와 흙이 섞인 사질층 아래로 두텁게 나타난 점토층을 굴착하기 시작했다. 진흙은 무너질 염려가 거의 없다. 또한 화살 표지와의 높낮이가 크지 않을 경우는 고지대인 상류에서 밀고 내려오는 물이 하류의 물을 밀어낼 수 있으므로 흐름이 막힐 염려가 없다. 진흙 토층이 없는 곳은 표지에 눈대중으로 수평을 맞춰 뚫고 안에다 통나무들을 설치하여 붕괴를 방지하는 작업을 했다. 형길과 경수가 교대로 안으로 들어가 흙을 파서 쇠바퀴가 달린 구루마에 실은 다음 신호를 보내면 대기하고 있던 사람들이 철로 위로 줄을 당겨 흙을 버리는 방법을 썼다. 교대자는 토굴로 들어가기 전에 반드시 입구 가까이에 있는 화살표의 방향을 확인하고 작업에 임했다. 20일이 지나자 첫 번째 구릉이 뚫리고 수로가 이어졌다. 시작점과 목표점이 정확하게 일치했다. 점산호 뤄전위와 중국인들은 무릎을 치며 경탄했다. 자신들의 생각으로는 꿈도 꾸지 못할 일이다.

그리고 다시 35일이 지나자 두 번째 수로가 이어졌다.

두 군데의 난공사가 끝났을 때 그들 여덟 명은 닭 두 마리를 가마솥에 넣어 국물만 흥건한 닭죽을 끓여 먹는 것으로 자축행사를 했다. 이것이 그들이 할 수 있는 최고의 만찬이었다. 이러는 사이에 두칠이 가지고 있던 돈도 바닥을 드러내고 있었다. 그러나 봄이 오고 있었다. 수로가 습지대에 닿기만 하면 논을 만드는 것은 그리 어려운 일이 아니다. 급한 대로 첫해 두 집 식구가 먹을 식량은 지주로부터 빌려서 양식을 하고 있었고 가을에는 다음 해 먹을 양곡과 지주에게 갚을 10%만 확보하면 나머지는 시간을 가지고 여유롭게 해 나갈 수 있을 것이다. 작업자들은 하루라도, 단 한 시간이라도 빨리 완공을 이루고자 이를 악물며 작업에 매달렸다. 여자들은 이미 힘이 고갈될 대로 고갈된 상태지만 그래도 악착같이 매달렸다. 작업은 계속되었고 준공이 얼마 남지 않게 되었다. 그런데 이 시점에서 참으로 어처구니없는 일이 발생했다. 지금까지 이들이 들인 노력과 이룩한 성과가 모두 물거품이 될 위기에 처했다.

지주 뤄전위가 갑자기 작업을 중지시키고 해약을 요구한 것이다. 이유는 계약 사항을 제대로 이행하지 않았다는 것이다. 즉, 계약 조항 5항에 기록한 땔감을 제대로 공급하지 않았고, 6항에 기록된 말먹이나 청소를 제대로 이행하지 않았다는 것이다. 사실 그것은 말이 안 되는 요구였다. 개간이 완성되고 농사가 시작되었을 때부터 이행되어야 할 일이다. 모든 가족이 죽기 살기로 작업에 매달리는 때에, 농사는 시작도 요원한 상황에서 그러한 요구를 하는 것은 상식적으로도 납득이 되지 않는 일이다. 하지만 소작인 쪽에서는 당초에 문구를 세밀하게 다듬지 못한 자신들의 잘못을 책하면서 혹시라도 나중에 지주로부터 약점으로 작용하지 않을까 염려하여 작업에 매달리는 틈틈이 그가 요구하는 것들을 이행하느라 애를 써 왔다. 그런데 묘하게도 뤄전위는 소작인 모두가 토굴을 뚫는 데에 정신을 집중하고 있던 때에만 사람을 시켜 몇 번이나 땔감과 말먹이를 요구했었다. 그것은 약점을 잡으려고 일부러 그런 때를 노리고 있던 것이며, 또한 그 약점을 하나하나 쌓은 다음 계약해지의 명분으로 삼기 위한 작업이었다. 그나마 지주가 요청하는 것을 딱 두 번 깜박 잊었었는데 토굴작업이 끝났을 때 기억이 나서 부랴부랴 모두 이행했다. 그런데 수로가 거의 완성되고 있는 지금에 와서 까탈을 잡고 있음은 소작인들이 갖은 고초를 겪으며 이룬 것들을 빼앗으려는 날강도 같은 계산이 깔려 있음이 분명했다. 모두 분노와 당혹감에 어찌할 줄을 몰랐다. 특히 젊은 사람들은 저들과 싸워 결판을 내자고 했다. 가장들은 식구들을 진정시킨 다음 지주를 찾아갔다. 항의도 하고 설득도 하고 이해도 구했다. 그러나 뤄전위는 꿈쩍도 하지 않았다. 주위에 마초 같은 장정들을 세워놓고는 마치 순사가 죄인을 심문하듯 대했다. 항의도 설득도 간청도 통하지 않았다. 이것으로 지주가 당초부터 무슨 계산을 했었는지 명확하게 드러났다. 집에 돌아와 자초지종을 이야기하자 특히 젊은 사람들은 분해서 길길이 뛰었다. 이튿날 허투알아(赫圖阿拉)에 있는 일본영사관 파출소를 찾아갔다. 간도협약에는 조선인들은 일본 제국의 신민이므로 당연히 일제가 보호할 권리가 있다고 명시되어 있었기 때문이다. 억울한 일을 자세히 설명했지만 그리 큰 관심을 보이는 것 같지 않았다. 일제는 만주의 독립군들을 소탕하기 위해 중국 정부의 협조가 절실했다. 그뿐 아니라 중국당국과의 협의나 합의 없이 만주에 일방적으로 영사관과 분관을 설치하고 있었으므로 세력이 정착될 때까지는 그런 일에 적극적으로 나설 수 있는 상황이 아니다. 대개의 경우 중국측에 대해 입으로만 간도협약의 이행을 준수하라는 엄포를 놓고 있었다. 경수의 건에 대해서도 딱 한 차례 현지를 방문한 다음 고소인을 상대로 조서를 닦은 일 외에는 아무 소식도 없었다. 마침내 염려하던 일이 발생했다. 어느 날 저녁 무렵 경수가 가족들 몰래 칼을 들고 뤄전위의 집으로 향했다. 분노를 자제하지 못한 무모한 행동이었다. 그러나 뤄선위의 바당에서 붙들려 무자비한 집단 구타를 당했다. 뤄가의 창고에서 이틀 밤을 구금 당하고 나서 흥경현 경찰로 넘겨졌는데 사흘 뒤에 다시 요녕성 공안국 공안과로 넘겨졌다. 경찰서 뒷마당에서 이 소식을 접한 가족들은 아연실색했다. 따지고 보면 사인과 사인 사이에 일어난 재산분쟁이고, 설사 칼을 들고 침입했다고 하더라도 현의 경찰에서 형사 사건으로 다룰 일인데 공공질서의 파괴범들을 처벌하는 공안국으로 넘겨진다는 것이 이해가 가지 않았다. 내용을 알게 된 경수의 어머니는 그 자리에서 혼절했다. 그러나 지주 뤄전위가 한 이후의 행적을 보면 그들의 목적과 관계를 충분히 알 수 있었다. 경수가 공안국으로 넘겨지고 나서 며칠 뒤 세 명의 경찰이 조사차 출장을 왔다. 공안국 직원들은 이미 개설된 수로와 개간지를 둘러봤다. 지휘자로 보이는 자와 뤄전위는 서로 이야기를 나누면서 큰소리로 웃기도 하고 어깨를 토닥거리기도 했다. 전부터 친밀한 사이로 보였다. 현장 조사가 대충 끝나자 뤄전위의 집 안방에서 각가지 술과 요리가 차려진 음식상이 마련됐다. 오래지 아니하여 웃음소리들이 담장 밖으로 멀리까지 들려왔다. 병삼과 두칠 양쪽 집 사람들은 그 소식을 들을 때마다 가슴이 철렁 내려앉았다. 석양 무렵이 돼서야 취기가 올라 얼굴이 벌겋게 변한 순검들이 집을 나서는 모습을 볼 수 있었다. 뤄전위는 개간자들이 보란 듯이 지휘자의 호주머니에 두둑한 봉투까지 넣어줬다. 순검들이 떠나간 뒤에도 거만한 표정으로 한참 동안 개간자들을 바라봤다. 마치 너희처럼 가난한 조선인들이 어찌 중국 땅에서 더욱이나 중국인 대지주와 싸움을 할 수 있을 것인가 하는 것 같았다. 그 후 들려오는 소식들은 하나같이 분노와 두려움으로 떨게 하는 것들이었다. 이번에 경수를 공안국으로 넘긴 것은 앞으로 비슷한 일들이 발생할 경우를 미리 차단하기 위해 일벌백계로 다스리기 위함이라고 했다. 중국 경찰은 자국민의 재산을 지켜주기 위해선 어떤 방법도 망설이지 않았다. 부패가 일반화된 그들에게 죄의식 같은 건 없었다. 공안국 경찰들이 다녀가고 나서 병삼과 두칠의 두 가족이 피땀 흘려 계속해 왔던 수로 공사는 뤄전위가 고용한 인부들에게 맡겨졌다. 움막에서 쫓겨난 병삼네는 하는 수 없이 다시 두칠의 집으로 들어갔다. 경수를 구출하기 위해 아무리 애를 써봐도 꿈같은 기적은 발생하지 않았다. 경수는 3년 형을 선고받았다. 그리고 봉천 제3감옥으로 이관되었다. 그들은 자식과 형제를 위해, 그리고 이

웃을 위해 아무것도 할 수 없다는 사실에 탄식했다.

그러나 면회를 갔을 때 경수는 오히려 담담한 표정으로 가족들을 위로했다.

"걱정하지 마세요. 감옥도 사람 사는 곳입니다. 모범수로 복역하면 1년 반이면 출옥할 수 있다니까 그때까지 체력을 단련하면서 출옥 이후 해야 할 일에 대한 계획을 세워야지요. 제 걱정은 마시고 어떻게든 건강을 지키시고 저들에게 대책 없는 복수 같은 건 하지 마세요."

그는 오히려 밖에 있는 사람들이 살아갈 방도를 염려했다.

암울한 날들이 계속됐다. 이번에는 전에 함께 살던 때보다 생활 형편이 더욱 가혹했다. 전에는 두칠이 가진 돈이 조금이라도 있어서 아끼는 가운데에도 급할 땐 조금씩 쪼개 썼지만, 지금은 양쪽 모두가 그야말로 빈털터리다. 초근목피로 생활해야 했다. 여자들은 들판으로 산으로 다니면서 나물을 뜯고 남자들은 송기를 벗겼다. 그야말로 야생 동물 같은 생활이 계속되고 있었다. 이러한 때에 뤄전위는 수시로 사람을 보내 빌린 양식을 내놓으라고 독촉을 했다. 뤄전위가 보낸 심부름꾼은 모든 방책을 세워놓고 있으니 야반도주 같은 선 생각노 말나며 엄포를 놓기까지 했다. 가족끼리 아무리 머리를 맞대고 상의를 해봐도 별 뾰족한 수는 떠오르지 않았다. 모두가 절망 상태에 이르고 있었다. 그러나 오직 한 사람만은 희망도 잃지 않았고 기도 꺾이지 않았다. 두칠의 아들 형길이었다. 그의 입에서는 힘들다거나 못 살겠다거나 이런 말이 나오지 않았다. 평소와 같은 표정으로 담담히 가족들에게 용기를 북돋워 주기 위해 애를 썼다. 이럴 때일수록 용기를 잃지 말고 힘을 내자고 격려했다. 힘든 시기가 지나면 반드시 좋은 날이 올 거라고 했다. 마치 연륜 있는 노인 같은 말로 주변 사람들에게 용기를 주고자 애썼다. 그는 여기저기 일을 찾아다녔다. 날품팔이 일도 찾아보고 장사에 대해서도 연구를 했다. 가장 쉬운 일은 날품팔이지만 소작인들과 일꾼들을 부리고 있는 중국인 지주들이 돈을 들여 사람을 쓸 일은 드물었다. 어찌어찌 재수 좋은 날은 몇 푼을 벌어 귀리나 조 감자 같은 것들을 사 왔다. 날마다 저녁 무렵이면 명주가 사람들이 보이지 않는 곳에 숨어 형길이 무사히 돌아오기를 기다리곤 했다. 그러다가 형길이 나타나면 살짝 미소를 지어 보이고는 사라졌다. 그 미소는 사랑하는 사람이 일을 마치고 무사히 돌아와 준 데 대한 감사의 표시이며, 영원히 변치 않겠다는 다짐의 표현이며, 그녀의 집안까지도 식량을 대기 위해 기꺼이 무거운 짐을 지고 있는 데 대한 고마움의 표현이었다. 그때마다 형길은 하루의 피곤이 씻은 듯이 사라져 웃으며 손을 흔들어 화답했다. 이 고난의 시기를 반드시 극복하고야 말겠다는 결기까지 생겨났다. 형길과 명주 두 젊은이가 아니면 언제 끝날지 모르는 가난과 굶주림의 형극 속에서 누가 언제 무슨 일을 저지를지 모르는 무거운 분위기에 있었다.

어느 날 이웃에 사는 아주머니가 찾아왔다.

"살기가 어려운 시대에도 시기에 따라 해야 할 일을 중단할 수는 없지 않겠습니까. 제안을 하나 할 터이니 한 번 진지하게 생각해 보시기 바랍니다. 사실은 내 둘째 오라버니의 아들인 조카가 있는데 평소에 눈여겨보니 댁의 따님 둘이 아주 참하고 예의 바른 데다 생활력까지 강해서 조카며느리로 삼고 싶은 욕심이 있었습니다. 조카가 올해 스물 셋이고 성격도 좋으니까 댁의 따님 둘 중에 누구하고든 좋은 짝이 될 겁니다. 그 아이는 지금 대련(大連)에서 철도를 수리하는 일에 종사하고 있습니다. 굶지는 않는 직업이고, 수중에 돈도 좀 모았다고 하니 부부를 이룬다면 본인들은 물론이고 양가 모두에게 좋은 일이 되지 않겠습니까."

아주머니가 몇 번 찾아와 본인의 품성과 집안 내력 같은 것들을 알게 되었다. 무엇보다도 당사자의 성격이 무난하고 직업이 있으며 모아놓은 돈도 있다니까 마음이 끌렸다. 대개 스물을 넘기지 않고 결혼을 시키는 시대인데 어물어물 몇 해가 지나 혼기를 놓치면 일이 어려워진다. 어차피 시집은 보내야 하는 일이고, 당장은 입을 하나라도 줄여야 하는 급한 처지에 좋은 혼처라니 마다할 이유가 없었다. 물론 둘째 딸 명주는 이미 형길이와 결혼할 사이니까 명은이로 정했다. 딱 스무 살이다.

얼마 후 대련에서 신랑 될 사람이 왔다. 키가 크고 몸집이 좋은 데다 기상이 늠름했다. 첫눈에 보기에도 믿음이 갔다.

매파인 아주머니가 말했다.

"이왕 이렇게 진척이 됐으니까 서로가 솔직하게 말을 합시다. 시국도 어수선하고 양가의 입장이 결혼식을 올릴 형편도 아니니 나중에 좋은 때가 오면 그때 식은 올리기로 하는 게 어떻습니까. 내신 안성에서 제 오라버니가 바로 대련으로 오시도록 하고 신부와 아버님 그리고 제가 함께 대련으로 가서 서로 인사를 나누고 축하해 주고 신혼 방도 알아봐 주는 것으로 가름하는 게 어떻습니까?"

이렇게 하여 결혼이 이루어졌다.

명은은 누더기옷을 벗고 가까스로 옷감을 마련하여 어머니가 손수 지어준 검정 저고리에 흰 치마를 입었다. 언제 만날지 모르는 먼 곳이다. 그녀가 떠나는 날 어머니는 맏이가 불쌍하고 안쓰러워 하염없이 눈물을 닦았다. 얼마나 울었는지 치마폭이 눈물로 흥건히 젖었다. 떠나는 딸도 뒤돌아보며 울었고, 보내는 사람들도 울었다.

그래도 무심한 세월은 흘러 이듬해 봄이 되었다.
어느 저녁 무렵 뤄전위의 집에서 사람이 왔다. 사흘이 멀다고 찾아와 저승사자처럼 빚 독촉을 하던 그 험상궂은 마름 놈이 아니다. 40 중반쯤 되는 젊은 조선인 여자인데 그 집 움막에 사는 소작인의 아내라고 했다. 쌀 한 말을 들고 와서 힘든데 몇 끼나마 밥을 지어 드시라고 했다. 그리고 몇 마디 삶의 고단함을 이야기하고 나서 슬며시 부채 얘기를 이어갔다.

"우리 집도 빚을 지고 있어서 부채라는 게 얼마나 무서운 것인가를 잘 알고 있습니다. 독촉이 심해지면 잠을 이룰 수 없고 도통 사는 게 사는 게 아니지요. 솔직히 말씀드린다면 우리 같은 형편에 양곡을 빌리기도 어렵지만 갚기도 조련치 않은 일이 아니겠습니까. 부채란 갚지 못하면 쉬지 않고 독촉을 받게 되어 있고, 거미줄에 걸린 나비와 같은 신세가 되는 것이지요. 이 순간에도 빚은 늘어나고 있으니 어찌하면 좋겠습니까?!"

"그러게 말입니다. 우리도 걱정이 태산입니다."

"그래서 말씀인데요. 이 댁에서도 나(羅) 대인으로부터 이자까지 합쳐서 귀리 열세 가마의 빚을 지고 계신 것으로 알고 있습니다. 안팎으로 농사에 바쁜 시기라 마침 나 대인이 이 댁의 부채를 갚을 방법을 제안했습니다. 댁의 처녀가 나 대인 집으로 와서 2년만 일을 도와준다면 부채를 없던 것으로 해 주겠다고 합니다. 일이라야 별것이 아니고 여자들이 다 하는 부엌일입니다. 주방 아주머니를 도와주는 일이지요. 안에서도 손이 달려서 생각다 못해 그 댁 마님이 대인을 졸라 이런 제안을 하도록 했습니다. 따지고 보면 그 댁에서도 빚 갚으라고 백날 천날 독촉해 봐야 나올 것이 없으니 일손이라도 얻어야겠다는 생각을 한 것이겠지요. 댁으로서는 행운이라고 할 수도 있을 것입니다. 양쪽 모두에 좋은 일이니 현명한 판단이 아니겠습니까?!"

그러자 병삼이 버럭 고함을 쳤다.

"더는 듣기 싫으니 당장 집에서 나가시오. 내가 심봉산 줄 아시오? 아무리 빚 독촉에 시달릴망정 딸의 노동력까지 팔아서 빚을 갚을 생각은 추호도 없소. 돌아가서 뭐전위한테 말하시오. 또다시 이런 일로 사람을 보내면 그땐 사생결단을 할 테니 그리 알라고 말이오." 여자가 들고 온 쌀자루를 품에다 되돌려주는 병삼의 손이 파르르 떨고 얼굴이 분노로 일그러져 있었다.

그러나 아내는 남편을 만류했다. 문을 열고 나가는 여자에게 다가가 연신 미안하다고 머리를 조아렸다.

여자가 아내에게 말했다.

"아마도 금방은 결정하기가 어려울 겁니다. 사흘 말미를 드리겠습니다. 사흘 후 제가 왔을 때 가부간 납변을 주시기 바랍니다. 그때까진 나 대인에게 말하지 않겠습니다."

여자는 문밖에서 남편이 알아듣도록 큰 소리로 이런 말도 남겼다.

"세상에서 제일 편안한 인생이 빚 독촉받지 않고 사는 인생이 아니겠습니까. 2년만 지나면 빚은 날아가고 따님은 집으로 돌아와 가족이 행복하게 살 수 있으니까 이 기회를 놓치지 마시기 바랍니다."

그녀가 돌아간 뒤에 부부간에 큰소리가 오갔다.

아내가 말했다.

"밤낮으로 빚에 시달려 병까지 난 형편에 어찌 이런 기회를 발로 걷어차려구 하는 거유?! 언제 빚을 갚을 수 있을지 기약이 없는데 나로서도 더는 당신이 끙끙 앓는 모습을 봐줄 자신이 없어요. 이 세상에 딸자식 식모루 보내는 걸 좋아할 사람이 어디 있답디까. 생각해 보면 그 여자가 한 말이 틀린 게 하나두 없질 않수. 2년이 길다고는 하지만 따지구 보면 그리 긴 세월이 아니잖유. 명주가 2년만 고생해 주면 야차같이 시달리던 빚을 탈탈 털어버리구 해방된 생활을 할 수가 있는데 방앗공이처럼 외곬으로만 가면 어쩌자는 건지 난 도저히 당신 속을 알 수가 없구려. 다시는 상관 안 할 테니 밥이 되든 죽이 되든 알아서 하시구랴."

"글세 안돼, 안된다니까. 야차가 아니라 야차 할애비가 독촉을 해두 내가 다 감당할 테니 걱정하지 말아요. 그러구 내일이라두 형편만 조금 피면 명주와 형길이를 짝지어 줄 생각인데 어떻게 2년이나 끌 수가 있어. 그뿐 아니라 그런 고약한 집에 애를 보내면 얼마나 모질게 부려먹을지 그런 생각은 해 보지 않았소? 몸이라두 다치면 어쩔 것이여? 어미라는 사람이 그런 달콤한 말에나 솔깃해 가지구…쯔쯔."

그때까지 밖에서 돌아가는 사정을 듣고만 있던 명주가 뛰어 들어왔다.

"아버지, 저를 그 집으로 보내주서요. 부모님께서 그 고통을 당하실 때 지금까지 위로의 말씀 한마디 드리지 못했고, 무엇 한 가지 도울 일이 없어 속으로만 애를 태웠어요. 저도 이젠 그 정도 일은 감당할 수 있는 나이잖아요. 어머님 말씀처럼 2년은 금방 가는 것이고 그때가 되면 스무 살이니 그리 늦지는 않다고 생각합니다. 아버지도 아시잖아요. 저 몸 튼튼하고 머리도 좋아요. 다치거나 그런 불행한 일은 없을 거라고 자신 있게 말씀드릴 수 있어요. 무엇보다 그 빚을 갚지 못한다면 제가 결혼한 이후에도 마음은 늘 빚쟁이에 시달리고 있을 겁니다. 그러니 부디 저를 그 집으로 보내 주세요."

한참 동안 이야기가 오간 끝에 최종적으로 형길이와 그 부모가 동의한다면 명주의 결심을 받아들이기로 했다.

우선은 두칠 내외의 의견을 물어야 했으므로 두칠이 품팔이를 나갔다 돌아올 때를 기다려 그들의 방으로 갔다. 그리고 조심스럽게 운을 뗀 다음 자초지종을 말했다. 아무 말 없이 이야기만 듣고 있던 두칠은

"내가 왜 자네 마음을 모르겠는가. 아들은 감옥에 가 있고, 맏딸은 결혼식도 없이 먼 곳으로 보냈으니 안타깝고 그립고 서러운 마음이 오죽하겠는가. 게다가 아침저녁으로 빚에 시달려 몸마저 허약해졌지 않은가. 자네가 시달리고 있는 그 부채 안에는 우리의 몫도 있으니 내가 무엇으로 미안함을 대신할 수 있겠는가. 자네와 나는 친구이고 머잖아 사돈 될 사이지만 내 입장마저 이러해서 뭐 하나 도움을 주지 못해 늘 미안하게 생각하고 있네. 안사돈 말씀처럼 2년은 금방이네. 2년 뒤 무거운 짐 내려놓고 홀가분한 상태에서 결혼식을 올리면 얼마나 기쁠 것인가. 이것도 기회라 여기고 명주를 보내는 것이 옳다고 생각하네. 형길이가 돌아오면 알아듣도록 이야기할 테니 그 아이에 대한 걱정은 말게."

병삼 내외는 그 말에 눈물이 왈칵 솟았다. 지금까지 친구의 은혜를 받은 게 얼마인가. 어려운 시기마다 거머리처럼 그에게 달라붙어 살아왔고, 지금은 아버지와 아들이 가까스로 날품을 팔아 양쪽 살림을 하고 있다. 자신들은 경수의 일과 빚 독촉으로 인한 신경쇠약으로 몸이 허약해져서 어쩌다 몇 번 나갔을 뿐 제대로 벌이를 못 하고 있으니 미

안한 것은 이쪽이다.

어두워져서야 형길이 돌아오는 기척이 났다. 호롱불이 켜지고 두런두런 말소리가 들려왔다. 그러나 오래지 아니하여 형길의 부르짖음이 문풍지를 울렸다.

"안됩니다, 안돼요. 명주를 그런 집으로 보낼 수는 없습니다. 저는 반대합니다. 결단코 받아들일 수 없습니다! 명주 부모님께 따져보겠습니다."

발소리가 들리는가 싶었는데 마당에서 낮은 소리가 들리고 이내 조용해졌다. 명주가 형길의 소매를 이끌고 밖으로 나간 것이다.

그리고 나흘 뒤 계약서를 쓰기 위해 서사가 왔다. 이번에는 계약서의 문구를 세밀하게 살펴보면서 수정을 요구하기도 했다. 빌린 양곡인 귀리 열세 가마를 24개월로 나누고 매 한 달이 지난 다음 달 1일 자로 그만큼의 빚을 감하되, 감 받을 때마다 채권자인 뤄전위의 날인을 받는 것으로 했다. 그리고 닷새 후 명주는 데리러 온 사람을 따라 뤄전위의 집으로 들어갔다. 그날 저녁 형길은 술에 취해 인사불성이 된 몸으로 새벽녘에야 돌아왔다.

형길은 열흘 가까이 일을 하지 않았다. 방에 누워 천장을 바라보거나 들판을 배회하며 시간을 보냈다. 마치 나이 든 어른처럼 언제나 궂은일에 앞장서고 어려운 일이 닥칠 때마다 용기를 북돋아 주던 그에게서 지금처럼 어두운 얼굴을 하고 어깨가 축 처진 모습은 단 한 번도 본 적이 없다. 양쪽 식구들은 근심 어린 눈으로 바라봤다. 며칠 후 다시 일을 찾아 밖으로 나갔으나 옛날 같지 않았다. 시간이 지날수록 점점 말수가 적어졌고 초조한 모습을 보였다. 자주 밖으로 귀를 기울이고 아무런 일이 없음에도 주위를 두리번거리며 손톱을 물어뜯곤 했다.

일터에서 돌아와 저녁밥을 먹기가 바쁘게 밖으로 나갔다가 늦게야 돌아오는 일이 빈번했다. 뤄전위의 집 울타리 너머에서 집안의 동정에 귀를 기울이며 운 좋게도 불현듯 명주가 나타나지 않을까, 달무리가 질 때까지 기다리는 날도 있었다. 3개월쯤 지난 어느 날 오후 명주가 집을 방문했다. 형길은 집에 없었다. 명주는 변함없이 명랑한 표정을 짓고 있었지만 수척하고 피곤해 보였다. 들리는 말에 의하면 뤄전위의 친척으로 주방일을 책임지고 있는 중국인 할멈의 성격이 고약하다더니 사실인 것 같았다. 명주는 사랑하는 사람의 얼굴을 보지 못한 애잔한 마음을 안고 주인집을 향해 땅거미가 짙어가는 길을 빠른 걸음으로 걸어가고 있었다. 두어 마장쯤 갔을 때 형길이 불쑥 나타났다.

명주의 "에구머니나!" 하는 외마디 소리는 들은 척도 않고 대뜸

"신수가 부연 게 되놈 부잣집이 좋긴 한가 보구나. 그리도 빨리 걷는 걸 보니 밖에 나와선 못 살겠는 모양이지?!"라고 말했다. 놀라움과 반가움에 형길의 품으로 달려가려던 명주는 뻘쭘한 표정이 되었다. 그녀는 형길의 말이 농담이 아님을 이내 알아차렸다.

"오빠 많이 화났구나. 하지만 어떡해, 우리한테 찾아온 운명이 그런 걸…하지만 세월이 유수와 같단 말도 있잖아. 벌써 석 달이 지났으니 스물한 달만 참고 지내면 우리 약속한 일들을 할 수 있잖아."

"내 눈엔 네가 그 되놈의 집에 눌러앉아 살고 싶어 하는 것으로만 보이는데?! 하기야 하루 세 끼 중에 굶거나 죽을 먹을 일도 없고 밥이나 옷이나 부러울 게 없을 테니 그보다 좋은 팔자가 없을 게 아닌가. 까짓 일이라는 게 대순가. 점산호 되놈의 눈에만 들면 손가락 하나 까딱 않고도 호사를 누릴 수 있을 테지."

"오빠, 무슨 말이야? 누군들 그런 집에서 일하고 싶겠어? 나도 많이

힘들어. 몸이 힘든 건 참을 수 있지만 보고 싶은 사람들을 보지 못하는 건 정말로 참기 어려워. 사실 오늘은 점산호네 집안에 행사가 있어서 모두 읍내로 나갔기 때문에 그 틈을 이용해서 잠시 집에 온 거야. 오빠가 올 때를 기다렸지만 주인들이 올 시간이 지났기 때문에 바삐 돌아가는 길이야. 그런 내 맘을 왜 몰라주는 거야?"

명주의 슬픈 표정을 보고 나서야 형길은 마음이 풀렸다.

"사실 난 너보다 더 보구 싶었다. 그래서 밤이면 되놈의 집 담장 밑을 몇 바퀴씩 돌다가 집에 가곤 했단 말이다."

"아, 그랬구나!"

"우리 멀리 도망가서 살자."

"부모님과 식구들은 어떡하구?"

"빨리 자리를 잡아 모두 모셔가면 되잖아."

"점산호 등쌀에 그동안을 살아남기 힘들어"

"그럼 어찌해야 된단 말인가?!" 형길은 깊은 한숨을 쉬었다.

두 사람은 잠시의 포옹으로 마음을 달랜 후 이내 헤어졌다.

"오빠, 태산이 가로막고 장강이 물길을 내도 우리를 갈라지게 할 수는 없어. 맘 단단히 먹어야 돼!"

명주가 남긴 말이다.

형길은 명주를 만나고 며칠은 얼굴에 미소가 흐르고 일도 열심히 했다. 전처럼 마음을 잡은 데에 가족들은 안도했다. 하지만 얼마의 시간이 흐르자 또다시 불안한 모습을 보이기 시작했다. 시간이 흐를수록 불안의 정도가 더 심해졌다. 이대로 시간에 맡겼다간 명주를 영원히 잃을 것만 같다는 생각을 하고 있었다.

어느 날 저녁 형길이 뤄전위의 담장 밖을 서성이고 있을 때 정말이지 운 좋게도 명주를 만났다. 명주는 손가락으로 형길의 입을 막고 나서 급히 그의 소매를 이끌었다. 어둠 속을 달려 들판 가운데 쌓아 놓은 낟가리 안으로 들어갔다. 두 사람은 두려움 속에서 뜨거운 사랑을 했다.

그녀는 형길의 귀에 대고 알 듯 모를 듯한 말을 속삭였다.

"과거에도 현재도, 그리고 미래에도 내 사랑은 오직 당신이고 오늘은 열아홉 내 인생에서 첫날이야. 앞으로 일어나는 일은 옥황상제님과 나만 알아. 무슨 일이 있어도 당신의 피와 내 피는 하나로 통하고 있어. 나를 믿지?"

명주가 형길을 만나고 두 달 뒤에 청천벽력 같은 소문이 들려왔다. 그녀가 뤄전위의 셋째 소실이 되었다는 것이다. 모두 믿지 않았다. 형길도 믿지 않았다. 그날 밤 명주가 했던 말이 돌에 글자를 새긴 것처럼 가슴에 찍혀 있기 때문이다. 시간이 흐르자 혹시나 하는 마음이 들었다. 명주 아버지와 함께 뤄전위의 집을 찾아갔다. 그러나 대문 앞에서 쫓겨났다. 이후에도 몇 번 같은 일이 반복되었다. 남의 딸을 고용한 집에서 그 딸에 대한 소식을 알려 주시 않나니, 세상에 이럴 수가 있나. 하지만 중국 땅에서의 조선 사람에겐 비상식이 상식으로 존재했다.

한 달에 한 번 도장을 찍어주기 위해 방문하는 서사에게 물어보려고 했으나 몇 달째 서사도 오지 않았다. 그런데 뤄전위의 소실이 되었다는 말이 들린 지 8개월쯤 됐을 때, 그리고 전에 형길과 명주가 만난 지 열 달이 됐을 때 명주가 아기를 낳았다는 소문이 들렸다. 남자 아기라고 했다. 두 달이 모자란 8개월에 조산을 했는데 다행스럽게도 산모나 아이가 모두 건강하다고 했다. 뤄전위는 처음으로 후계자가 될 남자아이를 갖게 되어 매일 같이 아이를 안고 싱글벙글하며 산다고 했다.

스기야마가 외삼촌 집에 온 지 사흘째 되는 날이다.

개간지의 벼가 얼마나 잘 됐는지 이삭 열 개에서 쌀 한 말이 나올 것 같다고들 떠들었다. 첫 수확을 하는데 전에 한 약속대로 뤄전위가 재작년 현장 조사를 나왔던 길림성 공안의 높은 사람들을 초청했다는 소문이 돈 뒤다.

온 마을이 새벽부터 부산하게 돌아갔다. 인근에서는 처음으로 벼농사를 시작하여 쌀밥을 먹게 되었으니 마을의 내로라 하는 점산호들을 초청하여 개간지 자랑도 하고 자신이 경찰의 높은 사람과 친밀한 관계이니 함부로 넘보지 말라는 무언의 과시를 하고자 미리부터 큰 잔치를 계획한 것이다.

논 가운데 벼를 베어 빈터를 만들어 놓은 곳에 아침부터 구경꾼들이 모여들기 시작했다. 가마솥이 끓고 있고 술통자들이 놓여 있었다. 시간이 지나자 화려한 예복을 입은 남녀 악사들이 나타나 한 곳에 자리를 잡았다. 공터와 주변 논두렁 일대가 사람들로 가득 차기 시작했다. 그러나 기다리는 사람들은 좀체 나타나지 않았다. 따가운 가을 햇살로 이마에 땀이 맺힐 때쯤 돼서야 드디어 주인공들이 모습을 보였다. 맨 앞에는 뤄전위의 좌우로 순관들이 이야기를 나누면서 천천히 발길을 옮기고 있었다. 자세히 보니 왼쪽에는 봉천 경찰 복장의 순관이 있고, 오른쪽엔 일본 경찰 간부의 복장을 한 사람이다. 일본 경찰의 어깨에 단 견장은 황금색 나뭇잎 위로 청색 원 안에 국화 문양이 있는 것으로 보아 경시정(총경) 계급이다. 그들의 뒤를 전에 뤄전위가 호주머니에 돈봉투를 찔러주던 순관이 권총을 차고 따르고 있다. 그 모습으로 보아 앞에서 뤄전위와 나란히 걷고 있는 봉천 경찰도 계급이 매우 높은 사람인 것 같다.

구경꾼들 속에서 누군가가 수군거렸다.

"왜놈 경찰이 어째 여길…."

옆에 사람이 말했다.

"양쪽이 죽새가 맞아야 되겠지. 우리 쪽 순관놈들이 해쳐먹는 걸 왜놈 순사들이 모를 리 없고, 왜놈 순사들은 우리 쪽 순관놈들의 협조를 받아야 일을 순탄하게 할 수 있을 거구."

"서로가 코를 잡고 있는 형국이구만."

경찰들의 모자와 어깨 위에 붙은 황금색 계급들이 걸음을 옮길 때마다 번쩍거렸다. 멀리서 보기에도 위압감을 느끼게 했다. 그 뒤를 뚱뚱한 몸을 한 10여 명의 점산호가 오리떼처럼 뒤뚱거리며 따라오고 있었다.

그들이 논으로 내려가자 두 사람의 일꾼이 들고 있던 벼 이삭 하나씩을 공손히 전달했다. 과연 소문대로 곡식이 살 되어 사사의 손안에서 이삭들이 두툼하게 잡혔다. 그들은 이삭을 이리저리 살펴보고 이야기를 나누면서 머리를 끄덕였다. 그리고 나서 공터 위 높은 곳에 마련한 의자에 각자 자리를 잡았다. 오늘의 주인공 뤄전위가 넓은 소매를 들어 신호를 보냈다. 예복을 곱게 차려입은 여자 악사가 나와서 아름다운 소리의 얼후(二胡)를 연주하여 행사의 시작을 알렸다. 뒤이어 미녀 가수가 앞으로 나와 비파(琵琶)와 함께 간드러진 목소리로 모리화(茉莉花)를 부르자 대나무피리가 화답했다. 아침 햇살 같은 경쾌한 리온이 연주되는 동안 춤꾼들이 흥을 돋웠다. 남자 악사가 양금(洋琴)을 두드렸고, 이상한 복장을 한 악사가 좀체 보기 드문 호로사(葫蘆絲)를 불었다. 몇몇 일꾼들이 벼를 베는 동안 뤼전위와 손님들은 롱징차(龍井茶)를 마시면서 논 가운데서 춤꾼들이 노래에 맞춰 덩실덩실 춤을 추는 모습을 감상했다. 일꾼과 구경꾼들 사이로는 부지런히 술잔이 돌아갔다.

노래와 춤이 계속되고 있으나 손님들은 모두 일어나 뤼전위의 집으로 향했다.

넓은 대청마루에 술상이 차려지고 귀빈들 사이 사이로 도시에서 불러온 여자들이 앉았다. 악기가 연주되는 가운데 잔이 몇 순배 돌고 나서 뤼전위는 가족을 모두 모이게 했다. 그러고는 손님들에게 차례로 소개했다.

첫째 마누라 왕샤오란(王小冉)은 예쁜 이름과 달리 뚱뚱한 몸집에 턱살이 늘어져 54세인 남편보다 다섯 살 연하인데도 오히려 그만큼 더 들어 보였는데 앉아 있는 동안에도 심술이 가득한 돼지 눈을 돌리면서 자신의 옆에 앉은 젊은 여인을 흘겨보곤 했다. 그녀는 딸만 셋을 낳았다고 한다.

둘째 여인인 주쯔(周紫)는 나이 30대 중반으로 웃는 얼굴이 고왔다. 그러나 수심이 깃든 얼굴이다. 딸 하나와 아들 하나를 두었는데 일곱 살짜리 아들은 농부인 전 남편으로부터 그녀를 빼앗아 올 때 데리고 온 아이라는 소문이 있었다. 그래서인지 세 살짜리 딸만 소개됐다.

그러나 명주의 모습은 보이지 않았다.

소개가 끝나자 왕 대인이라 불리는 자가 말했다.

"소문에 의하면 뤼 대인께서 얼마 전에 아주 미모의 젊은 여인을 부인으로 맞이했다던데 그분의 모습이 보이지 않아 지극히 실망스럽군요. 어찌 된 일입니까? 너무 미인이라 주목을 받으면 명이 짧아질까 두려워 깊은 별당에 숨겨두고 계신 건 아닌지요? 평소에는 그렇다 하더라도 오늘 이 자리에는 아주 귀하신 손님들께서 모처럼 어려운 걸음을 하셨으니 그 부인의 얼굴을 보여주셨으면 하는 것이 이 자리에 계신 모든 이들의 소망이라는 것을 소생이 대표로 말씀드립니다."

그 말에 모두 박수를 치며 환호했다.

그러자 뤄전위가 자리에서 일어섰다. 만면에 미소를 띠면서 양손으로 박수를 가라앉혔다.

"예, 맞는 말씀입니다. 제가 얼마 전 세 번째로 결혼을 했습니다. 오늘 그 사람도 이 자리에 나와서 인사를 드리려고 했는데 환절기인지라 감기몸살에 걸려서 나오지를 못했습니다. 대신에 그녀로부터 얻은 내 귀한 아이를 보여드리는 것으로 대신하겠습니다." 하고는 안쪽을 향해

"여봐라, 유모한테 페이룽(飛龍, 비룡)을 데려오라고 해라."라고 소리쳤다. 오래지 않아 젊은 유모가 비단옷을 입은 아이를 안고 조심스럽게 들어왔다. 아주 귀엽게 생긴 얼굴이 방긋방긋 웃고 있었다.

뤄전위는 아이를 안고 이리저리 보여주면서

"이 녀석을 잘 길러서 뤄씨 집안의 큰 인물로 만들어야지요." 하고는 아이의 얼굴을 들여다 보며 "내 아들 페이룽아, 애비 말대로 큰 인물이 돼 줄 거지?!"라며 귀여워 못 살겠다는 듯 아기의 볼에 얼굴을 비벼 댔다.

그들이 나가고 다시 연회가 계속되었다. 정오가 안 되어 시작된 연회는 자정이 넘도록 이어졌다. 그 사이에 점산호들은 하인들에 의지하여 하나둘 각자의 집으로 돌아갔고 세 명의 경찰은 옆에 앉았던 여자에 기대어 비단 이부자리가 깔린 각자의 방으로 들어갔다.

그날 밤 3시경.

어디선가 "불이야!" 외치는 소리가 들렸다.

이윽고 같은 외침이 서너 번 들리고 발소리가 어지럽게 났다. 잠에 빠져 있던 병삼과 두칠 내외가 밖으로 뛰쳐나갔다. 스기야마도 황망 중에 아무렇게나 옷을 걸치고 뒤따라 나갔다.

멀리 구릉 너머가 대낮처럼 환했다. 모두 그쪽으로 달려갔다. 구릉 위에 올라서니 전체의 모습이 눈에 들어왔다. 마을 뒤쪽에 있는 커다란 집이 불타고 있었다. 뤄전위의 집이다. 외숙모(병삼 아내)가 털썩 주저앉았다. 그러고는 사지를 버둥거렸다. 두칠 부인과 여자들이 달려들어 사지를 주물렀다. 외삼촌과 스기야마는 그 모습을 확인한 후 곧장 아래를 향해 내달렸다.

지은 지 백년이 넘었다고 자랑하던 집이 화마에 우지끈 지끈 넘어가고 있었다. 물동이와 갈쿠리를 든 사람들이 어찌할 줄을 몰라 허둥댔다. 뤄전위의 첫째 마누라가 몸을 뒤뚱거리며 사람들을 향해 소리소리 질러댔지만 소용없었다. 불은 이미 손을 쓸 수 있는 한계를 넘었다. 여기저기서 기둥들이 맥없이 쓰러지고 천장이 무너져 내렸다. 아직 버티고 있는 기둥에는 수천 개의 붉은 혓바닥이 달라붙어 날름거리며 갉아 먹고 있었다. 허기진 악마 같았다. 그때다. 사람들 입에서 "어?" 하는 소리들이 터져 나왔다. 불길의 중심이 아지랑이처럼 한들거렸다. 백동전 같은 은빛의 공간 안으로 그림자가 나타났다. 사람이다. 얼굴을 알 수 없는 그 사람은 배를 내밀고 두 팔을 위로 뻗치고 있었다. 그런데 자세히 보니 한 명이 아니라 넷이다. 맨 처음 나타난 사람의 양쪽으로 역시 온몸에 불길을 달고 있는 두 개의 그림자가 비틀거리고 있었다. 그리고 그 뒤쪽으로는 뚱뚱한 몸집의 사내가 허둥거렸다. 사람들이 더욱 아우성을 쳤다. 왜 빨리 밖으로 나오지 않느냐고 저마다 소리소리 질렀다. 하지만 그들은 마치 춤을 추는 것처럼 가운데 사람의 주위를 허우적거리고 있었다. 사람들이 아우성치며 손짓을 했으나 춤추는 것 같은 행동은 계속됐다. 참으로 이상한 광경이다. 가운데 사람이 큰소리로 무어라 외쳤다. 웅웅거리는 불소리와 우지끈거리는 소리에 잘 들리지 않았다. 잠시 후 셋은 한 몸뚱이가 되더니 뒤뚱거리다 쓰러졌다. 기다렸다는 듯이 불길이 그들을 에워쌌다. 곧이어 커다란 불기둥이 위를 덮쳤다.

바로 그 무렵 별당 깊은 곳에 있다가 밖으로 나온 명주는 허둥거리며 유모를 찾았다. 아들을 보자 와락 끌어안았다. 화마가 덮친 곳으로 달려갔다. 넋 잃은 표정으로 멍하니 바라보다가 들릴 듯 말 듯 낮은 소리로 말했다.

"아들아, 오늘 너와 나에게 가장 귀중한 분이 돌아가셨다. 이날, 이 모습을 기억해 둬야 한다. 그리고 꿋꿋이 자라야 한다." 그녀는 울지 않았다. 아들을 안고 곧장 친정으로 향했다.

날이 훤하게 밝아올 무렵 위용을 자랑하던 본재가 마침내 사라앉았다. 검은 숯더미들 위로 잔불과 함께 여기저기 하얀 연기가 피어올랐다. 다행스럽게도 사람들이 에워싸고 있던 부속 건물 네 채는 그리 해를 입지 않았다.

오래지 않아 현청과 경찰에서 나온 직원들이 조사를 시작했다. 그들은 삽과 쇠꼬챙이로 조심스럽게 잿더미를 뒤졌다.

오후가 돼서야 죽은 사람들의 흔적이 발견되었다. 그들의 뼈는 불길이 가장 뜨겁게 타오르고 있었던 안방 쪽에 있었다. 유골들은 온전히 남았다고 했다. 이상한 것은 한 사람의 허리에 각각 세 개의 줄이 연결됐는데 그 끝에 사람들의 손목이 매여 있었다는 것이다.

이틀 뒤 홍경 서(署)에서 공식 발표가 있었다. 수사 결과 죽은 사람은 넷이라고 했다. 그들은 쇠사슬에 묶인 채 불에 타 죽었고, 이름은 지주 뤄전위와 김형길이라는 조선인 청년과 그리고 신원 불상의 남자 둘이라고 했다.

마을에는 한동안 여러 가지 소문들이 꼬리를 물었다. 계급이 높은 봉천 순관은 이상한 낌새를 눈치채고 팬티 바람으로 개구멍을 빠져나와 10리나 떨어진 농부의 집에서 옷을 얻어 입었다는 소문이 파다했다. 씁쓰레한 이야기도 있었다. 경찰들과 잠자리에 들었다가 형길로부터 쫓겨난 여자들의 입에서 나온 말이다. 봉천 순관과 일본 경찰에게 재갈을 물리던 범인의 모습은 그녀들 인생에서 보아 온 남자 중 가장 멋있고 매력적인 사람이었다는 것이다.

이틀 뒤 스기야마는 호주머니에 있던 지폐 55원을 방바닥 가마니 밑에 반쯤 찔러넣고는 하직 인사를 했다. 마음속에서 불길이 일었다. 도저히 맨정신으로는 갈 수가 없을 것 같았다.

5리쯤 나오니 음식점이 나타났다. 배갈 한 병을 가져오라고 하여 컵에 따랐다. 단숨에 들이켜고 나서 소금에 절인 무 한 조각을 우적우적 씹었다. 동전 한 닢을 떨구고 일어서면서 알 수 없는 말을 중얼거렸다.

"가야 한다. 내 갈 곳으로 가야 한다."

심부름하는 아이가 멍하니 바라봤다.

제8편

함정에 들다

    가와모토 순사부장은 아무도 없는 사무실 책상 앞에 눈을 감고 팔짱을 낀 모습으로 앉아 있었다. 벌써 1시간이 지나도록 한 가지 생각에 골몰하고 있다.

    "그 보고서에는 분명 문제가 있다. 내부의 적이 가장 무서운 것, 그자는 독립군의 첩자일지도 모른다. 일찌감치 경찰에 들어와 자신의 정체를 숨기고 온갖 정보의 바다를 휘젓고 다니면서 취득한 것들을 적에게 넘기고 있는 것은 아닐까? 그의 정체가 무엇인지를 밝혀야 새로운 수사의 방향을 정할 수 있다. 이 의문의 열쇠를 쥐고 있는 사람은 스기야마일 것이다. 그의 정체를 밝히지 못하면 지금까지 공들여 수사해 온 것들이 공염불이 된다. 그런데 서장을 비롯하여 수사과장 이즈미(和泉) 경부 등 윗사람들은 왜 그자에 대해 강력한 신임을 하고 있을까. 그동안 과장에게 몇 번이나 은밀한 보고를 했다. 그러나 별 관심을 두지 않았다. 더욱이 그자는 조선인이 아닌가. 혹시 소문이 사실이기 때문이 아닐까? 사실이라면…"

영사관 경찰서 내에 은밀하게 떠돌던 소문대로 스기야마가 총독부 본청에 거물급 배경을 가지고 있다면 참으로 맥 풀리는 일이라는 생각이 들었다. 하지만 전에 소머리국밥집 주인에 대한 정탐 보고를 했을 때도 그랬다. 물론 그때는 확실한 증거를 잡은 상태가 아니었기 때문에 핀잔을 당했으나 결과적으로는 중국인 쿨리들로부터 독립군 정체를 밝혀낼 수 있는 확실한 증거를 받아냈다. 그 일로부터 다시 수사가 시작되었다. 하지만 기대했던 스기야마의 보고서에서 도마뱀처럼 꼬리가 잘려버렸으므로 결국은 허사가 됐다.

이런 생각들을 하며 그동안 여러 번 반복해 읽곤 했던 보고서의 내용을 기억에서 한 장 한 장 넘기고 있었다. 그리고 사실이 아니라고 판단되는 부분들을 찾아내기 위해 생각을 집중했다. 그때 또 밤공기를 가르며 비명이 들려왔다.

"아아 아~"

사방이 고요한 가운데 간헐적으로 들려오는 그 소리는 귀 기울여 듣고 있는 사람이 아니라면 흘려보내기 쉬운 아주 작은 소리다. 그러나 귀를 세우고 있으면 매우 날카롭게 들렸다.

소리가 들릴 적마다 가와모토는 한 곳에만 집중하고 있던 생각의 연결고리들이 끊어졌다, 그러다 소리가 사라지고 나면 다시 집중시키려고 애를 썼으므로 몇 번 반복되는 사이에 짜증을 느끼고야 말았다. 그는 눈살을 찌푸리며 왼편 벽을 올려다봤다.

둥글고 큰 시계가 5분 전 11시를 가리키고 있다.

"이러다 또 죽이는 거 아닐까?"

그럴 리는 없다는 생각이 들었다. 안도(安藤) 순사가 자신의 밑에서 조수로 일한 지 1년이 지났으므로 남성을 다룰 때와 여성을 다룰 때,

신체 중에서 고통만 줄 수 있는 위치와 치명상을 줄 수 있는 위치쯤은 기본적으로 알고 있기 때문이다. 그러나 시간이 너무 오래 지체되고 있다는 생각이 든다.

안도가 심문하고 있는 사람은 40대 중반의 여성으로 그녀는 독립군 부대에 보급품을 전달하고 있다는 의심을 받고 있었다.

"쿠소!(칫!, 제기랄!)"

욕지거리를 내뱉은 순사부장은 지하 취조실로 가기 위해 천천히 몸을 일으켰다. 그 순간 복도에 둔탁한 구둣발 소리가 들렸으므로 옮기려던 걸음을 멈추고 그 자리에 서서 기다렸다. 문이 열리고 얼굴이 벌겋게 달아오른 안도가 들어왔다. 이마에 흘러내리는 땀방울을 손등으로 씻으며

"부장님, 아주 지독한 년을 만났습니다. 그날 이틀 동안의 행적 중 여섯 시간의 알리바이가 증명되지 않아서 추궁하고 있는데 아주 교묘한 말로 둘러대고 있습니다. 아무리 두들겨 패고 닦달을 해도 이승신이라는 독립군은 모르는 사람이라는 겁니다."

"피의자의 상태는?"

"기절을 해서 물 한 바가지를 뿌려 정신이 돌아오게 한 다음 의자에 묶어놓고 왔습니다."

안도 순사는 머뭇거리더니

"어떻게든 내일은 결판을 내야 하지 않겠습니까?"라고 말했다.

순사부장은 짜증을 누르며 대답했다. 무능하다고 단정할 수만은 없는 일이기 때문이다.

"그래야겠지. 너무 오래 잡아 놓는 것이 좋은 일은 아니니까."

안도는 잠시 머뭇거리더니

"그래서 말씀인데 내일은 부장님께서 직접 심문을 해 보시면 어떨까 합니다."

"내가 직접?"

"네 그렇습니다. 곰곰 생각해 보니 얼치기인 저에 비해 부장님 실력이라면 자백을 받아내실 수 있을 거라는 생각이 들었기 때문입니다."

가와모토는 문득 자신의 내면에 감춰져 있는 어떤 약점이랄까, 비밀 같은 것을 안도가 알고 하는 말이 아닌가 하는 생각에 잠시 당황했다. 하지만 그럴 리는 없다.

"아니야, 하던 대로 자네가 해. 내일까지 심문을 해 보고 증거를 잡을 수 없으면 일단 방면하도록 하자구."

방면이라는 말에 그는 매우 실망하는 표정을 지었다.

안도가 돌아가고 나서도 한동안 의자에 몸을 기대고 있던 가와모토는 일어서면서 머리를 저었다. 생각을 골똘히 한 탓으로 잠시 쉬고 싶었다. 어차피 지금 하숙집에 가도 쉽게 잠이 오지 않을 것 같다. 그는 천천히 발을 옮겨 구석 자리로 갔다. 우롱차(烏龍茶)의 종류들인 무이산(武夷山) 대홍포차(大紅抱茶)와 사자봉차, 교쿠로(옥로), 홍차, 커피 등 대여섯 가지의 차와 찻잔들이 놓여 있었다. 이렇게 많은 종류의 차를 놓아둔 이유는 예민하고 과중한 업무에서 오는 피로와 심리적 부담감을 풀어주기 위함이다.

그는 대홍포차와 사자봉차(獅子峰茶) 앞에서 잠시 머뭇거렸다. 그러나 사자봉차에 더 눈길이 갔다. 아무래도 황제의 진상품으로 이른 봄에 연한 잎을 따서 만들었다는 이름난 차가 낫지 않을까 하는 생각이 들었기 때문이다.

건륭제(乾隆帝)는 자주 순행을 했는데 경치 좋기로 소문난 저장성(浙江

省) 항저우(杭州)에 가기를 좋아했다. 아름다운 서호(西湖)와 룽징차가 있기 때문이다. 어느 봄철에 효공묘(孝公廟)라는 곳에서 잠시 머물게 되었다. 지주스님이 차를 올렸다. 황제가 찻잔을 들여다보니 참새의 혀처럼 가녀린 찻잎이 연록의 찻물을 뱉어내고 있었다. 맛을 보니 기가 막힌 데다 향기까지 코를 적셨다. 황제가 물었다.

"이 차의 이름이 무엇인고?"

"저희가 농사지은 룽징차이옵니다."

황제는 밖으로 나가 차밭을 둘러봤다.

사자의 모습을 한 산들이 주위를 둘러싼 가운데에 상서로운 열여덟 숫자의 차나무들이 녹옥(綠玉)의 구슬 같은 잎들을 매달고 있었다. 이후부터 이 차의 이름을 사자봉차라 하고 황제가 마시는 차로 지정했다고 한다.

하지만 그 많은 사자봉차가 어디서 생산됐겠는가. 중국인 상인들이 늘 하는 과장된 말이라는 것을 알고 있으나 대일본제국 총영사관에 납품하는 것이니까 시중에 판매되는 것들보다 조금은 나을 것이라는 생각이 든다.

차를 탄 다음 흘러내리지 않도록 조심하면서 천천히 밖으로 걸음을 옮겼다. 분수대 앞에 놓여 있는 벤치에 앉았다. 찻잔 가까이에 코를 댔다. 가본 적은 없지만 사자봉의 구수하고 담백한 향기가 온몸의 피로를 씻어주는 것 같다. 게다가 정원의 나무들에서 뿜어져 나오는 서늘한 기운이 예민한 신경을 가라앉혀 주었다. 이곳 용정 총영사관의 정원은 일본 내지에서 가장 이름있는 조경사인 후지와라 히노루(藤原ひのる)에게 설계와 시공을 맡겨 2년여에 걸쳐 완성한 정통 일본식 정원이다. 넓기도 하지만 온갖 귀중한 꽃과 나무들이 식재되어 있어서 4계

절 아름다운 자태를 뽐내고 있다. 전체면적을 일본인들이 번영의 상징으로 좋아하는 여덟(八) 개소로 나누어 꽃이나 나무별로 구분을 지어 조성해 놓은 화단들은 그 한 곳 한 곳이 명소라고 해도 과언이 아니다. 그중에서도 압권은 정원의 동남쪽에 만들어진 모란원(牧丹苑)이다. 그곳에는 좀체 구경하기 어려운 온갖 모란꽃들이 식재되어 있다. 해마다 5월이 되면 홍색과 자색, 흑자색, 그리고 희귀종인 청색이나 주황색 모란들이 다투어 피어난다. 이처럼 구하기 어려운 품종까지 수집하여 모란원 조성에 공을 들인 것은 이따금 이곳을 드나드는 중국인 고위직들의 환심을 사기 위함이다. 모란은 청나라가 중국의 국화로 지정했으며 중국인들이 가장 좋아하는 꽃이다. 그에 반해 지하 취조실이 있는 부근에는 비교적 키가 작은 산죽(山竹)을 두텁게 밀식했다. 산죽은 음성을 분산시키는 효과가 탁월하기 때문이다. 취조실에서 새어 나오는 비명을 약화하기 위해서다.

정원의 분수는 낮에만 켜놓는다. 밤에는 경계병의 귀를 혼란하게 할 염려가 있으므로 스위치를 꺼 놓도록 했다. 그러므로 지금은 아주 고요하다.

이 얼마나 오랜만에 정원에서 갖는 혼자만의 시간인가.

나무와 풀들의 풋풋한 냄새와 나뭇가지 사이로 하늘에 걸린 반달…. 주위에 둘러선 경계등과 초병들의 어른거리는 그림자만 없다면 어느 깊은 숲속이거나 파도조차 잠든 바닷가 같은 느낌이다.

그런 생각이 들자 문득 한 곳이 떠올랐다. 바닷가 은빛 백사장이 활처럼 돌아나간 해변과 그 해변을 감싸고 있는 숲들 가운데 평화로운 마을의 모습이 눈앞에 활동사진처럼 어른거린다. 나무로 세운 기둥에 지붕을 비롯하여 벽의 안팎까지 모두 갈대로 엮은 집들이 광장을 가운데 두고 둘러선 마을, 고향 도야(洞爺) 마을은 가와모토의 가슴에 두 가지를 각인해 놓고 있었다. 그곳은 유년의 아름다운 추억이 깃든 곳이지만 또한 고통스런 기억의 성벽(城壁)으로부터 벗어날 수 없는 곳이기도 했다.

가와모토가 여섯 살이 되던 어느 봄날 새벽, 그는 무서운 꿈을 꾸며 허우적거리다가 누군가가 흔드는 손길에 잠이 깨었다.

어머니 사라우테가 아직도 놀라움에 눈을 멀뚱거리고 있는 아들을 내려다보며 말했다.

"마룬카(가와모토의 본명)야, 무서운 꿈을 꾼 모양이로구나."

가와모토는 엄마의 얼굴을 잠시 바라본 다음 그녀의 치마폭을 끌어안으며 말했다.

"엄마, 무서워요. 오니가 쫓아오는 꿈을 꾸었어요."

오니는 야쿤쿠르족(아이누족의 원래 이름)의 전설에 등장하는 요괴를 말한다. 짐승 가죽을 몸에 두르고 입가에는 항상 피가 묻어 있으며 머리에 뿔이 난 모습으로 돌기가 달린 쇠몽둥이를 들고 다닌다고 했다.

"며칠 전 해 준 오니 이야기에 너무 겁을 먹고 있었던 모양이구나. 그건 그냥 이야기일 뿐이다. 실제로는 존재하지 않으니까 겁 내지 말아라."

사라우테는 아들의 머리를 쓰다듬었다.

"엄마가 옆에 있을 테니까 안심하고 더 자렴."

그러고는 손을 토닥거리며 이훈케(자장가)를 불렀다.

"기리가 기리가 담도시리 기리가 미랑그르 기리가 능게 그스레 능게 그슬기…기리가 기리가 조아요 이 기다요 요리소가 이리요…"

마룬카는 안심하고 눈을 감았다. 그리고 오래지 않아 쌔근거리는 숨소리가 들렸다.

　어머니 사라우테는 한동안 아기를 내려다보며 미소를 지었다. 그리고 잠시 손을 내려놓았다가 남편 요쿠마오가 사냥을 떠난 지 몇째 날인가 손가락을 꼽았다. 손가락을 여섯 번이나 일곱 번 꼽는 날에 돌아온다고 했으니까 오늘 저녁 무렵이나 내일 아침이면 돌아올 것이다. 남편이 돌아온다고 생각하니 한편으론 기쁘기도 하지만 또 한편으로는 걱정이 뱀처럼 머리를 들었다. 사냥을 떠나기 전날 밤 그가 했던 말이 생각났기 때문이다.

　"이번에는 반드시 곰을 잡아 올 테야. 그리고 그 곰을 가지고 무로란(작은 언덕)의 시케우크한테 가서 함께 나눠 먹으면서 말할 계획이야. 너는 무로란의 코탄콜콜(추장)이고 나는 오타루(모래사장)의 코탄콜콜이지만 따지고 보면 한 할아버지로부터 나온 같은 부족이 아니냐고 말이야. 그러니 우리 두 마을에서 장정들을 뽑아 군대를 만들면 각자가 싸우는 것보다 더욱 힘이 강해지지 않겠는가. 그리되면 남쪽 큰 섬에서 오는 싸움꾼들을 충분히 뿌리칠 수 있다고 말이야. 합의가 되면 시케우크와 함께 올빼미 타무이(신)한테 제사를 지낸 다음 바로 전쟁 준비에 돌입할 거야. 우리가 힘을 합해 싸우면 북쪽 섬들에 사는 동포들도 지원해 줄 거라고 생각해."

　그는 우리 야쿤쿠르족이 이곳 아이누 모시리('아름답고 조용한 대지'라는 뜻의 이름)에 자리 잡은 것은 '싸움꾼 아이들(일본인을 지칭)'이 오기 1,000날을 천 번 계산한 숫자를 또 천 번 계산하고도 남을 훨씬 전의 일일 텐데 어떻게 이곳을 빼앗길 수 있느냐면서 늘 그랬던 것처럼 자신만만했다.

　그러나 무로란의 코탄콜콜인 시케우크는 성질이 사납고 또한 부족의 힘이 강해서 그들보다 힘이 약한 오타루족이 무조건 자신들의 밑으로 들어와야 한다는 주장을 굽히지 않았다. 얼마 전에도 인근에 있는 하크온 부족을 그런 방식으로 합병한 전력이 있다. 그러므로 아무리 곰을 가져다준다고 해도 남편의 제안을 받아들일지는 알 수가 없다.

마룬카가 눈을 떴을 때는 벌써 봄날의 눈부신 햇살이 마당 가 산벚나무 꽃잎 위에서 나비처럼 춤을 추고 있었다. 늦잠을 잔 것이다. 유모 마마토요가 잠자리에 누운 채 눈을 비비고 있는 소년에게 정감 어린 미소를 지으면서 말했다.

"도련님, 빨리 일어나 아침밥을 먹고 바닷가로 가야지요. 어머니랑 동네 여자들이 모두 송어와 조개잡이를 한다고 일찌감치 출발했으니까요."

그녀는 마룬카를 부엌으로 데리고 가서 세수를 시켰다. 수건으로 얼굴을 닦아 주고 나서 나무 그릇에 요로화나를 담아 왔다. 오오바유리라고도 하는 식물인데 곡식을 모르는 야쿤쿠르족은 이 뿌리를 끓여 죽을 만들어 주식으로 삼는다.

아침을 먹고 나자 유모는 마룬카에게 뜨개질로 깃이나 소매 등에 부엉이 눈을 새겨 악귀가 범접하지 못하도록 만든 저고리를 입힌 다음 손을 잡고 집을 나섰다. 자작나무 숲을 지나자 눈부신 모래사장이 펼쳐졌다. 멀리 태평양 쪽에서 불어오는 산들바람이 귀를 간질였다.

아주 멀리에 사람들의 모습이 어른거렸다. 처음에는 잡아 온 해산물들을 놓고 평소처럼 묵쿠리(대나무로 만든 피리)나 톤코리를 불면서 춤을 추는 것으로 생각했다. 그곳을 향해 계속해서 걸어갔다. 사람들의 모습이 차츰 드러나더니 실로 경악할 광경을 보고야 말았다.

무기를 든 여러 명의 남자가 실오라기 하나 걸치지 않은 서너 명의 여자들의 머리에 보자기를 씌워놓고 몸을 멋대로 뒤척이면서 줄자(尺) 같은 것으로 머리나 팔과 다리 등을 여기저기 재고 있었다. 겨드랑이와 국부의 털을 들여다보는 놈도 있었다. 여자들은 머리를 숙인 채 겁에 질려 오돌오돌 떨었다.

어느 순간, 벌거벗은 키 큰 여자가 유모와 마룬카가 가고 있는 마을 쪽을 향해 모래사장을 내달려 오기 시작했다. 그녀의 뒤에서 고함소리가 들리고 몸을 재던 남자들이 뒤따라오며 외쳤다.

"아레라오 츠카마에로 켄큐우요오니 스루 시고토나노니 도오시테 니게루노…(あれらを捕まえろどうして逃げるの…, 저것들을 붙들어라. 연구용으로 하는 일인데 왜 도망을…)"

그러나 마룬카와 유모를 비롯한 다른 사람들은 그 말을 알아듣지 못했다.

앞에서 달려오던 여자가 입에 물렸던 재갈을 내던지며 소리쳤다.

"마마토요야, 빨리 아가를 데리고 도망쳐!"

마룬카는 석상처럼 그 자리에 섰다. 그리고 자기 눈을 의심했다. 놀랍게도 그녀는 어머니 사라우테다.

그러나 어머니에게 가까이 갈 수 없었다. 유모의 억센 손에 이끌려 정신없이 숲길을 달렸다. 몇 개의 산을 넘어 깊은 숲속 사냥터 산막에 숨었다.

얼마 후 두 사람은 몸을 낮추며 살금살금 마을 쪽으로 내려갔다. 작은 산봉우리를 넘었을 때 멀리 앞쪽 짙은 녹색의 숲 위로 검은 연기가 뭉게뭉게 피어오르고 있었다. 마을을 향해 달렸다. 숨을 헐떡이며 숨어서 앞쪽을 바라봤다.

처음에는 눈을 의심했다. 모든 치세(집)가 불에 타 없어졌기 때문이다. 지붕과 벽을 새로운 갈대로 엮어서 햇볕에 반짝이던 사운 치세(앞집)도, 오토 타누 치세(다음 집)도, 포로 치세(큰 집)도, 그리고 나이 많은 할머니가 혼자 살던 폰 치세(작은 집)까지도 모두 불에 타 없어지고 연기가 피어오르는 잿더미 주위로 병정들이 돌아다녔다. 대부분이 짐승의 털가죽 옷을 입고 창칼을 들고 있었다. 그들 중에 한 사람이 죽창을 번쩍 들면서 소리쳤다.

"모두 끝났다. 돌아가자!"

유모가 낮은 소리로 중얼거렸다.

"저 놈은…, 저 놈은 무로란 추장 시케우크잖아. 내 저놈이 언젠가는 쳐들어올 줄 알았어. 어허, 우리 추장님이 너무 순진했던 거야. 아이고 이를 어째~."

그들이 돌아가자마자 잿더미가 된 마을로 달려갔다.

사방에 낯익은 얼굴들이 피투성이가 되어 쓰러져 있었다. 언제 왔는지 사냥을 떠났던 병정들이 보기 흉한 모습으로 널브러져 있고 노인이나 여자, 아이 할 것 없이 모두 죽어 있었다. 어머니는 진라(全裸)의 상태 그대로 잿더미 위에 심장이 찔린 모습으로 발견됐다. 옆에는 반쯤 타다 만 죽창이 있었다. 아버지는 낯익은 병정들 사이에서 발견됐는데 온몸에 성한 곳이라곤 없었다.

사태를 알아차리고 일찌감치 피신했던 몇몇 사람들이 돌아왔지만 대부분 노인이거나 여자와 아이들이었다.

한 노인이 말했다.

"이건 분명 남쪽 바다 건너 싸움꾼들이 한 짓이야. 칼을 이렇게 잘 쓰는 건 그들밖엔 없어."

그러자 다른 노인이 말했다.

"조금 전 시케우크와 그 부하들의 모습을 보고도 그런 말을 해? 그리구 나는 남쪽 바다 건너 싸움꾼들이 타고 다니는 큰 배를 보지 못했어. 무로란 놈들이 한 짓이 틀림없어."

"아닐 거야. 싸움꾼들은 여자들을 체포하려구 배는 저쪽 고래바위 뒤에 숨겨뒀던 거야. 그리구 무로란 사람들이 아직은 대장간을 만들지 못했을 텐데 칼 같은 게 있을 리 없어."

"글쎄~."

살아남은 사람들은 얼마 후 뿔뿔이 사라졌다. 그러나 유모와 마룬카는 떠나지 않았다.

유모는 살던 집터에 움막을 지으면서 말했다.

"도련님이 이곳을 떠나려거든 복수를 한 다음에 떠나야 해요. 저 악랄한 시케우크와 무로란족을 반드시 섬멸해서 부모님 원수를 갚아야 해요. 모름지기 남자라면 그래야 해요."

차츰 소년으로 장성하면서 복수할 기회를 노렸다. 무로란으로 가는 길을 익히기 위해 그쪽을 자주 가곤 했다. 원수들의 마을에 불을 놓기 위해서다. 그러나 무로란 앞에 강이 있어서 일을 벌이기가 매우 어려웠다.

"도련님은 아직 나이가 어려서 안 돼요. 어른이 될 때까지 몸을 단련하고 창이나 칼 같은 무기를 쓰는 법이나 돌 던지기를 익혀야 해요. 그리고 주변 섬을 찾아다니면서 사람들을 많이 사귀어야 해요. 저놈들이 이 섬을 독차지하고 있으니까 싸워서 이길 수 있도록 힘을 길러야 한단 말이에요. 어른이 되면 멀리 있는 이투루프(에토로후)나 쿠나시르(구나시리) 같은 큰 섬들(쿠릴열도)에 사는 형제들을 찾아가 도움을 요청하는 방법도 있어요. 그 위쪽 사하리안누르(사하린) 섬에도 우리 형제들이 있어요. 저놈들(무로란 쪽)도 물론 같은 형제이긴 하지만 그렇게 멀리 있는 형제들과는 연결이 되지 않았을 거예요. 왜냐하면 그럴 필요가 없을 테니까요. 그래도 조심할 점은 있어요. 그 섬들을 러시아 사람들이 차지하고 있다는 말도 있고, 남쪽 싸움꾼들(일본)이 차지하고 있다는 소문이 들리기도 해요. 하지만 난 크게 걱정하지 않아요. 어쨌거나 도련님의 몸이 자라나면 머리도 커질 것이고, 머리가 커지면 타무이께서 지혜를 가득 채워주시지 않겠어요. 그러니까 어른이 될 때까진 함부로 행동하지 말고 몸조심하세요."

마룬카는 복수를 하기 위해 무로란 마을에 갔다. 유모가 몇 번이나 만류했지만 듣지 않았다. 겁 없는 어린 개구리와 다름없었다.

한 번은 보초에게 붙들려 실컷 두들겨 맞고 돌아오기도 했다. 그 일이 있은 뒤론 하릴없이 세월만 보내고 있었다. 자작나무 산허리에서 바다를 바라보며 부모님에 대한 추억을 되새기며 눈물을 흘렸다. 참새 머리를 잡고 노는 춤을 가르칠 때 아들의 눈높이에 맞춰 몸을 낮추면서 '삿뽀타까'를 부르던 어머니의 목소리도 들렸다.

"삿뽀타까라 키키 에코타누 타까라 키키…"

그러다가 현실로 돌아오면 복수심에 치를 떨었다. 종일토록 그렇게 보내다가 집으로 돌아오는 날이 많았다.

가까이에는 그가 도움을 요청할 사람들이 없었다.

그러던 어느 날, 또 청천벽력 같은 일이 발생했다. 움막을 지은 지 6년쯤 지났을 때 어머니와 다름없는 유모가 조개를 캐러 갔다가 풍랑에 휩쓸려 죽었다. 혼자가 되었다. 복수는 더욱 멀어지는 것으로 생각됐다.

유모 마마토요가 죽은 지 4년이 지나 16세가 되던 해에 운 좋게도 기회가 찾아왔다.

초가을 어느 날 아침 세 척의 커다란 배가 모래사장 멀찍감치에 닻을 내렸다. 이름을 나중에 알게 됐지만 하야부네(早船)라고 부르는 뱃머리가 뾰족한 군선(軍船)이다. 여러 척의 작은 목선이 내려지고 그것들이 해안에 밀려들더니 갑옷에 투구를 쓴 군인들이 내렸다. 백여 명도 넘는 것 같았다.

마룬카는 눈에 띄지 않는 곳을 옮겨 다니면서 행동을 탐지했다. 그들은 전에도 몇 번 들은 적이 있는 '남쪽 바다 건너에서 온 싸움꾼들'이 분명했다.

장교로 보이는 사람들은 끝에 낫 같은 것이 달린 투구를 쓰고 갑옷을 입었다. 어깨에 달린 견장이 햇볕에 반짝거렸다. 부하들은 얼핏 보기에도 훈련이 잘되어 있고 창과 칼뿐만 아니라 생전 처음 보는 병장기도 갖추고 있었다. 막대기 같은 그 병장기는 끝에서 불을 뿜었다. 천둥소리보다 강한 그 소리는 사람을 깜짝깜짝 놀라게 했다. 막대기를 조준할 때마다 멀리 세워놓은 표적에 구멍이 뚫리고 비위가 거슬리는 매캐한 냄새가 바닷바람에 섞여 흘러왔다.

해안가 숲속에 진을 친 싸움꾼들은 며칠 뒤 아침 일찍 보초만 남겨놓고 전원이 산으로 올라갔다. 무로란족이 있는 방향이었다.

그들은 해가 뉘엿뉘엿할 때 산에서 내려왔는데 아침에 올라갔던 사람의 숫자에 비해 반으로 줄어든 50여 명밖에 되지 않았다. 그마저도 대부분이 몸에 부상을 입고 있었다. 아무리 용맹하고 무기가 좋다고 하더라도 빽빽한 밀림의 현지에 익숙하고 강을 귀신처럼 활용하는 군대와 싸워서 이기기는 힘들었을 것이다.

하루를 지나고 사흘째 날 밤중에는 싸움꾼들의 진지에서 전투가 벌어졌다. 무로란의 무사들이 쳐들어온 것이다.

세 척의 배 중 한 척은 불에 타 바다가 화염에 붉게 물들었다.

전투는 아침 해가 떠오른 때에야 끝이 났다. 살아남은 싸움꾼들은 황망히 헤엄쳐 배를 타고 도망쳤다. 무로란들은 만세를 부른 다음 패잔병들이 남기고 간 물건들을 들고 산속으로 사라졌다.

마룬카는 싸움꾼들이 떠난 다음에야 그들을 돕지 못한 것을 뼈저리게 후회했다.

뜻밖에도 기회는 다시 찾아왔다.

1년이 지났을 때 해안가에는 또 하야부네가 나타났다. 이번에는 다섯 척이 닻을 내렸고 200여 명이 상륙하여 전에 그들이 당했던 곳에 진을 쳤다.

마룬카는 더는 머뭇거릴 일이 아니라고 생각했다. 싸움꾼들의 진지를 찾아갔다. 손짓발짓을 동원하여 대장을 만나려고 왔다는 뜻을 전했다.

금테 모자를 쓴 사람이 통역을 대동하고 나타났다.

"어디에 사는 누구인가?"

"저쪽 숲속에 사는 마룬카입니다."

"찾아온 목적이 무엇인가?"

"그 질문을 하시기 전에 알고 싶은 것이 있습니다."

"말하라."

"혹시 무로란족을 공격하려고 오신 것입니까?"

"그렇다."

"그러시다면 제가 돕고 싶습니다."

"우리를 도우려는 이유가 무엇인가?"

"부모님의 원수를 갚고 싶기 때문입니다."

자초지종을 설명하자 대장과 주위에 둘러선 군인들은 서로의 얼굴을 바라보며 알 수 없는 미소를 교환했다.

마룬카는 대장에게 무로란 마을에 비밀스럽게 도달하는 길과, 그곳의 산과 계곡과 개울의 형세와, 남녀별 연령별 주민의 숫자와 병력의 수와, 진지 위치와 그들이 소유한 무기의 종류와, 추장 시케우크의 성격까지 세세하게 알려줬다.

대장이 지휘봉으로 연신 자신의 긴 가죽 군화를 두드리며 말했다.

"아하, 지난번 아오야기(青柳) 부대가 조총을 갖고 있으면서도 원시적인 무기와 전술에 패한 것이 무리는 아니었군. 이런 내용을 몰랐다면 우리도 꼼짝없이 망신을 당했을 게 아닌가."

대장은 마룬카의 말이 사실인지를 확인하기 위해 척후를 보냈다.

보고를 받고는 아주 만족한 표정을 지었다.

마룬카를 앞세우고 무로란에 도착한 마루야마 부대는 숲속에 숨어 있다가 새벽에 기습공격을 감행했다. 그리고 힘들이지 않고 무로란 마을로 쳐들어갔다. 850여 명의 부족을 전멸시켰다. 마룬카는 의기양양한 표정을 지으며 싸움꾼들을 따라 바다를 건너 혼슈로 들어왔다. 그리고 부대의 일을 돕다가 경찰에 지원하면서 이름을 가와모토라고 썼다. 부대장의 추천서가 있었다.

그때의 일은 가와모토의 인생에 부모님을 잃은 불행뿐 아니라 또 다른 불행을 가져왔다. 정신세계에도 치명적인 상처를 주었다. 여성에 대한 트라우마가 생겨난 것이다. 스물셋 되던 해에 착하고 아름다운 여성을 만나 6개월 정도 사귀다가 결혼을 했다. 그러나 원만한 결혼생활을 꾸리지 못했다. 첫날 밤부터 부부관계가 만신창이가 되었다. 그가 아내와 잠자리를 할 적마다 벌거벗은 어머니의 모습이 눈앞에 어른거렸다. 마침내 성을 혐오하기 시작했다. 남녀의 잠자리는 수치스런 것이며 성스럽고 순결한 여성의 몸을 욕되게 하는 것이라는 단계로까지 나아갔다. 결혼생활은 완전히 파탄 났다. 그 문제에 대해 아내에게 한 마디도 말하지 않았다. 숭고한 어머니를 치욕스럽게 하는 이야기라 여겼기 때문이다. 억지로 1년을 채우고 아내가 헤어지자고 했다. 그녀의 말에 두말없이 동의했다.

가와모토는 기억하고 싶지 않은 일을 털어버리려는 듯 고개를 가로 젓고 나서 차를 한 모금 마셨다. 달착지근한 맛이 혀끝을 적신다.

어느새 그는 자신의 혈관을 흐르고 있는 오타루의 피와 무로란의 피가 같은 야쿤쿠르라는 것과, 무로란을 멸망시키는 데에 앞장섰던 자신의 행동에 대해 생각하기 시작했다. 그동안 시간의 여유가 있을 때마다 습관처럼 머릿속을 비집고 들어온 일이다.

그때의 사건뿐만 아니라 야쿤쿠르족은 여러 전투에서 변변히 싸워보지도 못하고 '남쪽바다 건너 싸움꾼들'에게 패했다는 소식을 들었다. 초기의 싸움에서 한두 번은 이긴 적이 있지만, 적들이 지형적 특성과 부족의 상황들을 파악한 이후부터는 연전연패(連戰連敗)했다는 소식이다.

물고기와 조개를 잡고 곰과 사슴을 잡으며 자유롭고 평화롭게 살던 사람들이 외부의 힘에 그처럼 속절없이 당했다는 것은 참으로 슬프고 가슴 아픈 일이다. 그들이 신봉하는 타무이 신도, 곰의 신도, 천둥의 신도 존재하지 않았다. 그들은 칼과 총에 쫓겨 자리를 옮겨 다녔다. 더 이상 연어잡이나 사냥을 할 수 없었다.

가와모토는 생각했다. 야쿤쿠르에게 국가를 만들 힘은 정녕 없던 것일까?

그들은 홋카이도뿐만 아니라 혼슈와 토호쿠 북단에도 거주하고 있고, 사할린 전역, 하보마이 시코탄을 비롯한 쿠릴열도에도 살고 있다. 심지어는 캄차카반도 남단에도 살고 있지 않은가. 모두를 합하여 국가를 만든다면 광대한 섬들과 수십만의 인구가 될 것이다. '남쪽에서 온 싸움꾼들'과 각개전투를 할 것이 아니라 집합되고 기획된 힘으로 겨뤄야만 했다.

국가는 어떻게 만들어지는 것인가?

아마도 처음에는 원시공동체로 씨족이 탄생했을 것이다. 씨족은 다시 부락이 되고, 인간의 권력욕구는 부락을 모아 부락연맹으로, 그리고 마침내는 어느 연맹의 힘 있는 자가 여러 개의 부락연맹을 하나로 결합시켜 국가를 만들었을 것이다. 즉 하나의 점(點)에서 면(面)으로, 다시 편(片)으로, 권(圈)으로, 마침내는 국(國)에 이르렀을 것이다. 그리하여 나라를 만드는 데에 기본 요건인 사람과 땅과 정부가 확보되고, 지켜야 할 규정을 만들었을 것이며, 의식주를 위한 물자나 무기, 지혜로운 행정가들, 길을 닦고 우마차를 제작하는 등등 필요한 것들을 만들었을 것이다.

그렇다면 야쿤쿠르들은 국가를 만들 능력이 있었던가?

힘이 약한 야쿤쿠르족에게 있어서 무엇보다 필요한 것은 지도자이며, 당장 쳐들어오는 싸움꾼들을 격퇴하기 위한 힘을 확보하려면 혼자만의 힘센 자보다 가까이 혹은 각자 섬으로 멀리 떨어져 있는 부족들을 하나로 결집할 수 있는 지혜를 가진 자가 있어야 했을 것이다.

하지만 그런 사람이 존재하지 않았다. 오래전 몽고군이 쳐들어왔을 때처럼 불시의 침입자를 격퇴하기 위한 부락 단위의 저항과 전투만 벌어졌을 뿐이다.

무엇보다도 최근에 있었던 메이지 황군의 군대를 격퇴하기 위해서는 단합된 힘과 무기와 전투능력이 있어야 했다.

그런 것들을 갖추었다면 현지 사정을 꿰뚫고 있는 본토인들이 승리했을 가능성이 크다.

싸움에서 승리한 다음에는 국가를 만들고자 하는 단합된 의지력과 조직력과 통합력이 있어야 했는데, 야쿤쿠르에게는 사람과 땅만 있었을 뿐 그 밖의 것들은 갖추지 못했다. 그들은 싸움에 익숙하지 않았고, 국가가 필요 없었다. 그들의 운명은 구전(口傳)을 거듭할수록 이야기가 짧아지는 전설이 말해주듯 갈 길이 정해져 있는 것이다. 관녀 유와니가 하얀 늑대 유타루 세타의 정을 받아 아이를 낳았다는 신화를 비롯하여 영웅사곡(英雄詞曲) 유카르처럼 시간이 지남에 따라 이야기가 짧아지고 색깔이 바래고 있었다. 이들에게는 문화와 역사를 풍요롭게 하고 이를 전해줄 눈자도 없었다. 문자를 소유한 민족은 한때 불운을 겪는다 해도 역사와 민족정신과 지혜를 이어받아 종국에는 나라를 되찾을 수도 있지만 그렇지 못한 민족에게는 희망이 없다. 세상에는 저항하려는 의지가 강하다 해도 이룰 수 있는 것이 있는가 하면, 이룰 수 없는 것도 엄연히 존재한다. 성패를 좌우하는 '규모의 힘'이라는 것이 있기 때문이다.

불과 1만 5천 명도 남지 않은 것으로 추산되는 야쿤쿠르족은 머잖아 소멸하거나 야마토족의 핏속으로 스며들 것이고 늦어도 한 세기가 지나면 '싸움꾼의 나라'는 의심할 나위 없는 모국이 될 것이다. 움푹 파인 눈도, 짙은 눈썹도, 짧고 넓은 코도, 흰 피부도, 두꺼운 입술도, 털복숭이 몸도, 다른 무엇보다 고귀한 언어조차도 언제 그런 것들이 있었냐는 것처럼 일본인이 되어 있을 것이다. 그것이 자신을 지킬 의지도 능력도 없는 민족이나 국가를 단숨에 끌어당겨 대세(大勢)로 합류시키는 역사의 비정하고 도도한 흐름이다.

그렇다면 소멸해가는 야쿤쿠르족에게 있어서 가와모토 자신의 행동은 배신자로 지탄받지 않을 명분이나 정당성이 있는 것인가? 부모님의 복수를 위한 어쩔 수 없는 행동이었다는 것이 조금의 군더더기도 없이 정당한 것으로 인정된다면 자신은 심리적 감옥으로부터 해방될 수 있을 것이다. 그리고 자기 자신을 위해서, 또한 지금처럼 야쿤쿠르들이 에조치(蝦夷地), 즉 '새우 모습을 한 오랑캐'로 취급받지 않도록 일본 제국에 충성을 다할 것이다. 그것은 자신이 저지른 행동을 정당화하는 또 다른 방법이기 때문이다.

그러나 가와모토는 자신이 성장함에 따라 이와 같은 생각들은 자기합리화를 위한 몸부림에 지나지 않는다는 것을 깨닫기 시작했으므로 애써 만들어 놓은 결론에 이를 때마다 늘 개운하지 못한 기분을 느낄 수밖에 없었다. 왜냐하면 복수를 위해서는 남녀노소 850여 명의 목숨을 빼앗지 않고 다른 방법도 있었을 것이라는 생각이 점차 고개를 들었기 때문이다.

어쨌거나 이제는 두말할 필요도 없이 자신은 일본인이다. 고향과 연관시킬 퇴로가 없다. 일본 제국에 충성하는 길밖에 없다. 충성을 증명하는 것, 남들이 깜짝 놀랄 성과를 이루는 것, 그 길만이 자신이 하루라도 빨리 야마토족과 화학적 결합을 이루는 유일한 길이다.

결론이 여기에 이르자 다시금 스기야마에 대한 생각이 떠올랐다.

그는 무엇인가를 감추고 있음이 분명하다. 보고서에는 의문이 많았다.

첫 번째 의문이다. 스기야마는 어느 순간 갑자기 뗏목에서 총을 맞아 강물에 휩쓸렸다고 했다. 그러나 그는 영사관에서도 명망이 있는 민완 형사다. 가장 의심이 크다고 여겨지는 목재소의 뗏목을 담당했다. 아무리 한 달간의 출장 기한을 주고 그동안의 활동에 관한 것을 전적으로 조장의 재량에 일임했다고 하더라도 적어도 한 번쯤은 중간보고를 했어야 했다. 다른 조장들은 아무 특이사항이 없었는데도 한 번 이상은 보고를 했다. 모든 사건은 발생하기 전에 예외 없이 어떤 징후가 보인다. 형사라면 그 정도는 상식이다. 스기야마에게도 그런 징후가 있었을 것이다. 징후를 발견하지 못했다면 이름값을 못한 무능한 형사다. 징후를 발견했다면 당연히 중간보고를 했어야 했다. 그랬다면 중상을 입지 않고 혐의자들을 성공적으로 체포할 수가 있었을 것이다. 의도적으로 무언가를 감추고자 하지 않았다면 있을 수 없는 일이다.

두 번째는 누가 그 뗏목순들에게 스기야마 일행이 일본영사관에서 비밀리에 파견된 형사들이라는 사실을 알려줬는가 하는 문제다. 그렇다면 스기야마를 잘못짚고 있는지도 모른다. 영사관 경찰 내부 몇몇 간부들만 비밀을 아는 중요부서에 적과 내통하는 또 다른 자가 있다는 말이 된다. 가와모토로서는 매우 힘 빠지는 일이다.

세 번째 의혹은 스기야마 순사부장이 그 불령선인들의 신상에 대해 출장 전에 고지했던 내용 이상으로는 아는 것이 전혀 없다고 적은 사실이다. 그렇다면 순전히 당하기 위한 출장을 했다는 말밖에 안 된다. 그 뗏목꾼들 각자의 성격이나 취미나 그들 사이에 형성된 인간관계나, 어떤 동일한 목적을 달성하기 위한 연결망 같은 것도 파악하지 못했다는 건 말이 안 된다.

　네 번째 의혹은 자신을 치료해 줬다는 노인에 관한 것이다. 스기야마는 총을 맞은 다음 어떤 노인 부부에게 구출되어 섬에 있는 가옥에서 치료를 받았다고 했다. 그리고 자신은 사이토 총독 저격 사건이 있던 그 시간, 사건을 본부에 알리기 위해 황망히 길을 떠났으므로 그 후의 일은 알지 못한다고 적었다. 인사를 하려고 노인 부부를 찾았으나 없었으므로 부득이 나중을 기약하고 떠났기 때문에 섬에 있던 집이 불에 탔다는 사실은 알지 못한다고 했다. 그러나 아무리 황망 중이라 하더라도 자신의 생명을 구해준 사람에게 인사조차 하지 않고 길을 떠났다는 것은 상식적으로 납득하기 어렵다.

　다섯 번째, 사이토 총독 저격사건이 있기 얼마 전 섬으로부터 약 3킬로 정도 떨어진 물가에서 중국인으로 추정되는 청년의 시신이 발견되었다. 그가 혹시 이 문제와 결부되는 것은 아닐까?

　박춘삼이라는 그 조선인을 심문하던 때에도 스기야마가 취한 행동은 많은 의문점을 가지게 했다. 고문을 할 때 그는 지극히 피동적으로 행동했다. 적극적으로 돕지 않았을 뿐 아니라 고개를 다른 쪽으로 돌리거나 핑계를 대고 밖으로 나가버리기도 했다. 물을 준 일로 언쟁을 한 적도 있다. 그것이 스기야마가 돌아온 후 떠도는 소문들에 대한 추적을 결심하게 했고, 자신으로 하여금 경무과로부터 스기야마의 출장 보고서를 입수하여 비밀리에 사실확인을 해 볼 생각을 하도록 작용했다.

　의심은 또 다른 의심을 낳는다는 말이 있지만 자신의 의심은 결코 의심에 머무르지 않을 것이라는 확신을 하고 있다.

다행인 것은 그가 부상에서 돌아온 후 얼마 지나지 않아 남평 분관으로 발령이 난 것이다. 만일 그가 지금도 영사관 경찰 본서에 근무하고 있었다면, 더욱이 자신과 함께 있었다면 조사에 어려움이 많았을 것이다.

가와모토는 뗏목꾼으로 가장하여 스기야마가 갔던 혜산진에서 수풍까지의 물길을 따라가면서 조사를 했다.

그 결과 의문을 품고 있던 문제에 대한 해답을 얻을 수 있었다.

1. 출장에 관한 보고는 한 번 정도 할 수 있는 시간적 공간적 여유가 있었다. 그것은 첫 번째로 뗏목을 넘긴 후 혜산진 떼장으로 돌아왔을 때다. 그러나 아무런 증거나 의혹이 없다면 2차 뗏목을 탄 후를 기약하고 보고를 하지 않을 수도 있다. 그러므로 보고에 관한 의문을 가질 필요는 없을 것 같다.

2. 두 번째 의문에 관한 것, 즉 영사관 내부 중요부서에 첩자가 있을 것이라는 의혹은 현재로서는 확인할 방법이 없다. 일단 스기야마가 계통을 밟아 문제를 제기한 사항이므로 서장도 알고 있을 것이다. 가와모토 자신이 나둘 문제는 아니나.

3. 세 번째 의혹, 즉 스기야마가 떼꾼들에 대한 특별한 정보를 알아내지 못한 것을 문제로 삼을 수는 없다. 그 정보라는 것이 무시해도 될 매우 소소한 것일 수 있기 때문이다.

4. 네 번째 의문에 대해 현장에 가서 은밀하게 조사한바, 그 섬에는 노인 내외가 살았던 것이 아니라 어떤 처녀와 동생으로 보이는 사내아이가 살았다고 한다. 이따금 환자로 보이는 사람들이 쪽배를 타고 드나드는 모습을 봤다는 노파가 있다. 그런 정보들을 바탕으로 섬에 가 조사를 했는데 실제로 불탄 집터 부근에서 불에

탄 작은 칼이나 침(鍼)도 발견했다. 그러나 간난이라는 이름의 노파 외에는 작은 정보라도 제공해 주는 사람이 없다. 아무리 동네와 섬이 상당한 거리로 떨어져 있다곤 해도 섬에 배가 드나드는 것을 본 사람이 어찌 노파 한 사람뿐이겠는가. 그러나 아무도 입을 여는 사람이 없다. 최소한 마을의 향장은 알고 있을 것으로 여겨지지만 전혀 아는 바 없다고 딱 잡아뗐다. 90이 넘은 그 노파를 증인으로 세운다면 스기야마로부터 역공을 당할 수도 있다. 하지만 그런 걱정조차 할 수 없게 됐다. 두 번째 찾아갔을 때 노파는 어디로 사라졌는지 행방을 알 수 없었다. 불에 탄 침만으로 증거를 제시할 수는 없다. 노인들이 썼던 것이라고 주장하면 자신은 조롱거리가 될 뿐이다.

그렇다면 스기야마는 왜 처녀와 남동생을 말하지 않고 노인 내외라고 속인 것일까? 거기에는 분명 무언가가 존재한다.

끝으로 물가에서 발견된 시신이 누구인지도 알 길이 없다. 다만 총알이 얼굴 정면 가운데를 정확하게 관통한 것으로 보아 짐작건대 사격술이 대단한 인물이라는 것을 유추할 수 있다.

"데키 와 나이부니 아루!(敵は内部にある. 적은 내부에 있다!)"

이 말은 전국시대 아케치 미스히데(明智光秀)가 반란을 일으켜 혼노지(本能寺)에서 주군이었던 오다 노부나가를 제거할 때 한 말이다.

가와모토는 확신을 가졌다.

몇 가지 명확하지 않은 것들이 있긴 하지만 그것들을 증거로 내밀 수는 없다. 혐의자가 어떤 방법으로도 부정할 수 없는 확실한 증거를 잡아야 한다.

그렇다면 저 스기야마라는 울지 않는 두견새를 오다 노부나가처럼 죽여야 할 것인가, 도요토미 히데요시처럼 울게 만들 것인가, 아니면 도쿠가와 이예야스처럼 울 때까지 기다려야 할 것인가. 혐의를 밝히지 못하고 죽이는 것은 가와모토 자신이 목적하는 공적이나 명예와는 아무런 의미가 없다. 더욱이나 현재는 다만 혐의에 머무르고 있을 뿐이다. 또한 자백을 기다린다는 것은 어리석기 짝이 없는 일이다. 상대는 스기야마이기 때문이다. 그렇다면 자백이 나오도록 만들어야 한다.

그날부터 올가미를 설치할 계획을 짜는 데에 골몰하기 시작했다.

며칠이 지났다.

그는 출근하자마자 타카하시 지로(高橋二郞)에게 사람을 보내 만나자는 연락을 했다. 그리고 저녁 무렵 일본음식점 키토리야(きどりや)에서 마주 앉았다. 이자는 자신을 고쿠 류카이(こくりゅうかい, 흑룡회(黑龍會, 조선·만주·시베리아 등지에서 일본의 대외 침략주의 이념을 실현하기 위해 활동했던 국가주의 극우 폭력조직))의 일원으로 있다가 몸이 좋지 않아 탈퇴하고 대륙을 전전했다고 말하지만 영사관 경찰에서 신원조회를 한 바에 의하면 사실이 아닌 것으로 판명되었다. 출생지는 시즈오카 시미즈 정으로 이 지역 출신의 유명한 쏙력조직이었넌 시미스 산쫀세릭의 소조(小粗)에시 헤야즈미(部屋住, 행동대장)로 활동하다가 조직이 소멸하여 만주로 거처를 옮겼다. 영사관 경찰에서는 자칫 제국의 명예를 훼손하지 않을까 염려하여 잡아넣을까 했으나 칼솜씨가 있고 수하에 꼬붕(分子)들도 몇몇 있어서 필요할 때 쓸 요량으로 눈감아 버렸다. 일본인들이라는 우월적 지위도 작용했다. 게다가 수하들이 사고를 쳐서 영사관 경찰에서 무마해 준 적도 있다. 타카하시는 칼을 잘 쓴다는 사실 하나만으로 스스로를 낭인(浪人, 방랑무사)이라고 생각하며 자부심에 젖어 있는 인물이다.

가와모토가 이마를 다카하시 앞으로 가까이 대고 낮은 소리로 이야기를 계속한다.

"…이번 일이 밖으로 노출된다면 나는 물론이거니와 자네까지도 책임을 져야 할 상황이 올 것이네. 그래서 정식으로 순사들을 붙이지 못하는 것이야. 믿을 만한 두 명, 많아야 세 명 정도 최소한의 인원으로 행동대를 편성하는 것이 좋을 걸세…"

이때 술상이 들어왔으므로 잠시 말을 멈췄다가 이야기를 계속한다.

"특히 삼장면에는 경찰서가 있고 수비분대(守備分隊)도 있네. 게다가 두만강이라는 국경선이 있어서 잘못되면 큰 사건으로 비화될 수도 있어."

"알았네. 헌데 말일세. 다른 좋은 장소들이 많은데 하필이면 삼장면 깊디깊은 숲속에 있는 사당(祠堂)으로 장소를 정한 이유가 뭔가?"

평소 독살스럽게 보이는 타카하시의 눈꼬리가 더욱 위로 올라갔다. 자기를 불러주는 것은 고맙지만, 멀고 험한 곳으로 정하고 고생시키는 걸 생각하면 불만이 없을 수 없다. 그도 그럴 것이 가와모토가 지목한 곳은 두만강 건너 함경북도 삼장면 소재지로부터 백두산 방향으로 빽빽한 밀림 속 가파르게 올라간 하삼봉과 삼상봉을 지나고 또 이동(二洞)과 삼동(三洞)을 거쳐 홍암의 소홍단(小紅湍) 다리를 건넌 곳에 있는 한 채의 사당(祠堂)이기 때문이다.

"첫째는 이미 말한 바와 같이 보안상의 문제이고, 더욱 중요한 것은 놈이 접근하기 좋은 곳에 먹이를 놓으려는 것일세."

"무슨 말인지 잘 모르겠는걸."

"이 사람, 칼은 잘 쓰면서 어찌 머리는 안 돌아가는가. 놈이 근무하고 있는 남평 분관에서 강 하나만 넘어 올라가면 그곳이 아닌가. 가까운 곳에는 유인할 만한 장소가 없고, 삼장 경찰서나 수비분대의 눈을 피해 작전을 하기에는 더없이 좋은 곳이란 말일세."

"아하, 이제 알겠네. 그건 그렇고~ 언제까지 도착하면 되겠는가?"

"내일 오전까지 모든 준비를 마치고 오후 일찌감치 출발하여 모레는 현지에 자리를 잡도록 하게. 동네와는 멀리 떨어져 있지만 사람들에게 총소리라도 들리면 안 되니까 총은 소지하되 가급적 검(劍)만 쓰도록 하게. 반드시 생포해야 한다는 걸 명심하게. 아마도 십중팔구는 놈도 알려지는 것을 원치 않을 테니까 총은 사용하지 않을 것일세. 제법 조선 검술에 능하고 팔괘장(八卦掌)의 권술을 지니고 있어서 웬만한 대결엔 주눅 들지 않는 인사일세."

"알았네. 오랜만이긴 하지만, 내 검이 녹슬지 않도록 기회를 줘서 고마우이."

다카하시는 칼처럼 찢어진 눈에 교활한 웃음을 흘리고 나서

"내가 평소에 심복으로 부리는 자들 중에서 세 놈을 데리고 갈 생각인데 아무리 5월이라고는 하지만 사흘 동안 잠복을 하려면 보통 일은 아닐세. 특히 밤에도 불을 피울 수 없으니 말이야…."

이 말의 의미를 알아챈 가와모토가

"알았네, 알았어. 비용은 충분히 지급하겠네. 하지만 돈보다 중요한 것은 이 일이 성공한다면 자네에게 돌아갈 보상과 명성이 비교가 되겠는가. 쿠로류카이인(흑룡회원)으로 있었던 경력에 걸맞게 대일본제국을 위해 멸사봉공하겠다는 초심을 잃지 말고 최선을 다해 주게."라고 대답했다. 가와모토는 그의 소매 밑으로 드러난 문신을 보면서 '천박한 놈, 칼만 잘 쓴다고 낭인의 이름을 붙일 수 있을까.'라는 생각을 하고 있었다. 그리고 세 놈을 데려가겠다고 하지만 분명 잔머리를 굴릴 것이라는 추정을 했다.

"이 사람, 마치 전에 내가 텐유쿄(天佑俠, 천우협: 흑룡회의 전신) 회장으로 계시던 우치다 료헤이(內田良平)님을 모실 때 자주 듣던 훈시 말씀 같네 그려."

물론 나이로 보나 인물로 보나 새빨간 거짓말이다.

그러나 저마다 계산이 다른 두 사람은 껄껄 웃으면서 술상 앞으로 다가앉았다.

가와모토의 책상 앞 귀퉁이에 나비처럼 살랑대던 5월의 햇살이 어느새 밖으로 달아나 창문 앞 상수리나무 아래로 엷은 그림자를 드리우고 있다. 그는 며칠 전 요원의 안내를 받아 비밀리에 답사했던 현장의 거리를 머릿속으로 가늠하고 있었다.

무산에서 홍암동(興岩洞)까지 50리이고 홍암에서 삼장(三長)까지가 40여 리, 그리고 삼장에서 농사동이 30리 거리다. 목적지는 농사동 가까이 간 삼상동(三上洞)의 삼동(三洞) 근처에 있으니까 대략 120리쯤 되는 거리다. 다카하시와 수하들이 오후 일찍 출발했다면 지금쯤 치마대(馳馬臺)나 독소세관감시소(篤所稅關監視所)는 훨씬 지났을 것이다. 장정의 걸음이니까 더욱 올라가서 석숭골 가까이 갔을 수도 있다. 어쨌거나 그들은 내일 오전이면 도착할 터이고 그 시간이면 대비태세를 갖추는 데에 전혀 지장이 없을 것이다. 따지고 보면 대비랄 것도 없다. 밤이 되면 천왕당 지붕 아래서 담요나 펼칠 정도니까 말이다. 냄새가 퍼지기도 하고 사람들의 눈에 띌 염려도 있으니까 불을 피우지 말라고 당부했으니 먹는 것은 떡이나 육포 같은 것들로 준비했을 것이다. 현재 시각으로 스기야마에게 가짜정보를 알려준다 해도 오늘은 출발하지 못할 것이다. 내일 새벽에 출발하여 모레 정오 전후의 시각에 도착할 것이다. 다카하시 패거리와는 만 하루의 시차가 된다.

가와모토는 수화기를 들었다. 신호가 가기 바쁘게 귀에 익은 밀정의 음성이 전화를 받는다.

"지금 즉시!"

이미 약속된 일이라 대답을 기다릴 필요도 없이 수화기를 놓았다.

그런 다음 팔짱을 낀 채 창가로 걸어갔다. 정원의 분수대 위에서 부서지는 햇볕을 바라보며 회심의 미소를 지었다.

이 시간 남평 분관 사무실.

스기야마는 열심히 서류를 살피고 있었다.

관할지역에 거주하는 조선인 상인 한 명이 같은 구역에서 장사를 하는 일본인 상인으로부터 구타를 당해 제기한 고소장이다. 조선에서와 마찬가지로 이곳에서도 일본인은 모든 다른 국적의 사람들에 비해 법적으로도 우월적 대우를 받고 있다. 그러므로 고소 고발 사건에 있어 설사 일본인의 잘못이 명백하다 하더라도 처벌하기가 쉽지 않다. 사람의 성격은 약자의 편에 서는 것이 일반석이기도 하시만 스기야마 역시 그랬다. 이런 차별 대우를 참지 못하는 성격이다.

더욱이 동포에 대한 차별을 읽을 때는 죄를 지은 것 같은 기분이 들고 가슴이 답답했다. 마치 폐쇄된 좁은 공간 속에 강제로 들어가 있는 느낌이 들었다. 가슴이 답답하여 숨을 쉬지 못할 만큼 고통스럽던 일도 있었다. 그럴 때면 몸에 걸친 것들을 모두 벗어버리고 밖으로 뛰쳐나가 큰 소리로 고래고래 고함이라도 지르고 싶었다. 그리고 얼마쯤 지나 마음이 가라앉으면 이슬 젖은 눈 속으로 희미하게 아버지의 얼굴이 떠올랐다가 사라졌다. 언제부턴가 야마가타 총독의 얼굴은 흐린 날의 그림자처럼 농도가 점점 옅어지고 있었다.

이번 고소장의 경우에도 자신의 신분을 생각하면 응당 일본인의 편을 들어야 하지만 벌써 두 시간째 살피고 있는 이유는 중국인 재판관이 일본영사관의 압력을 받더라도 움직일 수 없는 판결을 내릴 수 있는 법조문(法條文)을 찾아내기 위함이다. 조선인들은 한 개의 사건에 2개 정부의 법률이 적용되는 고통을 겪고 있다.

그때 노크 소리가 들리고 문이 열렸다. 샤페이(중국 토종개, 주름살이 많음)라는 별명을 가진 밀정 김대수가 들어왔다.

그는 차를 마시면서 최근에 일어난 자질구레한 정보들을 이야기하더니 이 또한 지나가는 이야기처럼

"그런데 경부님."

그는 주위에 사람이 없을 때는 스기야마의 계급에서 '보'자를 떼고 한 계급 올려서 부르곤 했다. 냄새를 잘 맡아 유능하다는 평을 받고 있는 자다. 샤페이는 용정 총영사관 경찰에서 고용하고 있는 160명 밀정 중에서도 특히 중요하게 여기는 15명 중 한 명이다.

"혹시 본서로부터 병력 지원요청이 오지 않았습니까?"

스기야마가 고개를 저으며 의아한 표정으로 바라보자

"그렇다면 영사관 가까운 분관에서 모두 선발을 마친 모양입니다."
라고 말했다.

"뜬금없이 병력지원이라니, 도대체 무슨 말이오?"

"네, 밖으로 새면 안 되는 극비작전이라고 하던데요. 사흘 전 두만강 건너 소홍단 계곡에서 독립군 부상자가 치료를 받고 있다는 정보가 들어왔답니다. 그래서 체포조를 투입할 준비를 하고 있다고 합니다."

스기야마는

"아, 그래요?"하고 무심히 흘려보내고는 다시 서류에 시선을 떨궜다. 흔하지는 않지만 가끔은 독립군의 습격으로 인해 병력이 동원되거나 그로 인한 부상자가 발생하곤 하기 때문이다.

"그들이 몇 명이라고 하던가요?"

"부상자 두 명과 호위하는 놈들이 일곱이고 부상자들을 치료해 주고 있는 젊은 처녀와 남동생 등 총 11명이라고 합니다."

거기에다 이 말도 덧붙인다.

"젊은 처녀와 남동생은 다른 곳에서도 불령선인들을 간호해 준 전력이 있어서 지명수배 예정인 인물들이라고 하더군요."

스기야마는 가슴이 철렁 내려앉았다. 자신도 모르게 황급히 물었다.

"누구한테서 들은 정보요?"

"국자가 분관에 갔다가 병참 담당자로부터 들었습니다."

"병참 담당 누구요?"

"야나이 하라(矢內原) 순사한테서 들었습니다."

"본서에 확인을 해 봐야겠는걸…"

스기야마가 수화기를 늘자, 샤페이가 말했나.

"확인할 필요도 없습니다. 제 눈으로 차출 병력의 명단까지 봤으니까요. 지금쯤 모두들 정신없이 바빠서 전화도 받지 못할 겁니다."

그 말에 스기야마는 수화기를 내려놓으며

"공격 날짜가 언제라고 하던가요?"

"모레까지 준비를 끝내고 글피 새벽에 출정한다고 합니다."

"가까운 삼장 경찰서나 국경수비대에 연락하면 힘들이지 않고 체포할 수 있을 텐데 왜 강 건너 영사관 경찰에서 한답디까?"

그 말에 샤페이는 능글맞은 웃음을 흘리며

"에이, 경부님도 잘 아시지 않습니까?! 공을 빼앗기기 싫거든요. 용정 총영사관에서 차지할 공을 함경도 경찰이나 국경수비대가 차지하게 할 수는 없지요. 그래서 무공을 갖춘 소부대로 전격작전을 전개하려는 것이고, 종료될 때까지는 완벽하게 비밀 유지가 돼야 한다는 겁니다."

그는 스기야마의 표정을 흘낏 살피고 나서

"우리 서장님 욕심이 많은 분 아닙니까. 용정 영사관 경찰서장에서 본서 요직으로 개구리점프를 하려는 때에 이런 정보는 행운과 연결되는 날개가 아니겠습니까."

"하긴…."

"그곳이 정확히 어디라고 하던가요?"

"소홍단 다리 건너에 있는 천왕당 건물이라고 합니다. 그 사당은 다른 여러 채의 사당들과 달리 유일하게 무산군수가 제주(祭主)가 되어 관리하는 곳이라고 합니다. 다른 사당들은 심마니나 사냥꾼들이 시도 때도 없이 찾아가 치성도 드리고 하지만 거긴 1년에 단 두 번뿐, 다른 날엔 사람이 찾을 걱정이 전혀 없다고 합니다. 얼마 전에 봄 제사는 이미 지냈고, 가을 제사 때까지는 군이나 면에서도 찾지 않을 것이므로 대문만 닫아걸면 완벽하게 비밀이 보장되는 장소가 아니겠습니까!"

"그렇겠군…."

스기야마는 샤페이가 돌아가자마자 지인에게 부탁하여 비밀리에 그 일대의 지리를 잘 아는 사람을 소개받았다.

이튿날 새벽에 문씨라는 사람이 왔다. 고향은 홍암동(興岩洞)인데 그곳은 가구 수가 20호가 채 안 되는 골짜기 마을이지만 남평 문씨들이 집성촌을 이룬 곳이라고 했다. 그에게는 그냥 중요한 일로 가는 출장이라고만 말했다. 하율동(下栗洞)까지만 안내해 주고 그다음은 혼자 활동할 계획이니까 돌아가도 된다고 했다.

"여기서 하율동까지 가려면 시간이 대략 얼마나 걸릴 것 같습니까?"

"글씨유, 말으 타고 가실 겁네까?"

"아니요, 그냥 걸어서 갈 겁니다."

"지금 떠난다며는 넉넉잡아 내일 오후 4시 전에는 도착할 수 있지 않을까 생각됩네다."

"벤또(도시락)를 준비했으니까 가급적이면 마을들을 거치지 말고 우회로를 이용해 갑시다. 그리고 오늘 밤 잘 곳도 사람들의 눈에 띄지 않을 독립가옥을 생각해 두시오."

"예, 알갔습네다."

오전 7시, 두 사람은 약초꾼으로 가장하여 주루먹을 멨다. 두만강의 오른쪽 길을 따라 서쪽으로 향하는 길이다. 점심은 갑령(甲嶺)을 조금 지난 강가에서 먹었다. 다행스럽게도 삼장동(三長洞) 강을 건너는 나룻배에는 그날 따라 농사꾼들이나 학생들이 많지 않았고 행인들도 뜸했다.

잠은 가귀고개 아래 외딴집에서 자고 일찌감치 출발했나.

"허허, 이거 날씨가…."

문씨가 혀를 끌끌 찼다. 진눈깨비가 날리고 있었다. 백두산 일대는 6월에도 눈이 내리는 때가 있으니까 그러려니 했다. 눈이 내리는 산길이니까 시간은 좀 더 소요될 것이다.

눈 때문에 서둘렀음인지 오전인데도 이따금 나물 채취꾼이나 심마니로 보이는 사람들이 바쁘게 지나갔다. 어느 빽빽하게 들어찬 수림의 터널 속을 지나가고 있을 때 맞은편에서 오는 나물 채취꾼 부부가 있었다. 문씨와 부부는 물끄러미 얼굴을 확인하더니 반가워하며 다가갔다. 등에 진 짐을 내려놓고 서로의 손을 잡았다. 오랜만에 만나는 친척이거나 잘 아는 사이인 것 같았다. 나물 채취꾼 남자가 문씨의 옷자락을 끌고 더욱 멀찌감치 떨어진 곳으로 가서 뭐라고 이야기를 나눴다. 그는 이따금 스기야마를 흘금흘금 건너다보기도 했다.

두 사람과 헤어지고 나서 약 10분쯤 지난 곳에서 문씨가 용변을 보겠다며 숲으로 들어갔다. 그러고는 소식이 감감했다. 몇 번을 불러도 대답이 없다.

뭔가 좀 이상하다는 생각이 들었다. 그렇다고 마냥 기다리고 있을 수도 없다.

대수로운 일이야 있으랴. 문씨로부터 대략 들은 게 있으니까 지금까지 오던 것처럼 오솔길을 따라 계속해서 올라가면 될 것이다. 울창한 수목 사이를 부지런히 헤쳐갔다. 어느덧 진눈깨비는 세찬 눈보라로 변해 밀림 속까지 뿌려지고 있었다.

삼동(三洞)쯤 되리라 짐작하면서 얼마를 올라가자 소리치며 흘러내리는 계곡 위로 통나무 다리가 나타났다. 소홍단교(小紅湍橋)로 짐작됐다. 그렇다면 천왕당이 멀지 않을 것 같다. 이깔나무가 우거진 산등성이로 올라서자 오른편으로 급류가 감아 도는 굽이에 반쯤은 썩어 무너진 홍전문(紅箭門)이 있었다. 표시된 이정표를 따라 왼편 가파른 돌길을 오른 곳에 호위병들처럼 둘러선 수림 속으로 4, 5백 평은 됨직한 공지가 나타났다.

공지 뒤편으로 말끔한 담장과 연결된 일각문과 그 뒤로 높다란 추녀의 천왕당 건물이 쏟아지는 눈보라를 맞으며 정좌해 있다. 숲속에 숨어 가쁜 숨을 가라앉히며 천왕당 주변을 살폈다. 독립군 부상자들을 치료하는 장소로는 최적의 선택지라는 생각이 들었다. 한참을 살폈으나 인기척이라곤 없다.

발소리가 들리지 않도록 조심하면서 홍단각(紅湍閣)으로 가까이 다가갔다. 그리고 안쪽을 향해 귀를 모았다. 한참 동안 서 있었지만 역시 아무 소리도 들리지 않는다. 자물쇠는 없었다. 문을 열려는 순간 문득, 도망친 문씨가 떠올랐다. 권총을 꺼내들었다.

마당을 들여다본다. 눈만 쌓이고 있을 뿐 정적이 괴괴하다. 권총을 겨누고 마당 안으로 걸음을 옮겼다.

순간 몽둥이가 내려오면서 손을 후려쳤다. 권총이 땅바닥에 떨어졌다. 등 뒤에서 덜커덩, 문 닫는 소리가 들렸다. 아픔을 참으며 황급히 어깨 위로 손을 올려 주루먹에서 검을 꺼내들었다. 돌아보니 뒤편 대문 옆에 칼을 든 사내가 섰다. 온몸에 소름이 돋았다. 오른편 헛간 앞에도 또 한 명이 노려보고 있다. 그러나 이들은 샤페이가 말한 독립군일 것이라는 생각이 들었다. 그것을 물어보려는 순간, 앞쪽 중문이 열렸다.

"핫하하, 이요이요 마치니 맛타 오캬쿠사마가 이랏샤쯔타데스네.(いよいよ待ちに待ったお客様がいらっしゃったんですね. 드디어 기다리던 손님이 오셨군.)"

머리를 빡빡 깎았고 국방색 상의에 당꼬바지 차림의 낯모르는 사내가 두 팔을 벌리며 말했다.

"대일본제국 용정 총영사관 남평 분관 부주임 스기야마 나오키 경부보! 당신을 환영하오!"

"당신들은 누구요?"

"그건 오히려 내가 묻고 싶은 말이오. 당신은 어찌하여 눈보라 휘몰아치는 밀림을 뚫고 이 천왕당에 온 것이오? 혹시 하늘에 빌어야 할 중죄라도 지은 것인가?"

이들은 스기야마가 올 것을 예상하고 있었다. 미심쩍은 생각이 들었다.

"쓸데없는 말장난 하지 말고 정체를 밝혀라."

단호한 어조에 그는

"좋다. 어차피 너는 내가 데리고 갈 포로니까 신분을 밝히겠다. 나로 말할 것 같으면 대일본제국 천황폐하를 위해 충성을 바치고 있는 히토(낭인) 다카하시 지로님이시다. 이제부터 너는 내 명령에 따라야 한다. 반항할 시는 이 천왕당 마당에서 불귀의 객이 될 것이다!"

아차, 그제야 함정에 빠졌다는 것을 깨달았다.

옆구리에서 칼을 빼든 다카하시의 눈에 살기가 어렸다.

"요쇼나 데즈쿠리!(幼少な手作, 어림없는 수작!)"

스기야마가 외치는 순간 뒤에 있던 졸개가 덮쳐왔다. 전광석화처럼 몸을 엎드리며 도배(刀背)를 사선(斜線)으로 긋다가 가로로 돌렸다. 검을 내려찍던 졸개는 예상치 못한 한 칼에 배를 싸잡고 피투성이가 되어 나뒹굴었다. 동료가 쓰러지는 것을 보자 헛간 쪽에 있던 졸개가 권총을 빼 들었다.

"총은 안돼!"

소리치면서 다카하시가 검을 세웠다.

"네놈이 칼을 좀 쓰는 모양인데 그렇다면 다이닛폰 두도쿠카토코(ダイニッポンブトクガトコオ, 대일본 무덕학교)에서 수련한 호쿠신 이토오(北辰一刀)의 겐토오(劍道)가 어떤 것인지 그 맛을 보게 해 주지."라고 소리치며 달려들었다.

"흠, 검강(劒罡, 검술 최고 7단계 중 4단계의 기술)이나 검환<劒丸=검강압환(劒罡壓丸)의 줄임말, 5단계 검술> 쯤 되는 모양이로구나. 그렇다면 이 스기야마님께서 심검(心劍, 검술의 최고봉으로 손을 쓰지 않고 마음만으로 검을 움직임)의 경지가 어떤 것인가를 알게 해 주지."

저들은 인원이 둘이나 되는 데다 권총까지 소지했으니 살아서 이곳을 나가기는 어려울 것이라는 생각이 든다. 그렇다면 힘껏 싸우다 죽으리라….

도파(刀把, 칼자루)를 쥔 손목에 힘을 빼고 도첨(刀尖, 칼끝)을 좌우로 유연하게 했다.

다카하시가 검을 땅과 평행으로 깔고 명치를 노리며 들어왔다. 스기야마는 도신(刀身)을 직각으로 세워 방어 자세를 취한 다음 심장을 공격했다.

"우라 우라!"

다카하시가 한쪽 발을 앞으로 늘임과 동시에 들어오는 검을 안쪽에서 바깥으로 밀어내고는 머리를 내리쳤다. 스기야마는 오른쪽으로 보폭을 크게 옮겨 공격을 피했다. 그리고 적의 목을 향해 대각선으로 내리쳤다. 그러나 다카하시가 다람쥐처럼 피하면서

"잇씬(一心)!" 소리치며 옆으로 씨르며 들어왔나. 일진일되가 거듭됐다. 소름 돋는 쇳소리가 눈 내리는 천왕당의 마당을 울렸다. 담장 옆에 졸개는 넋을 잃고 바라보기만 했다.

그렇게 얼마를 지났을까 갑자기 담장 밖에서 빠앙! 하고 총소리가 울렸다.

"너희들은 포위되었다. 무기를 내려놓고 손을 들고 밖으로 나오라. 반항하면 죽일 것이다."

순간 스기야마는 왼손으로 담장 기와를 짚고 뛰어넘었다. 빽빽한 숲을 향해 내달았다.

"저놈 잡아라. 놓쳐선 안 된다."

일본군 수비대나 경찰로 여겨지는 자들이 뒤쫓아 오면서 고함을 질러댔다. 옆으로 핑핑 총알이 날았다.

밀림 사이 가시덤불을 헤치고 키 작은 나무들을 뛰어넘으며 정신없이 내달렸다. 그렇게 얼마를 달렸는지 모른다.

눈발은 멎었으나 숲에는 자욱하게 안개가 덮이고 있었다. 꿈속을 가고 있는 것만 같다. 다만 얼굴과 손등을 찌르는 나뭇가지들이 현실이라는 감각을 일깨워 주곤 했다. 불과 몇 시간 동안에 모든 게 뒤죽박죽이 됐다는 생각이 들었다.

어찌하여 깊은 산속을 달리고 있는 건가? 도대체 어디로부터 무엇이 잘못된 것인가? 마귀의 손아귀를 벗어난다 해도 이런 방법은 아니지 않은가. 자신을 향한 질문이 끊임없이 쏟아졌다.

"아버지이~"

중얼거리며 눈 위에 털썩 주저앉았다. 온몸의 피가 스르르 빠지는 것 같다.

"제가 갈 곳이 어딥니까?"

아무 대답도 들려오지 않았다. 적막이 감돌았다.

안개의 바다 위로 어둠의 날개가 서서히 덮여오고 있었다.

불안이 엄습했다. 추격대는 손전등을 켜고라도 가까운 숲은 밤새껏 뒤지고 다닐지도 모른다. 그러나 자신은 밤이 되면 움직일 수 없다. 어두워지기 전에 좀 더 위쪽으로 올라가 은신할 곳을 찾아야 한다.

다시 있는 힘을 다해 산을 오르기 시작했다. 오르면서 주위를 살폈다. 삐죽삐죽 솟은 커다란 바위들이 나타났다. 여기저기 흩어져 있는 바위들을 찾아다니며 숨을 곳을 찾아보았다. 그중 하나에 비집고 들어갈 만한 틈새가 보였다. 주변에 있는 죽은 나무들을 끌어다 전면을 덮어 위장막을 만들었다. 추위도 막고 산짐승의 침입에도 대응하기 위함이다. 그리고 허리춤에서 단도를 꺼내 대여섯 개의 길고 곧은 나무들을 잘랐다. 끝을 뾰족하게 깎아 밖으로 향하도록 설치했다.

일을 마친 다음 틈새에 누우니 하룻밤은 지낼 만하다. 추운 날씨에 전신을 웅크리고 눈만 말똥말똥하다.

어느 순간 거대한 지네의 모습이 떠올랐다 사라졌다.

저녁엔 사방에서 부스럭거리는 소리가 들렸다. 수색대들인가 긴장했으나 짐승들이 돌아다니는 소리다. 멀리서 맹수의 울음소리도 들렸다.

몸이 천근처럼 무겁지만 잠이 오지 않았다. 눈을 감고 있어도 귀는 온 숲을 훑고 다녔다. 빨리 밤이 가고 날이 밝기를 기다리는 도리밖에 없다.

새벽 2시쯤 됐을까, 깜짝 놀라 상반신을 일으켰다. 가까운 곳에서 소름 돋는 짐승의 울음소리가 들렸기 때문이다. 나뭇가지 사이로 밖을 보니 바위 입구에 두 개의 파란 눈이 이쪽을 노려보고 있다. 밤의 지배자 늑대다.

장대 하나를 뽑아 놈을 향해 던졌다. 그러자 조금 떨어진 곳으로 도망가 크르렁거리더니 사라졌다. 그 옛날 고향에서 사냥을 했던 경험으로 짐승이라면 좀체 두려움을 느끼지 않으나 이번은 느낌이 개운치 못하다.

늑대는 반경 50㎞ 안에서 몰려다니며 사냥을 하는 습성을 가지고 있다. 잔인하고 성격이 급한 데다 우두머리의 명령에 따라 수색조, 추격조, 종결조 등으로 분담하여 먹잇감을 공격하므로 호랑이보다 무섭다. 인간 가족처럼 우두머리의 능력에 따라 무리의 운명이 좌우된다. 힘이 강한 놈이 우두머리가 되는 것이 아니라 지혜로운 놈이 두목이 된다. 그래서 더욱 무섭다.

아니나 다를까, 먼 곳에서 오우~ 오우~ 늑대들의 울음소리가 들리더니 점차 가까워졌다. 먼저 왔던 놈이 척후병이었던 것이다. 오래지 않아 눈앞에 수십 개의 파란 눈이 이쪽을 노려보고 있다. 울부짖는 소리와 크르렁거리는 소리로 공포감을 주더니 드디어 공격이 시작됐다. 입구에 설치해 놓은 나무들을 입으로 끌어당기기 시작한다. 그때마다 설치해 놓은 장대를 양손으로 쥐고 늑대들을 공격했다. 그러다가 한 놈의 목에 정확하게 찔러넣었다. 비명을 지르며 나뒹굴더니 조용해졌다. 놈들은 동료가 죽는 모습을 보자 더욱 큰 소리로 울부짖었다. 전신에 소름이 죽죽 돋았다. 늑대들이 일시에 사라졌다. 밤새 싸우는 사이 어느새 새벽이 훤하게 밝아오고 있었다.

살며시 몸을 빼고 사방을 둘러보고 있는데 아래쪽 멀리에서 소리가 들려왔다. 가만히 귀를 기울여 보니 수색대다.

또다시 산을 오르기 시작했다. 다리가 후들거린다. 어제 점심 이후 아무것도 먹은 게 없다.

나물과 풀뿌리를 캐 먹으며 사흘을 쫓겨 다녔다.

나흘째 되는 날 한낮, 봉우리를 넘어 계곡에서 배가 부풀어 오르도록 물을 마셨다. 그리고 커다란 나무 밑에 기진맥진한 몸을 누였다. 짐승에게 먹힌다 해도 힘을 쓸 수 없을 정도로 기진한 상태다. 깜박 잠이 들었다. 어머니의 얼굴이 지나갔다. 삼월이와 계방산 언덕이 지나갔다. 오대산, 운두령, 구룡령, 석화산에 꽃이 피고, 녹음이 우거지고, 낙엽이 날리고, 천지가 온통 새하얀 눈에 덮이고…계방천 내린천

을수천이 소리치며 흐르고 … 4계절이 휙휙휙 지나갔다. 아름다운 풍경들의 허공에 하얀 두루마기를 입은 청년이 나타났다. 그는 팔과 다리를 자유롭게 놀리며 신명 나게 춤을 추었다. 주위로 하나 둘 구름이 모여들었다. 어느 순간 삼월이가 함박꽃으로 변했다. 바람이 불었다. 함박꽃은 내린천을 타고 멀리멀리 흘러갔다. 꽃을 따라 달렸다. 돌부리에 걸려 정강이에 피를 흘리면서 달렸다. 마침내는 지쳐서 누웠다. 그러자 어디서 나타났는지 춤을 추던 청년이 총검으로 가슴을 쿡쿡 찔렀다. 눈을 뜨고 위를 바라보다가 화들짝 놀라 상반신을 일으켰다. 꿈인지 생시인지 잠시 혼란했다. 대여섯 명의 복면들이 자신을 내려다 보고 있었다. 민간인 옷을 입었는데 머리에서 목까지 복면을 써서 두 눈과 코와 입만 뚫려 있다.

제2부

제1편

백두산 그곳

총부리를 겨누고 있는 사람이 낮고 무거운 음성으로 말했다.
"오키 나사이!(起きなさい, 일어나라)!"
일어났다.
"사이야 오 하주시테 오로수(鞘を外して下ろす, 칼집을 풀어서 내려놓으라)!"
시키는 대로 했다.
손을 뒤로 묶었다. 한 사람이 앞장을 서고 나머지 사람들이 뒤에서 총을 겨누며 걸었다.
"도코 니 이쿠 노(どこに行くの, 어디로 가는 겁니까)?"
그러나 아무도 대답하지 않았다. 이후부터 모든 것은 행동으로만 움직였다.
중간에 가다가 점심을 먹었다. 포승을 풀어주고 주먹밥도 줬다. 그리고 잠시 휴식을 취한 다음 다시 손목과 허리를 묶었다.
석양 무렵이 되어 어느 곳에 이르렀다. 산모퉁이나 우거진 숲에 당도할 때마다 가까운 숲에서 보초가 "타레데스카? 타치 나사이! 바스

와도!(誰ですか？立ちなさい！パスワード！, 누구요? 서라! 암호!)" 등을 외쳤고 이쪽에서는 "환조론(ファンジョロン, 황조롱이)!"라고 응답했다. 복면에 장총을 들고 어깨에 탄띠를 두른 일본군 복장의 군인들이 나타나 거수경례를 했다. 그렇게 한참을 걸어간 곳에서 걸음을 멈추더니 코만 내놓은 보자기가 씌워졌다.

어느 곳에서 보자기가 벗겨졌다.

작은 방안이다. 가운데 책상이 있고 3면으로 의자가 한 개씩 놓였는데 자신은 출입문을 마주한 의자에 앉아 있었다. 그리고 복면을 한 보초가 허리에 권총을 찬 모습으로 한쪽 구석에 서 있었다.

오래지 않아 문이 열리고 역시 복면을 한 남자 둘이 들어서더니 그중 한 사람이 스기야마가 앉은 맞은편 의자에 앉았다.

"쿠루노 와 쿠로 시마 시타(来るのは苦労しました。오시느라 수고 많았소)"

큰 키에 가슴이 딱 벌어진 사내가 인사를 건넸다.

"이제부터 내 질문에 솔직하게 답변해 주기 바랍니다."

그는 이름과 주소와 나이 등 기본적인 것들을 물었고, 모서리에 앉은 사람이 받아 적었다.

"직업은?"

"노교데스(農業です, 농업입니다)."

사내의 형형한 눈빛이 뚫어지게 노려봤다.

대답을 하면서도 머릿속으로는 수많은 계산을 하고 있었다.

이들의 복면은 무엇을 말하는 것일까?

독립군 부대일까? 일본군 복장에 일본말을 사용하는데 복면은 왜 쓰고 있을까? 머릿속이 복잡해졌다.

이후에 계속되는 그의 심문은 스기야마가 듣기에 자신보다 더 정확한 도쿄 원주민 발음이다.

"당신의 눈엔 내가 삼척동자로 보이는 것이오?" 사내의 음성이 높아졌다.

"그렇다면 검은 어찌하여 소지하고 있었던 것이오? 손은 어찌 깨끗하며 얼굴은 흰 것이오? 또한 농부가 어찌하여 일본군에게 쫓기고 있었던 것이오?"

사내는 잠시 말을 끊었다가 음성을 가라앉혔다.

"더 이상의 거짓말은 용납할 수 없소. 이제부터 처음으로 돌아가 다시 묻겠소. 진실을 말하시오. 이름은?"

스기야마는 엉겁결에 대답을 했으나 스스로 생각해도 농부라는 거짓말은 가당치도 않은 것이다. 그러나 어떤 대답을 하든 무슨 의미가 있으랴. 결과가 달라질 것은 없다. 만일 이들이 독립군이라면 심문이 끝난 후 총살에 처해질 것이고, 위장부대라면 용정경찰서로 보낼 것이다.

"이름은 스기야마 나오키, 연령은 32세, 직업은 일본 경찰, 소속은 용정 총영사관 남평 분관, 직위는 부주임이오."

심문은 오랫동안 계속됐다.

사내는 심문을 모두 끝내고 나서 조선말로 말했다.

"역시 내 눈이 정확했어. 당신은 왜놈의 앞잡이 끌간이로군. 결코 용서받을 수 없소."

그리고는 조서를 작성하던 부하와 함께 밖으로 나가버렸다.

독립군 부대라는 것이 확인되고 나니 마음이 평온해졌다. 문득 낮에 꾸었던 꿈이 생각났다. 춤을 추던 청년은 하얀 두루마기를 입고 있었다. 그 모습은 앞날을 예고한 것이리라. 죽음은 각오했다. 원하는 것은 자신을 체포한 사람들이 독립군이기를 바랐는데 더는 소망할 것이 없다. 이왕이면 동족의 손에 죽고 싶었기 때문이다.

잠시 후 장총을 든 군인 둘이 들어왔다. 복면을 쓰지 않은 것으로 보아 처형을 하려는 것으로 짐작된다. 그들은 스기야마를 앞세우고 밖으로 나갔다. 불과 몇 발을 가면 죽음이 기다리고 있을 것이다. 그러나 마음은 담담하다.

평온한 마음이 드니 비로소 주위의 것들이 눈에 들어왔다. 마지막으로 보는 세상의 모습이다. 그러고 보니 숲이 이처럼 아름다운 모습이었던가?! 하늘은 왜 저리도 슬프도록 맑고 푸른가?! 세상이 아름다운 모습이란 걸 이처럼 진지하게 깨달은 적은 없다. 같은 색깔이라도 수천수만 종류의 색도(色度)가 있다는 것을 전에는 보지 못했다. 같은 종류의 나무라도 기둥의 껍질과 잎새의 모양과 무늬가 이토록 다르다는 것도 깨닫지 못했다. 산등성이를 굽이치는 솔바람이 눈에 보이는 것 같다. 저토록 지저귀는 새들은 무엇을 노래하고 있을까. 풀 한 포기, 돌 하나, 이 아름다운 것들을 무심히 지나쳤던 지난날들이 몸부림치도록 아쉽다. 문득 어머니의 얼굴이 떠올랐다. 그리고 삼월이…, 햇볕에 그을은 고향 사람들의 얼굴도 문득문득 떠올랐다가 사라졌다.

저승에서라도 이 아름다운 모습들을 추억으로 기억하고 싶다. 몇 발짝 남지 않은 마지막 길에 이승의 모습을 하나라도 더 눈에 넣으려고 주위를 두리번거렸다.

평지 가운데로 드문드문 커다란 나무들이 서 있고 사이 사이로 몇 채의 집이 있었다.

비탈길을 돌아가자 일각대문(一角大門)이 있고 지붕 아래 현관에 삼성사(三聖祠)라는 글씨가 보였다.

그리고 건물의 왼쪽 기둥에는 '백두종기(白頭種氣) 단군영사(檀君靈祠)', 오른쪽 기둥에는 '만고명산(萬古名山) 일국조종(一國祖宗)'이라 쓰인 빛바랜 주련(株聯)이 걸렸다. 문득 어디서 본 듯한 모습이다. 전혀 간 적이 없는 곳도 간 것처럼 생각될 때가 있는데 혹시 그런 현상인가? 그때 뇌리를 번개처럼 스치는 것이 있었다.

그렇다. 오래전 이곳에 왔었다. 세월이 흘러 건물이나 글씨의 빛이 바랬고, 무슨 이유에선지 곳곳에 까맣게 불탄 기둥의 그루터기들이 있으나 전체적인 모습은 옛날과 크게 다르지 않다. 이곳이 틀림없다. 계절의 차이로 금방 알아보지는 못했지만 분명 여기에 왔었다.

어느 해 겨울 강포수 어른, 황태순과 더불어 호랑이를 쫓다가 중국인들의 총격으로 부상한 청년과 그 누이를 데려다줬던 밀림 속 마을이다. 그렇다면 아까의 청년이? 그럴지도 모른다.

심장이 마구 뛰었다. 스기야마는 걸음을 멈추고 뒤를 돌아보면서 말했다.

"여보시오들, 이곳 책임자를 좀 만나게 해 주시오."

총을 겨누고 뒤따라오던 두 사람은 어안이 벙벙한 얼굴로 바라봤다.

"이곳 대장께 꼭 할 말이 있습니다."

그들 중 한 사람이 말했다.

"마지막 가는 길에선 비열한 모습을 보이지 말라!"

"아니오, 그게 아니오. 죽더라도 반드시 알고 기쁘게 죽도록 해 주시오."

간절한 눈빛을 본 그들은 스기야마를 데리고 어느 건물 안으로 들어갔다. 여러 개의 책상과 의자 그리고 서류함들이 있는 곳인데 사람은 없었다. 한 명이 다른 방으로 가더니 오래지 않아 대장으로 보이는 사람이 나타났다. 체구로 보아 방금 자신을 심문했던 사람이 틀림없다.

그가 중앙에 있는 의자에 앉으며

"그래, 내게 할 말이 무엇이오?"라고 물었다.

"혹시 오래전 어느 겨울날 호랑이 사냥을 하시다가 마적들의 총격으로 부상을 입으신 적이 없으십니까?"

대장은 잠시 묘한 눈빛으로 스기야마를 바라보고 나서

"그걸 어떻게 알고 있소?"

스기야마는 그 물음에 대한 답을 들을 새도 없이

"그때 다치신 곳이 오른쪽 어깨가 아니던가요?"

"그렇소."

대장의 눈동자가 놀라움으로 점점 동그래졌다. 그는 벌떡 일어나 뛰쳐나오며 스기야마의 양쪽 어깨를 부여잡았다. 그리고 찬찬히 얼굴을 살피며 기억을 더듬으려 애썼다. 오래전 일인 데다 부상했던 몸이라 스기야마의 얼굴을 제대로 기억하진 못할 것이다. 그러나 스기야마는 그를 알아볼 수 있었다.

대장이 소리쳤다.

"빨리 포승을 풀어라!"

다른 방으로 안내되었다. 잠시 뒤 신웅(晨雄) 대장이 누이동생 신화(晨花)를 데리고 들어왔다. 세 사람은 서로의 얼굴을 보는 것이 반갑고 기뻤다.

"하마터면 제 인생에서 씻을 수 없는 죄를 저지를 뻔했습니다."

"아닙니다. 저는 부끄러운 사람입니다."

그는 앳되고 연약해 보이던 옛적에 비해 많이 변해 있었다. 얼굴은 약간 살이 올라 노숙해 있고 떡 벌어진 가슴이나 경쾌한 몸놀림 등 신체는 강철같아 보였다. 스기야마 자신과는 3년 차이임에도 머리에 드문드문 흰 올이 섞였다.

신화는 여전히 아름답고 명랑했다. 적령기가 지났는데 결혼은 했을까?

스기야마가 궁금해한다는 걸 알고 있다는 듯 대장이 말했다.

"누이들은 둘 다 아직 결혼을 안 했습니다. 조국과 결혼했답니다."

"조국과 결혼하다니요?"

"조국의 독립을 위한 전사로 살겠다는 것입니다. 신옥 누이는 지금 먼 곳에 있어서 얼마간 지나야 얼굴을 보게 될 것입니다."

"아, 그렇군요."

학비(鶴飛) 호비(虎飛) 두 노인의 안부가 궁금했다.

"두 분 영감님께서는…?"

"돌아가셨습니다. 몇 년 전 겨울, 일본군 대부대가 침입하여 전투를 벌이게 되었습니다. 두 분 다 연세가 높으신데도 총을 들고 용감하게 싸우시다가 순국하셨습니다. 여러 군데 불탄 자국은 그때 있었던 전투로 인한 것입니다."

"아, 그랬군요. 어느 곳에 모셨습니까? 예를 올리겠습니다."

"웬걸요. 두 분 다 돌아가시기 전에 같은 유언을 남기셨습니다. 장례니 그런 헛되고 복잡한 절차는 행하지 말고 그냥 화장해서 이곳 백두산 산록에 뿌려달라고 하셨지요. 그러면 백두산 영봉 위에서 조선 반도와 만주벌에 태극기가 펄럭이는 광복의 그날을 보구 싶다구요. 그래도 후손 된 저희가 아침저녁으로 찾아뵐 수 있어야 하지 않느냐고 간

청드렸으나 한사코 거부하셨습니다."

세 사람은 음식상을 마주하고 마치 오랜만에 만난 친척처럼 많은 이야기를 나눴다.

당시의 만남은 짧았으나 그 일이 있은 뒤로 각자가 많은 일들을을 겪은 탓이다.

대장이 물었다.

"이제 어떡하실 작정입니까? 계획이라도 있으신지요?"

"이 지경에서 계획이 있을 리 있습니까?!"

잠시 생각하더니

"창졸 간에 일어난 일이라 그러시겠지요. 괜찮으시다면 방을 하나 마련해 드리겠습니다. 우선은 우리가 있는 곳에서 며칠 쉬면서 마음을 안정시키고 이후의 일은 시간을 두고 생각해 보시는 게 어떨까요?"

"그래 주신다면 크나큰 은혜로 알겠습니다. 감사합니다."

부하를 불러 방을 마련하라고 지시했다.

이곳은 전에 보던 때와 많이 달라져 있었다.

전에는 집들이 7, 8채 있었으나 6채가 더 늘었다. 그리고 막사로 보이는 커다란 통나무집 2채가 특별히 눈에 띄었다.

새벽부터 어디선가 우렁찬 군가가 들려왔다.

(1)

신대한국 독립군의 백만 용사야
조국의 부르심을 네가 아느냐
삼천리 삼천만의 우리 동포들

건질 이 너와 나로다

(후렴)

나가 나가 싸우러 나가

나가 나가 싸우러 나가

독립문의 자유종이 울릴 때까지

싸우러 나가세

(2)

원수들이 강하다고 겁을 낼 건가

우리들이 약하다고 낙심할 건가

정의의 날쌘 칼이 비끼는 곳에

이길 이 너와 나로다

(후렴)

(3)

너 살거든 독립군의 용사가 되고

나 죽으면 독립군의 혼령이 됨이

동지여 너와 나의 소원 아니냐

빛낼 이 너와 나로다

(후렴)

 연병장에서 장병들이 '독립군가'를 부르고 함성을 지르면서 총검술을 연습하고 있었다. 부대원들의 막사 안을 들여다보니 흙바닥에 갈대로 엮은 발을 깔았다.

전체 장병들의 숫자가 얼마인지는 알 수 없으나 이곳에 머무는 인원은 대략 120명 내외로 추산됐다. 그들의 조직은 5명을 1개 분대, 3개 분대를 1개 소대라 하고 2개 소대, 즉 30명을 중대라 하며, 2개 중대를 대대라고 했는데 2개 대대 120명 정도가 이곳에 있는 것으로 추산됐다. 부대 단위를 소규모로 한 것은 인원이 적은 탓도 있지만 신속한 기동력을 도모하기 위함인 것 같았다. 이들의 출신지는 주로 압록강 건너 연길·돈화·통화·왕청 등이고, 이따금 징모원(徵募員)이 포고문을 소지하고 출장하여 국내에서도 병력을 확보했다. 국내 출신지는 주로 국경과 가까운 무산, 회령, 종성, 온성, 함흥, 길주 등이다. 더러는 국내 멀리에서 자원해 온 사람들도 있었다. 그러므로 산 아래 마을들과 강 건너 만주의 각 현, 국내의 관련된 지역에 사복을 한 통신원들이 자주 드나들곤 했다. 대원들의 복장은 광목에 소나무 물을 들인 누르끼리한 색깔인데 소나무 물은 한두 번만 빨아도 탈색된다. 구 한국군 복장도 있고 핫바지 차림도 많았다. 모자는 천을 여러 겹으로 덧대어 만든 차양에, 앞에는 태극 휘장을 붙였다. 신발은 짚신으로 그 위에 종아리까지 헝겊으로 각반을 하고 흘러내리지 않도록 가는 바나 새끼줄을 감았다. 더러는 일본군으로부터 노획한 헨조카(編上靴)나 버선 밑바닥에 고무를 댄 지카다비(ジキタビ)를 신은 사람들도 있었다. 그들의 일과는 아침 6시에 일어나 체조를 한 다음 세면을 하고 아침 식사를 한다. 급식은 좁쌀이나 귀리와 옥수수 타갠 것을 섞어 밥을 한 것이 주식이고, 된장과 소금이 부식인데 계절에 따라 나물과 김치가 나오기도 했다. 식량 사정이 좋지 않을 때는 하루 두 끼를 먹거나, 죽을 먹는 때도 있다고 한다. 평소 전투를 나갈 때의 식량은 옥수수떡이나 잡곡 주먹밥인데, 전투 시에 반드시 확보해야 할 보급품은 식량뿐만 아니라

신발과 성냥, 소금 등이다. 소금을 며칠 동안 섭취하지 못하면 몸이 붓고 힘이 없어서 활동하기가 매우 어렵게 된다.

식사 후 한 시간 정도 휴식을 취한 다음 약 25kg 정도의 흙을 넣은 배낭을 지고 산길을 빠른 걸음이나, 혹은 달리기로 3시간가량 훈련을 한다. 오후에는 승마나 제식훈련, 총검술, 사격훈련, 조선 역사 강의 같은 학과들을 교육했다. 모든 일과가 끝나는 9시에 점호를 받은 다음 취침에 들어간다. 보초는 하루 6교대다. 사격훈련은 실제 총알을 장전하고 훈련하는 경우는 극히 드물고, 총기도 각양각색인 데다 목총을 소지한 사람들도 많아서 분해훈련은 서로의 무기를 바꿔가면서 했다. 무기나 탄약 사정이 열악한 것을 짐작할 수가 있다. 조선사 강의는 주로 대장이 맡아서 하거나, 대원들 각자가 보거나 체험한 일본제국주의자들의 탄압이나 횡포에 대해 비분강개하는 내용들을 공유하는 것이었다. 그러나 후에 심선생이라는 역사학자가 맡게 되었다. 식량은 평소 같으면 산 아랫마을 주민들과 강 건너 간도에 있는 조선인 마을들에서 귀리나 수수, 옥수수 조 외에 소금, 성냥 같은 것들을 지원했다. 혹은 현금으로 좁쌀과 밀가루를 구입하기도 했다. 그러나 작년에 기근이 든 데다 계절적으로도 절량농가가 속출하는 때다. 그러므로 재만 동포사회를 통한 군자금 조달이 어렵고, 일경의 감시로 인해 국내 독립운동조직이나 뜻있는 재산가들로부터의 자금 지원도 끊어진 상태라서 매우 어려운 국면을 맞이하고 있었다. 그러나 담배를 피우는 대원들을 위한 잎담배는 공급되고 있었다.

대원들은 모두 가명을 썼다.

열악한 상황에서도 교대로 군데군데 분산해 있는 작은 농지에서 감자나 옥수수 푸성귀 농사를 짓기도 하고, 땔감을 나르기도 했으며 몇 명씩 무리를 지어 다니며 나물이나 약초를 채취하는 모습도 볼 수 있었다. 더러는 삽을 들고 먼 곳으로 가서 참호작업을 하기도 했다. 많은 것이 열악했으나 겉으로 보기에도 군기는 엄정했다.

맨 처음 이곳을 방문했을 때 삼성사 안에서 두 노인이 나누던 철학적인 말뜻을 나중에서야 희미하게나마 깨달을 수 있었지만, 이곳이 호비노인이 말하던 묵자(墨子)의 '개미사회'로 보였다. 이들 개개인은 '불속으로 들어가고 칼날 위를 걸을지언정 죽어도 발길을 돌리지 않는(赴火蹈忍 死不還踵)', 그런 사람들인 것 같았다. 맡은 바 직무에 충실하여 성실히 일하고, 규율을 준수하고, 집단과 민족에 대한 희생정신이 투철한 사람들로 보였다. 그리고 지도자는 몸소 공평과 정의와 평등을 실천하는 이로 생각되었다.

그들은 어려운 가운데에도 바쁜 생활을 하고 있었다. 그러나 돕고 싶어도 도울 수 없었다. 자신의 신분을 잘 알고 있는 그들에게 다가갈 수 없기 때문이다. 하릴없이 마사에 가서 말들을 구경하거나 느린 걸음으로 산록을 다니면서 생각에 잠기곤 했다.

백두산은 봄이 늦고 여름이 바쁜 닷에 6월은 늦게 온 연인처럼 내우 아름다웠다.

이제 막 잎들이 무성해지기 시작하는 이깔나무와 자작나무, 벚나무 사시나무 박달나무의 군락들 아래로는 애기씨개나리, 산개나리, 도라지, 더덕, 산작약, 개생이(塚梅), 패랭이꽃, 들쭉과 그의 변종인 매젓이나 고산 철쭉, 백산차(白山茶)의 떨기들이 부지런히 잎을 돋우고 꽃을 피우기 시작하고 있었다. 다른 곳에서는 볼 수 없는 각가지 국화과와 유란(柳蘭)을 비롯한 난과(蘭科), 백합과, 모랑과(毛茛科)의 식물들이 다투어 돋아났다. 빨강과 노랑, 분홍과 연분홍, 보라와 자주, 흰색의 꽃들이 경연을 벌였다. 스트로피와 비슷한 부자(付子)꽃들은 진한 자줏빛을 자랑했다. 고고한 자태의 고산 식물들은 바람이 스칠 때마다 아련한 향기를 날려 허파까지 촉촉하게 적셔주었다. 고산지대에는 새들이 드물다. 그러나 꽃들이 많으니까 나비가 많다. 세백접(細白蝶)은 백두산에만 서식하는 아름다운 나비다. 길고 고운 나비는 이꽃 저꽃을 날아다니며 계절을 만끽하고 있었다. 그런 풍경들을 볼 때마다 나비가 부러웠다. 머릿속으로는 고향이 떠오르고 어머니의 안위가 걱정되었다. 동네 사람들이 경찰서에 끌려다니며 고초를 겪는 모습이 떠올랐다. 그뿐이 아니다. 설마 그럴 리는 없을 것이라고 스스로 위안을 하지만, 홍경현에 있는 외삼촌과 식구들에게도 화가 미치지 않았는지 불안하다. 이제 영영 어머니의 모습과 고향을 볼 수 없다는 생각이 들 때마다 숨이 막혔다.

모든 것이 암담하다.

그렇게 일주일쯤 지나던 어느 날 대장이 말했다.

"제가 평소에 존경하는 형님이 여기 와 계시는데 셋이 식사 자리를 해도 괜찮으시겠습니까? 적적하신데 사람도 사귀는 겸 부엌 일하는 사람들의 일손도 좀 덜어주는 겸 해서입니다."

그러지 않아도 매번 대장과 단둘이 상을 마주하고 음식을 먹는 것이 약간은 부담스러웠던지라 바라던 바다.

키가 작고 약한 몸에 연한 갈색 뿔테 안경을 쓰고 짧은 콧수염을 기른 40대 초반의 사내는 이곳에서 대장을 제외하고 모두 '심선생님'이라고 불렀다. 안경 유리가 두꺼운 것으로 보아 시력이 매우 나쁜 것을 알 수 있다.

그는 매우 박학다식했다. 작금의 국제정세는 물론이고 경제나 역사, 문학과 미술을 비롯한 예술 분야, 식물에 관해서까지 아는 것이 많았다. 과묵한 성격이면서도 필요에 따라 하는 한두 마디는 깊이가 있었다. 밥상머리에서 툭툭 던지는 말들을 처음에는 건성으로 들었으나 돌아가서 생각해 보면 그냥 허투루 하는 말이 아니라는 것을 느끼곤 했다. 더러는 유머도 섞여서 셋이 앉은 밥상머리는 어색하지 않았다.

신웅 대장이 언뜻 비친 말에 의하면 심 선생은 일본 도쿄 제대(東京帝大) 경제학부를 다니다가 중퇴를 했다.

그는 오전에는 방에서 나오지 않았다. 아마도 책을 읽는 것 같았다. 점심을 먹고 나서 오후의 대부분은 산으로 다니면서 식물을 관찰하거나 지도를 가지고 멀리까지 다니면서 독도법을 공부했다. 어느 날 산책을 하다 이상한 장면을 목격했다. 훈련을 위해 파놓은 구덩이 속에 사람이 들어앉아 있는데 심 선생이었다. 그는 옆에 사람이 지나가는 것을 아는지 모르는지 정좌를 한 채 아주 오랫동안 눈을 감고 있었다.

조금은 민망한 일이라 구덩이 속에 관한 일은 묻어두고 내장에게 물었다.

"심 선생님이 독도법을 공부하는 목적이 무엇일까요?"

"글쎄요, 상식을 뛰어넘는 분이라 내일은 또 무슨 일을 하실지 알 수 없습니다. 세상에 눈을 뜬 어린아이처럼 모든 일에 관심이 많은 분이니까요. 지적 욕구(知的 欲求)가 대단히 많으십니다. 한번은 돌아가실 뻔했던 적도 있습니다."

"돌아가실 뻔하다니요?"

"산에서 풀을 뜯어오셔서 성분을 실험한다고 생즙을 내어 마시고는 혼절한 적이 있습니다."

"그래서요?"

"다행히 신옥 누이가 처방을 해서 회생시켰습니다."

그러던 어느 날 부대에 어수선한 분위기가 감지됐다.

알고 보니 식량을 수령하러 떠났던 사람들이 빈손으로 돌아온 것이다. 부대는 몇 군데 산간 마을로부터 식량 지원을 받고 있는데 그날은 주민들과 약속된 장소에 갔으나 아무도 나오지 않았더라고 한다.

이상하게 생각하여 마을 가까이 다가가 동정을 살펴보니 통곡 소리가 들리고 주변에 군인들의 모습이 보이므로 되돌아왔다는 것이다.

대장은 즉시 정탐 조를 보내고, 한편으로는 공격대를 편성했다.

정탐 명령을 받은 세 명의 대원은 부지런히 걸었다. 달빛을 밟으며 마을 가까이 도착했을 때는 새벽 3시였다. 그들이 서 있는 아래로 비스듬하게 펼쳐진 넓은 비탈에 띄엄띄엄 산재한 집들이 눈에 들어왔다. 비탈 가운데 한 집에 불이 환하게 켜져 있고 마당에는 사람의 그림자가 어른거렸다. 김영신 대원은 산 위에서 망을 보고 함병주 오차돌 두 대원이 수풀 사이로 몸을 낮추며 아래로 내려갔다. 두 사람은 가다가 멈추기를 반복하면서 변두리 작은 언덕 아래에 있는 최달봉의 집으로 다가갔다. 마을의 연락책이다. 함 대원은 멀찌감치 떨어진 나무 아래 달빛 그늘에서 총을 허리에 댄 채 주위를 살피고 오차돌 대원이 싸리문을 열고 마당 안으로 잠입했다. 문 앞에서 한참 동안 귀를 기울였다. 여닫이문을 세 번 두드렸다가 다시 두 번을 두드렸다.

안에서 기침 소리가 났다. 다시 두 번을 두드리자 문이 열리면서

"날래 들기오." 급하게 손짓을 했다.

"일러루 앉기오. 왜놈 군사들이 눙까리를 번뜩이고 있는데 용케도 왔소꼬마."

불을 켜지 않은 방에는 창살 사이로 달빛이 희끄므레 비쳐들고 있었다.

"어찌 된 일입니까?"

벽에 총을 세우면서 오차돌이 물었다.

"쉿, 목소리를 낮추구레. 왜놈 군사들이 가까운 반장 집에 묵고 있소. 보초를 보는 놈도 있소. 냉수라도 드시갔습네까?"

헐떡이는 숨소리를 듣고 하는 말이다.

"아닙니다. 우선 어찌 된 일인지부터 말씀해 주십시오."

"깅까나(그러니까) 지지난 저낙에 일어난 일이오. 다섯 청년들(청년들)이가 귀리와 감쥐(감자)부대르 지구서리 가꼴막(언덕)으 오르다가 왜놈 병정들 눈에 들통이 났소꼬마. 어디로 가져가는 거냐고 갑자기 다구치니께 벤통이 없질 않소. 그중에 한 사람이 옆 동네 구새통(굴뚝)에 내구리(연기)가 없어서(기근이 나서) 도와주러 간다고 둘러댔지마내두 얼레부끼(거짓말)라고 닦달을 하다가 석연지 않나구 본서로 끌고 갔지 앵요. 아직까정 마을에 벨 일이 없는 거르 보며는 치도곤이르 당해도 그럭저럭 넘어가는 거 같소마는 사람이가 죽었소."

"사람이 죽었단 말입니까? 누가 죽었단 말입니까?"

"이 일으 부대에 알리려고 올라가던 상준이가 산말기(산마루)에서 왜놈 군사 총에 맞아 죽었소. 내 지금도 정신이 일빤하고(어리벙벙하고) 가심팍(숨)이 메아질(찢어질)거 같소."

그는 억울해 못 견디겠다는 듯 주먹으로 자신의 가슴을 탁탁 쳤다.

"상준이가 죽었단 말입니까? 상준이가요? 허허 이 일을 어쩐담."

오차돌은 한동안 말을 잇지 못했다. 상준이는 마을에 비상 상황이 발생하여 어른들의 발길이 묶였을 때마다 부대와 연락을 해주던 14세 소년이다. 몇 년 전 일본군 수색대의 공격이 있던 때에도 그가 사전에 정보를 알려준 덕으로 부대의 집들은 불에 탔으나 인명피해는 크지 않았다. 원체 은밀한 곳에 있으므로 처음 당해본 일이기도 했다. 그때의 매복 작전으로 적에게도 상당한 타격을 안겨 주었다. 그랬던 상준이 죽은 것이다.

"놈들이 사전에 정보를 알고 온 게 아닐까요?"

"무시기 개당이 없는 말으 하오. 앙이오. 우리 마을에 그런 배신자는 절대루 없소. 원인은 메칠 전에 조선인 출신 순사 한 놈이 뭣 때문인지는 몰라도 죄르 짓고 쫓기고 있어댔소. 그놈으 잡을라구 다니던 수색대가 식량으 지고 가던 우리 사람들으 우연찮게시리 발견하게 됐구, 산속에 그림자가 어르대니까나 상준이르 도주 중인 일본 경찰로 오인해서 총으 쏜 거우다."

"아하, 그랬군요." 잠시 침묵이 흘렀다.

"지금 이곳에 몇 놈이나 있습니까?"

"1개 분대가 있는데 내일은 다른 데루 간다는 말이 있소."

"어디로 간다는 건 모르십니까?"

오차돌이 분노에 떠는 목소리로 물었다.

"알지 못하오."

"생각 같아선 우리 셋이 여기서 요절을 내주고 싶지만 그럴 수도 없고…"

그제서야 오차돌은 냉수를 달라고 하여 벌컥벌컥 마시고는 다시 산으로 올라갔다. 이번에는 오차돌과 함병주가 남아서 동태를 살피기로 하고 걸음이 빠른 김영신이 부대로 향했다. 일본군이 출발하면 한 사람은 뒤를 따르고 다른 한 사람은 일본군 분대가 간 방향을 부대에 알리기 위함이다.

"놈들이 간 방향이 어느 쪽인가?"
함병주와 만나자마자 대장이 물었다.
"무봉(茂峰) 쪽으로 갔습니다."
"그렇다면 우리는 지름길을 이용하자. 빨리 가면 만날 수 있을 것이다."
이날의 공격으로 일본군 1개 분대 13명 중 셋을 사살했다. 부상도 5, 6명은 있을 것이다. 아군은 한 명이 경상을 당했다. 노획품은 무라타 소총 2정, 스나이더 소총 1정을 비롯하여 다수의 총검과 탄약, 비상식량 등이었다.

대장은 어린 소년의 죽음을 매우 슬퍼했다. 삼성사 제단 아래에 향을 피워놓고는 하루에 세 번 거르지 않고 밥을 지어 신화와 함께 명복을 빌었다. 침통한 분위기는 한동안 이어섰다.

병사들이 모여서 떠드는 말을 종합하면 죽은 소년은 매우 총명하고 예의 바른 아이였다고 한다. 그의 부모는 자녀를 많이 둔 다른 부모들과 달리 아들 하나와 딸 하나를 두었는데 상준이 막내다. 두뇌가 총명하다는 것을 미리부터 안 아버지는 아이가 네 살이 되던 해에 10리 거리에 있는 아랫마을 서당에 데리고 가 한문을 배우게 했다.

상준은 일곱 살에 훈몽자회(訓蒙字會)를 떼었고 12살에 사서삼경(四書三經)을 한 자도 틀리지 않고 외었다. 춘추(春秋)와 예기(禮記)가 끝나면 신학문을 배우기 위해 대처로 나갈 계획이었다. 근동 일대에서는 신동이 났다고 소문이 자자했다. 의지력도 강해서 서당에 다니는 10년 동안 몸이 아팠던 사흘을 제외하곤 단 하루도 빠진 날이 없었다고 한다. 그의 부모는 가난한 가운데에도 이 아이만은 잘 길러보려고 돈을 모으기 위해 온갖 힘든 일을 마다하지 않았다. 아이도 어려서부터 유학(儒學)을 깨우친 탓인지 효심이 깊었다. 또한 조선의 얼과 역사에 대한 자부심이 강했다. 그의 꿈은 장차 어문학자(語文學者)가 되는 것이라고 했다.

이런 이야기들 탓인지 병사들이 스기야마를 바라보는 눈은 이전보다 더욱 차가웠다. 그는 심한 자책감에 시달렸다.

자신의 일이 없었다면 아이는 공부를 계속할 것이고 훌륭한 인물로 성장할 수 있을 것이다.

또한 부모의 심정은 어떠할 것인가.

인간의 운명은 묘한 것이어서 어느 날 불현듯 얼굴도 모르는 사람이 알 수 없는 일로 알 수 없는 곳에서 한 알 수 없는 행동이 아무런 인연도 관련도 없는 사람들을 절망의 나락으로 몰아넣을 수 있다. 얼마나 황당한 일인가! 그리고 하필이면 자신이 그 절망을 안겨주는 주인공이 되었다는 것에 기가 막혔다.

밥을 먹는 시간 외에는 마음의 갈등과 부끄러움으로 방에서 나오지 않을 때가 많았다. 질식할 것처럼 답답할 때면 홀로 멀리까지 가 산봉우리에 서서 가슴이 터져라 소리를 질렀다. 그러면 고함소리가 숲 위를 타고 달리다가 마치 죄를 짓고 숨는 사람처럼 어디론가 꼬리를 감추곤 했다.

정신적 고통에서 헤어나지 못하고 있던 어느 날, 아침 상머리에서 심선생이 대장을 향해 말했다.

"오늘은 좀 먼 거리를 다녀올 계획일세."

"어디를 가시려고요?"

"천지(天地) 구경을 하려고 하네."

"갑자기 천지는 왜요?"

"며칠 걸리실 텐데 괜찮으시겠습니까?"

"그 길이 즐겁지 않겠는가."

"그렇긴 하지만 혼자서는 위험한 일입니다. 병사를 한 사람 수행하도록 하겠습니다."

대장이 재차 권유하자

"산천경개를 구경하러 가는데 병사를 붙이다니 그거야말로 방립(方笠)에 쇄자질이요 짚신에 국화 그리기니 될 법이나 한 말인가." 말하고 나서 스기야마를 건너다 본다.

"그보다는 스기야마 선생과 함께 간다면 좋은 말동무가 될 것 같은데 어떻습니까? 함께 천지 구경을 가시겠습니까?"

"네 그러지 않아도 저를 좀 데려가 주십사 부탁을 드리려던 참입니다. 전에 황 포수님을 따라 사냥을 왔을 때 천지를 못 본 것이 무척 아쉬웠는데 볼 수 있는 기회를 주신다면 제게는 평생 잊지 못할 일이 될 것으로 여겨집니다. 감사합니다."

두 사람은 옷가지와 야영을 위한 침구, 몇 끼분 식사에 필요한 쌀과 장 소금 등 그리 복잡하지 않은 행장을 갖추고 출발했다.

"날씨가 변동이 심해서 3대가 덕을 쌓아야 천지를 제대로 구경할 수 있다고 하는데, 요 며칠 날씨가 좋은 걸 보니 2~3일은 별 변동은 없을 것 같소. 우리 두 사람의 조상님들이 덕을 많이 쌓으신가 보오."

스기야마도 그를 따라 껄껄 웃었다.

심 선생은 백두산 지리나 재미있는 이야기들을 훤히 꿰고 있었다. 천지에 오르는 여러 갈래의 길을 설명해 주기도 하고 백장수와 흑룡의 싸움이나 세쌍둥이별, 신성봉 효자 이야기, 와호봉(臥虎峰, 2,564m)과 새끼호랑이 같은 성산(聖山)에 얽힌 전설들을 마치 어린아이에게 하듯 재미나게 이야기했다. 오랜만에 천지를 가는 마음이 몹시 설레는 것을 알 수 있었다.

스기야마가 말했다.

"외람되지만 궁금했던 것을 여쭤봐도 되겠습니까?"

"허허 궁금한 것이 있으면 잠이 오겠소이까. 무엇이든 말해 보시오."

"며칠 전 산엘 돌아다니다가 선생님께서 구덩이 안에 정좌하고 계신 것을 보게 됐습니다. 하필이면 왜 구덩이 안에…"

그는 공중을 향해 너털웃음을 웃고 나서 정색을 하며

"사람은 저마다 하늘과 통하는 문이 있다는 것을 알고 있나요?"라고 물었다.

생뚱맞은 질문이라 어리둥절할 수밖에 없다.

"모자를 벗고 머리 위 정중앙을 만져보시오. 가장 연한 부분, 그곳이 하늘과 통하는 문, 즉 '하늘 문'입니다."

"어째서 그곳을 하늘 문이라고 말씀하십니까?"

"천제께서는 다른 동물들과 달리 인간에게는 생각하는 능력과 함께 하늘과 통하는 계시(啓示)의 문을 마련해 주셨습니다. 인간으로서 바르게 나아가야 할 길, 어려운 일이 있을 때 이를 극복하는 방향을 알려주시거나, 혹은 미래에 닥쳐올 환란을 계시하기 위해 만들어 주신 것입니다. 그러나 그 문은 탐욕이 생기는 순간부터 통할 수 없도록 하셨습니다. 지나치게 물질이나 권력을 탐하는 사람, 모함을 즐기는 사람, 남을 속이기 잘하는 사람, 살생을 즐기는 사람, 시기심이 강한 사람 …이런 사람들은 우주 만물의 순리에 역행하는 사람들로서 하늘과 대화할 수 없는 사람들이지요. 하늘로부터 계시를 받는 사람은 모두 어린아이처럼 정신이 맑은 사람입니다."

"솔직히 저로서는 조금은 이해하기 어려운 말씀입니다만, 그렇다 하더라도 하늘의 통로와 선생님께서 구덩이 안에 들어가시는 것과 무슨 관계가 있습니까?"

"우리 집안은 고려시대에는 예문 춘추관 대사백(大飼伯)을 지내기도 했고, 이조 중엽까지도 삼정승을 다 줘도 바꾸지 않는다는 홍문관(弘文館) 대제학(大提學)이나, 사간원(飼諫院) 대사간(大飼諫) 등을 지낸 사림(士林)의 집안으로 아버님께서는 서슬 퍼런 일본 관헌들의 협박에도 개명을 거부하고 상투도 고집한 분이셨습니다. 유림의 전통을 목숨보다 중히 여기셨지요. 내가 신학문을 배우는 것에도 반대를 하시다가 아들만은 시대적 흐름에 낙오되는 것에 두려움을 느끼셨는지 마침내는 허락을 하셨습니다. 나는 소학교 때부터 일본인 아이들이 다니는 학교에 입학을 했고 중학교 6년도 마찬가지였습니다. 학교를 다니는 동안 같은 반 아이들로부터 고통을 받았고, 늘 외톨이였습니다. 그들이 왜소하고 말이 없는 나를 이지메(따돌림) 한 면도 있지만, 나도 마치 카이사르의 장군들처럼 만세일계(萬世一系)니 내선일체(內鮮一體)니 하는 말들을 지껄이며 우쭐대는 그들이 싫었기 때문이지요. 그러나 공부에 있어서만은 일본 아이들에게 지고 싶지 않아 열심히 했습니다. 중앙고보를 나와 고베 고등학교에 편입학하여 대학시험을 치를 자격을 얻었고 도쿄대학교 경제학부에 원서를 내어 합격통지를 받은 다음 유학길에 올랐습니다. 하필이면 그때를 전후로 집안의 가세가 급격하게 기울었던 것으로 생각됩니다. 비록 퇴락한 세도가지만 영향력은 있는데 일제에 협조하지 않으니 아버님을 곱게 볼 턱이 없는 것이지요. 그럭저럭 대학교 1학년까지 학비가 송달됐지만 2학년에 들어서자 농토가 정리될 때까지 휴학을 하고 집에 돌아오는 것이 좋겠다는 편지와 함께 학비가 끊기고 말았습니다. 집에 돌아오라는 말씀은 농토도 이미 다 날아가고 학비를 댈 힘이 없다는 뜻이 아니겠어요. 그러나 중도에 돌아갈 마음은 없었습니다. 어떻게든 대학은 졸업해야 한다는 생각이 들었지요. 그래서 틈틈이 부잣집 아이들을 가르치거나, 사학과 청강생으로 있으면서 유물 발굴에 참여하는 등으로 학비를 벌었습니다. 그러나 여의치 않아서 2학년을 마치고는 휴학계를 낸 다음 개인 회사에 들어갔습니다. 하지만 한 회사에 정착하지 못하고 몇 군데를 전전했습니다. 어느 날 회사를 가기 위해 우메다(梅田) 거리를 걷고 있는데 도보 앞쪽에서 고함치는 소리가 들리고 사람들이 모여들었습니다. 가까이 가보니 커다란 담장이 둘린 대문 앞에 이마를 흰 띠로 동여맨 14, 5세가량의 소년이 중년의 남자로부터 심한 구타를 당하고 있었어요. 남자의 옆에는 눈꼬리가 사납게 생긴 여자가 소년에게 손가락질을 하며 "이놈이 며칠째 우리 대문에 배달된 우유를 훔쳐먹었어"라고 소리를 지르더군요. 주변에 신문지들이 어지러이 널려 있는 것으로 보아 매를 맞고 있는 소년은 신문팔이 고학생으로 여겨졌습니다. 남자는 주먹을 휘두를 때마다 입에서 "죠센징 노로보오 빠가야로!(朝鮮泥棒, 조선 도둑놈아!)"라고 욕설을 했고 소년은 "아니에요, 내가 안 훔쳤어요"를 연발했습니다. 그의 눈에는 진정성이 어려 있었습니다. 순간 나 자신도 모르게 그들 사이에 끼어들면서 "연약한 소년에게 이게 무슨 짓입니까! 안 훔쳤다고 하지 않습니까! 증거도 없이 사람을 때리는 건 형법에 해당하는 일입니다."라고 소리치며 중년 사내의 팔목을 잡았습니다. 그 일본인은 성난 눈으로 노려봤습니다. 주변에 사람들이 많이 모여든 탓으로 부부는 슬그머니 안으로 들어가 버렸지만 일은 거기서 끝나지 않았어요. 어느 날 대규모 지진이 일어나 건물들이 흔들리더니 거리가 소란스러워졌습니다. 그리고 두 시간쯤 뒤 몽둥이를 든 사람들이 사무실로 들이닥쳤습니다. 맨 앞에는 몇 달 전 신문팔이 소년을 구타했던 중년의 사내가 있었어요. "저놈도 죠센징이다. 때려죽여라!"

문득 눈을 떴을 땐 숨이 막히고 비린내가 코를 찔렀습니다. 하늘에 아스라이 별빛이 아롱거렸습니다. 위에서 누르고 있는 것들을 밀어내고 보니 다름 아닌 시체들이었습니다. 그곳은 구덩이 안이었어요. 공포감과 슬픔이 해일처럼 밀려들었습니다. 그때 어디선가 말소리가 들렸어요. '그곳을 빨리 벗어나라!' 까마득한 별빛 가운데서 들려오는 목소리였습니다. 급히 구덩이를 기어 나와 숲으로 들어가 벌러덩 누워버렸습니다. 바로 그때 왁자지껄 떠드는 소리가 났습니다. 수풀 사이로 내다보니 방금 나왔던 그 구덩이에다 사람들이 기름을 붓고 있었어요. 그리고 시커먼 연기와 함께 불길이 타올랐습니다. 휘발유 냄새와 살이 타는 냄새가 코를 찔렀습니다. 그것은 1923년 9월, 관동대지진 때였지요."

심 선생은 잠시 그때를 회상하는 듯 눈을 감았다. 그러고는 이렇게 말했다.

"인간은 하늘을 이고 땅을 밟으며 사는 존잽니다. 내가 구덩이 안에 들어가 참선을 하는 것은 세 가지 이유에서입니다. 첫째는 구덩이는 땅의 에너지를 많이 받아 하늘과 가장 잘 통할 수 있는 곳이기 때문이고, 둘째는 맑은 영혼을 유지하기 위함입니다. 끝으로는 그때(관동대지진)의 일을 잊지 말고 내 생을 흩트림 없이 살자는 각오를 다지기 위해서입니다."

선뜻 이해가 가지 않는 부분이 있었으나 원체 특이한 분이라 했으므로 그러려니 했다.

천지로 가는 길은 수백 가지 꽃들의 향연이 펼쳐지고 있었다.

세상의 모든 꽃이 백두산에 모인 것 같았다. 몇백 미터를 가도록 끝나지 않는 두메양귀비 무리가 빨강 머리를 살랑이며 저마다의 자태를 뽐내는가 하면 곧이어 보라 노랑, 혹은 흰색에 보랏빛 줄이 그어진 붓꽃들이 무려 500m나 계속되었다. 그리고 다시 하얀 호범꼬리 군락이나 사람의 키에까지 닿는 꿩의 다리, 구름국화, 금매화, 하늘 말다리 등 꽃들의 군락이 이어졌다. 백두산의 독특한 수종이라는 노랑만병초가 무리를 이룬 곳도 나타났다.

같은 종(種)이면서도 색깔이 각색인, 예를 들면 복주머니난(개불알 꽃)은 분홍 보라 미색 흰색 등이 무리를 이루어 그 아름다움은 말로 표현하기 어려웠다.

심 선생의 설명에 의하면 백두산 일대에 서식하는 식물은 온대에서 북극 식물에 이르기까지 1,400여 종이나 되는데 연평균기온 영하 8.3도의 환경에서 이들이 자랄 수 있는 기간은 1년 중 불과 3개월이라고 한다. 그러므로 짧은 기간에 자기 몫을 다하기 위해 치열한 삶을 사는 것이다. 열악한 기후 환경에서 불과 석 달이라는 시한부 숙명을 지니고도 10년, 아니 어쩌면 100년만큼의 치열한 삶을 사는 생명력에 숙연한 마음이 들었다.

고산으로 갈수록 식물들의 키가 작아졌다. 해발 1,800~2,100m 수목한계선에는 10㎝ 미만의 관목이나 초본류 이끼류만 있었다.

그가 손가락으로 한군데를 가리키며 말했다.

"저기 저 나도개미자리를 보시오. 혹독한 추위와 초속 35미터의 바람에도 살아남기 위해 이들이 마련한 생존 대책은 뭉쳐야 산다는 겁니다. 한군데 모여서 둥근 모자 같은 형태를 이루어 바람이 머리 위를 쉽게 넘어가도록 하고 있잖아요."

가까이 다가가 보니 키 작고 깜찍한 하얀 식물들이 동그란 언덕 같은 형태를 이루고 있었다.

"괭이눈이나 수염패랭이 두메자운 구름냉이 같은 것들도 모두 이런 모습입니다. 머리를 마주하고 속삭이는 형제들 같지 않습니까."

그리고 나서 잠시 먼 산봉우리를 바라보면서 혼잣말처럼 중얼거렸다.

"우리도 이랬으면 좋으련만… 나라를 빼앗긴 것도 원통하거늘 서로를 헐뜯고 총부리를 겨누고 심지어는 고자질까지 하고 있으니 어찌 슬프지 아니한가…"

스기야마는 가슴이 뜨끔했다. 심 선생은 스기야마의 마음을 아는지 모르는지 꽃에 대한 설명을 계속했다.

"식물들의 지혜는 그뿐만이 아닙니다. 저기 저 구름 패랭이를 보시오. 강한 바람으로부터 생존하기 위해 잎들을 모두 퇴화시키고 몸을 땅바닥에 바짝 붙이고 있잖아요. 저쪽에 각시투구꽃도, 저기 하늘매발톱꽃도…또한 각시투구꽃 같은 것들은 강한 바람을 흘려보내기 위해 꽃과 잎들이 여러 갈래로 쪼개져 있습니다."

"정말 그렇군요. 저마다 환경을 극복하는 지혜들을 가지고 있다는 것이 참으로 신기할 따름입니다."

"그뿐이 아닙니다. 종을 번식하기 위한 기막힌 지혜도 있지요. 중의무릇이나 만주바람꽃 괭이눈 산수국 같은 것들은 꽃이 작아서 곤충들의 관심을 끌지 못하기 때문에 잎들의 색깔을 꽃처럼 변화시킵니다. 그렇게 큰 꽃의 형상을 만들어 곤충들을 유혹합니다. 가루받이가 끝나면 잎은 본래의 색깔로 돌아가지요. 이러한 것들을 볼 때 식물이 인간보다 하등생물이라고 말할 수 있겠습니까?!"

"정말 그렇군요. 저는 동식물들을 누구보다 잘 안다고 자부했는데 말씀을 듣고 보니 새삼 놀라움을 금할 수 없습니다."

"세상에는 식물만도 못한 통치자들이 있습니다. 능력이 없으면 아랫사람들로부터 지혜를 얻어도 될 터인데 그런 포용력조차도 없었으니 망할 수밖에 없지요. 조선과 청나라 말엽의 아둔한 황제들이나, 8만 명의 군대를 지니고도 불과 168명에 불과한 스페인의 피사로에게 패한 잉카제국의 마지막 황제 아타우알파 같은 처지가 되지 않으려면 솔로몬 왕처럼 지혜롭거나, 그렇지 못하다면 율곡 이이(栗谷 李珥)나 장자방(張子房)이나 악비(岳飛) 같은 충신의 조언을 귀담아들어야 할 것입니다. 그도 아니면 무굴제국의 아크바르(Akbar) 황제처럼 400만의 군대를 보유하고도 아침마다 문을 열어 백성의 말에 직접 귀를 기울인 그런 지도자가 돼야 하겠지요. 더욱이나 글자를 모르는 까막눈인데도 말입니다. 통치자가 실패하는 원인은 대개 오만과 독선, 아집 때문입니다. 그런 성격은 스스로 눈과 귀를 막고 있어서 환경의 변화에 능동적으로 대처할 수가 없고, 부패하기도 쉽습니다. 또한 자리에 있을 땐 충성하는 자가 많으나 위급할 땐 몸 바쳐 지켜줄 사람이 없습니다. 그에 비해 겸손하고 포용적인 왕들이 통치하는 나라는 활력이 넘쳐서 무언가 생산적인 것들이 쉼 없이 만들어지고, 변화에 그때그때 능동적으로 대처할 수가 있으므로 풍요한 나라가 되지요. 실패할 확률은 거의 없습니다. 그러므로 통치자가 갖춰야 할 가장 중요한 덕목은 겸손과 포용, 청렴이라고 할 수 있을 것입니다. 진실한 마음이 없으면 행할 수 없는 것들입니다."

서쪽 하늘에 황혼이 깃들기 시작했으므로 천막을 세우고 야영 준비를 했다. 모닥불을 피워 산짐승들이 접근하지 못하도록 했으나 다행스럽게도 고지대에는 사나운 짐승들이 없었다. 우는 토끼와 그의 생명을 노리고 집요하게 따라다니는 오소리 한 마리를 보았을 뿐이다.

심 선생은 하늘 가운데서 대지에 가득히 빛을 뿜어주고 있는 달을 바라보며 이렇게 물었다.

"선생은 해와 달 중에 어떤 것이 더 중요하다고 생각합니까?"

"글쎄요. 딱히 어떤 것이 더 중요하다고 말할 성격의 것이 아닌 것 같은데요."

"그렇다면 또 하나 질문을 드리지요. 지구는 해를 도는 위성이고 달은 지구를 도는 항성인데 어찌하여 해와 달이 같은 크기로 보이는 걸까요?"

"제가 그 방면에 문외한이라…."

스기야마가 멋쩍게 웃었다.

"천제께서는 너무도 현명하셔서 인간에게 해와 달이라는 두 개의 빛을 주시면서 그 크기도 같아 보이도록 하셨습니다. 해는 달보다 400배나 크지만, 지구로부터의 거리도 달과 지구 사이 거리보다 400배가 멀지요. 그러므로 지구에서 바라보는 달과 태양의 크기가 같게 보이는 것입니다. 우주에 수많은 별이 있지만 이런 현상을 갖은 별들이 또 있을까요? 참으로 오묘하지 않습니까! 이런 것을 보고도 천제의 존재를 의심한다면 매우 어리석은 사람일 것이오. 이처럼 태양과 달이 같은 크기로 보이도록 하신 뜻은 인간으로 하여금 동적인 활동과 정적인 활동을 균등하게 하도록 배려하신 것입니다. 해는 양(陽)의 상징이고 달은 음(陰)의 상징으로 우주 만물은 양과 음의 조화로 이루어져서 운행됩니다. 고구려 고분 벽화에도 사람의 얼굴에 용의 몸을 한 해의 신과 달의 신이 각각 같은 크기의 해와 달을 이고 하늘을 날아가는 그림이 있으니 우리의 선조님들도 우주의 조화를 알고 계셨던 것입니다. 하지만 서양인들은 달을 사악한 존재로 생각했습니다. 즉 낮은 선한 신이 지배하고 밤은 악마가 지배하는 것으로 여겼습니다. 이를테면 보름달이 뜨면 사람이 늑대로 돌변한다거나, 박쥐가 날고 흡혈귀가 관을 열고 나와 흉측한 일을 벌인다는 그런 이야기들 말입니다. 그러므로 동양의 문화가 철학적, 사색적이라면 서양의 문화는 활동적, 공격적이라 할 수 있습니다. 우리가 달력을 사용함에도 양력이 중요한 것처럼 음력도 중요합니다. 음력은 계절의 변화를 알려주어 농사를 짓는 데에 아주 중요한 역할을 하지요. 과거 메이지 정부는 서양의 문물에 정신을 빼앗겨 음력을 없애고 양력만 쓰도록 하는 어리석은 정책을 한 적도 있습니다.

인간도 해와 달과 같아서 동적인 사람이 있는가 하면 정적인 사람도 있습니다. 알렉산더나 테무진이 천하를 누비며 제국을 세웠다면 동이족 태호 복희씨는 팔괘를 만들었으며, 공맹과 한비자, 디오게네스와 플라톤과 에피쿠로스는 인간의 근원적 문제들을 탐구했습니다. 안견(安堅)은 몽유도원도를 그렸고, 정선(鄭敾) 고개지(顧愷之)나 레오나르도 다빈치 미켈란젤로도 위대한 예술품을 창조했습니다. 우륵(于勒)은 가야금을 만들었으며 장영실은 앙부일구(仰釜日晷)를 만들었지요. 사람은 성격에 따라 저마다의 역할이 있으니 외향적인 사람과 내성적인 사람이 있어서 이를테면 아버지가 밭을 갈아 농사를 짓는다면 어머니는 장을 담그고 길쌈을 하여 가정을 보살피는 것과 같은 이치지요. 어느 쪽이 더 비중이 큰 것이라고 말할 수 있겠습니까! 우리는 이런 오묘한 은혜를 주신 천제께 감사하는 마음을 갖고 서로를 존중하며 겸손하게 살아야 합니다. 그런데 인간은 자칫 오만하여 누구든 상대를 정복하려 합니다."

"그렇다면 천제께서는 선과 악 중 어느 편에 계실까요?"

"물론 천제께서는 선한 것을 사랑하시는 분입니다. 그것을 증명하는 것은 우리 인간의 마음이 선과 악 두 가지 중 선을 중요하게 생각한다는 것으로 알 수 있습니다. 만일에 그분이 악을 중히 여기신다면 우리 인간이 어찌 반대편에서 선을 중히 여기도록 하셨겠습니까?! 악을 중히 여기셨다면 인간이 악을 선한 것으로 여기도록 하셨거나, 적어도 선이나 악을 구분할 수 없게 만드셨을 겁니다."

"그렇다면 모든 사람이 선하지 않은 까닭은 무엇입니까?"

"인간의 본심은 선량한 것이지만 자라온 환경으로 비뚤어지거나 탐욕에 맛을 들여 본성을 잃어버리기 때문입니다. 가난한 환경에서 자라 성공한 사람이 다른 가난한 사람에게 더욱 가혹하게 대하는 경우를 흔히 보게 되지요. 또한 식물이 그렇듯 때때로 돌연변이종들이 나타나기도 합니다. 악한 자들은 선량한 다수에 비해 작은 숫자이긴 하지만 다수가 주목하고 감시해야 할 필요성이 있습니다. 왜냐하면 정의와 순행(順行)을 깨트리는 폭발력이 크기 때문입니다."

"어떻게 사는 것이 선하게 사는 것일까요?"

"양심에 반하지 않은 삶을 사는 것입니다. 만일에 양심에 거리끼는 것이 있다면 그는 떳떳한 삶을 살 수 없습니다. 물론 이 세상에 완벽한 사람은 존재하지 않습니다. 모두가 크든 작든 죄를 지으며 살고 있습니다. 그러나 문제는 어느 정도의 죄가 부끄러운 것이냐 하는 것인데, 그에 관해서는 사람마다 각자가 소유하고 있는 양심의 저울이 수치를 나타내 줍니다. 양심의 저울은 우리가 공용으로 쓰고 있는 물리적 저울과는 다른 것이지요. 친척이나 가까운 사이가 아니라면 대부분은 나의 생활에 관심을 주지 않습니다. 더더욱이나 내 마음의 움직임에 관해서는 알 수가 없고 알 필요를 느끼지도 않습니다. 그러나 자신의 마음속에 있는 양심의 저울은 가혹할 정도로 정확한 수치를 나타냅니다. 그것은 흥정도 불가능하고 속일 수도 없습니다. 휴지통에 넣을 수도 없고 불에 태울 수도 없습니다. 살아가는 내내 끊임없이 자신을 괴롭힙니다. 그리고 북을 끊임없이 울려서 마침내는 주눅 들고 위축된 삶을 살 수밖에 없도록 만들지요. 세상에서 양심의 가책처럼 무서운 것이 있을까요?! 인간사회가 공동의 약속으로 만든 형법에 의해 감옥에서 죄값을 치르고 나온다고 해서 양심의 죄까지 사해지는 것은 아닙니다. 그것은 무덤에 갈 때까지 사라지지 않습니다. 그러므로 당당한 삶을 살려면 양심에 거리낌이 없도록 해야 합니다. 만일에 양심에 거리끼는 죄가 있다면 비록 완전히 씻을 수 없는 한계가 있다고 하더라도 당당한 삶에 가까이 가기 위해 최선의 노력을 기울여야 할 것입니다. 특히 오늘날처럼 우리 배달겨레가 질곡에 빠져 허우적거리고 있는 때에는 모든 겨레가 양심으로 뭉쳐야 합니다. 이웃에 대한 양심, 민족에 대한 양심, 국가에 대한 양심, 역사에 대한 양심이 하나로 합쳐진다면 거대한 힘이 될 것입니다. 그것이 이 시대의 양심이며 당당하게 사는 길입니다. 양심을 던져버리고도 뻔뻔한 사람이 단 한 명이라도 있다면 우리의 힘은 그 한 사람으로 인해 약화될 수밖에 없습니다. 왜냐하면 한 인간의 힘은 위대한 일을 할 수도, 가장 나쁘게 작용할 수도 있기 때문입니다."

스기야마는 또 한 번 가슴이 뜨끔했다.

그러나 심 선생은 한마디를 덧붙였다.

"지금 친일하는 자들 대다수는 생존을 위해 하는 수 없이 친일을 하고 있을 것입니다. 하지만 진심에서 우러나 친일행각을 하는 자들이 있습니다. 자신이 일본의 지원을 받아 출세를 했거나, 자신들의 선대로부터 일본의 혜택을 받아 집안이 윤택한 살림을 이어오고 있거나, 그런 부류들이지요. 나는 이런 의문을 갖습니다. 우리가 같은 민족, 같은 피라는 것을 제외한다고 해도, 그들의 먼 먼 조상들은 누구로부터 어떤 은혜를 받으면서 오늘날까지 대를 이어 생명을 전달했을까요? 친일파의 조상들이 이 땅으로부터 받아온 은혜가 그 후손이 겨우 한두 대(代) 일본으로부터 받은 혜택의 무게와 같거나, 혹은 월등하게 가벼운 것일까요? 아니면 자신이 살고 있는 현재만이 중요하다는 생각일까요? 그도 아니면 먼 조상의 일들은 알지 못한다는 생각 때문일까요? 그들의 조상 중에는 왜구(일본 해적)의 피해를 입은 이들이 없었을까요? 임진왜란 시기 무려 7년 동안의 전쟁에서 한곳에 머물러 조용히 살 수만 있었을까요? 왜적과 싸운 이들이 없을까요?

일본 해적(倭寇)에 대한 기록을 보면 다이묘들의 비호를 받는 그들은 20척에서 500척 규모로 우리나라에는 함경도지방까지 들어가 약탈하기도 했고, 조운선(漕運船, 지방에서 거둔 곡식을 서울로 옮기는 배)의 세곡(稅穀)을 강탈하거나 군부대 안에까지 들어가 방화를 한 적도 있어서 때로는 나라의 운명이 걸린 문제가 되기도 했습니다. 중국에서는 남쪽 해안가를 중심으로 해적질을 했으나 멀리 요동반도에까지 침입하기도 했으며, 필리핀 마닐라까지 가서 약탈을 하기도 했습니다.

그들이 어느 정도 야만적이고 악랄한 존재인가 하면, 고려사 권126, 열전 제39편에 보면 이런 장면이 나옵니다.

> '왜구는 두세 살 되는 여자아이를 납치해다가 머리를 삭발시키고 배를 갈라 물에 깨끗이 씻은 후 쌀 술과 함께 제단에 올려놓고 하늘에 제사를 지냈는데, 좌우편으로 나누어 서서 풍악을 울리고 절을 하였다. 제사가 끝난 후에 그 쌀을 두 손으로 움켜쥐어 나눠 먹고 술을 석 잔씩 마신 다음 그 아이를 불에 태우니, 창자루가 꺾어졌다.
> 賊掠得二三歲女兒, 剃髮剖腹淨洗, 兼奠米酒祭天. 分左右, 張樂羅拜. 祭畢, 掬分其米而食, 飮酒三鍾, 焚其兒, 槍柄忽.'

도요토미 히데요시는 임진왜란을 일으키면서 왜구를 정규군으로 편입했습니다. 조선을 정복하기 위해 자신의 나라를 지탱하고 있는 법과 도덕까지 뭉개버린 것이지요.

밀정이나 배신자들의 조상 중에 왜적들의 침입으로 가족이 죽고 집이 불에 탄 이들은 없었을까요? 아니면, 침략자들이 던져 주는 개밥을 얻어먹으며 살았을까요?

물론 우리가 일본을 괴롭힌 적은 단 한 번도 없습니다.

저들은 이 땅을 끊임없이 노리고 있고, 우리를 지배하고자 침략을 시도해 왔습니다. 이것은 왜국 국민의 변하지 않는 근성입니다.

그러나 언뜻 보면 침략이 성공한 것 같지만, 우주 만물의 생멸과 순환은 그리 단순하지 않습니다. 우리는 나라를 되찾을 것입니다. 하지만 내가 염려하는 것은, 우리가 승리해도 친일 배신자들은 계속해서 뱀의 머리를 들고 나타날 것이라는 점입니다. 만일 그자들 중에 나라를 좌지우지할 힘 있는 자가 나타난다면, 더욱이 그자가 역사의식이 없는 무식한 자라면 어떤 현상이 전개될까요? 일본은 그 배신자들과 야합하여 또다시 군국주의를 부활시키려 할 것입니다.

물론 국민을 속이려는 그럴듯한 논리도 개발하겠지요.

참으로 끔찍하지 않습니까?! 우리가 벌이고 있는 독립운동만큼 미리부터 친일파에 대한 대책 또한 깊이 생각해 볼 문제입니다."

그날 저녁은 천지로부터 약 300미터 아래쯤 되는 곳에서 야영을 했다. 모닥불을 피웠다. 푸른 달빛을 머리에 인 천지의 허리가 하늘을 반쯤 가린 채 고개를 들었고 부석의 조각들이 비늘 같은 형상을 이루어 용이 꿈틀거리고 있다는 착각을 일으키게 했다. 부석은 화산의 폭발로 인해 지하에 있던 마그마가 공중으로 올라올 때 마그마에 포함돼 있던 기체가 공기 중으로 확산하여 구멍이 생기면서 굳어진 분출물이라고 알려줬다. 구멍이 많아 물 위에 뜬다고 하여 붙여진 이름이다.

저녁을 먹고 달을 향해 누웠을 때 심 선생은 이런 질문들을 했다.

"역사에 대해 어떻게 생각하시오?"

스기야마는 한참을 생각하고 나서

"나라마다 각자가 걸어온 발자취라고 생각합니다."라고 대답했다.

그러자 다시

"혼(魂)이란 무엇이라고 생각합니까?"라고 물었다.

"사람의 정신을 의미하는 것이 아닐까요."

"혼이란 인간의 정신인 동시에 정신 이전의 것이기도 합니다."

알쏭달쏭한 말을 하고 나서 또 이렇게 물었다.

"혼 없는 인간이 존재할 수 있을까요?"

"그건 죽은 사람이나 광인(狂人)이겠지요."

"그렇습니다. 혼은 원시로부터의 혈맥이고 정신이며 넋이고 정수(精髓)이며, 또한 언어이고 전통이며 역사입니다. 개인이나 민족이나 혼을 잃어버린다면 그것은 죽은 사람이요 죽은 민족입니다. 혼을 지키는 민족은 일시 나라를 빼앗겼더라도 되찾을 수 있으나 혼을 빼앗긴 민족은 영원한 노예가 됩니다. 그러므로 지금 우리가 싸우고 있는 이 전쟁은 혼을 지키느냐 빼앗기느냐의 전쟁이며, 친일 배신자들과의 싸움이고, 이는 곧 역사 전쟁인 것입니다. 나는 저들이 우리의 혼을 빼앗기 위해 어떤 악랄한 짓거리도 서슴지 않는다는 것을 알았습니다. 그들이 벌이는 놀라운 일들을 직접 그 현장에서 목격했으니까요."

심 선생은 건너편에 가뭇한 산봉우리들을 바라보며 깊은 심호흡을 했다.

"우리 민족은 역사의식이 강한 민족입니다. 양반의 밥상머리든 서민의 사랑채든 어느 곳이나 앉는 자리마다 역사 이야기를 즐겨 나누곤 하지요. 내 선친께서도 역사에 관한 이야기를 자주 들려주셨습니다. 어릴 때부터 들어왔으니까 나도 역사에 관심이 많았습니다. 대학 1학년 때 교내에 소문이 돌았습니다. 여러 학과 중 사학과가 가장 활기를 띠고 있는데 대부분이 젊은 교수들로 이루어졌기 때문이라고 했습니다. 그중에서도 이마니시 류(今西龍)라는 교수의 강의에는 학생들이 구름처럼 모여들어서 강의실을 대강당으로 바꿀 정도라고 했습니다. 그는 기후현(岐阜県) 이케다(池田町) 출신으로 나이는 40에 불과하지만 이미 일본 사학계에서는 무시할 수 없는 존재로 부상하고 있었습니다. 조선총독부가 을사늑약을 체결하고 1910.10.1. 제1대 조선 총독으로 부임한 데라우치(寺内正毅)가 부임 이듬해부터 기획했던 '조선 반도사' 편찬사업에 깊숙이 개입하고 있었지요. 당시 도쿄제대 초기에는 사학과가 있었으나 서양사만을 강의했습니다. 그러다가 문부성에서 관장하고 있던 일본사 편찬 업무를 도쿄제대로 이관했고, 비로소 일본사와 조선사, 그리고 만주사를 강의하게 됐지요. 일본의 교육제도는 자율성이 보장되는 서구와 달리 국가의 개입이 강합니다. 이마니시 류는 도쿄제대 전신인 도쿄대를 졸업하고 모교 대학원에서 조선사를 연구하고 나서 1913년에 문과대학 사학과 강사로 들어왔습니다. 모교 출신인 데다 제국주의 일본인의 자존심을 한껏 높여주는 강의를 하니까 학생들에게 인기가 있었던 것으로 기억됩니다. 그는 점제현신사비(秥蟬縣神祠碑, 한반도에서 가장 오래된 비석)를 발견하거나 신라 고분에 대한 논문을 쓰는 등의 공적을 인정받아 불과 1년 만에 조교수를 거쳐 교수의 자격증을 취득했습니다. 나는 그의 강의를 들어보고 싶었으나 학비를 비롯하여 당장 생계를 위해 돈을 벌어야 하는 처지라 들을 수 없었습니다…"

심 선생의 이야기는 계속됐다.

어느 날 교정을 걸어가고 있는데 누군가가

"어이, 심서현!" 하고 이름을 불렀다. 서현의 일본 이름은 토메이 쇼가쿠(東明松鶴)지만 친밀한 조선인 학생 사이에서는 일본 이름을 부르지 않았다.

고개를 돌려보니 조선인 친구 한명훈(韓明薰), 일본 이름은 이시가미 가쓰노부(石上勝信)다.

그가 뛰어와 나란히 걸으면서 말했다.

"그러지 않아도 만나고 싶었는데 좀체 얼굴을 볼 수가 없더군. 학비를 버느라고 바쁜 모양이라고 짐작하고 있었네."

"왜? 무슨 좋은 소식이라도 있는가?"

"있지, 귀가 활짝 열리는 소식이 있네."

"귀가 활짝 열리는 소식이라니, 무슨 말이야?"

"자네도 알다시피 이마니시 교수가 총독부 중추원 '조선 반도사' 편찬 위원이면서 동시에 고적사 조사위원이 아닌가."

"그런데?"

"그가 몇몇 교수들과 더불어 만주와 조선 각지를 뻔질나게 출장하는 목적은 만주와 조선 일대에 있는 고서들을 수집하고 고분들을 발굴하기 위한 기본계획을 세우기 위함이라고 하네. 이 일들은 총독부 정책으로 시행하는 사업이라는 거야. 그리고 일이 본격적으로 시작되면 참여하는 교수들이 심부름이나 고분 발굴을 위해 제자 중에서 몇 명을 선발한다고 하네. 최소한의 경비도 지급한다니까 우리 같은 가난뱅이 학생들에겐 좋은 기회가 아니겠나. 청강생으로 미리 들어가 있으면 기회를 잡을 수 있을 거야. 학비를 벌기 위해 밖으로 다니면서 여기저기 기웃거리기보다는 받는 돈이 좀 적더라도 꿩 먹고 알 먹는 게 훨씬 좋지 않아?! 게다가 자네는 뼈대 있는 집안이라 역사에 관심이 많지 않은가."

"지금 뼈대 얘기를 입에 올릴 수 있는 형편인가?!"

"하긴…."

두 사람은 씁쓸히 웃었다.

그렇게만 된다면 현장 강의도 듣고 몇 달은 안정적으로 학비도 벌

수 있으니 그의 말대로 꿩 먹고 알 먹는 일이다.

명훈은 이런 말도 덧붙였다.

"이 얘기는 사학과에서 나왔으니까 확실한 걸세. 그래서 나는 며칠 전에 청강생으로 등록해 놨네."

서현은 이튿날 자신의 일본 이름 토메이 쇼가쿠로 청강생 등록을 했다. 그리고 정규과목의 시간을 피해서 틈만 나면 사학과 교수들의 강의를 듣곤 했다.

그들의 강의는 할아버지와 아버지에게서 들었던 내용과는 상반된 것들이 많았다. 이를테면 조선의 고대사는 존재하지 않는 것이고, 단군은 신화에 불과한 것이며, 조선의 강역은 압록강과 두만강 이남에 국한된 것이라고 했다. 조선의 역사는 만주 역사의 일부분으로 대륙으로부터 끊임없는 침략을 받아 스스로 역사를 창조할 능력이나 기회조차 없었다는 것이다. 그리하여 북쪽은 중국에, 남쪽은 일본에 귀속된 문화라고 했다. 그러므로 현재의 문명한 일본이 한국을 통치하는 것은 대륙의 야만인들로부터 조선인의 생존을 보호하고 신문명을 주입해 주는 인도적이며 아름다운 일이라고 했다. 강의는 언제나 그것이 서구적 선진문명을 보유한 일본이 해야 할 의무라는 것으로 귀결되었다. 그때마다 일본인 학생들은 천장이 날아갈 만큼 박수를 쳤다.

어느 날 서현은 이마니시 교수에게 이런 질문을 했다.

"교수님께서는 고조선은 존재하지 않는 나라이고 단군은 다만 신화적 인물이라고 말씀하셨습니다. 그러나 외람되지만 제가 들어온 바로는 고조선은 세계 최초의 국가로서 기원전 1만여 년부터 이미 환국(桓國) 조선과, 배달 조선, 단군(檀君) 조선이 있었던 것으로 알고 있습니다. 그 영역은 한반도를 훨씬 뛰어넘어 서쪽으로는 중국의 하북성 난하(灤

河)에 이르고, 북으로는 흑룡강 이북 외몽고와 시베리아 일부까지, 서(西)로는 연해주, 남으로는 대마도에 이르는 거대한 제국이었다고 들었습니다. 고조선의 강역에 대해서는 조선뿐만 아니라 중국의 역사서들이 증명하고, 관련된 유적이나 이야기들이 곳곳에 전해 내려오고 있다고 하는데 그 존재를 부정하는 말씀은 이해하기 어렵습니다. 고조선이 존재하지 않는다는 명확한 근거를 말씀해 주시기 바랍니다."

교수는 잠시 당황하는 기색을 하고 나서 그 이야기를 어디서 들었는지를 물었고 서현은 할아버님과 아버님으로부터 여러 번 들어왔다고 대답했다. 교수는

"학생은 혹시 한토 슈신(半島出身, 반도 출신)이 아닌가?"라고 물었다. 서현은 모멸감을 느끼며 "조선 출신입니다"라고 대답했다.

아버님 직업이 무엇인가 묻기에 직업은 없지만 역사에 해박한 분이라고 했다.

교수의 입가에 아주 잠깐 비웃음이 흘렀다.

"그렇다면 어느 책에 그런 이야기가 기록돼 있다고 하시던가?"라고 물었다.

"전부를 기억하지는 못하지만, 대략 기억나는 대로 말씀드리면 고려 때 삼국사기(三國史記)나 삼국유사(三國有史), 제왕운기(帝王韻記), 그리고 조선 시대에 쓰여진 세종실록지리지(世宗實錄地理志), 동국여지승람(東國輿地勝覽), 동국통감(東國通鑑) 같은 사서들이 있는 줄로 압니다."라고 대답했다.

교수는 삼국사기와 삼국유사에 기록된 단군의 존재는 다만 고려에 불교가 들어온 이후에 만들어진 불교 신앙에 뿌리를 둔 신화적인 인물이라 하고, 자신과 같은 견해로 시라토리 구라키치(白鳥庫吉) 교수도

'조선고전설고(朝鮮古傳說考)'에서 '단군은 개국 신화로 인정할 수 없는 망발이며 고구려인이 만든 신화'라고 했다는 말을 덧붙였다. 시라토리 구라키치가 누군가. 그는 일찌감치 1908년에 만철(남만주철도) 총재인 고토 신페이(後藤新平)를 설득하여 일본 역사학계의 수재들을 모아 만철 산하에 '만선역사지리조사실(滿鮮歷史地理調査室)'이라는 것을 만들게 한 장본인이다. 본격적인 역사 날조 작업을 위한 기구다.

이마니시 교수는 구차하고 긴 설명 끝에 결론 맺기를 근거가 불분명한 단군신화는 조선이 주체성을 지닌 역사를 만들어 갈 기회조차 없었다는 것을 의미하는 것이라고 했다.

조선인 학생들은 화가 났으나 교수에게 감히 이의를 제기하지 않았다. 그러나 서현은 위서(魏書)나 관자(管子), 후한서(後漢書) 등에 수록된 단군에 관한 기록을 제시했고, 교수와 제자 간에 불꽃 튀는 논쟁이 전개됐다.

서현이 말했다. "모든 역사서를 그런 방식으로 치부한다면 세상에 신뢰할 수 있는 역사서가 얼마나 존재할 것입니까?! 그것은 일견 유물론적 역사관이라고 오해받을 수도 있을 것입니다. 교수님의 말씀대로라면 기원전 100년 시대에 살았던 사마천의 사기가 고대사에서 비중 있는 역사서로 평가받을 이유가 없을 것입니다. 환국이나 배달, 단군 조선은 존재하지 않는 국가이고 다만 전설에 불과하다고 말씀하고 있으나 고대에는 문자가 없었으므로 국가의 존재나 사건이나 인물에 대한 기록을 남길 수단이 없었습니다. 기껏해야 알타미라 동굴의 벽화나 울산군(울산시)의 암각화 같은 그림 몇 점이 고작이 아닙니까? 그러므로 구전을 통해 입에서 입으로, 세대에서 세대로 전달될 수밖에 없고, 그 과정에서 이야기가 부풀려져서 급기야는 신화적 수준으로까지 변화한 것이라고 생각합니다. 교수님 말씀대로라면 1873년 하인리히 슐레이만(Heinrich Schliemann)이 발견한 트로이(Troy) 문명은 어떻게 설명할 수가 있습니까?! 기원전 750년경에 살았던 것으로 추정되는 호메로스(Homeros)의 서사시 일리아드(Ilias)에 기록되어 전설로만 여겨졌던 트로이라는 도시가 암흑 속에 잠겼다가 모습을 드러내지 않았습니까?! 그러므로 문자가 없던 고대의 역사를 현대의 기준으로 보아서는 안 된다는 생각입니다. 역사에 있어서 부족하거나 왜곡된 부분이 있다면 유골 유물을 발굴하거나 야사를 수집하거나, 또는 언어의 변화를 연구하는 등으로 당시에 존재했던 사람들의 모습과 가치관과, 시대적 상황과, 사용했던 생활용품이나 문화 등을 추적하여 밝히려는 노력이 있어야 할 것입니다. 그런 면에서 본다면 교수님께서 하시는 말씀은 학자의 자세라고 할 수 없을 것 같습니다."

교실 안이 발칵 뒤집혔다. 일본인 학생들은 자리에서 일어나 고래고래 소리를 지르며 무례하다고 손가락질을 했다.

그러나 개의치 않았다. 오히려 일본서기(日本書紀)에 있는 천황가의 전설인 니니기(天津彦彦火瓊瓊나무 목 변에 午窜)와 미시루시(三種神器: 칼=권력, 굽은 구슬=풍요, 거울=신)에 관한 이야기를 예로 들려다가 강의가 아주 쑥대밭이 될 것 같아 그만두었다. 천황가와 일본인들이 목숨보다 귀하게 여기는 미시루시는 환인천제께서 하사한 것이라는 이야기가 있고, 이마니시 교수의 논리대로라면 일본 천황가는 이 문명한 시대에 이르기까지도 전설에 근거한 물건들을 목숨보다 귀하게 여기고 있는 셈이다.

이 일로 서현은 이마니시 교수에게 찍힌 것 같다고들 했다.

며칠 후 서현은 다섯 명의 조선인 학우들과 역사연구회를 만들었다. 명칭은 '조선역사 연구모임'으로 했다. 그들은 모두 손을 한군데로 모아 굳은 맹세를 했다. 회원은 서현을 비롯해 한명훈, 박현택, 최재영 그리고 이 모(某)라는 친구였다. 다섯 사람 중에 네 사람은 일본 이름을 갖고 있었으나 이 군은 그때까지도 일본 이름으로 개명하지 않고 있었다. 일제의 강압을 어떻게 견뎌냈는지 대단하다는 생각들을 했다. 그런 이유로 모두가 그를 마음속으로 깊이 신뢰하고 존경했다. 그는 개명하지 않았음에도 이마니시 교수로부터 가장 두터운 신임을 받고 있었다. 수수께끼 같은 일이었다.

다섯 회원은 매번 강의를 청취할 때마다 연구하고 분석하는 작업을 열심히 했다. 그 결과 학생의 신분인지라 매우 초보적이고 미비하지만 몇 가지 사항에 대해 근거를 가지고 성과를 도출했다. 그 내용을 일일이 나열하는 것은 독자들을 지루하게 하는 일이므로 여기서는 간단히 적는다.

첫째는 이마니시 교수가 강의에서 석유환국(昔有桓國: 옛적에 환국이라는 나라가 있었다)이라는 글자를 석유환인(昔有桓因: 옛적에 환인이라는 사람이 있었다)으로 변조하여 강의하는 것은 단군의 역사를 부정하려는 것이라는 점.

둘째, 이마니시 교수가 발견한 우리나라에서 가장 오래된 비(碑)로서 낙랑군의 위치가 한반도 안에 있다는 것을 증명한다는 점제현 신사비(秥蟬縣 神祠碑)에 대해서는 신빙성이 없으므로 더 연구하고 규명해야 할 필요성이 있다는 점.

셋째, 사마천이 기록한 기자조선(箕子朝鮮)은 근거 없는 설화에 불과하다는 점.

넷째, 이마니시가 주장하는 한사군은 당시 상황으로 존재할 수 없다는 점.

다섯째, 임나일본부는 일본인들이 열등의식에서 만들어 낸 가공의 존재라는 것.

어느 날 강의가 끝나고 집으로 돌아갈 무렵 반 대표가 강단으로 올라가 말했다.
"지금부터 호명하는 학생들은 하교하지 말고 남기 바랍니다."
나머지 학생들이 돌아간 다음 이렇게 말했다.
"반가운 소식을 알려드리겠습니다. 드디어 기다리던 날이 왔습니다. 여러분과 저는 조선 고대사 연구의 기초자료가 되는 서적들을 발굴하기 위해 열흘 후인 3월 10일에 교수님들을 따라 조선으로 건너갑니다. 이번 조사는 작년(1922)에 했던 조사와 연관된 2차 조사로서 정식명칭은 '조선 구관제도 제2차 조사사업(朝鮮舊慣制度 調査事業)'이며 기간은 약 80일이 소요될 것이고, 답사 지역은 조선 전역과 만주 일대라고 합니다. 우리들의 임무는 교수님들이 하시는 일을 보좌하는 것입니다. 한 사람씩 앞으로 나와 오른편 탁자 위에 놓인 인쇄물들을 가져가고, 거기에 적혀 있는 내용에 따라 앞으로 남은 15일 동안 출발 준비에 빈틈이 없도록 하기 바랍니다."
여기서 잠시 조선총독부가 추진해 온 조선 역사 말살정책과 조선인의 일본인화 정책에 대한 계략을 살펴볼 필요가 있다. 이토 히로부미(伊藤博文)와 소네 아라스케(曾禰荒助)를 거쳐 1910.5.30. 조선통감(朝鮮統監)으로 임명된 후 다시 1910.8.29. 제1대 조선 총독으로 부임한 데라우치 마사다케(寺內正毅)는 취임 한 달 후인 1910.11월부터 1911.12.말까지 1년 2개월 동안에 걸쳐 전국의 각도 각 시군, 경찰서를 동원해 방방곡곡에 있는 고사서 등 51종 20여만 권을 색출하여 불태우고 중추원 산하에

'편찬과'를 설치하여 소위 '조선 반도사' 편찬 작업을 추진했다.

그는 '반도사' 추진에 앞서 이런 말을 했다.

"조선인들에게 일본 혼을 심어주어야 한다. 그렇지 않고 그들의 민족적 반항심이 타오르게 되면 큰일이므로 영구적이고 근본적인 사업이 시급하다. 이것이 곧 조선인들의 심리연구이며 역사연구이다."

그리고 이 사업의 실천방안으로는

첫째, 일본인과 조선인이 같은 뿌리에서 나온 같은 민족이라는 것을 강조할 것.

둘째, 아득한 옛날로부터 조선에 이르는 군웅의 흥망기복(興亡起伏)과 역대의 혁명역성(革命易姓)에 의해 백성이 점차 피로를 느끼게 되고 빈약에 빠지는 실황을 설명함으로써 일본 황제가 다스리는 오늘의 세상이 오히려 인생의 행복을 느끼는 좋은 시대라는 것을 알릴 것.

그 후 '반도사' 편찬 작업은 진척을 보지 못하다가 1916년 도쿄대 구로이타 가쓰미(黑板勝美), 이나바 이와키치(稻葉岩吉), 이마니시 류(今西龍) 교수 등을 중심으로 체제를 정비하여 '조선 반도사 편찬 요지'가 발표됨으로써 본격적인 줄발을 하기에 이르렀다.

1919년 3·1운동으로 조선인들의 거족적 저항에 놀란 일제는 배달민족의 혼을 말살할 필요성을 더욱 절감하게 되는데 동년 8.12. 부임한 사이토 총독은 이런 말을 했다.

"먼저 조선사람들이 자신의 일과 역사 그리고 전통을 알지 못하게 만듦으로써 민족혼과 민족문화를 상실하게 하고, 그들의 조상과 선인들의 무위무능과 악행들을 들추어내어 그것을 과장하여 후손들에게 가르침으로써 조선의 청소년들이 그 부조(父祖)들을 경시하고 멸시하는 가정을 일으키게 하여 그것을 하나의 기풍으로 만들면, 그 결과 조선의 청소년들이 자국의 모든 인물과 사적에 대하여 부정적인 지식을 얻어 반드시 실망과 허무감에 빠지게 될 것이니 그때 일본의 사적(史蹟), 인물, 문화를 소개하면 그 동화(同化)의 효과가 지대할 것이다. 이것이 제국 일본이 조선인을 반 일본인으로 만드는 요결인 것이다."

사이토는 1921년에 '조선사 편찬'을 제안했고, 이듬해인 1922.12.4. '조선사편찬위원회 규정'을 발포했으며, 이를 근거로 총독부 산하 중추원 내에 '조선사 편찬위원회'를 두게 되었다. 중추원 내에 설치한 이유는 중추원이 구한국 때의 전직 관리들로 구성되어 있어서 한국사에 관한 지식이 풍부한 한국인을 이용할 수 있을 뿐만 아니라 이 사업이 공명 정확한 사서라는 점을 부각시키려는 계산이다.

한편, 데라우치가 제안한 '반도사 편찬 계획'은 1924년 말까지 병행 운영되다가 1925.6. 칙령 제218호에 의거하여 발족한 '조선사편수회(朝鮮史編修會)'에 흡수되었다.

반 대표의 말대로 이번 서책 조사를 위한 만주 출장은 이미 작년(1922년)에 1차 조사가 있었고, 이번을 비롯하여 앞으로도 3~4회 동안 진행될 것이라고 한다. 그리고 보면 조선의 고대사에 관한 기록을 저인망어선처럼 깡그리 수거하려는 속셈이라고 서현은 생각했다. 그러나 사료 수집은 1937년까지 무려 27년간 계속된다.

반 대표는 한 사람씩 이름을 불렀다. 그런데 호명된 18명 가운데 역사연구회 학우 3명은 들어가 있었으나 유독 서현의 이름은 빠져 있었다. 반 대표에게 물었으나 아는 바 없다는 대답만 돌아왔다. 교수실로 갔다. 이 시기 이마니시 교수는 국비로 중국 유학 중이었는데 시도 때도 없이 불쑥 나타나 몇 주 동안 강의를 하는가 하면, 북경이나 만주를 간다고 훌쩍 떠나기도 했다. 무엇을 하는지 내용을 알 수는 없지만 조선 고대사에 관한 일로 종횡무진 돌아다닌다는 것은 짐작할 수 있었다.

"교수님, 이번 조사단에 지원자 대부분은 명단이 있는데 저는 없습니다. 다른 사람들보다 훨씬 일찍 신청서를 제출했는데 혹시 착오가 생긴 건 아닌지 확인해 주시기 바랍니다."

교수는 안경 너머로 서현의 얼굴을 뚫어지게 바라보다가 차갑게 대답했다.

"착오가 아닐세. 예산 관계로 부득이하게 신청자 중 몇 사람은 빠질 수밖에 없네. 나로선 어쩔 수 없는 일이야. 다음에 또 기회가 된다면 고려해 보겠네."

서현은 겸손한 태도로 다시 물었다.

"신청자 대부분이 참여하게 됐는데 하필이면 제가 왜 제외됐는지 선발기준을 알고 싶습니다."

교수는 책상 위에 흩어져 있는 종이와 서류뭉치들을 정리하면서 시큰둥하게 말했다.

"학생에게 무슨 결격사유가 있는 건 아니고, 다만 예산 형편상 누가 빠져도 빠져야 하는 건데 운이 없달까 자네가 거기에 해당한 걸세. 더는 대답할 말이 없네."

더는 대답할 말이 없다면 더는 물을 필요도 없다.

자취방에서 초조하게 기다리고 있던 회원들이 크게 실망한 표정을 지었다. 모든 일을 주관하던 회장이 빠졌으니 맥이 풀리는 건 당연하다. 어떻게 하면 서현을 함께 참여시킬 수 있을 것인가, 머리를 맞댔으나 뾰족한 생각이 떠오르지 않았다.

하는 수 없어 헤어지려는 때에 박현택이 말했다.

"미안한 말이지만 이(李)군 자네가 좀 나서서 해결해 볼 수는 없을까? 평소 이마니시 교수의 신임을 받고 있으니까 말일세."

그는 썩 내키지 않는 표정이지만 모두가 한목소리로 말했으므로 고개를 끄덕였다.

일주일쯤 지나 연락을 받고 모였을 때 이 군이 다섯 사람 앞에 한 장씩 꺼내 놓은 것은 서약서라는 제목의 종이였다.

"서현 학생은 학비 때문에 학교를 중퇴해야 할 절박한 처지라고 말씀드렸네. 그래도 세 번째 찾아가서야 간신히 승낙을 받았네. 대신에 우리 다섯 사람 각자가 이 서약서에 이름을 쓰고 도장을 찍어서 제출하라는 조건일세."

내용을 읽어보니 이번 탐사에서 규정을 잘 따를 것이며 탐사 중 취득한 사항들에 대해선 어떤 것이라도 탐사 이후까지도 외부에 누설하지 말아야 하고, 만일 서약을 어길 시는 재학 중에는 학생 신분상의 불이익은 물론이고 졸업 후에도 민형사상의 책임까지 져야 한다고 쓰여 있었다.

누군가가 물었다.

"다른 학생들로부터도 이 서약서를 받는 건가?"

"아닐세. 일본인 학생들에게는 받지 않고 우리한테만 받는 것 같아. 당초에 네 사람이 포함됐던 때는 받을 생각을 안 했던 것 같은데 내가 하도 끈질기게 찾아가 간청을 하니까 서현 친구를 포함시켜 주는 조건으로 모두의 서약서를 받는 것일세."

한 친구가 말했다.

"서현 회장에 대한 불신과 미움이 많은가 보군. 그래도 승낙을 받아냈으니 얼마나 대단한 일인가. 고생한 이 군에게 박수를 쳐 주세."

한 친구가 서현을 향해 웃으면서 말했다.

"왜 평소 껄끄러운 질문을 해서 미움을 자초했나."

"그러게나 말일세."

"이 서약서를 보니까 우리가 마치 무슨 정보기관의 요인이라도 된 것 같은 기분이 들어 실소를 금치 못하겠네. 도대체 역사 연구에 서약서가 무슨 필요가 있나. 참으로 어처구니가 없네."

"조선인이니까 지시에 특별히 잘 따르라는 경고성 의미 외에 뭐 다른 뜻이 있겠는가."

그러나 또 다른 친구가 말했다.

"아닐세. 이번 일에는 필시 무슨 꿍꿍이가 숨어 있기 때문일 거야."

기다리던 3월 10일이 되었다. 역사는 발로 뛰어 공부하라는 말이 떠오르고 앞으로의 기대에 몹시 흥분되었다. 일행은 열차로 시모노세키까지 와서 관부(關釜)연락선 도쿠주마루(德壽丸)를 타고 부산에 도착, 한 시간 뒤에 야간열차로 서울까지의 상행선을 달렸다.

1901년 일본이 경부철도 주식회사를 설립하고 그해 8.22.에 영등포에서 경부선 북부 구간 기공식을, 9.21.에는 부산의 초량(草梁)에서 경부선 남부 구간 기공식을 했으니 일제는 이미 을사늑약을 체결한 1905년 11.17.보다 훨씬 이전인 1897년부터 경인선 철도 착공을 시작으로 조선을 정복하고 대륙으로 진출하기 위한 계획을 진행하고 있었음을 알 수 있다.

열차 안은 시끄러웠다. 교수와 학생들이 한데 어울려 왁자지껄 떠드는 소리와 후끈한 열기로 땀을 흘리는 사람들도 있었다.

이번 조사반에는 중등학교 시절 수학여행을 다녀온 학생들이 다수지만 조선 땅을 처음 밟아 보는 이들도 많았다. 그러나 만주를 여행해 본 사람들은 많지 않았다. 조사반은 경성에 도착한 후에 다시 경성제대 교수 학생들도 참여하여 조선과 만주 두 개의 반으로 갈린다고 했다. 모두의 설렘은 열차가 밤새 달려 이튿날 새벽에 경성에 도착할 때까지 졸음조차도 잊게 했다.

경성에서 이틀을 지내는 동안 학생들은 마음이 들떠서 이곳저곳 구경을 다니고 이야기꽃을 피웠으나 교수들은 연신 총독부를 드나들기도 하고 밖에서 사람들을 만나는 등으로 바쁜 시간을 보내는 것 같았다.

이때 박현택 친구가 교수들 방문 앞에 있는 쓰레기통 옆에서 우연히 발견했다면서 종이 한 장을 가져왔다. 평소 교수들의 행동을 주시하고 있었기 때문일 것이다. 그것은 아무렇게나 구겨 내던진 메모였다. 자세히 들여다보니 빈자리마다 무질서하게 갈겨쓴 종이에는 '지나(中國) → 한반도 강역'이니, '환인~환웅~단군 고사서 말살', '전통문화 제거' '조선사 → 반도사로' 등의 낙서가 있었다.

행선지는 경성에서 이틀을 보낸 마지막 날에 공표되었다. 다섯 명의 '조선 역사연구회' 회원 중 서현과 최재영 이모 등 3명은 만주반으로 가게 됐고, 한명훈과 박현택 학생은 조선반에 남았다.

만주반은 다시 두 개로 쪼개져 제1반은 함경선을 이용해 용정으로 가고 제2반은 경의선을 이용해 봉천 쪽으로 향했는데 서현과 최재영은 제2반에 소속됐다. 제2반에 소속된 교수는 교토대의 구로이타 가쓰미(黑板勝美), 이케우치 히로시(池內宏), 이나바 이와키치(稻葉岩吉), 이마니시 류(今西龍), 미우라 히로유키(三浦周行), 경성제대 오다 쇼고(小田省吾), 그리고 회계책임자 1명, 중국어 통역 2명과 학생 11명 등 총 20명이다.

사학계의 거두 다수가 서만주 쪽에 배치된 것은 아마도 조선 고대사에 관계된 일들이 그쪽에 많다고 판단한 것으로 생각됐다. 일행은 봉천에서 이틀을 묵은 다음 3일째 되는 날 일찍 영사관에서 제공한 차를 이용하여 북경으로 갔고, 다시 북경 주재 일본영사관에서 제공하는 차를 이용하여 하북성 보정(保定)으로 갔다. 예상보다 훨씬 서쪽으로 들어온 것이다. 교수들이 수군대는 말들을 종합하면 이곳 수성(遂城) 일대가 한나라 낙랑군 수성현(樂浪郡 遂城縣)이 있던 곳이라는 것을 알았다. 그렇다면 이 일대가 한사군이 설치되기 전 고조선의 강역이라는 뜻이다.

중국의 하북성이라는 말에 불안을 느끼는 학생들이 있었다. 그러나 당시의 중국정세는 공산당 창당대회와 노동자 파업, 광둥성 비상대총통 쑨원(손문)의 북벌계획으로 인한 광둥성 실권자 천중밍(陳炯明)과의 알력, 봉천파와 직례파 간의 주도권 싸움 등으로 어수선한 분위기였다. 그러나 중국에 대한 일본의 영향력은 절대적이었으므로 이번 활동도 안전이 보장된 상태에서 진행되고 있었다.

이튿날부터 교수 한 사람에 학생 1~2명이 배치되었다. 그리고 각기 정해진 구역을 다니면서 일을 시작했는데 그것은 조선 역사, 특히 고조선과 단군에 관한 책자를 수집하는 일이 주된 업무였으나 유물의 소재지, 설화 같은 것들도 찾아서 기록했다. 서적 수집은 조선총독부가 몇 년에 걸쳐 산하 정보기관들을 동원하여 은밀하게 작성한 자료들을 토대로 진행됐는데 반드시 일본영사관이나, 일본 거류민회, 일본인 학자, 일본 유학생회, 일본군 정보부대, 일본 경찰관 파출소, 때로는 고쿠류카이(흑룡회)나 겐요샤(현양사) 같은 낭인 집단과도 접촉하여 광범위하고도 상세한 정보를 얻은 다음 대상자들을 만났다. 일을 쉽게 처리할 수 있도록 그들의 협조를 얻어야 했고, 사실의 확인이나 전에 얻은 정보의 변동 유무, 상대방의 성격과 약점 같은 것들까지 파악하기 위함이다. 현지에서 취득한 정보들을 보충적으로 활용하는 때도 있었다. 조별로 구역이 부여돼 있긴 하지만 상황과 필요에 따라서는 전체를 한꺼번에, 또는 교체로 투입하기도 했다.

서책 소장자들 대부분은 돈을 주면 순순히 응했으나 온갖 수단을 다 써도 완강하게 거절하는 사람들도 있었다. 사서로서의 가치가 있는 책일수록, 지식수준이 높은 사람들일수록 그랬다. 이 경우 돈을 몇 배로 계산해 주든가, 혹은 차용증을 쓰고 잠시 빌려 필사를 했다. 필사를 할 때는 학생들이 며칠씩 밤을 새우며 고생했다.

어느 날은 이런 일도 있었다.

백석산 아래 어느 허름한 농가를 방문했을 때다. 주인은 50대 초반으로 첫눈에 보기에도 학자풍의 모습이다. 몇 마디 대화를 나눠보니 한족에 대한 자긍심이 대단했다. '동방사력(東邦史歷)'이라는 서책을 소유하고 있는데 조상 대대로 전해져 오는 가보로 누가 와도 내놓을 수 없다고 했다. 몇 마디 말을 나누고 이나바 교수와 학생은 그냥 돌아갔다. 이튿날 일행 중에 낯선 사람이 끼어 있었다. 본명인지 가명인지는 알 수 없으나 자신의 성이 후(胡)라고 밝힌 사람이 책 주인인 인(殷)씨와 단둘이 그의 안방에서 마주 앉았다.

후가 말했다.

"그 서책이라는 것이 사람의 생명보다 중요한 것이오?"

"우리 가문에서는 생명처럼 소중한 것입니다."

"사람이 죽어도 책을 내놓지는 못하겠다는 말로 이해해도 되겠소."

"그게 무슨 말씀이오?"

"선생의 자녀 중에 지금 북경 대학교에서 교수를 하는 사람이 있지요?"

"네, 둘째 아이가 인문대학에서 철학을 가르치고 있습니다. 왜 그걸 물으십니까?"

"인 교수는 얼마 전 고대 그리스철학을 강의하면서 마르크스 이념을 찬양 고무한 적이 있소. 물론 아주 짧은 순간의 실수라고 여겨지지만, 사안은 그리 가볍지 않소. 당국에서 은밀하게 성분을 조사 중입니다."

당국이란 직계군벌인 차오쿤(曹錕, 조곤)을 일컫는 말이다.

"그 문제와 이 책과 무슨 연관이 있습니까? 더욱이 이 책을 일본에 넘겨주는 것은 당신도 같은 중국인으로 국가에 대한 배신행위가 아닙니까?"

"적과의 사이에도 어쩔 수 없는 상황이 존재할 때가 있소. 이 자리에서 내용을 밝힐 수는 없지만 작은 것을 주고 큰 것을 받아야 할 일이 있다는 말씀입니다. 그런 일에 협조하는 것이 애국이 아니겠습니까? 지금 상황으로는 오히려 아드님인 인 교수가 국가를 배신한 걸로 생각되는데 동의하지 않으십니까?"

말 몇 마디와 인사치레의 돈 몇 푼으로 책은 후라는 기관원의 손을 거쳐 일본인 교수들의 손으로 들어갔다. 어떻게 일본을 적으로 여기고 있는 장개석 군대의 정보원이 일본을 돕게 됐는지는 정말 수수께끼 같은 일이었다.

다음의 일정은 남쪽으로 내려가서 은나라 무(武)씨 사당이 있다는 산둥성 가상현(嘉祥縣)을 거쳐 당산~적봉~조양~금주~심양을 경유하여 다시 동쪽으로 고구려 국내성이 있었던 집안(集安)을 경유, 단동에서 제1반인 용정반과 만나게 되어 있었다.

성(省)과 현(縣)을 경유할 때마다 서적들이 쌓여갔다. 수집된 서적들은 우선 제목과 쪽수만 적은 다음 자동차를 이용하여 단동으로 보내졌다.

일행은 경성에서 출발한 지 70일이 되는 날 단동에 도착했는데 용정으로 갔던 제1반은 이미 이틀 전에 와있었다. 그곳에서의 체류는 10일이다. 체류 기간을 길게 잡은 것은 그동안 양쪽에서 수집한 서책들을 일목요연하게 정리해야 하기 때문이다.

학생들은 교수들의 지도를 받으면서 작업을 진행했다.

창고에 가득 찬 서책들은 수량에서도 놀랍거니와 대부분의 제목도 지금까지 들어보지 못한 것들이다.

3만여 권의 서책들은 연대별 작가별 분야별 내용별로 구분 작업을 해야 한다.

서현은 일본인 학생 3명과 함께 경성제대 오다(小田) 교수가 지도하는 정리 조에 편성되었다.

이러는 가운데 '조선역사 연구모임' 회원들은 교수와 일본인 학생들의 눈을 피해 비밀리에 첫 번째 회합을 가졌다.

어느 날 저녁 식사 후 숙소와 500미터쯤 떨어진 중국인이 살았던 낡은 폐가 안에서 다섯이 만났다.

서현이 말했다.

"창고에는 보물보다 귀중한 우리의 고서들이 산더미처럼 쌓여 있네. 앞으로도 수차에 걸친 수집이 있다고 하지만 중요도로 추정하면 이번에 수집한 서책들이 사료적 가치가 가장 높은 것들이라 생각되네. 그러나 목숨보다 귀중한 저 서책들이 열흘 후면 조선총독부나 일본으로 건너가 놈들의 수장고에서 영영 나오지 못하거나 불에 태워질 걸세."

그의 말을 받아 최재영이 말했다.

"그렇긴 하지만 이 상황에서 우리가 할 수 있는 일이 없지 않은가?!"

그는 어둠에 덮인 밖을 내다보면서 길게 한숨을 쉬었다.

서현이 말했다.

"한숨만 쉬고 있을 때가 아닐세. 아무리 감시 감독과 경계가 심해도 빈 곳은 있기 마련이야. 모두 방안을 생각하여 모레 이 시간, 이곳에서 다시 만나세."

이틀이 지나 다시 회합을 가졌을 때 서현이 말했다.

"나는 결심했네. 서책 정리가 끝날 무렵 가장 역사적 가치가 있다고 생각되는 책들을 가지고 도주할 생각이네."

명훈이 말했다.

"나도 줄곧 그 생각을 했었는데 여기 오기 전 결심을 굳혔네. 함께 도주하기로 하세."

두 사람의 말에 나머지 세 사람도 함께하겠다고 나섰다.

서현이 말했다.

"그럴 필요는 없네. 우리 다섯 사람이 모두 이곳에서 도망을 친다면 그건 일을 크게 벌이는 걸세. 한두 사람이 책 몇 권을 가지고 사라진 것과 다섯이 모두 책을 가지고 사라진 것은 성격 자체가 다른 것일세. 그렇게 되면 한 사람도 성공하지 못할 수도 있네. 공연히 일을 크게 벌이지 않도록 하세. 그리고 몇 사람은 남아야 저들이 벌이고 있는 비열한 현장을 똑똑히 보고 증명할 수 있지 않겠는가. 언젠가는 모두가 한 곳에서 만날 날이 있을 걸세."

"남게 되는 사람들이 위험에 처할 수가 있네. 서약서도 쓰지 않았나."

"도망친 학생들과는 전혀 관련이 없다고 딱 잡아떼야지. 그 정도 각오도 없을까…."

"그럼 어떤 책들을 가지고 가야 하지?"

"구로이타 교수가 창고 한쪽에 별도로 설치해 놓은 서가가 있지 않은가. 눈치를 보니까 그 책들은 구로이타가 개인적으로 가져갈 모양이니까 가장 귀중한 책들로 골랐을 것이라 생각되네."

서책들에 대한 정리가 거의 마무리 단계에 접어들고 경성으로의 출발을 이틀 앞둔 날 저녁, 작업을 마친 학생들과 지도교수들을 모두 문밖으로 보내고 나서 총감독 구로이타(黑板) 교수가 여느 날과 같이 서책들이 쌓인 창고를 한 바퀴 돌아본 뒤 대장에 '이상 없음'이라 쓰고 서명을 한 다음 밖으로 나가 창고의 문을 닫았다. 육중한 쇠문을 닫는 소리가 멀리까지 들렸다. 그는 고리에 걸려 있는 커다란 자물통을 힘들여 잠그고 나서 하늘을 쳐다봤다.

아내의 얼굴처럼 복스러운 달이 이국 하늘에 고즈넉이 떠 있다. 집 떠난 지 벌써 두 달 지났다. 부부란 참으로 묘한 존재다. 평소에는 공기나 물 같은 사이지만 며칠만 떨어져 있어도 허전함을 느낀다. 대학교수라는 직업은 밖에서 밥을 먹을 때가 집에서 먹는 날보다 많다. 그런데도 늘 이 시간쯤이면 남편을 위해 저녁 준비를 마치고 기다리곤 하는 아내. 부잣집 딸로 자라 음식에 별 기대를 하지 않았던 그녀는 뜻밖에도 시집온 사흘째부터 놀라운 솜씨를 발휘하여 사무라이 출신의 시아버지 구로이타 요헤이의 얼굴에도 웃음꽃이 피게 했다. 그녀의 특기는 후그치리나베(ふぐちりなべ)다. 싱싱한 제철 복어에 배추와 파 쑥갓 버섯 등을 넣고 끓여 적당히 배합한 초간장에 찍어 먹을 때의 그

쫄깃하고 담백한 식감, 그리고 마지막에 먹는 스프의 진한 맛은 무엇과도 견줄 수 없다. 교수는 자신의 뚱뚱한 몸집, 특히 불쑥 나온 배가 아내로 인해 비롯됐다는 생각으로 피식 웃었다. 물론 '일본 고문서 양식론'으로 문학박사 학위를 받고 도쿄 제대 교수가 되도록 뒷바라지를 한 사람도 그녀다. 며칠 있으면 조선의 보물인 고서들을 가지고 현해탄을 건너갈 것이다. 그리고 고향 하사미 마을에 건립할 예정인 내 이름의 역사 문고는 더욱 풍성해질 것이다.

구로이타는 50대 초반인 경비원의 인사를 받으며 식당으로 걸음을 옮겼다. 그 경비원의 구름이 잔뜩 낀 것 같은 흐리멍덩한 눈동자가 맘이 들지 않지만, 별일이야 있으랴. 그리고 이틀만 지나면 끝나는 일이다.

발소리가 사라지고 나서 약 10분 뒤 창고 안 뒤편 구석에 쌓여 있던 책 무더기가 솟아올랐다. 머리를 드러낸 사람은 한명훈이다. 그는 조심스럽게 무더기를 헤집고 나와 어둠 속에서 손을 더듬어 벽을 따라 뒷문 가까이 다가갔다. 문틈 사이로 가늘게 달빛이 흘러들었다. 벽에 기대앉아 눈을 감았다. 고향, 어머니, 누이동생 숙이, 소꿉친구들의 얼굴이 주마등처럼 지나갔다. 그러나 이 순간은 머릿속에서 모든 걸 지워야 한다. 오직 한 가지 일이 탈 없이 성공하기를 바랄 뿐이다. 문득 수의를 입은 안중근 의사의 얼굴이 떠올랐다.

사나이의 길을 걸으리라.

얼마의 시간이 흘렀을까 뒷문을 살짝 건드리는 소리가 들렸다.

잠시 숨을 멈추고 귀를 기울였다.

"날세, 서현이야!"

얼른 문을 열었다. 서현이 들어왔다. 명훈은 문을 닫으면서

"경비원은?"이라고 물었다.

"아편에 취해 짚 더미 위에서 흥얼거리고 있네."

"그럼 됐네. 아무튼 용하이."

명훈이 호주머니에서 성냥과 양초를 꺼내 불을 붙였다. 그러고는 촛농을 떨궈 서가의 빈 곳에 세웠다. 서현은 들고 있던 보자기를 내밀었다.

"자, 시장할 텐데 우선 밥부터 먹게."

"아닐세. 밥은 그냥 가방에 넣었다가 안전한 곳에서 먹겠네. 빨리 이곳을 벗어나세."

두 사람은 미리 싸둔 책가방을 하나씩 들고 촛불을 끈 다음 문을 열고 나섰다. 멀지 않은 곳에서 경비원이 흥얼거리는 콧노래만 들려올 뿐 사방은 고요하다. 서현은 미리부터 경비원을 가까이하여 그가 아편을 즐긴다는 사실을 알아냈고, 음식점 주인인 중국인을 통해 매입한 아편을 몇 번 제공했으므로 경비원은 안심하고 이 시간을 즐기고 있는 것이다.

두 사람은 동네를 멀리 돌아 아득히 점처럼 보이는 곳을 향해 달리기 시작했다. 며칠 동안 검토를 거친 끝에 목표를 정한 곳이다. 논밭으로 난 사잇길을 얼마나 달렸을까, 명훈의 발걸음이 느려지기 시작했다.

"빨리 평원을 벗어나야겠는데 허기가 져서 몸이 말을 듣지 않아. 아무래도 밥을 먹어야겠어."

밭 가에 쌓인 돌더미 아래에서 허겁지겁 밥을 먹은 다음 다시 달리기 시작했다.

새벽 5시는 됐을까. 멀리 지평선 위로 붉은 기운이 돌기 시작할 때가 돼서야 목표했던 산에 도달했다. 잡목과 넝쿨들 사이에 화강암 바위들이 듬성듬성한 높은 봉우리들이 멀리까지 이어져 있었다.

얼마의 거리인지 모르지만 거의 10시간 가까이 달려왔다는 것과 몸을 숨길 수 있는 험한 산중에 있다는 것에서 조금은 안심이 되었다. 그러자 피로가 밀물처럼 밀려들었다. 두 사람은 상수리나무 아래 평평한 곳에 벌러덩 드러누웠다. 그리고 이내 정신없이 코를 골기 시작했다.

얼마나 시간이 흘렀을까. 잠에서도 미세하게 작동하고 있던 신경이 경고음을 보냈다. 상반신을 동시에 일으킨 두 사람의 귀에 아련히 개 짖는 소리가 들려왔다. 사람들이 떠드는 소리도 섞여 있다. 풀숲 사이로 내다보니 멀리 산 아래 들판에서 농부로 보이는 사람이 손가락으로 산을 가리키며 군인들에게 무언가를 열심히 설명하고 있다. 소리들은 점점 가까이 올라오고 있었다.

벌떡 일어나 큰 산봉우리가 보이는 방향으로 내달렸다. 한 곳에 이르자 눈앞에 여러 개의 봉우리가 나타났다.

"안 되겠네, 여기서 헤어지세. 부디 살아서 다시 만나세. 이 가방을 온전하게 들고 말일세."

"행운의 신이 함께하기를!"

서현은 숨가쁘게 달리면서도 추적자들의 소리에 귀를 기울였다. 그런데 그들의 소리가 차츰 멀어지고 있었다. 어느 순간 건너편 산봉우리가 소란스러웠다. 개들이 짖는 소리가 요란하더니

"탕!" 하는 총소리가 났다. 동시에.

무슨 말인지는 정확히 알아들을 수 없는 외침이 들려왔다.

"탕 탕탕탕…"

총소리와 함께 조금 전의 그 소리가 또 들려왔다.

그 외침은 분명 '대한민국 만세'였을 것이다.

서현은 눈앞이 캄캄하고 다리가 후들거렸다. 그 자리에 털썩 주저앉았다. 개 짖는 소리들이 더욱 요란해졌다. 간신히 몸을 일으켰다. 눈물이 주체할 수 없이 흘러내렸다. 흑흑 흐느끼면서 무작정 북쪽에 보이는 큰 봉우리를 향해 달렸다.

"그 일이 있었으나 어느 신문에도 보도되지는 않았습니다. 다만 강도 두 명이 사람을 죽이고 물건을 강탈하여 도망을 쳤는데 한 명은 사살됐으나 다른 한 명은 지명 수배한다면서 몽타주로 그린 내 얼굴이 만주 전역에 나붙었지요. 진실이 밝혀지면 국제적 망신을 당할 뿐만 아니라 남의 역사를 말살하려는 일본의 민낯이 드러날까 두려워 이런 방식으로 해결한 것이지요. 나중에 어느 일본 서적을 본 적이 있는데 구로이타 교수가 고향인 규슈의 야마구치시(市) 하사미(はさみ)마을에 개관한 데라우치 문고를 비롯하여 도쿄대와 도쿄 예술대 등 여러 곳에 문고를 설치했는데 명훈 친구의 가방에 있던 책들도 나열돼 있었습니다. 이를테면 고려사, 동국통감(東國通鑑), 국조보감(國朝寶鑑), 환단고기(桓檀古記), 여사제강(麗史提綱) 같은 소중한 역사서들이지요…. 그 친구와 죽음을 함께하지 못한 미안함과 그리움은 무덤에 갈 때까지 나를 떠나지 않을 겁니다.

나머지 회원들에 대한 안부를 알기 위해 백방으로 수소문을 했는데 몇 년이 지난 어느 날 길거리에서 최재영 친구를 만났어요. 너무도 반가워서 달려가 손을 잡았더니 초점 잃은 멍한 눈으로 히죽이 웃기만 할 뿐 알아보지 못하더군요. 손을 심하게 떨고 있었습니다. 전기고

문을 받은 것으로 짐작되더군요. 그리고 또 얼마 지나서 들리는 소문에 나를 만주로 가도록 교섭해 준 이모 군은 경성제대 사학과 강사를 한다더군요. 참으로 수수께끼 같은 일이었습니다."

그는 한동안 말없이 건너편 산봉우리를 바라봤다. 눈동자에는 처연한 빛이 감돌았다.

일본은 1910.11.부터 1927년까지 이루 헤아릴 수 없을 만큼의 우리 사서들을 색출하여 일부는 가져가고 대다수는 불태웠다. 심지어는 창덕궁 안에 있는 규장각 도서까지 훑어갔다.

일본 사학자들의 만주에 대한 조사도 1922년부터 25년까지 매해 때로는 17명이 204일 동안, 때로는 12명이 176일 동안, 때로는 15명이 연 200일 동안 중국각처를 누비며 조사를 했다. 한민족 역사 말살을 위한 일에 그들이 얼마나 치밀하고 집요하게 매달렸는지를 짐작할 수 있다.

조선총독부는 당시 돈으로 무려 100만 엔(약 1천억 원)을 투입한 조선사편수회에서 이러한 방법으로 15년간에 걸쳐 수집한 4,950종을 활용하여 총35권 2,400쪽에 달하는 '조선사료총간(朝鮮史料叢刊)'을 간행했다. 그리고 동시에 3책으로 된 기록·고문서·사적·필적·화상 등을 사진으로 넣은 '조선사료집진(朝鮮史料集眞)'을 간행하였다.

일제는 중일전쟁이 시작되던 1937년 이후에는 '점령지구 도서문헌 접수위원회'라는 것을 만들어 조선은 물로 아시아 각국 일본군 점령지에서 서적과 자료들을 조사하고 수집, 약탈하여 가져갔다. 태평양전쟁이 끝나고 연합군 최고사령부(GHQ)에서 반환을 추진했으나 도서문헌의 행방조차 모르는 것이 대부분이다. 일본은 보물보다 값어치 있는 이 도서들을 전쟁 중이나 전쟁 후에도 여러 부문에 걸쳐 매우 유용하게 활용했을 것이다.

그뿐이 아니다. 경주, 평양, 부여에 있는 왕릉과 고분들을 졸속으로 마구 파헤쳤다. 경주에서 발굴한 왕릉과 고분만도 작은 것들을 제외하고 무려 51기에 달하는데 얼마나 졸속으로 시행됐는지 발굴하다가 갱도가 무너져 포기하는 일도 있었다. 오랜 역사의 숨결을 간직했던 고분의 사료적 가치들이 일순간에 날아가 버리곤 했다. 2만 점에 달하는 귀중한 유물들을 출토하고, 헤아릴 수 없이 많은 유물을 강제 밀반출, 또는 전시회라는 명목으로 가져갔다. 이러한 만행들은 물론 구로이타 가쓰미가 기획 입안과 총지휘를 하고, 만주 건국대 교수인 이나바 이와키치가 실무를 맡았으며 이마니시 류가 이론적 기초를 날조했다.

일제는 고분 발굴을 외교로 활용하기도 했다.

1926.8.부터 경주 노서리(路西理) 대릉원 옆 민가들 사이에서 한 고분 발굴 작업을 시작했다. 이 작업은 1921년에 발굴된 금관총(金冠塚)을 비롯하여 3년 뒤에 발굴된 금령총 금관 등에 매료된 총독부의 탐욕과, 이곳에서 가까운 경주역사(驛舍) 건립을 위한 토석 채취의 두 가지 목적이 부합하여 추진되고 있었다.

때마침 이 시기 스웨덴의 구스타프 6세 아돌프(Hans Kunglig Höghet Gustaf Adolf) 황태자가 부인인 마운트 버튼 황태자비의 우울증을 치료하기 위해 동생인 빌렘 왕자 부부와 함께 세계를 관광하다가 일본을 경유하게 되어 있었다.

구스타프 황태자가 대학 시절 동양미술사와 고고학을 전공하였고 이미 여러 차례 발굴조사에 참여한 경력이 있다는 것을 알고 있는 일본의 정치가들은 조선의 식민지 정책에 또 하나의 확고부동한 우군을 확보할 계산으로 이 기회를 이용하기로 한다.

10.8. 저녁 시모노세키에서의 송별 만찬에서 경주 노서리(路西里) 고분 발굴을 이야기하고 황태자가 이 일에 참여하면 일본으로서는 더할 나위 없는 영광이라고 말했다.

구스타프 황태자는 10.10. 저녁에 석굴암에 올라 일출을 감상하고 석굴과 불국사 등을 관람, 에밀레 종소리까지 들어본 뒤 10시경에 노서리 발굴 현장에 도착하여 양복을 입은 채로 참여했다. 이때는 이미 발굴책임자인 고이즈미 아키오(小泉顯夫)에 의해 목관이 완전히 노출되어 바닥에 약간의 흙만 들어내면 되는 상태로 대미를 장식할 주인을 기다리고 있었다.

사이토 총독을 비롯한 내빈들은 옆에서 이 모습을 지켜봤다.

구스타프 황태자가 조심스럽게 흙을 걷어내고 고이즈미의 도움을 받아 목관을 들어냈다. 순간 모든 사람의 입에서 "오!" 하는 경탄이 흘러나왔다. 1000년 신라의 찬란한 문화를 상징하는 또 하나의 금관이 1,000년 여의 시공을 초월하여 그 모습을 드러낸 것이다. 금령총에서 발굴한 것보다 조금 컸다. 주변에서 청동제 조두(鐎斗), 금동금구(金銅金具)가 달린 칠기 각병(角甁), 유리잔, 칠기 숟가락, 귀걸이, 유리제 팔찌, 의복과 토우(土偶)들이 출토되었다. 이 자리에서 사이토 총독의 제안으로 고분의 이름은 '서봉총(瑞鳳塚)'으로 명명되었다. 스웨덴의 '서(瑞)'자와 금관의 머리 부분에 있는 봉황의 이름을 딴 '봉(鳳)'자를 결합한 이름이다.

몇 년에 걸쳐서 붓으로 조심스럽게 발굴해야 할 고분이 고작 54일에 걸쳐 1,600명의 인부들에 의해 마구잡이 졸속으로 이루어졌고, 여기에서 출토된 봉토와 자갈은 모두 경주역 기관차고 건설 현장에 부어졌다.

조선의 문화재에 감명받은 구스타프 황태자는 오후 열차를 타고 한성에서 총독의 만찬에 참석했다. 만찬장에서 사이토는 황태자에게 고려청자를 선물했고, 사이토의 부인 하루코(春子)는 황태자비에게 신라 금귀걸이 한 쌍을 선물했다. 주인을 무시하고 강도가 선물을 한 셈이다.

황태자 부부는 이튿날 다시 경주로 내려가 하룻밤을 묵었고, 일정을 사흘이나 연기한 14일에야 중국의 봉천으로 출발했다. 경주의 찬란한 문화에 그토록 깊은 감명을 받은 것이다.

그런데 하늘이 노할 사건이 또 일어났다.

그동안의 공을 인정받아 평양박물관 초대 관장으로 부임한 고이즈미는 개관기념 전시회라는 명목으로 서봉총의 금관과 부속물들을 평양으로 가져갔는데 전시회가 끝나고 평양 시내에 있는 유명 인사들을 초청해 연회를 개최했다. 이 자리에서 차능파(車陵波)라는 기생에게 금관을 쓰게 하고 귀걸이와 팔찌를 부착하게 하여 술판의 흥을 돋웠다. 천년의 혼이 서린 찬란하고 고결한 문화의 상징이 무도하고 천박한 자들의 술자리에서 조롱받은 기막힌 사건이다. 그러나 이 일이 알려진 후 고이즈미는 반성문 한 장을 쓰고 견책을 받았을 뿐이다.

"이제 저들이 어떤 인간들이고 우리 민족에게 어떤 고통과 모욕을 주고 있는지 알겠습니까?! 또한 저들이 의도하는 것이 무엇인지를 알겠습니까?!"

"그렇군요…"

스기야마로서는 다른 할 말이 없었다.

심 선생은 한참 동안 말없이 하늘을 쳐다보았다. 마침 달이 구름 속에서 얼굴을 내밀며 온 사방에 더욱 맑은 빛을 뿌려주고 있었다.

"하지만 내게도 부끄러운 과오가 있었습니다. 일제 찬양에 앞장선 유명 여성 무용가가 있었습니다. 고향에 연고가 있다는 것으로, 특히 예술가라는 특별한 이유로 그가 살던 집을 복원하려는 움직임에 지지를 했던 적이 있습니다…. 하지만, 아무리 뛰어난 재능을 소유한 사람이라 하더라도, 아무리 큰 공적을 남긴 사람이라 하더라도 일본 제국주의에 빌붙어 그를 지지하고, 찬양하고, 활동한 것은 민족을 배신한 크나큰 죄악이라는 것을 알면서도 말입니다. 지금도 부끄러워하고 있습니다. 인간도 벌레처럼 여러 번 꺼풀을 벗은 다음에야 비로소 정체성과 자아의 길을 찾게 되는 것 같습니다."

이튿날 새벽에 천지로 향했다.

며칠째 맑은 날씨가 이어지고 있는 탓인지 오늘도 아주 미세한 바람만 산들거렸다. 한참 만에 드디어 봉우리로 올라섰다. 둘러보니 사방 천지 솟아있는 까마득한 크고 작은 산봉우리들 위로 서기가 감돈다. 머리 위의 하늘도, 아득히 솟은 봉우리들도, 그 아래 산들도 모두 한 덩어리로 검푸른 빛에 싸여 마치 우주 창조의 시대한 소용돌이의 가운데에 서 있는 느낌이 들었다. 오래지 않아 차츰 동쪽 하늘에 연한 기운이 떠돌더니 담청색으로 물든 몇 개의 구름이 모습을 드러냈다. 그리고 구름들 옆으로 황홀빛 찬란한 햇살이 부채살처럼 사방으로 퍼지고 있었다. 빛의 유희가 시작되자 음영(陰影)에 싸여 움츠리고 있던 봉우리와 석벽들이 확연히 제모습을 드러냈다. 어쩌다 한두 그루씩 보이는 키 작은 나무는 모진 풍상을 등짝으로 참아낸 모습으로 비스듬히 누웠다. 발아래에는 만산의 봉우리들을 덮은 구름바다가 흰 비단처럼 깔렸다. 산등성이를 타고 현무암의 사다리를 오르자, 눈앞에 광대한 호수가 펼쳐졌다. 하늘과의 접점인 천지(天池)다. 호수를 좌우로 삐죽삐죽한 암벽의 봉우리들이 마왕의 창검 같다. 백두산 최고봉인 장군봉에서 오른편으로 향도봉과 쌍무지개봉을 비롯하여 천문봉 용문봉 등이 늘어섰고, 왼쪽으로는 제비봉, 낙원봉 마천우가 섰다. 맞은 편으로는 청석봉과 백운봉이 버티고 있다. 해가 솟아오르니까 안개가 유동하여 바위들이 마치 참기름을 칠한 것처럼 반짝거린다. 천지 가운데 떠있는 하늘에 반사된 봉우리들과 구름이 한데 어울려 또 하나의 신비로운 세상을 보는 것 같다. 미풍조차 없는 고즈넉한 분위기에 싸인 봉우리들은 천년 간 눈을 감고 있는 수도승 같다. 스기야마는 고요함 속에서 시시각각 변화하는 백두의 모습에 왠지 모를 불안을 느꼈다. 아득한 시대로부터 역사 속에 명멸한 위대한 영혼들이 이곳에 살아 활동하고 있다는 생각이 들었다. 그리고 지금 자신이 바라보고 있는 발아래 북쪽으로 아득한 봉우리들 너머 보이지 않는 광대무변의 청회색 안개지대를 향해 귀를 기울였다. 어떤 소리가 들려왔기 때문이다. 처음에는 단조로운 소리였다. 분명 두꺼운 안개에 싸인 아득히 북쪽에서 들려오는 소리다. 자세히 들으니 말발굽 소리다. 하나의 말발굽 소리가 차츰 수많은 군마가 달려오는 소리로 변했다. 그리고 동공 속으로 수천, 수만의 말들이 나타났다. 평원에 뽀얗게 먼지가 일었다. 맨 앞쪽에 삼족오(三足烏)의 깃발이 나부꼈다. 그 깃발을 따라 갑옷을 입은 병정들이 달려가고 있었다. 마상의 한 사나이가 그 말들의 멀리 앞쪽에서 쫓기고 있었다. 일본 순사의 제복을 입고 있었다. 차고 있는 칼집에 피의 얼룩이 묻어 있다. 쫓기는 말과 쫓는 말들의 거리가 차차 좁혀지기 시작했다.

"배신자!"

화살이 날아왔다. 하나, 둘, 셋….

달리던 말들이 사라지고 또 하나의 모습이 나타났다. 피 묻은 깃발이 나부끼는 깃대를 들고 절뚝거리며 설산을 넘는 사내의 모습이다.

"이 깃발을 받으시오. 동지들의 피로 얼룩진 이 깃발은 죽은 자들이 살아 있다는 증거요. 당신은 나의 시체를 넘고, 또 다른 이는 당신의 시체를 넘어 이 깃발이 중단없이 나부끼게 해주시오."

그때 바로 옆에서 심 선생이 외쳤다.

"오오, 천지신명이시여, 배달의 조상이시여, 이 하늘 이 땅 백두의 거룩한 역사를 굽어살피소서!"

스기야마는 머리를 망치로 맞은 것 같았다. 눈앞이 하얘졌다. 온몸에서 피가 싹 빠지는 것 같다. 다리가 후들거렸다.

심 선생의 팔을 잡고 암벽의 아슬아슬한 둘레를 돌아 간신히 아래로 내려갔다. 천지의 물가에 다다랐을 때까지도 환청과 환각의 세계에서 깨어나지 못하고 있었다. 그가 맞잡은 손을 놓았을 때 비틀거리다가 그 자리에 펄썩 주저앉았다.

"스기야마 씨, 왜 이러시오?"

심 선생의 얼굴이 눈앞에 다가와 있었다. 비로소 정신이 들었다.

"선생님, 저는 용서받을 수 없을까요?"

스기야마는 자신도 모르게 그의 바짓가랑이를 부여잡았다. 얼굴은 창백했고, 눈에는 슬픔과 회한과 간절함이 뒤섞여 있었다.

"제가 일본 순사가 된 것은 첫째는 무지해서이고, 둘째는 배가 고파서였습니다. 그러나 이젠 알에서 깨어나 눈을 떴습니다. 영혼을 권력이나 굶주림과 바꾸는 것은 인간의 존엄성을 하등동물로 격하시키는 어리석은 행동이라는 것을 알았습니다. 이곳에 비록 아버지의 깃발은 없지만 그 영혼은 오래전부터 나를 부끄럽게 하고 있었습니다. 저도 아버지의 깃발을 들고 광명천지 저 푸른 하늘을 향해 맘껏 흔들며 달려가고 싶습니다. 이 몸도 모순의 질곡으로부터 구원받을 수 있다는 말씀을 해 주십시오."

한참 동안 스기야마의 눈을 응시하던 심 선생이 물었다.

"당신은 일제 경찰로부터 자신의 의지로 탈출한 것이 아니라 타의에 의해 도망친 것입니다. 혹시 돌아갈 수는 없고, 유일하게 하나의 길만 있어서 이런 말을 하는 건 아닙니까? 그 점을 분명히 해야 합니다. 그래야 앞으로 당신의 의지에 의한 당신의 길을 갈 수 있으니까요."

"아닙니다. 오랫동안 탈출을 꿈꾸었으나 우유부단하여 결행하지 못하고 있었습니다. 이것은 제 양심이 드리는 말씀입니다."

심 선생은 말없이 그의 어깨를 쓰다듬었다. 담청색 호수 위엔 하얀 조각구름이 고요히 머물고 있었다.

그는 배낭에서 컵을 꺼내 진지한 모습으로 천지의 물을 담았다.

"지금부터 내가 하라는 대로 따라 하시오. 자아, 모자를 벗고 눈을 감으시오."

모자를 벗고 눈을 감았다.

스기야마의 머리 위로 컵의 물이 천천히 흘러내렸다.

"백두산 천지의 신성한 물이라는 걸 잊지 마시오."

그리고 다시 한 컵의 물을 떠서 스기야마의 입술에 댔다. 물을 마셨다. 심 선생은 함께 물가에 앉아 두 손을 맞잡아 위로 향하고 큰소리로 외쳤다.

"천제께 비옵니다. 이 불쌍한 영혼이 잘못 택한 과거의 행적들을 용서하소서. 이 순간부터는 조국광복의 새로운 무사로 흔들림 없이 한 길을 가도록 지혜와 담력을 부여해 주소서."

순간 스기야마는 자신도 모르게 울음이 터져 나왔다. 그 울음은 갇혀있던 둑이 한꺼번에 터진 것 같은 통곡이었다. 만 길 지하에서 솟아나는 것 같은 그 울음소리에는 비탄과 회한과 자책과 미래에 대한 의지와 결연함 등이 뒤섞여 있었다. 그는 꺽꺽거리며 한참 동안 울고 또 울었다. 심 선생은 그 옆에 말없이 서 있었다.

한참 뒤 그의 팔에 이끌려 일어섰다.

"당신이 평소 느껴왔던 죄의식의 고통이 오늘 새로운 문을 열었소. 악의가 없이 일제의 순사가 되었으나 당신이 과거에 했던 일들을 지워버릴 수는 없소. 그러나 지나온 길이 잘못된 것이라는 것을 통렬한 아픔으로 깨달았다면 눈앞에 열린 새로운 길도 볼 수 있어야 할 것이오. 인간은 태어날 때 혼자서도 세상을 변화시킬 능력을 부여받았소. 다만 대부분이 스스로 능력이 없다고 생각하거나, 혹은 다른 곳에 힘을 허비하기 때문이오. 당신은 젊었소. 조국을 위해 열정을 불태울 충분한 시간이 있습니다.

그러나 오늘부터는 지금껏 겪어보지 못한 고난의 길을 가게 될 것이오. 하지만 그 길은 세상 무엇보다 가치 있고 부끄러움이 없는 당당한 길일 것이요. 세상에는 살고 있지만 죽은 사람이 있고, 죽었지만 살아있는 사람이 있습니다. 내 말뜻을 알겠소?"

스기야마는 가슴이 벅차올라 대답을 할 수 없었다. 다만 고개를 끄덕였을 뿐이다.

그는 비로소 오랫동안 몸을 휘감고 있던 거대한 뱀으로부터 서서히 풀려나는 해방감을 느끼기 시작했다. 그 뱀은 독침을 꽂아놓고 행동 하나하나를 예리한 눈으로 감시하고 있었다. 강력한 힘을 소유한 냉혈

동물은 자신이 감고 있는 자의 충성심이 나태해질 때마다 입에다 독액을 주입하여 독자적인 사고력이 힘을 쓰지 못하도록 만들었다. 뱀의 혓바닥으로부터 투여된 액체는 피지배자가 지배당하고 있음을 깨닫지 못하고 오히려 제국의 신민이라는 소속감에 도취하여 스스로 황홀감에서 헤어나지 못하고 모든 역량을 쏟아붓도록 작용했다. 내면(內面)의 밑바닥에 움츠리고 있던 자아의 세계로부터 회의감이 머리를 들 때면 장난감 놀이처럼 그 머리를 망치로 때려 넣고 그 자리에 자신의 푯말을 세우곤 했다. 그러므로 독자적인 사고력은 존재하지 않았고, 또한 저항심이 존재할 수도 없었다. 악(惡)은 선(善)으로 위장되었으며 맹종은 덕행으로 미화되었다. 그 세계에는 맹신과 굴종이 있을 뿐이었다. 그리고 어느 순간 천지에 섬광이 번쩍이고 나서 눈이 떠졌다.

비로소 현실 세계가 선명하게 눈앞에 다가왔다.

두 손바닥을 하나로 맞잡고 북쪽 벌판을 향해 절을 한 다음, 다시 남쪽을 향해 절을 했다. 그리고 조용히 읊조렸다.

"당신께서 들었던 그 깃대를 지금부터 제가 들고 가겠습니다."

심 선생이 물었다.

"당신의 본래 이름은 무엇이오?"

"아명은 개동이였고 아버님께서는 제가 자라서 20세가 되면 관명(冠名)으로 무영(武英)이라고 지어주실 생각을 하셨으나 그 이름을 한 번도 사용한 적이 없습니다."

"참으로 좋은 이름이오. 오늘부터는 아버님께서 지어주신 그 이름을 사용하는 것이 어떻겠소?"

"저도 그런 생각을 하고 있었습니다. 한무영이라는 이름을 사용하겠습니다."

"좋소. 하지만 아마도 본명을 사용하는 기회는 지극히 적을 것이라 생각하오."라고 하고 나서

"허허허, 우리 대원들은 때에 따라 다른 이름을 갖고 있으니까…."라고 말했다.

제2편

가와모토의 그물

"천지에 다녀오시면서 건강에 문제라도 생기신 겁니까? 요 며칠 말씀도 없으시고 얼굴이 수척하십니다."

아침 식사가 끝나고 뜰에 있는 나무 의자에 앉아 약초차를 마시면서 대장이 묻는 말이다.

"그렇게 보입니까? 걱정은 숨길 수가 없는 모양입니다. 사실은 늦게까지 잠을 이루지 못하고 혼자만 끙끙대는 일이 있습니다."

그 말에 심 선생이 놀란 눈으로 바라보며 묻는다.

"무슨 걱정이기에 혼자서 속을 끓이고 있다는 말씀이오?"

"내 일로 인해 고향에 계시는 어머님과 홍경현에 계시는 외삼촌 가족들에게 화가 미치지 않을까 걱정이 되어 그렇습니다. 밖으로 나가기 어려운 처지이니 어디서부터 어떤 방법으로 알아봐야 할지 방향을 잡을 수가 없습니다."

두 사람은 이야기를 듣고 나서 잠시 깊은 생각에 잠겼다.

심 선생이 먼저 입을 열었다.

"저들의 성격상 아무래도 그냥 넘어가지는 않을 것 같습니다. 시일이 한 달 가까이 됐으니까 이미 마수를 뻗었을 것으로 생각됩니다. 우선은 정확한 정보를 취득하는 것이 선결문제입니다. 그건 대장이 도움을 드릴 수가 없습니다. 혹시 평소 친분이 있었던 경찰은 없습니까?"

대장이 말했다.

"자칫하다간 범의 입으로 들어갈 위험성도 있을 텐데요?!"

"그러니까 보통의 친분 이상으로 신뢰가 두터운 사람이라야 하겠지요."

무영이 두 사람의 얼굴을 번갈아 보면서 말했다.

"딱 한 사람 있긴 합니다. 그러나 잘못하다간 그 친구까지 곤경에 빠트릴 수도 있는지라…"

"환경이 달라졌어도 서로를 믿을 만한 친굽니까?"

"그렇게 믿습니다. 아끼는 친구이기 때문에 위험부담을 주고 싶지 않습니다."

"그럼 됐습니다. 어머님께서 절체절명의 위험에 처해 있을 수도 있는데 서보가 아끼는 친구라면 한 선생의 어머님은 그 친구에게도 어머니가 되는 분입니다. 한 시간이라도 빨리 친구를 만나 소식을 알아보도록 하십시오. 우선은 정보가 먼저이고 다음은 정보의 내용에 따라 유기적으로 대응합시다."

대장도 고개를 끄덕이면서 말했다.

"대원 두 사람을 데리고 가도록 하십시오. 필요한 일이 있을 것입니다."

한사코 고사했으나 모두 강력하게 권하므로 따르기로 했다.

무영은 이튿날 새벽에 부대를 출발하여 산을 내려가기 시작했다.

옆에는 청풍(淸風) 대원과 일귀(一鬼) 대원이 함께하고 있었다. 청풍 대원은 첫눈에 보기에도 몸집이 건장하고 힘이 있어 보였다. 일귀 대원은 마른 체구로 보아 행동이 매우 민첩할 것 같다.

한편 용정 일본총영사관 경찰에서는 난리가 났다. 비록 부임한 지 오래되진 않았으나 전임지인 봉천경찰서에서부터 유능한 형사로 이름난 스기야마 순사부장이 알고 보니 독립군 첩자였는데 신분이 탄로 나 백두산 어딘가로 도주했다는 것이 가와모토에 의해 보고되었다. 소문이 퍼지자 온통 벌집을 쑤신 것 같았다. 서장은 얼굴이 창백하여 명패를 집어던졌고, 과장들은 얼굴을 들지 못하고 마룻바닥만 내려다봤다. 특히 감찰과장 소마(相馬) 경부보와 남평 분관장 히로시 경부보는 사색이 되어 있었다. 서장은 화가 나 어쩔 줄 모르면서도 소문이 밖으로 나가지 않도록 입단속을 철저히 하라고 지시했다.

그러나 가와모토 순사부장만은 의기양양했다. 지난번 쿨리 사건을 수사하여 실마리를 잡았던 것은 누가 뭐래도 자신이 주동이 된 것이고, 이번 일도 자신의 공로라는 것을 누구도 부인할 수 없다. 아무도 생각할 수 없는 기발한 방법을 써서 조직 안에 숨어 있던 불순분자가 모습을 드러내도록 했으므로 모두가 감탄했을 것이다. 스기야마를 놓친 것은 다카하시가 일을 허술하게 처리했기 때문이고 굳이 책임을 묻는다면 자신도 자유로울 수 없다. 그러나 깊이 따지고 보면 근본적인 문제는 자신에게 있는 것이 아니다. 스기야마에 대한 윗사람들의 신뢰와 그로 인해 허술한 보고서가 철저한 여과 과정을 거치지 않고 수용된 치명적인 실수다.

그리고 이와 같은 공적을 쌓은 자신에 대해 상응한 대우가 아직은 없다. 하지만 스기야마의 정체가 명명백백하게 밝혀지고 관련된 사실들이 드러나면 공적에 걸맞은 대우가 당연히 뒤따를 것은 의심의 여지가 없으리라. 그런 실질적인 면보다도 부수적으로 얻는 것도 크다. 이번 일로 자신의 명성이 상승했으니 말이다. 그것은 외고집 하나로 끈기 있게 매달려 온 결과다. 이것만으로도 아이누족 출신인 가와모토의 능력과 진가는 증명되었을 것이다. 보통의 불령선인을 다루는 사건들과는 차원을 달리하는 것이기에 더욱 어깨가 으쓱해진다. 미끼를 달아 정체를 드러내게 한 것은 참으로 멋들어진 작전이었다.

그렇다면….

모두가 넋이 나가 있을 때 또 다른 일을 해야 한다. 이번에는 꼼짝없이 제 발로 걸어 영사관 경찰서 감사과에 들어와 무릎을 꿇도록 할 생각이다.

비록 잠시이긴 하지만 권위를 훼손당한 상사들은 가와모토가 하자는 대로 결재도장을 찍었다.

그는 스기야마의 인사기록부를 가져와 조선총독부 경찰국을 경유, 그의 본적지 경찰국에 협조를 요청하는 선문(電文)을 발송했다.

내용은 이랬다.

만주 용정 총영사관 경찰서 소속으로 근무하던 스기야마 순사부장은 독립군 단체의 간첩으로 추정되는 인물로 최근 신분이 탄로 나 잠적했다. 이 문제와 관련하여 본가에 대해 철저한 조사를 필요로 하니 그의 어머니 박복순(朴福順)을 체포하여 압송해 달라. 아울러 혹시 그 가족과 협력적인 관계가 의심되는 인근 주민에 대해서도 조사를 바란다는 것 등을 급전으로 타전했다.

며칠 뒤에 도착한 답신을 본 가와모토는 크게 실망했다. 왜냐하면 어머니를 데려와 심문하면 효자로 알려진 스기야마가 자동으로 걸려 들 것인데 계획이 크게 빗나갔기 때문이다. 답전의 내용은 스기야마의 본가에 거주하는 가족은 박복순뿐인데 그녀는 전문이 접수되기 전 약 열흘을 전후하여 편지를 받고 만주로 여행을 떠났다고 했다. 봉투에 는 홍정현의 주소가 적혀 있고, 내용은 그녀의 남동생이 누나를 그리 워하는 글 외엔 별다른 내용은 없었다. 우편물 검열로 밝혀진 내용이 다. 그녀의 집에서 발견한 것은 아이들 장난감인 목각인형 몇 개뿐이 라고 했다. 그리고 현지 주민들의 대체적인 성향은 이 마을이 오래전 동학이 은밀하게 전파됐던 곳으로 현재에도 반일 감정이 있을 개연성 이 있는 것으로 추정되나 특이한 점은 발견하지 못했다고 한다.

가와모토는 통보를 받은 즉시 홍정현에 대해서도 조사에 들어갔다. 그 결과, 박복순이 동생의 집에 도착한 것은 확인되었으나 이후 그녀 와 동생 가족의 행적은 오리무중이다. 불온 행위와 관련된 아무런 증 거도, 그들의 행적도 찾을 수 없었다.

그러나 희망은 있다. 박복순이 아들의 하숙집을 찾아올 가능성이 다. 왜냐하면 그녀가 아직은 용정에 오지 않은 것으로 보이기 때문이 다. 만일 아들을 찾아왔다면 만나지 못했을 것이므로 그의 근무처인 용정 총영사관 경찰서를 방문할 수밖에 없었을 것이다. 또는 그렇지 않을 수도 있다. 하숙집을 찾아다니다가 주변 사람들의 말을 듣고 신 변의 위협을 느껴 도주했을 수도 있다. 그렇게 본다면 박복순이 나타 날 가능성은 반반이다. 또한 스기야마는 분명 어머니가 올 것으로 예 상할 것이고 어떤 방법으로든 손을 쓰려고 할 것이나, 종합적인 상황 을 고려해 보면 쫓기는 그가 어머니와 접선했을 가능성은 거의 없다. 자신을 잡기 위해 눈에 불을 켜고 있는 상황에서 사지를 뚫고 구출을 꾀하기란 불가능에 가깝다. 중국 측에도 협조를 요청해 놓았으니까 지금쯤 현상금에 눈이 먼 중국인들이 혈안이 되어 찾고 있을 것이다. 어쨌거나 효자로 소문난 스기야마니까 그가 찾아들 것을 예상에서 완전히 배제해선 안 된다.

가와모토는 전문을 뚫어지게 내려다보면서 머릿속으로 여러 갈래의 예상과 그에 따른 행동을 구상했다.

그리고 얼마의 시간이 흐른 후 의자에서 벌떡 일어서며 중얼거렸다.

"깊이 생각할 것 없다. 우물거리고 있을 때가 아니다. 서두르자."

부하직원들을 불러 모았다. 그리고 각자에게 임무를 부여했다.

"야나이하라(矢內原) 순사는 홍정현으로 가라. 그곳에서 박병삼의 행적에 대해 좀 더 세밀한 조사를 진행하여 보고하라. 혹시 돌아올지도 모르니까 집주변을 은밀하게 감시하라. 간단한 여행 가방만 꾸려 지금 즉시 출발하라. 히라야마(平山) 순사는 직원 한 명을 데리고 스기야마의 하숙집을 감시하라. 놈의 하숙집에서 이적행위에 대한 물증이 적발된 것은 없다. 그러나 집주인에게는 별도의 통지가 있을 때까지 당분간 그 상태를 보존하라고 했으니까 평소처럼 행동할 것이다. 남녀불문하고 수상한 거동을 하는 자가 발견되면 즉시 연행하라. 용정역은 내가 직접 감시할 것이다."

며칠 후 땅거미가 깃드는 무렵 용정 용문가도 옆 골목 안 폐건축자재가 쌓여 있는 공터.

검은색 벙거지를 눌러쓴 노동자 차림의 사내가 폐자재를 만지작거리면서 맞은편 주택 앞에 사람이 지나갈 때마다 시선을 주곤 했다.

낯익은 남자의 모습이 나타나자 부리나케 골목을 나왔다. 그리고 대문 앞에 도착한 그 남자의 옆으로 다가갔다.

"히사시부리.(久しぶり, 오랜만일세.)"

남자가 고개를 돌려 그를 바라보곤 화들짝 놀란다.

"이 사람, 어찌 된 건가?"

벙거지의 사내가 입을 열려 하자 사내는 두 손가락을 자신의 입에 대며

"쉿, 이러고 있을 게 아니라 빨리 안으로 들어가세"라며 앞장서 대문 안으로 들어갔다.

깅키치는 황급히 방문을 닫고 자리에 앉기도 전에 물었다.

"고노 히토 도 시타노?(この人、どうしたの？대체 어찌 된 건가?)"

무영은 빙그레 웃으면서 벙거지를 벗었다.

"이 사람아, 지금 웃음이 나오는가? 용정이 지진이 난 것처럼 온통 난리일세. 어떻게 된 일인지 빨리 말해보게."

무영은 자초지종을 이야기하고 나서

"원인이야 어떻든 나는 이제 내 본래의 얼굴과 이름을 찾았네. 사실 나는 경찰에 들어와 처음에는 아무것도 모르고 오직 황제에게 충성하는 것만을 인생에 최고의 가치로 여겼네. 하지만 두뇌가 깨이고 사물을 판단하는 능력이 생긴 다음부터는 너무나 힘이 들었네. 역사 없는 땅이 없고, 땅 없는 역사가 없다는 걸 알았기 때문일세. 내 나라를 침략한 적국에 맹목적인 충성을 해야 하는 이율배반적 행동에 대해 감당하기 어려운 내적 고통을 겪었네. 이제 나는 눈앞에 죽음이 기다리고 있을지라도 흔들리지 않고 내 길을 갈 것이네."라고 말했다. 그리고 저고리 옷섶을 열었다. 어깨에서 허리에 대각선으로 멘 혁대에서 권총을 꺼내 테이블 위에 놓았다.

"군이 나를 적으로 여긴다면 이 권총으로 나를 쏘게. 하지만 우정을 지킬 생각이라면 나 또한 그럴 것이네. 판단을 내려주게."

깅키치는 웃으면서 말했다.

"이 사람아, 권총 따위야 내 옷 속에도 늘 있다는 걸 알지 않나. 명색이 벗이라는 자가 어찌 벗의 고뇌를 모르고 있었겠나. 내게 말은 하지 않았어도 나는 이미 군이 어느 방향으로 갈지를 알고 있었네. 다만 내 예상보다는 시기가 좀 빨리 왔을 뿐이네. 우리 사이 우정의 연륜이 그리 길지는 않네. 그러나 우정이 연륜만으로 결정되는 것은 아닐세. 진정한 우정은 연륜이나, 태어난 국가나 사상과 이념, 가치관, 몸 바칠 대상이 다르더라도 변할 수가 없는 것이네."

그는 코밑에 수염을 만지면서

"머잖아 지금보다 더욱 핏발 선 광기가 동아시아를 몰아칠 것이네. 개인의 생각이야 어찌 됐든 나 또한 일본 제국이 내 모국이니까 행동을 같이할 수밖에 없네. 슬픈 운명이지."

깅키치는 권총을 친구 앞으로 밀쳤다.

"고마우이."

"위험을 각오하면서 찾아온 이유가 있을 것 같은데 내가 도울 일이 뭔가?"

"어머니에 관한 정보를 좀 알아봐 주게."

내용을 전해 들은 그는 흔쾌히 대답했다.

"그렇게 하지. 내일 이 시간쯤 여기서 만나세."

"아니, 직접 만나는 건 자네에게 위험한 일이니 그냥 암호나 표시 같은 걸로 알려주는 것이 좋을 것 같네. 이를테면…"

깅키치는 말을 끊으며

"걱정하지 말게. 이런 일을 어찌 그런 걸로 설명할 수 있겠는가. 군의 어머님이 내 어머님인데 가볍게 다룰 일이 아니네."

무영은 진정으로 감사함을 느끼며 친구의 신변에 아무런 일이 일어나지 않기를 바랐다.

하루가 지나 같은 시간이 다가오자 다시 조심스레 주변을 살피며 그의 집으로 다가갔다. 깅키치는 미리 와서 기다리다가 얼른 대문을 열어주었다.

"어찌 됐는가?"

"가와모토 순사부장이 군이 있던 하숙과 외삼촌의 집에 형사들을 보내 감시하고 있다는 정보네. 용정역은 자신이 직접 나가서 잠복하고 있다고 하네."

"언제 보냈다고 하던가?"

"군이 사라지고 나서는 즉시 총독부에 전문을 보내 고향의 어머님과 고향 사람들에 대한 조사를 의뢰했었다고 하네. 그러나 어머님은 이미 그 전에 외삼촌의 편지를 받고 만주로 출발하셨다는 거야. 그런데 홍정현에 도착하신 것은 확인이 되는데 그 이후 어머님과 외삼촌 가족 모두의 행적이 오리무중이라는 걸세."

"알았네. 고마우이. 어쨌든 현재로서는 다행한 일이라는 생각이 드네. 하지만 이곳으로 오실 확률이 매우 높은데…."

며칠 후.

정오의 태양이 제법 따가운 용정역 출구 앞 광장 모퉁이에 오늘도 검은 지프 한 대가 서 있다. 안에는 가와모토 순사부장과 야나기(柳)운 전수가 앉아 있다. 이곳은 개찰구나 대합실로 드나드는 사람들의 모습을 자세하게 볼 수 있는 위치다. 벌써 며칠째 두 사람은 눈에 불을 켜고 사람들의 모습과 행동을 예리하게 관찰하고 있다. 같은 봉천역이라도 남만주철도를 타고 왔다면 염려할 게 없다. 거기엔 일본 형사가 늘 배치돼 있고, 미리 얘기해 놨으니까 나타나면 곧바로 연행될 것이다. 이곳은 경봉선의 심양역이다. 중국이 관리하는 곳이니까 순사를 배치할 수가 없다.

다만 또 한 사람 우에무라(上村) 형사가 지프와 반대편 방향에 서서 광장 일대를 먼 데서 가까운 데로, 다시 가까운 데서 먼 데로 반복하여 살피고 있다. 지프에서 멀지 않은 곳에는 농부 차림으로 옷섶에 권총을 숨긴 채 일본 형사들의 움직임을 살피고 있는 두 사람이 있다. 청풍대원과 일귀 대원이다.

늦봄이라고 해도 너무 무더운 날씨다. 가와모토 순사부장이 몇 번이나 상의 옷자락을 들었다 놓으며 짜증 섞인 말을 뱉는다.

"이것들이 하늘로 솟은 거야, 아니면 땅속으로 꺼진 거야? 혹시 놈과 접선 되어 달아난 게 아닐까?"

그 말에 야나기 운선수가 내답한다.

"그럴 리가 있겠습니까? 도망자한테 그런 여력이 있을 리 없지요. 모르긴 해도 순사부장님의 예측이 맞을 겁니다. 참고 기다려보시죠."

"그래, 자네도 그렇게 생각하지? 나도 분명 나타날 것으로 예상하는데 참 이상한 일이야. 그런데 언제까지 죽은 마누라 지키듯 이러고 있어야 한단 말인가."

방금 도착한 기차에서 또 한 무리의 사람들이 밀려 나와 광장 밖으로 뿔뿔이 흩어지고 있었다. 그러나 우에무라의 신호도 없고 눈에 잡히는 사람도 없다.

가와모토가 길게 하품을 하자 운전수도 따라서 했다.

두 사람 모두 아침 일찍부터 나와 있으므로 시장기를 느끼고 있었다. 가와모토가 운전수를 향해 말했다.

"내가 먼저 밥을 먹고 올 테니 그다음에 군과 우에무라 형사가 함께 가도록 해."

그때 멀찌감치 떨어져 떡을 팔고 있던 젊은 아낙이 떡함지를 이고 지프 옆으로 다가왔다. 그녀는 두 사람을 향해 방긋 웃고 나서 지프 옆에 함지를 내려놓으며

"오늘도 송편 좀 드시지 않겠어요? 금방 집에서 나온 거라 따끈따끈하답니다."

가와모토가 아낙의 얼굴을 힐끗 보며

"엊그제 팔아줬잖아! 우리가 떡만 먹는 인간도 아닌데 매일 같이 와서 팔아달라고 하면 어쩌자는 거야?!" 신경질적인 말을 뱉었다. 그러나 운전수는 낯이 익어선지 빙그레 웃는다. 운전수와 아낙이 나누는 농담을 듣고 있던 가와모토가 차에서 내렸다. 그리고 몇 걸음 떼어놓았을 때다. 개찰구에서 나온 할아버지 1명과 할머니 2명 등 세 노인과 처녀로 보이는 젊은 여자가 광장 안으로 들어서고 있었다. 사람들이 빠져나가고 한참을 지난 때다. 우에무라가 "아 소코니!(ああ, そこに!저기요, 저기!)" 하고 소리를 질렀다. 가와모토가 개찰구 쪽을 바라보고 "어?!" 하는 소리를 외치며 되돌아 차로 오려는 순간, 아낙이 떡함지를 덮은 보를 획 집어던졌다. 함지에서 권총을 집어 들고 운전수를 향해 발사했다. 백두산부대의 신화(晨花) 중대장이다. 곧이어 총구가 가와모토를 향했다. 그는 권총을 빼려다 황급히 갈 짓 자로 도망쳐 재빨리 군중 속으로 숨어 버렸다. 우에무라가 권총을 쏘며 달려왔다. 그러나

백두산부대 두 대원의 총에 맞아 쓰러졌다. 총소리에 놀란 사람들이 어지럽게 뛰고 있었다. 일귀 대원이 달려와 운전수의 시체를 시멘트 바닥으로 던진 다음 운전대를 잡았다. 신화 중대장이 차에 오르며 "빨리!"라고 외쳤다. 차는 광장을 직선으로 달려가 어머니와 외삼촌 내외, 삼월을 태운 다음 눈 깜짝할 사이에 광장을 벗어나 어른의 키보다 높게 자란 수수밭 사이로 난 길을 꼬불 꼬불 돌았다. 명동촌을 지날 때쯤 뒤편에서 자동차 소리와 함께 공포탄 소리가 들려왔다. 얼마 지나지 않아 일본 순사들이 탄 차가 시야에 들어왔다. 일귀대원의 정원을 초과한 지프는 요철이 심한 길로 접어들자 심하게 뒤뚱거렸다. 오랑캐령에 가까이 갔을 때는 경찰차와의 거리가 불과 50m로 좁혀져 있었다. 총알이 빗줄기처럼 쏟아졌다. 삼월이 노인들을 엎드리게 했다. 신화는 추격하는 경찰차를 향해 계속해서 대응 사격을 했다. 오룡제 사이로 나 있는 해란강의 좁은 곳을 건너서 산으로 들어섰으나 초입에서 길은 멈췄다. 여기서부터는 도보로 도망쳐야 한다. 지프가 멎을 순간, 전면 숲속에서 갑자기 풀들이 움직였다. 나무와 바위에 은신해 있던 백두산 부내원들이 사격을 가하기 시작했다. 수류탄을 맞은 경찰 몇 명이 비명을 지르며 쓰러졌다. 당황하여 이리저리 도망치는 놈도 있고 바닥에 엎드려 응사하는 자도 있다. 무영은 삼월의 모습을 보고 깜짝 놀랐으나 달리 신경 쓸 겨를이 없다. 우선은 부대원들에게서 뛰쳐나와 가족들을 안전한 곳으로 피신시켰다.

　백두산 부대원들은 한참 동안 사격을 가한 다음 재빨리 순사들의 무기와 탄약 등을 수습하고 나서 오랑캐령 숲속으로 썰물처럼 사라졌다. 몇 시간 뒤 삼합 솔엔템에서 행군을 멈췄다. 전투로 다리에 총상을 입은 병사에게 응급치료를 한 다음 두만강을 건너 귀대를 시작했다. 무영은 가족들과 함께 신화를 따라 다른 길을 걸어갔다. 싸리밭골이라 불리는 곳과 우수막거리를 지났다. 다시 알미대골로 꺾어 들어가 옆바위골과 잰 옆바위골 뱀골을 거쳤다. 외숙모가 힘들어하는 모습을 보였다. 신화가 등에 업었다. 그녀는 신웅 대장처럼 늘씬한 몸에 단련이 잘 된 것으로 보였고, 성격도 쾌활했으며 매사에 거침이 없었다. 여전사의 풍모가 몸에 배어 있었다. 옛날에 비해 더욱 당차고 건강했다. 영재누베골을 오르다가 어머니가 떨리는 목소리로 말씀했다.

"얘야, 조금만 쉬어가자꾸나. 난 아직도 가슴이 벌렁거리고 몸이 떨려서 정신을 차릴 수가 없구나."

그들은 공터를 잡아 잠시 쉬기로 했다.

어머니와 외삼촌 내외의 노쇠한 모습을 보자 갑자기 목으로 울컥하는 것이 솟아올랐다. 고향에서 노년을 보내야 할 분들이 이 무슨 뜻하지도 않은 고행이란 말인가. 아들로서, 조카로서, 조선의 젊은이로서, 그리고 지나온 과거가 참으로 부끄럽다는 생각이 들었다. 한편 생각하면 이분들이 사지를 벗어난 것은 하늘이 주신 행운이다.

마치 저승에 갔다가 돌아온 분들처럼 생각되었다. 어머니에게 농담조로 물었다. 생존의 행운을 얻은 것이 너무도 반갑고 기뻤기 때문이다.

"외삼촌 댁에 갔다가 함께 종적도 없이 사라졌다는데 어디를 가셨길래 그처럼 오래 행적이 묘연하셨어요? 중국 대륙 곳곳을 여행하시면서 구경을 많이 하셨나요?"

그 말에 어머니는 아직도 정신이 없으신지 하늘의 구름을 바라보고 계셨고 대신 외삼촌이 대답했다.

"누님을 몇십 년 만에 만나서 꿈인가 생시인가 했네. 우리 집에 이틀 계시다가 이번 길이 처음이자 마지막이 될 텐데 시집갈 때까지 얼굴도 모르는 큰조카를 찾아봐야 한다면서 막무가내로 고집하시길래 모시고 대련 명은네 집에 갔었네. 작은하니에서 몇 년 동안 나물 팔아 마련한 돈도 우리 식구들을 위해 다 쓰셨다네."

"명주와 영웅이는 왜 보이질 않아요?"

무영은 외삼촌을 찾아갔던 때 봤던 명주의 얼굴이 오랫동안 뇌리에서 떠나지 않았었다.

"자네가 우리 집에 왔다 간 다음에 바로 시부모를 찾아 떠났네. 어디를 떠돌고 있는지 아직 소식을 접하지 못했네."

"그렇군요…."

"그동안 있었던 일들은 다음에 이야기하기로 하고, 누님 말씀을 들으니 자네가 일본 순사가 됐다는데 왜 우리가 일본 순사들한테 쫓기고 있는지 그게 궁금하네. 도대체 무슨 일이 있는 건가?"

그때까지 나무 밑에 서서 조용히 듣기만 하던 신화가 지금 이 자리에서 말하기 어려운 무영의 입장을 눈치챘다.

"자세한 말씀은 목석지에 도착하신 나음에 나누기로 하시고요, 날이 저물어 오니까 빨리 출발하셔야겠습니다."

삼월이 어머님을 업겠다며 등을 대고 고집을 부렸으나 무영은 그녀를 떼어내고 자신이 업었다. 어머니의 몸은 너무도 가벼워서 가는 내내 마음을 착잡하게 했다.

영재누베골을 얼마쯤 오르니 협곡 사이로 좁은 틈이 보이고 냇물 줄기가 나타났다. 줄기를 왼편으로 끼고 돌아나가자, 전면에 장승처럼 높다란 바위 봉우리가 보이고 그 아래 심산유곡에 3,40호 쯤으로 여겨지는 작은 동네가 나타났다. 집들은 지붕이 전부 삼대(麻骨)의 껍질을 벗기고 남은 저릎(=겨릎)으로 덮여 있었다.

　신화가 말했다.

　"이제 다 왔습니다."

　어둠이 깔리기 시작한 마을엔 하나둘 희미한 불빛이 들어오고 있었다.

　신화가 이런 말을 덧붙였다.

　"좀 조심스런 말씀을 드리겠습니다. 이곳에는 밖으로 나타내는 것을 꺼리는 분들이 살고 있습니다. 외모나 언어를 비롯하여 대체적인 생활풍습은 우리 조선 민족과 같지만, 간혹 알아듣지 못할 낱말들이 더러 있거나 풍습이 우리와는 조금 다른 부분들이 있습니다. 그러나 심성은 매우 착하고 과묵한 분들입니다. 적들의 수색이 가라앉을 때까지 당분간은 이곳에서 생활하시게 될 테니까 생소하고 불편한 점이 있더라도 슬기롭게 조화를 이뤄나가셔야 할 것 같습니다."

　마을에 가까이 다가가니까 군복을 입은 젊은 여성이 나타나 신화에게 경례를 했다. 신화가 경례를 받으면서

　"준비됐나?"라고 물었다.

　여군이 대답했다.

　"네, 방은 두 칸이 준비됐습니다."

　"수고했다."

　여군을 따라 동네의 한 집으로 안내되었다.

　방에는 저릎으로 엮은 돗자리가 깔렸고 가운데에 삼대(대마)를 태워 불을 밝히는 저릎등의 불빛이 꺼물거리고 있었다. 그러고 보니 이 동네에 들어설 때부터 삼 찌는 풀냄새가 강하게 풍겼다.

　모두 허기지고 지쳐서 눈을 감고 벽에 기대 있을 때 문을 노크하

는 소리가 들리고 이어서 승복을 입은 남자가 들어왔다. 삭발은 하지 않았으나 승복 차림에 염주는 들고 있었다. 나이는 70이 넘은 것 같고 얼굴에 시종일관 잔잔한 미소를 띠고 있었다. 그는 모두를 향해 합장(合掌)으로 예를 갖추고 나서

"벽촌을 찾아오시느라고 고생 많이 하셨습니다. 제가 이 마을의 촌장인 운곡(雲谷)입니다. 오래전 부처님의 자비로 신화 중대장님의 은혜를 입은 이래 아름다운 인연을 지속해 오고 있음을 감사드립니다. 나무관세음보살!" 하고 나서

"무진 산골이라 불편한 점이 많으실 겁니다. 그러나 여러 보살님께서 이곳에 오신 것도 부처님의 뜻이라 생각되오니 너그러이 이해하시고, 계시는 동안 평안한 마음으로 보내시기 바랍니다. 그럼 소승은 이만…" 하고 묵례를 했다.

"황망중에 찾아와 폐를 끼치게 되어 매우 죄송한 마음입니다"

무영이 답례 인사를 했다.

촌장이 나가고 나서 외삼촌이 물었다.

"촌장께서 신화 중대장님으로부터 은혜를 입었다고 말씀하셨는데 무슨 사연이 있었는지 궁금하군요."

신화가 한사코 만류했으나 부관은 의기양양한 표정으로 이야기를 시작했다.

"이 마을에 사는 분들에게는 나라에서 세금이 면제되고 있습니다. 대신에 여기서 생산되는 귀리를 삶아서 만드는 황지(黃紙)를 공물(貢物)로 바치도록 되어 있습니다. 황지는 일명 연지(燕紙)라고도 부르는데 종이에 먹이 잘 배지 않는 단점이 있지만 한 번 쓴 글씨나 그림은 아주 오래 색이 변하지 않습니다. 제조 과정이 까다로워 불을 지필 때 온도

나 시간을 조절하지 못하면 제대로 된 물품을 만들어 내기가 어렵습니다. 이런 희소성으로 인해 단점을 훨씬 뛰어넘어 진귀한 상품으로 가치를 평가받고 있지요. 마을에서는 매년 공물 납부 기한이 다가오면 이처럼 어려운 과정을 거쳐 제조한 황지를 지고 현청에 가서 바치곤 합니다. 그런데 어느 해 이 물품이 값이 나간다는 것을 알게 된 도적들이 때를 알고 목을 지키고 있다가 공물을 지고 가던 분들을 급습했어요. 그날은 마감일이었으나 마을에 장례가 있어서 설마 하는 생각으로 젊은 사람들이 호송을 못하고 나이 드신 분 몇이 따라갔다고 합니다. 운이 좋아서 때마침 작전을 끝내고 이곳을 지나시던 우리 중대장님 눈에 띄게 되어 산적들을 처단할 수 있었습니다. 만일 그때 공물을 바치지 못했다면 촌장님을 비롯해 여러 사람이 봉변을 당하셨을 겁니다."

조금 지나 밥상이 들어왔다. 그런데 상을 들고 온 여자들의 모습을 보고 기겁을 했다. 남자들뿐만 아니라 여자들도 당황하여 시선을 다른 곳으로 돌렸다. 얼굴은 매우 아름다운 미녀들인데 유난히 커다란 유방들을 그대로 드러내 놓고 있기 때문이다. 짧은 저고리에 바지를 입었고 배꼽 부분에 좁은 띠를 매어 유방이 더욱 크게 노출되도록 하고 있었다. 이곳 여성들의 대대로 내려오는 관습이라는 것을 나중에야 알았다. 또한 외부인이 이들과 혼인을 맺으면 반드시 이곳에 들어와 살아야 한다는 말도 했다. 손님이 오면 아내나 딸을 동침하게 하는 풍습이 있고, 군인들이 마을을 지나갈 때면 미인들의 젖을 마음대로 먹을 수 있다고 한다. 남녀관계는 개방적이며 성관계도 까다롭지 않다. 동네에 축제가 있는 날이면 그날은 온 동네 삼밭이 폐허가 된다고 한다. 종족을 늘리기 위한 수단으로 생각되었다.

식사는 귀리에 감자를 섞은 밥이고 반찬으로는 나물 몇 가지와 무를 썰어 넣은 소금국이 나왔다. 마침 계절이 좋아 산야에 나물이 있어서 반찬이 풍성한 편이라고 누군가가 귀띔했다. 그러나 밥은 모래가 서걱거려 입에 넣을 때마다 얼굴들을 찌푸렸다. 탈곡할 때 맨땅에서 했기 때문이다.

상을 물리고 나서 신화와 그녀의 부관인 여군이 이 마을에 대해 번갈아 가며 설명했다. 실수가 없도록 사전지식을 주입하려는 것이다.

이곳은 중골(僧谷)이라 불리기도 하고 동개지팡이라 불리기도 하고, 또는 재가승(在家僧) 마을이라 불리기도 하는 은둔자들의 마을이다. 재가승이라고는 하나 진짜 스님은 아니다. 주민들 대개가 체격이 크나 순박하다.

함경북도 온성, 경흥, 회령, 부령 등지에서 생활하는데 이들의 대부분은 여진족으로 알려져 있다. 세월이 지나면서 차츰 조선족을 비롯한 외부인들과 혼인을 맺으면서 혈통이 희석되고 있다. 함경도 말로 짜구배라는 말이 있는데 이는 혈통이 다른 종족 간의 교합으로 태어난 아이를 뜻한다. 자신들은 조선속이면서도 조선속이 아닌 상태의 특이한 존재로 정체성을 지키고 있다고 한다. 언어도 알아들을 수 없는 낱말들이 있다. 이를테면 나물을 '나마리', 떡고물을 '영에', 지각없다는 말을 '덕새(양소매)없다'라 했고, 호환(虎患) 때문에 생긴 것으로 여겨지는 '범야범야'라는 욕설도 있다. 불교를 신봉하는데 마을의 절에는 따로 승려는 없으나 자기들만의 교리와 제사법을 만들어 종교활동을 하고 있다. 불교에 능통한 사람을 촌장으로 뽑는다. 엄격한 규율이 있어서 방장을 선출하여 행정업무를 맡기고 있으며 도방장(都防將)을 뽑아 군사 업무를 통솔하도록 한다. 주민들은 주로 화전을 일궈 귀리나 메밀, 감자 같은 작물을 재배하고 일 년 중 한두 번 쌀밥을 먹는 사람은 부자라고 할 정도로 가난하다. 옷은 한겨울에도 대부분 물푸레껍질을 녹여서 염색한 청색의 삼베옷을 입는다. 일 년 중 두 번 산치성을 올리고 네 번 산신제(山神祭)를 지낸다. 또한 특별한 제사를 지내는 때에는 어른 남자는 제외하고 여자와 아이들만 참여하는데 붉은 옷을 입는다.

마을에 병자가 생기면 복술(卜術)에게 묻는다. 그가 정초와 10월에 산치성을 드렸을 때 정성이 부족하여 귀신이 탈이 났다고 하면 마을 공동으로 대산귀(大山鬼)라는 큰 굿판을 차린다. 쌀로 밥을 짓고 돼지나 송아지를 잡는다. 하천 부근에 빈터를 마련하고 세 계단으로 다락을 만든다. 가운데 큰 장대에 '신명(神名)'이라 쓴 긴 천을 매단다. 떡 수십 그릇을 차린 다음 복술 2~3명으로 하여금 밤을 새워 굿을 하게 한다. 주민들은 의무적으로 이들과 함께 밤을 새우며 함께 정성을 다한다. 아침에 다시 점을 쳐보고 응답이 없다고 하면 소를 잡는다. 굿이 끝난 다음에는 맨 먼저 복술의 집에 떡과 고기를 보내고, 다음으로 가가호호에 분배한다.

장례는 주로 화장(火葬)을 하나 차츰 주변 풍습을 받아들여 매장(埋葬)을 하는 추세다.

천민 집단으로 여기는 이들이 촌락을 이루어 살게 된 원인에는 몇 가지 설이 있다.

여진족을 통일하고 청나라를 세운 건주여진(建洲女眞) 출신의 누르하치(努爾哈赤)가 해서여진(海西女眞)은 주축으로 참여시켰으나 야인여진(野人女眞)은 야만인이라 하여 변방에 잔류토록 했기 때문이라는 설과, 세종 때 김종서가 6진을 개척하면서 공포를 느낀 이들이 산간·오지로 숨어

들어 살았다는 설이 있고, 병자호란이 일어난 후 원나라에서 가슴이 큰 여인 3천 명과 말 3천 필을 조공으로 바치라는 요청이 있었는데 이와 같은 때에 대비하여 집단부락을 만들었다는 설이 있다. 또한 전쟁에서 항복한 여진족들에게 머리를 자르게 하여 변방에 있는 여러 사찰에 나누어 살게 했는데 이들이 번성하여 마을을 이뤘다는 설도 있다. 어쨌거나 그런 문제들을 논한다 한들 무슨 의미가 있으랴. 다만 강한 민족들 사이에 끼어 전쟁에 동원되고, 싸우고, 죽고, 도망치고, 숨죽이며 살아야 하는 소수민족의 애잔함이 존재할 뿐이다.

함경북도 경선군 출신 파인(巴人) 김동환(金東煥)의 시 '국경의 밤' 중 한 부분이 이를 잘 표현해 주고 있다.

> 냇가에 칠성단을 묻고 밤마다 빌었다 하늘에
> 무사히 살아오라고 싸움에 이기라고
> 그러나 그 이듬해 가을엔 슬픈 기별이 왔었다
> 싸움에 나갔던 군사는 모조리 패해서 모두는 죽고
> 더러는 강을 건너 오랑캐령으로 날아나고

신화와 부관이 자신들의 방으로 돌아가고 가족들만의 조용한 시간이 되었다.

그제야 무영은 어머니와 외삼촌에게 큰절을 드렸다. 그리고 그동안에 있었던 이야기를 자세하게 설명했다. 전에 아버지가 돌아가신 때에는 어머니에게도 자신이 지나온 일들과 마음속에 겪었던 갈등이나 고뇌를 말씀드리지 못했었다. 그러나 지금은 부끄럽다고 생각하는 것들을 모두 꺼내 보여드리고 싶었다.

이야기를 하는 동안 어머니도 외삼촌도, 삼월이도 아무 말을 하지 않았다. 외삼촌은 이따금 눈을 크게 뜨며 놀랍다는 표정을 지었다.

이야기가 끝났다.

벽에 기대어 귀를 기울이고 있던 어머니가 조용히 아들에게 다가와 어깨를 품에 안았다. 몸은 아들에 비해 왜소하고 팔은 짧았으나 어머니의 품은 아들을 감싸고도 남았다.

"아들아, 장하다. 고생 많았다. 지하에 계신 아버지께서 얼마나 기뻐하시겠느냐. 또한 고향의 이웃들이 얼마나 좋아하시겠느냐. 장하다, 장해. 잘못 든 길이라는 걸 알았으면 바른길을 가면 된다. 80 먹은 노인이라도 그래야 사람인 것이다. 너는 젊었고 늦지 않았다. 이제부터 조국을 위해 큰일을 해야지. 암, 그렇고말고."

가뭄에 갈라진 밭이랑 같은 어머니의 두 볼을 타고 흐르는 눈물은 오랜 세월 그녀가 외로이 감당할 수밖에 없었던 마음의 상처를 지우는 기쁨의 눈물일 것이다. 또한 먼 곳으로 떠난 남편에게 보내는 화해의 의미일 것이다. 이 모습을 본 외삼촌도 옷소매를 훔쳤다. 삼월은 문을 열고 밖으로 나갔다.

어머니가 말씀하셨다.

"저 아가도 마음고생 많이 했다. 네가 왔다 간 뒤론 매일 같이 어깨를 늘어트린 모습으로 산허리를 방황하며 생각에만 잠기는 것을 보고 내가 함께 가자고 했다. 기뻐서 어쩔 줄 모르더라. 그동안 맘고생 한 거 위로의 말이라도 해 주고, 용기도 북돋아 줘야 하지 않겠니."

삼월은 그 옛날 고향의 언덕 때죽나무 아래에서 만나던 때처럼 야트막한 언덕의 나무에 기대 있었다. 마을의 집들에서 꺼물거리는 불빛들이 모여 그녀의 모습을 희미한 음영의 윤곽으로 나타내주었다.

인기척이 나자 그녀가 돌아섰다. 그리고 다가왔다. 무영도 조용히 다가갔다. 그녀의 두 손을 잡아 삼월의 팔이 자신의 허리를 감싸도록 하고 상체를 안았다. 으스러져라 뜨겁게 포옹했다. 너무도 간절했던 그리움이며 자신을 기다리고, 찾아준 데 대한 뜨거운 감사의 표시다. 삼월은 팔을 올려 무영의 어깨를 힘껏 안았다. 감격에 겨운 몸이 나뭇잎처럼 파르르 떨었다.

"연옥에 갇힌다 한들 어찌 당신을 잊을 수 있겠소. 그대는 언제나 내 가슴 가장 깊은 곳에 자리 잡고 있었소. 비록 마(魔)에 정신을 빼앗겨 잘못된 길을 가긴 했으나 한시도 당신을 잊은 적은 없소. 지금 당신은 내 품에 있소. 기다려 줘서 고맙소, 용기를 내줘서 고맙소."

두 사람은 말없이 오랫동안 포옹을 했다. 그리고 무영이 삼월의 귀에 속삭였다.

"이제부터 이 한무영은 어떠한 일이 있어도 당신과 함께할 것이오. 그러나 우리가 갈 길은 먹구름이 덮인 광야, 맹수들 울음소리 살벌한 곳이오. 난관을 극복할 수 있겠소?"

삼월은 고개를 끄덕이며 대답했다.

"세상에서 가장 견디기 힘든 건 헤어지자는 선언이라는 걸 알았어요. 그건 어떤 고문보다 고통이었어요. 이젠 결코 당신을 보내지 않을 겁니다. 난 얼마든지 이겨낼 수 있어요. 우리도 반드시 좋은 날을 만들 수 있으리라 믿어요."

"그렇소. 보기만 해도 심장이 요동치는 그런 사랑은 잊으려 애쓴다고 잊히는 것이 아니라는 걸 알았소. 사랑했던 만큼의 시간이 흐르면 잊혀질 것이라 여긴 건 어리석은 생각이었소. 망각이란 의지로 되는 것이 아니라는 걸 알았소. 이제부터 사랑의 힘으로 고난을 이겨냅시다."

두 사람은 조용히 언덕에 앉았다. 청춘남녀의 속삭이는 소리가 저 률등 불빛이 꺼질 때까지 도란도란 이어졌다. 삼나무를 찐 냄새가 골짜기 가득 너울거리는 밤이다.

이튿날 아침 식사를 마치고 나서 신화 중대장이 말했다.
"우리는 다시 본대로 돌아가야 합니다. 두 분 어르신은 촌장님께서 잘 보살펴 드릴 것입니다. 혹시 불안해 하실까 걱정되어 말씀드립니다만 지금까지 이 마을은 한 번도 적의 공격을 받은 일이 없습니다. 워낙 오지인 때문에 일본군이 안다고 해도 올 엄두를 내지 못하기 때문일 것입니다. 또한 중국 정부에서 정책적으로 보호를 하기 때문이기도 합니다."라고 말하고 나서 무영과 삼월을 돌아보며
"두 분께서는 이곳에 머무르시겠습니까, 아니면 저희와 함께 가시겠습니까?"라고 물었다.

그러자 어머니가 말씀하셨다.
"너희들이 여기 있게 되면 어려운 처지에 있는 이 마을에 더욱 부담을 주게 된다. 이제부터 할 일도 많을 텐데 저 중대장님을 따라가는 게 좋겠다."

무영이 난처한 얼굴로 머뭇거리자, 외삼촌이 어서 떠나가라며 손사래를 쳤다.

백두산부대에서의 생활은 처음 며칠은 별생각 없이 지냈으나 차츰 시간이 지남에 따라 가시방석에 앉은 것 같은 미안함을 느끼기 시작했다. 갈수록 어려워지는 식량 사정에 여러 사람이 폐를 끼치고 있다

는 생각에서다. 대장은 이런 눈치를 알고 백여 명의 인원 가운데 다섯 명이 뭐가 대단하냐며 안심을 시키려 노력했으나 당사자들의 마음은 편안할 수가 없다.

전투에서 당하고 난 일본 경찰은 여전히 산 아래에 있는 마을들에 사람을 보내 주민이나 물자 이동에 대해 눈에 불을 켜고 감시하고 있다. 식량 사정은 점점 나빠져서 몇 군데 밭뙈기에 심은 감자를 캘 수밖에 없었다. 올감자라고는 하나 정상적인 수확기보다 한 달 가까이나 일찍 캤다. 밤톨만한 것들이 나왔다. 그나마 식량이 떨어질 때마다 야금야금 캤기 때문에 남아 있는 것이 별로 없었다. 다행스럽게도 백두산의 계절은 산 아래보다 늦어서 그때까지 나물은 있었다. 이런 상황에서는 훈련조차 제대로 할 수가 없다. 영양실조로 얼굴이 누렇게 뜬 대원들은 산으로 돌아다니며 나물을 채취하는 것이 일과가 되었다. 어느 날엔가는 밤에 대원들이 몇 명씩 조를 짜서 마을 가까이 있는 계곡까지 내려가 산골메기를 잡아 오는 모험을 감행하기도 했다.

삼월은 여군 막사에서 그들과 함께 생활했다. 그녀는 용감했으며 적극적이었다. 아마도 낯선 땅에서의 어려움을 극복하기 위해선 남다른 각오와 행동이 있어야 한다고 생각한 것 같았다. 이곳에 오자마자 팔을 걷어붙이고 일에 뛰어들었다. 지금까지는 밥 짓는 일을 여군들과 비교적 나이 어린 남자 대원들이 해왔으나 친동생 같은 남성 대원들을 주방에서 밀쳐내고 일에 뛰어들었다. 밥을 짓고 정성껏 반찬을 만들었다. 식량 사정으로 인해 하루 두 끼를 먹고, 밥보다는 죽을 끓일 때가 많았지만 나물이라도 부드럽고 맛있는 것들을 골라 정성껏 죽을 끓였다.

여군 막사에서 그들과 함께 생활했고 시간이 날 때면 신화의 지도를 받으며 사격 연습을 했다. 그러나 총알이 부족한 상황에 실사격을 자주 할 수는 없으므로 대개는 총으로 자세를 취해 보는 것으로 연습을 대신했다.

무영은 장작을 패고 잡다한 일들을 열심히 도왔다. 그럴 때면 심 선생도 달려와 도와줬다. 무명과 삼월은 서로가 가까이 있고 싶었으나 일에 바빠 대화를 나누는 시간조차 별로 없었다. 다른 사람의 눈치도 봐야 했다. 일이 끝날 때를 기다리다 잠시 만나 위로의 말을 전하곤 각자의 막사로 돌아가곤 했다. 삼월은 그것만으로도 행복하다고 생각하는 것 같았다.

어느 날 점심 식사가 끝난 시간 삼월이 찾아왔다. 숲속에 앉아 이런 말을 했다.

"이곳 식량 사정은 제가 누구보다 잘 알잖아요. 그런데 며칠 있으면 낟알이 몇 알씩 들어간 나물죽마저도 먹을 수 없을 것 같아요. 전투를 해야 할 병정들이 염소처럼 풀만 먹고 살 수는 없잖아요. 그래서 드리는 말씀인데요."라면서 옷섶에서 주섬주섬 뭔가를 꺼냈다.

"여기 올 때 오빠가 말했어요. '어쩌면 아주 오랜 세월이 흐른 후에야 우리가 다시 만나게 될 거다. 그마저도 행운의 신께서 함께해 주셔야 가능한 일이다. 이건 어머님께서 생전에 내게 주신 건데 어떤 일이 있어도 함부로 처분하지 말고 간직했다가 네가 커서 시집을 갈 때 전하라고 말씀하셨다.'라면서 주셨어요. 놀라기도 했지만, 화가 난 것은 오빠 자신이 생명이 위독하던 때에도 팔지 않고 간직했었다는 겁니다. 우리가 결혼할 때 굳이 이런 물건이 필요할까요? 모두가 생존의 벼랑 끝에 서 있는 시대에 어울리지 않고 오히려 죄의식을 느낄 수밖에 없는 물건이에요. 곰곰 생각해 봤는데 지금이 이 물건을 가장 유용하게 쓸 시기인 것 같아요. 이걸 가지고 가서 대장님께 드리세요. 주인을 제대로 만나면 한 달은 식량 걱정 없이 지낼 수 있을 겁니다. 시간을 버는 동안은 무슨 대책이 세워지지 않겠어요?!"

삼월이 건네준 것은 뜻밖에도 보통 사람들은 구경조차 하기 힘든 귀하디귀한 금강석(다이아몬드) 반지다.

깜짝 놀라서 물었다.

"유언처럼 주신 물건을 그렇게 써도 되겠소?"

"어머님께서도 틀림없이 무척 기뻐하실 거예요. 어서 가서 드리세요."

"알았소. 당신은 참으로 대단한 여성이요."

금강석을 받아 든 대장은 감격을 이기지 못해 한참 동안 물끄러미 하늘만 바라봤다.

"참으로 감사한 마음 무어라 표현할 길이 없습니다. 이런 뜻을 가지신 여성 동지가 우리 부대에 계신 것만으로도 용기백배, 어떤 어려움도 극복할 수 있을 것 같습니다. 그러나 이 물건을 받을 수는 없습니다. 문제를 근본적으로 해결할 방안을 찾아야지 쓰기 좋다고 잠시 잠깐의 미봉책으로 위기를 님길 생각을 해선 안 됩니다. 처음 보시니까 생소하겠지만 지금까지 이런 일을 한두 번 겪은 게 아닙니다. 그리고 모두 슬기롭고 용감하게 극복해 왔습니다. 이번 일에 대해서도 여러 가지 방안을 생각하고 있습니다. 조금만 기다려 보기로 하지요. 위기를 위기라고 생각하면 진짜 위기가 됩니다."

대장은 알쏭달쏭한 말을 하고는 환한 표정을 짓는다. 고난 속에서 항일투쟁을 해 온 저력을 엿볼 수 있는 모습이다.

무영은 한사코 거부하는 그의 손에 반지를 쥐어줬다.

제3편

종로 시전(市廛)의 낯선 거지

심 선생과 무영이 부근 숲속을 거닐고 있었다. 마침 막사를 나온 대장이 가까이 다가와 서로 인사를 나눴다. 대장의 얼굴을 본 지가 여러 날 됐다. 얼굴이 창백하고 피로감이 배어 있었다.

"산속에 들어앉아 있으니 답답하기 이를 데 없네. 바깥세상은 어떻게 돌아가고 있는가?"

"바깥세상 어떤 걸 알고 싶으십니까?"

"관심 있는 게 상해 임시정부와 우리 독립군들의 활동, 그리고 왜놈들의 동향 말고 뭐가 있겠는가."

"어찌 답답하지 않으시겠습니까. 그러지 않아도 최근에 수집된 정보들을 알려드리려고 오던 중이었습니다."

대장은 깨알같이 메모가 적힌 수첩을 꺼내 들었다.

"우선 상해 임시정부에 관한 내용부터 말씀드리겠습니다. 대통령 이승만이 미국에 장기체류하면서 임정의 직무를 돌보지 않기 때문에 작년(1925) 3월에 탄핵한 것은 알고 계시는 일이라 생각되고요. 대통령

대리로 이동녕 선생을 선임하였다가 최근에 다시 임시의정원에서 대통령제를 국무령제로 바꾸고 백범(白凡=김구) 선생을 국무령으로 선임하셨다는 소식입니다. 그러나 예관(睨觀=신규식) 선생께서 내분(內紛)을 비관하여 식음을 전폐하시다가 돌아가셨을 정도로 구성원들 간에 당쟁(黨爭)과 알력이 심한 데다, 군무차장 김희선(金羲善)이나 의정원 부의장 정인과(鄭仁果), 독립신문 주필 이광수(李光洙)처럼 왜놈들에 회유당해 변절하는 자들이 한 둘씩 생기고 인재를 구하기도 쉽지 않은 모양입니다. 무엇보다 왜놈들의 방해로 국내에 결성해 놨던 비밀행정조직 연통제(聯通制)마저 단절되어 국내에서의 자금 지원이 끊긴 지 오래됐으므로 재정난이 심화하여 하루 두 끼 식사마저 걱정해야 하는 처지에 있다고 합니다. 하지만 백범 선생은 차돌처럼 의지가 굳은 어른이고, 또한 주변에 이시영, 이동녕, 조완구, 박은식 선생 같은 외유내강한 분들이 계시고 '백범의 지낭(智囊: 꾀주머니)'이라는 불리는 일파(一波=엄항섭)나, 석린(石麟=민필호) 같은 분들이 보좌하고 계시니까 반드시 길을 찾으시리라 믿습니다."

"저런 저런! 임시정부까지 그런 상황에 있으니 이 일을 어찌해야 하나…."

"다음으로 만주 독립군에 관해서는 나쁜 정보부터 말씀드리겠습니다. 아시는 바와 같이 임시정부 직할대 참의부는 집안현을 중심으로 무송(撫松)·장백(長白)·안도(安圖)·통화(通化)·유화(柳化) 등 각 현을 통활하며 교민 1만 5천 호를 아우르는 자치정부를 운영하면서 5개 중대의 병력을 보유하고 활동해 왔습니다. 백광운이 살해된 다음에 사기가 떨어져 있었으나 다시 조직을 재정비하여 국내 침공작전을 맹렬하게 전개하고 있었습니다. 그러나 전에 미시탄에서 있은 사이토 총독 저격 사건의 보복으로 고난을 겪고 있다고 합니다. 전투에 참가했던 장창헌 소대장은 강계군으로 진입하려 했는데 평소 소소한 일들을 도와주면서 신임을 얻은 홍인화(洪仁化)라는 밀정이 일본 경찰 쪽으로 유인하여 왜놈 경찰들에 의해 사살당했습니다. 또한 그의 소대원들도 일경의 앞잡이가 매복 장소로 유인하여 근거지까지도 파괴했다고 합니다. 사이토를 호위하다 망신을 당한 강계경찰서와 경찰국 놈들이 저열한 각본을 짜 보복을 한 것이지요. 홍인화(洪仁化)는 참의부 부원 최윤홍(崔允興)이 처단했으나, 최윤홍은 밀정 박희빈(朴熙彬)의 밀고로 강계경찰서 순사부장 계난수에 의해 검거당했다고 합니다."

"계난수라면 일등 창귀(倀鬼)라는 별명을 가진 그 악질 순사놈이 아닌가?!"

"예 그렇습니다."

"참으로 애석하고도 통탄할 일이군. 어찌 돈 몇 푼에 일본의 앞잡이가 되어 동포를 배신하고, 또 동포를 체포하여 고문까지 한단 말인가."

밀정은 3가지 부류가 있다. 만주 현지에 거주하면서 일경을 돕는 밀정, 보민회 소속으로 활동하는 밀정, 조선 국내에서 파견한 밀정 등인데 현지 거주 밀정은 월 고정 50~80원을 받는다. 조선인 경찰 봉급 28원 80전의 2~3배가 되는 금액이다. 여비와 잡비까지 포함하면 120원을 받는 경우도 많다. 반면에 보민회 밀정이나 국내에서 파견한 밀정은 대략 5원을 받았다. 그러나 인물이나 사건의 크기에 따라 전혀 다른 것도 있다. '간도 은행 15만 원 탈취 사건'을 밀고한 엄인섭(嚴仁燮)은 1만 원을 받았다. 신의주 국경지대에 밀정이 가장 많은데 경찰 밀정, 세관 밀정, 전매국 밀정 등 종류가 다양하다. 세관 밀정이 고자질하면 압수한 밀수품의 50%를 받았다. 어쨌거나 만주는 밀정이 파리떼처럼 들끓는 세상이다.

"아시는 것처럼 대한통의부에서 나간 사람들이 참의부를 창립한 후 남아 있던 이들이 작년(1924.) 7월에 전만통일의회주비회(全滿統一議會籌備委)를 소집하여 유하현(柳河縣)에서 회의를 개최했지 않습니까. 회의에는 대한통의부·군정서(軍政署)·광정단(匡正團)·길림주민회(吉林住民會)·의우단(義友團)을 비롯한 여러 단체가 참여했습니다. 그리고 11월에 정의부(正義府)를 탄생시켰습니다. 중앙행정위원장에 이탁(李沰), 외교에 김동삼(金東三), 군사 지청천(池靑天)을 선출하고 민사, 선전, 법무, 학무, 교통, 생계 등의 분야에 위원장을 두어 본격적인 대일항전에 들어갔습니다. 이들은 8개 중대의 상비군을 가지고 길림과 봉천 돈화 등의 교포 1,500호를 보호하고 있습니다. 그리고 소련의 알렉세예프스크에서 소련 적군파와 이르쿠츠크 한인 공산당원들에 의해 참변을 겪고 살아 돌아온 사람들 일부가 중심이 되어 금년 3월에 길림성 영안현(寧安縣)에서 신민부(新民府)를 결성했습니다. 김좌진·최호 등의 대한독립군단과 김혁·조성환 등의 대한독립 군정서가 주축이 됐는데 중앙집행위원장에 김혁, 위원에 조성환·김좌진 능 9인을 누었고, 참의원 원상에 이범윤(李範允), 검사원 원장에 현천묵(玄天黙) 등을 선출하여 3권분립 체제를 갖추었다고 합니다. 신민부가 관리하는 지역은 광대하여 주 활동 근거지 밀산(密山)을 포함하여 우리 동포 약 40만이 살고 있는데, 김좌진 총사령이 이끄는 군사위원회 산하에 5개 대대와 민병대를 조직했다고 합니다. 머잖아 목릉현(穆陵縣) 소추풍(小秋風)에 (성동)사관학교를 설립할 계획이라고도 합니다. 이분들도 둔전제(屯田制)를 실시하여 자급자족형 체제를 갖추었다고 합니다."

"중국의 군벌들이 하는 것처럼 우리 독립군 부대들도 군사 경제 치안 등 대부분을 동포들과 함께 자치제로 운영하면서 장기전에 돌입하려는 계획이군. 이들의 본격적인 활동에 왜적의 반응은 어떤가?"

"그것이 좀 걱정되는 일입니다. 얼마 전(1925.5.12.)에 우리의 독립운동과 러시아 혁명으로 인한 공산주의 운동 전파 등을 차단하기 위해 치안유지법이라는 걸 만들었습니다. 조선 국내는 물론이고 국외의 '독립운동과 사회주의, 무정부주의 등 국체를 변혁하고 사유재산제도를 부인하는 자들'에 대해 10년 이하의 징역 또는 금고에 처한다고 규정했습니다. 모든 조선 민족의 활동에 적용되도록 한 것입니다. 이를 실현하기 위해 사상 탄압을 전문으로 하는 고등계 경찰과 사상 검사가 배치되고 중앙정보위원회가 설치됐다고 합니다. 사형까지도 할 수 있도록 확대할 계획이라는 말이 있습니다. 저들은 요술 방망이를 갖게 된 셈입니다."

"……."

"그뿐이 아닙니다.

총독부 경무국장 미쓰야 미야마쓰(삼시궁송, 三矢宮松)와 봉천성 경무처장 위전(우진, 于珍) 간에 '불령선인 취체에 관한 조선총독부-펑텐(봉천) 간의 협정'이란 것이 체결됐습니다. 아시는 바와 같이 3·1운동 후에 우리 독립군을 탄압하기 위해 일본이 경찰들을 만주까지 진출시켰지 않습니까. 중국은 이에 대해 강력하게 항의하면서 독립군의 활동뿐만 아니라 일본의 지원 세력인 조선인 민회까지 싸잡아 탄압하기 시작했지요. 그러자 일본은 잔머리를 굴려 자신의 지원 세력은 보호하고 독립군만 탄압하는 방식의 협정을 생각해 낸 것입니다. 협정의 내용을 보면 매우 구체적이고 교활합니다.

전체 8개 조로 이뤄졌는데 골자는 재중 조선인에 대한 엄격한 호구

조사, 무기 소지자 검거, 항일단체 해산 및 지도자 체포, 중·일간 정보의 상호교환 등입니다. 그런데 독립운동가를 체포하면 반드시 일본영사관에 인계하고, 일본은 인계받은 대가로 중국 측에 보상금을 지불하도록 되어 있습니다. 주목할 것은 그 보상금 중 일부는 반드시 독립군을 체포한 중국관청의 관리나 중국인에게 주어야 한다고 규정한 것입니다."

"허허, 이 일을 어쩐담. 앞으로 독립운동가들의 입지가 점점 좁아지고, 애국지사들이 많이 잡혀 들어가겠는걸. 금품 좋아하는 중국 관리들이 생사람까지 잡아들일 게 불 보듯 뻔하지 않은가."

"그렇습니다. 활동이 위축될까, 걱정되는 일입니다."

실제로 그랬다. 일본은 재물이라면 애국이나 이념, 사상 따위는 언제라도 던질 수 있는 부패한 중국 관리들의 허점을 파고들었다. 극심한 부패의 한 예를 든다면 미국으로부터 막대한 지원을 받은 장개석의 국민당군이 일본군이나 공산군에게 패배한 원인은 중·일전쟁에서 일본군과 싸우다 죽은 장교들의 급격한 손실을 메우기 위해 사병 중에서 장교를 선발한 일과, 그로 인해 야기된 지휘체제의 붕괴 및 부내간의 비협조, 사병들의 식비나 의약품까지 팔아먹는 장교들의 부패를 들 수 있다. 병사의 징집을 지방 당국에 일임함으로써 18~45세에 이르는 병역의무를 돈으로 사고파는 일이 발생하고, 나중에는 납병(拉兵, 병사를 강제로 끌어오는 일) 현상까지 생겼다. 약 1만 명으로 구성된 각 사단 병력에서 월평균 600여 명의 탈영병이 발생했다는 것은 중국 안에 있는 군대들의 상황이 어떠했는가를 말해주고 있다.

어쨌거나 당시 군과 공무원 등 중국 사회 전반에 걸친 부패는 매우 심각한 것이었다.

미쓰야 협정에는 봉천성 외에 길림성과 하얼빈(哈爾濱) 등 만주 각지의 중국 관헌들도 가세했다. 중국 측은 만주 지역 조선인의 활동을 압박할 제반 법규들을 속속 제정했으며 만주 한인사회는 큰 공포에 휘말렸다. 협정실시 후 민족운동 세력의 국내 진공 건수는 1924년 560건에서 1925년 270건, 1926년 69건, 이후 1930년 3건 등 급격히 감소했다. 우리 독립운동가들은 만주의 수많은 중국인의 눈도 의식해야 했다.

심 선생이 다시 묻는다.

"식량문제는 여전히 해결책이 없는가?"

"사실을 말씀드리면 우리 부대가 안고 있는 문제는 세 가지가 있습니다. 첫째 문제는 대원들의 식량을 해결하는 것이고, 둘째는 무기를 확보하는 문제, 끝으로 대원들에게 입힐 군복과 모자, 신발, 각반 같은 것들입니다. 다행스럽게도 세 번째 문제는 여성 대원들께서 밤낮없이 헌신적으로 일해주시는 덕분에 해결되고 있습니다. 식량문제는 삼월 대원 덕분에 여기까지 이어 왔으나 또다시 절량(絶糧) 문제가 입에 오르고 있습니다. 산 아랫마을 동포들도 흉작으로 굶주리는 형편이라 도움을 요청하기가 어렵고, 무기 역시 돈과 연결된 문제라 가까운 장래에는 확보하기가 어려울 것 같습니다. 많은 생각을 하고 있습니다만 좀처럼 좋은 방안이 나오질 않는군요."

"……"

모두 말이 없다. 세 사람 다 서로에게 미안함을 느끼고 있기 때문이다.

며칠 후 심 선생이 찾아왔다.

"오늘은 좀 어려운 말씀을 드려야겠소이다."

첫마디를 꺼내 놓고는 평소의 그답지 않게 머뭇거린다.

"무엇이든 말씀하십시오."

"먼저, 서운하게 듣지 말라는 말씀부터 드리고 싶습니다. 아마 한 선생도 눈치는 채고 계실 것으로 생각합니다. 아무리 대장과의 관계가 남다르고, 게다가 삼월씨가 귀중한 물건을 희사하여 도움을 주고 있다고는 하나 대장을 제외한 나머지 대원들이 한 선생께 가지고 있는 의구심은 여전히 지워지지 않고 있습니다. 대장 때문에 차마 입 밖으로 나타내지 못하고 있을 뿐입니다."

"네, 알고 있습니다. 하지만 지금 상황에서 제가 할 수 있는 일이라는 게 제한적이라 갑갑할 뿐입니다."

심 선생은 말을 계속한다.

"대원들 일부에서 얼마 전 모종의 건의문을 만들어 대장에게 제출했다고 합니다."

"그 건의의 내용이 무엇입니까?"

"일종의 시험과 같은 것이지요. 이를테면 선생께 어려운 과제를 주는 것입니다. 그 과제가 뭐냐 하면 배신자를 처단하는 것입니다. 선생도 처음 이곳에 오실 때 집의 기둥들이 불에 탄 그루터기들을 보셨을 겁니다."

"네, 일본군이 쳐들어 와 불을 냈고 놈들과 전투를 벌이다 두 분 영감님께서 순국하신 걸로 알고 있습니다."

"맞습니다. 대장은 오래전부터 중요지역 몇 군데에 동포들의 협조를 받아 부대를 운영하고 있습니다. 물론 정보를 취득하는 원천도 되구요. 일경의 감시로 인해 대면접촉으로 정보를 얻기 어려울 경우는 드보크(Dvoke)를 활용하여 은밀한 곳에 암호를 묻어두면 대원이 그것들을 수거하여 오기도 합니다. 그들 정보원 중 한 명은 대장이 밖으로 다니기 어려운 중요한 심부름까지 도맡아 하게 됐습니다. 그런데 이 친구가 어느 때부턴가 배신의 길로 들어선 겁니다. 그리고 큰일들을 저질렀습니다. 놀랍게도 배신은 혼자만 한 것이 아닙니다."

또 한 명의 배신자에 대한 설명이다.

"내 할아버님과 신웅 대장의 할아버님인 학비 노인께서는 한양의 옥인동에 이웃해 사셨습니다. 경복궁 서문 영추문에서 인왕산 사이에 있는 청운 효자동, 통인동, 옥인동, 사직동 같은 마을에는 의인(醫人)이나 역학인(譯學人)들이 많이 살았지요. 내 할아버님은 벼슬을 하셨지만, 양반들이 거들먹거리는 북촌에 사는 것을 싫어하셔서 이곳에 터를 잡으셨는데 두 집이 이웃해 있어 교류가 깊었습니다. 나도 어렸을 때부터 그 댁엘 자주 드나들기도 하고, 대장을 비롯한 아이들과 골목에서 놀이를 많이 한 추억이 있소이다. 대장의 가문은 대대로 의술을 이어온 집안이라 부근에 명성이 자자했습니다. 환자들뿐 아니라 세교(世交)를 하는 분들이 많았고, 의술을 배우고자 자식들을 맡기는 분들도 많았어요. 이런 연유로 학비 노인께서 아이들 다섯을 제자로 두고 가르치셨습니다. 그런데 어느 날 자신을 돕고 있던 외아들이 급사를 했습니다. 병명은 기억하지 못하고 있습니다만, 여하튼 슬하에 아들 하나와 딸 둘을 두고 갑자기 명을 달리한 겁니다. 얼마나 황망하고 기가 막힌 일이겠습니까?! 학비 노인은 아들의 장사를 치르면서 깊이 생각을 했다고 합니다. 하나밖에 없는 아들조차 살리지 못한 자신이 누구에게 의술을 베풀고 누구를 가르칠 것인가?!

며칠 동안 고민한 끝에 며느리는 재가하도록 재물을 떼어 친정으로 보내고, 제자들은 친구인 다른 의원에 보내서 가르침을 받도록 했습니다. 그러고는 아우인 호비와 함께 손주들을 데리고 의서(醫書)들을 둘러메고 백두산에 들어왔습니다. 손주들에게 학문을 가르치면서 약초를 채취하고 성분을 분석하고, 의술을 연구했습니다. 몇 년 가르치는 동안 성격을 관찰하니 신옥이 의술에 가장 적성이 맞고, 신화와 신웅은 여전히 사냥이나 서적 같은 거에 흥미를 느끼고 있더라는 것입니다. 각자의 관심과 특기는 하늘이 주신 것이라는 생각에 그 방면으로 가르치고 있었습니다.

그런데 황망 중에 급히 오다 보니 재산 정리가 제대로 안 됐습니다. 누대에 걸쳐 명의로 이름난 집안의 재산이니까 규모가 컸겠지요. 그래서 떠나올 때, 죽은 아들과 동문수학을 한 가장 친한 친구, 즉 학비 노인의 아들이나 다름없는 사람에게 집과 등기문서와 도장을 모두 주면서 부탁을 했습니다. 하나씩 처분하는 대로 돈을 만들어 놓으면 사람을 보내겠다고 말입니다. 심부름 간 사람이 처음 몇 번은 돈을 가져왔습니다. 그런데 계속해서 허탕을 쳤습니다. 그러려니 했는데 손주들이 장성했습니다. 신웅이 자라면서 뜻을 품고 있던 일을 시작하게 되었습니다. 호비 노인의 적극적인 격려와 도움이 있었다고 합니다. 군대를 조직하고, 군량미를 확보하고, 총과 칼을 사들이고, 막사를 만들고, 훈련을 시키려면 자금이 필요했습니다. 대원을 다시 한양에 보냈습니다. 자금이 조금씩 왔습니다. 그러다가 아주 끊어졌습니다. 심부름 갔다 온 대원의 대답은 한결같았답니다. 재산의 규모가 커서 매매가 이루어지지 않는다는 것이었습니다. 그리고 어느 날부턴가 적을 공격하러 갔던 부대가 역공(逆攻)을 당하는 일이 몇 번 일어났습니다. 대원들은 서로를 의심하기 시작했습니다. 부대가 존망의 위험에까지 이르렀습니다. 대장은 시험을 해봤습니다. 아무에게도 알리지 않고 불시에 작전을 감행했습니다. 그런 날은 성공적이었습니다. 여러 방법으로 은밀하게 조사를 한 결과 정보원 중의 한 명인 그의 소행임이 밝혀졌습니다. 그자는 한양에 있는 수탁자(受託者)의 꾐에 빠져서 재산을 팔아 나눠 먹기로 한 것입니다. 얼마 뒤 나타난 것은 놀랍게도 일본군 토벌대였습니다. 사람이 죽고 건물들도 불에 탔습니다. 이곳 백두산부대가 주둔한 곳은 깊디깊은 밀림 속입니다. 도달하기도 어렵거니와, 도달하더라도 미로와 같아서 빠져나가기도 어려운 곳입니다. 이런 천혜의 조건을 갖춘 곳을 안내자 없이 밀림 속 긴 행군을 해가면서 일본군 단독으로 쳐들어올 수 있겠소이까?!"

"그럼 그자들이 사는 곳을 알고는 있습니까?"

"아니요. 수탁자는 본래의 집인 사직동에 그대로 살고 있으나, 정보원이 사는 곳은 알아내지 못했습니다. 도망치고 나서 이름도 바꾸고 한양 시내 이곳저곳을 옮겨 다니다 몇 해 전 결혼해 종로 공평동 종루 남쪽 동상전(東床廛) 부근에 살았다는 것까지는 확인했으나 그 이후 간 곳을 알아내는 데는 실패했다고 합니다. 이자를 시급히 처단해야 할 이유는 또 있습니다. 마을에서 정보를 보내주었던 동지들이 불안해하고 있습니다. 아직은 일경의 특이한 동향이 눈에 띄지 않는 것으로 보아 더는 정보를 제공하지 않은 것으로 생각됩니다. 인간관계의 여운이 남은 때문인지는 모르겠으나 언제 마음이 돌변할지 모르는 일이 아니겠습니까."

"한양에 사는 수탁자는 어떻게 살고 있습니까?"

"친구 부친의 재산을 처분하여 떵떵거리고 살 뿐만 아니라, 활발한 사교활동으로 왜놈 고위층들의 신임까지 얻고 있다고 합니다."

"부하들의 건의에 대해 대장은 어떤 생각을 하고 있습니까?"

"며칠 전에 슬며시 던져봤는데 씨알도 먹히지 않았습니다. 한 선생께 절대로 그런 일을 하게 할 수는 없다고 말입니다. 대원들에게는 자신이 보증인이 되는 것이니 추호의 의심도 하지 말라고 꾸짖었답니다. 잠시는 대원들을 잠재울 수 있겠지만 뿌리를 뽑을 수는 없을 것입니다. 원인을 알 수 없는 문제가 발생했을 때는 조직붕괴로 이어질 수도 있는 일입니다."

"무슨 말씀인지 알겠습니다. 우선은 대장을 설득한 다음에 다시 의논하기로 하시지요."

"전향적으로 생각해 주시니 고맙소이다. 대장은 내가 설득해 보겠습니다."

예상했던 대로 대장은 강하게 반대했다. 목숨을 잃을지도 모르는 위험한 일을 손님으로 있는 것과 다름없는 분에게 맡기는 것은 도리가 아니라고 했다. 그러나 조직의 성패에 관한 문제라며 계속하여 설득했고 마침내는 씁쓸한 표정을 지으며 고개를 끄덕였다.

탁자 위에 정보원 김영도(金榮道)와 수탁자 정찬하(鄭燦河) 두 배신자의 신상명세서와 그동안 은밀하게 조사했던 내용들이 기록된 서류가 놓였다.

정보원 김영도는 올해 나이 33세로 본적지가 경기도 수원인데 부모가 생존해 있고, 5남매 중 넷째로 탈영 후 처음에는 고향에 갔다가 안되겠다 싶었는지 인구가 많고 복잡한 한성으로 떠났다. 결혼하여 2년 전까지는 종로의 공평동에 살았으나 그 이후의 행적에 대해선 여러 어려움이 있어서 더 이상의 추적을 하지 못했다고 한다.

그리고 올해 62세의 수탁자 정찬하는 사직동에 살고 있으며 재산이 많아 하인들을 여럿 부리고 있고, 일제 고위층들과 긴밀한 관계를 유지하고 있어 총독부로부터 표창을 받기도 했다. 두 사람의 신상명세서 끝에는 몸무게와 키, 인상착의 등이 기록되어 있었다.

"필요한 것은 무엇이든 말씀하십시오. 적극 돕겠습니다."

대장은 만날 때마다 미안한 표정을 지었다. 마치 죄를 짓는 것 같다고 말했다.

그날부터 대장과 심 선생, 무영 등 세 사람만 모인 가운데 극비로 계획이 수립되었다. 단계를 거칠 때마다 진지한 토론이 전개되곤 했다.

계획이 어느 정도 무르익어 가면서 처단 1순위를 누구로 할 것인가를 두고 토론이 벌어졌다.

"며칠 있으면 또 식량이 바닥납니다. 꼭 필요한 것들을 구입할 돈도 궁하구요. 그러니 차제에 정찬하부터 처단하는 것이 먼저가 아니겠습니까?!"

무영의 말에 심 선생이 반론을 제기했다.

"자금확보도 시급하지만, 김영도는 폭발물과 같은 존재요. 정보를 제공했던 동포들의 운명이 그자에게 달려 있소이다. 또한 적들이 그자의 안내를 받아 다시 쳐들어올 수도 있구요. 내일 당장 무슨 일이 일어날지 모릅니다. 김영도가 사는 곳을 알아내 처단하는 것이 급선무라고 생각합니다."

두 사람의 의견이 팽팽하게 대립하여 좀체 결론이 나지 않았다.

한참 동안 듣고 있던 대장이 말했다.

"두 분 말씀 모두 일리가 있습니다. 어느 한쪽을 먼저 하기가 어려운 것 같습니다. 게다가 우리가 유의해야 할 것은 한쪽을 먼저 공격하게 될 경우, 공격받지 않은 쪽이 위협을 느껴 마지막까지 숨겨둔 정보 마저 고자질하여 우리가 왜놈들로부터 역공을 당할 수도 있습니다."

그럼 어쩌자는 것인가? 두 사람은 동시에 대장의 얼굴을 바라봤다.

"둘을 동시에 처단하는 것이 어떨까 합니다만…"

"예?"

무영이 놀라서 눈을 둥그렇게 떴다.

"물론 한 명을 처리하는 일도 힘이 들 것으로 압니다. 그러나 어차피 지금의 형편으로는 다른 작전을 할 수가 없습니다. 그럴 바에는 부대의 모든 힘을 여기에 집중하여 화근을 제거한 후에 안정된 상태에서 다음 일들을 구상하는 것이 최선의 자구책이며 유일한 전략이 아닐까 합니다. 물론 뜻하지 않게도 두 분 선배님께 큰 부담을 지우는 것이 송구하지만 말씀입니다."

그로부터 열흘 후.

종로 시전(市廛=종로) 뒷골목에 거지 둘이 동냥을 다니고 있었다. 각각 커다란 깡통 하나씩에 줄을 달아 목에 걸었다. 키가 큰 거지는 어디서 구했는지 하인이나 말구종들이 쓰던 말뚝벙거지를 머리에 얹었는데 모자의 위쪽이 반쯤 달아났고 고깔에 테두리로 감았던 흰색의 실 띠는 한쪽만 붙어 있어서 마치 남사당패가 끊어진 상모를 달고 다니는 것 같이 우스꽝스런 모습이다. 옷은 땟국에 절어 냄새가 더럭더럭 나고 몸을 움직일 적마다 군데군데 속살이 보인다. 신발은 어디서 주웠는지 누군가 말끔한 신사가 신었을 흰 구두인데 너무 작아서 뒷부분들을 오려냈다. 그마저도 한쪽은 밑창이 떨어져 나가 불균형을 이뤘으므로 걸음을 옮길 때마다 질뚝거렸다. 키가 좀 작은 거지는 아무엇도 쓰지 않았으나 머리가 헝클어져 까마귀 집을 지었고 언제 세수를 했는지 온통 새까만 얼굴에 눈동자만 깜박거린다. 너덜거리는 바지저고리에다 검정 고무신 한쪽으로는 엄지발가락이 튀어나왔다.

이곳 피맛(避馬)골은 거미줄처럼 연결된 좁다란 골목길 양쪽으로 국밥집, 해장국집, 모줏집, 선술집, 색주가가 즐비하게 늘어섰다. 서민들의 정취가 물씬 나는 곳이다. 원래 이 골목들은 정도전의 작품으로 한양에 도읍을 설계할 때 평민들이 골목 앞 운종가(雲從街)를 지나는 양반들의 행차를 피해 불편 없이 다니도록 하고자 만든 것이라고 한다. 양반이 수레를 타거나 말을 타고 지날 때마다 중인들은 땅에 엎드려 있어야 하므로 바쁜 생활에 지장을 받는 것을 배려한 설계다.

지금은 점심시간이 훨씬 지났는데도 여전히 부산하다. 패랭이를 쓰고 이빨을 쑤시면서 나오는 사람, 대낮부터 벌건 얼굴로 어깨동무를 하고 선술집을 나오며 콧노래를 흥얼거리다가 황급히 지나가는 젊은 여인을 몽롱한 시선으로 바라보며 능글맞은 웃음을 흘리는 젊은 남자들, 음식 쟁반을 머리에 이고 행인들의 사이를 용케도 피해 종종걸음으로 사라지는 배달 아줌마들, 너무 늦지 않으려고 바삐 오는 일단의 남정네들은 아마도 일에 열중하다 시간을 놓친 육조거리의 어느 하급 관리들로 보인다.

오밀조밀 작은 식당들을 지나친 거지들이 큰 식당 앞에 섰다. 상체를 구부리고 주렴 안을 들여다보며 일정한 간격을 두고 깡통을 가볍게 두드린다. 안에서 응답이 없자 두드리는 강도를 조금 높인다. 장옷으로 얼굴을 반쯤 가린 젊은 여인 서넛이 식당을 나오다가 그들을 보고 코를 막으며 멀찌감치 돌아서 간다.

깡통 두드리는 소음이 점점 시끄러워지니까 주인이 나타났다. 그릇

의 음식을 깡통에 쏟아부으며

"누구 영업 망칠 일 있어? 시간 맞춰 오라고 했잖아. 이 시간에 오면 어떡해?!"라고 투덜거리며 눈을 흘긴다. 그런데 거지들을 찬찬히 보니 어쩐지 낯선 얼굴이다. 게다가 한 명은 여자 같다. 남매인가 부부인가? 하기야 짝을 지어 다니는 거지들도 없지는 않으니까….

그러나 이 두 명의 거지는 음식점 주인의 추정과는 달리 백두산부대의 무영과 경옥이다. 여성 대원 설경옥은 여러 부문에 관한 엄밀한 심사 과정을 거쳐 선정되었다. 배우 같은 변장술이나 능청맞은 연기, 남자 못지않은 담력, 게다가 어느 정도의 호신술도 갖췄다.

3단계로 된 마지막 관문에서 시험관이 물었다.

"이 단도를 감성의 방해에 구애받지 않고 완벽히 사용할 수가 있겠는가?"

"의지력은 남자보다 여자가 더 강하다는 걸 모르시나요?"

둘은 남매로 가장했다.

그들은 밥을 얻은 다음 그곳을 떠나 또 다른 큰 식당 앞에서 깡통을 두드리고 있었나. 때마침 나가오넌 나섯 닝의 거시와 마주쳤다.

그중에 연장자로 보이는 자가 삿대질을 하며 언성을 높인다.

"야. 호랑말코 삐꾸, 니들 어디서 온 거야? 뒈질라구 결심했냐. 왜 남의 나와바리에 와서 빨대를 꽂아 엉?"

두 사람은 대꾸도 하지 않고 계속 그 자리에 서서 깡통을 두들겼다.

그러자 나머지 거지들이 마구 욕설을 해댔다. 멱살을 잡으며 주먹을 날릴 태세다.

시끄러운 소리에 사람 좋아 보이는 주인이 나와 싸우지 말라며 각각의 깡통에 음식을 듬뿍듬뿍 넣어줬다. 조금 전의 그 연장자는 식당

주인에게 고개를 주억거리고 나서 그가 집안으로 사라지자

"오늘은 먹을 게 많아 기분이 좋으니 용서한다. 하지만 앞으로 다시 나타나기만 하면 그땐 가만 안 둘 거야. 메가지를 부러뜨리든지 다리 몽쉥이를 분질러놓든지 둘 중 하나는 할 테니 그리 알고 썩 꺼져!"라며 눈알을 부라렸다.

두 명의 거지는 아무 말 없이 사라졌다.

이튿날 비슷한 시간, 어제의 거지 둘이 또 나타났다. 그들은 마지막으로 음식을 얻었던 집 앞에서 서성거리다 그들 다섯이 나타나자, 식당을 향해 깡통을 두들기기 시작했다.

"엇쭈, 간땡이가 배 밖으로 나왔네. 어디 맛 좀 봐라."

두목이 주먹을 불끈 쥐고 다가왔다. 그의 뒤를 나머지가 기세등등 뒤따랐다.

둘은 슬금슬금 뒷걸음을 치다 도망치기 시작했다.

"저것들 잡아!"

도망자들은 한참을 이 골목 저 골목 쫓기다 돌아서서 멈춘 채 팔짱을 끼고 바라봤다. 마치 빨리 오라는 모습이다. 그뿐 아니라 키 작은 놈은 혀를 날름거리며 약을 올리기까지 한다.

화가 머리끝까지 난 다섯 명의 거지는 기어코 붙잡고야 말겠다며 젖 먹던 힘을 다해 쫓아 왔다. 기다리다 가까이 오면 다시 뛰기를 반복했다.

주변이 잡초로 둘러싸인 어느 공터에 이르렀다.

쫓기던 거지들이 돌아섰다. 다섯이 에워쌌다.

"독 안에 든 쥐다!"

두목이 앞으로 나서며 팔을 흔들었다.

"니들은 가만있어. 오늘 이 개이빨의 주먹맛이 어떤지 제대로 한 번 구경 시켜줄게."

그가 몸집이 조금 큰 거지를 향해 주먹을 힘껏 휘둘렀다. 그러나 싸움은 생각보다 쉽게 끝났다.

상대가 상체를 옆으로 살짝 빗기는가 싶었는데 개이빨이 배를 부여잡고 땅바닥에 뒹굴었다. 그리고 한참 동안 버둥거렸다. 나머지 넷은 얼어붙은 모습이 되었다. 얼떨떨한 표정으로 널브러진 자와 때린 자를 번갈아 건너다보기만 한다.

발길질을 했던 거지가 그때까지도 일어나지 못하고 있는 개이빨에게 다가갔다.

"일어나라."

배를 싸안으며 엉거주춤 일어났다.

"어디서 왔나?"

서울의 거지촌은 대개 청계천(광교, 무교동), 서소문(염천교), 복청교(혜청교, 탑골공원), 새남터(한강철교 북단) 등에 있었다. 보통 50명에서 100명 단위다.

"염천교에서 왔으..요."

"꼭지에게 안내하라."

다섯 명의 거지는 감히 다른 말을 입에 올릴 엄두조차 내지 못하고 머리를 떨어트린 채 앞장서 걸어간다.

한참을 걸어 염천교에 다다랐다. 아래로 내려갔다. 다리 밑으로는 지독한 냄새가 풍기고 동물의 창자 같은 오물들이 진개 위로 흐르는 개울물에 출렁거리고 있었다. 어두컴컴한 한쪽 구석에 볏단과 헌 옷가지들로 덮은 움막이 눈에 들어왔다. 뻘겋게 녹이 붙은 굴뚝에서 실연기가 가물거리고 있었다. 개이빨이 힐끗 눈치를 봤다. 키 큰 거지가 턱으로 재촉하자 움막으로 걸어가더니 안으로 사라졌다. 잠시 후 꼭지로 보이는 몸집이 크고 단단하게 보이는 사내가 때가 절어 새카만 파나마모자를 누르면서 움막에서 나왔다. 그의 뒤를 따라 부하로 보이는 십여 명의 거지들이 줄줄이 나타났다. 몸에서 음식 냄새가 확 풍겼다. 그들은 부하들이 잡은 미꾸라지로 매운탕을 끓여 점심을 즐기고 있었다. 참고로 거지들의 수칙은 다음과 같다.

첫째, 과부나 홀아비의 집에서는 빌어먹지 않는다.

둘째, 밥을 흔쾌히 주는 사람의 경조사에는 언제든 참여한다.

셋째, 국가의 경조사에는 자발적으로 참여한다.

끝으로 '밥은 빌어오되 반찬은 스스로 해결한다'이다. 미꾸라지 매운탕을 끓여 먹고 있는 것은 이를테면 네 번째 수칙을 실천하고 있던 셈이다.

꼭지가 얼굴에 비웃음을 흘리며 턱으로 방금 얻어맞은 소두목을 가리켰다.

"네가 쟤를 깠냐?"

무영이 같은 표정으로 맞받았다.

"내가 깠다."

"누가 보냈냐?"

"그냥 내 발로 왔다."

"나하고 한판 붙자고 온 거냐?"

"그렇다."

"그 정도로 세상 살기가 싫으냐?"

"누가 세상 살기가 싫은지는 좀 있으면 알게 될 게다. 두려우면 그냥 꺼져라. 나는 이곳을 접수하러 왔다."

"하하 접수라…그게 가능하다고 생각하냐. 그것도 꼴랑 니들 둘이서?"

"그렇다. 꼴랑 우리 둘이서."

"햐아, 이것들 봐라."

옆에 있던 한 놈이 말했다.

"아니, 그러고 보니 하나는 조세이노 우마(女性の馬, 암컷 말)잖아?!"

그 말을 듣자마자 경옥이 쏘아붙인다.

"뭐야? 이 새끼가. 넌 니 에미보고도 조세이노 우마라고 하냐?"

그 말에 누군가 한마디 한다.

"쪽제비 배꼽, 쟤가 니 엄마란다."

모두가 깔깔거린다.

꼭지가 누런 이를 드러내며 히죽 웃었다. 그리고 검지를 까닥거리며 둘 다 따라오라는 시늉을 했다.

다리 옆 개천가로 데리고 갔다. 거지들이 몰려들더니 금방 주위를 에워쌌다. 방금 꼭지를 따라왔던 부하 중의 하나가 말했다.

"형님이 나서실 것까지는 없습니다. 우리가 해결하지요."

꼭지가 고개를 끄덕이면서 팔짱을 꼈다.

한 명이 선뜻 앞으로 나섰다. 거지들이 박수를 쳤다.

화살눈이라는 별명을 지닌 자로 80명 중에 서열 5번째쯤 된다. 첫눈에 봐도 눈이 매섭고 몸이 날쌔게 생겼다.

그러자 이번에는 경옥이 무영에게 말했다.

"오빤 가만있어. 내가 맡을게."

사방에서 낄낄대며 비웃는 소리가 터져 나왔다.

"쪽제비 배꼽, 니 엄마 나가신다."

"저거 또라이잖아."

경옥이 소리쳤다.

"이 새끼들아, 아갈 닥치고 구경이나 해!"

화살눈이 슬며시 발을 빼며

"내가 나설 상대는 아닌 거 같다. 저~기 저 끝에 서 있는 가재애비 네가 나와라."

경옥이 땅바닥에 침을 칵 뱉었다.

"엥, 재수 없네. 별 그지 같은 새끼가 나를 갖고 희롱을 하네. 그리 겁나면 사타구니에 찬 거나 떼 버리구 이 앞에 무릎 꿇어라. 난 저런 떨빵이 쫄따구는 상대 안 해!"

그 말을 듣자 둘러선 거지들이 깔깔 웃었다.

"얘들아, 저 거지가 거지를 거지 같댄다."

"하하하 사타구니에 찬 기 뭔지 자세히 좀 알려도고."

경옥의 욕설에 화살눈이 다시 앞으로 나왔.

대결이 시작됐다.

먼저 선빵을 날린 건 경옥이다. 그러나 화살눈은 슬쩍 피했다. 그러고는 몸을 바닥으로 깔고 한쪽 다리를 원으로 돌려 경옥의 다리를 걸어찼다. 경옥도 만만치 않다. 들어오는 다리를 피해 공중돌개를 하더니 발을 날려 얼굴을 가격했다. 공격을 피한 화살눈이 이번에는 오른쪽 다리를 대각선으로 뻗어 경옥의 목을 공격했다. 순간 경옥이 몸을 반대로 회전하여 화살눈의 등을 걸어찼다. 그가 땅바닥을 안고 엎어졌다. 즉시 일어나 공중으로 회전하며 경옥의 얼굴을 공격했다. 경옥이 몸을 피하자 이번에는 가슴으로 주먹이 들어왔다. 간발의 차이로 비켰다. 일진일퇴를 거듭하다 경옥의 발길이 화살눈의 얼굴 한가운데에 정확하게 꽂혔다. 그가 얼굴을 감싸고 신음했다. 손가락 사이로 피가 쏟아졌다. 성난 얼굴로 손에 묻은 피를 털었다. 돌려차기로 경옥의 명치를 공격했다. 공격을 피한 경옥이 옆차기로 화살눈의 가슴을 타격했다. 뒤뚱거리는 그의 다리를 걸었다. 쓰러진 그의 목을 발로 눌렀다. 그리고 주위를 둘러봤다. 뜻밖의 상황에 모두들 쥐 죽은 듯 조용하다.

꼭지가 말했다.

"제법인걸."

경옥이 꼭지를 향해 방금 그가 했던 것처럼 검지를 까닥거렸다.

"이년이 감히 어디라고…"

그러자 팔짱을 끼고 보고만 있는 꼭지를 향해 무영이 말했다.

"계속 이런 식으로 시간을 보낼 건가? 꼭지 네가 남자라면 부하들이 보는 앞에서 사나이 대 사나이로 멋지게 한 판 붙자."

꼭지가 주위를 둘러싼 부하들을 의식하며 호기롭게 말했다.

"좋다! 그런데 잇속없는 장사를 할 필요는 없지. 내가 지면 네가 원하는 대로 이곳을 네게 넘기겠지만, 빈 쌍동뿐인 네가 나한테 줄 선 부랄 밖엔 없을 거 같은데 난 부랄은 두 쪽이면 충분하거든."

그 말에 거지들이 깔깔깔 웃어댔다. 여자 거지들은 손뼉을 쳤다.

"만일 내가 지면 우리 둘이 네 부하가 되어 충성을 바치겠다."

꼭지가 경옥의 모습을 아래위로 훑고 나서 씨익 웃었다. 그러고는 저고리를 벗어서 부하에게 던졌다.

"미꾸라지탕을 먹었으니 가볍게 몸이나 풀어볼까. 자, 덤벼보시지."

꼭지는 당수도의 기본동작을 취했다. 한쪽 무릎을 반쯤 접고 다른 쪽 발을 길게 늘인 다음 왼팔은 손바닥을 펴 아래로 향하고 오른팔은 머리 뒤로 올려 매의 발톱 같은 모습을 만들었다. 가벼운 듯 무겁게, 느린 듯 날렵하게, 언제라도 상대를 공격할 태세다. 무영은 팔괘장의 자세를 취했다. 팔괘장은 대부분의 동작에서 손바닥을 편다. 두장(剅掌-두장)과 천장(穿掌)에 용이한 기본동작을 취했다. 기마자세를 하고 양 손바닥을 언제 어떤 공격에도 유연하게 대응할 수 있도록 했다.

먼저 꼭지의 무쇠 주먹이 얼굴을 향해 날았다. 무영의 손이 빠르게 움직였다. 들어오는 팔 뒤로 손을 넣어 피하면서 공격자의 등을 손바닥으로 가볍게 밀었다. 거구가 앞으로 고꾸라졌다. 그러나 재빨리 일어났다. 오른쪽 눈 아래 광대뼈가 부풀어 올라 있었다. 힘이 강했다면 치명상을 줄 수도 있었던 가벼운 공격이다. 꼭지는 부하들 앞에서 자존심이 상할 대로 상했다. 이번에는 공중으로 뛰어오르며 어깨를 걷어찼다.

무영이 양 팔꿈치로 막으면서 동시에 몸을 돌려 팔꿈치 끝으로 상대의 목을 가격했다. 꼭지가 피했다. 무영이 뒤꿈치로 정강이를 걷어찼다. 거구가 휘청거렸다. 공격이 계속됐다. 보폭을 넓히는 순간 손바닥의 중지가 꼭지의 눈을 찔렀다. 번개 같은 손놀림이다. 부하들의 입에서 일제히 아! 하는 탄식이 나왔다. 그러나 손은 꼭지의 눈앞에 멎어 있었다.

그것으로 끝났다. 싱거운 게임이다. 결투를 받아들인 꼭지도, 그의 부하들도 더 이상의 대결은 무의미하다는 것을 알고 있었다.

꼭지가 무영의 앞으로 다가왔다. 그리고 손을 내밀었다.

"오늘부터 이곳 염천교 꼭지단은 네가 맡아라. 착한 애들이니까 잘 부탁한다."

꼭지는 부하들의 시선을 뒤로 하고 천천히 다리를 건너 판자촌 골목 안으로 사라졌다.

며칠 동안 질서를 잡았다.

그리고 어느 날 똘똘한 애들 다섯을 선정하여 조를 편성했다.

1조에는 굴뚝새(23), 개미귀신(17), 은실이(13)다. 이들에게 전에 김영도가 마지막으로 살았던 종로의 공평동 종루 남쪽 동상전 부근 주소를 알려줬다.

"너희는 2년 전 9월까지 그곳에서 산 적이 있는 김영도라는 사람이 어느 곳으로 이사 갔는지를 알아봐라. 아무도 모르게 은밀하게 해야 한다. 성공하면 1년 동안 구걸을 면제한다."

책임자로 굴뚝새를 지명했다.

2조의 점백이(24), 중의 코털(22), 사마구(2) 등 3인에게는 사직동 정찬하의 집을 알려주고 그 집에 어떤 사람들이 드나드는지 어떤 주목할 만한 일들이 있는지 은밀하게 동태를 파악하라고 지시했다. 책임자엔 점백이를 지명했다.

열흘쯤 지난 낮 시간대 1조의 굴뚝새가 돌아와 보고했다.

"김영도는 마포 도화동에 살고 있는 것 같습니다."

"뭐야! 벌써 알아냈단 말인가? 확실해?"

"예, 거의 확실한 것 같습니다. 확인해 보시지요."

"어떻게 알아낸 것이냐?"

"이래 봬도 이 굴뚝새의 머리가 천재 아닙니까. 개미귀신하구 은실이가 며칠 동안 그 사람(김영도)이 살던 집 앞에 쭈그리고 앉아 있었습니다. 은실이는 계속 우는 척을 했습니다. 그 집 식구들이 처음 2, 3일은 깡통에 밥을 부어주기도 하고 반찬도 주곤 했어요. 그런데도 가지를 않고 계속 울고 있으니까 짜증을 내더라고요. 그러고는 아예 밥도 주지 않고 모른 체하다가 계속 죽치고 있으니까 은실이에게 물었어요.

밥도 주고 반찬도 줬는데도 가지 않고 울기만 하는 이유가 뭐냐? 그래서 개미귀신이 대답했어요. 우리는 남매인데 얼마 전에 부모님이 돌아가셔서 고아가 됐습니다. 갈 곳이 없어 외삼촌을 찾아왔는데 어디론가 이사를 가 버려서 찾을 길이 없다고요. 거기다 한마디를 덧붙였지요. 외삼촌은 성격이 까탈스러워서 아마도 고아가 돼서 찾아온 우리를 반기지 않을 텐데 미리 알게 되면 문패를 바꿀지도 모르고, 그리되면 부자 동네인 이곳에서 계속 비럭질을 할 수밖에 없다고 말입니다."

"그랬더니?"

"집 앞에 거지들이 있는 걸 좋아할 사람이 어디 있겠어요. 협박도 하고 달래도 보고 하다가 그도 저도 안 되니까 자기들이 나서서 수소문을 했습니다. 그러고는 외삼촌한테는 비밀로 하여 알아냈으니까 얼른 가보라고 하면서 주소를 적어줬어요."

"수고했다!"

이튿날 아침 무영과 경옥은 굴뚝새를 앞세우고 도화동으로 갔다. 집은 대로변에 기와를 얹은 한옥이었다. 규모가 제법 컸다. 남의 재산을 도둑질하여 좋은 집에서 호의호식한다고 생각하니 백두산에서 굶주리고 있는 동지들의 모습이 떠올라 피가 거꾸로 솟았다.

맞은편 골목 안에 몸을 숨기고 그 집을 주시한 지 서너 시간쯤 됐을 때다. 오른편으로 인력거 한 대가 오더니 집 앞에서 멈췄다. 한 사내가 내렸다.

무영이 경옥의 귀에 대고 물었다.

"저자가 맞소?"

"맞아요. 저놈이에요."

"틀림없소?"

"아무렴 같이 총 들고 싸웠던 놈을 모르겠어요."

사내는 잠시 주위를 두리번거리고는 황급히 집안으로 사라졌다.

그날 저녁 굴뚝새와 개미귀신 은실이에게는 특식이 제공되었다.

한편 2조의 점백이와 중의 코털, 사마구 세 명은 사직동으로 향했다.

정찬하의 집은 사방이 10척(약 3미터) 정도의 높이로 흙과 돌을 섞은 담장을 쌓고 그 위에 기와를 얹어 마치 요새와 같았다. 담장 위로는 굵은 기둥들을 세워 지은 건물들이 위압감을 느끼게 하고 처마 끝에 무늬가 박힌 청기와가 햇볕에 반짝거렸다. 웅장한 처마가 금방이라도 하늘로 솟구칠 것만 같다. 그리고 지붕들의 사이 사이로는 아름다운 관상수들이 무성하게 자라 어떤 가지들은 담장 너머까지 길게 뻗어있었다. 육중한 나무 대문은 대여섯 개의 계단을 올라간 곳에 양 문으로 설치되었고, 주물로 된 두꺼운 국화무늬 장식들이 박혀 있었다. 국화는 일본을 상징하는 꽃이다.

세 사람은 집으로부터 멀지 않은 고목 나무 옆에 자리를 잡았다. 그곳에서 보면 집과 대문이 완전하게 시야에 들어왔으나 집 쪽에서는 나무 그늘 때문에 이쪽을 볼 수 없는 위치를 택했다.

집주인 정찬하로 보이는 사람이 몇 번 인력거를 타고 밖에 나갔다가 돌아왔다. 밤이 이슥해서야 돌아오는 때도 있었다. 그가 밖으로 나갈 때는 언제나 허리춤에서 육혈포(六穴砲, 리볼버 권총)를 꺼내 탄알을 확인한 다음에야 인력거나 다꾸시(택시)에 올랐다. 그는 노인이지만 풍채가 좋고 잘 먹고 편하게 살아선지 인물이 훤했다.

세 명의 거지는 당번을 바꿔가며 음식을 구걸해다 먹기도 하고, 재미있는 이야기를 하면서도 그 집 대문과 울타리 주변에서 눈을 떼지 않았다.

   정찬하의 집에는 귀족이나 지위 높은 경찰 간부나 혹은 돈이 많은 것 같은 사람들이 자주 드나들었다. 그들이 대문을 나설 때면 주인이 나와서 배웅했다. 서로 어깨를 치면서 껄껄거리는 모습도 보았다.

   한 번은 갓을 쓰고 도포를 입은 노인 대여섯이 왔다 가는데 무엇이 맘에 안 들었던지

   "에끼 천하에 나쁜 놈 같으니. 우리 집안에 이런 놈이 있으니 이 담에 낯부끄러워 어찌 조상님들을 뵐 수가 있을 것인가!"라며 탄식을 했다.

   그런데 특이한 것은 사나흘이 멀다 하고 북이나 장고를 앞세운 여인들이 드나들었다. 그들은 주로 인력거나 다꾸시를 타고 왔다. 아마도 세종로에 있던 원래의 궁중 요리집 명월관이 화재로 없어지고 나서 돈의동에 새로 문을 연 명월관이나 권번(券番)에서 오는 기생들일 것이다.

   권번이란 기생조합을 말하는 것으로 일제는 관기제도를 폐지할 시 예상치 못한 사회적 혼란이 발생할 것을 방지하기 위해 경시청령(警視廳令) 제5호로 '기생 단속령'을, 그리고 제6호로 '창기(唱妓) 단속령'을 공포했다. 춤과 재능을 공연하는 기생과 노래를 전문으로 하는 기생으로 구분하여 경시청에 신고하고 인가증을 받도록 한 제도다. 신고에는 부모나 친족의 서명이 있어야 했다. 또한 이들에게는 조합을 결성하고 규약을 정하여 경시청에 신고할 의무도 있었다. 이 단속령으로 관기제도(官妓制度)가 폐지되자 기생들은 모두 시중으로 들어가 자리를 잡았다. 이를테면 무교정(武橋町)에 있는 한성권번(漢城券番)이나, 송병준이 갖고 있다가 일본 사람 나가노(長野)에게 넘긴 대정권번(大正券番), 또는 한

남권번(漢南券番) 같은 곳들이 기생들의 조합이다. 이익을 통상 7:3(기생 7)으로 나누었으니 웬만한 큰 도시에는 거의 권번이 존재했다. 이름깨나 있는 기생의 한 달 수입은 100~200원에 달했다. 귀하디귀한 쌀을 한 달에 15~30가마니 살 수 있는 금액이다.

기생들이 오고 나서 몇 분 후엔 십중팔구 손님들이 왔다. 손님들이 올 때면 사나운 개들도 짖지를 않았다.

그날도 아침 일찍부터 일하는 사람들이 부산하게 들락거리고 음식 냄새가 담장 밖에까지 진동하여 침을 여러 번 꿀꺽꿀꺽 삼키게 했다. 오래지 않아 기생들을 태운 다꾸시가 집 앞에 도착하여 경적을 빵빵 울렸다. 하인들이 나와 북과 장고를 받아서 들어갔다. 그 뒤를 따라 화관 몽두리와 비단 치마저고리를 곱게 차려입고 금비녀나 은비녀, 금가락지 비취 같은 패물들을 장식한 기생들이 치마를 치켜올리며 계단을 올라갔다. 긴 비녀를 매단 쪽진 머릿결이 햇살에 반짝거렸다.

"쳇, 기생들도 저렇게 다꾸시를 타고 다니는데 난 한평생 죽을 때까지 다꾸시 한 번 못 타 볼 서시팔자라니…"

중의 코털이 푸념을 한다. 그 말에 사마구가 반박했다.

"비교할 걸 비교해라. 내가 전에 기생집에 자주 가 동냥질을 해 봐서 잘 아는데 기생이라는 직업이 네가 생각하는 것처럼 그리 시금털털하거나 만만한 게 아니야. 지금은 모두가 권번으로 흘러 들어갔지만 얼마 전까지만 해두 관청에 속해 있는 관기(官妓)와 일반 기생으로 구분됐었잖아. 우선 출신부터 보면 관기는 양반 중인 평민 천민 중에 천민(賤民) 출신이고, 일반 기생은 양민(중인이나 평민) 출신이야. 관기는 공부를 조금 덜 해도 그럭저럭 일할 수 있었지만, 일반 기생은 말이야,

뼈를 깎는 수련 과정을 거치지 않으면 대우를 받을 수도, 살아남을 수도 없는 거야. 얼굴과 몸매가 아름다워야 하고 악기도 잘 다뤄야 하지만 그것만으로 되는 게 아니야. 가무(춤) 시 서화(글과 그림) 지조(志操) 지략(智略) 의협(義俠) 등의 덕목을 두루 갖춰야 하는 거야. 그래서 양반들은 기생을 해어화(解語花)라고 불러. 즉, 말을 알아듣는 꽃이라는 뜻이지. 그렇지만 실상을 들여다보면 양반은 기생의 밥인 셈이야. 예를 들어 양반이 어쩌다 기생의 옷에 술을 흘리거나 음식을 떨어트리는 경우 이튿날이면 청지기를 시켜서 훨씬 더 좋고 값나가는 치마를 보내주는데 그게 밥이 아니면 뭐겠냐. 악기를 다루는 것도 체력에 따라 달라. 가야금은 기본적인 악기라 모두가 익혀야 하지만, 뼈가 굵은 기생은 거문고를 익히고 가냘픈 기생은 양금을 배운단다.

옷은 말이야, 노란색이나 다홍색은 여염집 부인이나 아씨들이 입게 돼 있어서 기생들은 이 색깔을 입을 수가 없어. 그래서 옥색이나 남치마를 입지만 계절에 따라 패물을 바꾸기도 하고 다양한 차림을 해서 무척이나 아름다워. 정초에 기생집엘 가면 말이야. 동백기름을 바른 흑진주 머리에 은비녀를 꽂고 옥색 비단 저고리와 그 옷고름에 금 노리개를, 게다가 하얀 토끼털 목도리를 두른 여자들이 들락거리는 모습을 구경하느라고 구걸하는 것도 잊을 때가 있단다."

말을 하고 난 사마구가 눈을 감고 황홀하다는 표정을 짓는다.

"아아 그리워라. 그때 그 백분 냄새와 봄날 들판에 천리향처럼 흘러들던 보드라운 살냄새!"

"호오, 그렇구나. 나도 기생집에 다니면서 구걸을 해야겠다."

"그건 오래전 일이고 지금은 얼씬도 못해."

"왜애?"

"주먹들이 지키고 있거든."

사마구는 다시 설명을 잇는다.

"우리 같은 거지와 기생이 뚜렷하게 다른 점은 또 하나가 있지."

"그게 뭔데?"

"거지는 돈을 주면 잽싸게 받지만, 기생이 직접 돈을 만지는 일은 없어. 왜냐하면 돈을 직접 받는 건 천하고 상스럽다고 여기기 때문이야."

"그럼 어떻게 돈을 받아?"

"예를 들어 시간 놀이로 계산한다면 처음 1시간은 1원 50전이고, 다음부터는 몇 시간이 되든 시간당 1원 20전이니까 기생은 몇 시간을 놀아주었는지 그 시간을 적은 전표를 가져다 권번에 맡기면 되는 거야. 그러면 권번에서 돈을 찾아다 줘. 번거롭더라도 체통을 살리기 위한 것이지."

말을 나누는 중에 이번에는 포마드를 발라 머리를 곱게 빗어 넘기고 세비루(세비로 옷감=양복을 뜻함)를 입은 사람 서넛이 다꾸시에서 내렸다. 그들이 들어가고 반 시간쯤 지났을 때 국방색 차가 집 앞에 서더니 경적을 울렸고, 복에 붉은 깃을 세운 헌병 복상의 상교 두 명이 내렸다. 손에는 지휘봉을 들고 있었다. 정찬하가 황급히 나와서 머리를 조아리며 그들을 안내해 집 안으로 들어갔다.

오래지 않아 떠들썩한 말소리와 웃음소리가 담장 밖까지 들렸다. 그리고 거문고와 퉁소 소리가 들리더니 북과 가야금 소리가 너울을 탔다. 그 뒤를 이어 구성진 노랫가락이 울렸다.

점백이가 나무에 올랐다. 용케도 가지들을 타고 담장 안이 훤히 보이는 곳까지 이동했다. 오랫동안 세수도 하지 않은 얼굴에 새까만 거지 옷의 원숭이 같은 모습이니 밑에서 눈여겨보지 않으면 띌 리 없다.

아래를 내려다보니 집들의 배치와 마당과 정원의 모습들이 한눈에 들어왔다. 앞마당에는 멍석이 깔렸고, 가운데에 기생들과 그 옆으로 북을 앞에 둔 고수들이 앉았다. 그 위쪽 대청마루에는 산해진미로 주안상이 차려졌는데 손님들이 둘러앉아 아래를 내려다보면서 음식을 먹고 잔을 기울이고 있었다. 어지간한 말소리는 나무 위에까지 들렸다.

정찬하가 말했다.

"옥향아, 이번에는 네가 심청가를 불러보아라. 거 왜 너 잘하는 심봉사 뺑모(뺑덕어멈) 만나서 가산 탕진하는 부분 있지 않으냐. 거기부터 시작해라. 오늘은 귀빈들께서 어려운 걸음을 하셨으니, 아니리와 발림, 너름새를 제대로 읊어 실력을 보여드려라. 골계미(滑稽美)가 좋으면 상을 후히 내릴 것이다."

옆에 기생이 뾰루퉁하니 토라진 얼굴로 말했다.

"대감께서는 어찌하여 매번 옥향이만 찾으십니까. 우리 권번에서 온 채련이나 설중매도 누구 못지 않습니다요."

정찬하는 주위에서 대감으로 불리고 있었다.

"허허허 그럴 리가 있겠는가. 열 손가락 중에 어느 손가락을 접을 것인가. 걱정 말고 기다렸다가 차례 되면 있는 힘껏 흥을 돋워보게나."

매우 여유롭고 점잖은 말로 응대한다.

대청마루에서 누군가가 한마디 했다.

"그러고 보니 너희 권번에서는 아직 정 대감께 방중술(房中術) 신고를 아니 한 모양이로구나. 그러니까 찬밥 신세인 게지."

방금 그 기생이 말을 받는다.

"대감께 방중술을 좀 제대로 가르쳐 드리려 해도 오로지 옥색 치마를 입은 마님밖에 없다면서 한사코 마다하시니 글쎄 이를 어쩝니까."

옥향을 두고 비꼬는 말이다.

"대감, 저 아이 말이 맞습니까? 그렇게 편애하시면 오뉴월에 서리 내리는 걸 보시게 될겝니다."

"허허 저같이 허약한 것이 어찌 방중술을 익힐 수가 있겠습니까. 방중술이야 여기 계신 박 대감께서 일가견이 있질 않습니까?!"

"엄처시하에 있는 내가 무슨…"

모두가 껄껄거리면서 한마디씩을 한다. 헌병 장교들의 얼굴에도 어느덧 취기가 올랐다. 농담이 오고 갈 때마다 미소를 띠는 것으로 보아 그들을 처음 초대한 오늘의 연회는 성공적인 것 같다. 정찬하의 얼굴에 흡족한 웃음이 떠올랐다.

옥향이라는 기생이 부채를 들고 일어나 구성진 목소리로 아니리를 읊기 시작한다.

"밤이면 집에 돌아와 울고 낮이면 강두에 가서 울고 눈물로 세월을 보낼 제 그 마을 사는 묘한 여자가 하나 있으되 호가 뺑파것다. 심봉사 딸 넉문에 전곡(錢穀)산에 있난 말을 듣고 동니 사람들 모르게 사원출가(自願出嫁)하야 심봉사 그 불상헌 가산을 꼭 먹성질로 망허는디…"

고수와 집주인이 얼씨구 추임새를 넣는다. 곧이어 잦은모리로 들어간다.

"밥 잘 먹고 술 잘 먹고 고기 잘 먹고 떡 잘 먹고 쌀 퍼주고 고기 사 먹고 벼 퍼주고 술 사 먹고 이웃집 밥부치기 동인 잡고 욕 잘 허고 초군(樵軍)들과 싸움허기 잠자며 이 갈기와 배 끓고 발 털고 한밤중 울음 울고 오고 가는 행인 다려 담배 달라 실랑허기 술 잔뜩 먹고 정자 밑에 낮잠 자기 힐끗허면 핼끗허고 핼끗하면 힐끗허고 삐죽하면 빼죽허고 빼죽허면 삐죽허고 남의 혼인허랴 허고 단단히 믿었난디…"

다시 잦은모리에서 아니리로, 중모리에서 아니리와 진양조로 넘어갔다.

연회는 계속되었다. 땅거미가 질 녘에 가까운 곳에서 말소리가 들렸다.

모두들 머리를 낮추고 나뭇가지 사이로 가만히 바라보니 기생 둘이 대문을 나와 담장 밑에 서서 이야기를 나누고 있다.

그들은 노랫소리와 장구 소리로 인해 거지들이 조금은 맘 놓고 나누는 말소리를 듣지 못한 것이다. 물론 그곳에 사람이 있으리라고 예상할 수도 없는 일이다.

기생 한 명이 말했다.

"언니 나 어쩌면 좋아? 대감놈이 나더러 오늘 밤 왜놈 장교와 같이 지내라는데 그러기는 죽어도 싫거든. 난 그놈들이 송충이보다 징그러워서 가까이 가지도 않았어."

"글쎄다…. 대감이 그동안 우리한테 해준 것들이 있는데 매정하게 뿌리칠 수도 없잖니."

"난감하네…. 아무리 기생의 품격이 떨어진 시대라 해도 지조를 배운 조선 기생인데 어찌 우리를 침략한 왜놈과 살을 섞을 수 있겠어. 칼을 품고 있다가 논개처럼 왜놈을 죽일 용기는 없을망정 놈들의 노리개가 될 수는 없잖아. 대감놈의 요구를 벗어날 기발한 방법은 없을까?"

두 사람 사이에 잠시 말이 없다. 언니라고 불린 기생이 말했다.

"아직 연회가 파하자면 시간이 좀 있으니까 방법을 찾아보자꾸나. 정~ 안되면 급체(급히 체했다는) 핑계라도 대야겠지…."

그들은 다시 대문 쪽으로 발길을 돌렸다.

"천박한 인간 같으니…."

처음에 말한 기생이 분노에 차서 뱉는 말이다. 누구를 향한 말인지는 알 수가 없었다. 그러나 정찬하와 왜놈 장교들을 가리키는 것은 분명하다.

거지들은 어둠 속에서 말을 잊은 채 허공만 바라보고 있었다.

며칠 후 기생 둘이 다꾸시에서 내려 안으로 들어갔다. 그러나 이번엔 북과 고수는 사랑채에서 기다리라고 했다. 다른 손님은 없었다.

정찬하의 집 뒤뜰 깊숙한 곳에 앉은 별채.

삼면 벽에 사군자와 십장생의 그림과 뛰어난 문장과 서체로 수놓아진 병풍이 둘러친 정면에 주인이 앉았고 자개 문갑 옆으로 기생 옥향이, 그 옆에 다소곳이 머리를 숙이고 또 한 명의 여인이 앉았다. 처음부터 별로 어색하지 않은 분위기로 보아 정 대감과 옥향은 각별한 사이인 것으로 짐작된다.

정 대감이 묻는다.

"이 아이는 누구인고? 보아하니 동기(童妓, 어린 기생)는 한참 지난 것 같고 내외(부끄러워하는 것)를 하는 걸 보면 은근싸나 3패 같지는 않은데 혹시 서재(書齋)에 있는가?"

서재란 기생 서재를 말하는 것이며 기생 학교가 없어져서 새로이 생겨난 개인교습소다.

그 말에 옥향이 화들짝 놀라며 말을 끊는다.

"대감, 3패라니요! 무슨 서운한 말씀을 하십니까?! 이 아이는 기생 수업을 하겠다고 우리 기방에 들어온 지 며칠 되지 않은 아이입니다. 용모가 출중하고 제법 시서(詩書)도 알고 교양도 있어서 맘먹고 가르치려고 합니다. 그리고 전에 대감께서 아이 하나를 특별히 교육시켜 놓으라고 하셨는데 잊으셨습니까?!"

기생 세계에는 1패 2패 3패가 있다. 1패는 주로 대궐에 부름을 받는 기생으로 춤과 노래와 시서(詩書)와 예의범절을 제대로 배우고 지조와 절개를 지키는 기생들이다. 임금이 관직을 내리는 옥당기생도 여기에 속한다. 2패는 그보다 한 단계 낮은 기생들이거나, 서군자 혹은 은군자(隱君子)라고 하는데 '은근짜'는 이들을 두고 하는 속어다. 남의 집에 첩으로 들어갔다가 도로 나와서 권번에는 가입하지 않고 그대로 지내는 사람을 말한다. 이들은 주로 관아나 재상집에 부름을 받는다. 그리고 3패는 더벅머리라고도 부르는 창부(娼婦)를 말한다. 그러나 창부라고 해서 몸만 판다고 생각하면 오산이다. 풍류와 멋과 낭만을 함께 파는 여인들이다.

대감은 그제야 얼핏 생각이 난 듯 미안한 표정을 짓는다.

"아, 이 아이가 그 아이로구먼. 어디 얼굴을 들어봐라."

경옥이 부끄러운 듯 얼굴을 들었다.

"음~, 얼굴은 그만하면 됐다. 일어나 봐라."

여자가 머뭇거리자 옥향이 몸을 잡아 천천히 한 바퀴를 돌렸다.

"앉아라."

치마를 여미며 조신하게 앉았다.

"이름이 무엇인고?"

"처음 들어와 수줍음을 많이 타는 아이라 대답을 잘 못합니다. 제가 말씀드리지요. 저 아이의 모습이 한 떨기 난초와 같아서 이름은 난향이라고 지어줬습니다. 이름도 저와 자매처럼 지었으니 이제부터 친동생으로 가르칠 겁니다."

"잊지 않고 기억해 줘서 고맙네. 그렇다면 계획을 당겨야겠군. 언제

부르게 될지 모르니까 기본적인 것들을 빨리 갖추도록 가르치시게. 실수가 있어서는 아니 되네."

정 대감은 다음 초대 손님으로 아카이 하루미(赤井春海) 조선군 참모장을 점찍고 있었다. 군수품을 조달하는 것으로 돈을 벌기 위해선 그의 후견이 절대적이다. 그뿐 아니라 군수물자를 취급하는 것 이상으로 신원을 확실하게 보장받으며 큰소리 떵떵 칠 방법이 뭐가 있겠는가.

그의 의중을 대략 눈치채고 있는 옥향이 귓속말을 소곤거린다.

"대감, 이번 일을 잘 마치면 제게 떼들이기 정도는 주셔야 합니다."

"걱정 말게. 자네는 내 분신과 같은데 얼마를 준들 무엇이 아깝겠는가."

"대감 정말이세요?!"

옥향의 눈이 둥그레지고 얼굴이 환하게 밝아온다. 대감의 가슴에 몸을 기댄다.

떼들이기란 양반이 기생을 데려다가 함께 살고자 하는 때에 지불하는 돈이다. 통상은 약 2천 원 정도다. 순사 한 달 월급 35원, 훈장(선생)은 40원이다. 훈장 봉급 50개월분이니 서민으로서는 쥐어보기조차 힘든 돈이다.

"그런데 말일세. 저 아이가 올 때는 우리 고유의 가야금을 가져오지 말고 일본 사람이 개조한 산조가야금을 가져오도록 하게."

"게이샤 애들이 쓰는 그 가야금 말입니까? 그건 고양이 혓바닥 앓는 소리가 나는데 격조 높은 조선 기방에서 그런 걸 쓸 수는 없지요."

"괜찮아. 일본인에다 무인(武人)인데 판소리를 뭐 제대로 이해할 수 있겠는가. 그냥 일본인이 개조한 거라고 하면 좋아할 걸세. 가야금 판에다가 눈에 띄기 쉽도록 국화 문양이나 히노마루(日ひの丸まる, 일장기) 문

양을 크게 새겨서 가지고 오게. 소총에도 국화 문양을 새겨서 천황께 충성을 표하는 군인들인데 좋아하지 않겠는가."

옥향은 내키지 않다는 듯 낮은 소리로 대답했다. 그때 대감이 두어 번 눈을 끔적였다. 무슨 말인지 알아들은 옥향이 난향을 향해

"이 댁은 정원이 무척 아름답단다. 난 대감과 중요한 이야기를 나눈 다음에 나갈 테니 넌 먼저 정원 구경이나 하고 있으려무나."라고 말했다.

감히 청할 수는 없었으나 마음속으로 지극히 바라던 일이다.

듣던 대로 정원은 온갖 꽃과 나무들이 조화롭게 배치되어 그 아름다움과 향기가 천국 같은 모습을 만들어 내고 있었다. 그러나 경옥에게 그런 것은 관심을 끌 수가 없다. 사방을 두리번거리며 집의 구조를 세세하게 살핀다. 그리고 무언가를 찾아내려고 애썼다. 마침내 시선이 한곳에 머물렀다.

뒤쪽에 있는 쪽문을 열었다. 바깥쪽 담장에는 또 하나의 쪽문이 있었다. 그러니까 별당은 대문에서 들어오려면 여러 개의 문을 거쳐야 하지만 뒤쪽을 통해 들어가면 두 군데 쪽문만 열면 된다. 아마도 마음만 먹으면 체통 차리지 않고 쉽게 바깥출입을 할 수 있거나, 필요한 사람이 바깥에서 들어오기 쉽게 설계한 것이 아닌가 생각되었다.

방안에서 한참 동안 신음소리가 들리더니 잠시 후 옥향이 뒷머리와 비녀를 매만지면서 댓돌을 내려왔다.

경옥이 묻는다.

"대감께선 주로 별당에서 생활하시는가요?"

"아니야. 딸이 몇 년 전 시집을 가서 주인 없는 방이 됐기 때문에 지금은 대감이 쉬고 싶을 때 잠깐잠깐 쓰거나 귀한 손님을 맞을 때 이용해."

"안방마님은 아니 계신가요?"

"있긴 있는데 별로 사이가 좋지 않은가 봐."

옥향은 경옥이 선물했던 황옥 가락지를 매만지고 나서 입에다 손가락을 대며 속삭였다.

"아무리 모든 걸 맘대로 하는 양반이라도 그렇지, 바람둥이 남편을 좋아할 마누라가 세상에 몇이나 되겠니."

이튿날 밤, 2시. 복면을 쓴 그림자 셋이 그믐밤 어둠을 타고 정찬하의 집 담장 밑에 나타났다. 거지들이 머물렀던 고목 아래에 몸을 숨겼다. 두리번거리며 주위를 살핀다. 담장 안쪽으로 귀를 기울인다. 한참을 기다려 봐도 고요하다. 앞에 선 자가 손짓을 했다. 개어멈이라는 별명의 거지가 호주머니에서 뭔가를 꺼내 들고 담장 밑으로 다가갔다. 크릉 하는 경고음이 들렸다. 쉬잇! 하는 소리를 내며 얼른 손에 들었던 환약 같은 것을 담장 너머로 뿌렸다. 조용해졌다. 개어멈은 다시 나무 밑으로 돌아왔다. 그리고 나무에 기어올랐다. 어둠 속에서도 원숭이처럼 능숙하다. 담장 위로 뻗어있는 가지로 옮겨갔다. 허리춤에서 밧줄을 꺼내 아래로 늘인 다음 남상 안으로 스며들었다. 셰퍼드 한 마리와 포인터 한 마리가 있었다. 거지는 개의 머리를 쓰다듬어 주고 나서 까치발을 하여 맞은편 담장으로 향했다. 하인들이 머무는 문간채의 고리에 살며시 숟가락을 끼운 다음 호주머니에 넣었던 작은 돌을 밖에다 던졌다. 대기하고 있던 두 명이 담장을 따라 뒤쪽으로 돌아가 개어멈이 열어놓은 쪽문을 통해 안으로 들어갔다. 밖에 있던 점백이가 뒤따라 들어갔다.

별당 안으로 발을 들여놓았다. 댓돌을 살펴본다. 신발이 없다는 것을 확인하고는 무영이 툇마루에 올라 문에다 귀를 댔다. 다시 마당으로 내려와 둘이 함께 안쪽 낮은 담장 아래 원형의 문을 넘어 앞마당으로 들어갔다. 개어멈이 손짓을 하자 개들이 낯선 사람들을 향해 꼬리를 흔들었다.

개어멈은 계속해서 마당에 섰고 둘이 대청마루로 다가갔다. 방안에 켜져 있는 등촉이 마루를 희미하게 비추고 있었다.

코 고는 소리가 가늘게 들렸다. 소리는 다시 멈췄다. 한동안 조용하다가 다시 이어졌다. 한참을 기다리노라니 소리가 더욱 크게, 그리고 끊이지 않고 계속됐다.

안방 미닫이는 평소 기름칠을 해 놓았는지 아주 부드럽게 열렸다. 왼쪽으로 작은 등촉이 가물가물 졸고, 병풍 앞으로는 초로의 사내가 비단이불을 덮고 입을 벌린 채 정신없이 코를 골고 있었다. 옆에 따로 놓인 이불에는 마누라로 보이는 여자가 잠들어 있다. 무영과 점백이는 품에서 헝겊을 꺼냈다. 그리고 동시에 달려들었다. 무영은 정찬하의 가슴을 깔고 앉아 재갈을 물리고 점백이는 마누라에게 재갈을 물렸다. 정은 머리맡에 있는 육혈포를 잡으려고 발버둥 쳤으나 강한 힘에 제압당하고 말았다. 육혈포는 이미 무영의 허리춤에 들어가 있었다. 두 사람을 포승줄로 단단히 묶었다. 무영이 단도를 정의 목에 들이댔다.

"소리를 지르거나 반항하면 곧바로 황천행 피가마를 타게 될 것이다. 알겠나?"

남편과 마누라가 고개를 끄덕였다. 정의 입에 물렸던 재갈을 뽑자 부들부들 떨면서 물었다.

"누구신데… 이 밤중에…"

단도를 살갗에 바짝 댔다.

"한 번 더 질문을 하면 바로 지옥행이다. 묻는 말에만 대답하라."

사내가 겁먹은 눈으로 고개를 끄덕였다.

"금고가 어디 있나?"

"금고는 없, 없습니다. 도, 돈은 집에 보관하지…"

사내의 입에 다시 재갈이 물렸다. 발길로 턱을 걷어찼다. 앓는 소리를 내며 옆으로 쓰러졌다. 공포의 눈으로 부들부들 떨고 있는 마누라의 눈앞에 단도를 들이댔다.

여자는 묻기도 전에 턱을 병풍 쪽으로 향하고 고개를 끄덕였다.

점백이가 병풍을 접었다. 무쇠로 된 금고가 나타났다. 어른의 주먹만 한 자물통이 달려 있다.

마누라에게 물었다.

"열쇠는 어디 있나?"

턱으로 문갑 쪽을 가리켰다. 발에 묶은 포승을 풀고 문갑 앞으로 데리고 갔다. 여자가 떨리는 손으로 문갑 밑에서 열쇠를 꺼내 전달했다.

자물통을 열었다. 두 사람은 벌린 입을 다물지 못했다. 금괴 은괴와 여러 종류의 보석들과 상식류들, 그리고 일화와 중국 화폐 등이 금고의 반을 차지하고 있었다. 두 사람은 급히 가방에다 쓸어 담았다. 그리고 마누라의 머리에 이불을 씌웠다.

다음으로 정찬하의 몸에 이불을 겹쳐 2중으로 덮은 뒤 벨기에제 FN브라우닝 M1903 권총을 깊숙하게 대고 방아쇠를 당겼다. 이불 위에는 미리 준비한 큼지막한 종이에 붉은 글씨로 '배신의 대가'라고 쓴 표적을 얹어놓았다. 세 사람은 대문을 나와 어둠 속을 뛰었다.

숨을 헐떡거리며 어느 작은 언덕의 숲에 잠시 앉았다. 점백이가 등에 지고 있던 가방을 내려놓았다.

"이 가방도 함께 가져가십시오."

무영이 말했다.

"고맙네. 자네들이야말로 온갖 것을 소유하고도 민족을 배신하는 양반들보다 애국자들일세. 조국이 독립하는 날 반드시 서로를 찾도록 하세. 그리고 자네 가방에 든 것들은 그대로 가지고 가서 둘차에게 전달하게. 아주 오랜 날들이 흐른 다음에 식구들을 위해 쓰라고 말일세. 경솔하게 사용하다가는 80명 모두가 몰살당하는 불행한 일이 일어난다는 걸 명심하라고 전달하게. 몇 시간 후부터는 왜놈 형사들이 들쑤시고 다닐 테니까 입단속도 철저히 하라고…."

"꼭지 말씀 무슨 뜻인지는 알겠습니다. 그러나 이것은 제가 받을 수 없습니다. 우리가 아무리 거지들이라 해도 기생들만큼도 왜놈들에 대해 분한 마음이 없겠습니까. 둘차께서도 원하지 않는 일일 것입니다. 나라를 되찾는 일에 요긴하게 써 주십시오."

"아니야, 내 말대로 하게. 더 이상 실랑이할 시간이 없어."

"정 그러시면 반만 받아 가겠습니다."

그들은 서로를 가슴에 안았다. 비록 시대를 잘못 만나 거지가 되었으나 그들의 가슴에도 조국애의 뜨거운 피가 흘렀다.

무영은 부지런히 걸어 인왕산 아래 홍제 외리(홍은동)에 있는 어느 백정(白丁)의 집(푸줏간) 안으로 사라졌다. 뿌옇게 새벽이 밝아오고 있었다.

푸줏간 고기를 걸어놓은 뒤편 작은 창고에는 벌써 심 선생과 경옥이 와 있었다. 무사하게 돌아온 것이 우선 반갑고 감사했다. 그리고 일이 어찌 처리됐는지 궁금했다.

"언제 도착하셨습니까?"

"4일 전 저녁 무렵에 도착했소."

"검문검색이 심하지 않았습니까?"

"국민증(황국신민증)을 완벽하게 위조했는데 겁낼 일이 있겠소."

"그야 그렇겠지요. 작전은 성공했습니까?"

심 선생은 아무 말도 하지 않았고, 경옥이 고개를 떨어트리면서 힘없는 목소리로 대답했다.

"제 잘못으로 성공하지 못했습니다."

두 사람이 김영도의 집으로 잠입한 것은 무영이 정찬하의 집으로 들어가던 시간대와 비슷한 2시경이었다.

심 선생은 문밖에서 권총을 들고 경계를 서고 김영도의 얼굴을 아는 경옥이 별채가 있는 쪽을 통해 옆 마당으로 들어갔다. 본채 안으로 들어갈 곳을 찾아보았으나 예상대로 문은 모두 단단하게 잠겨 있었다. 어둠 속에서 한참 동안 이곳저곳을 살핀 끝에 마당 옆 쪽마루 위에 나 있는 두 개의 완자창에 다가갔다. 그리고 한 쪽 창문에 침을 묻혀 구멍을 뚫은 다음 안으로 손을 넣어 나사로 된 잠금장치를 조심조심 풀었다. 소리 안 나게 까치발을 하고 마루를 지나 안쪽으로 들어섰다. 그곳에는 또 하나의 문이 있었다. 쉽게 열렸다. 방 하나에서 불빛이 새어 나왔다. 마루를 중심으로 양옆에 서너 개의 방이 있는데 문은 모두 완자 살로 돼 있어서 희미한 불빛에도 매우 아름답다. 불빛이 새어 나오는 곳으로 다가가 문틈으로 안을 들여다본다. 바로 정면에 아기의 얼굴이 보였다. 한두 살 됐을 것으로 여겨지는 여자아이다. 노란색 오리가 수놓아진 초록색 이불을 덮고 잠들어 있고, 옆에는 어머니로 보이는 여인이 아이가 있는 방향을 향해 모로 누워 자고 있었다. 그 두 사람의 모습은 너무도 천진하고 아름다웠다. 정신을 잃고 바라보다가 움찔 놀랐다. 그 방에 김영도가 없다는 사실에 당황했다. 밤중에 아기가 보채거나 기저귀를 갈아주는 일 때문에 잠이 깨는 것이 싫어서 다른 방에서 자고 있을 것으로 짐작됐다. 그의 성격을 알고 있기 때문이다. 나머지 세 개의 방 가운데 어느 방에 있는 것일까? 밖에서 경계를 서고 있는 심 선생으로 인해 조급중이 일었다. 마음을 가라앉히고 잠시 기다려보기로 한다. 분명 그가 어느 방에 있는지 알 수 있는 기미가 있을 것이다. 침착하자.

아닌 게 아니라 긴 시간이 지난 어느 시점에 끙하는 남자의 신음이 들려왔다. 아마도 잠자리를 돌아눕는 소리일 것이다. 그러나 어느 방이라고 확실하게 판단하기 어려운 소리라서 행동에 들어갈 수가 없었다. 이번에는 소리 나는 곳을 놓치지 않으려고 정신을 바짝 차렸다. 한참 만에 다시 끙하는 소리가 났다. 권총을 들고 문을 살며시 열었다. 맞은편 불빛이 창호지 안으로 배어들어 방안을 엷게 비추고 있었다. 잠들어 있는 사내의 이마에 권총을 들이댔다. 사내가 놀라서 상체를 일으키려다 이마에 총이 있다는 것을 알고 눈만 껌벅거렸다. 꿈인지 생시인지를 판단하고 있는 것 같다. 이윽고 사내가 말했다.

"무엇을 원하오? 돈이라면 주겠소."

경옥이 복면을 벗으면서 말했다.

"아직도 돈타령이냐?"

"돈이 아니라면 무엇 때문에?"

사내는 의문의 인물을 물끄러미 바라보기만 한다.

"이 배신자 놈아, 내 얼굴도 못 알아보겠느냐?"

일순 사내의 동공이 서서히 커지더니 휘둥그레졌다. 그러나 조용히 눈을 감으면서 중얼거렸다.

"언젠가는 찾아올 줄 알았소. 사는 것이 죽는 것만 못했소. 동지들에게 쫓긴 것이 아니라 내 양심에 의해 쫓겨 다녔소. 각오는 돼 있으니 깨끗이 정리해 주면 고맙겠소."

사내의 말은 경옥의 폐부를 찔렀다. 문득 방금 봤던 예쁜 여자 아기의 모습이 떠올랐다. 뒤이어 슬픈 표정을 짓고 있는 어린 남매의 얼굴이 떠올랐다. 이름 모를 병으로 저세상 사람이 된 고종사촌, 재가한 어머니를 따라 어딘지 행방조차 모를 곳으로 간 귀여운 조카 남매의 얼굴이 아기의 얼굴 위에 중첩되었다. 또한 한때는 굶주리고 헐벗으며 삭풍을 마주하고 함께 싸웠던 동지라는 생각이 들었다. 아니, 아기의 모습이 그런 핑계를 만들어 주었을 것이다. 머릿속이 뒤죽박죽 엉켜 돌아갔다. 호주머니에서 헝겊을 꺼내 재갈을 물린 다음 사지를 결박했다. 권총에서 탄알 하나를 꺼내 '배신자'라고 쓴 종이와 함께 이불 위에 던져놓고 문을 나왔다.

이야기를 들은 무영도 할 말이 없었다. 방안에는 침통한 분위기가 감돌았다. 세 사람의 머릿속에는 목적을 이루지 못했다는 사죄감이 폭풍처럼 밀려들었다. 게다가 운이 좋아 무사히 귀대하더라도 경옥에게는 군사재판이 기다리고 있을 것이다.

그들은 험한 산맥의 줄기를 이용하여 낮에는 산속에서 자고 깊은 밤에만 강행군을 이어갔다.

가는 내내 침울한 분위기를 벗어나지 못했다. 만일 김영도까지 깨끗하게 처리했다면 생쌀을 씹으면서 험악한 산악지대를 밤중에 행군하는 일은 고통이 아니라 해방감이었을 것이다. 그러나 화근거리를 남겨뒀다는 불안감으로 모두 힘들어 했다. 당사자인 경옥은 입을 굳게 닫았고, 심 선생은 그 집을 급히 빠져나올 생각에 미처 확인하지 않은 자신을 무겁게 자책하고 있었다. 무영과 심 선생은 누이동생 같은 경옥이 군사재판에서 총살형을 받을 가능성이 높다는 데에 더욱 괴로웠다. 눈치로 보아 경옥은 이미 각오를 한 것으로 보였다.

세 사람 모두 차마 입에 올리지는 않았으나 내심으로는 지금쯤 부대가 공격을 받았을 수도, 전에 김영도에게 정보를 제공했던 이들이 체포됐을 수도 있다는 생각이 들었다. 우려가 현실로 다가올 때면 그 자리에 털썩 주저앉고 싶었다. 또한 설사 당장은 아니라 할지라도 멀지 않은 시기에 반드시 터지고야 말 것이라는 생각을 하면 그때마다 정신이 몽롱해졌다.

출발한 지 20여 일이 지나서야 백두산에 다다랐다. 부대가 가까워지고 있다는 생각에 감회가 새로웠으나 대장에게 어떻게 입을 열어야 할지 근심이 앞섰다.

드디어 도착했다. 부대원들은 달려와 부둥켜안으며 반가워 어쩔 줄 몰랐다. 대원들의 표정은 밝고 행동은 옛날처럼 활달했다. 아마도 자신들의 귀대로 모든 어려움이 잘 풀릴 것이라는 생각에 표정들이 밝으려니 짐작했다. 그런데 자세히 보니 그게 아니다. 모두의 걸음걸이에서부터 표정까지 활달하기 이를 데 없고 부대에는 이미 생기가 돌고 있었다. 떠날 때와는 전혀 다른 분위기라서 의아하게 생각했다.

어쨌거나 세 사람은 기가 죽은 모습으로 대장실로 향했다. 신웅 대장은 문 앞에 나와 기다리고 있었다. 아닌 척 얼굴을 찌푸리기도 했으나 그의 눈가는 촉촉이 젖어 있었다.

"형님들 정말 고생 많이 하셨습니다. 감사합니다."

대장은 목이 메어 주춤거리며 악수를 하고 나서 경옥에게 다가왔다. 그리고 한껏 움츠려 있는 그녀의 어깨를 가볍게 두드렸다.

"마음고생 많았다!"

세 사람은 어안이 벙벙했다. 무슨 말인가? 도대체 경옥이 마음고생을 많이 했다는 것을 어떻게 알고 있는 것인가?

대장은 일단 세 사람을 의자에 앉도록 한 후 차를 권했다. 그리고 궁금증을 알고 있다는 듯 빙그레 웃으면서 입을 열었다.

"사실은 며칠 전에 김영도가 귀대했습니다."

"예?!"

세 사람의 입에서 동시에 터져 나온 말이다.

"처음에는 총살을 명령했다가 소명할 기회를 주었습니다. 진심으로 뉘우치고 있고, 다시금 항일 전선에 합류하고 싶다는 뜻이 거짓이 아니라는 것을 알았습니다. 대원들이 고생한 것을 생각하면 당연히 총살형에 처해야 할 일이나 인명은 귀중한 것이라 생각을 많이 했습니다. 대원들 다수의 의사도 같고 하여 본래의 계급에서 두 계급 강등시키는 것으로 처벌하고 받아들였습니다."

"도대체 어떻게 된 일입니까?"

"그 일(경옥 등이 잠입한)이 있은 다음 날 부인과 아이는 처가에 맡기고 집과 토지를 전부 급매로 처분했다고 합니다. 예금까지 전부 찾아서 열흘도 안 돼 열차를 타고 귀대 길에 올랐습니다. 그 이상으로 증명할 방법이 뭐가 있겠습니까?!"

"그랬군요. 그 사람 지금 어디 있습니까?"

"보초를 나갔으니까 좀 있으면 돌아올 것입니다."

무영이 대장에게 물었다.

"그럼 설(경옥) 동지는 어떻게 되는 것입니까?"

"군사재판을 열어봐야 알겠지요."

대장의 얼굴에 아주 잠깐 미소가 지나갔다.

대장실에서 경옥이 먼저 나가고 나서 대장이 낮은 소리로 말했다.

"사람에 대한 존엄과 사랑, 연민의 정을 모른다면 어찌 인간이라고 할 수 있겠습니까. 그리고 일본 제국주의와의 싸움도 의미가 없겠지요. 하지만 이곳이 엄중한 군대이기 때문에 가벼운 처벌조차 면할 수는 없을 것입니다."

나중에 김영도 본인으로부터 들은 얘기를 요약하자면 이후의 내용은 이렇다.

그는 정찬하와 부정한 일을 꾸미고 동지들을 배반한 다음부터 끝없이 쫓겨 다녔다. 한 군데 정착하여 살 수가 없었다. 이곳저곳으로 수없이 이사를 옮겨 다닌 가장 큰 이유는 동지들의 보복보다 자신의 양심으로부터 끊임없이 괴롭힘을 당했기 때문이다. 2~3년에 한 번씩 거처를 옮기지 않으면 숨이 막혀 미칠 것만 같았다.

설경옥이 다녀간 다음 날엔 그녀가 놓고 간 한 알의 총알을 권총에 장전하고 총구가 위로 향하도록 목을 겨누고 방아쇠를 당기려고 여러 번 시도했다. 그때마다 두 살 된 아이의 얼굴이 떠올라 손가락을 움직일 수가 없었다. 그리고 생각했다. 무의미하게 개죽음하기보다는 아이에게 자신의 나라를 남겨줘야 한다는 생각이 들었다. 도저히 용기가 나지 않았으나 죽음을 생각하는 용기라면 무엇을 못 하랴. 또한 죽어도 동지들 손에 죽어야 후회가 없다는 생각에 철원행 열차에 올랐다.

지금은 쫓기는 배신자가 아니라, 적과 싸우다 죽어도 지극히 명예로운 죽음이기 때문에 자신의 인생에서 그 어느 때보다 안정되고, 편안하고, 활기 넘치는 생활이라고 했다.

　무영 등이 깨달은 것은 오지도 않은 일을 예단하여 너무 두려워하거나 근심하지 말라는 것이다. 왜냐하면 인생에서는 너무도 다양하고 예측 불가능한 일들이 시시각각 변화하며 전개되기 때문이다.

제4편

한밤의 무기 거래

식량문제가 해결되었다. 자금도 어느 정도 확보했다. 남은 과제는 취약한 무기를 개선하는 일이다.

240명 대원들이 소지한 무기는 그야말로 한심하기 짝이 없었다. 총기류는 전부가 55정으로 총을 소지하지 못한 병사가 130여 명이나 된다. 총의 내용을 보면, 기존에 확보한 개인화기 28정과 적으로부터 노획한 13정이 비교적 근대적인 무기라고는 하나 단발식인 일본제 무라타 12정과 영국제 스나이더 소총 5정, 독일제 게베어 71이 4정, 프랑스제 그라스 소총 2정이고 현대적인 볼트 액션 5연발은 독일제 게베어 98이 4정이고 38식 보병총이 1정이며 나머지 27정은 개머리판 없는 조총이나 화승총이 대부분이다. 권총은 엔필드 리볼버 2정과 마우저 리볼버 3정, 항시 오발의 위험을 안고 있는 일본제 남부 14 한 정을 보유하고 있다. 대부분의 독립군 부대는 이미 1920년을 전후로 현대적인 화기들을 확보했다. 그뿐 아니라 기관총까지 갖춘 부대들도 있었다. 예컨대 일제의 정탐보고서에 의하면, 1920.10. 청산리 전투에서 승리한 김좌진의 '대한 군정서'는 1920.8. 경에 이미 기관총 3정, 연발 소총 300정, 38식 총 11정, 남부식 구형 총 15정, 남부식 신식 권총 8정, 7연발 권총 25정과 수류탄 5상자 등을 확보하고 있었다. 또한 안무(安武)의 '대한국민회군'은 연발 소총 700정, 루카식 권총 30정, 남부식 권총 10정, 7연발 권총 50정과 수류탄 등을 소유하고 있었다. 장백현 지역에 있는 광복단, 홍업단, 대한독립 군비총단 등도 개인화기를 사용하는 데에는 별문제가 없었다.

그러나 백두산부대는 부대 창설이 늦은 데다 군자금을 자체 조달하려는 방침으로 인해 1920년 1차 대전 종전과 러시아 내전의 혼란기에 러시아 볼셰비키, 멘셰비키나 체코군, 중국군, 미군, 심지어는 마적들을 통해서도 매입이 가능한 좋은 기회를 놓쳤다. 그러므로 전투에서 패한 때도 적지 않았고 따라서 희생자도 있었으며, 통일적이고 조직적인 전투를 벌이는 것은 거의 불가능했다.

어느 날 대장실에서 참모 회의가 열렸다.

대장이 말했다.

"군비 확보 상황을 보고하라."

군수참모가 서류를 들여다보며 보고를 시작했다.

"이번에 자체적으로 확보한 금액이 약 3천 원 정도 되고, 압록·두만 양안에 사시는 동포를 비롯하여 국내 각지에서 지원한 금액이 약 5백 원 정도 등으로 총액이 3천5백 원 정도 됩니다."

"통화(通化)로부터는 얼마나 들어왔나?"

"예 250원이 들어왔습니다. 자금을 마련하려고 애를 많이 쓰시는 것 같습니다."

"그러시겠지. 건강이 나빠지지 않을까 걱정일세."

통화는 신옥이 있는 통화현을 말하는 것이다. 그녀는 중국의 5대 의약품 생산지인 그곳에 한약방을 차리고 자금을 만들었고, 두 달에 한 번 은행에 가명으로 입금하면 백두산의 대원이 가까운 은행에 가서 찾아오곤 했다. 산삼 같은 약초를 캤을 때는 김진국(金鎭國) 소대장이 직접 가져다 주었다.

"부대 운영자금을 제외하고 순수하게 무기를 매입할 수 있는 금액은 어느 정도 되는가?"

"2천 원 조금 넘습니다."

"작년에 소총 두 정을 매입할 때 한 정당 얼마를 줬던가?"

"정당 20원 줬습니다. 하지만 그 금액은 운 좋게도 직접 중국군으로부터 매입한 금액이고 무기 밀매 업자들을 통하려면 정당 35원에 탄알 100발 정도 합해 최소 50원은 줘야 합니다."

소총 한 정과 실탄을 합한 금액은 노동자가 1년간 버는 수입과 비슷하다.

중국군들은 봉급을 제때 받지 못하는 경우가 많고, 이 때문에 돈이 궁한 장교나 군수품 담당자들이 총기를 팔아먹거나, 또는 사병들도 마적을 토벌하러 간다든지 작전을 나간다든지 하는 핑계로 탄환의 수량을 대장(臺帳)에서 떨어 팔아먹곤 했다. 대부분의 중국인이 그러하듯 군인들도 모여 앉으면 마작〈麻雀, 중국에서는 마장(麻將)이라고 함〉을 하는데 돈이 없으면 총기나 탄환을 두고 했다. 총기나 탄환을 딴 사람은 중국인을 비롯해 러시아인이나 유대인 등의 거래상을 통해 매각하여 현금을 만들었다. 물론 총기 거래상은 군인들로부터 산 금액에 많은 이익을 붙여 되팔았다.

"중국 군인들과의 직거래를 통해 대량으로 사는 방법은 없을까?"

"마작하는 자들도 고급장교나 군수품 담당자들이 아니면 기껏 한 명이 팔 수 있는 수량이 2, 3정밖에 되지 않습니다. 그리고 한 두 달만 있으면 봄이 오니까 지방 부호들의 결혼식이나 중요 행사에 경비를 서 주고 용돈을 받아 쓰는 일이 많아질 겁니다. 그러니까 지금은 돈이 궁해도 총을 팔기보단 기다리면서 참고 있을 것입니다."

"하긴 그렇겠지…."

대장은 입을 굳게 다물고 잠시 생각하고 나서 참모들을 둘러보며 지시했다.

"확실한 것은 일본 군경을 공격하여 획득하는 방법인데 우리 무기가 빈약하니까 그걸 장담할 수 없지 않은가. 참모들은 각자 은밀하게 무기를 구할 만한 곳이 없는지 알아보도록 하라. 여유자금을 좀 줄이는 무리수를 두더라도 최대한 많은 무기를 확보해야 한다."

그러나 몇 달 동안 아무 보고도 없었다. 속을 태우고 있던 어느 날, 귀가 번쩍 열리는 보고가 올라왔다.

대원 중 화룡현 명월구에 본가를 둔 사람이 있는데 몇 년 동안 집엘 가지 못하다가 어머니 회갑도 기억나고 하여 며칠 선 은밀히 나녀왔는데 멀리 블라디보스토크에서 외삼촌도 와 있더라고 한다. 가난한 살림이라 가족들만 모여 조촐하게 잔치를 했다. 그날 저녁 외삼촌과 단둘이 늦도록 이야기를 나누다가 혹시 블라디보스토크에서 무기를 살 수 없는지 물었다. 외삼촌이 대답하기를 자기가 아는 사람 중에 오래전 조선 독립군에 무기를 공급한 분이 있는데 전에 그로부터 얼핏 러시아인 누군가가 아직 팔지 못해 숨겨두고 있는 총기가 있다는 말을 들었다는 것이다.

화룡현 명월구는 일제의 소위 경신 대토벌(1920)로 수많은 동포가 참살당하고 가옥과 재산이 소실된 한이 서린 마을이다. 강성규 대원도 아버지와 형님의 원수를 갚겠다고 어머니와 여동생을 남겨놓고 자원입대한 사람이다.

며칠 뒤 무영은 대장으로부터 또 한 번의 수고를 부탁받았다. 블라디보스토크 현지에 다녀와 달라는 것이다. 총을 매매하려는 사람이 있으면 대금을 치르고 안전한 곳에 옮겨 놓아달라면서 거금을 건네주었다. 아울러 중국군이나 일본군의 눈을 피해 무기를 운반할 통로도 알아보라고 했다. 무영은 부대의 운명이 달린 거금을 넘겨주면서까지 자신을 신뢰해 주는 대장에게 마음속으로 깊은 감사를 하면서 사명의 막중함을 느꼈다. 사흘 뒤 강성규 대원을 앞세우고 길을 떠났다.

떠돌이 장사꾼으로 가장하여 봇짐을 하나씩 멘 두 사람은 숙영을 하며 화룡에 도착했다. 밀정들의 눈을 의식하여 숲속에서 시간을 보내다가 밤이 이슥하여 강대원의 집에 들어가 어머니를 뵙고 저녁을 먹었다. 어머니 말씀에 의하면 경신 사건으로 대부분의 가정이 부녀자와 아이들만 남았는데도 왜놈 경찰들과 밀정으로 보이는 자들이 이따금 주위를 맴돌며 동태를 살핀다고 한다. 이튿날 깜깜한 새벽에 집을 나왔다. 용정-왕청-하남까지 도달하여 강을 따라 올라가서 동녕진과 수분하(쑤이푼)를 거쳐 중·러 국경을 넘은 다음 러시아 포그라니치니역에 도달하려는 계획이다. 큰돈을 지녔으므로, 더욱이나 예사 돈이 아닌지라 은근히 겁이 나기도 했다. 중간에 마적 떼를 만나거나 중국군 순찰대를 만나지나 않을까 해서다.

화룡에서 용정과 왕청까지는 숙박과 식당을 찾는 일에도 신경을 써야 했으나 밀림지대에 들어선 다음부터는 도시락을 옆에 차고 바람처럼 내달렸다. 화룡을 떠난 지 9일째 되는 오전 포그라니치니역에 도달했다. 마침 10시 열차가 떠나려고 증기를 뿜어내고 있었다. 부랴부랴 표를 사서 올랐다.

기차를 타는 동안 10년 전 이곳에서 끔찍한 학살 만행이 있었다는 사실이 떠올라 마음을 무겁게 했다. 일본 경찰에 몸담고 있던 무영은 당시에 벌어졌던 일제의 만행을 누구보다도 잘 알고 있다.

그 사건들은 북로군정서를 비롯한 여러 독립군 부대가 위험을 무릅쓰고 무기를 확보했던 일들과도 직간접적으로 연관되어 있다.

1914. 6. 28. 유럽에서는 오스트리아-헝가리 황태자 페르디난트 대공 부부에 대한 총격 사건으로 제1차 세계대전이 발발했다. 이 전쟁은 독일제국과 오스트리아-헝가리제국 오스만 왕국 불가리아 왕국 등의 동맹국과 대영제국과 러시아제국 프랑스 이탈리아 왕국 등을 중심으로 한 16개 연합국과의 대결 분위기에서 촉발된 것으로 1918.11.18.까지 무려 4년 동안 전개되었다.

오스트리아-헝가리 연합제국으로부터 300년 동안 식민 지배를 받고 있던 체코슬로바키아는 대전이 발발함에 따라 동맹국의 편에 서서 싸울 수밖에 없게 되었다. 러시아에 있는 체코인들 중 6만여 명도 징집명령을 받는다. 그러나 모국을 식민 지배하고 있는 오스트리아 편에 서기를 거부하고 연합국 편인 제정(帝政)러시아, 즉 짜르(황제) 군대의 외인부대로 우크라이나 서부 즈보리프 전투에서 혁혁한 공을 세우기도 한다. 하지만 대전 중인 1917년 10월에 볼셰비키 공산혁명이 일어나 짜르 정부는 붕괴되고 러시아 전역은 볼셰비키가 점령했다. 우크라이나 지방에서 활동하던 체코군은 졸지에 고아로 전락한 것이다. 이에 미국에 본부를 둔 체코 임시정부 수반 토마스 마사리크(Tomas G.

Masaryk)는 그들에게 인도양이나 태평양을 돌아 프랑스 전선에 참전하라는 명령을 내린다. 그러나 러시아 내륙을 통과하려면 강력한 볼셰비키 군대와 싸워야 하는데 그들과 대적하는 것은 불가능했다. 체코 망명정부는 생각 끝에 시베리아를 거쳐 블라디보스토크로 우회시킨 다음 배편을 이용해 프랑스 전선으로 가라고 명령했다. 체코군단은 무장을 해제하라는 소비에트 정부의 경고에도 불구하고 중무장한 상태로 블라디보스토크로 향했다.

1918.5.14. 모스크바에서 동쪽으로 1,700㎞ 떨어진 첼랴빈스크역에는 체코슬로바키아 출신 군대가 시베리아행 열차를 기다리고 있었다. 오래지 않아 독일과 오스트리아-헝가리 포로들을 태운 열차가 들어와 정차했다. 헝가리의 속국으로 오랜 지배를 받고 있던 체코슬로바키아 군인들의 눈에서 불이 났다. 그러나 싸움은 헝가리 포로들이 먼저 걸었다. 그들은 마주 오던 열차의 체코인들에게 돌을 던져 한 명이 죽고 여러 명이 다쳤다. 체코군단 병사들은 열차로 뛰어올라 헝가리 포로 몇 명을 끌어내 총으로 쏴 죽였다. 그러자 지역을 통제하는 볼셰비키 정부가 총을 쏜 체코 병사들을 체포하고 군단의 무장해제를 요구했다. 분노한 체코군은 이를 거부했다. 그리고 경찰서를 습격하여 잡혀간 동료들을 석방하고 도시를 점령했다. 6만여 명의 체코군단은 시베리아 횡단 열차를 점거하고 철도를 이용해 블라디보스토크로 향한다. 열차는 포대와 기관총으로 중무장했고, 자체로 제빵공장과 병원, 우체국, 신문사까지 운영했다. 열차 위에서 독립의 노래와 체코 군가를 부르며 이동했다.

그들은 아무도 통제할 수 없는 힘이 되었다.

러시아는 혁명 이후 극심한 혼란과 식량난이 발생했다. 이듬해 여름부터 전역에서 농민들이 식량과 토지의 재분배 등을 요구하며 볼셰비키 반대 운동을 격렬하게 펼쳤는데 멘셰비키들은 이 틈을 타 볼셰비키 정부를 전복시키고 왕정복고를 기도했다. 그러나 당시 짜르는 볼셰비키 과격파들에 의해 감금되어 있었다.

1918.7.16. 러시아가 10월 혁명의 소용돌이에 있던 해, 열차는 중부 우랄의 도시 예카테린부르크에 다가가고 있었다. 만일 체코군이 이곳에 도착하여 구금되어 있던 짜르를 석방한다면 어느 쪽에도 가담하지 않고 눈치만 보고 있는 농민들이 멘셰비키에 가담할 것이고 볼셰비키로서는 돌이킬 수 없는 패배에 직면할 수밖에 없었다. 7.17. 오후 2시경, 볼셰비키 파르티잔(민간 유격대)들은 감금되어 있는 니콜라이 2세 부부와 아름답고 귀여운 네 딸, 그리고 미남이며 총명한 13세의 황태자 알렉세이 등 일곱 명의 가족을 지하실로 데려가 모두 총살한다. 이로써 304년간 대러시아를 통치한 로마노프 황실은 역사 속으로 사라진다.

체코군단은 그동안 보급품을 얻기 위해 멘셰비키에 가담했으나 그것은 오직 유럽의 프랑스 선선으로 가기 위한 어쩔 수 없는 행동일 뿐이었다.

소비에트 군사혁명 위원회 의장 트로츠키(Лев Тро́цкий)는 군대를 투입해 체코군단 추격에 나섰다. 그러나 앞에는 콜차크(Алекса́ндр Васи́льевич Колча́к)의 멘셰비키 군대가 가로막고 있었다.

체코군단의 움직임은 세계의 관심을 받기에 충분했다.

마침내 미국의 윌슨 대통령은 체코군단의 안전한 귀국을 위해 군대를 파병한다고 선언했고, 우방 여러 나라에도 파병을 권유했다. 이에 따라 블라디보스토크에는 미국·영국·프랑스·이탈리아·일본 등 9

만 명의 군대가 진주하여 도시를 점령하고 체코군단을 기다리고 있었다. 특히 블라디보스토크에 이미 2만 8천 명의 군대를 주둔시키고 있던 일본은 할당된 숫자 1만 2천을 몇 배나 초과하는 7만의 병력을 1918.7.~1922.10.까지 무려 4년간이나 주둔시켰다.

일본군은 볼셰비키 붉은 군대와의 전투에서 수세에 몰리고 있었다.

일본 퇴역 해군 대장 사이토 마코토(齊藤実)는 1906년부터 사이온지 긴모치(西園寺公望) 내각에서 해군 대신으로 있었으나 1914년 해군의 독직 사건(해군 고관이 독일 지멘스사로부터 뇌물을 받은 사건)으로 인해 내각이 붕괴함에 따라 사임했었다. 사이토는 이미 퇴역한 신분으로, 게다가 해군과 육군이 앙숙인 분위기임에도 불구하고 동년 7월부터 육군이 계획하고 있는 중·러 국경지대 조선 항일운동가들에 대한 제거 작전을 지지한다는 의사를 표명했다. 그로부터 한 달 뒤에 3·1운동 이후 무단통치로 심각한 저항을 받고 있던 전임 하세가와 요시미치(長谷川好道)의 후임으로 조선 총독에 임명된다.

당시 일본 정부 고위층들도 사이토의 생각과 마찬가지로 연해주에서 활동하는 항일단체들을 위협 세력이라 판단하고 있었으나 러시아와의 관계와 자칫 국제사회의 규탄이 있을까 우려되어 실행하지 못하고 있었다.

1919.9.2. 사이토는 취임식에 가기 위해 서울역에서 내려 마차에 올랐다. 바로 그때 수류탄이 날아왔다. 그러나 사이토는 위기를 모면했고 수행하던 경무총감 미즈노 렌타로 등 37명이 죽거나 다쳤다. 폭탄을 던진 사람은 당시 64세의 노인인 왈우(日愚) 강우규(姜宇奎)로 그는 후세를 위해 학교를 지어 운영하기도 했으며 열렬한 안중근 흠모자이고,

블라디보스토크에 본부를 둔 대한국민노인동맹단(大韓國民老人同盟團)의 단원이었다. 이날의 거사를 위해 블라디보스토크에서 러시아인으로부터 영국제 수류탄을 구입하여 바짓가랑이에 매달고 국내로 들어왔다. 또한 사이토의 얼굴을 기억에 담기 위해 신문에 난 사진을 품속에 넣고 다니면서 수시로 꺼내보기도 했다.

강우규 의사는 15일 만인 1919.9.2. 서울 남대문 역에서 고문왕 가네무라 다이세키, 즉 조선인 김태석(金泰錫)에 체포되어 1920.11.29. 오전 10:30, 66세를 일기로 한평생 구국의 길을 걸었던 생을 마감했다. 그가 단두대에서 마지막 남긴 시다.

斷頭臺上 猶在春風
단두대에 올라서니 오히려 봄바람이 감도는구나
有身無國 豈無感想
몸은 있으되 나라가 없으니 어찌 감회가 없으리오

한편, 죽음의 위기를 넘긴 사이토는 그로부터 며칠 후인 9.28.에 하라 다카시(原敬) 일본 총리에게 전화를 걸어 러시아 연해주와 만주의 항일단체들을 조속히 정리해 달라 요청했고, 이 내용은 즉각 블라디보스토크 주둔군 사령관에게도 날아갔다. 일본 수뇌부는 항일 세력의 제거와 연해주와 만주에 대한 영구 통치를 계획하고 있었으므로 조선 총독 사이토 마코토의 전화는 큰 격려가 되었을 것이다.

한편 체코군단 선발대가 블라디보스토크에 도착했을 즈음에는 1차 대전이 끝나 있었다. 그들은 여비도 마련하고 짐도 덜기 위해 소유하고 있던 각종 무기를 팔기 시작했다. 이때가 독립군들이 무기를 확보한 시기다.

체코군단과 독립군의 무기 거래는 일본 정보기관이 눈을 부릅뜨고 감시했다.

더욱이나 1920년 3월에는 일본인과 조선인이 많이 거주하는 우수리스크에서 볼셰비키와 조선인 중국인으로 구성된 합동 파르티잔이 일본인 거주 지역을 공격하여 다수의 일본인이 사망하는 사건이 발생한다.

러시아 내전 상황과 각국 군대의 철수 계획을 면밀하게 계산하고 있던 일본군 사령부는 비밀리에 연해주 혁명 수비대에게 연해주 일대 공격과 항일 조선인 제거 준비를 지시했다. 그러면서도 자신들도 다른 외국 군대처럼 조만간 철군하겠다고 공표하여 러시아 정부와 연합국들을 안심시켰다.

블라디보스토크항에 있던 체코군단의 마지막 부대는 볼셰비키 정부와의 정전협약으로 배편을 이용하는 대신 시베리아 횡단 열차를 타고 철수를 완료했다.

모든 외국군이 철수하자 드디어 일본군은 마각을 드러냈다.

미군이 철수한 다음 날인 4.2. 일본군 사령관은 연해주 군사혁명 사령관 세르게이 라조(Сергей Лазо)에게 조선인들에게 무기를 공급하지 말 것을 경고하고, 일본군에게 필요한 주둔지와 급식·운송·통신 등에 대해 지장을 주지 말 것을 요구했다. 라조는 힘에 눌려 동의할 수밖에 없었다. 4월 5일에 조약문에 서명하기로 한 라조는 예하 부대에 경계 명령을 하달했으나 4월 4일은 마침 주말이므로 장교들 다수가 휴가에 들어갔다. 동향을 주시하고 있던 일본군은 그날 밤 기습공격을 감행하여 러시아군을 무장해제하고 라조를 비롯한 군인들과 볼셰비키파 민간인들도 체포했다. 한편으로는 감옥에 수용됐던 멘셰비키들을 풀어주어 그들이 라조 일행을 끌고 가 산 채로 기관차 화실(火室)에 던져 불태워 죽이도록 방임했다.

동시에 조선인 항일유격대원을 비롯한 불령선인 체포에 나섰다. 그들은 잔혹한 살육을 자행했다.

신한촌 마을에 들어서는 일본군들의 눈에는 핏발이 서려 있었다. 눈에 띄는 사람은 누구를 막론하고 구타와 학살을 자행하고 아무 건물에나 불을 질렀다. 도망가는 사람들은 쫓아가면서 총으로 쏘고, 총창으로 찌르고, 일본도를 휘둘렀다. 거리는 매캐한 화약 연기에 싸이고 가는 곳마다 피로 물든 시체가 쓰러져 있었다. 지옥을 방불케 했다. 4월 5일 단 하루 신한촌에서는 300여 명이 살해됐다.

한인사회의 정신적 지주이며, 연해주 러시아 사회의 존경받는 지도자로 안중근에게 사격연습장을 제공하고 총과 여비를 지원한 최재형(崔在衡), 즉 초이 표트르 세묘노비치(Чой Пётр Семенович)를 비롯한 김이직(金理直), 엄주필(嚴柱弼), 황경섭(黃景燮) 같은 지도자들도 희생됐다.

일본군은 블라디보스토크뿐만 아니라 하바로프스크, 우수리스크, 스파스크, 이만 등지로 색출 지역을 확대했다. 7일간에 걸친 무차별 공격으로 조선인 수천 명을 포함하여 러시아인까지 총 7천여 명이 총살 또는 총창으로 살해당했다.

살육 작전이 끝나자, 사이토는 러시아 주둔 제4군 참모장 우에하라 유사쿠(上原勇作)에게 감사의 편지를 보냈다.

일본은 러시아에서의 영향력을 행사하기 위해 주둔군을 철수하지 않고 있다가 미국을 비롯한 관계국들의 외교적 압력과, 준비되지 못한 파병으로 인한 병력의 손실, 사기 저하, 러시아 볼셰비키 파르티잔들의 저항을 견디지 못해 1922년에야 철수했다. 주둔 기간에만 5천여 명에 달하는 전사자가 발생했다.

　이 전쟁은 일본군에 위안부를 두는 계기가 되었다. 많은 일본군이 러시아 여성들을 강간했는데 7개 사단 중 약 1개 사단에 달하는 인원이 매독에 걸렸다. 러시아인들에게는 내성이 있어서 별문제가 되지 않던 성병이 일본군에게는 골칫거리가 되었다. 이런 일을 경험한 일본군은 고심 끝에 위안소를 생각해 냈다. 초기에는 중국, 대만, 말레이시아, 베트남, 인도네시아 등에서 네덜란드 여성들까지 유인, 또는 납치하여 위안소를 운영했으나, 1941~1945년 간에 전개된 태평양전쟁 때는 식민지 한반도를 비롯하여 중국, 인도네시아, 말레이시아, 동티모르, 미얀마, 베트남, 라오스, 필리핀, 캄보디아와 동맹국이었던 태국, 그리고 네덜란드령 동인도 등에서 프랑스, 호주, 미국 출신 여성들을 포함하여 무차별적으로 끌고 갔다. 특히 가장 많이 끌려간 이들은 조선과 대만의 여성들로서 이곳에서는 당국의 치밀한 기획 아래 민간업자가 일본에 있는 공장 등에 취업시켜 준다는 사기나 인신매매, 납치 등의 방법을 동원했다. 또한 일본군에 잡힌 적국의 포로나 점령지 주민들에 대해서도 만행을 자행했다.

　블라디보스토크는 처음 가보는 도시라 길을 지나가는 사람들한테 손짓발짓으로 물어물어 가곤 했다. 아무르스카야 시가지를 한참을 걸어가니까 하바로프스크 거리가 나타났다. 또 한참을 걸어가서 물으니까 조금만 가면 된다고 한다. 1㎞쯤 가니까 작은 판자에 '신한촌 입구'라고 쓰여 있다. 둔덕을 올라서니 무성한 풀들이 바람에 쏠리는 스산한 공동묘지가 나타났다. 공동묘지를 지나 돌멩이가 울퉁불퉁한 산비탈을 따라갔다. 중턱 입구에 독립기념일을 기린 '3월1일 문'이 서 있다. 그리고 멀리 산허리로 바위에 붙은 게딱지 같은 작은 집들이 다닥다닥 붙은 두 개의 마을이 눈에 들어온다. 산허리에 서서 아래를 내려다보니 백 척 낭떠러지 아래 아무르만의 바다가 물보라를 뿌리며 사납게 출렁거리고 있다.

마을은 동서로 약 6정(町), 남북으로도 비슷한 면적을 차지하고, 좌우 남북으로 좁고 구부러진 길들이 무질서하게 연결돼 있었다. 가족을 거느리고 이역 땅에 와서 다른 무엇보다 거처할 곳을 마련해야 하니 눈에 띄는 적당한 곳을 찾아 집을 짓게 되었고, 다음에 온 사람들도 또 적당한 부지를 찾아 집을 짓다 보니 집과 집을 연결하는 무질서한 도로가 생긴 것으로 그 절박한 심정을 알 수 있을 것 같다. 3·1문을 지나자 오른 쪽에 건물이 불탄 자리가 있다. 나중에 안 일이지만 이곳은 한국인 소학교였는데 일본군의 시베리아 출병 당시 독립운동을 모의한 곳이라 하여 불살라버린 흔적이다.

아무르만의 파도처럼 곤고한 삶을 영위하고 있는 동포들이다. 집들은 대부분 러시아풍의 작은 녹조수택이다.

마을에는 사람들이 별로 눈에 띄지 않았다. 아마도 품팔이를 하러 도시에 나갔을 것으로 짐작됐다. 놀이를 하고 있던 아이들 몇이 물끄러미 바라본다.

외삼촌의 집은 뒤쪽에 있는 두 칸짜리였다. 문 앞에서 두어 번 불렀으나 기척이 없다. 몇 번을 큰 소리로 부르자 그제서야 뒤쪽에서 40대 중반으로 보이는 중키의 사람이 나타났다.

"자니(네)가 웬 일루?"

그는 조카를 보고 눈이 휘둥그레지더니 손에 들었던 삽을 내던지고 달려와 손을 잡았다. 옆에 낯선 사람이 있는 것을 의식하고는 경계하는 표정이다. 강대원이 입을 열어 전에 어머님 생신 때 나눴던 이야기와 관련하여 오게 된 용건을 말했다. 그제야 외삼촌은 고개를 끄덕였다.

"조카를 봤을 적에 무신 큰일이 났나 염려했네. 하기야 자니가 위험한 사람을 델쿠 내 집에 올리는 없지." 하고 나서 무영을 향해

"통성명이나 합세다. 내 이름은 주해일(朱海一)이라구 하우다. 노서아(러시아)인들과 대화할 때는 주 세르게이(Жу Сергея)라구 합지요."

방에 들어가 잠시 쉰 다음 밖으로 나갔다. 외삼촌이 앞장서 걸었다.

"우리 신한촌으는 신개척리와 석막리 두 마을로 되어 있습네다. 개척리가 원래는 해안에서 100장(丈, 1장=3m)쯤 들어간 포그라니치나야 거리에 있어댔시오. 개척리뿐 아니라 가까운 해변 언덕 우에 '둔덕 마투아'두 맹글구 그 아래에는 '운덩 마투아'두 맹글었습네다. 마투아는 중국말루 '조그만 항구'라는 뜻입네다. 그래서 러시아 사람들으는 '까레스끼(고려인) 거리'라구 했습네다. 장사두 잘 되구 해서리 핵교두 맹글구, 해조신문사와 대동공보사라는 신문사까정 있어대시오. 대동공보사는 안중근 의사께서 이토(伊藤) 저격을 모의한 곳입네다. 기런데 15년쯤 전(1911)우 어느 날 장질부사(장티푸스)를 근절한다문서 기병(騎兵)들이 들이닥쳐 집과 기물을 마수구(부수고) 사람들을 몰아냈수다. 그리구는 당국에서 서북편 변두리 산으루 가라구 합데다. 남우 땅에 사는데 힘이 있갔습두?! 하는 수 없이 나무와 풀만 있는 여게 산으루 와서 신개척리라는 이름으루 또 동니(네)를 만들었지요. 나중에 보니까나 우리가 살던 개척리에 기병부대가 들어섰읍데다.

우리는 똘똘 뭉쳐서 살구 있습네다. 기런데 식구가 많으면 별의별 눔이 있다구, 안즉도 왜놈이가 풀어 놓은 빨쥐(박쥐, 밀정들을 말함)들이

한두 놈 있어서 조심으 해야 합네다. 어쯔케 된 일이 우리 소식을 왜놈 영사관에서 먼저 알고 있다구 하니까나…. 민력(民曆, 대한민국 임시정부 연호) 9년에 그토록 많은 사람을 쥑여 놓구서두 무엇이 겁이 나는지 안즉까정두 눙까리르 번득거리구 있다오. 불과 열흘 전에두 우리 까레스끼 지도자 한 명이 루스끼섬 까르뻰스끼만 부근에서 칼에 난자당해 죽어댔시오. 경찰이 조사르 하구 있는데 아매두 왜놈 정보기관이가 노서아 폭력조직 '반지트'의 개종패(불량배)를 시켜서 한 짓 같다는 얘기가 흘러나오고 있소. 여기서두 조심해야 합네다. 안즉두 오케얀스카야 거리에는 국화 문양을 새긴 왜놈의 영사관이 버티구 있으니깐두루…"

몇 집을 지나 마을의 뒤편에 있는 오두막 초가로 안내했다. 외삼촌은 "이봅세, 득룡이 있는가?"라고 낮은 소리로 불렀다. 그러자 외삼촌과 같은 40대 중반으로 보이는 남자가 얼굴을 내밀었다. 외삼촌은 두 사람을 툇마루에 앉아 있으라 손짓하고 나서 방으로 들어갔고, 소곤거리는 소리가 들렸다. 잠시 후 문이 열리고 들어오라는 손짓을 했다.

바짝 말라 볼이 옴폭 들어간 얼굴에 눈동자가 유난히 반짝이는 주인은 자신의 이름은 우득룡(禹得龍)이며, 러시아 이름은 뻬뻬우(Пепеу)라고 했다. 체구가 작으나 눈을 보니 매우 명석한 두뇌의 소유자라는 인상을 받았다.

그는 요즘 조선의 정세는 어떠하냐, 왜놈들의 동향은 어떤가, 오는 도중에 위험한 일은 없었는가 등 몇 가지를 묻고 나서 이런 말을 했다.

"백두산 깊은 산중에서 헐벗고 굶주리면서 조국광복으 위해 몸바리게(헌신적으로) 고생하시는 우리 애국동지들께 깊은 감사르 드리오. 멀고 험하고 위험한 길으 걸어 여게까정 와주신 두 분 용사께도 깊은 존경을 표하고 싶소. 어떻든지 간에 우리가 똘똘 뭉쳐 외세우 힘으 빌리지 앵쿠, 우리 단독으루다가, 왜놈들우 빼댕기(뼈다귀)르 마숴버릴 때까정 눈으 부르뜨구 싸워야지 앵카시오. 할 수 있습네다. 우리 조선인들으는 어느 곳에 내놓아도 능력으 발휘하는 우수한 민족입네다. 이곳 야채시장에서도 오슬기(살쾡이) 같은 되놈들과 경쟁하여 주도권으 장악한 민족입네다. 아무레문, 할수 있구 말구…."

이야기가 강조될 부분에서 힘을 주어 말했다.

"길카구 나는 원래 살던 곳이 예가 앵이오. 전선촌(電線村)이라구 금각만(졸로토이만) 건너 바라반 동남 10리 되는 곳에 살구 있어댔시오. 기런데 병기 밀매르 하다가서리 왜놈 경찰과 헌병대에 찍히는 몸이 돼 개지구 여게 저게 도망으 다녀댔시오. 바앙떼(벼랑)에 다달았다구 생각한 적이 한두 번이 앵이요, 이제는 체코군들두 다 개구, 병기 거래두 뜸해지니까나 왜놈들 개두덩질두 좀 가라앉은 거 같소. 기래두 이따마나 낯선 얼굴들이 어슬렁거리니까나 안심하기는 일르오. 매사에 사달이 나지 않두룩 단디 해야 하지 않겠음둥?!"

상체를 숙이며 낮은 목소리로

"기래, 무시기 총으 얼마나 사려구 하오?"라고 물었다.

"총이 있는 건 분명합니까?"

"근래에는 체코군단이가 왔을 때처럼 총으 뜻대로 사기는 어렵소. 하지만서두 딱 한 군데가 있기는 하오. 기것두 내가 전에 우리 독립군들한테 무기르 구해 줄 적에 길으 텄던 노서아인이 냉겨먹을라구 사놨다가 미처 팔지를 못해 숨게두고 있는 거임메. 그 사람이 무기 밀매를 하다가 붙들려 되쎄우 혼이 난 적이 있는지라 겁으 마이 내서 웅둘씨리구(오그리고) 있소. 그동안에 매매는 되지 않았을 기라 생각이 되오마는 일단은 알아 봐야 합네다."

"소총 권총 합해 100정 정도 사려고 합니다. 가격은 얼마나 가는지도 알고 싶습니다. 기관총 같은 것두 있을까요?"

"그 사람 말으 흘려들어대서 자세히는 기억이 나지 아니 하오마는, 맥심같은 거는 없을 기요. 아매두 깡이 있을 기라구 짐작이 가오. 가격으는 그때(1920)하구는 시간이 많이 경과됐구, 거래가 없어 희소가치가 있을 테이까 정(丁)당 알탄 100발 해서 60 이상은 계산하고 있어야 할기 아임?! 빈둑(변덕)이 심한 사람은 앵이니까 어림짐작으루다가 기렇게 계산하는 거우다. 그러하이까 기총두 있는지, 가격은 얼맨지 기딴 것두 알아봐야 하오. 대낮에 여럿이 댕기는 거는 위험하이까 일단은 내 혼자서 만나보구 오갰소. 5시만 해서 올 테이까나 오숍소리 기다리기오. 밖으루 댕기지는 말구서리…"

그가 말하는 맥심은 러시아제 PM1910으로 커다란 바퀴가 달린 맥심(Maxim) 기관총을 말하는 것이다. 독립군들은 맥심 기관총도 다수 구입하여 사용했다. 또한 깡이란 모신나강(Mosin-Nagant)을 일컫는 말이다. 이 소총은 러시아 공학자 모신이 개발한 총대에 벨기에 출신 나강 형제의 탄창설계를 붙여 만드는 5연발로 제1차 세계대전 낭시 러시아군이 주력 보병 화기로 사용했다. 혁명 이후에는 자체 조달을 할 수 없어 미국에 의뢰하여 제작하고 이를 다시 수입해서 썼다. 러시아에서만도 3,700만 정이 생산되었고, 그 외 유럽의 여러 나라가 생산했으므로 전체적인 숫자는 알 수 없다.

총신이 123cm, 총열이 73cm, 중량 4kg으로 개발 초기에는 유효사거리가 550m였으나 후에 800m로 개선됐다. 전체적으로 미군의 주력 소총 M1에 비해 성능이 좋지 못했다. 그러나 사격 시 반동이 적어 저격용 소총으로 이름을 날렸다. 제2차 세계대전 독·소 전쟁 당시 불과 2

개월 동안 독일군 225명을 저격하여 영웅으로 떠오른 우크라이나 출신 바실리 자이체프(Василий Зайцев)와 1939년 핀란드 대 소련의 겨울 전쟁에서 소련군 534명을 사살한 시모 해위해(Simo Häyhä)가 사용한 총이 모신나강 소총이다. 독립군들이 애용했으나, 오히려 한국전쟁 때에는 소련군과 북한군이 '따쿵총' 혹은 '아식보총'이라는 이름으로 사용했다.

점심 직후에 나간 우 선생은 시내에 품팔이를 나갔던 그의 부인이 돌아온 땅거미가 질 무렵에도 오지 않아 걱정했다. 그러나 7시가 조금 지난 시간에 돌아왔다.

"총으 팔려는 사람이 일으 보러 멀리 가댔는데 돌아올 시간이 됐다구 해서 기다리느라구 늦었소다. 기래두 만나구 왔으이 다행이 앵이오."

"총이 있던가요?"

"직접 보지는 못했지만서두 있다구 합데다. 깡이 200정, 모젤(마우저, mauser)과 브라우닝 같은 권총이 50 있구, 알탄이 몇천 발, 수류탄두 몇 상자가 있다구…. 가격에 관해서는 원매자(願買者)르 안내해 올 터이니 그때 결정하자구 했소다. 오늘 매매가 성사되는 경우에 대비해서 임시루 옮겨 놓을 장소두 맹길어 놓구 왔소."

"잘하셨습니다. 아주 잘하셨습니다."

강대원의 외숙모는 몇 년 만에 조카가 왔다고 정성껏 반찬을 만들어 상에 올렸다. 그러나 관심은 오직 무기에 있었으므로 음식을 부지런히 떠 넣고는 우 선생과 함께 일어섰다. 언덕을 내려와 밤길을 걷기 시작했다.

"거리가 머니까나 부지런히 가야 할 거우다."

스베트란스카야 거리와 아르바트 거리라는 곳을 지나 또 한 시간쯤 걸어 생선비린내가 풍겨오는 곳에 도달했다. 가까운 곳에 수산시장이 있다고 했다. 가로등이 드문드문 떨어져 있어서 불빛이 희미한 좁은 길가로는 낡은 지붕의 작은 집들과 소규모 공장 같은 건물들이 다닥다닥 붙어 있었다. 한눈에 보기에도 빈민가임을 알 수 있다. 우 선생은 어느 허름한 건물 앞에 두 사람을 잠시 기다리라 하고 골목 안으로 사라졌다. 그리고 잠시 후에 따라오라고 했다. 캄캄한 골목들이 서너 번 꺾어진 곳에서 무거운 철문을 열었다.

"조심하기오."

우 선생의 말이 아니었다면 하마터면 이마를 부딪칠 뻔했다. 상체를 굽히면서 안으로 들어갔다. 천장에 달린 백열등의 붉은 필라멘트에서 나오는 불빛에 내부의 모습이 눈에 들어왔다. 우중충한 시멘트 벽면으로 둘러싸인 안쪽에 서너 개의 책상과 의자들이 무질서하게 놓였고 주변으로는 기름때가 묻은 용도를 알 수 없는 낡은 기계와 공구들이 널려 있다. 그러나 사람은 보이지 않았다. 잠시 정적이 감돌았다. 약 10분쯤 지났을 때 방금 세 사람이 들어왔던 문이 열리고 서구의 사내가 머리를 숙이면서 들어왔다. 그의 손에는 권총이 들려 있었다. 무영과 강 대원이 깜짝 놀라 몸을 움직이려 하자 우 선생이 웃으면서 제지했다.

"걱정 마압소. 혹시 뒤르 따르는 자가 있나 해서 다른 문으루 나갔다 들어온 거우다."

키가 크고 몸집이 뚱뚱한 주인은 권총을 허리춤에 넣더니 두 사람 앞으로 다가와 두껍고 커다란 손을 내밀었다. 그가 하는 말을 우 선생이 통역했다.

"프리야트노 포즈나토넷시아 멘야 즈브트 이반 페트르.(Здравству

йте. Меня зовут Иван Петр. 반갑소, 이반 표트르라고 하오.) 친구의 친구는 내게도 친구니까 당신들은 내 친구요. 잘해 봅시다."

몸집만큼 코와 눈을 비롯해 얼굴선이 굵은 이 사내가 신경이 매우 용의주도하다는 것을 짐작케 한다. 세 사람이 골목을 들어올 때 발소리를 내지 않았는데도 원매자가 오는 것을 알아차리고 다른 문으로 나가 뒤따르는 사람이 없나를 관찰했던 것이다.

이반이 앞에 서고 세 사람은 각자 얼마만큼의 거리를 두고 뒤를 따랐다. 골목을 나와 어둑한 거리를 한참 동안 걸어갔다. 건물들 사이로 불빛에 반사되어 희게 빛나는 눈 쌓인 바다가 보였다. 해군 사령부 일대는 대낮처럼 밝다. 높다란 언덕 위 조명탑에서는 탐조등이 일정한 시차를 두고 도시 전체를 비추며 빙빙 돌아가고 있었다. 개미 한 마리도 잡아낼 수 있을 정도로 밝다. 이반은 지금까지 오던 골목에서 30m쯤 꺾여진 곳에서 주위를 둘러보더니 한 건물로 다가가 열쇠로 문을 열었다.

널따란 창고의 반쯤에 무엇이 들었는지 불룩한 마대들이 천장에 닿을 정도로 쌓여 있다. 그가 한쪽 벽면의 자루를 들어냈다. 겉은 무겁게 보였으나 쉽게 들렸다. 대여섯 개를 꺼내니까 통로가 나타났다. 그 통로의 안쪽에 커다란 상자 같은 방이 나타났고 안쪽으로 총들이 세워져 있었다. 그중에서도 무영의 눈을 번쩍 뜨게 한 것이 있었다. 구석에 놓인 PM1910 맥심기관총이다. 흥분으로 가슴이 떨렸다. 한 대뿐인 것은 아쉽지만 중기관총을 만난 것은 큰 행운이다.

맥심기관총은 제1차 세계 대전 초기까지의 기동전이 총기의 발달로 인해 참호전으로 변해가는 과정에서 미국 출신 영국인 하이람 맥심(Hiram S, Maxim)에 의해 1883년에 발명된 총기로 발사에서 재장전에 이르는 모든 과정이 자동화된, 당시로서는 획기적이고 가공할 무기다. 개틀링 방식의 M61 발칸이나 M134 미니간 등을 제외하고, 모든 자동화기들의 원조다. 이후에 만들어진 자동소총과 자동권총, 자동기관 단총들이 이 방식을 따랐기 때문이다. 그러나 운용을 위해선 최소 5~6명의 인원이 소요되는 것이 단점이나, 그럼에도 기능과 화력으로 인해 무시 못 할 존재였다.

무영은 1905년 러·일전쟁 당시 러시아 군대가 한 정의 맥심기관총으로 일본군 1개 대대를 몰살시킨 것을 알고 있으므로 더욱 욕심이 났다.

소총은 200정인데 모두 모신나강이고 권총은 브라우닝과 모젤이 합해서 50정, 탄알 8천 발, 수류탄 10상자라고 했다.

이반이 말했다.

"어떤 총을 얼마나 사려고 합니까?"

"먼저 저 맥심기관총은 얼마를 드려야 하는지부터 말씀해 주시오."

"맥심은 700원을 받아야겠소. 1분에 650발을 발사하는 최고품이오. 모신나는 탄환 100발씩을 붙여 정당 40원에 주겠소. 그리고 권총의 가격을 말하겠소. 나노 존경하는 영웅 안중근 선생이 이보들 서격할 때 사용한 브라우닝 M1900은 40원, 그리고 M1903과 M1911은 80원을 주시오. 아시다시피 M1903은 총대를 붙여 소총처럼 사용할 수 있는 편리한 물건이고, M1911은 마적들이 "마빠이창(馬牌槍, 마패와 같은 무기)'이라고 부르는 인기 있는 총이오. 요즘은 구하기가 어렵다는 걸 알고 있소. 탄환은 1,000발당 200원이오. 수류탄은 상자당 500이오. 이렇게 하면 매우 특별한 가격에 드린다는 것을 알 것이오."

이 가격이면 6년 전의 매매가보다 오히려 저렴하다고 할 수도 있다.

예상외로 싼 가격에 우 선생은 러시아인의 손을 잡으며 "스파시바(C

пасибо, 감사하오)"를 몇 번이나 되풀이했다.

무영은 잠시 머릿속으로 계산을 해 본다. 물론 신웅 대장의 계획에 들어있지는 않았으나 맥심기관총은 반드시 사고 싶다. 침략자들을 향해 총구를 좌우로 휘두를 생각을 하니 그것을 사지 않고 돌아간다면 천추의 한이 될 것만 같다. 그러나 맥심에 대한 대금을 지불하게 되면 개인화기를 계획대로 확보할 수가 없다. 성능 좋은 총기를 보니 전부를 사고 싶은 욕심도 난다. 언제 어떤 일이 발생할지 알 수 없는 게 독립군이다. 총기는 많을수록 좋다. 더욱이나 지금은 돈이 있어도 총기를 사기 어려운 때다.

"솔직히 말씀드리겠소. 이번에 가지고 온 돈은 전액이 2천5백 원입니다. 떠날 때 계획은 이 돈으로 전부 개인화기를 사려고 했는데 맥심을 보니 욕심이 납니다. 그래서 감히 청을 드리겠습니다. 이번에 가지고 온 돈으로는 모신나 50정과 권총 10정에 대한 대금을 지불하고, 맥심 가격 700원과 총탄 8천 발 전부, 수류탄 한 상자는 외상으로 가져가고 싶습니다. 그리고 갚는 데에도 시간을 좀 주실 수 없을까요? 우리로서는 왜놈 군경과 당장 전투를 벌여야 하는 형편이라 무기 확보가 시급한 상황입니다."

우 선생은 황당한 제안에 입을 벌린 채 이반의 얼굴을 쳐다봤다. 이반은 우 선생의 얼굴을 내려다보고 나서 다시 무영의 눈을 응시했다.

"상환기간은 얼마나 걸리겠소?"

"1년 이내로 갚겠습니다."

이반은 천장을 향해 껄껄껄 웃었다. 무영은 일이 틀린 것이라 생각했다. 우 선생도 그런 생각을 하는지 머리를 떨어뜨렸다. 그러나 의외의 답변이 돌아왔다.

"우리 친구 뻬뻬우씨가 보증을 선다면 그렇게 해 주겠소. 우리는 옛 적부터 짝꿍이 되어 일도 해봤고, 어려운 고비들도 넘겼으니까…"

그 자리에서 맥심에 대한 계약서를 작성한 다음 각자 도장을 찍었다.

우 선생은 다시 러시아인의 손을 잡으며 "스파시바"를 연발했다. 이반이 말했다.

"사실은 이 창고가 친구의 소유인데 내 물건을 하도 오래 보관하고 있어서 미안하기가 이를 데 없소. 그래서 오늘 물건이 전부 팔릴 것으로 기대했는데 그러지 못해 조금은 서운하군요. 하지만 어쩔 수 없지요. 무기를 다른 장소로 옮길 때 나머지도 함께 옮겨 보관이 좀 되게 해 주시오. 나중에 돈이 마련되면 나머지를 모두 사셔도 되구요."

무영이 다시 조심스럽게 물었다.

"저기 저쪽 구석에 있는 재봉틀은 파는 것이 아닙니까?"

총을 흥정하기 전부터 구석에 놓여 있는 재봉틀을 자주 바라보곤 했던 터다. 그것을 가져간다면 지금과 같이 일일이 손바느질을 하지 않고도 대원들의 옷이나 각반 같은 것들을 만들기 쉬울 것이다.

"그냥 가져가시오. 일본군이 물러갈 때 그들이 쓰던 창고에서 가져 온 건데 기름칠이나 좀 하면 쓸 만은 할 거요."

일본군들이 쓰던 것이라는 말에 주춤거렸으나 마음을 돌려 생각했다. 일본인들이 만든 재봉틀로 만든 옷을 입고 일본군을 섬멸할 수 있다면 그 이상 멋들어진 일이 없지 않은가. 다행스럽게도 자노메(JANOME, 뱀의 머리)라는 표시가 붙은 재봉틀은 외형만 봐도 금방 출고된 것처럼 깨끗해서 이반의 말처럼 기름칠이나 좀 하면 사용하는 데에 전혀 지장이 없을 것 같았다.

우 선생이 마련한 무기 이동 장소는 그리 멀지 않은 항구 옆 조선인 동포의 집이었다.

　창고 안에서 시간이 가기를 기다렸다가 깊은 밤에 망을 보면서 짐수레를 이용해 옮겨 놓았다. 거리는 짧지만 탐조등 불빛이 비치지 못하는 건물들의 처마 밑을 이용해 옮기는 일이므로 신경이 많이 쓰이고 힘도 들었다.

　우 선생은 이반을 보내고 나서 두 사람을 이끌고 항구로 나갔다.

　"여게를 금각만(金角灣)이라 하오. 노서아 이름으로는 부흐타 졸로토 이로크라고 합네다. 그리고 우리가 서 있는 여게가 쵸르킨이라는 곳인데 ㄱ자로 꺾어진 저기 저 건너까지는 10리(4㎞) 정도밖에 앙이 되지만서두 길이는 20리 가까이(7㎞)가 되오. 가장 쉬운 방법으는 이 만(灣)으 빠져나가는 것인데 문제는 무기들으 개지구서 어뜨케 사람들우 눈으 피해 나가느냐 하는 거외다. 운 좋게 나간다 하더라두 거게서 또 어떤 방법으루다가 아목이만(阿穆爾灣, 아무르만) 90리를 빠져나가 내륙으로 옮기느냐 하는 것이오. 그기 아니라며는 철도를 이용하여 니콜리스크 방향으로 올라갔다가 다시 내륙으로 내려가야 하는데 기것두 조렌(런) 치가 않을 일이오. 뇌르 많이 굴레야 할 거우다."

　얼어붙은 바다를 바라보며 앞으로 헤쳐갈 일을 생각하니 마치 높고도 험한 설산을 눈앞에 두고 있는 느낌이다.

　집에 돌아와 날이 밝도록 이야기를 나눴다.

　우 선생은 자신이 경험했던 많은 이야기들을 해 주었다.

　"내가 겪었던 경험이 백두산부대 동지들께 도움이 됐으면 좋갔수다."

　이튿날 새벽, 출발에 앞서 우 선생에게 말했다.

　"우리 부대의 숙원이 달성될 수 있도록 애써 주서서 감사합니다. 여기 이 돈은 창고 임대료입니다. 대신 좀 지불해 주십시오. 그리고 이것은 별도로 준비해 온 것입니다. 수고하신 데 대한 감사의 뜻만 전하고자 합니다. 금액이 얼마 되지 않습니다만 성의로 받아주시면 감사하겠습니다."라고 하며 준비한 두 개의 봉투를 꺼냈다. 우 선생은 아무 말 없이 받아 호주머니에 넣었다.

돌아가는 길도 오던 때와 같은 경로로 정했다. 우 선생이 했던 말이 있으므로 무기를 운반할 문제로 머릿속이 복잡하기는 하지만, 어쨌거나 아직까지는 일이 순조롭게 풀렸다. 특히 맥심기관총을 외상으로 계약한 것은 매우 유쾌한 일이다. 일이 이렇게 잘 풀릴 수가 있는 것인가? 왠지 개운치가 않다. 호사다마라고 했는데 혹시 마(魔)가 끼는 것은 아닐까…. 무영은 모든 일이 너무도 쉽게 풀린 것이 오히려 불안감을 자아내는지도 모른다고 자신을 달랬다.

두 사람은 오던 경로를 반대로 가는 길을 택했다. 갈 때는 바쁜 마음에 열차를 이용하는 길을 택했으나 되돌아가는 길은 피로도 쌓였고, 해방감도 맛보고 싶었기 때문이다.

보고를 받은 대장은 대단히 만족하여 얼굴에서 미소가 떠나지 않았다.

무영은 장기간의 긴장된 출장에서 돌아와 피로를 풀 여유도 없이 저녁회의에 참석했다. 대장의 홍조 띤 얼굴에서 성능 좋은 무기들을 빨리 손에 쥐고 싶은 욕심으로 마음이 달아오르고 있다는 것을 짐작하자 미소를 지었다.

대장이 말했다.

"우선 힘든 일을 성공적으로 수행하고 무사 귀대하신 한 선생님께

깊은 감사를 드립니다. 특히 외상으로 맥심기관총까지 계약하신 일은 우리 백두산부대에 두고두고 전설로 전해질 것입니다. 다 함께 감사의 뜻으로 박수를 보내드립시다."

 모두가 천장이 떠나갈 것 같은 박수를 쳤다.

 "이제부터 토의할 사항은 무기들을 가져오기 위해 어떤 경로를 통해 어떤 방법을 써야 할 것인가에 대한 것입니다. 의견들을 말씀하기 전에 먼저 한 선생님께서 이번 길에 혹시 참고될 만한 것들이 있었는지 말씀해 주시기 바랍니다."

 무영은 잠시 고개를 숙이고 나서 입을 열었다.

 "신한촌의 우 선생께서 매우 귀중한 정보를 제공해 주셨는데 과거 만주로 무기를 반입할 때 활용했던 경로는 주로 세 개의 노선이라고 했습니다. 그 노선들에 대해 설명을 드리겠습니다."

 이때 대장이 지휘봉을 건네 주었으므로 벽에 붙은 지도에 노선을 그리며 설명을 시작했고, 모두가 지도를 바라봤다.

 "첫째는 동녕현 삼차구에서 국경을 넘어 대조사구로(大鳥蛇溝路)로부터 대수분하(大綏芬河)의 물길을 따라 노흑산(老黑山)으로 나와 나자구(羅子溝)와 화소포(火燒舖)를 거쳐 훈춘(琿春)이나 왕청의 춘명향(春明鄕), 또는 서대파로 나오는 길입니다. 두 번째는 저희가 이번에 블라디보스토크로 갔던 경로를 거꾸로 온 노선으로 철도를 이용하는 방법입니다. 니콜리스크를 경유하거나, 또는 스파스카야 유정구(柳亭溝)역 방면까지 가서 육로로 포그라니치니로 나와 국경을 넘어 둔전영(屯田營) 또는 삼차구(三岔口)를 경유하여 수분하원(綏芬河源) 상류를 돌아 왕청의 나자구(羅子溝)로 나오는 방법입니다. 세 번째는 뱃길을 이용해 바라바시 방면으로 들어가 훈춘 근방의 삼림지대를 통하는 노선입니다. 우 선생은 총기의 숫자가 적을 때는 두 번째 경로를 이용했으나 대부분은 첫 번째 노선을 이용했다고 합니다."

대장이 모두를 둘러보며 물었다.

"현실적으로 두 번째 안(案)인 기차를 이용하는 방안은 러시아 경찰이나 세관의 감시가 심해 실현하기가 어려운 것이 아닙니까?!"

"그렇습니다."

정보참모 배일승(본명 배병주)이 말했다.

"나머지 방안도 쉽지는 않습니다. 지금은 그 당시에 비해 상황이 많이 변했습니다. 체코군으로부터의 무기 반입이 있은 뒤부터 밀수의 통로로 이용됐기 때문에 중요한 지점 곳곳에 세관과 경찰 경비초소가 설치되어 순찰을 강화하고 있습니다. 삼차구 일대에는 중국 국경수비대 대대가 주둔하고 있어서 경계가 심합니다. 나자구 또한 독립군이 활동하는 통로라 여겨 중국과 일본 경찰이 합동으로 감시하고 있습니다."

작전참모가 말했다.

"날짜를 한두 달 늦춘다면 금각만에서 화물로 선적하여 기선 편으로 슬라반캬까지 가서 밀림지대를 봉과하여 십리병을 지나 왕청에 노달할 수 있습니다. 또는 소형선박을 빌려 노보고르드만(Bukhta Ekspeditsii)으로 들어가 그라드코이강(Rechka Gladkoi)을 거슬러 올라 적당한 곳에서 짐을 내리고 낮엔 휴식을 취하고 야간을 이용해 국경을 넘을 수도 있습니다. 그러니까 해빙이 될 때까지 기다려보는 것도 좋은 방법이 아닐까, 생각됩니다. 봄이 되면 춥지 않고, 은폐하기도 좋지 않겠습니까."

모두들 대장의 얼굴을 바라봤다.

"이 사람아, 그렇게 어렵다고만 생각하면 좋은 무기를 창고에 넣어놓고 기다리기만 할 건가? 그때까지 기다릴 수가 없어. 어떤 어려움이 있더라도 빨리 무기를 가져와야 해. 연기하자는 말은 더 이상 하지 말아!"

팔짱을 끼고 지도만 내려다보던 심 선생이 입을 열었다.

"내 생각엔 육로로 국경에 도달하는 방안보다는 바다를 이용하는 것이 훨씬 안전할 것 같소. 즉 금각만을 빠져나와 얀치혜까지 운반할 수만 있다면 그다음 길부터는 좀 용이하게 일을 진행시킬 수 있을 것 같소."

대장이 물었다.

"얀치혜는 우리 동포들이 사는 마을이 아닙니까?"

"그렇소. 연추(延秋)라고도 하는데 우리 동포들이 살기 힘들어 국경을 넘어 러시아 땅으로 건너가 집단마을을 이룬 곳이요. 그분들의 지원을 받아 국경까지 도달한다면 훈춘의 4도구(四道溝)로 갈 수가 있소. 청구(靑溝)나 탑자구(塔子溝), 대황구(大荒溝)를 경유하여 왕청(汪淸)의 서대파(西大坡)로 나올 수도 있을 것이오."

총무 참모 손파일(본명 한호정)이 말했다.

"무기를 은닉해 둔 금각만(부흐타 졸로토이로크)으 빠져 나오는 데 11㎞가 되고, 거게서 다시 아목이만(아무르만)으 빠져나오는 데에 65㎞만(정도) 됩네다. 거게서 다시 연추까정 갈라면은 최소 50㎞가 될 터인데 어쯔케 감시의 눈을 피해 빠져나올 수 있겠습네까?!"

심 선생이 물었다.

"이보시오 2대대장, 혹시 극동의 바다가 결빙되는 일은 없소?"

2대대장 정노도(丁怒濤)는 두만강 국경지대인 훈춘이 고향이다.

"네, 보통은 2월 초가 되며는 꽁꽁 얼기 시작하여 중순이면 파리(썰매)나 술기(수레)가 얼음 우르 댕기기도 합네다. 기러나 빠져나올 수는 없습네다. 부흐타 졸로토이로크 '숲의 언덕'에 세워져 있는 베지미안나야(Bezymyannaya) 요새(要塞)는 특별한 구조로 소련해군이 세계에 자랑하는 곳입네다. 거게 '숲의 언덕'에는 9인치, 11인치 해안포가 입으 벌리고 해안 쪽으 겨누고 있수다. 그뿐 앙이라 중기관총이 숲속이나 공원, 산 잔저리(정상), 해변 등에 고루 배치돼 있습네다. 해가 지면 오리네이아 옵제르바토리아(독수리 전망대)에서 사방데르 비추는 감시등으는 개미새끼라두 잡아낼 깁메다. 아무리 얼음이 두껍게 얼었어도 술기(수레)나 파리에다 무기를 싣구서 마우재(소련, 러시아) 군인들우 눈으 피해 통과하는 건 어방이 없는 일입네다."

갑론을박이 한 시간 반이나 계속되었다. 입을 굳게 다물고 대원들의 말을 경청하고 있던 대장이 결심이 선 듯 입을 열었다.

"이렇게 하겠습니다. 우선 우리는 국경지대의 상황에 대해 알지 못합니다. 그러므로 심 선생님께서 하신 말씀대로 얀치혜에 가서 동포들에게 도움을 청할 수밖에 없습니다. 그 방법이 국경 통과에 성공할 확률이 가장 높습니다. 바다를 통하는 길은 불가능하니까 블라디보스토크에서 마차 2대를 사서 상례 마자로 위상하여 하바로프스그까시 올라갔다가 알촘에서 라즈돌리노예로, 다시 바라바시를 거쳐 얀치혜강(Rechka Ianchikhe) 가까이로 접근하여 동포 마을을 찾아가는 노선을 택하겠습니다. 군경의 눈을 피하기 위해 간혹 도로가 없는 곳을 통과하는 경우도 있겠지만 마을까지 가는 데는 대부분 평야나 낮은 구릉으로 되어 있어서 농로 등을 이용하면 될 것입니다. 한 선생님께서 연해주로 떠나고 나서, 나는 통과 지역 일대에 있는 군부대와 경비초소, 경찰서나 파출소 검문소의 위치와 인원, 특히 핫산스키 군(발해시대 鹽州)의 지리와 관공서 위치와 특징 등에 대해 어느 정도는 조사를 해 놓았으니까 몇 가지만 더 조사하면 노선에는 크게 문제가 없을 겁니다. 다만 이 일을 위해 러시아어를 잘 하는 남녀 대원들을 선발하고, 검은 상복과 장비, 위급상황에 대한 대비책, 비상시에 대비하여 상복 안에 은닉해야 할 가볍고 성능 좋은 총기, 장의 마차를 모시고 가는 유족의 연기 연습 등을 준비해야 하오. 비록 가짜이긴 하지만, 죽은 이를 모시고 가는 연기를 장난처럼 해선 안 됩니다. 또한 현지 사정을 잘 아는 2대대장이 몇 사람을 이끌고 얀치혜로 가서 마을의 촌장님들을 만나 뵙고 지원을 부탁드려야 하니까 동시에 출발하도록 준비하라. 무기 운반의 총지휘는 현장에서 제가 직접 하겠습니다. 총무참모는 대원들을 지휘하여 오늘부터 3일 이내에 모든 계획을 수립하여 내 결재를 받도록 하라."

그 말에 모두가 이구동성으로

"안 됩니다. 대장님이 직접 가시는 것은 절대 안 됩니다"라고 말했다.

심 선생도

"말씀을 들으니 괜찮은 방법이긴 한 것 같소. 하지만 대장이 직접 현지에 가시는 건 절대 안 될 일입니다. 재고하도록 하시지요."

모든 사람의 반대에 결국 대장은 부대에 남기로 하고 블라디보스토크 현지에서의 무기 반입은 계약자인 무영이 진행하고, 장의 마차는 현지 사정을 아는 훈춘 출신 2대대장이 지휘하기로 했다. 얀치혜에는 별도의 인원을 선발하기로 했다.

준비를 마치고 예정된 출발 일자인 2월 15일에 모든 조가 각각 나누어 출발했다.

무영이 한인촌에 도착하여 2대대장과 함께 우 선생을 찾았을 때 그는 매우 반가워했다. 통성명이 끝나자 곧바로 2대대장을 향해 물었다.

"실례되는 물음이오마는 출발으 하실 적에 부대장님으로부터 전적인 권한을 부여받으셨습네까?"

2대대장 정노도는 의아한 눈으로

"기본적인 작전으는 변동할 수 없지만서두 지휘자니깐두루 어느 정도 권한으는 받은 것으루 해석할 수 있지 않겠습네까. 기거는 왜 물으십네까?"라고 대답했다.

우 선생은 난감한 표정을 지었다.

"어느 정도루는 앙이 되는데…"

우 선생은 두 사람 앞으로 가까이 다가앉았다. 그리고 머리를 숙이며 낮은 소리로 말했다. 이야기를 듣는 동안 두 사람의 눈은 점점 커졌고, 마침내는 어안이 벙벙한 표정을 지었다.

무영이 아직도 놀란 눈으로

"아니, 그 돈은 사례금으로 드린 것이 아닙니까? 그리고 어떻게 독단적으로 그런 생각을 하셨습니까? 또한 이반씨가 그처럼 자기 돈을 보태가며 우리를 도울 이유도 없지 않습니까?"

"내게 사례금으 줄 때 아무 말 없이 받아 넨(넣은) 거는 한 선생이 왔을 때부터 혼자 깊이 생각한 기 있기 때문이었소. 전에 무기 장사르 할 때 알았던 동미(동무)로부터 도움도 받을 자신이 있어서리…. 기럭하구 이반이 준 돈으는 보탠 기 앙이구 빌레준 겝메."

"빌려준 것이라 해도 그럴 만한 이유가 없지 않습니까?"

"알구 보문 기렇지가 않소. 그 사람이 현재는 소련에 살구 있지마는, 혈통은 각 나라들로부터 침략으 많이 받아 사방데루 흩어진 아미니아(亞美尼亞, 아르메니아)인입네다. 1915년에 오사만(奧斯曼, 오스만)정부가 아미니아인들을 서리아(西利亞, 시리아)와 미색불달미아(美索不達米亞, 메소포타미아)루 추방할 때 60만 명이가 사막에서 죽어댔는데 그때 살아남은 사람이우다. 기러하이까나 나라 잃은 우리네 입장으 누구보다 잘 아는 기 앙이겠음두. 무기를 싸게 팔구, 기것두 외상으로 1년이나 기한을 준 것두 겉으로는 다른 말으 했지만, 가슴 속에 피눈물과 응어리가 깊이 자리해 있기 때문이우다. 우리처럼 나라 잃은 피눈물과 응어리 말이우다."

2대대장은 어찌해야 할지 결정을 내리지 못했다. 자칫 일이 빗나가면 부대의 운명이 나락으로 떨어질 위험이 있는 중요한 일로 대대장 수준에서 결정할 수는 없는 일이기 때문이다.

하는 수 없이 급히 사람을 보내 부대장의 승낙을 받기로 하고 나머지 대원들은 지리 탐색에 들어갔다.

한편 생각하면 위장 장례 마차를 몰고 간다 하더라도 그토록 먼 거리를 군경의 눈을 속이며 무기 운반을 성공에 이르게 할 수 있을지는 장담할 수 없다. 그것도 도박과 같은 모험이다. 그러므로 대장이 뻬뻬우씨의 계획을 승인할 가능성도 있다. 일단 사람을 보냈으니까 기대를 가지고 기다려보기로 했다.

무영이 늘 미안한 표정으로 대하자 어느 날 우 선생이 말했다.

"마음에 부담으 갖지 말기오. 이곳 연해주에 독립군이 살아 있을 적에는 날품팔이르 하는 동포들과 뻬르바야 레치카 재래시장 바닥에서 콩주름(콩나물)이 장사르 하는 동포들, 더 멀리는 나베레쥐나야 수산시장에서 생선 비늘으 만지는 안까이(아낙네)들까정두 때 묻은 돈으 십시일반으루 모아서 총으 사서 뒤르 댔소. 우리는 하루 죽 두 끼를 먹으면서두 우리 힘으루 싸울 수 있다는 데에 한없는 자부심으 느끼면서 살아댔시오, 기런데 민국 9년에 있었던 참변(1920년 4월 신한촌 학살사건)으루 지금은 제대로 된 우리 군대가 없소. 이것은 연해주에 사는 50만 동포의 아픔이고 슬픔이며 한이오. 이런 마당에 몸 바쳐 산에 들어가 함께 싸우지는 못할망정 이런 일에 돈으 받는다며는 개보다 못한 인생이 앙이겠소. 내가 무기 밀매르 할 적에두 우리 독립군으로부터는 돈으 받은 적이 없소. 내 안즉 비렁뱅이가 앙이 되었소. 앙이, 비렁뱅이라 해두 조선사람이라며는 어찌 그런 짓으 할 수가 있단 말임?! 돈으루 나르 모욕하지 마시오. 긍지가 있는 조선남아외다!"

그로부터 8일 후.

블라디보스토크 금각만 부두 뒷골목 무기를 숨겨둔 허름한 창고 안. 새벽 2시가 가까워지자, 초저녁부터 이곳에 들어와 은신해 있던 사람들의 얼굴에 긴장감이 서리기 시작했다. 이곳에 모인 사람들은 무영을 비롯한 백두산부대원 5명과, 밀매업자 이반 표트르, 신한촌의 우 선생, 이반의 진구보 창고에서 부두까지 무기를 운반할 마부 세르게이 등이고, 부두 아래 두껍게 얼어붙은 바다에는 바라바시 방향으로 머리를 둔 마차에 러시아군 하사관 복장을 한 마부들이 두 대의 마차 앞에 각각 앉았다. 옆에는 백두산 부대원 3명이 그늘 속에 몸을 웅크린 모습으로 대기하고 있다. 마차는 어선들이 어지럽게 놓인 사이에 숨겼으므로 주위의 불빛이 대낮처럼 밝아도 쉽게 눈에 띄지 않는다.

한편, 창고 안.
이반이 손목시계를 보면서 말했다.

"두 시간에 한 번씩 순찰하는 헌병이 지나갈 시간이오."

그는 오른쪽 벽 옆 낡은 책상 위에서 가물거리고 있는 가스등으로 다가가 나무 상자로 불빛을 막았다. 모두 귀를 기울였다.

10분쯤 지나자 철커덕거리는 쇳소리와 함께 두 개의 발소리가 지나갔다.

이반이 다시 가스등을 가린 상자를 아래로 내려놓았다.

"자, 이번에 가져갈 무기들은 오른쪽에 별도로 구분해 놓았으니까 빨리 입구까지 옮겨 놓으시오. 주어진 90분 내로 눈에 띄지 않을 곳에 도달하지 못하면 연안 포대 감시의 눈에 걸려들어 집중포화를 맞게 될 테니까 번개보다 빠르게 움직여야 합니다."

다섯 명의 대원이 한쪽 구석에 쌓인 마대와 맥심기관총을 부지런히 창고의 문 옆으로 옮겨 놓았다. 자루에는 모신나강 50정과 권총 10정, 수류탄 상자와 탄약이 들어있다. 기관총은 몸체를 전부 감출 수 없어 윗부분만 마대로 듬성듬성 덮어서 꿰맸다.

그 모습을 지켜보던 이반이 다시 손목시계를 비춰보고 나서 모든 사람이 들으라는 듯

"25분 남았군." 하고 중얼거렸다.

그리고 상의 포켓을 열어 담뱃갑을 꺼냈다. 아무리 뱃심 좋은 그도 결행의 시간이 가까울수록 시시각각 높아져 가는 긴장을 가라앉히지는 못하는 것 같다.

불안한 표정을 한 채 낡은 가죽구두를 신은 발끝으로 연신 시멘트 바닥을 두드리던 세르게이가 우 선생을 향해 물었다.

"이보시오 뻬뻬우 선생, 그 친구가 오늘 밤 숙직 당번인 건 확실합니까?"

"확실하다고 했수다."

"그 시간에 약속을 지키겠다는 말을 한 것도 분명하구요?"

"기렇다니게요. 몇 번을 말해줘야 합네까? 100루블(당시 돈 약 250만 원)을 줬어두 영수증이 없는 일인데 믿어야 되지 앙카시오. 러시아 속담에 '남의 돈엔 날카로운 이빨이 있다(У чужих денег есть зубы.)'는 말이 있다군 하지만서두 이거는 정상적인 거래가 앙이니까 그 친구 처분으 기다리는 방법밖에 없소. 그 외에는 지금 우리가 할 수 있는 거는 아무것두 없단 말이우다."

그 말에 이반이

"뻬뻬우 선생이 오래전부터 신용을 지켜왔으니까 그 친구도 신용을 지키기 위해 애를 쓰겠지. 기다려 보자구."라고 했다.

세르게이는

"입때까지 송전소가 이렇게 끝발이 있는 줄은 모르고 살았네."라고 말하고 나서

낮은 소리로 중얼거렸다.

"하긴 믿을 만한 사람이라니까 믿어보는 것밖에 다른 방법이 없긴 하지…."

이반이 시계를 들여다보며 문 앞으로 걸어가 "30초 전!"이라고 외쳤다. 그리고 창고의 문을 열어젖혔다. 언뜻 길 건너 고층 건물의 모습이 눈에 들어왔나 싶은 순간, 모든 등불이 꺼지고 천지가 깜깜한 암흑으로 변했다. 세르게이가 골목에 세워뒀던 마차를 문 앞에 댔다.

이반과 대원들이 일시에 달려들어 자루와 기관총을 실은 다음 함께 뛰어올랐다. 세르게이는 손전등을 비춰 말에게 방향을 알려줬다. 마차는 오불꼬불 몇 개의 골목을 돌아 용케도 부두에 도착했다.

대원 중 누군가가 시멘트 바닥에 엎드리곤 아래를 향해 낮은 소리로 "짐 내려간다"라고 말했다.

곧이어 대원들이 마대를 묶은 줄을 내려보냈다. 계속해서 여섯 개의 묶음이 재빠르게 아래로 향했다. 모든 짐들이 내려간 다음 이반과 우선생, 세르게이가 줄 하나를 아래로 내려트렸다. 대원들이 한 명씩 줄을 타고 내려가고 마지막으로 무영이 내려갔다. 도움을 준 이들과 인사를 나눌 겨를도 없다.

각각 두 마리씩 재갈이 물린 두 대의 마차는 무기와 사람을 싣고 조용히 금각만을 빠져나가기 시작했다. 눈 밟는 소리가 사각거리지만 아마도 갑자기 불이 꺼진 탓에 이 시간까지 깨어 있는 사람들이라면 소리치고 야단들일 것이므로 들릴 염려가 없다.

멀리 무기를 내렸던 부두의 어둠 속에서 우 선생과 이반이 손을 흔들고 있었다.

"부디 성공하우다. 성공하우다…"

이반이 말했다.

"그 친구, 약속을 지켰으니 다음에 만나 보드카나 한 잔씩 나눕시다."

우 선생이 고개를 끄덕였다.

마차는 금각만을 빠져나오자마자 어둠을 뚫으며 눈 쌓인 아무르만을 쏜살같이 내달렸다. 헌병 하사관 복장을 한 러시아인 마부가 휘두르는 채찍 소리가 밤하늘을 가른다.

3킬로쯤 가고 있을 때 멀리 블라디보스토크와 루스키섬 일대가 환해지면서 두 섬 가운데에 있는 토카렙스키 등대의 불빛이 아련히 눈에 들어왔다.

마차는 안개에 싸여 희미한 모아산을 오른쪽으로 두고 남쪽을 향해 부지런히 내달렸다. 그리고 슬라반캬를 3㎞쯤 지나 해안가 은폐하기 좋은 바위들 사이 자그마한 공지로 들어갔다. 이곳에서 휴식을 취하면서 밤이 오기를 기다리려는 것이다. 말들에게 먹이를 준 다음 사람들도 늦은 아침 겸 점심을 먹었다. 좁은 입구 사이로 바라보이는 바다에 안개가 서서히 걷히면서 이국땅 극동의 햇살이 얼음 위에 황금빛 추상화를 그리고 있었다. 이따금 말들이 지나갔다. 보초를 제외한 나머지 사람들 대부분은 마치 누운 게들처럼 바위에 머리를 얹고 잠에 떨어졌다. 어스름이 깔리기 시작할 무렵 그곳을 나왔다. 오른편으로 육지를 멀리 우회하면서 남쪽을 향했다. 마야크 가모프 곶에 가깝다고 짐작되는 지점이다.

"저기 같소."

누군가가 외쳤다. 길다란 암벽지대의 바위 위에서 불빛이 간헐적으로 깜박이고 있었다.

무영이 마차에서 내려 다가가자, 어둠 속에서 귀에 익은 목소리가 늘렸다. 주변에 그림자들이 여럿 서 있었다.

"모두 무사히 만나게 돼서 반갑소이다. 인사는 나중에 나누기로 하고 우선 무기를 내립시다."

심 선생이다.

열댓 명은 됨직한 사람들이 일시에 달려들어 마차에서 무기를 내려 언덕 위에 대기하고 있는 썰매 위에 올려놓았다.

마차를 몰고 왔던 러시아 마부들은 인사도 없이 재빨리 되돌아갔다.

무기를 모두 싣고 밧줄로 묶고 나자 그제야 한곳에 모여 서로의 손을 잡았다. 처음 만나는 사람들이지만, 어둠 속에 얼굴을 제대로 볼 수는 없지만 가슴에서 가슴으로 뜨거운 것이 흐르고 있다.

"이분들은 얀치헤와 지신허에 사시는 동포들입니다. 우리를 돕기 위해 여기까지 오셔서 기다리고 계셨습니다."

"수고 많으십니다. 감사합니다."

"조국광복을 위해 너무 고생이 많으십니다."

"고맙습니다. 고맙습니다."

이역 땅에서 만나는 동족, 이 정답고 훈훈함….

그들은 서로를 부둥켜안으며 반가워했다. 그리고 나라를 빼앗긴 아픔에 옷소매로 눈물을 훔쳤다.

"이럴 기 앙이라 빨리 출발으 합수다. 예서 80리를 가야 하오. 야간 순찰대가 지나갈지도 모릅네다."

누군가가 살며시 무영의 손을 잡았다. 화들짝 놀라 고개를 돌렸다. 그곳에 삼월이 있었다. 보드랍지만 차가운 손에서 하루가 1년 같은 긴장되고 초조한 시간을 보냈다는 것을 짐작할 수 있다. 무영은 어둠 속에서 그녀가 보내는 눈길을 의식하며 손을 어루만져 주었다.

말들이 끄는 다섯 대의 발구는 마대와 사람을 태우고 눈 쌓인 핫산스크의 벌판과 구릉을 내달렸다.

마을에는 이미 많은 이들이 모여 있었다. 마당에는 비교적 젊은 사람들이 삼삼오오 모여 있고 하얀 김이 나오는 부엌에서는 여인들이 무언가 음식을 하기에 바쁘다. 무영 일행이 마당으로 들어서자 모두 머리를 깊이 숙여 인사를 한다. 부엌에서 음식을 만들던 여인들도 손등으로 눈을 비비면서 나와 미소를 지으며 반긴다. 답례를 하고 안내자를 따라 방으로 들어섰다. 장방형의 널따란 방에는 상 하나를 가운데 두고 주변으로 십여 명의 노인들이 둘러앉아 있었다. 일행이 들어서자, 모두 일어나 마치 객지에 나갔다가 오랜만에 돌아온 아들들을 만나는 것처럼 손을 잡으며 반가워했다. 안내를 하는 이가 자신은 마을에서 총무 일을 보고 있는 박 아무개라고 말하고 나서 둘러선 이들을 일일이 소개했다. 노인들은 마을의 노야(老爺, 촌장)들로 두 시간 전부터 모여서 기다리고 있었다고 했다. 마을의 공동 연합체인 동의회(同議會) 회장이라는 분도 계셨다. 일행은 넙죽 엎드려 큰절을 했다. 모두가 이국에 나와 있는 부모이며 형제다. 오래지 않아 음식이 들어왔다. 양고기와 닭고기며 메밀 전병, 말린 나물들, 물김치를 비롯하여 다양한 김치들이 나왔다. 여인들은 많은 음식을 만들어 상에 올리면서도 연신 차린 게 없다고 미안한 표정을 지었다.

마을의 원로 여러분들과 많은 이야기를 나눴다.

이곳의 집들은 중국인의 집과 비슷한 모습이다. 벽은 흙으로 되어 있고, 지붕은 볏짚으로 덮었다. 방에는 아궁이가 있고 판자로 된 침상을 놓아 중국인들의 집과 비슷하나 난방은 우리식 온돌로 방을 덥히고 있다. 마을에는 연자방아가 있고 몇 군데에 우물이 있다. 항아리 질그릇들을 사용하고 있다.

1863년 함경도 농민 13가구가 월경(越境)을 금지한 국법을 어기고 목숨을 담보로 국경을 넘어 한·중 국경마을 훈춘과 14km 거리에 있는 지신허 강(Rechka Ianchikhe)변으로 가서 포세이트(Pos'et)의 국유지를 점유하여 정착했는데 조선인들은 지신허(地新墟) 또는 지신하(池新河)라고 불렀다.

중국과의 국경지대에서 발원하여 노보고르드만으로 흘러드는 그라드코이강의 지류인 지신허강은 분지를 이루고 있고 땅이 비옥하여 마을을 이루기에 좋은 곳이었다. 지신허 마을의 인구는 점점 불어나 1867년에는 500여 명이 이주해 왔고 2년 후인 1868년에는 900여 명이 국경을 넘었다. 이주민은 점점 늘어 아지미(Adimi), 노바야 데레부나(Novaia Derevnia), 화타시(Fatashi) 등으로 확대되었다. 지신허 마을로 온 사람들의 일부가 15㎞ 떨어진 얀치헤 강변으로 가서 얀치헤〈연추(延秋)〉 마을을 이루었다. 마을의 첫 공식명칭은 시모노보(Simonovo)다.

이곳은 동서 약 6리, 남북 7~8리 되는 사방이 탁 트인 구릉지대로 좌우 아래로 크라스키노 시가지와 노보고르드만의 전경이 눈에 들어온다고 했다. 집들은 띄엄띄엄 떨어져 있고 비교적 윤택하다.

마을은 3구역으로 나누어지는데 가장 인구가 많은 니즈네에 얀치헤(Nizhnee Ianchikhe)를 동포들은 '하연추' 또는 하별리(下別里)라고 불렀는데, 약 200가구에 1,300여 명의 동포가 살고 있다고 했다.

또한 '상연추(상별리)'인 베르네헤 얀치헤(Verkhne Ianchikhe)에는 100가구 600여 명이 살고 있다. 중별리에는 많지 않다.

마을에는 학교가 있고 러시아 정교회도 있다고 한다.

특히 이곳은 구한말 연해주 한인 의병 운동의 중심지였으며, 단기 4142(1809)년 봄 안중근 의사께서 최재형(崔在亨), 이범윤(李範允), 이위종(李瑋鐘) 등 한인 지도자들과 동의회를 조직한 곳으로 그해 여름 국내로 진격해 일본군과 전투를 벌였다며 매우 자랑스러워했다.

그러나 1929년 이 마을은 동청철도로 인한 중·소 간의 무력충돌로 폐쇄되고 주민들 대부분은 연해주 각 지역으로 뿔뿔이 흩어진다.

그리고 1937년 소련의 독재자 이오시프 스탈린에 의해 또다시 조선인 17만 명이 중앙아시아로 강제이주 당한다. 이유가 참으로 어처구니없다. 조선인이 일본의 첩자 노릇을 할 우려가 있고, 군사 작전을 할 때 일본인과 구별이 안 된다는 것이었다.
 일본군에 대한 트라우마로밖엔 해석할 수 없는 일이다.
 베르네헤 얀치헤 집단농장에 있던 조선인들도 연해주에서 6,000㎞나 떨어진 카자흐스탄의 크질 오르다(Kzyl Orda) 지역으로 옮겨졌다. 이들 가운데는 봉오동전투와 청산리전투의 영웅 홍범도 장군도 끼어 있었다. 중앙아시아로 가는 동안 1만여 명이 굶어 죽거나, 병들어 죽거나, 열차 지붕에서 떨어져 죽었다. 크질 오르다는 대부분의 지역이 카랄 카르쿰 사막과 키질쿰 사막으로 이루어져 있어 카자흐스탄에서 가장 무덥고 건조한 지역이다. 한겨울 허허벌판에 내던져진 까레이스키들은 구덩이를 파고 마른 풀잎을 덮어 겨울을 났다. 들짐승과 같은 생활이었다. 잡초만 무성한 벌판을 개간하고 생명처럼 간직해온 씨앗을 뿌리며 악착같이 살아남았다. 들짐승의 삶에서 인간의 삶을 개척했다. 그들의 후손은 오늘날 중앙아시아 각국의 중추적 인물들로 활약하고 있다. 이스라엘 민족이 고난의 민족이라고 하지만 조선인들이야말로 이웃해 있는 폭력적이고 고압적인 야만족들로 인해 이스라엘 민족보다 더욱 실곡의 역사를 겪으며 세계 여러 나라 방방곡곡에 흩어져 살고 있다.

 "조심들 하기오. 강 남쪽과 북쪽에 소련 군인들의 연추영(延秋營)이 있소. 기러나까나 상연추 마을 산 밑에 바짝 감춰놓구 있다가 저 사람들이 교대하는 시간에 얼른 고개를 넘어야 될깁메."
 캄캄한 새벽에 마을을 떠났다. 말이 끄는 것은 위험하다는 판단에 3대의 발구에 총을 나누어 싣고 마을 청년들과 함께 앞뒤에서 끌고 상연추의 산비탈을 올라갔다. 일단 산 너머로만 옮겨 주면, 그곳에는 백두산 대원들이 기다리고 있다. 그들은 총을 둘러메고 조별로 출발하도록 되어 있다.

산 아래는 눈이 적었으나 위로 올라갈수록 높게 쌓였다. 눈치 빠르고 행동이 민첩한 청년 한 사람을 능선으로 올려보냈다. 다른 사람들은 마른나무들 사이 눈 속에 발구를 숨기고 각자 몇 자루씩 총을 둘러멘 채 눈과 귀를 위쪽으로 향하고 있었다.

국경경비대의 교대 시간은 6시라고 한다. 겨울의 아침 6시는 아직 깜깜하다. 손목시계를 보니 20분 전이다. 철거덕거리는 쇳소리를 울리며 머리 위로 군인들이 지나갔다. 모두 땅바닥에 납작 엎드렸다. 잠시 후 망을 보러 올려보낸 청년이 빨리 오라고 손짓을 했다. 맨 먼저 맥심 기관총을 끄는 사람들이 비호같이 능선을 넘었다. 뒤따라 소총을 둘러멘 1조의 청년 5~6명이 능선을 넘었다. 동시에 맥심기관총을 밀고 능선을 넘어갔던 마을 청년들이 다시 능선을 넘어 되돌아왔다. 다시 신호를 보내왔다. 2조의 청년들이 소총을 메고 능선을 넘어갔다. 망을 보던 청년이 쉿! 하는 소리를 냈다. 아래쪽에서 올라가려던 3조를 비롯하여 모두가 눈 위에 납작 엎드렸다. 다시 손짓을 했다. 3조가 넘어갔고, 동시에 넘어갔던 청년들이 되돌아왔다.

한동안 조용하다. 나머지 대원들이 능선을 재빠르게 넘어가고 넘어왔다. 이미 날은 밝아 햇살이 능선 위에 퍼지고 있었다.

망을 보던 청년도 이미 마을로 되돌아가고 없었다. 후미의 호위를 맡은 박봉규 전금수 두 대원이 산밑에 다다랐다. 주위를 살피며 조심스레 산등성이에 올라서고 있었다. 갑자기 앞서가던 전 대원이 석상처럼 움직이지 않았다. 굳은 얼굴로 아래를 내려다보고 있었다. 능선의 오솔길 건너편에 낯모르는 사람이 하의를 내린 채 쭈그려 앉아 있다.

낮은 잡목들 사이로 눈에 찍힌 무수한 발자국을 보고 있던 파란 눈이 전 대원을 올려다봤다. 둘은 잠시 서로를 응시하기만 했다. 뒤따라 올라온 박 대원도 그를 발견했다. 서너 발밖에 안 되는 거리다. 상대가 엉거주춤한 자세인 채로 옆에 놓았던 총을 잡으려 했다. 두 대원은 누가 먼저랄 것도 없이 몸을 날렸다. 군인의 입을 막고 팔다리를 눌렀다. 단도로 목을 그었다. 앞뒤 돌아볼 겨를 없이 나온 행동이다. 코발트 빛 하늘을 담고 있던 초록의 눈동자가 서서히 초점을 잃더니 고개를 떨궜다. 코밑에 잔털이 보송한 앳된 청년이다. 두 사람은 시신을 끌어다 숲속에 넣고 계곡을 향해 부리나케 내달렸다. 눈 위에 빨간 핏자국이 녹아들고 있었다. 두 사람의 옷에도 선혈이 낭자한 채로다

잠시 후 산등성이에서 페트로프 어쩌고 하는 소리가 귓등으로 들려왔다. 이름을 부르는 것 같다. 웅성거리는 소리가 들리더니 울부짖는 소리가 계곡을 울렸다. 총알이 핑핑 날아와 눈에 박혔다. 힐끗 뒤돌아보니 150m쯤 되는 거리에서 4, 5명의 군인이 그들을 쫓아오며 총을 쏘고 있었다. 두 사람은 정신없이 계곡을 향해 내달렸다. 어느 순간 총소리가 멎었다. 그늘에 몸을 숨기고 오던 길을 올려다봤다. 쫓아오던 사람들은 보이지 않았다. 아마도 국경 안으로 깊숙이 들어오는 것에 부담을 느낀 것으로 여겨진다. 그러나 산등성이에선 고함이 들리고 사람들의 움직이는 모습이 아지랑이처럼 아른거렸다. 계곡에 다다르자 먼저 가던 마지막 조의 사람들이 총소리를 듣고 달려오고 있었다. 두 사람은 눈 위에 털썩 주저앉았다. 울음이 터져 나왔다.

"왜 거길 왔어?! 하필 그 시간에 왜 거길 왔어, 왜왜?!"

주먹으로 땅을 치며 통곡했다.

대원들이 무슨 일인가 두 사람을 에워쌌다. 이야기를 듣고는 모두

눈시울을 붉혔다. 말없이 걸었다.

산비탈 양지쪽에 햇볕이 쏟아지고 있었다. 피 묻은 옷을 벗어 돌무덤을 만들고 모두 그 앞에 서서 명복을 빌었다.

이 일이 있고 나서 오랫동안 두 사람은 말수가 줄었다. 특히 죽은 청년과 같은 또래의 아들과 함께 독립군으로 들어온 박 대원은 꿈을 자주 꾸는 것 같았다. 자다가 팔을 휘젓기도 하고 알아들을 수 없는 말을 중얼거리기도 했다. 전금수 대원 역시 옷소매로 눈물을 훔치는 모습이 자주 목격되었다.

훈춘의 4도구에서 모두 만나 인원과 총기를 확인한 다음 하룻밤 야영을 했다. 이튿날부터는 다시 조장들 인솔하에 7, 8명씩 나누어 출발했다. 가장 힘든 기관총 운반조는 맨 먼저 출발했다. 블라디보스토크와 얀치헤로 떠났던 사람들 17명은 2대대장이 인솔했다.

눈 쌓인 계곡을 가다가 산을 오르고, 급경사를 내리는 일은 여간 힘든 것이 아니다. 비탈에서는 미끄러지기기 일쑤다. 척후병이 멀리 사람의 그림자를 보고 신호를 보낼 때는 한참 동안 쥐 죽은 듯이 숨어 있어야 했고, 숲속에 있던 산짐승들이 놀라서 도망갈 때는 하마터면 방아쇠를 당길 뻔한 적이 한두 번이 아니다.

제5편

마상의 복면 여인

얀치혜를 출발한 지 사흘째 되는 날 저녁 무렵 드디어 왕청(汪淸)의 하마탕(蛤蟆塘) 인근 70여 호쯤 되는 가옥들이 있는 마을에 당도했다. 마을의 동정을 살핀 다음 무영이 중심 부락에서 조금 떨어진 변두리 가옥을 찾아갔다. 자신들은 벌목꾼으로 시중드는 가족들도 있다면서 하룻밤 자고 갈 방 세 칸과 음식을 청했다. 머뭇거리던 주인은 비용을 후하게 계산하겠다는 말에 얼굴이 맑아지더니 자기네 집은 한 칸밖에 비울 수가 없다며 괜찮으시다면 자기네 한 칸과, 조금 떨어진 곳에 있는 친척 집 두 칸을 소개해 주겠다고 했다. 발길을 돌리려 하자 어차피 이 부근의 집들은 규모가 작아서 17명이 한 집에 머물 방은 없다는 말을 덧붙였다. 마음에 들면 그렇게 하겠으니 안내를 해 달라고 했더니 "하오 하오" 하면서 앞장섰다.

집도 깨끗하고 하룻밤 숙박에는 별문제가 없을 것 같았다. 여성 대원들을 보호하기 위해선 가까운 곳에 남성 대원들이 있어야 하나 서로가 불편할 것 같았다. 또한 신화 중대장이 있어서 어느 정도 안심이 되었으므로 처음에 찾아간 마(馬)씨네 집은 여성 대원들이 사용하기로 하고 그곳에서 500m쯤 떨어진 친척 집 두 칸에는 남성 대원들이 묵기로 했다.

숲속에 무기를 숨기고 나서 주루먹에 톱이나 도끼 등을 지닌 벌목꾼의 모습을 하고 정해진 숙소에 들어갔다.

저녁을 먹은 다음 일찌감치 잠에 빠져들었다. 밖을 감시하던 보초조차 눈을 끔벅이며 잠을 쫓다가 스르르 누워 코를 골기 시작했다.

어느 때쯤 됐을까. 총소리에 용수철처럼 튀어 일어났다. 눈을 비비면서 보니 창문에 붉은빛이 너울거리고 말발굽 소리와 아우성, 총소리가 뻥뻥 지축을 흔든다.

문을 박차고 뛰쳐나갔다.

여기저기 집들이 불타고 있었다. 불빛에 그림자들이 어른거린다. 말을 타고 고함을 지르며 공중을 향해 총을 쏘아대는 자들, 비명을 지르며 이리저리 뛰고 있는 사람들….

방에서 뛰쳐나온 대원들도 당황하여 허둥거렸다. 총을 지니고 있지 않기 때문이다.

"마적인 것 같소. 침착들 하시오."

심 선생의 목소리다.

"일단 우리는 무기를 숨겨둔 곳으로 갈 테니까 선생은 여성 동지들이 있는 집으로 가시오. 그쪽에도 집들이 불타고 있는 것 같습니다."

무영은 권총을 빼 들고 엄지손가락으로 안전장치를 풀면서 쏜살같이 내달렸다. 그러나 얼마 가지 않았을 때 말을 탄 서너 놈과 맞닥뜨릴 뻔했다. 길가 수풀 속에 몸을 던졌다. 바닥에 납작 엎드렸다. 놈들은 서로 욕지거리를 하고 낄낄거리며 지나갔다. 다시 얼마를 가다가 깜짝 놀라 멈춰 섰다. 처음에는 여성대원들이 묵고 있는 바로 그 집이 불타고 있는 줄 알았다. 자세히 보니 조금 떨어져 있는 집에서 화염이 치솟고 있었다. 안도의 한숨을 쉬면서 발을 떼어놓은 순간 또다시 놀라움에 움직이지 못했다.

치솟는 화광에 옆집 모습이 눈에 들어왔다. 그녀들이 머무는 집 마당에 사람들이 어른거렸다. 총소리와 비명도 들렸다. 가까이 가면서 보니 '엉덩막이'를 붙인 마적 놈들이 여럿이 움직이고 있었다. 엉덩막이는 마적들이 아무 데나 앉기 편하도록 엉덩이에 가죽을 붙인 옷이다.

상황으로 보아 혼자서 총을 쏠 처지가 아니다. 가까운 풀숲에 몸을 숨기고 그곳을 응시했다. 마당에는 말들이 몇 필 매였는데 한 놈이 말 위에 앉아 뭐라 지껄이며 손짓을 하고 있다. 아마도 그의 지휘에 따라 움직이는 것 같다. 몸을 낮추며 좀 더 가까이 다가갔다. 그제야 모든 광경이 선명하게 눈에 들어온다. 한 놈은 마당 가에 쓰러져 있고 두 놈은 동료들의 부축을 받고 있었다. 그렇다면? 방금 들었던 총소리 중에 마우저 M1910이 있었던 것 같기도 하다. 그건 신화가 지니고 다니는 9연발 권총이나. 아닐 것이나. 생각을 그런 쪽으로 하기 때문일 것이다. 마적들이라고 그 총이 없으란 법은 없다. 어쨌거나 한동안 총소리가 들렸고 죽은 놈과 부상한 놈이 눈앞에 있다.

한곳 한곳 눈으로 짚어 보니 헛간 기둥에 여성 대원 여럿이 묶여 있다. 놀랍게도 그들 가운데 삼월과 신화도 있었다. 눈을 씻고 봐도 틀림없다.

말 위의 지휘자가 큰 소리로 명령하자 집을 들락거리던 놈들이 모두 나와 물건들을 말에 실었다. 또 뭐라고 명령하자 몇 놈이 창고 기둥에 묶여 있는 사람들의 포승을 풀고 강제로 말에 태웠다. 세 놈이 낑낑거리며 동료의 시신을 집안으로 끌고 갔다. 그러고는 불방망이를 던졌다.

안타까운 일이지만, 화마에 울부짖는 동네 사람들을 도와줄 형편이 아니다. 놈들이 간 방향으로 무작정 내달렸다. 말을 따라잡기란 불가능한 줄을 알면서도 그 길밖에 없었다. 얼마쯤 가고 있을 때 앞쪽에서 왁자지껄하는 소리가 들렸다. 또 한 집이 털리고 있었다. 숨어서 바라보니 좀 전의 대장으로 보이는 놈이 지휘하는 놈들과 또 다른 놈들이 뒤섞여 있는 것 같다. 그들은 웃고 떠들며 강도질을 즐기고 있었다. 마적이란 양심이라곤 눈곱만큼도 없는 참으로 잔인무도한 놈들이라는 것을 새삼 느끼게 한다. 이곳에서 두 사람을 구할 방법을 찾지 않으면 살아서는 영영 만날 수 없을지도 모른다는 생각이 들었다. 그러나 침착해야 한다고 조급한 마음을 달랬다.

기회를 노리고 있을 때 마침 한 놈이 말에서 내려 마당 가 나무에 줄을 맨 다음 어둠 속으로 들어왔다. 아마도 용변을 보려는 것 같다. 맘속으로 쾌재를 불렀다. 살금살금 다가갔다. 술 냄새가 확 풍겼다. 뒤에서 입을 틀어막고 땅바닥에 눕혔다. 발버둥 치는 놈의 머리를 가격했다. 마당과 가까운 거리지만 떠드는 소리에 들릴 리 없다. 급하게 마른 풀잎들을 꺾어 뭉쳐서 입에다 밀어 넣은 다음 목을 비틀었다. 놈은 몇 번 버둥거리다 축 늘어졌다. 질질 끌어다 눈 속에 깊이 처박았다.

얼마쯤 시간이 흘렀다. 놈들은 또 불을 지르고 사라졌다. 동료가 있고 없고 그런 건 관심도 없는 모습이다. 각자가 강도질로 먹고사는 존재이니 옆 사람에 대한 배려 따위가 있을 리 없다.

불타고 있는 집으로 다가갔다. 아우성치던 가족들은 사람을 보자 황급히 달아났다. 말은 불길을 보고 앞다리를 들며 울부짖고 있었다. 줄을 풀어 한 손에 잡고 말에 올랐다. 놈들을 부지런히 따라잡은 다음 멀찌감치 거리를 두고 뒤를 따랐다. 그들은 나머지 집들을 털고 불을 지르고 나서 한곳으로 모였다. 300여 명이 넘는 숫자로 보였다. 두목으로 보이는 자가 소두목들로부터 약탈물에 대한 보고를 받는 것 같았다. 그들은 말에 태우고 왔던 삼월과 신화 등을 내리게 하고 동네에서 붙잡은 마을 청년들 20여 명과 함께 굴비 두름처럼 줄을 묶어 어딘가로 향했다. 좀체 기회가 나지 않았다. 더욱이나 지금은 여러 사람이 한 줄에 묶여 있어서 구출해 낼 수가 없다. 자세히 보니 삼월과 신화는 절뚝거리면서 걷고 있었다. 특히 신화는 어딘가 총을 맞은 것 같았다. 상체를 가누지 못해 몇 번을 쓰러졌다. 그때마다 안간힘을 다해 일어났다. 아마도 같은 줄에 묶인 옆 사람들을 생각해 온 힘을 다하는 것 같다. 뒤쪽에 묶인 삼월은 신화가 쓰러질 때마다 그녀를 바라보며 안타까워하는 모습이다. 총을 지녔던 신화는 총상을 입은 것 같고, 삼월은 놈들과 격투를 벌이는 과정에서 부상을 입은 것으로 짐작됐다. 마적들은 포로의 고통을 웃음거리로 여겼다. 말 위에서 그 모습들을 내려다보고 떠들며 낄낄거렸다. 무영은 그때마다 쏘아 죽이고 싶은 충동을 억누르느라 애를 썼다.

동지들은 어디에 있을까. 총소리가 요란한 시점이 있었는데 혹시 싸운 것이 아닐까. 다친 사람은 없을까. 그러나 만일에 전투가 있었다면 마적들이 그리로 몰려갔을 것이다. 2대대장과 현명한 심 선생이 있으니까 무모한 행동은 하지 않을 것이다. 그러나 무언가 활동은 하고 있을 것이라는 생각이 들었다.

몇 개의 산을 넘어 이튿날 정오 무렵 계곡에 있는 마을에 도착했다. 200여 호 가까이 되는 제법 큰 마을인데 마적으로 보이는 자들이 들락거리고 있었으나 그 숫자가 얼마인지는 알 수 없다.

새로운 마적들이 도착하자 저마다 환호성을 지르며 밖으로 뛰어나와 공터로 몰려들기 시작했다.

눈에 띄는 숫자만도 7, 8백 명은 되는 것 같다. 그러나 이런 정도의 무리는 마적으로선 큰 숫자가 아니다. 보통은 수천 명이 몰려다니며 크고 작은 마을들을 수십 군데씩 메뚜기떼처럼 폐허로 만들어 버린다.

무영은 과감하게 그들의 뒤를 따라 마을로 들어갔다. 모두가 한데 뒤섞여 의심받을 여지가 없다. 그러나 먼저 있던 자들과 새로 들어가는 자들이 뒤섞여 북새통을 이루는 바람에 포로의 대열을 잃어버리고 말았다. 방금까지 뒤따라온 두목의 행동을 살피면 포로들의 행방을 알게 될지도 모른다는 생각이 들었다. 공터에는 수백 명이 모여들고 있었다. 그들의 사이를 비집고 안쪽으로 들어갔다.

무리가 에워싼 가운데에는 자연스럽게 원형의 공터가 만들어져 있었다. 무영은 공터와 무리 사이 접점에 있게 되었으므로 공터에서 일어나는 모든 일을 볼 수 있었다.

조금 전 마적들을 인솔하고 온 자가 말 위에서 공포탄을 쏘아댔다. 그러자 몸집이 장대한 십여 명이 말 위에서 총을 아래위로 움직이며 "후웨이샹(胡維相)! 후웨이샹!" 하고 이름을 연호했다. 어느 놈인가가 라빠(喇叭, 중국 날라리)를 불었다.

그 소리에 더욱 신명이 났는지 호가(胡哥)로 보이는 자가 어깨를 으쓱이며 주위를 둘러봤다. 그리고 큰 소리로 외쳤다.

"누구라도 나에게 덤비는 자는 가만두지 않겠다. 모두 잘 들어라. 이제부터는 이 후웨이샹이 서열 세 번째가 아니라 빙티엔방(平天幇, 평천방)의 총두목이다. 알겠는가?"

라빠 소리가 멎었다. 군중 속에서 몇몇이 낮은 소리로 응답했을 뿐

이내 조용하다.

"이 새끼들이 뒈질려고 작정을 했나. 왜 대답이 없어? 다시 한번 묻겠다. 이제부터는 이 후웨이샹 대인이 빙티엔방의 우두머리란 말이다. 알아듣겠나?"

호가의 주위에 있는 자들이 군중을 향해 눈을 부라렸다. 무리가 일제히 "쉬 다(是的, 예)!" 하고 응답했다.

그러자 호가가 다시 공중을 향해 총을 쏘면서 고래고래 소리를 질렀다.

"죠바 비아오 치 날러.(酒吧婊子出來了, 술집 년 나오라.) 죠바 리 더 지알렌 취 날러?(酒吧女郞去哪了? 술집 년 어디 갔나?)"

그들의 행동은 마치 누군가를 조롱하는 것 같기도 하고 도전의 신호를 보내는 모습 같이도 보였다. 그러는 중에도 옆에는 졸개들이 약탈물들을 쌓아놓고 있었다.

바로 그때 무리의 한쪽이 썰물처럼 갈라지면서 길이 만들어졌다. 빨간 망토를 입고 백마를 탄 사람이 그 길을 걸어 원형의 공간을 향해 들어오고 있었다. 그는 자그마한 놈에 입과 코만 내놓고 눈썹 위쪽에 창이 달린 검은 복면을 쓰고 있었다. 총을 든 셋이 뒤를 따랐다.

그들이 원형의 공간 안으로 들어서자 맞은 편에 있는 호가와 그의 부하 십여 명이 복면 일행을 반쯤 에워싸듯 마주하여 섰다. 소란을 떨던 마적들이 모두 물을 뿌린 듯 조용해졌다.

복면이 입을 열었다.

"후(胡) 두목, 얻어온 돈과 물건들은 본부에 인계하고 모두 해산하여 휴식을 취하도록 하라."

뜻밖에도 여자의 음성이다. 목소리는 낮으나 위엄이 서렸다.

그 말에 호가가 코웃음을 쳤다.

"흥, 무슨 헛소리를 하고 있나. 방금 내가 한 말을 듣지 못한 것 같은데 저 무리는 모두 나를 지지하고 있다. 이 자리에서 분명하게 알려주겠다. 빙티엔방의 우두머리는 나 후대인(胡大人)이시다. 너는 그동안의 공로를 인정하여 부두령의 자리는 인정해 주겠다. 그러나 조건이 있다. 네가 그동안 관리해 온 모든 재물과 그 명세서를 내게 넘겨야 한다. 알겠는가?"

복면의 입가에 냉소가 흘렀다. 그녀는 운집한 마적들을 둘러봤다. 순간 무영은 몸을 움찔했다. 검은 복면 속의 반짝이는 눈동자가 잠시 자신에게 꽂혀 있다는 느낌을 받았기 때문이다. 복면의 여(女) 두령도 멈칫하는 것 같았다. 그러나 곧 얼토당토않다는 생각이 들었다.

여자 두령은 주위를 둘러보면서 말했다.

"너희들 중에 여기 있는 후웨이샹을 총두령으로 인정하겠다는 놈은 손을 들어봐라. 거리낌 없이 손을 들어도 좋다!"

그러나 아무도 손을 드는 자가 없다. 군중 속에서 몇 놈이 움찔대다 분위기에 압도되어 얼른 팔을 내려버렸다.

여 두령은 혼잣말처럼

"그런 머저리가 있을 리 없지."라고 말하고 나서

"기왕 이렇게 됐으니 한마디 하겠다. 우리가 비록 마적이지만 규율이 있다. 나는 돌아가신 멍지체이(夢之錘) 총두령의 유언에 따라 이 빙티엔방의 제5대 총두령으로 지명되었다."

그러고는 손가락으로 호가를 가리키며

"그럼에도 저 무도한 후가란 놈은 규율을 깨트리고 멋대로 행동하고 있다. 이번에 마을에 가서 불을 지르고 수탈을 한 행위도 한 마디

상의조차 없이 독단으로 저지른 행위다. 오만방자함에도 용서하고 포용하여 가르치려 했으나 오히려 더욱 불손한 행동을 하면서 게다가 분수에 맞지 않는 지위까지 탐하고 있지 아니한가! 저놈은 멍 두령께서 살아 계실 때도 용서할 수 없는 짓거리를 수없이 저질러 왔으며 지금은 또 우리 빙티엔방의 근본 체제를 흔들려고 하는 망나니 같은 놈이다. 나는 총두령의 권한으로 후가를 벌할 것이다!"

그녀의 호령이 떨어지자 이번에는 호가가 입가에 냉소를 흘리면서 응수했다.

"밍이메이(明一梅) 네년은 술집 출신으로 죽은 멍 두령에게 몸을 팔고 교태를 부려 부두목의 지위를 누려왔고, 멍 두령이 죽을 때에도 유언을 받은 것이 아니냐. 그러므로 나는 네년이…"

바로 그때 군중 속으로 길이 열리며 또 한 사람이 말을 타고 들어오고 있었다. 50대 중반으로 보이는 몸집이 크고 이목구비가 수려한 여인의 뒤를 건장한 체격의 두 사람이 따랐다. 두 명은 각각 슈타이어(Steyr) M95 장총을 메고 있었다.

그녀가 안으로 들어와 서자 지금까지 언쟁을 벌이던 양쪽이 잠시 조용해졌다.

후웨이샹과 밍이메이 모두 그녀에게 깍듯이 인사를 했다.

여인이 호가를 향해 말했다.

"하던 말을 계속하시오."

우군을 얻었다는 생각에 의기양양한 표정이 된 호가가 끊어졌던 말을 이었다.

"나는 네년이 총두령에게 몸을 팔아 얻은 그 유언을 받아들일 수 없다! 여기 계신 쑹(朱) 부인께서도 네년이 술집 작부 출신이라는 것도 알고 계실 것이다. 네가 씨쉬(西施, 서시)나 왕자오쥰(王昭君, 왕소군) 같은 미인이 아닌데도 밍 총두령의 마음을 사로잡은 걸 보면 아마도 몸에 뭔가 기가 막힌 보물을 달고 있는 모양이다."

그 말에 한동안 마적들이 낄낄거렸다. 그러다가 복면의 눈초리를 의식하고는 이내 잠잠해졌다.

"우리는 비록 마적이지만 술집 출신을 총두령으로 모실 수는 없다. 더욱이나 그 어눌한 말투로 보아 너는 멍구 니롄(몽고 여자)이거나 차오시엔 니롄(조선 여자)일 것이다. 게다가 여자의 몸으로 어떻게 천명에 가까운 무리를 통솔할 능력이 있겠는가. 그뿐 아니라 복면을 하고 있어 유령과 다름없는 존재다. 여기가 저승이 아닌데 어떻게 유령을 우두머리로 모실 수 있다는 말인가?! 얼굴을 가리고 사는 데에도 분명 무슨 떳떳지 못한 이유가 있을 것이다. 술집 여자가 되기 전 토벌대의 첩자 경력이 있거나, 괴물 같은 모습을 하고 있거나, 혹은 우리에게 숨기고 싶은 어떤 비밀이 있을 것이다."

그는 군중을 향해 큰 소리로 외쳤다.

"너희 중에 가면을 벗은 저 여자의 얼굴을 본 사람이 있는가?"

몇 놈이 "부우(不, 없소)"라고 대답했다. 그러자 다시

"이 자리에서 그 얼굴을 보고 싶지 아니한가?"라고 물었다.

처음에는 몇 놈이 기어들어 가는 목소리로 "자이 씨아 니 더 미안지우!(摘下 的面具, 가면 벗어!)"라는 말을 했으나 차츰 주위로 전파되어 마침내는 "투오 미안지우(가면 벗어)!"라는 커다란 함성으로 변했다.

밍 두령의 입 언저리에 작은 경련이 일었다.

호가가 복면을 벗기기 위해 다가가려 하자 밍의 호위병들이 호가를 향해 총을 겨눴다. 호가의 호위병들도 마주 겨눴다. 쑹 부인이 손짓으

로 제지했다. 양쪽은 총을 내렸다.

밍이 입술을 깨물었다. 그리고 호가를 노려봤다.

모두의 시선이 그녀에게로 향했다. 아무런 행동을 하지 않고 서 있기만 하자 호가가 군중을 향해 양팔을 아래위로 움직이며 "미안지우!"를 유도했다. 그러자 군중 속에서 그의 부하 몇 명이 복창했고 마침내는 큰 함성이 되었다. 지긋이 입술을 깨물고 한동안 군중과 호가를 번갈아 보던 밍이 한 발 앞으로 나섰다. 그리고 큰 소리로 외쳤다.

"샹캉 워 드리마?(想看我的臉嗎? 내 얼굴이 보고 싶은가?)"

호가의 얼굴에 능글맞은 웃음이 떠올랐다. 이 상황에서는 복면을 벗을 수밖에 없을 것이라는 생각에서다.

밍이 또다시 큰소리로 외쳤다.

"그렇다면 얼굴을 보여주겠다. 똑똑히들 보아라!"

모두가 호기심 어린 눈으로 바라봤다.

그녀는 말채찍을 왼손으로 옮기고 나서 오른손을 위로 올려 턱으로부터 천천히 복면을 벗었다. 그리고 얼굴을 좌우로 돌렸다.

모두의 입에서 일제히 "어?" 하는 의문의 외침이 터져 나왔다. 그 얼굴에는 티끌 같은 흠집조차 없었다. 바람결에 나부끼는 머리칼 사이로 윤기 흐르는 하얀 이마가 눈 쌓인 겨울 햇살을 받아 아름답게 드러났다.

군중 속에 끼어 이 광경을 바라보고 있던 무영은 자신도 모르게 "헉!" 소리를 내고 말았다.

그녀는 음전이었다. 몇 번을 보아도 음전이 분명하다. 예쁘장한 얼굴에 자그마하나 야무진 몸, 음전이 틀림없었다. 심장이 마구 뛰고 온몸에 전율이 일었다. 마적들이 저마다 떠들어댔다.

그녀가 두어 번 헛기침을 했다. 그러고 나서 천천히 입을 열었다. 모두의 시선이 집중됐다.

"너희는 내가 왜 얼굴을 창 달린 가면으로 가리고 살아왔는지 궁금할 것이다. 만일 내가 복면을 벗지 않고 아무 말 없이 이 자리를 떠난다면 수많은 억측이 내 뒤를 꼬리표처럼 따라다닐 것이고, 저기 저 교활한 후가 놈은 그것을 나에 대한 공격자료로 써먹을 것이다. 그러므로 지금부터 너희가 궁금해하는 일들을 모두 설명해 주겠다. 못 밝힐 이유가 없지…."

마적들이 침을 꿀꺽 삼켰다.

"나는 오래전 중국 땅에서의 첫발을 하얼빈역에서 밟았다. 처음 보는 도시의 역, 복잡한 광장에서 먹을 것과 갈 곳이 없어 이틀 반나절 방황하다가 훽훽아(양아치)들의 꾐에 빠져 조관(酒館, 술집)으로 팔려가는 몸이 되었다. 그런데 어느 날 네 명의 불량한 손님들로부터 봉변을 당하고 있었다. 때마침 옆 방에 있던 건장한 체격의 손님이 그 훽훽아들을 두들겨 패서 쫓아버렸다. 그분은 멍이 들고 상처 난 내 모습을 바라보다가 자기가 술을 마시는 방으로 데리고 갔다. 그리고 사건의 자초지종과 내 딱한 사정 이야기를 듣고 나서 조관 주인을 불렀다. 그러고는 선뜻 3백 원의 거금을 지불하고 나를 술집에서 해방시켜 주었다. 그런데 포악한 술집 주인으로부터 해방된다는 기쁨에 들떠 그분의 이름은 물론이고, 성조차도, 사는 곳도 물어보지 못하고 그 집을 빠져나왔다. 중국에 온 지 얼마 되지 않아 어벙한 탓도 있었다. 나는 그 시간 이후 몇 달 동안 여기저기 떠돌아다니다가 운 좋게도 장춘(長春) 근교에 있는 어느 농가 60대 선량한 노부부의 가사를 도우면서 지냈다. 그리고 몇 달이 지나 그분들의 양녀가 되어 평화롭게 살았다. 마음속으로는 늘 나를 구원해 준 분, 성도 이름도 사는 곳도 모르는 그분께 감사하는 마음을 지니고 그분의 하시는 모든 일이 잘되기를 빌었다. 그런데 어느 날 전혀 상상조차 할 수 없는 일이 일어났다. 양부모께서 밭에 나가시고 나는 부엌일을 하고 있는데 급박한 발소리가 들리고 누군가가 마당으로 뛰어 들어왔다. 그는 들어오자마자 쓰러졌는데 온몸이 피투성이가 되어 있었다. 누군가에게 쫓기고 있음이 분명했다. 일단 생명은 구해야 한다는 생각으로 그를 부축하여 돼지우리에 넣고 시커먼 밀짚으로 덮었다. 그리고 급히 돌아와 핏자국을 지웠다. 옷을 갈아입고 태연하게 마당을 쓸기 시작했다. 오래지 않아 말발굽 소리와 사람들의 떠드는 소리가 들리고 총을 든 순검들이 나타났다. 그중 지휘관으로 보이는 자가 눈알을 부라리며 물었다. 나는 아무것도 모르는 듯 고개를 저었다. 그들은 집안을 샅샅이 살펴보고 돼지우리에도 다가갔으나 코를 막고는 이내 가버렸다.

환자는 옆구리와 어깨에 총상을 입고 있었다. 피를 닦아내고 헝겊을 찢어 부목을 대면서 응급조치를 하는 과정에서 나는 놀라움에 몸이 굳어져 버렸다. 그분은 다른 사람이 아니라 바로 나를 소관에서 벗어나게 해 준 은인이었다. 앞뒤 살펴볼 겨를이 없었다. 피 묻은 옷을 벗기고 양부의 옷으로 갈아입힌 뒤 장롱에서 돈을 꺼냈다. 그를 부축하여 창춘 시내로 나가 허름한 커젠(客棧, 여인숙)의 뒷방을 얻었다. 그리고 도구와 약을 사서 사람들 몰래 치료를 시작했다. 정성을 다했다. 한 달 반쯤 되자 환부가 아물기 시작했다. 그제야 그분은 자신의 이름과 총상을 맞게 된 경위를 모두 이야기해 주었다. 이름은 멍지체이(蒙吉切), 바로 우리 빙티엔방의 총두령이었다. 환자가 어느 정도 몸을 움직일 수 있게 되었으므로 나는 그의 부인인 쏭여사를 모시고 왔다. 그리고 나서 양부모를 찾아갔다. 자초지종을 말씀드리고 용서를 빌기 위해서였다. 그러나 동네에 들어서는 순간 땅바닥에 주저앉고 말았다. 집이 있던 자리엔 시커먼 숯검댕만 남아 있었다.

울부짖으면서 주변 사람들에게 물었다. 내가 총탄을 맞은 이를 모시고 집을 떠난 지 얼마 지나지 않아 먼저 왔던 자들인지 다른 사람들인지는 모르겠으나 순검들이 와 조사를 하다가 방안에서 피 묻은 옷가지들을 발견한 것이다. 그들은 밭에 나간 양부모를 붙들어다 문초를 했으나 알 길 없는 두 분의 대답에 욕설을 하며 총을 난사한 다음 집에 불을 질렀다고 한다. 천만 번 후회를 해도 돌이킬 수 없는 나의 실수였다. 일단 수색대가 거쳐갔으므로 어느 정도 방심을 했고, 한시라도 빨리 은인의 생명을 구해야겠다는 절박함이 원인이었다. 나는 극심한 죄의식에 시달렸다. 잠을 이루지 못했고 하늘을 보는 것이 두려웠다. 아니, 살아서는 절대로 하늘을 보지 않기로 했다. 그날 이후부터 복면을 쓰고 살았다. 이제 알겠는가?"

그녀는 무리를 둘러보고 나서

"내친김에 속에 있는 말을 하겠다. 관리라고 해서 모두 선한 사람이 아니라는 말이 있다면, 마적 두령이라고 해서 모두 악한 사람은 아니라는 말이 존재하지 못할 이유가 없다. 멍 총두령께서는 그동안 우리 빙티엔방의 힘을 기르는 데에 온갖 노력을 기울이셨다. 인원을 늘리고 무기를 새로운 것들로 교체했으며 흩어져 있는 마음들을 하나로 화합시키기 위해 애쓰셨다. 그분은 전의 두목들이 하던 야비하고 더러운 짓을 하지 않았다. 이를테면 납치한 여자의 남편이나 가족이 돈 들고 찾으러 오지 않으면 여자를 죽이거나 두목이 데리고 사는 그런 짓거리 말이다.

그리고 내외분은 나를 친동생이나 친자매처럼 아껴주셨다. 그러한 중에 불행하게도 총두령께서는 며칠 전 한밤중에 정체를 알 수 없는 괴한으로부터 가슴에 칼을 맞고 돌아가셨다. 너희들도 알다시피 그분은 다른 마적들의 두목과는 전혀 다른 분이었다. 큰 꿈을 꾸셨고, 그 꿈을 이루기 위해 모든 열정을 바치셨다. 우리 빙티엔방을 강력한 군벌로 만들어 세상을 바꾸고자 하셨다. 우리가 비록 누구에게도 떳떳이 모습을 보이기 어려운 마적들일지라도 강고한 결심으로 힘을 길러 언젠가는 흉포한 도적의 꺼풀을 벗고 양심의 무기를 들어 부도덕한 자들을 물리치고 사랑하는 인민들이 좋은 세상, 아름다운 세상에서 살 수 있도록 만들어 주어야 한다고 말씀하셨다. 모두가 알다시피 멍 두령께서는 우리의 행동에 몇 가지 원칙을 세우셨다.

불법 부당한 방법으로 재산을 모은 자들을 공격의 대상으로 할 것이며, 가난한 집은 수탈하지 말 것과 살인 방화하지 말 것, 그리고 수탈물은 본부에서 모아 30%를 공제하되 그중 10%는 운영비로 쓰고 20%는 미래를 위해 적립한다. 나머지는 분배할 것이며, 이 원칙들을 지키지 않는 자는 처벌하도록 엄격한 규율을 정하고 비록 총두령 본인이라 할지라도 이를 어기면 엄벌에 처하도록 규율을 만드셨다. 덕분에 우리는 빈농이나 쿨리들을 비롯한 가난하고 비천한 대중들로부터 뜨거운 지지를 받으며 세력을 키워왔다. 친민(親民)의 기치를 내건 우리가 오히려 해민(害民)을 한다면 지금까지 쌓아온 것들은 수포로 변할 것이다. 또한 앞날은 어찌 될 것인가?

그분은 너희나 나와 같은 비천한 출신의 인간들도 살 수 있는 세상을 만들고자 하신 것이다.

너희들 중에는 마적이 본업인 자들도 있고 부업인 자들도 있다. 부업인 자들은 머잖아 봄바람이 부는 3월이 오기 전에 나누어 주는 수입을 가지고 천연스레 고향으로 돌아갈 것이다. 그리고 본업인 음식점 종업원이나, 사창가 삐끼나, 마작판의 심부름꾼이나, 지주의 서사(書土)나, 부잣집 마부나, 쉰 두부장수나, 엉터리 수의사나, 작부의 기둥서방이나, 글 모르는 과외 선생이나, 전당포 환전원이나, 딱딱이꾼(야경꾼)이나, 묘지기나, 돼지농장의 일꾼으로 일할 것이다. 마적질로 번 돈을 밑천으로 아편 장사를 하는 놈도 있을 것이다. 또한 경찰이 되어 공짜 밥 공짜 술을 먹으면서 대낮에 부녀자를 희롱하거나, 술주정을 하거나, 삥 뜯은 돈으로 도박장에 가는 놈도 있을 것이다. 심지어는 일본 군인만 상대하는 퇴폐이발소 앞에서 호객꾼 노릇을 하는 얼빠진 놈도 있다고 들었다.

집으로 돌아가면 남편이 무슨 일을 해서 돈을 벌어왔는지, 몇 달 동안 어디서 뭘 했는지 모르는 마누라도 있을 테고, 실종되어 소식이 없으면 어렴풋이 짐작하고 있었으니까 차라리 잘됐다고 미소 짓는 여자들도 있을 것이다. 더러는 지난해 가을 남편이 사라진 이후부터는 해 질 무렵 짙은 화장을 하고 나갔다가 새벽이슬을 밟으며 집으로 오는 여자들도 있을 것이다. 아예 보따리를 싸서 행적을 감춘 여편네들도 있을 것이다. 물론 창꽃(진달래)이 필 때를 기다리는 요조숙녀들도 있을 테지. 어쨌거나 분명한 것은 지금과 같은 무뢰배의 생활은 인간의 삶이라고 할 수 없으며, 너희들 자신은 물론이고, 부모와, 아내와, 자녀와, 이웃과, 나라와, 모두를 욕되게 하는 짓이다.

그러나 너희 대부분은 그런 것에 크게 신경을 쓰지 않는다는 것을 나는 알고 있다. 왜냐하면 매년 일상적으로 하는 일이기 때문에 옳고 그름에 대한 판단력이 마비되었거나, 돈만 챙길 수 있다면 사람을 얼마든지 죽여도 좋다는 탐욕으로 눈이 먼 놈들이기 때문이다. 아마도 후자에 속한 놈들이 더 많겠지.

너희 중에는 할아버지 적부터 마적질을 해 온 집안도 있다.

모두가 잘 알다시피 같은 마적이라도 살인, 방화를 일삼으며 주민을 약탈하는 비적(匪賊)이 있는가 하면, 무력을 갖추고 주민을 보호함으로써 주민과 공생하는 대단(大團)이 있다. 너희 중에 일부는 멍 두령께서 돌아가시고 난 이후 아예 광포한 비적이 되고자 동료들을 유혹하는 놈이 있다. 나는 멍 두령의 피살도 이와 무관치 않은 것으로 생각하고 있다.

이 자리에서 묻겠다. 너희는 나와 함께 뜻을 모아 일해볼 생각이 없는가? 천하고 부끄러운 삶을 청산하고 당당한 군인으로 세력을 이루어 전란에 이리저리 쫓기며 힘들게 사는 백성들의 편에 서서 세상을 바꾸어 볼 생각이 없는가? 정치를 하는 사람이든 집행을 하는 사람이든, 또는 대단을 이끄는 사람일지라도 머릿속에 그림이 그려져 있어야 한다. 머릿속에 세상을 바꾸겠다는, 내 나라를 국민이 살기 좋은 나라로, 어떤 모습으로 바꾸겠나는 그런 그림이 그려시고, 그 그림이 늘 눈앞에 아른거리지 않으면 그 사람은 국민의 눈을 현혹하여 자신의 영달이나 도모하려는 가짜다. 그런 그림은 하루 이틀에 그려지는 것이 아니다. 오랜 시간에 걸쳐서, 그리고 수정하면서 하나하나 만들어지는 것이다. 그러는 사이에 실행할 방법도 짜여지는 것이다. 하지만 권력만 추구하는 자에게는 그런 그림이 없다. 왜냐하면 권력으로 누릴 수 있는 것들에만 관심이 있기 때문이다. 하지만 나에게는 그렇게 만들어진 그림이 있고 이룰 수 있는 계획이 있다. 너희가 참여해 준다면 성공할 수 있다.

내가 그리고 있는 그림이 어찌 허황된 것이겠는가?! 수만 수십만의 큰 무리를 이루어 대륙정치의 지형을 좌우하는 군벌이 되는 것이 어찌 불가능한 것이겠는가?! 이곳 만주에서 왕과 다름없는 지위를 누리다가 세력을 길러 제2차 직봉전쟁에서 승리하여 지금은 북경의 주인이 된 안국군 대원수 장쭤린(張作霖)이나 북양군벌 장쭝창(張宗昌), 흑룡강성 출신 마덴산(馬占山), 육군총장 장징후이(張景惠), 광서군무독판 루룽팅(陸榮廷) 등이 모두 마적 출신이 아닌가?!

이들은 같은 시대에 태어나, 같은 가난한 농가 출신으로, 같은 마적단의 두목이 되었다가, 같은 군인의 길을 걸었으나, 가는 방향은 전혀 다르다. 장쭤린을 비롯하여 장쭝창, 장징후이, 루룽팅 등이 모두 개인적인 영달을 위해 백성의 고혈을 짜고 있는 반면에, 흑룡강성의 마덴산 장군은 중국의 통일을 위해 일제와 싸우고 있다.

40여 개에 달하는 저 군벌들 대부분은 입으로는 공평한 세상, 정의로운 세상을 만들겠다고 외치고 있으나 껍질을 벗겨보면 일신의 영달과 부귀영화를 누리려 하고 있으니 어찌 마 장군이나 멍 두령과 같은 반열에 올릴 수 있을 것인가!

지금 이 나라는 장제스(蔣介石)를 영수로 하는 남경의 국민정부와, 장쭤린의 북경정부, 왕자오밍(汪兆銘)의 우한정부, 천두슈(陳獨秀)와 장궈타오(張國燾)를 중심으로 하는 공산당 등으로 사분오열(四分五裂)되고 있다. 사방팔방에서 전쟁을 일으켜 백성의 고혈을 짜고 있으니 그 고통이 얼마이며 참화를 피해 이리저리 쫓겨 다니고 있으니 그 삶이 얼마나 고단한 것인가.

속담에 '난세의 사람으로보다는 태평 시대의 개로 태어나고 싶다.(寧爲太平狗 不作亂世人)'는 말이 있다고 들었거니와 지금은 정말 난세이고 너희나 나는 태평 시대의 사람이 아니라 난세의 개나 다름없는 신세다. 더욱이 일본이 조선을 먹고 중국마저 삼키려는 위급한 시기다. 너희 중국인들은 예로부터 조선을 형제국가라고 말해왔다. 조선과 중국의 백성이 힘을 합하고 지혜를 모은다면 외세를 물리치고 오랫동안 천대받아 온 신분을 되찾아 공정한 대우를 받는 새 세상 새 역사의 문을 열 수도 있지 아니한가! 그렇다. 후가가 말하듯이 나는 조선 여자다. 그것이 어떻다는 말인가? 형제국이던 조선 사람이 두령이 돼서는 안 된다는 말인가? 그런 법이라도 있는 것인가?! 또한 여자라고 하여 안 된다는 것인가? 당나라 스티안우호(測天武后)는 40년 동안 당(唐)과 주(周)를 통치했으며, 청나라 시타이호(西太后)는 얼마 전까지 3대에 걸친 섭정을 했다. 그녀들이 권력을 냉혹하게 사용했거나 백성을 위하는 일에 쓰지 않았을 뿐 능력이 없다고 말할 수는 없다. 위진남북조 시대에는 여재상 루젠(陸貞)이 있었다. 유아(여와, 女媧)는 중국 신화에서 인간을 창조한 것으로 알려진 여신이며, 우리들의 위대한 어머니들도 여자다.

여성의 발에 전족이나 채우려는 옹졸하고 무식한 머리로는 큰 꿈을 이룰 수 없다. 만주 여진족은 백만도 안 되는 인구와 불과 10여만 평방 공리((平方公里, ㎢)의 면적으로 4억의 인구와 1,316만 평방 공리의 광활한 대륙(중국)을 300년간 통치하지 않았는가! 속 좁은 생각과 편견에 치우쳐 있다면 천 대(千代)를 가도 피지배자로서 비천한 자리에 머무를 수밖에 없다. 너희 중에는 지금까지 내가 한 말을 알아듣는 자들도 있고 귀가 막혀 있는 놈들도 있을 것이다. 인간은 언제 어디서나 자신이 고귀한 존재라는 인식을 가져야 한다. 그러면 생각이 변화하고 말과 행동이 달라지고 격(格)이 달라질 것이다. 천대받는 것에 굴욕을 느끼는 자는 자신의 존재를 고귀하게 생각하는 자이고, 천대라는 의미조차 모르는 자는 개 돼지가 분명하다. 자신이 고귀하다고 생각하는 자만 나를 따르라. 나머지는 가도 좋다. 멍청한 머리에 사나운 성격과 시기심으로 가득 찬 후가와 같은 자를 따르는 개 돼지들은 토벌대에 쫓겨다니다가 마침내는 어느 이름 모를 골짜기에서 총 맞아 죽는 신세를 면치 못할 것이다. 그러나 지혜로운 랴오반(老板, 지도자)의 편에 선다면 역사의 피해자인 너희는 당당한 군인의 신분이 되어 혼돈의 시대를 정리하는 주인공이 될 수 있다. 나는 여기 계신 쏭여사님과 함께 돌아가신 멍 두령의 유지를 이어받아 흔들림 없이 그 길을 갈 것이다."

밍이메이 총두령은 낭랑한 소리로 말하고 나서 노한 얼굴로 호가에게 채찍을 겨누면서 말했다.

"비열한 호가놈아, 나는 암살자에 관한 증거를 거의 확보했다. 2, 3일 안에 공개할 것이다. 죄인은 거꾸로 매달린 몸으로 모두로부터 한 번씩 단도로 찔리는 우리식 처벌의 맛을 보게 될 것이다. 그리고 규율을 위반하여 조직을 멋대로 이끌고 다닌 자에 대한 처벌도 반드시 실행할 것이다. 후웨이샹, 너에게 묻는다. 가난한 자가 같은 가난한 자의 재물을 빼앗는 것이 타당하다고 생각하는가? 그들이 힘들게 벌어 장만한 살림살이들을 강탈하는 것도 모자라 집에다 불을 지르는 행위가 상식적으로 이해가 되는 일이냐? 너는 죽어서도 악령이 되어 비적질이나 해 먹으며 토벌대에 쫓겨 다닐 놈이다."

그녀의 말이 끝나자 쏭여사가 호가에게 물었다.

"밍 두목이 내 남편과 오랫동안 정을 통해왔다는 확실한 증거가 있소?"

호가가 확신에 찬 목소리로 대답했다.

"그렇지 않다면 어떻게 저런 조막만하고 보잘것없는 조선 여자가 단시일 내에 부두령의 자리에까지 오를 수 있었겠소?! 도저히 이해가 가지 않는 일이오."

쏭여사가 갑자기 큰 소리로 고함을 쳤다

"나쁜 놈! 너야말로 확인되지 않은 사실로 무고한 사람을 모함하고 있지 아니한가?! 너 같은 놈이야말로 조직을 병들게 하는 오물과 같은 존재다. 네놈의 말은 새로운 지도자 밍 총두령의 명예뿐만 아니라 죽은 내 남편 멍지체이와 나를 모욕하고 있다. 무엇보다도 가장 명예로워야 할 우리 빙티엔방의 이름에 똥칠을 했다. 나는 나대로 거미줄 같은 정보망을 가지고 있다. 그런 나에게 거짓말을 한단 말인가! 밍이메이는 죽음 직전에 있던 총두령을 살린 사람이고, 우리 조직이 위기에 처할 때마다 지혜를 제공하면서 헌신적으로 봉사했다. 내 남편 멍 총두령께서는 그런 지혜와 능력을 인정했기 때문에 마지막 숨을 거두면서도 밍이메이에게 총두령의 자리를 넘긴다는 유언을 남기신 것이다. 네놈은 말로는 미사여구(美辭麗句)를 늘어놓으면서도 값나가는 것들은 뒤로 빼돌려 산시성 쉬저우(山西省 朔州)에다 집과 토지까지 사놓지 않았느냐. 이 더러운 놈아!"

같은 편이라는 생각으로 기고만장했던 호가는 어안이 벙벙한 표정으로 우물대더니

"너희 두 년은 이 후대인이 베푸는 호의를 저버리고 스스로 지옥으로 가는 길을 택했다. 애들아, 저것들을 체포하여 감옥에 처넣어라. 내일 소두목회의에서 사형을 결정하고 빙티엔방 전원이 보는 앞에서 형을 집행할 것이다."

호가의 호위병들이 두 여인에게 다가갔다. 밍이 빙긋이 웃으며 엄지를 세워 무리 쪽으로 내밀었다. 모두 그녀가 가리키는 방향으로 눈을 돌렸다.

군중 속에서 십여 개의 장총이 솟아올라 호가를 겨냥하고 있었다.

호가는 움찔하더니

"오늘은 물러간다. 그러나 너희 두 년은 반드시 대가를 치르게 될 것이다."라는 말을 뱉었다. 그러고는 호위병들과 함께 군중 속을 빠져나갔다.

무영은 밖으로 나오면서도 아직도 꿈속에 있다는 느낌이 들었다. 고향에 있을 때 음전이 매우 당찬 줄은 알고 있었으나 저 정도인 줄은 몰랐다. 듣기에 따라서는 모순된 얘기들이 있었으나 그녀는 많은 지식을 습득하고 있다는 것을 알게 되었다. 또한 매우 고결하고 품위가 있어 보였다. 정연한 논리를 갖추고 대중을 설득하는 힘이 있었다. 마적 중에도 지휘부에 있었던 탓으로 보고 들은 것이 많았기 때문일까. 저 정도라면 가히 어떤 무리의 지도자가 되는 데에 부족함이 없을 것이다. 혹시 음전이가 아니고 같은 얼굴의 다른 사람인가? 그러나 깊은 산골에서 사냥이나 하던 자신이 어떻게 변했는지를 생각하면서 고개를 끄덕일 수밖에 없었다.

무영은 뒷산 숲에 몸을 감추고 아래를 내려다보면서도 주체하기 어려운 감상에 빠져들었다.

음전이 자랄 때의 모습, 소박맞고 돌아와 '겨릿소'라고 아이들의 놀림감이 되던 일, 어느 해 여름 장대비가 쏟아지던 밤의 일, 백두산으로 사냥을 떠날 때 길가 숲속에서 나타나 부석부석한 얼굴로 만선두리를 건네주던 모습, 납치당한 삼월이를 구하기 위해 마을 사람들과 추격조를 편성하던 때 본의 아니게 음전을 밀쳤고 이후 종적도 없이 사라졌던 일 등등 기억들이 떠올랐다. 자신은 음전이에게 많은 빚을 지고 있다는 것을 깨달았다. 그런 가운데에서도 삼월과 신화를 찾아야 한다는 절박감이 밀려들었다. 아무래도 우선은 심 선생 일행을 찾는 것이 순서라고 생각됐다. 그들이 대낮에 마적들의 소굴에 들어갔을 리는 없다. 당하지 않았다면 그들도 아마 자신을 찾고 있을 것이다.

무영은 가만가만 숲속을 다니면서 일행을 찾기 시작했다. 그리고 야트막한 능선 뒤 숲속에서 그들과 마주쳤다.

심 선생과 2대대장이 무영의 손을 잡으면서 말했다.

"얼마나 찾아다녔는지 모르오. 놈들한테 붙잡혔다는 생각까지 들었소."

"저도 그런 걱정을 했습니다."

17명의 대원 중 여섯 사람이 사라졌다.

"대원들이 어디에 갇혀 있는지 알아냈습니까?"

"뒤를 따르다가 북새통에 놓쳤습니다."

모두 낙담한 표정을 지었다.

"아무래도 밤을 이용하여 찾아야 할 것 같소. 그동안은 좀 쉬면서 기다립시다."

밤새 한잠도 못 사고 시쳐 있는 상태였으므로 안전한 곳으로 자리를 옮겨 휴식을 취하도록 했다.

"혹시 보셨습니까?"

"무얼 말이오?"

"마적들이 언쟁하는 모습 말입니다."

"그들 사이에 끼어 몰래 들어가 봤소. 밍이메이라는 여두목이 조선 사람이라는 것에 놀랐고, 그녀의 당찬 모습에 놀랐고, 또한 달변에 놀라움을 금할 수 없었소. 후웨이샹 같은 자가 천 명이 와도 눈 하나 깜짝하지 않을 정도로 당차고 포부가 넓은 여장부더이다."

무영은 심 선생에게 음전에 관한 일들을 이야기했다. 물론 비 오던 밤의 이야기는 제외하고다.

"어찌 그런 일이 있을 수 있다는 말이오?!"

심 선생은 매우 놀라워하면서 알쏭달쏭한 말을 덧붙였다.

"허허 여두목을 본 건 우연이 아니라 필연인지도 모르겠소."

잠시 후 그는 동네 가운데 빛바랜 깃발과 변두리에 있는 새 깃발을 가리키면서

"내가 보건대 밍 총두령이 말하는 암살자는 호가를 의미하는 것 같은데 그렇다면 신변의 위협을 느끼는 호가가 손 놓고 있을 리 없을 것이오. 내 예측이 틀리지 않다면 오늘내일 중으로 부하들을 동원하지 않을까 여겨집니다. 분위기를 볼 때 양쪽이 결판을 내기 위해 충돌할 가능성이 매우 높습니다. 우리는 저쪽에 있는 해골 깃발 아래를 주시하다가 혼란한 틈을 이용하여 대원들이 갇힌 곳을 알아내고 구출해야 할 것 같소."

중국 지도가 그려져 있는 빛바랜 깃발은 원래의 주인인 멍이 있던 건물이고 해골을 그린 새 깃발은 호가의 무리가 본부로 삼은 건물이다.

"신화 중대장의 부상은 어느 정도인지, 나머지 대원들은 안전한지, 참으로 답답하군요."

"어둠이 깃들면 조금 더 가까운 곳으로 내려가서 상황을 지켜봅시다."

저녁 무렵 자리를 옮겼다. 해골이 그려진 깃발 주변 지역을 몇 개의 조각으로 나누고 이를 분담하여 각각의 건물들을 주시했다. 서너 개의 건물은 총을 든 자들이 보초를 섰고, 대여섯 명으로 이루어진 순찰대가 30분에 한 번 정도 지나가곤 했다. 그러나 밍 총두령이 있는 지역은 평온했다. 몇몇 건물에 보초가 있을 뿐 순찰대가 돌아다니거

나 무리 지어 움직이는 모습 같은 건 보이지 않았다. 상대가 상대인 만큼 경계를 삼엄하게 할 법한데 그렇지 않았다. 보초를 제외한다면 너무도 평화로워 보였다. 무영은 은근히 걱정이 들기도 했다. 어찌 됐거나 포로들을 데려간 쪽은 호가의 무리이므로 대원들 모두가 그쪽으로 신경을 집중할 수밖에 없었다. 모두가 눈에 불을 켜고 번갈아 보초를 서면서 호가의 무리들이 있는 지역의 움직임을 감시했다.

부락에는 날이 새도록 아무 일도 일어나지 않았다. 이튿날 낮에도 마찬가지였다. 낮은 오히려 밤보다 조용했다.

그리고 이튿날 밤, 아마도 축시(丑時, 01:30~02:30)쯤 됐을 것이다.

"무슨 일이 있는 것 같습니다."

보초가 낮은 소리로 말했다. 추위에 떨면서도 조금이나마 눈을 붙이고자 애쓰고 있던 대원들은 일시에 일어나 마을을 내려다봤다. 희미한 달빛 아래 사람들이 움직이고 있었다. 급히 대원 두 명을 내려보내 상황을 파악해 보도록 했다. 그동안에도 검은 그림자의 숫자는 점점 불어났다. 그들은 아무 소리도 내지 않았다. 침묵 속에서 빠르게 모여들고 있었다. 공격 준비를 하는 것이 확실했다. 그러나 내려보낸 대원들은 예상한 시간이 지나도 돌아오지 않았다. 이번에는 세 명을 내려보냈다. 수백 명으로 불어난 호가의 무리는 드디어 움직이기 시작했다. 초조한 시간이 흐르고 있었다. 그러나 이번에도 내려보낸 사람 중 누구도 돌아오지 않았다. 참으로 귀신이 곡할 노릇이다. 더는 기다릴 수가 없었다. 세 사람은 총을 둘러메고 언덕을 내려가기 시작했다. 마을 가까이 몇 그루의 커다란 나무들이 선 검은 숲을 지날 때다. 갑자기 십여 명이 넘는 거한들이 세 사람을 일시에 덮쳤다. 어두운 곳에서 삽시간에 일어난 일이라 저항할 틈이 없었다. 입에는 재갈이 물리고 양손을 밧줄로 묶인 다음 등 뒤에 선 커다란 나무에 묶였다. 그들은 사람을 묶어놓고 번개처럼 사라졌다.

눈만 멀뚱거리며 나뭇가지들 사이로 마을을 내려다봤다. 오래지 않아 커다란 함성과 함께 섬광이 번쩍거리고 총소리가 콩 볶듯 했다. 총소리는 한동안 계속되더니 조용해졌다. 밍 총두령이 있는 지역에 환하게 불이 켜지고 여기저기 마당으로 여겨지는 곳에 황덕불이 타올랐다. 어느 쪽이 승리했는지는 모르겠으나 전투는 끝난 것이 확실했다.

희끄무레 새벽빛 속으로 대여섯 명의 총을 든 사람들이 언덕으로 올라왔다. 그들은 결박을 풀었다. 그러고는 포로들을 앞장세우고 언덕을 내려갔다.

마을에 들어서자 총을 든 마적 중 두 명은 심 선생과 한 명의 대원을 데리고 어딘가로 사라졌고, 다른 두 명은 무영을 어느 커다란 집 별채에 감금한 뒤 사라졌다.

도대체 왜 심 선생 등과 따로 떼어놓는지, 무슨 일이 어떻게 돌아가는지 불안하기만 했다. 한편으로는 결박을 아예 풀어준 것으로 보아 희망이 있지 않을까, 하는 생각이 들기도 했다.

방에는 작은 탁자를 마주하여 안락의자가 한 개씩 놓여 있었다. 잠시 초조한 시간이 흘렀다. 그리고 방문이 열렸다.

여인이 들어왔다.

쪽을 지어 곱게 빗어넘긴 머리에 긴 옥비녀를 꽂고 비단 옷감의 연보라에 매화무늬를 수놓은 저고리와 옥색 치마의 한복을 곱게 차려입은 여인이 치맛자락을 끌며 들어왔다. 무영은 그녀의 얼굴을 보고는 앉았던 자리에서 벌떡 일어났다.

그녀는 밍이메이 총두령, 아니 음전이었다.

무영은 당황하여 어찌할 줄 몰랐다.

그녀는 미소 띤 얼굴로 방에 들어와 몇 걸음 떼어놓다가 멈춰 섰다. 무영의 얼굴을 한참 동안 물끄러미 바라봤다. 무영도 그녀를 바라봤다. 아무 말도 할 수 없다. 한마디 낱말조차 목에서 나오지 않았다. 무영은 다만 억지로 미소를 지었다. 두 사람은 한참 동안 그 자리에 서서 그렁그렁한 서로의 눈을 바라보고 있었다. 밍이메이가 입술을 깨물며 앉으라는 손짓을 했다.

잠시의 침묵이 흐르고 그녀가 먼저 입을 열었다.

"엊그제 호가와 언쟁을 할 때 오라버니를 봤습니다. 처음에는 제 눈을 의심했어요. 그러나 호가의 진영에 들어가 있는 우리 정보원의 보고를 받았습니다. 그리고 내가 본 분이 오라버니가 확실하다고 생각했고, 포로 중에 누군가가 있기 때문에 이곳까지 오셨을 것이라는 추정을 했습니다. 우리는 호가 일당의 움직임을 알고 미리 그물을 치고 기다리고 있었는데 만일 그들 무리 가운데로 내려가 어떤 행동을 하신다면 일이 어그러질 염려가 있었습니다. 그뿐 아니라 귀중하신 몸에 상해를 입으실 수노 있구요. 그래서 놀래 호위병을 뭍였습니다. 우리 대원들이 실례를 범한 점에 대해 사죄를 드리겠습니다. 용서하시기 바랍니다. 삼월씨를 비롯해 같이 붙들렸던 분들은 호가의 감옥으로부터 구출하여 현재 치료를 받도록 조치해 놓았습니다. 나머지 분들도 제가 보호하고 있습니다. 직접 만나 확인을 했습니다만, 삼월씨는 발에 약간의 경상을 입었고, 신화라는 군인은 중상이라 적어도 20여 일 정도의 치료 기간이 필요하다는 보고입니다. 그 외의 나머지 분들은 전혀 이상이 없이 보호하고 있습니다. 삼월씨와 신화라는 부상자에 대해선 원하시는 대로 해 드리겠습니다. 환자가 이곳에 머물러 완치가 된 다음에 가도록 해도 되구요, 함께 가셔야 한다면 그것도 도와드리겠습니다."

두 사람은 많은 이야기를 나눴다. 옛날로 돌아간 듯했다. 고향 이야기는 즐겁고도 슬픈 것이었다. 되도록 어색하고 껄끄러운 이야기들은 하지 않았다. 세월에 상처받은 서로의 심중을 알기 때문이다.

"언젠가는 아름다운 한복을 입은 모습으로 오라버니 앞에 서고 싶었어요. 제 모습 다시 한번 봐주실래요?!"

그녀는 자리에서 일어나 천천히 몸을 돌렸다.

"곱소. 정말 아름답소."

"이젠 됐어요. 한복을 입어보는 것도 오늘로 끝을 맺을 수 있게 되었구요. 편한 마음으로 제 길을 갈 것 같습니다."

그녀는 쓸쓸한 미소를 지으며 방을 나갔다.

삼월은 발목 부상이 거의 나아 있었다. 참으로 다행이다. 그러나 신화 중대장은 복부 오른쪽 늑골 아래에 총상을 입고 있어서 신중한 치료와 많은 시간이 필요했다.

저녁에는 다른 건물로 안내되었다. 그곳에는 먼저 떠났다가 포로가 된 대원들까지 16명의 대원이 귀한 음식들이 차려진 상 앞에 앉아 있었다.

잠시 후 밍 총두령이 몇 명의 부하들과 함께 들어와 자리를 주관했다. 그녀는 소매가 비파처럼 생긴 아오췬(袄裙)을 입고 있었으며, 중국말을 사용했다. 삼월을 대하는 표정은 마치 지나가던 사람과 이야기를 나누는 것같이 반가움이나 미움 같은 감정을 찾아볼 수 없었다. 그녀의 얼굴에선 미소가 떠나지 않았으나 그 미소에는 특별한 의미가 없었다. 물론 심 선생이 말한 것처럼 무영에 대한 필연의 만남 같은 것은 생각할 수도 없는 일이다.

이러한 것들로 미루어 볼 때 고향 작은하니 사람들의 기억에서 잊혀진 사람이 되기를 바라고 있다는 느낌이 들었다.

세월은 자연을 변화시킬 뿐만 아니라 그 속에 사는 사람의 인식을 변화시킨다. 같은 인물도 옛사람이 아닐 가능성도 있다. 그녀는 험난한 고개를 넘는 동안에 나이 젊은 노파가 됐는지도 모른다. 이를테면, 오랫동안 객지에서 살던 사람이 은빛 비늘을 반짝이며 물결을 가르는 물고기를 따라다니던 추억이 현실에서 그대로 존재할 것으로 믿고 고향을 찾는다거나, 혹은 세월이 모든 걸 변화시킨다는 것을 잊고 막연히 옛사랑을 찾는 것처럼 어리석은 행위가 없다는 것, 추억은 울타리 안에 머물 때가 아름답다는 그런 것들을 노인처럼 오래전에 깨달았을지도 말이다.

백두산 부대원들은 이튿날 그곳을 떠났다. 밍 두령은 나타나지 않았다. 신화 중대장을 태운 들것은 십여 명의 마적들이 번갈아 가며 들었다. 그들은 50여 리쯤 되는 곳에서 되돌아갔다. 음전이 아니, 밍이메이가 마지막으로 베푸는 배려였다.

몇 년 후 동삼성에는 꽃마적이라는 별명의 여 마적이 위세를 떨쳤는데 의로운 행동으로 지방민들의 칭송이 자자하다는 말이 들렸다. 조선 독립군을 지원하는 일도 많이 했다고 한다. 그녀가 음전인지는 알 수 없으나 소문들을 종합하면 그녀라는 생각이 들었다.

그들이 부대로 복귀하고 불과 몇 달 후 관동군사령부가 있는 요동반도(遼東半島)의 남단 여순(旅順)에서는 지금까지 일본이 진행해 온 만주

정책을 급진적으로 바꿀 음흉한 계략이 꾸며지고 있었다. 장쭤린은 우리 입장에선 미쓰야 협정의 원흉인 점 등 달갑지 않은 존재이기 때문에 그의 죽음에 관한 이야기는 아주 짧게 기록하려고 했으나 호불호를 떠나 일제의 군국주의자들이 인간을 어떤 야만적인 방법으로 죽음에 이르게 했는가를 보기 위해 사건이 전개된 과정을 소개한다. 또한 1920년대 만주에서 발생한 정치적인 일들에서 장쭤린 폭살 사건을 제외한다면 전후 맥락이 연결되지 않기 때문이기도 하다.

제6편

악의 제국, 광란의 춤

　　장쭤린은 적군에 패해 도망치다가 안개가 자욱이 덮인 늪에 빠져 허우적거리고 있었다. 호위대장과 병사들도 눈에 띄지 않았다. 주변은 키를 넘는 잡초들이다. 허리까지 잠긴 몸을 빠져나오려고 안간힘을 썼다. 당 태종 이세민이 연개소문에 패해 달아나다가 잔여 병력까지 잃었다는 그 악명높은 요택(遼澤) 같다. 억새 줄기들을 쥔 손에 전신의 힘을 모으고 있을 때 홀연 안개가 사라졌다. 순간 어떤 거대한 힘으로 몸이 공중에 뜨면서 하늘을 날기 시작했다. 한참을 날다가 한 곳에 정지했다. 아래를 내려다보니 대지의 곳곳에 아름다운 기와지붕들이 나타났다. 어디서 본 듯한 모습들이다. 그러고 보니 황제를 상징하는 황색의 유리기와다. 이곳은 자금성(紫禁城)이라는 것을 깨달았다. 7백여 채에 달하는 건물들이 저마다 고풍한 자태를 뽐내는 주변으로는 10m 높이의 성벽이 둘러섰고, 그 성벽의 밖을 52m 너비의 해자(垓子)인 통자하(筒子河)가 에워싸고 있다. 보고 있는 동안 자신도 모르게 몸이 대지 위로 서서히 내려앉았다. 이어서 높이 8m의 3

층 백색 대리석 기단 위로 거인처럼 우뚝 선 35m의 거대한 목조건물 태화전(泰和殿)이 등 뒤에 섰고 계단 아래 광장에는 수많은 인파가 운집해 있었다. 자금성의 정전(正殿)에서 열리는 황제 즉위식이다. 뒤에 서 있는 태감(太監, 환관의 우두머리)이 쥐린의 귀에 대고 속삭였다.

"황제폐하 축하드리옵니다. 어저께 천단제(天壇祭)도 날씨가 좋았는데 오늘 즉위식 날도 티끌 한 점 없이 청명한 걸 보니 폐하의 충심이 하늘에 닿은 것으로 생각되옵니다."

수많은 사람이 운집했으나 호화로우면서도 장중하고 질서가 정연하다.

일흔두 개의 나무 기둥으로 받친 황금색 기와의 이중 처마 지붕과 석조 계단과 손잡이와 기둥들을 비롯하여 여기저기 꿈틀거리는 용의 조각들이 이곳의 위엄을 말해주고 있다. 천장에는 거대한 용 한 마리가 이빨 사이에 여의주를 물고 붙어 있다. 금으로 만든 옥좌는 물론이고 옥좌를 둘러싼 여섯 개의 나무 기둥이나 그 위로 들보와 서까래에도 용이 꿈틀댄다. 등 받침과 팔걸이 방석 등 어느 것 하나 용이 없는 곳이 없다. 옥좌 앞으로는 도금한 탁자가 놓였고 전면 좌우에 설치된 거대한 황동색의 고정(古鼎)과 고로(古爐)는 햇살을 받아 진한 금색으로 반짝이고 있다. 옥좌 뒤편으로는 용의 조각에 보석을 박은 아홉 폭 병풍을 둘렀는데 그림마다 각가지 모양의 용들이 마치 살아서 움직이는 것 같다. 장쥐린은 그 옥좌 앞에 서 있었다. 머리에는 앞뒤로 각각 황제가 갖추어야 할 덕목인 12장문(章文)을 뜻하는 일(日), 월(月), 성신(星辰), 산(山), 용(龍), 화충(華蟲), 조(藻), 종이(宗彛), 화(火), 분미(粉米), 보(黼), 불(黻)의 12개 류(旒, 술 혹은 줄)에, 각 류마다 오행을 뜻하는 다섯 가지 옥을 매단 황금색 면류관(冕旒冠)을 썼고, 몸에는 12개의 용보(龍補)와 주작

(朱雀)과 현무(玄武) 등 12 장문(章文)이 박힌 구장복(九章服)를 입고 있었다. 구장복 앞에는 발톱이 5개 달린 황룡이 수놓아져 있다. 무릎에는 화려한 문양의 폐슬(蔽膝)을 덮었다. 북경의 유명 복식점 훼이고장(瑞蚨詳)에서 제작한 것이라고 태감이 귀띔했다.

'하늘 아래 황제의 땅이 아닌 곳이 없고, 땅의 사람 중 황제의 신하가 아닌 자가 없다(普天之下 莫非皇土, 奉土之濱 莫非皇臣)'는 그 황제 즉위식이 진행되고 있었고 자신이 그 주인공이다.

옥좌의 좌우로는 여섯 명의 부인과 자식들이 앉았다. 왼쪽 맨 앞자리에는 첫 번째 부인 자오춘구이(趙春桂)가 대례복인 적의(雀衣)를 입고 머리에는 찬석(鑽石, 다이아)과 녹옥 홍보석 비취와 진주가 박힌 용봉관(龍鳳冠)을 쓰고 앉았다. 그녀는 17년 전인 1911년 쭤린이 봉천에서 근무하고 있을 때 차남인 쉐밍을 데리고 생활비를 받으려고 찾아왔었다. 곤히 자는 한밤중에 쉐밍이 울어대기 시작하자 화가 난 쭤린이 한 대 때린 것이 원인이 되어 부부싸움을 하고는 신민현(新民縣)에 있는 친정으로 돌아갔다. 그리고 이듬해 그만 알지 못할 병으로 그곳에서 급사하고 말았다.

자오춘구이의 뒤를 이어 순서대로 두 번째 부인인 봉천성 북진현(北鎭縣)에 사는 훈장의 딸 루셔우쉔(盧壽萱)과, 쭤린이 31세 때 강제로 데려온 세 번째 처 다이셴위(戴憲玉)가 앉았다. 그녀는 어릴 적 이웃에 사는 파출소장 아들과 약혼한 사이였는데 옛사람을 잊지 못해 우울증을 앓았다. 화가 난 쭤린이 약혼자를 총으로 쏴 죽이려 하자 그 남자가 도망가 버렸다. 다이셴위는 문을 걸어 잠그고 저항하다가 상심한 나머지 절에 들어가 스님이 되었으나 얼마 지나지 않아 죽었다. 쭤린이 혼령을 위로하려 절을 찾았으나 유언에 의해 가까이 가지도 못하고 발길을 돌려야만 했다.

그다음 자리에는 강제로 학업을 중단시키고 데려온 네 번째 쉬슈양(許澍暘), 그리고 흑룡강성의 마적 토벌대장 슈우샨(壽山)이 친구의 마누라 왕씨를 건드려서 낳은 다섯 번째 서우위(壽懿), 막내인 마웨칭(馬月淸)까지 여섯 명의 초취(初娶) 계취(繼娶)와 측실(側室)이 각자 호화로운 옷에 보석을 치장한 모습으로 나란히 앉았다.

그러고 보니 청나라 예법에 따른 즉위식 같은데 정작 황제의 처첩만 보면 지극히 소박한 것 같다.

청나라 초기에는 결혼하지 않은 황제에게 나이가 약간 많은 8명의 아름답고 단정한 여인을 선발하여 잠자리를 갖게 했다. 물론 이 궁녀들은 직함을 부여받고 봉록을 받는 등 궁에서 특별한 대우를 받았다. 이렇게 하는 목적은 어린 황제가 당황하지 않고 일찍부터, 그리고 언제든지 가까이에 있는 여인과 잠자리를 갖게 하여 후사를 넓히고자 함에 있었다.

이 제도가 차츰 정리되어 숭덕제(崇德帝) 홍타이지에서 3대 순치제(順治帝)에 이르는 동안에는 1후4비(一后四妃), 즉 황후 1명과 귀비 4명을 두었으나 순치제(順治帝) 후기부터는 황후 1명에 귀비 2명, 비 4명, 빈 6명 등 13명을 두도록 했고, 그 외에 아래로는 서비(庶妃)라 하여 귀인(貴人), 상재(常在), 답응(答應) 등을 무제한으로 두었다. 심지어는 2만여 명의 처첩을 거느린 황제도 있었다. 물론 황은을 입어보지 못한 이름뿐인 '황제의 여인'이 대부분이다.

쮀린의 오른편에는 9류의 면을 늘어뜨린 황금관을 쓰고 9장문의 면복(冕服)을 입은 황태자 쉐량(張學良)이 앉았다. 가슴에는 발톱이 네 개 달란 황룡이 수놓아 있다. 쉐량의 아래로 차남 쉐밍, 삼남 쉐덩, 장녀 이영(冠英)을 필두로 8남 6녀가 차례대로 예복을 입고 앉았다.

식이 진행되는 동안 간간이 궁중 예악이 연주되어 장중한 분위기를 돋웠다.

용문(龍紋)이 새겨져 있는 한백옥(漢白玉)의 황도(皇道, 황제가 다니는 길) 아래를 내려다보니 좌우로 호위무사들이 늘어섰고 맨 앞줄에 백색이나 적색, 혹은 옥색의 조복(朝服)을 입고 양손을 맞잡은 내각대학사(內閣大學士)와 도어사(都御司)와 제주(祭州), 한림원 학사(翰林院學士), 통정사(通政使), 오호 도독부의 도독(都督)이 황제를 향해 머리를 조아리고 있다. 그들의 뒤로는 이조(吏曹)와, 호(戶), 예(禮), 병(兵), 형(刑), 공조(工曹)의 관리들이 각각 품계에 따른 조복을 입고 서열에 따라 늘어섰으며, 왼쪽으로는 실크 햇을 쓴 각국의 외교사절들과 조공을 온 사신들, 만주에서의 이권을 노리는 민간 회사 우두머리들이 서 있다. 5로철도 건설안(五路鐵道 建設案)을 흔들며 자신을 귀찮게 하고 있는 만철총재 야마모토 조타로(山本條太郎)와, 주중공사 요시자와 깅키치(芳澤謙吉), 관동장관 기노시타 겐지로(木下健二郎), 관동군 사령관 무라오카 조타로(村岡長太郎) 등과, 불과 달포 전에 부임한 봉천 종영사 하야시 히사지로(林久次), 그리고 뒤에서 음흉한 공작질을 일삼는 봉천 특무기관장 하타(秦)의 모습도 보인다.

그들과 몇 줄 떨어진 곳에는 자신의 심복들이 섰다.

차오쿤의 편에 있다가 자신의 밑으로 들어온 오성연합군 총사령 쑨촨팡(孫傳芳)과, 심복인 양위팅(楊宇霆), 그리고 구웨이쥔(顧維鈞) 내각에서 교통총장으로 있다가 작년 6.16.에 장쭤린이 대원수로 취임하자 즉각 사직한 다음 쭤린에 의해 국무총리로 임명된 판푸(潘復)와, 장징후이(張景惠), 모더후이(莫德惠), 허펑린(何豊林) 등도 있다. 그들의 뒤에 일정한 간격을 두고 1만이 훨씬 넘는 중하위 관료들과 지방관들과 각 지방의 토호들이 섰다.

중서사인(中書司人)의 구령에 따라 대보(大寶, 옥새)를 전달할 차례가 되었다.

4치 각의 보옥에는 황제지보(皇帝之寶)라는 굵은 글씨가 양각(陽刻)되어 있다. 한(漢)나라 때에 만들어 원(元)나라에 이르기까지 황제들의 권위를 상징하는 옥새로서 전설 같은 이야기가 깃들어 있는 그 옥새다.

1368년 8월 2일, 명 태조 주옌장(朱元璋)의 휘하 장군인 시다(徐達)의 20만 대군이 연경(燕京=북경)을 점령했을 때 원순제(元順帝) 투환 테무르는 이미 옥새를 지니고 선조들의 고향인 몽고를 향해 북쪽으로 도망친 후였다. 200년 후 목동이 양을 치고 있는데 그중 한 마리가 쭈그려 앉아 풀을 먹지 않았다. 이상하게 여겨 그 자리를 파보니 옥새가 있었다. 한족(漢族)이 세운 한나라에서 몽고족(蒙古族)이 세운 원나라에 이르기까지 수많은 황제가 국가 대사를 결정할 때 누르던 인장이다. 옥새는 차하르 칸의 소유가 되었으나, 그가 죽은 뒤 태후가 보관하고 있다가 홍타이지에게 귀순하면서 바치게 된다.

옥새를 얻은 홍타이지는 크게 기뻐하여 국호를 금(金)에서 대청(大淸)으로 고치고 스스로를 관온인성황제(寬溫仁聖皇帝)와 숭덕제(崇德帝)라 칭하고 연호(年號)를 세운다. 청나라 제2대 황제 태종이다.

그러고 보니 옥새에는 타이산(泰山)의 위팡펑(玉皇峰)을 축소한 것 같은 위엄이 서렸다. 내각 대학사가 머리 조아리고 세 번 절하기를 세 번 반복했다. 그런 다음 옥쟁반에 대보를 받쳐 들고 진중한 모습으로 황도 옆에 신하들이 다니는 길로 한 걸음씩 올라오고 있었다. 발걸음이 가까워지면서 얼굴이 확연히 드러났다. 뜻밖에도 그는 사모 복대를 한 장제스(장개석)가 아닌가!

"아니, 저자가 어찌…?"

놀라서 경호대장을 부르려다 보니 단 아래 가운데에 서 있는 자들의 얼굴이 또렷하게 눈에 들어온다. 요직들 가운데에 도어사는 완파(皖派, 안휘파)의 돤치루이고 오호 도독부의 맨 앞자리에는 즈파(직례파)의 차오쿤(曹錕)이 아닌가! 한림원 학사는 저승사자처럼 일미팔육 공분(一米八六 公分, 1m 86cm)의 키를 드러내고 있는 펑위샹(馮玉祥)이다. 어리둥절해 있는 동안 계단을 올라온 장제스는 두 손으로 받쳐 든 쟁반을 장쭤린의 눈 가까이에 들이밀더니 갑자기 오른손으로 보자기를 벗겼다. 순간 옥새는 간데없고 목 잘린 사람의 두상(頭相)이 드러났다. 궈쑹링(郭松齡)의 얼굴이다. 면상이 길고 귀밑에 털이 많아 서양 사람처럼 보인다 하여 곽귀자(郭鬼子)라는 별명으로 불린 그 얼굴이다. 잘린 목에서 시뻘건 피를 줄줄 흘리면서 봉두난발한 머리칼 사이로 징글맞은 웃음을 흘린다. 어느 순간 표정이 싸늘하게 변하면서 입에서 뱀의 혓바닥이 나오더니 시퍼런 단도가 되어 목을 향해 슈욱 들어왔다.

장쭤린은 억! 하는 비명을 지르며 용수철처럼 몸을 일으켰다. 목을 매만졌다. 한참 동안 정신을 가다듬고 나서야 휴우~ 하고 긴 한숨을 내뱉었다. 옆을 둘러봤다. 아무도 없다는 것을 알게 되자 잠시 허전함을 느꼈다. 다른 건물에서 자고 있을 두 번째 처를 불러 함께 잘 걸 그랬나 하는 생각을 했다. 그러고는 눈살을 찌푸렸다. 강렬한 빛이 눈으로 들어왔기 때문이다. 햇빛은 3분의 1쯤 열려 있는 린넨사의 커튼 사이 중국식 원형 창문의 격자(格子)무늬 좁은 틈을 비집고 들어와 아라비아 양탄자에 투사되고 있었다. 그는 눈부시게 반사되는 백색의 양탄자에 희미하게 투영되는 모스크 무늬를 보면서 문득 허공에 울려 퍼지는 무슬림들의 아잔(기도를 알리는 노래소리)을 들었다. 환청은 마치 사막의 모래더미들을 넘는 바람처럼 일정한 음계(音界) 안에서 높낮이를 조절하며 하늘을 향해 높이 올라 먼 곳 어딘가로 사라지고 있었다. 그 소리는 영혼을 잠재우는 진혼곡이 되어 머릿속을 어지럽혔다. 정신을 가다듬은 후에야 환청이라는 것을 깨달았다. 왜 하필이면 이럴 때 아납백(阿拉伯, 아라비아) 사람들의 기도가 진혼곡으로 들리는 것일까…. 곧이어 이곳이 순승왕부(順承王府)에 있는 침실이라는 것과, 방의 주인은 안국군(安國軍) 대원수인 자신이라는 것을 인식하기까지에는 그리 오래 걸리지 않았다. 비로소 이마의 땀방울을 손으로 닦아냈다. 가만히 귀를 기울여 본다. 사방이 조용하다. 미세한 바람소리에도 기민하게 대응하는 대원수부에서 아무도 비명을 듣지 못한 것은 그나마 다행이다. 왜 이런 꿈을 꾸게 되는 것일까? 평소 황제가 되고 싶은 마음이 간절했기 때문일까. 그러나 대총통으로 있던 위안스카이가 갖가지 방법으로 여론을 조성한 후에 추대라는 형식으로 그토록 갈망하던 황제의 자리에 올랐으나 불과 83일 만에 소위 홍헌제제(洪憲帝制)라는 것을 취소하고, 그로부터 석 달도 안 돼 사망하는 것을 보고는 생각을 접었다.

만주, 즉 동북의 백성들은 자신을 랴오솨이(老帥, 노원수)라는 애칭으로 부르고 있다.

이 장쭤린이 누구인가! 소규모 마적단에서 출발하여 1924년부터는 본격적으로 지배력을 강화하기 시작하여 지금은 북양 정부의 국가원수가 아닌가. 장제스의 국민 혁명군에게 자리를 내어주기 전까지는 아직은 북경의 주인으로 천하를 호령하고 있는 육해공군의 우두머리다. 만일에 경호병이 달려왔다면 참으로 체면이 깎이는 일이다. 장쭤린이 만주로의 귀환을 앞두고 극도의 공포를 느끼고 있다는 소문이 나거나,

겁쟁이라는 말이 퍼질 수도 있다. 지금은 국민정부 군사위원회 주석 겸 국민 혁명군 총사령 장제스와의 사이에 전투를 벌이고 있는 상황이다. 그런 장제스에게 안국군(安國軍, 장쭤린의 군대)이 일본의 압력에 의해 산해관 동쪽으로 철수할 것이라는 확신을 갖게 할 것이며, 그렇다면 적장 장쭤린은 생각보다 다루기 쉬운 존재라는 생각을 할 수도 있을 것이다. 만주에서 일본만 몰아내면 완벽한 대륙 평정의 꿈을 이룰 수 있을 것이라는 생각에 아마도 회심의 미소를 지을 것이다. 절대로 그런 일이 일어나서는 안 된다. 아니, 허용할 수가 없다.

대원수는 간헐적으로 발생하는 두통에 오른쪽 관자놀이를 누르며 불길한 꿈과 오늘의 일정을 연결해 본다.

일본대사와의 면담에 신경이 쓰였기 때문일까?

최근 며칠 동안 이곳 북경과 남경 간에는 대륙의 패자(覇者)가 누가 될 것인가, 최후의 결판을 목전에 두고 살벌한 분위기가 감돌고 있다. 오래전부터 중국의 내정에 깊숙이 개입해 온 열국들 또한 상황을 주시하면서 자신들의 이익이 있다고 생각되는 저울추에 힘을 얹어보려고 매의 눈으로 상황을 바라보고 있다. 그를 중에도 힘을 앞세운 일본의 간섭과 압력은 특별하다. 관리들의 오만은 종종 인내의 한계를 벗어나고 있었다.

이런 상황에서 일본 공사가 갑작스럽게 면담을 요청한 것은 현재의 정국을 좌우할 중요한 무언가가 있기 때문일 것이다. 결코 무시할 수 없는 일이라 생각되어 새벽 1시가 될 때까지 관계자들과 협의하고 간신히 양해를 구하여 일정표를 시간 단위에서 분 단위로 조정할 수 있었다.

대원수의 일정은 적어도 한 달 전부터 편성되는 것이고 그 하나하나가 모두 대원수가 주인공인 중요한 일들이다. 오늘은 재외중화전통문화협회(在外中華傳統文化協會) 간부들과의 면담과 오찬이 약속돼 있다. 세계 각처에서 활동하고 있는 그들은 문화의 간판을 내걸고 있으나 기실은 기업가나 전직 외교관들이 모인 친선그룹이다. 막강한 자금력으로 중국을 위한 활동을 전개하고 있다. 남군의 장제스 편에 설 위험이 있는 단체를 이쪽으로 끌어들인 데에는 외교력이 총동원되었다. 그런 중요한 일조차 오후 4시로 미룬 것은 요시자와 공사의 면담 요청에 어떤 예감이 있었기 때문이다.

벽시계가 5분 전 5시를 가리키고 있다.

이 시간이면 주방장 쉬정옌(徐正廉, 서정렴)이 음식을 모두 차려놓았을 것이다. 작년 6월 18일 육해공 대원수로 취임하던 날이다. 충복인 양위팅이 자기가 고용하고 있는 요리사가 중국에서 제일 음식솜씨가 훌륭할 거라며 신원도 확실하니까 대원수의 건강을 위해 그 사람을 보내겠다고 제의하여 대원수부 주방장으로 온 사람이 쉬정옌이다. 장쮜린은 주방을 향해 천천히 걸음을 옮겼다.

맞은 편 자리에 미리 와 앉아 있던 두 번째 마누라 루서우쉔이 남편이 들어오자 조용히 자리에서 일어났다. 그녀는 이곳 북경으로 올 때 함께 왔으나 같은 침대에 누워 잔 지는 봉천에 있던 때에도 그랬으니까 언제부터인지 기억이 가물가물하다. 남편의 정이 다섯째에게 가 있는 것을 잘 알고 있으므로 대원수부 안살림의 주인인 것에 만족하는 것 같다. 장쮜린은 내원(內園)에서 여인들이 다투는 것을 엄금했다. 계집 둘 가진 놈의 창자는 호랑이도 먹지 않는다는 격언이 있지만, 속을 썩은 일이 없다. 질투에는 무조건 추방한다는 말이 먹혀들었기 때문이다.

아침 식탁에 올라온 음식들을 살펴보니 물만두와, 쑤둥포(蘇東坡, 소동파)가 좋아했다는 둥포러우(東坡肉), 돼지고기를 감자전분에 묻혀 새콤달콤한 맛을 낸 꿔바로우(鍋包肉)를 비롯해 고기와 채소로 보드랍게 만든 이씨앙로우(魚香肉絲), 사천식 생선조림인 파오차이위(泡菜魚) 등이 나왔다. 그러나 목이 깔깔하고 도무지 입맛이 당기지 않는다. 딱 하나 눈에 띄는 것이 있다. 모시조개로 만든 츠완고리탕(川蛤蜊湯)을 사발째 들고 몇 모금 훌쩍훌쩍 마시고 일어섰다.

마누라가 힐끗 바라보며 안색을 살폈다.

대원수의 눈이 벽으로 향했다.

달력에 쓰인 18이라는 숫자는 벌써 5월의 절반을 지나고 있었다.

"쇠심줄 같은 놈."

북경에 주재하고 있는 일본 공사 요시자와 깅키치는 본국에서 날아온 소위 '5·16조치안'이라는 전문을 들고 끈질기게 물고 늘어졌다. 전 육군상 야마나시 한조(山梨半造)가 다나카 기이치(田中義一) 수상의 명령을 받고 장쬐린에게 군대를 데리고 농묵(만주)으로 철수하라는 권유를 했으나 받아들여지지 않아 빈손으로 돌아간 지 며칠 되지 않아 이번에는 요시자와가 찾아왔다. 그러나 대원수는 꿈쩍도 하지 않았다. 키가 1m 60cm가 채 되지 않고 몸무게 60kg이 넘지 않을 왜소한 몸의 곱상하게 생긴 50대 중반인 사내와 1m 76의 비만한 몸집의 사내가 대비되는 모습으로 탁자를 사이에 두고 언제 끝날지 모를 지루한 줄다리기를 하고 있었다.

오전 11시부터 시작된 담판은 점심도 거른 채 계속됐다. 장쬐린 대원수로서는 자신의 인생에서 지금까지 쌓아 올린 모든 것이 물거품이 될 거라는 위기의식을 느끼고 있으므로 북경에서 물러난다는 것은 절대로 양보할 수 없는 일이다.

다나카(田中) 수상의 이름으로 보낸 '만주지방의 치안유지에 관한 조치'라는 각서는 5월 16일 일본 각의에서 결정한 것으로

'전란이 경진지방으로 진전하고 그 화란이 만주에 미치려 하는 경우 제국 정부로서는 만주의 치안유지를 위해 적당하고도 유효한 조치를 취하지 않을 수 없다…'라는 문구로 시작되고 있었다. 전문(電文)의 내용은 만일 장쭤린의 안국군이나 장제스의 국민 혁명군이 산해관을 넘어 동북에 진입할 경우를 상정한 일본의 '조치계획'으로 구체적인 내용은 이랬다.

'⑴ 남군이 경진지구(북경과 천진)에 도착하기 전에 북군이 철수하는 것은 인정하지만 그 전에 남군이 진입하는 것은 저지한다.

⑵ 남북 양군이 경진(북경과 천진)지구에서 교전하거나, 또는 두드러지게 양군이 접근한 상태에서 북군이 만주로 퇴각할 때는 충돌의 위험을 제거하기 위해 남북 양군의 무장을 해제한다'는 것으로 이는 곧 북군의 철수를 전제로 한 것이다. 그래야만 모든 일이 풀릴 수 있다는 의미다.

"이게 뭐 하자는 말이야?!"

대원수는 문서를 내동댕이쳤다. 16절지에 굵은 글씨를 담아 편철된 서너 장의 서류가 두 사람의 머리 위에서 공중 분해되어 삐라처럼 너풀거렸다. 그의 가느다란 눈엔 살기가 어리고 이마에 굵고 푸른 심줄이 꿈틀거렸다. 집무실이 떠나갈 것 같은 소리로 외쳤다.

"폭도(장제스)의 무리가 남쪽으로 되돌아가야지 왜 내가 동북으로 가야 하는가? 나는 북경에서 일본을 위해 싸우고 있는데 다나카 수상은

대체 누구 편을 들고 있는 것인가?"

요시자와는 이런 행동을 예상이라도 하고 있었다는 듯 담담한 표정으로 말했다.

"이 조치안은 철저하게 대원수 각하의 안녕과 미래를 담보하기 위해 만들어진 것입니다. 총리 각하께서는 대원수 각하의 편이라는 것을 모르십니까?"

두 사람 모두 어린애들에게서나 있을 유치한 대화를 나누고 있지만 사안의 중대성을 두고 예민해진 신경전이 외교 관례상 당연히 존재해야 할 예의와 체면의 공간을 조금씩 지우고 있었다.

"그렇다면 군대라도 동원해서 나와 함께 폭도를 격파해야 될 것이 아닌가. 그래야 이 장쭤린의 지배력이 안정되고, 일본에 대한 대우도 격상될 것인데 그동안 남경의 폭도에게는 군대를 되돌리라는 말조차 못 하고 이제 와 나더러 군대를 물리라는 이유가 무엇이란 말이오?"

"그렇게 할 수 없는 상황이라는 것은 각하께서 누구보다 잘 아시지 않습니까. 아시다시피 남군은 미국이 배후에서 돕고 있습니다. 제남사건이 끝난 지 불과 두 달도 되지 않았고, 미국과 영국을 비롯한 열강들은 우리 일본의 동향을 예의주시하고 있습니다. 역효과를 초래할 것이 뻔한 걸 입에 올리면 무슨 소용이 있겠습니까. 또다시 피를 흘리는 사건이 발생하지 않도록 일본은 정당하고도 단호한 조치를 취할 수밖에 없습니다. 그것은 영·미를 비롯한 열국들로부터 받고 있는 오해를 풀기 위함이기도 하구요. 물론 지난번의 사건은 전적으로 남군 측의 어리석은 행동에서 비롯된 것으로, 우리 일본으로서는 자위권 차원의 부득이한 일이었지만 말씀입니다."

요시자와 공사의 말은 틀린 것이다. 공사는 불과 보름 전에 있었던 일을 눈도 깜짝하지 않고 거짓말을 하고 있는 것이다. 제남사건은 우한정부와 남경 정부의 통합을 조건으로 공직을 사임하고 외유를 떠났던 장제스가 금년 2월 2일에 국민혁명군 총사령에 복귀하여 2월 28일에 북벌군을 조직, 4월 7일부터 2차 북벌을 개시했다. 장제스 본인이 직접 지휘하는 부대를 비롯하여 펑위샹(馮玉祥), 옌시산(閻錫山), 리쭝런(李宗仁)의 4개 집단군이 북상을 전개하자 일본이 자국의 거류민을 보호한다는 구실로 군대를 파병하여 무력으로 도발한 사건이었다. 그러나 표면적인 이유와는 달리 일본의 본심은 다른 데 있었다. 혁명군이 북경을 빼앗지 못하고 북벌에 실패하게 되면, 하북(河北)에서 할거하고 있는 장쭤린의 북양군벌이 확실하게 뿌리를 내려 그들을 배후에서 지원하는 일본이 지위를 굳힐 수 있기 때문이다. 일본은 만주뿐만 아니라 하북을 발판으로 중원까지 잠식하려는 장기적인 계획을 갖고 있다.

각의의 결정에 따라 4.20. 밤 구마모토(熊本)에 주둔하고 있던 후쿠다 히코스케의 제6사단 소속 8개 대대, 천진에 있던 3개 중대 460명 등 5천 명의 일본군은 제남에 진입하여 약 20일 동안에 온갖 만행을 저질렀다. 아무 데나 총질을 해대고 남경 정부의 외교부장 황푸(黃郛, 황부)를 연금하여 혁명군이 먼저 도발했다는 서명을 강요하는가 하면, 외교부 교섭서 특파원인 카이공시(蔡公時)에게 꾸이샤(跪下궤하, 무릎을 꿇리는 것)를 명령했으나 듣지 않자, 그곳에 함께 있던 16명의 직원을 한 명씩 사살했다. 그래도 말을 듣지 않으니까 개머리판으로 무릎뼈를 부러뜨린 다음 입을 비틀어 혀를 잘라내고 권총으로 사살했다.

일본군은 사태를 안정시키고자 방문한 사람들도 죽이거나 모욕을 주었다. 그러나 장제스는 일본의 의도에 말려들지 않고 은밀하게 황하(黃河)를 건너 위험지역을 벗어났다. 결과는 애꿎은 중국인 사상자

3,254명을 남긴 채 정전 협정이라는 모호한 이름의 안개 속으로 사라졌다.

장쭤린이 그 사실을 모를 리 없다.

"이 제안이 남경의 폭도에게도 전달된 것이오?"

"물론입니다. 각하께 오기 전 방금 장제스 총사령에게도 전달됐다는 전문(電文)을 확인했습니다."

엉겁결에 둘러댄 말이다. 그러나 이때쯤이면 상하이 주재 일본 총영사 야다 시치타로(矢田七太郎)도 '조치안'을 테이블 위에 올려놓고 장제스와 줄다리기를 하고 있을 것이라고 요시자와는 생각했다. 힘 앞에는 아무도 끝까지 맞설 수 없다. 결국엔 장제스도 도장을 찍을 것이다. 그런데 마적 출신 이 작자는 정말 자신이 지금 어떤 상황에 놓여 있는 줄 모른단 말인가!?

"그자의 반응은 어땠소?"

"결과를 확인하지 못했습니다만, 일을 그르치는 판단은 하지 않을 것으로 생각됩니다. 남군의 목표는 오직 전국 통일에 있는 것은 각하께서도 아시는 것입니다. 남군지휘부는 모든 힘을 거기에 집중하기 위해 우리 일본과 부딪치는 것을 경계하고 있습니다. 제남사건에 있어서도 일은 자신들이 저질러놓고 밤중에 황하를 건너 도망치지 않았습니까. 대원수 각하께서 이 조치안을 받아들인다는 조건에서는 모든 일에 순응하지 않을 수 없을 것입니다."

"그런 추정에 불과한 말은 나더러 먼저 백기 투항하라는 것과 다름없는데 내가 그렇게 만만하게 보이는 것이오?! 장가가 여기에 응한다는 걸 어떻게 보장할 수 있소?"

"그 점은 걱정하실 필요가 없습니다. 본 '조치안'을 위배할 시 그에 따른 대응계획을 실행하겠다는 다나카 총리 각하의 의지가 확고하다는 것을 알고 있을 테니까요. 남군지휘부도 경진지구에서 전투를 벌이거나, 산해관을 넘는 것은 자멸을 의미한다는 것을 분명하게 인식하고 있을 것입니다. 그러나 이 문제의 선결 요건은 대원수 각하께서 먼저 움직여 주셔야 매듭이 풀릴 수 있습니다."

"두말 할 것 없소. 장제스보고 퇴각하라고 하시오. 싸워보지도 않고 물러서는 건 내 방식이 아니오."

"각하께서도 아시다시피 남군의 80만 병력은 이미 북경의 턱밑에까지 와 있습니다. 장제스 총사령이 겸하고 있는 제1집단군은 닷새 전인 14일에 평원(平原)을 점령했고, 제2집단군 평위샹은 덕주(德州)로 들어왔습니다. 옌시샨(閻錫山)의 제3집단군은 석가장(石家莊)과 중정(正定)을 점령했다는 보고입니다. 삼면에서 북경을 둘러싸고 총공격 날짜만 남겨둔 상황인데 군대를 되돌리려고 하겠습니까?! 현실적이고 실효적인 방안을 고려하셔야 합니다. 각하께서 봉천으로 귀환하지 않고 대결을 고집하시면 자칫 전화(戰禍)가 만주 전역에까지 미칠 수도 있습니다. 그리되면 이곳 북경으로 권토중래하실 근거지마저 잃을 가능성이 높습니다."

"천만의 말씀! 안국군(安國軍)에는 7개 사단 60만의 병력이 있고 그들은 봉천 병공창(兵工廠)에서 만든 가장 현대적인 무기를 가졌으며, 사기도 하늘을 찌르고 있소. 충성심 높은 장쭝창, 양위팅을 비롯하여 아들 쉐량이 그들을 지휘하고 있소. 산동 독판 쑨촨팡도 비록 명령을 어기고 단독으로 서주(徐州)를 공략했다가 패주하긴 했으나 군대를 정비하고 있으니까 며칠 내로 지원군을 이끌고 올 것이오. 내가 특히 귀국 정부에 강조하고 싶은 것은 말이오. 싸움은 숫자로 결정되는 것이 아니라는 점이오. 80만 병력 대 60만의 대결에서 무기와 전술이 월등하면 20만의 차이는 무시해도 되는 숫자라는 점을 군인 출신인 다나카 총리도 인정할 것이오. 어쨌거나 나로서는 싸워보지도 않고 북경을 폭도에게 내줄 수는 없소. 승패는 오직 하늘에 달린 것이오."

표현은 호기롭게 하지만 병력의 숫자가 60만이라고 하는 것은 새빨간 거짓말이고 실상은 겨우 40만이라는 것을 요시자와는 이미 알고 있었다. 패색이 짙은 군대의 내부는 갈등도 심하다는 것도 말이다. 그러나 입 밖에 내지는 않았다.

군대의 사기가 하늘을 찌르고 있다는 것도 허풍에 불과한 말이다. 그의 군대 중에서 그나마 사기가 살아 있다고 볼 수 있는 건 이곳 북경에 있는 직속부대뿐일 것이다. 보고에 의하면 산해관 부근에는 군복을 벗어 던지고 총까지 버린 탈영병들이 고향을 향해 도주하는가 하면 일부는 냄비와 우산을 짊어지고 들개처럼 떼를 지어 돌아다니며 민가를 약탈하고 있다고 한다.

"그렇다면 다나카 수상 각하와의 각별한 우호적 관계가 훼손돼도 좋다는 말씀입니까? 수상께서는 대원수 각하가 봉전으로 회군하신 다음의 지원 대책까지도 구상하고 계시다는 말을 들었습니다."

대원수는 그 말에는 관심도 없다는 듯 엉뚱한 질문을 했다.

"요시자와 공사, 다나카 수상은 혹시 나보다 난징(南京)의 폭도에게 더 마음이 쏠려 있는 게 아니오?"

그 말에 요시자와는 황급히 손을 저었다.

"천부당만부당한 말씀입니다. 몇 번을 말씀드렸습니까? 수상 각하를 비롯한 일본 조야의 대원수 각하께 대한 우호적인 뜻은 추호도 의심할 여지가 없습니다. 각하께서 먼저 우리 일본과의 관계에 변화를 원하지 않는 이상은 변함이 없을 것입니다. 지금까지 그래왔고 앞으로도 그럴 것입니다. 이 점을 깊이 고려하시고 본국에서 더욱 도타운 신임을 하도록 한시라도 빨리 서명해 주시기 바랍니다."

"귀국과 인연을 맺은 이래 최근까지도 물심양면으로 가졌던 나의 호의가 이런 모습으로 돌아온다는 말인가?!"

요시자와는 탄식처럼 내뱉는 그 말의 의미가 무엇인지 알고 있다.

일본의 계획은 동북에서의 거대한 이권이 담긴 만몽5로(滿蒙5路), 즉 장쭤린이 일본으로부터 차관을 받아 북만주 길회선(길림-회령), 연해선(길림-해림), 길오선(길림-오상), 장대선(장춘-대뢰), 조색선(조남-색륜) 등 5개 철로를 건설하는 것이었다. 이렇게 되면 만철 노선이 확장되고 오랫동안 숙원으로 여겼던 한반도와의 지선 연결이 완성된다. 그동안 이 노선은 장쭤린으로부터 승낙을 받아내지 못해 전전긍긍하고 있었다. 온갖 방법으로 압력을 가하던 중 지난해 10월에 신임 만철 총재 야마모토 조타로를 북경에 보내 정식 체결을 강력하게 요구하기에 이르렀고, 금년 초 두 사람 간에 느슨한 밀약이 성립되었다. 만몽5로 중 일본이 특히 중요하게 생각한 노선은 돈화(敦化)~도문강(圖們江)을 잇는 선으로 이는 길회철로(길림~회령)의 미착공 부분으로 남아 있었다. 이 노선이 완성되면 남만주철도는 종래의 안봉선(安奉線)을 경유한 데에 덧붙여 새로이 길장(吉長), 길회(吉會) 두 철로를 거쳐 조선의 철로와 연결된다. 이것으로 만주에는 조선의 육로와 일본의 바다로부터 군대와 물자를 운송할 수 있는 통로가 두 가닥이나 완성되는 셈이다. 장제스의 북벌로 장쭤린의 위세가 약화되는 것을 안 일본은 조인을 서둘렀다. 대원수는 최종단계에서 요리조리 핑계를 대며 말을 듣지 않았다. 중국 민중의 강력한 반대를 알고 있기도 했지만, 대원수 또한 일본이 요청한다고 아무거나 말을 들을 호락호락한 인물이 아니다. 마침내 일본은 실질적인 협박 카드를 꺼내 들었다. 5로에 대한 권리를 부여하지 않으면 본거지인 만주와 연결된 남만주철도를 사용하지 못하도록 하겠다고 엄포를 놓았다. 그것은 남군에 패하거나 혹은 자의에 의해 만주와 소통할 시에는 퇴로를 차단하겠다는 뜻이다.

장쭤린은 고민 끝에 나흘 전인 5.14. 길림성 의회에 전문을 보내 상황을 설명하고 길림성 독판 장쭤상, 교섭서장 쫑루(鐘陸) 등에게 조인을 통보했다. 그리고 길회철로를 제외한 4개 노선에 관해 조인했다.

대원수는 지금 그 얘기를 하는 것이다.

협박에 눌려 도장을 찍은 것을 마치 시혜를 베푼 것처럼 말하고 있으니 요시자와가 속으로 코웃음을 칠 수밖에 없다. 도대체 이 땅꼬마가 일본의 지원을 많이 받으면서도 막상 일본을 위해 해준 것이 뭐가 있단 말인가.

요시자와가 이런 생각을 하고 있을 때 대원수가 "나 장쭤린은…" 하고 주먹으로 책상을 두드렸다. 생각할수록 분노가 치미는 것 같았다.

"14세의 나이부터 맨몸으로 마상에 올라 만주의 황야에서 비바람 눈보라를 맞으며 오늘 자금성의 주인이 된 사람이오. 이 자리는 내가 수많은 전장에서 승부를 겨룰 때마다 목숨을 내놓고 싸웠던 결과물이란 말이오. 내 말이 무슨 뜻인지 알겠소? 남경의 폭도가 제아무리 강하다 해도 아직은 내 상대가 되지 못한다는 뜻이오. 이 전쟁을 반드시 승리로 이끌어 내가 건재하다는 것을 보여줄 것이오. 도쿄에 전하시오. 장쭤린은 이곳에서 한 발짝도 물러설 뜻이 없다고 말이오. 다시 강조하거니와 승패는 하늘에 달린 것이오."

그러나 요시자와는 미동도 하지 않고 장쭤린의 눈을 응시하면서 말했다.

"만일에 각하의 그 뜻이 일본 각의에 오해를 일으켜 정책적 오류나 현상 변경을 초래한다면 그 결과는 양국의 선린우호에 심각한 문제로 귀결될 것입니다. 그래도 좋다는 말씀입니까?"

"요시자와 공사, 경고하겠소. 다시 한번 내게 그따위 협박을 한다면 당신을 추방할 것이오. 서로에 대한 신뢰가 그 정도로 허약한 것이라면 더 이상 무슨 말이 필요하겠소. 오히려 잘된 일이오. 일본은 일본의 방침대로 하고 나는 내 방식대로 하는 수밖에 없소. 내 생각에는 흔들림이 없소. 아울러 수상께 이 말도 전하시오. 만일 북경이 저들의 수중에 넘어간다면 지금은 일시 지하로 숨어들었지만 머잖아 고개를 들고 나올 공산 폭도들과, 호시탐탐 남쪽을 내려다보고 있는 소련이 장제스에 의해 추방된 보로딘(Borodin)을 앞세워 공작질을 할 경우 어떤 방법으로 방어할 수 있는지도 생각해 보라고 말이오. 장제스 폭도와 결별한 공산당 세력이 작년 9월에 추수폭동을 비롯하여 12월에는 남경폭동과 광주폭동을 연달아 일으키지 않았소. 그들의 목적은 오직 하나, 중국에 소비에트 정권을 수립하는 것이오. 일시 정강산(井崗山)으로 숨어 들어간 마오쩌둥(모택동) 같은 자들이 노농군(勞農軍)을 이끌고 언제 어디서 나타나 광야에다 불꽃놀이를 벌일지 예측할 수 없소. '차을타갑, 차병타을(借乙打甲, 借丙打乙: 을을 빌려 갑을 친 후에 병을 빌려 을을 치다)' 하는 그들의 전술을 내 도움 없이 제압할 수 있다고 생각한다면 그거야말로 크나큰 오산이오. 아니, 그보다도 내가 중국을 통일한다면 일본과의 관계가 수망상조(守望相助)의 관계로 발전할 것이나, 만에 하나 남경의 폭도가 나를 이긴다면 다음으로는 항일전에 돌입할 것이라는 점은 삼척동자라도 짐작할 수 있는 일이오. 다시 한번 말하거니와 나는 물러설 생각이 전혀 없소. 그러니까 돌아가시오."

대원수의 계속되는 항변에 지칠 대로 지친 요시자와의 얼굴이 일그러졌다.

잠시 창문 쪽을 바라보며 무언가를 생각하는 듯하더니 고개를 돌렸다. 이마에 파랗게 심줄이 돋았다.

"정 그러시다면 배상을 약속해 주십시오. 그러면 물러가겠습니다."

그 말에 장쭤린이 상체를 일으키며 눈을 동그랗게 떴다. '배상'이라는 말에 촉각이 곤두섰다.

"배상이라니, 그건 또 무슨 말이오?"

"지난번 제남사건 때 각하를 돕던 장쭝창 부총사령의 졸개 한 무리가 밤중에 술이 만취해 거리를 지나다가 귀대 중이던 우리 6사단 33연대 병사 두 명에게 시비를 걸어 몸싸움으로 발전했는데 그 두 병사를 총으로 쏴 죽였습니다. 총리실에 보고하려다 각하와의 끈끈한 관계를 고려하여 육군성 차원에서 처리했습니다. 각하께서 이 사안을 막무가내로 받아들이지 않으신다면 우리로서는 부득이 그 병사들의 가족에게 지급했던 보상금에 더해 그로 인해 국가가 입은 손실까지 각하께 구상권을 청구할 수밖에 없습니다. 그뿐 아니라 총리실에도 보고하지 않을 수 없습니다. 그동안의 보고 지연에 대한 징계를 각오하고서라도 말씀입니다."

외교부에서 잔뼈가 굵은 노련한 요시자와는 이럴 때 최후의 카드로 어떤 것이 필요한지를 알고 있었다.

상대를 잔뜩 화나게 한 후에 이루어지는 협상은 화를 낸 쪽이 불리한 위치에 있게 마련이고 분위기는 한결 나긋해지는 법이다.

장쭤린은 자리에서 벌떡 일어나며 탁자 위에 놓인 담뱃대를 바닥에 동댕이쳤다. 그러고는 천장이 날아가라 고래고래 소리를 질러댔다.

"이게 무슨 개죽에 밥 말아 먹는 소리야. 그런 일이 있었다면 진즉에 나한테 보고가 됐을 텐데 난 그런 보고를 받은 적이 없어. 똥통에 빠졌다 나온 쥐새끼 같은 꼬락서니로 도망치기 바쁜 놈들이 무슨 용기가 있어서 일본군을 총으로 쏜단 말이야. 나 참 어처구니가 없네. 나한테로 와서 힘을 합치자는 말을 듣지 않고 독불장군 행세를 하던 그 마적출신 장가 놈은 지금 어디로 숨었는지 코빼기도 보이지 않아. 제 마누라가 몇 명인지도 모르는 그런 멍청하고 배짱 없는 놈의 병졸들이 어련하겠어. 그리고 요시자와 공사 당신, 그런 어정쩡한 협박으로 나를 흔들 수 있다고 계산했다면 큰 실수 하는 게야. 앞으로 다시는 이 문제로 만나지 않을 테니까 죽이 되든 밥이 되든 당신들 맘대로 해봐. 사람을 잘못 봤어. 나 장쭤린이야! 장쭤린이란 말이야!"

대원수는 체면 따윈 아랑곳없이 구둣발로 문을 걸어찼다. 밖으로 나가면서도 대원수부를 관리하는 직원들이 보건 말건 요시자와가 앉아 있는 자신의 집무실을 향해 손가락질을 하며 고래고래 소리를 질렀다. 분을 참지 못해 화분을 걷어차기도 했다. 한참 후 그는 어디론가 사라졌다.

요시자와는 허리 부러진 담뱃대를 내려다보며 지금쯤 기가 꺾여 되돌아올 것이라 기대했다. 이제나저제나 목을 늘이고 기다렸으나 돌아오지 않았다. 시간이 흘러 3시가 됐어도 모습을 나타내지 않았다. 협상에서 쇠심줄 같다는 요시자와도 어찌할 수 없었다.

"역시나 마적 출신은 상대하기 어려워. 개뼈다귀 같은 작자!"

그는 대원수부의 문을 나서며 오랫동안 해 보지 않던 욕설을 중얼거렸다.

대원수는 그로부터 1시간 반이 지나서야 집무실로 돌아와 소파에 털썩 주저앉았다.

분이 가라앉으니까 두려움이 서서히 밀려왔다. 다나카가 정말로 자신을 버릴지도 모른다는 두려움이다. 그동안 여러 가지로 일본의 지원을 받으면서도 막상 그들이 요구하는 것들에 대해서는 흔쾌한 대답을 한 적이 없다.

물론 그 요구하는 것들이 정적들과 민중의 눈치를 봐야 할, 결코 가벼운 것들이 아니긴 하지만 어쨌거나 기나긴 줄다리기를 하고 나서야 마지못해 도장을 찍었으므로 일본으로서는 고맙다는 생각이 들지 않았을 것이다. 그러나 다나카는 길회철로 하나를 제외하곤 가장 갖고자 하던 것들을 손에 넣었다. 바꾸어 생각하면 이젠 그에게 장쭤린은 쓸모가 없어진 셈이다.

그러므로 다른 생각을 하고 있을 수 있다.

이 추정에 신빙성을 보태줄 만한 일이 있었다. 그것은 장제스의 제4집단군 총사령인 리쭝런(李宗仁)이 소위 북벌에 참여하기 전에 했던 말 때문이다. 리쭝런은 군비 지원 문제 등으로 장제스와 불화가 있다는 말을 들었던 터라 당시로서는 귓등으로 흘렸지만 지금 생각하면 그렇게만 치부할 일은 아닌 것 같다.

작년(1927) 4월, 남경과 상해에서 쿠데타를 일으켜 국민당 좌파들과 공산당을 분쇄하고 남경(南京)에 독자적인 정부를 수립한 장제스는 북벌을 계속하는 중 제1차 산동출병에서 일본군의 방해와 리쭝런이나 바이충시(白崇禧) 등 장군들의 (남경과 우한의 통합을 위해 하야해야 한다는) 종용으로 총사령직에서 물러난다. 한동안 고향인 저장성 봉화현(奉化縣)에서 요양을 하다가 1년간의 해외여행을 핑계로 상해를 떠나 9.29. 낮

나가사키에 도착한다. 한 달 동안 일본에 체류하면서 정·재계 인사들을 만난다. 그해 10월 5일에는 도쿄 아오야마(靑山)에 있는 다나카 수상의 사저를 방문하여 회담을 했는데 이 자리에서 밀담이 오갔다는 것이다.

장제스가 요청하기를 일본은 부패한 군벌을 상대하지 말고 자유와 평등을 추구하는 국민당을 상대해야 한다는 것과, 앞으로도 계속하여 북벌을 추구할 국민 혁명군을 지원해 달라는 것, 중국에 대한 정책은 무력 대신에 경제를 바탕으로 해야 진정한 선린 우호 관계가 정립될 수 있다는 것 등을 말했으나 회담은 성과 없이 끝났다고 한다.

그러나 리쭝런이 넌지시 건네준 정보에 의하면 기실 이 회담은 겉으로는 그렇게 알려졌지만, 실상은 양자 간에 비밀 협약을 맺었는데 다나카는 장제스에게 군비로 4천만 엔을 지원하고, 장제스는 일본의 중국에서의 특수권익을 보장하겠다는 약속을 했다는 것이다. 또 어떤 소문은 일본이 장제스에게 산해관 서쪽을 장악하도록 보장하는 대신, 장제스는 산해관 동쪽, 즉 만주에서의 일본의 군사적 활동을 허용하기로 했다는 것이다. 아마도 장제스는 일본으로부터 지원받는 자금으로 무기를 확충하여 우선은 중원을 평정한 후 세력을 길러 일본과 최후의 승부를 겨룰 계산이었을 것이다.

대원수는 생각이 여기에 미치자 초조해졌다.

머릿속으로 옛날의 장면들이 떠올랐다.

혁명 사상이 들불처럼 번져가던 무창기의(武昌起義) 때는 보자기에 수류탄을 싸 들고 혁명파들을 협박하여 동3성 총독 자오얼쉰(趙爾巽, 조이손)을 도왔으며, 그로부터 며칠 뒤에는 '봉천국민보안회(奉天國民保安會)'를 설립하여 만주의 독립을 선포하자는 자의국장(諮議局長) 우칭리엔

(吳慶廉)을 권총으로 사살하여 청나라 수호에 힘을 보탰다. 지금은 그런 용기가 없다. 세월이 흘러 지혜가 자랐으나 활용할 범위가 없어져 양단 간의 선택만 강요당하고 있으니 무슨 소용이랴. 사막에서 뱀을 잡아먹는 것은 지혜가 아니라 본능이다. 지혜는 최소한의 요건을 갖추었을 때 힘을 발휘한다. 목숨을 걸고라도 끝까지 도와줄 유능한 사람들과, 적절한 자금과, 좋은 시기가 하나로 합해져서 화학적 결합을 이루었을 때 힘이 증폭되는 것이다. 지금 자신은 뱀을 잡아먹을 처지도 못 된다. 모두가 부서지고 엉망이 되어 지혜가 만들어질 조건이 단 한 가지도 없다.

대원수는 뒷짐을 진 채 집무실 변두리를 걸으며 예상되는 일의 하나하나를 정리해 보려고 애썼다. 이곳에 남아 일전을 불사하는 것과 만주로 돌아가는 것 중 어떤 것이 유익한 길일까.

중국의 중심은 만주이며 중원에 못지 않은 좋은 땅이다.

동북 3성에서 생산되는 콩은 전세계 생산량의 60%에 달한다. 250억 톤의 석탄과 수십억 톤의 철광석 등 무진장한 자원이 매장된 곳이다. 동삼성순열사(東3省巡閱使)로 있을 때는 조 수수를 비롯한 농산물 증산 정책을 추진하여 식량 공급원을 안정적으로 확보하면서 외화를 획득하기도 했다. 특산품과 관세, 소금 판매만으로도 한 해 총수입이 3,500만 위안에 달했는데 그동안 외국에서 빌린 돈을 갚고도 2,000만 위안이 남았다. 또한 만주의 주인이 된 이래 위안스카이 정부로부터 국경은행을 인수하여 자본을 축적해 왔다.

튼튼한 자본력을 바탕으로 군사력을 강화했다. 동양 제1의 병기창을 만들어 독일 기술로 최신 무기들을 생산했다.

이 모든 일들은 재정청장 왕융장(王永江)과 병공창 총판 한린춴(韓麟春)

같은 천재들이 있기 때문이다. 그들은 나를 기다리고 있다.

이렇게 생각하니 마음이 좀 누그러졌다.

일단은 막료들의 말을 들어보자.

전화기 옆에 붙어 있는 벨을 눌렀다. 비서실장 린위린(任毓麟)에게 막료회의를 소집하라는 명령과 함께 날짜와 시간을 말해 준 다음 의자에 털썩 주저앉았다. 그러고는 회전의자를 빙그르 돌려 왼쪽 테이블로 향했다. 심부름하는 아이가 언제 가져다 놓았는지 새 담뱃대와 아편 상자가 가지런히 놓여 있다. 등받이에 비스듬히 몸을 기대고는 대나무 관을 입에 물었다. 알코올램프에 불을 붙이자 가느다란 연기가 뉴로우라미엔(牛肉拉麵)의 보드라운 국수 가닥처럼 입으로 솔솔 피어 들기 시작했다. 숨을 크게 들이켜 연기를 강하게 빨아당겼다. 몇 번을 그렇게 하자 온몸이 나른해지고 눈꺼풀이 스르르 덮이면서 늦은 오수에 빠져들었다.

장쭤린 대원수가 북경 대원수부에서 요시자와 공사를 만나기 7시간 전인 새벽 4시 20분경, 관동군 사령관 무라오카 조타로(村岡長太郎) 중장은 여순에 있는 관동군사령부 집무실에 앉아 본국으로부터 온 군전문(軍電文)을 읽고 있었다.

전문은 통신실 당번병 두 명이 97식 구문인자기(九七式欧文印字機)를 사용하여 해석하고 몇 번에 걸쳐 확인한 것이다. 전문이 도착한 시간은 새벽 2시다. 그들은 곧바로 부관인 요시카와(吉川) 소령에게 연락했고 부관은 사령관에게 긴급 통화를 했다.

어느덧 새벽이 오고 부두는 어둠과 해무를 밀어내며 서서히 기지개를 켜고 있다. 사령부 통제구역 밖으로는 보따리를 이고 진 민간인들이나 배낭을 멘 군인들이 부두로 모여들고 있었다. 크고 작은 배들은 출항 준비에 부산하다.

요동반도(遼東半島)의 남쪽 끝에 위치하고 1년 내내 얼음이 얼지 않는 이 항구는 발해만(渤海灣) 입구와 천진(天津)으로 가는 통로의 주요 길목을 차지하고 있어서 전략적으로도 매우 좋은 조건을 갖추고 있다. 그로 인해 예로부터 수시로 주인이 바뀌었다. 고대에는 고조선이 점령하고 있다가 3세기에 연나라가 지배한 이후 5호 16국 때까지 중국이 지배했다. 4세기 말 광개토대왕에 의해 고구려의 영토가 되었다가 당나라가 안동도호부를 설치하는 등 조선인과 중국인 몽고인 등에 의해 수시로 주인이 바뀌었다. 명대(1368~1644)에는 랴오둥 지역의 한족 거주민을 보호하기 위해, 그리고 1633년에는 만주족이 이곳을 점령한 이래 청나라에 와서는 위안스카이가 북양해군의 전진기지를 조성했다.

청일전쟁(1894~95) 때 일본에 점령되었으나 삼국간섭에 의해 중국이 되찾았다. 그러나 러시아와의 밀약으로 1898.3. 대련만(灣)과 함께 러시아의 조차지가 되었다. 러시아는 이곳에 포르트-아르투르(Порт-Артур)라 불리는 태평양함대의 요새를 만들고 부역항을 개발하기 시작했으며, 1903년에는 하얼빈까지의 철도 연결 공사까지 끝냈다.

러일전쟁(1904~05) 중에 포르트-아르투르는 일본의 주요 공격목표가 되었다. 조슈번 출신 노기 마레스케(乃木希典) 대장이 지휘하는 제3군의 '203고지와 여순 공방전'에서 저 유명한 '반자이 돌격(万歳突擊, 총에 칼을 꽂고 대규모로 돌격)'으로 점령되어 현재까지 군항으로 사용되고 있다. 총 15만의 육군이 참가한 노기의 군사는 육해군 총 5만의 러시아군 요새를 점령하기 위한 4일간의 공방전에서 전사자 14,000명을 포함한 58,000명에 이르는 사상자가 발생하는 엄청난 희생(러시아 사상자 6,000)

으로 인해 장군에 대한 경질론이 대두되기도 했다. 분노한 유가족들이 배에서 내리는 노기에게 달려들었으나 그의 손에는 두 아들의 뼛가루가 들려 있었다. 과도한 인명 손실에 대한 책임 문제로 노기 장군은 부인과 함께 메이지 덴노(명치 천황) 장례일에 맞춰 마침내 자결을 하기에 이르지만, 일본은 러시아로부터 여순 대련 및 그 부근의 영토와 해안의 조차권, 장춘-여순 간의 철도에 관한 권리, 관련된 일체의 특권 및 재산, 탄광 등을 인수한다. 그리고 이를 근거로 1906.6.9. 만철(남만주철도주식회사)을 설립하여 조선총독부 타이완총독부와 함께 일본 제국의 3대 식민 통치 기구로서 만주에서의 본격적인 경제 장악 활동에 나선다.

연합함대 작전 담당 선임 참모 아키야마 사데유키(秋山 貞之)가 노기에게 보냈던 편지처럼 뤼순 함락은 일본의 존망과 중요한 관계가 있으므로 4~5만의 장병이 희생되는 것쯤은 아무 것도 아니었다. 천황제 파시즘 군국주의 일본의 무모함과 비정함이다.

본격적인 무더위가 시작되려면 두 달이나 남았고 더욱이 어두컴컴한 새벽인데도 날씨는 한여름처럼 후텁지근하다. 며칠째 계속되는 이상기후다. 반쯤 열린 창문을 통해 서한만(西韓灣)과 하북성(河北省) 쪽에서 불어와 요동반도(遼東半島) 앞바다에서 뒤섞인 바람이 골목을 통해 부두의 찌든 기름 냄새까지 몰고 밀려들어 찝찝한 기분이 들게 했다.

뚜우~~하고 새벽하늘에 메마른 뱃고동 소리가 울었다. 아마도 조선의 제물포나 상하이로 떠나는 여객선일 것이다.

무라오카 사령관은 그런 것들에는 아무 관심도 없이 앞에 놓인 글자들을 뚫어져라 내려다보며 단어 한 자 한 자와 그것들이 연결하는 의미가 무엇인가를 알아내기 위해 신경을 집중했다.

불룩하게 튀어나온 광대뼈 사이로 솟아있는 커다란 코, 얼굴 아래에 두꺼운 턱이 타고난 무인의 기골임을 나타내고 있다. 유달리 검은 눈썹과 시원하게 벗겨진 이마 위로 숱 많고 희끗희끗한 머리와, 칼라에 붙은 조그마한 직사각형 안 노랑 바탕에 은색의 별 2개, 그리고 어깨 위 노란색 견장 안에 은색 국화 문양 두 개가 오랫동안 전장을 지휘한 근엄한 얼굴에 위엄을 더한다.

그는 만면에 미소를 머금으며 출입구에 앉아 있는 부관을 향해 중얼거렸다.

"드디어 꿈이 현실로 이루어지는 것인가?!"

사령관이 나타나기 훨씬 전인 밤중에 불려 나온 요시카와 소령은 밀려드는 졸음을 참기 위해 애를 쓰고 있다가 깜짝 놀라 눈을 껌벅거리면서 사령관의 얼굴을 바라보며 무슨 말인지 알아듣지 못해 당황한 기색을 한다. 그리고 자리에서 일어나 가까이 오려고 한다. 무라오카는 아무것도 아니라는 손짓을 하고는 머리를 숙이고 글자들을 다시 한번 처음부터 꼼꼼히 읽기 시작했다.

전보는 도쿄 육군성에서 육군차관 하타 에이타로(畑英太郎) 중장의 이름으로 발신된 것으로 엊그제인 5.16. 각의에서 결정된 '만주지방의 치안유지에 관한 조치'라는 제목의 극비문서다. 첫머리는 이렇게 시작되었다.

'전란이 경진지방으로 진전하고 그 화란이 만주에 미치려 하는 경우 제국정부로서는 만주의 치안유지를 위해 적당하고도 유효한 조치를 취하지 않을 수 없다. 그러므로…'

그 구체적인 내용은

장제스의 남군(북벌군)이나 장쭤린의 북군(봉천군)이 산해관을 넘어 동북에 진입할 경우에 대비한 관동군의 행동지침을 시달한 것인데 그 문장에는 무라오카가 간절하게 바라던 것이 담겨 있었다. 이때까지의 관동군은 다리에 쇠사슬을 채운 것과 같았다. 이들의 간절한 소망은 무엇보다도 활동 범위를 넓히는 것이다.

관동군은 조차지인 요동반도와 남만주철도 부속지를 수비하고자 1906년 11월 26일 관동도독부 내에 관동도독부육군부(關東都督府陸軍部)를 창설하면서 6개 독립수비대를 편성했다. 그리고 이듬해인 1907년 4월을 기해 관동도독부에서 만철로 인수되었다. 관동군은 대만군, 조선군, 본토 사단과 동등한 지위를 갖고 있다. 일본의 최정예 부대이며 육군 참모본부 직속부대. 또한 이와는 별도로 덴노(천황)에게 직속으로 보고할 수도 있다. 그러나 실제로 보고가 이루어진 적은 없다.

현재 관동군의 주둔지는 1905년의 포츠머스 조약을 통해 청나라로부터 일본이 조차한 여순과 대련의 관동주를 제외하면 만철의 선로 주변 65미터 이내로 제한되어 있다, 철도의 길이는 다렌-창춘 간 700km의 간선과, 봉천-안동 사이의 260km와 지선을 포함하여 총 1,100km에 넓이는 250㎢다. 길이는 길지만 폭이 너무 좁다. 25개 도시와 연결되어 있는데 그중 가장 중요한 곳은 관동군사령부가 있는 여순과 무역항 대련이다.

규정된 외의 장소에 군대를 이동하는 것은 국외 출병이 되므로 국무회의의 인가를 받아야 한다. 또한 군대를 움직이기 위해선 천황의 명령을 받든다는 '봉칙명령(奉勅命令)'이 있어야 한다. 가장 강력한 명령이 봉칙명령이다.

현재 관동군의 군사력은 다음과 같다.

사령부(여순)

제2사단 사령부(요양)

- 제3보병여단(장춘): 제4보병연대(장춘), 제29보병연대(봉천)
- 제15보병여단(요양): 16보병연대(요양), 제30보병연대(여순)
- 사단직속: 제2야전포병연대(해성), 제2기병연대(궁장령), 독립 수비대(봉천), 제2공병대대(봉천), 1개 중포병대대(여순)

총병력:

1개 사단(2개 여단, 6개 연대), 1개 독립수비대(6개 대대), 1개 중포병대대, 10,400명이며, 일본 본토의 지휘를 받는 1개 사단이 2년씩 교대로 파견되어 주둔하고 있다. 필요할 경우 참모본부의 승인을 받아 병력을 증원할 수 있다.

청나라로부터 조차지로 할양받은 기간이 처음에는 1898년부터 1923년까지 25년간이었다. 그러나 21개조 합의로 1997년까지 99년간으로 연장되었다. 그로부터 30년이 지나는 동안 국내적으로 많은 변화가 있었고 관동군의 분위기도 변해 있었다. 일본의 모든 분야는 이미 무관 우위 정책으로 완전히 굳어졌다. 예컨대 군인들은 계급이 낮아도 여타 공무원들 위에 군림하는 현상이 일반화 보편화됐다. 대위로 전역하고 시골에서 농사를 짓고 있어도 각종 행사장에서는 현직 군수보다 윗자리에 앉았다. 이러한 흐름은 설사 누군가가 당장 전쟁을 일으킨다 해도 책임을 물을 수 없는 단계에까지 도달해 있다는 것을 뜻한다.

시대적 변화에 따라 관동군 장병들의 의식도 급진적으로 변했다. 관동군은 긍지와 자부심이 대단하다. 만주를 장악하는 데에 자신들이 주도적 역할을 해야 한다는 일종의 책임감이 장교에서부터 사병에 이르기까지 깊게 뿌리박혔다. 이런 분위기를 알게 된 극렬 성향의 장교들은 일본 본토나 조선총독부 관내 주둔 부대에서 관동군으로 자원해 전출을 오기도 했다. 그러나 시간이 지나도 아무런 일이 발생하지 않았고, 규정된 좁은 지역 안에서의 활동에는 변화가 없었다.

서서히 쌓이던 무력감은 마침내 조급함으로 변화되고, 조급함은 초조감으로, 초조감은 중앙에 대한 불만으로 이어졌다.

군대란 원래부터 극우적인 성향이다. 게다가 급진적인 성향까지 더해졌으므로 어떤 구체적인 행동을 갈구했다. 제국주의에 대한 집단적 맹신과 개개인의 영웅심이 모여 마그마가 되고 그 마그마는 솟아오를 지점, 즉 분화구를 찾고 있었다. 그들은 이미 일반적인 군인이라는 상식을 벗어난 먼 곳에 있었다.

우선은 제한된 지역이 가장 큰 불만이지만 중앙의 처사에 못마땅한 것들이 많았다.

각국의 눈치나 보는 외교가 못마땅했고, 일본이 필요로 하는 것들이 있을 때마다 장쭤린의 동북 정부와 주고받기식 거래를 하는 것도 관동군 지휘부가 보기에는 꼴불견이었다.

무라오카는 그때마다 입에서 "시카루(叱る, 제기랄)!"라는 말이 절로 튀어나왔다.

무라오카는 관동군의 책임자로서 산하 군인들의 염원이 무엇인가를 잘 알고 있다. 자신이 평소 생각하는 것 또한 그들이 원하는 것과 같다. 그 의무감과 책임감 자부심 긍지에 부응하는 일을 하는 것이 승조필근(承詔必謹, 조칙을 받들어 섬김) 황은에 보답하는 길이며, 왕도낙토(王道樂土)를 위해 관동군 최고 명령권자가 할 일이라는 생각이다.

그것이 육군사관학교와 육군대학 출신으로, 육군 중장으로, 관동군 사령관으로서 자신에게 주어진 과제요 의무라고 생각하며 기회를 엿보고 있었다. 아편전쟁 이후 중국은 늘 시끄럽고 예측 불허의 상태에 있지만 특히 올해 4월 4일부터 일어나고 있는 하나의 사건은 주목할 만했다. 산해관(山海關) 넘어 서남쪽 남경으로부터 발생한 회오리바람과 동북(만주)에서 발생한 회오리바람이 북경을 접점으로 충돌하려 하는 상황을 예리한 눈으로 살피고 있었다.

장제스와 장쭤린의 싸움은 관동군의 활동 범위를 넓히는 절호의 기회가 될 수도 있다는 예감이 들었다. 때를 놓치면 안 된다고 생각했다. 중앙부가 적극적인 행동에 나서도록 자극을 주기 위해서는 다소라도 현지 상황을 부풀려 보고할 필요도 있었다. 장제스의 국민 혁명군이 2차 북벌을 시작하던 때로부터 남북 양군의 전황을 사흘이 멀다 보고 할 때마다 전황의 긴급성과 만주의 위급성을 덧붙였다. 아니, 사실이 그랬다. 장제스의 독주를 방관한다면 며칠 내로 만주는 그의 수중에 들어갈 것이며, 일본으로서는 돌이킬 수 없는 국면이 될 수밖에 없다. 그것은 나나가 수상의 마음에 불안을 조성하기 위한 것이었으므로 반드시 군대의 발동 명령이 떨어질 것이라 기대했다. 그러나 불과 두 달도 되지 않은 4월 20일경에 있었던 제남사건으로 인해 각국으로부터 항의를 받은 때문인지 아무 소식이 없었다. 크게 실망했다. 남군의 진격은 거침이 없었다. 더는 행동을 늦출 수 없다는 판단이 섰다. '봉칙명령'을 내려달라는 의견서를 오늘이나 내일 중 육군성에 올리려던 참이다. 그런데 마치 크나큰 선물이 배달된 것처럼 '조치안'이 하달된 것이다.

무라오카는 평소 다나카 총리의 만주 정책은 신뢰할 수 있을 것 같다는 생각을 하고 있었다.

중국 국민당 우파의 이론적 지도자인 다이지타오(戴季陶)가 말하기를 옆에서 바라본 다나카는 중국의 이익에 대해선 석화(石化)와 같은 사람이라고 말했다.

마을사무소의 직원과 초등학교의 교원을 거쳐 20세에 육군 교도단에 입대하여 군인의 길을 시작한 조슈번 야마구치현(山口縣) 출신의 다나카는 같은 번(藩) 출신 야마가타 아리토모 장군의 후광으로 육군 대신과 육군 대장 등 화려한 경력을 쌓아왔다. 하라 다카시(原敬, 제19대) 내각과 야마모토 곤노효에(山本權兵衛, 제16~22대) 내각에서 육군 대신을 지냈고, 1925년 여당인 입헌정우회(立憲政友會)의 총재를 거쳐 작년(27) 4월 20일 와카스키(若槻禮次郎) 내각이 금융 대공황으로 총사퇴하자 제26대 총리가 되었다.

그는 입헌정우회 총재로 있을 당시 와카스키 내각의 외교를 '연약외교'라며 극렬하게 비난했다.

당시 외상은 시데하라 기쥬로(弊原喜重郎)였는데 시데하라는 취임하고 나서 그때까지 이어오던 대중 침략 외교를 제한적이나마 수정하면서 '온건외교'를 모색했다. 그는 21개조 요구로 촉발된 5·4운동 등을 통해 중국에도 새로운 민족주의 운동이 태동하고 있음을 간파했다. 일본의 중국에 대한 일방적이고 고압적인 외교는 국제사회에서 고립을 초래할 뿐이라고 역설했다. 실제로 전에는 호감을 갖고 대중(對中) 정책을 협의하던 구미 열강은 일본의 지나친 탐욕과 거친 행동에 제동을 걸기 시작했다. 특히 제1차 세계대전을 통하여 새로운 강자로 떠오른 미국의 주도로 1922.2. 개최된 '워싱턴 회의'에서는 미·영·불·이(伊)·일을 비롯한 9개국이 모여 중국 문제에 관한 조약을 체결했다. 이 자리에서는 중국의 주권과 영토보전을 존중해야 하며 중국이 문호를 개방함에 있어서는 특정 국가의 권익만이 아닌 각국에 균등한 기회를 주어야 한다는 원칙을 정했다. 또한 어느 국가에 있어서건 특수한 권익을 새롭게 주는 것을 금지했다.

이러한 국제적인 분위기는 일본이 그동안 브레이크 없는 열차처럼 밀어붙인 침략 정책을 뒤돌아보는 계기가 되었다. 물론 강경책을 고수하고 있는 군부를 제외하고서다. 지금까지의 외교는 열강으로부터는 불신을 초래했고, 중국 국민으로부터는 반감과 저항을 불러일으켜 득보다 실이 더 많다는 의견도 있었다. 그로 인한 반작용으로 탄생한 것이 이를테면 '시데하라 외교'다.

시데하라는 1924.6.11. 특별 제국의회(特別帝國議會)에서 있은 제39대 외무대신(외상) 취임연설에서 중국에 대한 기본방침인 '시데하라 3원칙'을 밝혔다. 그 내용은 중국의 주권과 영토를 존중하고, 중국 국민의 합리적 요구는 성의와 동정을 가지고 임하며, 일본이 중국에 가진 권익은 보호한다는 것이다.

이러한 방침은 대중 강경 외교를 표방하는 대다수 외교관 및 국민과, 특히 다나카 기이치를 필두로 하는 군벌들의 완강한 반대에 부딪혔다. 그러나 국제적으로는 호평을 받았다.

이후 남경사건(1927.3.) 등에서 '불간섭주의'를 표방했으나 전혀 힘을 쓰지 못하고 도리어 군벌의 반발을 불러옴으로써 강경 진압이라는 역효과를 초래했다.

1927.4.17. 와카스키 내각이 물러난 지 사흘 뒤에 총리로 취임한 다나카 기이치는 수상뿐만 아니라, 대 중국 정책을 성공시키기 위해 외상을 겸임했다. 육군장관에는 시라카와 요시노리(白川義則, 1932.4.29. 상하

이 훙커우 공원에서 윤봉길 의사의 도시락 폭탄 투척으로 사망)를 임명하고, 외무 정무차관에는 사업을 위해 중국에 오래 체류한 경험이 있는 모리 가쿠(森恪) 중의원 의원을 임명했다.

다나카가 추진한 외교는 소위 '전갈형 정책'이라고 불리는 것으로 전갈은 두 개의 집게발과 하나의 꼬리로 상대방을 공격한다. 두 개의 집게발로는 여순과 대련을 중심으로 한 요동 반도와 청도(青島)가 소재한 산동 반도를 침탈하고, 하나의 꼬리로는 대만을 점령하는 것이다. 다나카는 장제스가 국민 혁명군 총사령관으로 복귀하고 국민당의 2차 북벌이 시작된 즈음인 금년 5월에 6사단을 파병하여 2차 산동 반도 점령을 결행했다. 이로써 전갈형 정책은 완성된 셈이며 다나카는 최소한 이 상태를 확고히 정착시키면서 기회를 엿보려 하는 것 같다. 그는 이 사건이 있기 약 1년 전인 1927.6.27.부터 7.7.까지 10일에 걸쳐 중국침략의 구체적인 청사진을 만들기 위해 '동방회의'를 구성했다. 여기에는 중국과 관련된 외교·군사·식민지 행정의 담당자들과 수상 겸 외상인 다나카, 외무 정무차관 모리 가쿠, 육군차관 하타 에이타로(畑英太郎), 해군차관 오스미 미네오 등이 참여했으며 모리 가쿠가 주도하여 총 6회 개최되었다.

이 회의에서 발언한 내용 중 대표적인 사례 하나를 보면 회의의 성격을 파악할 수 있다.

당시 관동군 사령관 부토 노부요시(武藤信義)는

"소련은 장차 일본에서도 세계혁명을 시도할 것이다. 일본의 대중정책도 이 점을 고려하지 않으면 안 된다. 즉 동북(만주)의 정권이 누구 손에 있는가를 불문하고, 이것을 안정시키는 것이 일본의 국방상 긴요한 것이다. 따라서 동북의 정권을 먼저 확립하고, 그 세력을 동북 및 동몽고로부터 외몽고 방면으로 서서히 확대시킨다. 동시에 동북의 관헌을 지도하고 철도를 발달시키고 자원을 개발시켜 일본의 국방수요를 충족해야 한다."

다나카는 이런 의견들을 듣고 동방회의가 종료된 7.7.에 '대중 정책 강령'을 발표했다. 8개 항목으로 구성된 이 '훈시문'의 내용은 전반 4항까지는 중국의 현재 상황에 대해 이해하고 깊은 동정심을 갖는 것으로 되어 있으나, 7, 8항에서는 일본의 특수한 지위·권익에 대한 침해가 발생할 우려가 있을 때는, 그것이 어느 방면으로부터 왔는지를 불문하고 이를 방어하며, 무력 개입도 불사하겠다고 했다.

무라오카가 께름칙하게 생각하는 부분은 제7항에 있는 '동3성 유력자로 만·몽에 있어서 우리의 특수 지위를 존중하고 성실하게 그 지역의 정정 안정의 방도를 강구함에 있어서는, 제국 정부는 적절히 이를 지지해야 한다'라는 부분이다. 이 부분에 대해서는 모리 차관도 반드시 장쮀린을 가리키는 것은 아니지만, 장쮀린이 동삼성으로 돌아가서 보경안민(保境安民)을 실행한다면 그를 지지해도 좋다는 의미라고 해석했다. 그렇다면 다나카 총리는 언제까지 장쮀린이 동북의 지배자로 군림하는 것을 허용하겠다는 것인가?

왜 굳이 넣지 않아도 될 문구를 넣어서 스스로 발목을 잡도록 한 것일까?

몇 번이나 읽고 곱씹어 보고, 정치적인 상황을 종합하여 내린 결론은 다나카 수상은 만주의 상황이 급격하게 변하는 것을 꺼리고 있다는 것이다. 그는 지난번 제남에서 있었던 강경 진압으로 인해 국내 온건파들과 서구 열강으로부터 받았던 비난을 지나치게 의식하고 있다. 그래서 살라미를 썰 듯, 혹은 살쾡이가 꿩에게 다가가듯 기회를 보며 한발씩 앞으로 나아가는 그런 전법을 쓰려는 것이다. 대외적으로는 강경 발언을 서슴지 않고 있으나 내심은 모리 차관에게도 감추고 있음이 분명하다.

동북 3성에서 영향력 있는 사람은 장쭤린뿐이다. 그는 지금 북경의 자금성 깊숙한 곳에서 대원수복을 입고 점점 자신의 목을 조여오고 있는 상황판을 보며 최후의 결전을 할 것인가 만주로 돌아갈까를 저울질하고 있다.

다나카 수상은 장쭤린을 동북 3성으로 보내 일본의 말 잘 듣는 꼭두각시로 만들려는 것이다.

생각이 여기에 미치자 또 다른 의문이 뒤를 이었다.

그렇다면 장쭤린은 과연 가라쿠리(からくり) 인형극처럼 다나카가 오토 마타(자동조종 기계)의 태엽만 감아주면 노래하고 춤출 것인가?

절대로 그렇지 않다. 그자는 처음에는 미쓰야 협정 등으로 골치 아픈 조선 독립군 토벌 같은 일들을 도와주었으나 힘이 강해지면서 차츰 중국인이라는 정체성을 드러내기 시작했다. 아무리 다나카 내각이라 해도 일본이 다루기에는 쉽지 않은 인물이다. 소규모 마적단으로 출발하여 정규군인 순방영(巡防營)으로 편입되고, 난세의 기회를 교묘하고 대담하게 편승하더니 동삼성순열사가 되어 사실상 만주의 지배자가 되었다. 그리고 1, 2차 직봉전쟁(直奉戰爭)을 치르면서 중화민국의 대원수가 되었으니 그가 어떤 자인지를 짐작할 수 있다. 결코 녹록한 인물이 아니다.

무라오카가 보기에 장쭤린은 '얻을 건 얻되 줄 건 가려서 준다'는 생각이 확고한 것 같다.

그런 자가 가라쿠리의 인형 노릇을 할 리 없다.

다나카 수상은 장쭤린을 과소평가하고 있다. 자신의 능력이면 그를 충분히 꼭두각시로 움직일 수 있다고 생각하는 것 같은데 천만의 말씀이다.

일본만이 만주를 점령할 수 있다는 보장이 없다. 만주의 북쪽에는 소련이 중국에 대한 붉은 사상의 포자를 사방으로 전파하고 있다. 가장 강력한 실력자로 부상하고 있는 장제스의 뒤에는 미국이 있다. 어물어물하다가 시기를 놓치면 닭 쫓던 개 지붕 쳐다보는 꼴이 된다.

이 상황에서 언제 끝날지 모르는 다나카의 살라미 작전을 따라갈 것인가?

관동군 장령들의 비원을 외면하면서 말이다.

그러나 수상의 방침을 전환토록 하는 건 쉬운 일이 아니다.

무라오카 자신은 명령에 의해 움직이는 일개 사령관일 뿐이다. 국가 정책을 변동시킬 만한 권한이 없다. 그것을 강행한다는 것은 군의 명령체계를 깨트리는 것이며 목숨을 걸어야 하는 모험이다. 그러나….

무라오카는 수상의 생각이 어떠하든 이 시점에서 자신은 무언가 결정을 내리지 않으면 안 된다는 결심을 굳혀가고 있었다. 그것은 오래 전부터 머릿속에서 막연하게 그려지고 있던 어떤 그림이기도 했다.

발목에 채워져 있는 쇠사슬을 끊고 힘차게 달려가 산해관을 경계로 만주를 중국의 군벌 세력들로부터 차단한다. 그리되면 일본의 군사력과 행정력을 비롯한 모든 힘은 만주에 집중될 것이고, 이곳은 아주 자연스럽고 확실하게 일본이 장악하게 된다. 다나카 수상이 받을 국내외적 반발은 잠시 잠깐의 일이다. 물론 무라오카 자신은 군사재판에 회부될 수도 있다. 총살이나 일등병 강등도 각오해야 한다. 그러나 천황폐하와 대일본제국을 위한 일이다. 단 한 번의 결단으로 히노마루(ひ

のまる, 일본국기)의 붉은 태양은 만주벌판에 영원무궁 빛을 발할 것이다.

그러려면 두 가지 일을 실행으로 옮겨야 한다.

"스키(好き, 좋아)!"

무라오카는 어금니를 깨물었다. 그리고 나서 속담을 중얼거렸다.

"유야케 유야케니 가마사나 오키 엔토게.(夕焼ゆうやけに鎌かまを研とげ, 노을이 질 때 낫을 갈아라.)"

그는 아주 흡족한 얼굴로 오른쪽 손가락 사이에 담배를 끼우고 눈은 감은 상태로 고개를 서너 번 끄덕였다. 그 바람에 의자가 춤을 추며 삐걱거리는 소리를 냈다. 그 모습을 본 부관은 사령관이 방금 어떤 결정을 내렸다고 판단했다. 엄중한 결정을 내리기 전에 늘 해 오던 습관임을 알기 때문이다. 이런 때는 기분을 깨트리지 않기 위해 가급적 조용한 상태를 유지해야 한다.

잠시 후 사령관은 재떨이에 담배를 비벼 끄고 의자에서 일어나며 지휘봉을 들었다. 정면 벽에 걸려 있는 커다란 지도 앞으로 다가갔다. 벽면을 가득 채우고 있는 중국전도(中國全圖)에 녹색과 청색으로 표시된 여러 갈래의 줄과 화살표들이 남군과 북군의 이동로와 도착 지점들을 복잡하게 나타내고 있다. 만주 지역의 철로 주변으로는 관동군 예하 부대들의 주둔지가 적색으로 표시되어 있었다. 그는 지도 앞에 서서 약 10분가량 양쪽의 화살표들과 관동군 주둔지와 산해관 등으로 눈을 돌리다가 시선을 멈췄다. 그런 다음 지휘봉으로 한 지점을 짚었다. 그가 짚은 곳은 금주(錦州)다. 금주는 관동군이 관리하는 남만주철도나 부속지에 해당하는 곳이 아니다. 부대 간의 연락을 핑계로 소규모 부대가 주둔하고 있을 뿐이다. 금주에 군대를 투입하여 저들의 진입을 차단해야 한다.

이어서 그 위쪽에 검은 크레용으로 동그랗게 표시된 봉천을 지휘봉으로 딱 소리가 나도록 찍었다.

그리고 다시 돌아와 책상 위에 놓인 노트와 종이에다 명령할 사항들과 유의해야 할 일들을 부지런히 적기 시작했다.

쓰고 생각하기를 반복하던 그는 펜을 멈췄다. 그리고 한참 동안 생각에 잠겼다.

조선군 사령부에 지원요청을 해야 할 것인가. 어떤 부대를 부를 것인가.

조선군은 나남(羅南)에 본부를 둔 제19사단과 용산의 조선군 사령부에 주둔하는 제20사단 등 두 개 사단이 있다.

19사단에는 나남에 73연대와 76연대를 비롯해 기병 27연대, 산포병 25연대 등이 있고, 함흥에 74연대, 회령에 75연대가 있다. 이들은 두만강 연안에 대한 국경 경비를 담당한다.

제20사단에는 용산에 78연대, 79연대, 기병 28연대, 야포병 26연대, 공병 20연대가 주둔하고 그밖에 평양에 77연대가 있으며 보병 80연대가 대구와 대전에 각각 나누어 수눈하고 있다. 이늘은 북서부 압록강 유역과 남한지역의 경비를 담당하고 있다.

각 사단은 2개 보병여단 4개 보병연대의 4각 편제다. 포병, 공병, 치중연대(輜重聯隊)가 있으며 평시 병력은 각 사단 1만 2천 명이다. 조선인은 구 한국군에서 들어온 사람 등 극히 일부 장교를 제외하고는 군으로 동원할 수 없으므로 결원 발생 시 19사단은 도호쿠(東北) 지방에서, 20사단은 간사이(關西)와 규슈(九州) 지역에서 충원한다.

생소한 이름인 치중연대란 군수품의 수송을 전담하는 부대를 말한다.

다음과 같은 노래는 일본군 사이에서 그들이 얼마나 놀림감으로 불렸는지를 짐작할 수 있다.

> 輜重輸卒が兵隊ならば蝶々トンボも鳥のうち 焼いた魚が泳ぎだし 絵に描ダルマにゃ手足出て 電信柱に花が咲.
> 치중수송대의 졸병들이 군인이라면 나비와 잠자리도 새라고 할 것이고, 불에 구운 물고기가 수영을 할 것이며, 그림 속의 달마(達磨)에 손발이 돋고, 전봇대에는 꽃이 필 것이다.

이와 같은 조롱은 당시 일본군이 얼마나 실전에 집착한 군대인가를 말해주는 것이다. 이들의 광기는 불과 10여 년 뒤 태평양전쟁에서 평범한 직장인 청년을 불러내어 100일간의 짧은 교육을 이수하게 한 후 A6M 제로센이나, 심지어는 MXY-7오카 같은 공격기를 몰고 가 사람과 공격기가 함께 부딪치는 소위 신풍(神風), 즉 자살특공대 '가미카제(カミカゼ)'를 운영하는 모태로 작용했다. 이들에게는 돌아올 기름을 주지 않았다.

그러나 분명한 것은 치중부대야말로 결코 홀대받을 존재가 아니며 전쟁의 승패를 좌우할 수도 있는 부대라는 점이다.

무라오카는 거리상이나 편의성으로나 아무래도 나남에 있는 2개 보병연대 중 하나를 차출하는 것이 타당하다는 결론을 내리고 다시 노트에 기록하기 시작했다.

일을 끝내고 고개를 들었다. 날은 환히 밝아 있었다. 그제야 비로소 기상나팔 소리와 연병장에서 울리는 장병들의 구령 소리, 곧이어 복도와 아래층으로부터의 부산한 군화 소리가 귀에 들어왔다.

눈꺼풀 위로 나른한 피로가 밀려왔으나 긴장 상태가 그런 것에 신경 쓸 수 없도록 했다. 그는 팔을 뒤로하여 힘껏 기지개를 켠 다음 의자에서 일어나 천천히 창문으로 다가갔다. 2층에서 내려다보는 풍경은 같은 장소에서 찍은 활동사진처럼 늘 새로운 느낌을 준다. 맑게 갠 하늘엔 구름 한 점 없고 내려다보이는 골목 사이로 진녹색 바다가 출렁일 때마다 햇볕을 받은 물결이 연두색이나 분홍빛으로 변하며 해안에 밀려들었다가 하얀 거품이 되어 부서져 내리곤 한다. 거리엔 사람들이 분주하게 오가고 시내에 집을 두고 있는 장교와 하사관들이 바쁜 걸음으로 정문으로 들어오고 있다. 멀리 시내 쪽에서 시끄러운 소리가 이곳까지 들려온다.

여느 날 같으면 현관에서 기다리던 사이토 참모장이 뒤따라 들어와 함께 차를 마시면서 의견을 나누고 지시 사항을 적고 있을 것이지만 오늘은 자신이 참모장을 기다리고 있다. 그 시간이 지루할 정도로 길게 느껴졌다. 조급한 마음이 들어 부관에게 참모장이 출근했는지를 확인해 보라는 지시를 하려고 할 때 마침 문이 열리고 사이토 참모장이 들어오며 경례를 붙인다. 왼손에는 여느 날과 마찬가지로 가죽 표지에 금빛 국화 문양이 새겨진 장성용 노트를 들었다.

그는 책상 위에 어지러이 놓인 지도와 노트와 종이들과 펜, 재떨이의 꽁초, 찻잔 같은 것들을 보고는 눈을 동그랗게 뜨고 놀란 표정을 지었다. 이어서 매우 미안한 얼굴로

"간밤에 무슨 일이 있었습니까?"라고 물었다.

무라오카는 고개를 끄덕이며

"앉으시오."라고 말했다.

사이토는 담당 병사가 차를 내왔으나 찻잔에는 눈길도 주지 않고

궁금해 못 견디겠다는 표정으로 사령관의 입만 바라봤다.

자신과 무라오카 사령관과의 인연은 5, 6년 전 히로시마에 주둔하는 제5사단 시절부터 거슬러 올라간다. 당시 무라오카 준장은 사단장으로는 첫 발령을 받은 부대였고 자신은 소좌 계급장을 달고 대대장으로 근무했다. 그 후 신임을 받게 되었고 사령관이 가는 곳마다 따라다니게 되었다. 대좌가 되어 고급 참모로 일할 때까지는 사령관이 "어이, 군, 자네" 등으로 친밀감 있게 불렀으나 별을 단 다음부터는 사석에서도 꼬박꼬박 존칭으로 대했다.

평소 같으면 가벼운 이야기들로 시작할 터이지만 오늘은 근엄한 표정을 짓고 있고 책상 위에 널린 것들도 무언가 중요한 일이 있을 것을 암시하고 있어 분위기가 무겁다.

"마침내 문이 열리는 것 같소. 우리가 그토록 간절하게 바라던 문 말이오."

사이토는 무슨 말인지 몰라 어리둥절했다.

무라오카는 책상 위에 아무렇게나 놓인 군전문을 그의 앞으로 밀었다. 그것을 모두 읽은 사이토의 얼굴이 환하게 밝아졌다.

"드디어 사령관 각하의 뜻이 수상께 전달됐나 봅니다."

"이제부터 내가 하는 말에 추호의 실수도 없도록 하시오."

"알겠습니다."

한 가지씩 명령을 내리기 시작했다.

무라오카의 계획을 듣는 동안 사이토의 표정은 수시로 변했다. 마침내는 얼굴이 벌겋게 달아올랐다. 중간중간 적으면서 질문을 했다. 앞에 놓인 찻잔에는 눈길을 줄 새가 없었다.

설명을 마치고 강조의 말을 덧붙였다.

"이 방을 나가는 대로 맨 먼저 할 일은 전문을 발송하는 것이오. 내용은 여기 있소."

무라오카는 2장의 전문을 건네주었는데 첫 번째에는 이렇게 쓰여 있었다.

'대일본제국 육군장관 시라카와 요시노리 귀하

만주의 전황은 급변하고 있음. 남군은 현재 북경 목전에 도달해 있음. 기 시달된 '치안유지에 관한 조치'의 실행에 효율을 기하고자 본 관동군사령부를 봉천으로 옮길 예정임. 아울러 예하 부대에서 현재 경계 중인 주요 지역의 필수 요원을 제외한 모든 병력도 봉천으로 이동하여 이행에 만전을 기하고자 함. 또한 본 군의 전력이 남과 북 양군에 비해 현저한 열세에 있으므로 조선군 사령부로부터 제19사단 병력 중 1개 보병여단과 치중연대를 지원받고자 요청 중임. 1928.5.18. 관동군 사령관 무라오카 조타로'

두 번째 전문은 조선군 사령관 가나야 한조(金谷範三)에게 발송하는 것으로 제19사단 중 1개 여단과 치중연대를 지원해 달라는 것과 작전의 긴급성을 고려하여 24시간 내 출병을 해 달라는 내용이나.

"조선군 제19사단 1개 여단과 치중연대의 출병에 육군성에서 간섭하는 건 무시할 수 있겠지만, 황제 폐하를 직속으로 모시는 참모본부에서 정식 승인 절차를 밟으라고 하면 난감한 처지가 되지 않을까요?"

"이미 '조치' 명령이 시달되었고, 명분이 뚜렷하니까 절차를 밟을 필요는 없소. 게다가 그 '조치문'에는 '적당하고도 유효한 조치'라는 문구와 '만에 하나' '그러나' 같은 어정쩡한 문구들이 있지 않소. 그 고리가 우리가 행할 당위성과, 만일의 경우 면책(免責)이라는 두 가지 모두에 충분한 역할을 해 줄 것이오. 걱정할 것 없소."

사이토는 고개를 끄덕였다.

"즉시 타전하겠습니다. 다음 명령을 말씀해 주십시오."

"다음으로 만철에는 참모장이 요청서를 직접 전달하시오. 내일 05:00 이후부터는 북릉선(北陵線) 봉천 역사 옆 건물과 광장 및 거기 메모해 준 지역들은 깨끗이 정리하여 내일 10:00부터는 군부대가 주둔할 수 있도록 해 달라고 말이오. 또한 연결된 노선의 모든 열차는 일반승객의 운송을 중단하고 병력 운송 체제로 전환하여 각각 해당 역에 대기하도록 해야 하오. 병력이 7천여 명이나 된다는 점을 참작하여 인근에 있는 학교 운동장이나 공회당, 그 밖에 유휴 건물 같은 것들도 확보해야 할 것이오. 만철이나 현지 주재 특무기관 등 우리 인력을 최대한 활용토록 하시오. 또 하나 중요한 일이 있소. 금주에 보내는 부대는 도쿄나 조선군사령부에 알릴 필요가 없소. 물론 얼마 지나지 않아 알게 되겠지만 봉천에서 금주에 도착하기 전까지는 보안을 유지해야 한다는 말이오. 금주로 갈 부대는 일단 열차로 봉천까지 가서 대기했다가 조선에서 오는 치중연대의 차량을 이용하여 이동하도록 조치하시오. 대기 시간이 길면 안 되니까 조선군에는 전통문 외에 내가 비상 통신선을 이용해 가나야 사령관에게 촉구할 것이오. 독립수비대는 어떤 일이 발생할지 모르니까 철로 수비에 만전을 기하도록 전통문을 발송하시오."

무라오카는 손목시계를 들여다봤다. 바다 쪽 창문 옆에 커다란 벽시계가 걸려 있으나 야전에 숙달된 습관적인 행동이다.

"지금 07시, 예하 부대장들에게 내릴 명령이오. 필수 기간요원을 제외한 전 부대원은 지금부터 24시간 이내에 출동 준비를 완료할 것이며, 완료 즉시 내게 직접 보고하라고 하시오. 완료 보고가 접수된 부대에 대해 이동 명령을 내릴 것이오."

앞에 놓인 종이를 건네줬다.

거기에는 사령부 본부의 봉천 주둔지와 단위부대들의 이동 지역 및 주둔지, 이동 후 잔여 병력의 경계지역, 이동수단, 병참 지원 계획 등이 적혀 있었다.

마지막에 적힌 것은 군사령부 작전참모 고모토 다이사쿠(河本大作) 대좌의 금주 출장에 관한 것이다.

"고모토 대좌에게는 내가 별도로 지시를 내릴 것이니 참모장은 내용을 알고만 있으면 될 것이오…. 각 부대들이 제대로 이동 준비를 하려면 36시간은 부여해야겠지만 그럴 여유가 없소. 다소 무리하더라도 전광석화처럼 진행해야 하오, 만에 하나 우리가 이동하기 전에 총리의 생각이 변한다면 모든 일이 수포로 돌아가니까 준비는 최대한 빨리 끝내고 이동에 돌입해야 하오."

"금주로 이동하는 부대들에 대해 나중에 본부로부터 말이 없을까요?"

사이토 참모장이 고개를 들면서 아무리 생각해도 불안하다는 표정으로 물었다.

무라오카는 단호하게 말했다.

"시라오카 육군상이 있질 않소. 또한 이미 금주나, 산해관, 조양진 등에는 비록 소규모 부대이긴 하지만 제 나름의 적당한 이유로 파견하고 있으니까 그것도 명분의 하나가 될 것이오. 어쨌거나 우시고메구(ウシゴメグ, 육군성이 있는 곳)나 이치가타니(市ヶ谷, 참모본부가 있는 곳)는 물론이고, 수상 관저에서 전화가 오더라도 모든 일은 사령관의 지시에 따라 시행했다고 답변하시오."

"알겠습니다. 명령하신 대로 이행하겠습니다."

무라오카는 찻잔을 들면서 참모장에게도 들라는 눈짓을 했다. 차는 이미 식어 있었다.

사이토는 그제야 비로소 두어 모금을 마셨다. 손이 약하게 떨었다. 그가 나간 다음에 다시 정보 담당 고급참모를 호출했다.

- 고모토 다이사쿠(河本大作) 대좌, 일본 간사이(관서지방) 북서부 효고현(兵庫縣) 출신. 1903년 일본 육군사관학교를 15기로 졸업 후 기병소위로 러일전쟁에 참전했으나 중상을 입음. 혼슈에 돌아와 치료에 힘쓰다가 완쾌되자 육군대학에 들어가 1914년에 26기로 졸업. 얼마 후 관동군으로 전출을 희망하여 본부에서 정보를 담당 -

군살이라곤 단 1g도 없을 것 같은 깡마른 체형에 콧수염을 단 이 사내는 전형적인 군인의 모습이라고 무라오카는 생각했다. 싸울 상대를 끊임없이 찾는 것 같은 살기 번뜩이는 눈매가 그렇다. 성격이 다혈질이고 충성심이 대단하다. 매우 솔직한 성격이고 정보를 탐지하는 능력이 우수할 뿐만 아니라 다른 일에도 빈틈이 없다. 판단력이 빠르며 진행이 치밀하고 매끄럽다. 어떤 상대든 대화에 거리낌이 없는 것으로 보아 강한 자부심의 소유자라는 생각이 든다.

얼마 지나지 않아 그가 들어왔다.

사령관은 상황을 설명한 뒤

"지금 집무실을 나가는 즉시 금주로 출발하게. 그곳 영사관에는 귀관과 동향인 고베 출신 히라야마(平山) 영사가 있고, 우리 측에서 파견한 소마(相馬) 소좌가 있으니까 그들과 협의하면서 현장을 관찰하면 파견 부대의 주둔지를 성공적으로 결정할 수 있을 걸세. 전권을 위임하는 만큼 실수가 있어서는 안 되네. 귀관의 실력은 인정하지만, 사안이 중요하니까 덧붙이는 말일세."

고모토는

"코코로니 토도메테 오키마스.(心に留めておきます, 명심하겠습니다.)"라고 대답하고 나서

"한 가지 질문을 드려도 되겠습니까?"라고 말했다.

"말해 보게."

"저희는 다나카 수상 각하가 어떤 생각을 갖고 계시는지는 특별한 관심을 두지 않고 있습니다. 설사 육군성이라 하더라도 그렇습니다. 다만 사령관 각하께서 어디에 관심을 두고 계시는지, 뜻이 어떤지에 초미의 관심을 두고 있을 뿐입니다. 그래서 말씀입니다만…."

사령관은 여기서 고모토의 말을 끊었다.

"저희라 하는 것은 누구를 의미하는 건가?"

"저를 포함한 관동군 장, 사병 전체를 말씀드리는 것입니다."

"알았네. 매우 위험한 발언이지만 좋은 방향으로 해석하겠네. 계속하게."

고모토는 위험한 발언이건 어쩌건 그런 것엔 관심이 없다는 듯 거침없이 질문을 이어갔다.

"금주를 점령한 다음엔 어떤 계획을 갖고 계십니까?"

"점령이 아니라 작전상 일시 주둔시키는 것뿐이야. 빙빙 돌리지 말고 궁금한 것이 뭔지를 구체적으로 말해보게."

"장쭤린은 어떻게 하실 생각이십니까?"

무라오카는 자신의 계획이 탄로 난 것 같아 내심 당황했다.

"어정쩡한 문서지만 따라야 하지 않겠나."

"다나카 총리의 방침에 따르겠다는 생각이십니까?"

"군인이 명령을 따르는 건 당연한 의무가 아닌가."

고모토의 얼굴색이 붉게 변했다. 불만 섞인 목소리로 말했다.

"지금은 앞으로 일본의 천 년을 좌우할 매우 중요한 시점이라고 생각됩니다. 우리가 얼마나 기다려 왔는데 이렇게 좋은 기회를 놓친단 말씀입니까. 그러므로 사령관 각하께서 용단을 내리셔야 합니다. 우유부단한 다나카 총리 각하나 명령대로 이행할 뿐인 참모본부의 의사를 고려할 필요가 없습니다. 장쭤린을 다시 만주로 돌려보내면 세월만 허비하는 것입니다. 쉽고 빠른 길을 놔두고 왜 어렵고 먼 길을 돌아서 가려고 하는지 모르겠습니다. 이 문제를 해결하는 유일한 길은 사령관 각하의 용단입니다."

"그게 무슨 말인가? 총리 각하의 뜻에 반기라도 들라는 건가?"

"만일 수상 각하가 장쭤린을 그 자리에 두거나, 혹은 그(장쭤린)를 끌어내리고 다른 자를 앉힌다면 어떤 일이 일어날 것 같습니까. 일본이 원하는 대로 순순히 굴러갈 거라고 장담할 수 있을까요? 만약 후임자가 더 다루기 힘든 자라면 어떻게 할 것입니까? 더욱 골치 아픈 일이 생길 수도 있습니다. 그러나 장쭤린만 제거하면 일은 생각보다 간단하게 끝날 것입니다. 현재 3, 4 방면군 사령관으로 있는 아들 장쉐량이 그 자리를 이어받을 것이고, 그는 복수하겠다고 군대를 동원할 것입니다. 부하들 역시 소동을 일으킬 것입니다. 그것은 우리가 바라는 바입니다. 그때를 이용하여 우리는 치안유지를 명분 삼아 봉천군(奉軍)의 무장을 해제하고 일거에 만주를 점령한 후 우리 말에 고분고분 따를 사람을 선정하여 우리 군대의 보호 아래 정부를 조직한다면 만주 문제는 한 번의 수고로 영원함을 얻는 길이 될 것입니다."

"귀관의 그 말은 군법회의에 회부될 수도 있는 매우 위험한 발언이야. 못 들은 걸로 하겠네. 빨리 출발이나 하게."

고모토는 머쓱한 표정으로 경례를 붙이고는 문밖으로 사라졌다. 사령관은 그가 속마음을 들여다보고 있는 것 같아 기분이 찜찜했으나 곧 부대이동에 관해 생각하기 시작했다.

"경쟁의식이 강한 사람들이니까 주어진 시간보다 일찍 보고가 올 것이다. 앞으로 2, 3일은 눈을 붙일 여유가 없겠지. 지금부터는 몸을 대충 씻고 밥을 먹은 다음 잠을 조금 자 두자."

그는 집무실 옆에 있는 세면장으로 향했다.

사령관실 옆에 붙은 방의 간이침대에서 잠이 깼을 때는 시계가 12시를 가리키고 있었다. 냉수 한 컵을 벌컥벌컥 들이켰다. 평소처럼 때맞춰 사령관실로 찾아온 사이토 참모장과 구내식당에서 점심을 먹었다. 이후부터는 참모장과 군수참모를 대동하고 각 부서를 돌며 사령부의 이동 준비 상황을 점검하기도 하고 연거푸 두 번이나 참모 회의를 하고 개별전화를 주고받는 등 밤을 꼬박 새우며 바쁘게 보냈다.

단위부대로부터 맨 먼저 전화가 온 시간은 이튿날 04:15, 굵직한 목소리가 수화기를 울렸다.

"제2사단 제15보병여단장 쇼헤이(翔平) 대좌 사령관 각하께 보고드립니다. 04:00 현재로 출동 준비 완료했습니다. 다음 명령을 내려주시기 바랍니다."

"본부를 말하는가?"

"아닙니다. 예하 16연대까지 모두 마쳤습니다."

"화기는 이상 없나? 개인화기와 공용화기, 탄약…."

"총기 이상 없고 탄약 충분히 확보하고 있습니다."

"장비, 피복, 차량, 비상의약품은?"

"이상 없습니다."

"좋아, 귀 여단 본부와 16보병연대는 지금부터 봉천을 경유하여 금주로 이동하라. 탑승할 열차와 차량은 군수참모가 알려줄 것이다. 현지에 도착하면 고모토 다이사쿠 대좌가 지정하는 곳에 주둔하라. 이동 도중 우발사고 나지 않도록 교육한 후 출발하라. 주둔이 완료되면 즉시 내게 보고하라."

"여순 주둔 제30보병연대는 어떻게 합니까?"

"30보병연대는 군사령부 일부와 중포병대대와 더불어 여순지역 경계에 돌입한다."

"군 사령부도 이동합니까?"

"그렇다."

수화기 너머로 지시사항을 복창하는 소리가 들려왔다.

"역시 쇼헤이로군."

육사 14기 중에서 가장 총명하고 행동이 민첩하다고 소문난 그는 승진도 가장 빨라 머잖아 장군 승진을 눈앞에 두고 있다. 지금 근무하고 있는 자리가 대좌의 바로 위인 소장이 앉을 자리이므로 진급 0순위에 있는 셈이다.

통화가 끝나고 30분이 지나 요양에 있는 2사단장 이시마쓰(石松) 소장으로부터 전화가 왔다. 수화기를 내려놓자마자 몇 분씩의 간격을 두고 보고가 계속해서 들어오기 시작했다. 모든 부대가 출동 준비를 마친 것은 규정한 시간을 두 시간이나 남겨놓은 이튿날 05시경이었다.

지금쯤 모든 역에는 열차가 흰 수증기를 뿜으며 대기하고 있을 것이다. 무거운 배낭을 메고 소총을 든 사병들이 뒤뚱거리며 열차에 오르는 모습이 눈에 선하다.

무라오카는 이틀 동안 때로는 주먹밥으로 식사를 대신하기도 하면서 몸이 두 개라도 모자랄 정도로 바쁘게 일했다. 어느 부대가 몇 시에 도착했는지 부대는 어떤 곳에 배치됐는지, 현지 상황은 어떤지 등을 묻고 발생한 문제들에 대한 대처방안을 일일이 지시하고 그것들을 메모했다가 전화로 확인했다.

그리고 마지막 날 5.21. 오후 3시가 돼서야 초밥 서너 조각을 먹은 다음 봉천행 열차에 올랐다. 20량의 객차에는 개인화기를 들고 배낭을 안은 군인들이 북적거리고 꽁무니 10량에는 대포를 비롯한 공용화기와 식량 피복 등 군용품들로 채워졌다.

임시 사령관실은 셋째 칸에 설치되었다. 사이토 참모장을 비롯한 고급 참모들로부터 보고와 예상되는 문제들에 대한 숙의를 거듭하면서 만주의 벌판을 달리기 시작했다. 열차가 출발한 지 2시간쯤 되는 운태촌(云台村)을 지나서야 산만하던 분위기가 가라앉았다.

비로소 긴장이 풀리고 눈꺼풀이 스르르 내려앉았다. 귓전으로 아득히 관동군 군가 소리가 꿈결처럼 들려왔다.

    暁雲の下見よはるか
    새벽 구름 아래를 보라
    起伏果なき幾山河
    기복이 끝없는 강산

わが精鋭がその威武に
우리의 정예가 그 힘의 위력으로
盟邦の民いま安し
동맹의 국민들을 편안케 한다
栄光に満つ関東軍
영광스러운 관동군

興安嶺下見よ広野
흥안령 아래 광야를 보라
父祖が護国の霊ねむり
……

도쿄는 며칠째 초여름처럼 뜨거운 날씨가 계속되고 있었다. 바람 한 줄기 없는 답답한 도시에서 사람들은 숨이 막힐 것 같은 기분을 느끼고 있었으나 고풍한 거리 곳곳에 울창한 숲들은 나흘 전 쏟아진 서너 시간의 폭우만으로도 초록의 싱그러움을 자랑하기에 충분했다.

커다란 기둥 양쪽에 금색 고시치노키리 가몬(五七の桐家紋)이 새겨져 있는 총리 관저의 육중한 대문 앞에 검은색 산뜻한 롤스로이스 한 대가 정차했다. 검정 모자와 양복 차림의 수위가 달려 나와 경례를 붙였다. 문이 열리고 차는 미끄러지듯이 안으로 들어갔다. 운전수가 문을 열어주자 모리 가쿠 외무차관이 실크 햇을 매만지며 종종걸음으로 관저로 들어갔다.

안락의자에 기대어 파이프 담뱃대를 받쳐 들고 유리창 너머로 잔디밭 가에 둘러선 무성한 나무들을 바라보며 생각에 잠겨 있던 다나카

총리에게 비서가 외무차관의 방문을 알렸다. 다나카는 파이프 담뱃대의 머리 부분을 오른 손바닥으로 받친 채 회전의자를 출입구 방향으로 돌리며 "키데 구다사이(来てください。어서 오시오)"라고 말했다.

모리는 총리 비서에게 모자를 전한 다음 머리를 숙여 인사를 했다.

"각하, 이곳에서의 생활도 길어야 1년이면 고별을 하셔야겠습니다. 오면서 보니까 새로 이사 가실 건물이 아직은 미완성이지만 외관으로 봐선 완벽하게 갖추어진 것 같더군요."

그는 방안을 둘러보며

"이 건물은 메이지 시대 초기 다이조다이진(太政大臣) 때부터니까 대략 60년 정도 되지 않았습니까. 시대가 급류처럼 흘렀고 2층짜리 목조건물이 손상까지 입었으니 역대 총리님들께서 외빈 접대라든가 여러 가지로 불편함이 많으셨을 겁니다. 치요다구로 가시면 각하는 물론이고 모시는 저희도 마음의 부담에서 조금은 가벼워질 것입니다."

모리가 말하는 것은 1923년 간토 대지진이 일어났을 때 총리 관저도 큰 손상을 입어 나베시마(鍋島) 가문으로부터 부지를 매입하여 새로운 건물을 짓기 시작했는데 입주 시기가 내년으로 예정되고 있다는 것을 뜻한다. 치요다구란 나가타초 2초메 3-1(東京都千代田区永田町二丁目3番1号)에 짓고 있는 새로운 주소다.

"앉읍시다."

다나카는 그런 사소한 일보다는 긴급한 일이 있다는 듯 사무적으로 말했다.

몇 모금 뻐끔거리며 연기를 풍기고 나서

"조용히 넘어가기를 바랐는데 마쿠우치(幕內, 스모의 최고등급) 행세를 하는 바다 건너 양코배기가 우리 대사를 불러 부레키(ブレーキ, 제동)를

걸었으니 오늘내일 영국이나 프랑스도 한마디씩 할 것 같은데 어쩌면 좋겠소? 우리로서는 그들의 눈치를 안 볼 수도 없으니…."

"그렇지 않아도 방금 보고를 받고 왔습니다. 영국 외상도 출병은 중국에 대한 내정간섭이라는 성명을 발표했다고 합니다."

일본의 행동은 북경과 남경의 영사관을 통해 즉각 태평양 건너 미국에 전해졌다. 미국 국무장관 켈로그(Kellogg Frank Billings)는 제남 출병과 뒤이어 진행된 산동 반도 출병으로 일본이 만주에 대해 야욕을 갖고 있는 것이 아닌가 하는 의구심을 갖고 있었다. 그런데 관동군과 한반도에 주둔하고 있던 군대까지 봉천으로 출동시켰다. 이것으로 일본이 무엇을 노리는가는 확실해졌다.

"그들이 만주를 점령할 야욕을 가지고 있다는 건 확실하다!"

미국으로서는 일본에 대해 무언가 제동을 걸지 않으면 안 된다. 그것이 파리강화회의(1919~1920)와 베르사이유 조약(1919.06.28.) 등을 거치면서 세계 질서의 새로운 조종자로 군림한 미국의 책무다. 또한 강대국들의 각축장이 된 중국에서 미국의 소리가 어느 나라보다 강력하다는 것을 보여줌으로써 장래 일어날 일들에도 영향력을 확대할 수 있을 것이다.

"아마도 성명을 발표하는 나라들이 늘어날 것입니다. 이탈리아나 화란 스페인 같은 나라들도 크나 작으나 중국에 이권을 가지고 있으니까요."

"남경정부의 반응은 나왔소?"

"네, 조치안이 전달되고 반나절도 안 돼 외교부장 황부가 '중국에 대한 내정간섭이고 국제 공법상의 영토주권에 반하는 행위'라며 국민정부는 절대로 승인할 수 없다는 말을 했습니다."

"그것이 남경정부의 공식적인 성명이오?"

"황부의 개인적인 발언으로 보이지만 곧이어 나올 공식성명도 다르지 않을 것으로 생각됩니다."

수상은 다시 담배 연기를 길게 뱉었다.

"장쮜린이 끝까지 고집을 부릴 것으로 생각하오?"

"그럴 리는 없을 것입니다. '큐우소카 네코오 캄무(窮鼠が猫を噛む, 궁지에 몰린 쥐가 고양이를 문다)'라는 속담이 있긴 하지만 끝까지 고집을 부릴 가능성은 희박하다고 봅니다. 며칠 과장된 모습을 보이다가 두 손을 들 것입니다."

"나 역시 같은 생각이오. 그렇다면 그자가 봉천으로의 귀환을 결정하기 전에 남아 있는 숙제들을 해결하는 것이 순서가 아니겠소?!"

"길회선 접궤(接軌) 문제 말씀입니까?"

"또 있소. 영국과 미국 자본을 끌어들여 진행하고 있는 대통 철도(대호산~통료)와 심해철도(심양~해룡선) 공사를 중단시켜야 하오."

"알겠습니다."

"또 있소. 요동만에 건설하고 있는 호로도항(葫蘆島港) 공사노 중난시키시오."

"시기를 보다가 쥐가 꼬리를 내릴 때쯤 사람을 보내 담판을 짓도록 하겠습니다."

"쉽게 응할 것 같소?"

"지금까지 우리와 흥정해 온 일들이 그랬던 것처럼 그리 호락호락하지는 않겠지만 마적 출신은 어려움을 당할 때 누구보다 빨리 본성을 드러내게 마련입니다. 예를 들어 3년(1925) 전 10월에 만철 이사 마쓰오카 요스케(松岡洋右)가 '길돈철도건설 청부계약'을 성사시킬 때 공사비

1,800만 원 중 철도차관 600만 원을 준비 명목으로 장쭤린에게 건네주었습니다. 그자는 2차 직봉전쟁을 겪은 직후라서 허술해진 군사력 강화를 위해 돈이 절실한 때였습니다. 그로 인해 재작년(1926) '길돈 철도국'이 발족되어 작년 10월에는 길림에서 액적목(額赫穆) 간 43㎞가 완공되어 영업을 개시하였고, 올해에는 길림에서 돈화 간 210㎞ 완공을 목전에 두고 있지 않습니까. 지금도 여러 가지로 어려움에 봉착해 있으므로 담판을 해볼 만하다는 생각입니다."

모리는 대답하면서 요시자와의 얼굴을 떠올렸다. 장쭤린에게 '조치안'의 이행을 요청했다가 실패하고 돌아온 그는 장가가 고집을 꺾은 때쯤이면 자존심을 회복하기 위해 더욱 강한 모습으로 담판에 임할 것이다. 그리고 풀이 꺾인 장(張)을 승복시키는 데에는 그 작전이 통할 것이다.

"어쨌거나 북경이나 남경의 반발은 이미 예상했던 것이니까 크게 신경 쓸 일은 아니겠지. 하지만 중국과 이권이 결부되어 있는 열국(列國)에 대해선 어떤 대응책을 마련해야 하지 않을까, 그런 생각을 하고 있었소. 만일에 그들의 반대가 강고하다면 우리의 독자적인 군사행동은 남북 양군에다 열국까지 적으로 만드는 무모한 짓이오. 만주에 치안 혼란이 오지 않는다면 무라오카 사령관에게 전보를 쳐서 관동군을 본래 위치로 물리거나, 양쪽 군대의 무장을 해제하지 않겠다는 성명을 발표하는 것도 고려 해 봐야 할 것이오. 차관의 생각은 어떻소?"

"그러지 않아도 말씀드리려고 했습니다. 금명간 외교관들을 불러 당위성을 설명해 볼 생각입니다. 각하께서 승낙하신다면 말씀입니다."

"수긍할 가능성이 희박하더라도 시도는 해 봐야 되지 않겠소. 계획을 치밀하게 수립하고 외교력을 총동원해 보시오."

"알겠습니다."

"무라오카 사령관의 동향은 어떻소."

모리는 수상이 관동군사령관에 대해 껄끄럽게 여기고 있다는 것을 알고 있다. 그가 시라카와 장관에게 물어볼 일을 외무성 차관인 자신에게 묻는 이유는 시라카와도 무라오카와 마찬가지로 만주 정책에 대해 급진적이고 과격한 생각을 갖고 있음을 알기 때문이다. 만일의 경우 관동군을 본래 위치로 물리거나, 양쪽 군대의 무장을 해제하지 말라는 명령을 내린다면 무라오카가 명령에 순순히 따를 것인가를 에둘러 묻고 있는 것이다.

"'조치안'의 이행을 위해 열심히 움직이고 있는 것 같습니다. 좀체 속마음을 밖으로 드러내는 사람이 아니라서 본심을 알 수가 없습니다."

모리는 일부러 동문서답형의 대꾸를 했다. 무라오카는 솔직한 사람이고, 만주에서의 일은 내심 모리가 의도하는 대로 전개되고 있기 때문이다. 그에 반해 다나카 총리는 만만데키(만만디)를 추구하고 있다. 총리는 5년쯤 내다보며 서서히, 그리고 소리가 나지 않도록 진행하려는 생각이나. 상쒀린을 만주로 무사히 귀환게 하고, 상제스는 산해관 서쪽에 머물게 하여 대치상태를 유지한다. 그 기간 동안 장제스와 충분한 대화를 하면서 기회를 보아 밀약을 맺는다. 그런 다음 장쮀린을 하야시키고 새로운 정부를 수립한다. 만철이 받쳐주고 있어 어려운 일이 아니다. 그것이 수상의 계획이다. 두 사람의 목적은 같지만 시기와 방법이 다르다. 모리가 보기에 그것은 양호유환(養虎有遺患, 호랑이를 길러 근심을 남긴다)이 될 것이다. 총리는 강노지말(强弩之末, 강한 것도 세월이 지나면 쇠해진다)의 이치를 잊고 있는 것이다.

다나카 총리가 파이프 담뱃대를 재떨이에 탕탕 소리가 나도록 털고 나서 일어서며 말했다.

"모레 오후에 관계 부처 긴급회의를 소집하여 중지를 모을 생각이오. 대장성(大藏省)과 육군성 해군성이 참석할 테니까 설명을 잘해 주시오."

육군과 해군 두 앙숙이 한자리에 모이면 어떤 일이 벌어질지는 뻔하다. 신흥 강자 육군과 전통의 해군은 주어진 의제에 신경을 쓰기보다는 기 싸움에 주력할 것이다.

관저를 나서는 모리 차관의 머리에 난장판이 된 회의장의 모습이 떠올랐다.

1928.5.22. 봉천에 들어온 무라오카는 두 개의 역 중 만철이 관할하는 북릉선(北陵線) 봉천역사 옆에 전에 일본의 중소기업들과 중국 협력업체들이 사용하던 사무실을 통째로 비운 건물에 사령부를 설치했다. 제2사단 사령부와 제3보병여단 등을 육군연병장과 만주간호학교 만주의과대학 남만중학당 등에 배치하고 제4보병연대, 제15보병 여단은 장쭤린의 귀환과 더불어 어떤 행동을 할지 모르는 봉천 성 내 5만의 봉천군에 대비하여 외성(外城)의 8개 변문(邊門)을 마주 보는 곳에 각각 나누어 배치했다. 이것으로 외성 안에 있는 내성까지 완벽하게 포위하는 셈이 된다.

그런데 봉천에 주둔한 지 나흘이 된 26일 오후 참모본부로부터 전보가 도착했다. 무라오카는 전문을 읽는 동안 분노가 머리끝까지 치솟았다. 종이를 던지고 나서 "국사(國事)가 무슨 애들 장난인가?!"라며 책상을 쳤다. 상상조차 하기 싫은 명령이 시달된 것이다. '서두를 것 없음. 관동군의 모든 행동은 현 단계에서 유보한다'라고 적혀 있었다.

"아무래도 계획을 빨리 당겨야겠군." 하고 중얼거렸다.

2시간 후.

"3대대장 다케시다 요시하루(竹下義晴) 소좌 오라고 하라."

무라오카는 부관에게 말하고 나서 장교들의 신상 기록보관함에서 꺼낸 카드 한 장과 부속서류를 들여다보기 시작했다.

그래, 조슈번 출신이라고 했었다. 전에 사격대회 후에 나눴던 기억이 떠올랐다. 지난 가을 여순에서 있은 관동군 사격대회에 특등으로 선발되어 내년 봄 용산에서 전군 경연대회를 앞두고 있다. 다케시다와 함께 선발된 1등과 2등 등 3명에 대해 인사 기록과는 별도로 신병(身柄)에 관한 세밀한 내용을 조사하여 기록해 두도록 지시했었다. 언젠가 매우 중요한 일에 쓰게 될 것이라는 막연한 기대가 있어서였는데 그것이 현실이 되고 있다는 것에 신비감이 들었다.

- 최종학교: 육군사관학교 18기

육군에서 사관학교 출신이란 큰 의미가 없다. 제대로 된 군사교육이라는 것이 모두 합쳐봐야 고작 10개월에 불과하기 때문이다. 육사 출신 초급장교들의 질이 낮은 것은 그 때문이다.

중요한 것은 육대다. 육군대학은 우수한 참모상교를 양성할 목적으로 세워졌으며 육군에서의 출세를 위해선 반드시 이수해야 할 진로다. 육대를 졸업하지 못하면 장성진급은 꿈도 꿀 수 없다. 이곳에서의 성적은 졸업 후에도 첫 번째 평가 기준이 된다.

그 이유는 교육과정이 어렵기 때문이다. 입학경쟁률은 10대 1, 한 해 입학생 600~800명이지만 졸업생은 10분의 1 정도다.

다케시다의 졸업 성적은 전체 83명 중 5번째로 기록되어 있다. 놀라운 성적이다.

상훈란에는 육군장관 표창을 받았다. '훈련 최우수 지휘관'으로다.

무라오카는 문이 열리는 소리에 시선을 돌렸다.

날씬한 몸에 카키색 복장을 한 젊은 장교가 경례를 하며 큰 소리로 외친다.

"제2대대장 다케시다 요시하루 소좌 사령관 각하의 명령 받들고자 왔습니다."

그는 경례를 마치자 마치 육사를 갓 나온 소위처럼 모자를 옆구리에 끼고 성큼성큼 다가왔다. 짧게 깎은 머리가 활력과 신선함을 느끼게 한다.

무라오카는 이 젊은 소좌가 자신이 제안하는 일에 어떤 반응을 보일지 궁금하다는 눈빛으로 바라봤다.

마른 얼굴에 뾰족한 코, 가느다란 눈, 예민한 얼굴이다.

어쩌면 장군이 될 가능성이 있는 이 젊은 장교에게 무리한 요구를 하는 것이 아닐까, 하는 생각이 들었다. 그러나 호호탕탕 대일본제국이 나아가는 길에 그런 생각은 쓸데없는 것이다. 사격대회에서 특등사수가 된 것은 운명적으로 만주 문제의 자물쇠를 깨트리라는 과업을 부여받은 영웅의 길이 아닐까.

문득 고향마을 언덕 위에서 매년 마츠리(축제)를 열던 이자나기(伊邪那岐) 쌍둥이 남매의 신상(神像)이 떠올랐다.

무리오카는 긴장한 모습으로 서 있는 소좌를 향해 친근한 목소리로 말했다.

"앉게."

차를 권하면서

"고향 집 소식은 자주 듣는가?"라고 물었다.

"이모님이 이따금 편지를 보내십니다."

"어머님 병환은 좀 어떠신가?"

소좌는 사령관의 기억력에 놀라 눈을 크게 뜨고 바라봤다.

지난번 사격대회가 끝나고 성적우수자들에게는 만찬을 열어 격려해 주고 한 달간의 포상 휴가를 보냈는데 귀대 신고 때 어머니가 병석에 누워 계시다는 말을 했었다.

"많이 나아져서 얼마 전 퇴원해 집에서 요양 중이시라고 합니다."

"반가운 소식이군. 문안 편지 자주 드리게."

"네, 감사합니다."

다케시다 소좌가 차를 마실 때까지 그의 고향마을 기후며 풍광 등에 관한 소소한 담소를 나눴다. 이건 명령으로 할 문제가 아니다. 안정된 심리상태에서 소좌의 주관적 판단에 의해 결정해야 하는 일이다. 그러는 사이 소좌의 굳어 있던 표정도 밝아졌다.

"혹시 '형가(荊軻)의 노래'를 알고 있는가?"

소좌는 뜬금없는 질문에 처음에는 어리둥절했다.

"사마천의 사기 자객열전(刺客列傳)에 나오는 이야기일세."

"네, 읽어본 적이 있습니다."

"'風蕭蕭兮易水寒 壯士一去兮不復還(풍소소혜역수한 장사일거혜불부환, 바람 쓸쓸하고 역수는 차가운데 장사 한번 가면 돌아오지 못하리)'

기원전 200년을 전후한 춘추전국시대 후반기, 자신을 알아주는 군주의 부탁을 받고 진(秦)나라 왕을 암살하기 위해 마지막 길을 떠나는 협객의 심정을 읊은 노래가 아닌가."

"네, 그런 줄로 알고 있습니다."

"귀관에게 형가의 이야기를 하는 이유를 짐작하겠는가?"

"잘 모르겠습니다."

"물론, 그럴 테지."

사령관은 소좌의 표정을 살폈다. 그러나 긴장하지는 않은 것 같다.

"본관이 번오기(樊於期)의 목이 되고 귀관은 형가가 되어 만세일계(萬世一系) 천황폐하와 대일본제국의 번영을 위해 아주 중요한 일을 하나 해 보자는 것일세. 실패하면 우리 두 사람의 직위는 물론이고 목숨까지도 내놓아야 하는 일일세."

소좌는 놀란 표정으로 사령관을 바라봤다.

"단독으로 해야 하는 일입니까?"

대답 대신 고개를 끄덕였다.

다케시다의 눈이 가늘어졌다.

"안싸츠(暗殺, 암살) 말씀입니까?"

"그렇네."

"상대가 누구입니까?"

"장쮀린이야."

사령관은 잠시 사격대회에서 다음 자리를 차지했던 병사를 떠올렸다. 그러나 다케시다는 아주 잠깐 생각하는 듯하더니 자세를 바로 했다.

"황제폐하와 대일본제국을 위해 기꺼이 목숨을 바치겠습니다."

대답하고 나서 어금니를 깨물었다.

"성공하더라도 그 후의 일이 예상치 않은 방향으로 흘러가게 된다면 군법회의에 회부될 수도 있네. 물론 나와 함께 나란히 말일세. 그런 일이 일어난다는 것을 전제로 다시 한번 묻겠네. 후회된다면 지금이라도 주저하지 말고 말하게."

"그럴 리가 있겠습니까. 설사 일이 잘못되어 헝겊으로 눈을 가린 채

무라타 소총 앞에 선다 해도 천황폐하와 대일본제국을 위한 일입니다. 또한 개인적으로는 충성을 다 한 군인으로, 가문에는 영광이 되는 길을 택하겠습니다."

"좋아. 이번 기회에 특등사수의 솜씨를 한 번 제대로 발휘해 보게."

"방법만 알려주십시오."

"그 전에 분명히 해 둘 게 있네. 이 일에 관해선 평생 누구에게도 발설하지 말 것을 약속할 수 있나?"

"대일본제국 장교의 명예를 걸고 약속드리겠습니다."

"좋아."

사령관은 손끝으로 테이블을 가볍게 두드렸다.

"귀관에게는 오늘부터 20일간 출장 명령이 시달된다. 우선은 내일 오전 중으로 후임자에게 업무인계를 완료하고 2~3일 안에 별도 지시가 있을 때 북경을 향해 출발하라. 총영사관으로 가서 나츠미(夏美) 문화공사를 찾으라. 30대 후반의 여성이다. 다음 일은 그녀가 하라는 대로 하면 된다. 장가(張哥) 주변에도 우리가 깔아놓은 인사들이 있다는 정도만 알면 긴장이 좀 풀릴 거야. 권총은 손에 익은 것을 가져가는 게 좋겠지. 장총은 나미츠가 특별주문한 것을 지급할 걸세. 스코프가 달린 릭비 볼트 액션 라이플이나 윈체스터 M1895 사냥총을 구한다고 했는데 사용한 적이 없으면 북경 근교 어디쯤에서 사격 연습을 해야겠지. 뭐 그런 건 내가 말하지 않아도 알아서 챙겨줄 걸세."

"질문 있나?"

"결행 날짜는 언제입니까?"

"아직 정해진 것은 아니네. 앞으로 길어야 열흘 정도를 생각하면 될 걸세. 하루 이틀 정도 갑자기 단축될 수도 있을 거야."

"알겠습니다. 빠른 시간에 준비를 마치도록 하겠습니다."

무라오카는 다케시다가 집무실 입구의 문 앞에 도달할 때까지 뒤따라 걸어간 다음 소좌의 어깨를 두어 번 토닥거려 격려했다. 그리고 말했다.

"그럼 끝나고 보세. 독한 위스키를 준비해 놓고 영웅이 돌아오기를 기다리겠네. 그날은 계급장을 떼어야겠지. 어디 항주(杭州) 미녀나 백계 러시아 여성이 있는 멋있는 바에 가서 전통의 글렌피딕(Glenfiddich)이나 스코틀랜드 바닷가 짠 내가 섞인 라프로익(LAPHROAIC)을 곤죽이 되도록 마셔보세."

"반드시 성공하겠습니다."

"부운오 이노루(武運を祈る, 무운을 비네)."

다케시다 소좌는 복도를 걸어가면서 몇 번인가 검지를 당기고 있었다.

한편 고모토 다이사쿠 대좌는 금주에 머물면서 관동군 예하부대들의 주둔을 지휘했다. 물론 그런 일은 기대할 수 없지만, 3,400명의 병력이 명령만 떨어진다면 언제라도 행동에 돌입할 수 있는 상태가 되었다. 임무 완료의 판단을 내린 것은 사흘이 지난 26일 오후 3시쯤이었다. 일을 마친 즉시, 운전병을 재촉하여 봉천으로 향했다. 금주에서 봉천 200㎞, 3시간이면 갈 수 있는 거리다. 피로가 쌓였으므로 도착하면 목욕을 한 다음 저녁을 먹고 일찍 잠자리에 들 생각이다. 저녁 식사에는 평소 즐기지 않는 술이지만, 반주라도 한 잔 곁들이면 좋겠지. 다만 혼자인 것이 좀 그렇긴 하다. 내일 아침에는 일찍 사령관께 귀대 신고를 하고, 여순에서 수화물로 부쳤던 옷가지며 침구 등 개인용 물품들을 확인하면 된다. 그리고 사령부와 가까운 곳에 숙소를 마련할 것이다.

해거름이 되고 그늘이 길어지면서 변화하는 노변의 풍경들과 아득한 지평선에 붉은 태양이 내려앉는 모습은 그 어느 풍경에도 비교할 수 없도록 아름답다. 일을 마친 농민들이 쟁기를 들고 지나가고 우마차 위에서 여인들이 노래를 부른다. 혼란한 시대에도 이런 모습을 볼 수 있다니!

전조등이 비치는 곳에 이따금 아카시아가 하얀 꽃송이들을 조롱조롱 매달고 밤의 낭만을 즐기거나 야래향(만향옥)이 노랑 별꽃을 머리에 이고 아스라이 달빛 아래 수줍은 모습을 하고 있다. 그런 곳을 지날 때마다 알싸한 향기가 코끝을 자극한다. 그러나 마음 놓고 즐길 여유도, 중요한 사명을 완료했다는 해방감도 느낄 수 없다. 다만 대좌의 뇌리에는 한 가지 의문만이 꿈틀거리고 있었다. 그것은 무라오카 사령관에 관한 것이다.

그가 지금 하는 모습은 무엇인가? 철저하게 '조치안'의 이행에만 신경을 집중하고 있는 것 같다. 지금이 절호의 기회라는 걸 모를 리 없을 텐데 말이다. 그리고 관동군 예하 모든 부대원의 열망이 뭔지를 알고 있음에도 말이다.

"혹시 금주로 부대를 이동시킨 건 무라오카가 혼자서 내린 결정이 아닐까? 그렇게만 이루어졌다면…"

모든 일은 각자가 맡은 부분에서만 알 수 있도록 베일에 가려져 있으니 답답하기만 하다. 유독 이번 일에서만은 참모들에게조차 비밀로 하는 것은 다른 뜻이 있기 때문이 아닐까?!

이런 희망적인 생각들을 하면서 오는 동안 어느덧 화평구(和平溝)에 들어섰고 역이 점점 가까워지고 있었다.

"저기 가는 사람 뒷모습이 꼭 다케시다 요시하루 소좌님 같군요. 그런데 복장이…"

운전병이 말했다.

전면을 바라보니 약 10m쯤 가로등 불빛 아래로 다케시다의 뒷모습 같은 사람이 걸어가고 있다. 중국 농민의 허름한 옷만 아니라면 틀림없는 다케시다다. 그런데 자세히 보니 아닌 게 아니라 분명 그다.

순간 고모토의 뇌리를 스치는 것이 있었다. 다케시다가 농민복을 입고 사령부로 들어갈 일은 없다. 그는 숙소에서 옷을 갈아입고 어디론가 야간열차를 타기 위해 가고 있음이 분명하다. 이 비상시기에 어디로 무엇 때문에 가는 것일까? 대좌는 차를 세우라 명한 다음 큰 소리로 불렀다.

"이보게. 2대대장 어디를 그렇게 급히 가고 있는가?"

흠칫 놀라며 뒤돌아보는 얼굴을 확인하고 나서 잠깐 기다리라 하고 운전병에게 말했다.

"어디 가서 저녁을 먹은 다음 부대로 돌아가라."

지갑을 꺼내 조선 은행권 1원짜리 지폐 두 장을 건네주었다.

운전병은 경례를 붙이고 나서 지프를 몰고 떠났고 두 사람은 한동안 그 자리에 서서 이야기를 나눴다. 그리고 다케시다 소좌는 고모토 대좌의 손에 이끌려 어둠 속으로 사라졌다.

이튿날 아침, 무라오카 사령관 집무실.

"송구하지만 한 말씀 드려도 되겠습니까?"

귀대 신고를 마친 다음에 고모토 대좌가 하는 말이다.

"무엇이든지."

사령관은 고모토의 입에서 술 냄새가 풍기고 있다는 것을 느꼈다. 며칠간의 출장으로 긴장했던 마음을 다독이려 한두 잔 기울이다 숙취에 이를 정도로 마신 것일까? 평소 자로 잰 것 같은 고모토의 모습에서 처음 보는 일이다. 어쨌거나 그도 한 인간이다. 그럴 수도 있을 것이다. 모든 일이 착착 진행되고 금주에서도 부대 배치가 성공적으로 이루어진 데 대한 여유로움인가. 사령관은 미소 띤 얼굴로 응답했다.

"저는 고급 참모로 부임 이래 사령관 각하를 보필하는 데에 충심을 다 했다고 생각합니다."

"항상 고맙게 생각하고 있네. 새삼스럽게 그런 말을 하는 이유가 뭔가?"

"각하께서는 저에게 속마음을 주지 않고 계십니다."

"그게 무슨 말인가? 금주에서 예상치 못한 일이라도 있었는가?"

미소가 사라지고 의아한 표정으로 바라본다.

"장쭤린 처단계획을 왜 제게는 숨기셨습니까?"

무라오카는 깜짝 놀라며 상체를 뒤로 젖혔다.

잠시 눈을 깜박였다. 그리고 음성이 높아졌다.

"다케시다 소좌를 만났나?"

때마침 기적소리가 울렸다. 느리게 진행되던 열차 소리가 차츰 빨라지고 있었다.

무라오카는 눈살을 찌푸리며 창 너머를 바라봤다. 역사(驛舍)의 지붕 위로 뭉게뭉게 피어오르는 검은 연기가 파란 하늘을 검게 물들이고 있었다. 어색한 침묵이 계속됐다. 소음이 아직 역을 벗어나지 않았으나 사령관이 고모토 앞으로 머리를 가까이 들이밀며 다시 물었다.

"다케시다를 만났는가 말이야?"

고모토는 사령관의 큰 목소리에 잠시 우물거렸다.

"왜 대답을 못 하는가?"

"만났습니다. 하지만 다케시다 소좌에게는 잘못이 없습니다. 제가 술집으로 데리고 가서 인사불성이 되도록 만든 다음에 알아낸 것입니다."

무라오카의 얼굴이 하얗게 변했다.

"어리석은 놈, 약속을 철석같이 해놓고 사흘도 안 돼 입을 놀리다니…."

혼잣말처럼 중얼거렸다. 그는 사령관으로서의 자제력을 잃지 않으려 애쓰는 것 같았다.

"소관이 집요했기 때문입니다. 외람되지만 그를 탓할 건 아닌 것 같습니다."

잠시 침묵이 흘렀다. 무라오카가 평상심을 회복했는지 목소리가 낮아졌다.

"그런 무모한 짓을 한 이유가 뭔가?"

고모토는 이미 각오를 한 이상 더 이상 망설일 이유가 없다고 생각했다.

"장쭤린을 제거하는 일에 실수가 없도록 하기 위해섭니다. 제 말씀을 들어보십시오. 그자는 봉천으로의 귀환을 극렬하게 거부하지만 오래지 않아 고집을 꺾을 것입니다. 그리고 안전하게 가는 방법을 연구할 것입니다. 그는 음모와 모략으로 대원수까지 이른 자이기 때문에 자신을 지키는 데에도 소홀함이 없습니다. 경호대장 쉬거웨이(許國維)란 자는 영국육군에 유학을 보내 구르카 용병들과 함께 훈련을 받은 경호 전문가입니다. 짧은 거리를 이동할 때에도 기관총을 갖춘 삼엄한 경비대가 사면에서 호위하고 있습니다. 전에 몇 번 테러를 당한 적이 있어서 더욱 예민합니다. 가장 큰 의심을 받는 우리가 장쭤린에게서 저격 기회를 포착하기란 바늘구멍과 같을 것입니다. 암살을 시도하다 성공하지 못하면 뒤따를 파장은 상상을 초월할 것입니다. 황제 폐하의 명예에 치명타를 줄 것입니다. 하지만 천재일우의 기회를 잘 이용한다면 우리가 그자를 확실하게 제거하면서도 전혀 의심을 받지 않을 수 있습니다. 또한 만일을 생각해서도 그런 일은 개인의 책임으로 해야 합니다. 깊이 생각하시기 바랍니다."

무라오카는 '황제 폐하의 명예에 치명타를 준다'는 말에 께름칙해졌다. 대좌는 이 일에 대해 이미 무언가 구체적인 방법을 생각해 놓고 있다는 느낌을 받았다.

"그러면 어떤 방법이 있단 말인가?"

"저에게 맡겨주십시오."

고모토라면 맡겨볼 만하다. 왜 진즉에 그 생각을 하지 못했을까. 그러나 짐짓 뜻밖이라는 표정으로 물었다.

"귀관에게? 구체적인 계획이라도 있는 건가?"

"장쭤린이 봉천으로 돌아가는 방법은 뻔하지 않습니까. 첫째는 비행기로 가는 방안이 있습니다. 그러나 그 방법은 쓰지 않을 것입니다. 왜냐하면 전에 야마모토 조타로(山本條太郞) 만철 총재가 미국의 더글라스 사에서 생산한 최신 쌍발 엔진 DC-3을 가져와 기증을 했으나 기체에 올라가 구경만 하고 한 번도 타지를 않아 창고에 방치되다가 어느 부자에게 생일선물로 줘버렸다고 합니다. 그는 하늘을 나는 것에 겁을 먹고 있는 것으로 생각됩니다. 다음으로는 승용차를 이용하거나 열차를 이용할 것입니다. 하지만 승용차 이용은 총탄 세례를 맞을 위험이 크기 때문에 계획에서 배제할 것입니다. 남은 방법은 단 하나, 열차를 이용하는 것입니다. 장쭤린은 요새(要塞)처럼 완벽한 전용열차를 소유하고 있습니다. 이 방법을 택할 확률이 99%입니다."

"나머지 1%는 뭔가?"

"봉천으로 귀환하지 않는 것입니다."

"장제스와 전쟁을 한다는 건가?"

"가능성을 완전히 배제할 수는 없지 않습니까."

무라오카는 농담 같은 말에 허허 웃었다. 아니, 농담 같은 말이라기보다는 고모토 대좌에 대해 신뢰가 갔기 때문이다.

"구체적인 방안을 말해보게."

"맨 먼저 할 일은 그들이 우리를 의심하지 않도록 해야 합니다. 두 번째는 장의 주변에 있는 사람을 이용하여 일정과 경호계획을 정확하게 알아내는 것입니다. 마지막으로, 실행계획은 대담하고 치밀해야 합니다. 그리고 이 일을 소관에게 맡겨 모든 과정과 책임을 일임해 주십시오. 사령관 각하와는 일체 관련이 없는 일로 말씀입니다. 실행도 책임도 모두 소관의 주관으로 하고 싶습니다. 그리고 다케시다 소좌에게는 책임을 묻지 말아 주십시오. 그는 별도의 중요한 임무를 부여하고 요긴하게 활용할 생각입니다."

무라오카는 잠시 생각하고 나서 대답했다. 마음속으로는 이미 고모토에게 일임할 것을 결정했으나 이 자리에서 승낙을 한다면 너무 가볍게 여겨질 것 같았다.

"알겠네. 하지만 좀 생각해 볼 시간이 필요할 것 같네. 내일 아침에 가부를 알려 주겠네."

사령관의 이런 말에도 불구하고 속내를 꿰뚫고 있는 고모토의 머릿속에는 두 사람의 얼굴이 떠올랐다. 한 사람은 도쿄에 있는 시라오카 요시노리 육군상, 또 한 사람은 전에 '재봉천 일본거류민회'에 초대받아 갔을 때 처음 만나 오랫동안 인간관계를 이어오고 있는 '대륙낭인' 이토 겐지로(伊藤源次郎)다.

고모토 대좌는 무라오카 사령관으로부터 만난 지 3시간 후에 다시 들어오라는 통보를 받았다.

5월 30일 북경 서성구(西城溝) 태평교(太平橋) 대가(大街)에 있는 순승왕부(順承王府) 대원수 집무실.

야간 수뇌회의가 열리고 있다.

중앙에 장쭤린 대원수가 안락의자에 앉았고 그와 마주 보는 방향의 U자형 테이블에 오른쪽으로 총참의 양위팅(楊宇霆), 산둥 독판(督辦) 쑨촨팡(孫傳芳), 제2군단장 장쭝창(張宗昌) 등이 앉았다. 왼쪽으로는 경호대장 쉬거웨이(許國維)와 장쭤린의 일본인 군사고문 노리가 마사나리(儀蛾誠也) 퇴역 소좌가 앉았는데, 노리가는 봉천 귀환 대책 회의에는 처음 참석했다.

"어저께 남경 폭도도 '조치안'이라는 것에 공식적으로 반대 성명을 발표했소. 그렇건 말건 이미 우리는 봉천 귀환을 결정했으니까 이 자리에서 어떤 교통수단을 이용할 것인지를 협의해서 빨리 결정해야 할 것이오. 이런 일은 속전속결로 해야지 시간을 끌어서 좋을 게 없소. 오늘 특별히 자리를 함께한 노리가 고문도 좋은 의견이 있으면 말해 주시오."

20시부터 시작한 회의는 2시간이 지났다. 그러나 어느 한 가지도 결정된 것이 없다. 모두 중구난방으로 자신의 의견을 늘어놓고 있기 때문이다. 다행인 것은 어저께 같은 시간에 열린 회의에서 그동안 여러 날에 걸쳐 일본과 줄다리기를 하던 안국군의 퇴각이 결정된 점이다. 대원수로서는 자존심 꺾이는 일이나 회의에 참석한 심복들이 이구동성으로 퇴각을 주장하는 상황에서는 아무리 고집 센 그로서도 어쩔 수 없는 일이었다. 특히 3, 4군단장으로 전투 현장에 가 있는 장남 쉐링의 건의가 결정적 역할을 했다는 후문이다.

일단 결정한 이상 퇴각은 빠를수록 좋다. 문제는 어떻게 대원수의 체면을 지키면서 도중에 불상사 없이 안전을 확보하느냐이다.

2군단장 장쭝창이 발언한다.

"여러 번 말씀드려 송구합니다만 비행기를 타고 가시는 것이 가장 빠르고 안전합니다. 일단 하늘에 떠서 빠른 속도로 비행하기만 하면 제아무리 좋은 무기를 갖춘 불순세력이라도 어찌할 수는 없습니다. 게다가 많은 군사를 동원하지 않아도 됩니다. 어느 것보다 안전하게 봉천에 도착하실 수 있습니다. 군대는 육로로 가면 되구요. 이보다 좋은 방법이 있겠습니까? 비행기를 이용하십시오."

이에 대해 산둥 독판(督辦) 쑨촨팡(孫傳芳)이 다른 의견을 제시한다.

"아닙니다. 비행기를 이용하시는 것은 대원수님의 명예에 심대한 손상을 주는 일입니다. 마치 쫓기듯 떠나는 것입니다. 더욱이나 장제스가 목전에 있는 상황에 비행기를 이용하시는 것은 나중에 두고두고 조롱거리가 될 것입니다. 절대로 안 됩니다. 열차를 이용하십시오. 더욱이나 방탄까지 완벽하게 갖춘 전용 열차가 있지 않습니까."

"아닙니다. 자동차를 이용하십시오. 호송부대들을 제대로 운용한다면 자동차가 제일 좋습니다. 연도에 환송하는 백성들에게 손도 흔들어 주시면서 의연하게 가실 수가 있습니다."

"그렇지 않습니다. 아무리 좋은 방탄차라도, 노리는 자들에게는 좋은 표적이 됩니다. 게다가 노면 상태나 굴곡 부분 등 길이 매우 나빠 순간순간 정체되는 때가 많습니다. 좋지 않습니다."

한 손으로 턱을 고인 채 의견을 듣고 있던 대원수가 손바닥을 펼쳐 발언을 제지했다.

"이봐, 나는 마치 고양이에게 쫓기는 쥐새끼처럼 북경을 떠나고 싶지는 않아. 내가 떠나는 건 무고한 백성이 피를 흘리는 것과 재산이 잿더미가 되어 이리저리 유랑하는 모습이 안타깝기 때문이야. 쫓기듯이 떠나는 건 이 대원수 제복이 부끄러운 일이야. 악대의 환송 연주를 들으면서 당당히 떠나는 거야. 쉬파리가 겁나 지암멘장(䑋麵醬, 첨면장)을 만들지 않을 건가 말이야. 40년을 말 타고 전장을 누빈 이 장쭤린이 도망치는 모습으로 간다고 해 봐, 사람들이 뭐라고 낄낄거리겠어. 그건 내 방식이 아니야."

양위팅이 말한다.

"그래도 마음을 놓아서는 안 됩니다. 대원수 각하께서 봉천으로 귀환을 결정했다는 말은 하룻밤 새 퍼져나갔을 것이고 장제스의 별동대인 편의대(便衣隊), 혹은 다른 불순세력들은 각하가 어떤 교통수단을 이용할 것인지 주목하고 있을 겁니다. 이제부터가 정말 중요합니다."라고 하고 나서 건너편에 앉아 있는 경호대장 쉬거웨이(許國維)를 바라본다.

"정보부대로부터 통보된 불순분자들의 동향 같은 게 있소?"

저마다 큰 소리로 떠드는 가운데서 말할 기회를 기다리고 있던 경호대장이 대원수의 얼굴을 힐끗 보고 나서 앞에 놓은 종이를 들여다보며 입을 연다.

"정보 보고를 취합하여 분석한 결과 현재 장제스의 편의대(便衣隊) 졸개들이 약 2만가량 북경과 만주에 퍼져서 암약하고 있는 것으로 판단됩니다. 그들은 장제스 진격에 앞서 먼저 와서 우리 군의 혼란을 유도하여 힘을 약화시키려는 의도입니다. 그중 특별 명령을 받은 자들이 대원수 각하에 위해를 가하려 하고 있습니다. 정보에 의하면 3개 조가 암약하고 있다고 합니다. 며칠 전에 1개 조직을 탐지하여 일부는 체포했고 일부는 추격 중입니다. 조만간 전모가 밝혀지는 대로 보고드리겠습니다. 대단(大團)을 이룬 마적들도 몇몇 경봉선 주변으로 모여들고 있어서 예의 주시하고 있습니다. 그동안 각하께서 활동하신 기간이 길고 영역이 넓었던 관계로 불순한 감정을 지닌 자들도 있을 것입니다. 이런 것들을 고려하여 특별경호팀을 증원하고 있습니다. 철도나 자동차로 가신다면 북경에서 봉천 간 거리가 길고 위험지역이라고 판단되는 곳이 많아 인원과 장비들을 갖춘 대부대의 경비가 필요합니다. 이 문제도 결정해 주시기 바랍니다."

대원수가 잠시 생각하더니 뒤에 앉아 있는 비서실장 린위린에게 명령을 내린다.

"대외적으로는 1일에 출발한다고 공표하고 사실상은 2일에 출발하는 것으로 한다. 노선 경비는 각각의 주둔 부대가 맡도록 하라. 북경에서 유관(楡關)까지는 길림성 독군 장쭤샹(張作相)이, 유관에서 봉천은 흑룡강성 독군 우쥔성이 책임지고 경비하도록 해. 알겠는가?"

양위팅이 또다시 쉬거웨이(許國維)를 건너다보며

"이봐요 경호대장, 그런데 관동군의 동향에 대해선 왜 보고하지 않습니까?" 힐책하듯 말한다. 경호대장이 군사고문 노리가 마사나리 소좌의 얼굴을 힐끗 보면서 머뭇거리자, 대원수가 무슨 의미인지 알아차렸다.

"괜찮아. 노리가 고문은 의심할 바 없는 우리 편이야. 군사 문제 전반에 관해 조언을 듣는 사이니까 의심할 여지가 없어. 더욱이 이미 군에서 제대를 한 몸이 아닌가. 한식구와 다름없으니 걱정하지 말고 보고해."

노리가가 대원수의 얼굴과 경호대장의 얼굴을 번갈아 보면서 말했다.

"저에 대해선 추호의 의심도 하실 필요가 없습니다. 대원수 각하의 말씀대로 안국군의 모든 군사 문제에 관해 조언을 드리고 있지 않습니까. 제가 관동군 편에 있다면 양심이 있지 감히 이 자리에 왔겠습니까. 저는 관동군을 싫어합니다. 어저께 회의에서 봉천 귀환을 결정하셨다는 소식을 듣고 도움을 드릴 일이 없나 하여 바쁜 일정을 제쳐두고 참석했습니다."

그러나 경호대장은 여전 입을 닫고 있다. 대원수가 재촉하자 그제야 보고를 한다.

"관농군에서 모송의 음모가 있는 것 같습니다. 황고눈역 수변에 보초를 세워 민간인을 통제하고 철도 주변으로 낯선 얼굴의 장교들이 나타나서 자기들끼리 쑤군대곤 한답니다."

사실은 대원수도 오늘 아침 봉천 헌병대 사령관 주인밍(諸殷明)으로부터 보고를 받았다. 황고둔역의 노도구와 삼동교 주위에 일본군 수비대가 행인의 출입을 통제하는 등 평시와 다른 움직임이 포착되니까 다른 길을 돌아서 오는 것이 좋겠다는 의견이다.

"그건 뭐 일상적으로 있는 일이 아닌가. 의심하기 시작하면 모든 게 이상하게 보이는 게야. 설마 지금까지 협조 관계를 유지해 왔던 일본이 그런 개망나니짓을 하겠는가."

그러나 장쒀린은 이 시점에 이르러서도 관동군이 일본군 내에서 독단적 행동을 두려워하지 않는 괴물 같은 존재가 되어 있다는 것을 인지하지 못하고 있었다.

노리가가 말했다.

"그렇습니다. 각하의 안전을 위해 여러 가지 대책을 강구하고 있는 다나카 총리가 계시는데 관동군이 감히 뒤에서 그런 음모를 꾸밀 리는 없습니다. 총살을 당할 각오를 하지 않고서야 어림없는 일입니다."

장쒀린은 노리가가 하는 말은 '조치안'을 의미하는 것 같아 기분이 언짢았으나 내색은 하지 않고

"아무렴 그렇겠지"라고 맞장구를 쳤다.

총참의 양위팅(楊宇霆)이 이의를 제기했다.

"각하, 그렇게 안이하게 생각하시면 안 됩니다. 문제는 보통의 군대가 아니라 관동군입니다. 그들이 어떤 흉악하고 교활한…"

대원수가 얼굴을 찌푸리며 말을 가로막았다.

"쓸데없는 소리, 한 말을 또 하면 시간 낭비야."

그의 짜증 섞인 말에도 불구하고 이 문제는 가라앉지 않을 것 같았다. 장군들 모두가 이구동성으로

"양 장군의 말이 옳습니다. 결코 가볍게 생각할 문제가 아닙니다"라고 동조를 했기 때문이다.

그러자 노리가가 말했다.

"그날 제가 열차에 동승하겠습니다. 대원수 각하를 모시고 봉천까지 가겠습니다."

모두의 눈이 노리가에게로 향했다. 그들의 입에서 가늘게 안도의

한숨이 새어 나왔다. 얼굴에는 감사의 빛이 감돌았다.

그러나 의심을 놓지 않고 있는 단 한 사람 경호대장은

"그러면 제5부인을 오시도록 하십시오. 함께 계시다가 각하께서 떠나시기 전에 먼저 제5부인께서 위장 열차를 타고 출발하시도록 하면 혹시 모를 불순 세력들에게 혼란을 줄 수 있지 않겠습니까."

"그럴듯한 말이야. 좋아, 그렇게 하지."

대원수는 다시 고개를 비서실장 린위린에게 돌리며 명령했다.

"즉시 5부인을 오도록 연락하고, 출발 일자도 하루 늦추도록 하라. 환송식을 준비하는 사람들에게도 어느 정도의 시간은 줘야겠지. 그래야 제대로 된 식이 열리지 않겠어?!"

모두들 대원수와 노리가 고문의 얼굴을 바라보며 흡족한 표정을 지었다.

이후의 회의는 출발 전 면담 인사들, 환송 행사, 열차의 편성과 동승 할 경비병력, 중간 정차역과 면담 인사들 등등에 관해 일사천리로 진행됐다.

만철이 운영하는 봉천역 북릉선(北陵線) 광장으로부터 동남쪽으로 약 2km 지점에 일본 거류민들의 상업지가 있고 그 상업지 끝으로 유흥가인 '야나기마치(柳町)'가 있다. 그곳 중심가에서 약간 떨어진 변두리에 스키카와(月河)라는 간판이 붙은 겉보기에 지붕이 허름한 단층 건물이 서 있다. 향나무로 둘러싸인 안쪽으로 들어가면 겉에서 본 것과는 다르게 제법 큰 건물과, 30m쯤 떨어진 곳에 역시 나무들로 둘러싸인 별관이 자리하고 있다. 외부에서 언뜻 보면 별관은 눈에 잘 띄지 않는다. 어둠이 내려앉으면 마치 작은 숲이 있는 것으로 여기기 쉽다. 이

집은 며칠 전부터 입구에 '수리 중'이라는 글씨가 붙어 있다.

장쭤린 대원수가 봉천으로의 퇴각을 결정하기 3일 전인 지난 28일부터 이곳에서는 저녁마다 사복 차림의 청년들이 은밀한 회합을 하고 있었다.

"소식이 왔습니까?"

고모토 대좌가 문을 열고 들어서자 용산 주둔 공병 20연대 제1 대대장 모치즈키 준야(望月淳也) 소좌가 노선도에 지휘봉을 짚은 채로 물었다. 모치즈키 소좌는 고모토 대좌의 육군대학 1년 후배인 용산 주둔 공병 20연대 히로시(原廣司) 대좌의 예하 부대원으로 폭약 전문지식을 갖춘 하사관 3명과 함께 3일 전에 들어와 있었다.

책상 위에 놓인 커다란 경봉선 철로 노선도를 내려다보고 있던 세 사람의 눈이 대좌에게로 향했다.

"방금 연락이 왔네. 다케시다 소좌의 보고에 의하면 장쭤린은 3일 14시에 북경을 출발한다고 하네. 야간 수뇌회의에서 처음에는 1일에 출발한다고 발표하고 사실상은 2일에 출발하는 것으로 했다가 노리가 고문이 동승하겠다고 하자 일정을 하루 연기하기로 했다는 거야."

"겁을 먹고 위장전술을 쓰려다가 우리 쪽 사람이 동승하겠다니까 느긋해진 것이군요."

"그자의 성격으로 보아 쫓기는 모습으로 떠나기는 싫으니까 하루의 여유를 둔 것이 아닐까요? 그냥 떠나려고 했다면 비행기를 생각했을 겁니다. 대원수 예복을 입고 사람들이 가득 모인 광장에서 일장 연설을 한 다음 악대가 연주하는 드보르작의 '신세계에서'나 요한 슈트라우스 1세의 '라데츠키 행진곡' 같은 걸 들으면서 위풍당당하게 출발하겠지요. 장쭤린은 자존심이 유별나게 강하다고 하지 않습니까."

"허허, 몇 시간 뒤에 맞이할 또 다른 세계를 한 번쯤 생각했다면 베토벤의 '운명 교향곡'이 훨씬 현실에 가까울 텐데 말일세."

대좌는 용산에서 위험을 무릅쓰고 봉천까지 와 준 소좌의 비위를 맞춰주려는 듯 한마디 하고 나서 봉천 독립수비대 제2대대 4중대장 도미야 가네오(富谷金男) 대위를 향해

"그건 그렇고…"라고 운을 뗀 뒤

"15시에 출발한다면 봉천역에 도착하는 시간은 언제가 될 것 같은가?"라고 물었다.

대위는 한 손에 들고 있던 수첩을 펼쳤다.

"따루(大陸)와 씽야(興亞)의 속도를 가정하여 계산해 봤습니다. 두 열차의 속도는 비슷합니다. 북경에서 천진이 139km로 2시간 20분, 천진에서 산해관이 283km로 5시간 5분, 산해관에서 봉천이 420km로 7시간 15분이 소요됩니다. 합하면 북경에서 봉천 간 거리는 총 842km로서 시간은 총 14시간 30분이 소요됩니다."

대좌는 팔짱을 끼고 노선도를 내려다보면서

"들려. 서리는 맞는네 총 소요 시간은 14시간 50분이 아닌가. 나시 계산해 보게."

소좌는 잠시 당황하여 우물쭈물하다가 계산을 해 보곤 뒷머리를 긁으며

"네 참모님 말씀이 맞습니다"라고 대답했다.

"도착시간은?"

"3일 15시에 출발한다고 가정한다면 4일 05시 50분에 도착하는 것으로 산출이 됩니다. 하지만…"

"그래 맞아. 그런 방식으로 계산할 수는 없지. 장쭤린이 소유하고

있는 호화열차는 따루나 싱야보다 훨씬 빠른 속도로 달릴 수 있을 걸세. 또한 다케시다가 말한 출발시간의 개념이 분명치 않아. 출발에 앞서 환송 행사나 주요 인사 면담 같은 것들이 예정돼 있을 텐데 그런 행사의 내용이 구체적으로 어떤 것인지를 알 수 없고, 출발시간 14시가 그 행사 이전의 시간인지 이후의 시간인지도 현재로선 알 수 없어. 또한 갑작스럽게 시간을 변경할 가능성도 있지 않은가."

도미야 대위가 책상 위에 수첩을 내려놓고 꺼멓게 수염이 자란 턱을 쓰다듬으며 말했다.

"노리가 고문에게조차 일자별 시간 계획을 정확히 밝히지 않는 건 아직도 의심의 찌꺼기가 남아 있다는 것이 아닐까요. 분명 그자는 각각의 역에 들러 패장의 실추된 체면을 감추기 위해 뻑적지근한 행사들을 개최할 것입니다. 저들의 시간을 정확하게 알아야 우리 계획도 차질 없이 진행할 수 있을 텐데요."

"걱정할 건 없어. 이렇게 하지. 일단 오늘 이 자리에서는 시간별로 몇 가지 경우의 수를 놓고 작전을 구성해 보도록 해. 3일 오후에 일정이 보고되더라도 우리는 시간과 에너지를 비축할 수 있지 않은가. 그리고 시마다(島田) 소좌, 귀관은 내일 아침 일찍 천진과 산해관, 금현(錦縣) 등에 있는 우리 요원들에게 전화하여 2일에서 4일 아침까지 그곳 지방관들의 일정을 파악하여 내일 12시까지 보고하도록 하게. 그 일정을 보면 장쮀린이 중도에 머무는 곳과 출발시간을 알 수 있을 거야. 물론 다케시다로부터도 보고가 들어오겠지만, 그건 나중에 비교 검토하기로 하고."

말을 마친 고모토 대좌가 책상 위의 경봉선 노선도로 고개를 숙이려다가 뒷자리에 서 있는 한 젊은 사람과 눈이 마주쳤다.

"아참, 가장 중요한 사람이 거기 있었군." 하고는

"이름이 후지이 중위라고 했던가?!"라고 물었다. 그 물음에 모치즈키 소좌가 대신

"네, 공병 20연대 제1대대 후지이 데이쥬(藤井帝樹) 중위입니다."라고 대답했고, 후지이는 경례를 붙이고 나서 "모치즈키 소좌님을 모시고 있습니다."라고 말했다.

"만에 하나라도 폭약이 잘못되어 실패할 염려는 없겠지?"

"그럴 염려는 전혀 없습니다. 차질 없이 실행하겠습니다"

"좋아!"

10시에 군인들이 나가고 나서 15분쯤 뒤에 민간인 한 사람이 문을 열고 들어왔다.

고모토는 그가 들어오자마자 다그치듯이 물었다.

"어찌 됐나? 구했는가?"

"아직 연락은 없습니다. 오늘은 반드시 담판을 짓겠다면서 아침 일찍 나갔다는데 아직 소식은 없습니다."

"이 사람아, 일을 어떻게 하는 건가. 벌써 일주일이 되지 않았나. 삭전을 성공시킨다 해도 이 문제가 해결되지 않으면 관동군이 빠져나갈 길이 없어. 모든 일이 계획대로 진행되고 있으나 그 문제 하나가 발목을 잡고 있단 말일세."

고모토 대좌로부터 채근을 받고 있는 사람의 이름은 이토 겐지로(伊藤源次郎), 칼잡이 만주 낭인(浪人)이다.

고모토가 묻는 것은 가짜 편의대 대원 3명을 구하는 일이다. 일정한 주소도 직장도 없고 어느 곳에서 왔는지도 모를, 있으나마나 한 그런 사람들을 말한다.

이토 겐지로는 야마구치(山口) 출신으로 조직폭력단 이나가와카이(稻政會) 두목 오다마 요시오(兒玉譽士夫)라는 자를 따라 중국에 와서 보물과 골동품 등을 헐값에 마구 사들여 일본으로 보내곤 했다. 어느 날 도굴꾼들로부터 남북조시대 금서철계(金書鐵契)라는 기왓장을 사려다 중국 경찰에 적발되어 쫓기는 몸이 되자 북경에서 도망쳐 나왔다. 그 후 이리저리 떠돌다 지금은 재봉천 일본거류민회에 소속을 두고 왕하로(汪河路) 뒤편 변두리 사창가에서 유곽(遊廓)과 아편 흡입소를 불법 운영하고 있다. 거류민회에 초대받아 갔을 때 처음 알게 되었는데 일본의 만주 정책에 대해 생각이 같아 호감을 갖고 있었다. 어느 날 전화가 와서 만났고 이후부터 밥을 같이 먹는 등 친밀한 관계가 됐다. 일본이 만주를 소유하는 일이라면 불 속에 몸을 던져서라도 기꺼이 돕겠다고 말하는 충성스런 신민이다. 봉천에 온 지 오래되었고 활동적인 사람이라 지역에 발이 넓다. 나이가 네 살 적어 고모토를 형님이라 부르고 있다.

봉천지역의 아편은 일본 첩보기관이 은밀하게 유통망을 장악하고 있다. 그들은 중국 여성이나 러시아 여성들을 중독시킨 다음 스파이로 활동시키고 있어서 개인이 몰래 하는 마약 거래나 아편 흡입소들은 이따금 익명의 제보자로부터 중국 사법당국에 고발을 당하곤 하는데 일본 첩보기관의 장난으로 추정하고 있다. 이토에게 몇 번의 위기가 있었으나 그때마다 고모토 대좌가 중간에 들어 해결해 주었다.

"그 안도(安藤)라는 친구 믿을 만은 한 사람인가?"

"조금 주책없는 부분이 있긴 하지만 신용은 있는 친굽니다. 하루 이틀 거래를 한 게 아니거든요. 아마도 이 지역에선 그쪽 지저분한 놈들을 가장 많이 알고 있을 겁니다. 아편을 팔아먹을 때 이용하는데 신원이 불확실한 떠돌이들이 있다는 말을 전에도 몇 번 들은 적이 있으니까요."

"시간이 없어. 이토라는 친구에게만 기대고 있어선 안 돼. 지금 즉시 나가서 다른 루트가 없는지도 알아봐. 돈은 충분히 줄 테니까 안 되면 납치라도 해서 데리고 오란 말이야. 자네의 큰소리만 믿고 있었는데 이러면 안 되지."

고모토는 속에서 열불이 나는 모습이다. 방안을 몇 번이나 서성이다가 다시 의자에 앉으며 이토를 노려봤다. 평소에도 섬뜩한 눈에 독기가 서렸다.

이토는 고모토의 말이 신경에 거슬렸으나 늘 그래왔던 것처럼 아무 말도 하지 않았다. 그가 주는 돈을 호주머니에 넣고는 뒷머리에 독사의 눈을 의식하며 스키카와를 나왔다.

그리고 이튿날 오전 10시가 조금 지났을 무렵이다.

보공남가(保工南街)와 심요중로(沈遼中路) 사이 주택가 가운데 있는 작은 공원에 사내 넷이 나타났다. 한 사람은 날쑥한 신사복에 키가 크고 광대뼈가 튀어나와 우락부락한 인상을 주고 있고, 나머지 셋은 마른 몸에 하나같이 지저분한 모습을 하고 있다. 세 사람은 오랫동안 세수를 하지 않아 얼굴이 새카맣고 입고 있는 탕좡은 금방 탄광에서 나온 광부의 옷 같다. 그마저도 한 명은 엉덩이 부분이 낡아 걸음을 옮길 때마다 속살이 드러난 데다 어느 진흙탕에 앉았었는지 작은 키와 더불어 마치 어린아이가 카이당구(풍차바지)를 입은 모습이다. 머리는 뿌연 먼지와 함께 새가 집을 지은 것 같이 얽혀 있다. 너덜거리는 낡은 신발만으로도 이들의 곤궁한 생활을 짐작할 수 있다.

신사복의 사내, 루커영(盧口榮)은 검을 질겅질겅 씹으면서 그들을 거느리고 등나무 넝쿨로 덮인 파고라 밑으로 갔다. 벤치 앞에 서더니 입 속에 든 것을 퉤 하고 뱉었다. 그가 움직일 때마다 목에 걸린 금목걸이와 손가락에 굵은 금반지가 햇볕에 반짝거렸다.

"너희들 내 말 잘 들어."

왕방울 같은 눈으로 세 사람을 둘러보고 나서

"큰돈을 만져볼 기회는 많지 않아. 특히 너희들처럼 힘도 없고 기술도 없는 데다 눈치까지 없는 무능력자들에게 누가 일거리를 주겠냐. 그러니까 내가 지금 하는 말을 잘 들으면 횡재를 하는 거야. 일을 마치고 나면 적어도 반년은 걱정 없이 살 수 있을 게다. 아편도 맘대로 피우고 맛있는 음식을 먹으면서 말이야."

세 사람은 침을 꿀꺽 삼키면서 그의 입을 바라봤다.

"일이라는 건 아주 단순해. 일본군들이 경비하고 있는 철도 부속지 안에 있는 창고에서 마대자루 세 개만 가까운 민간인 거주 지역으로 옮겨주면 되는 거야. 거기에 뭐가 들어 있는지는 모르겠어. 내 추측에는 별도로 감춰놓을 문서 따위가 있을 것 같아. 혹은 그렇지 않을 수도 있지. 일본군들이 직접 취급하기 어려운 돈이 들었거나 아편이 들어 있을지도 몰라."

돈과 아편이라는 말에 부이궤이(傅一鬼)와 마웬성(馬文生)의 입에서 "오아(哦)!" 하는 탄성이 터져 나왔다. 옆에 선 수잉원(蘇英文)이 부가의 옆구리를 찌르고는 주변을 둘러봤다. 다행히 공원에는 사람이 많지 않았고, 이쪽을 보는 사람은 없었다.

"괜찮아. 아무도 우릴 보는 사람은 없어."

루커영이 말을 이었다.

"하지만 설사 그렇다 하더라도 걱정할 건 전혀 없어. 왜냐하면 일본 군이 하는 일이니까."라고 안심시키고 나서

"일본 군인들은 신사야. 이런 별것 아닌 일에도 빈말로 할 수 없다면서 계약금을 전하라고 했어. 자, 여기 한 사람 앞에 30원씩 3명분 도합 90원이다. 일이 끝나면 그 즉시 1인당 30원씩을 추가로 준다고 했어. 어때? 이만하면 할 만하지 않은가!?"

조선 은행권 신폐 뭉치를 보더니 모두 순한 양처럼 고개를 끄덕였다.

각자에게 30원씩을 나누어 주자 손가락에 침을 묻혀가며 몇 번씩 헤아렸다.

그들이 어눌한 계산을 하는 동안 루커영은 회심의 미소를 짓고 있었다. 안도 다카나리로부터 받은 돈에서 1인당 20원씩 60원 삥땅을 뜯은 데다, 급하게 머저리들을 구해주는 조건으로 받은 급행료 착수금 100원에, 일이 끝난 다음에 또 삥땅을 뜯고 성공보수금까지 챙길 생각을 하면 이번 일로 무려 300원이 넘는 돈을 얻게 된다. 그렇지만 이들에게 웃음을 보여선 안 된다. 특히 저 세 놈 중에서 수잉원이란 놈은 조금 모자라기는 하지만 같은 정도의 바보는 아니다.

루커영은 표정을 드러내지 않기 위해 호주머니에서 다시 검을 꺼내 종이 껍데기를 벗기고 입에 넣은 다음 우물거렸다.

마침내 세 사람이 계산을 마치고 지폐를 호주머니 깊숙이 찔러넣고는 루커영을 바라봤다.

"잊지 말아야 할 게 두 가지가 있어. 첫째는 오늘 낼 중으로 목욕을 해야 해. 냄새나는 몸으로 가게 되면 돈을 게워 놓은 다음 쫓겨날 거니까 그때 가서 후회하지 말구 목욕을 하란 말이야. 둘째는 시간을 꼭 지켜야 해. 내일 저녁 6시라는 거 잊지 마. 모두 알아들었지? 약속을

지키지 않으면 일본군이 가만두지 않을 거야."

루커영은 목욕을 해야 한다는 것과 시간을 지켜야 한다는 것을 몇 번이나 강조하고 일일이 손가락으로 가리키며 대답을 들은 후에야 자리를 떴다.

그가 공원을 벗어나기도 전에 언쟁이 붙었다.

"내일 거기 갈 때까지 함께 행동해야 해. 그래야 제시간에 모두 갈 수 있거든."

마웬성의 말에 나머지 두 사람이 고개를 끄덕였다.

"그럼 지금부터 할 일은 제일 먼저 목욕을 하고, 그다음에 이발을 하고, 또 그다음에 옷가게로 갔다가 밥을 먹으러 가자. 왜냐하면 아까 그 사람이 오늘 낼 중으루 목욕을 해야 한다구 말했잖아. 그리구 식당 주인들이 목욕을 하지 않고 가면 냄새 나서 손님들 쫓는다고 지랄을 할 게 뻔하거든."

부이궤이가 하는 말에 마웬성이 이의를 제기했다.

"그건 안돼. 나는 지금 배가 너무 고파. 배에서 쪼로록 소리가 나는데 밥을 먹지 않고 목욕탕부터 가는 건 바보나 하는 짓이야. 목욕탕은 밥 먹구두 갈 수 있잖아. 그러니까 밥부터 먹어야 돼. 난 바보가 아니거든."

그 말에 부이궤이의 눈꼬리가 올라갔다.

"목욕은 반드시 해야 할 일이야. 목욕하구 나면 이 꼬랑내 나는 옷은 집어 던져야 해. 때 빼구 광낸 다음에 그럴듯한 식당에 가서 맛있는 음식을 먹는 게 좋잖아. 그래야 식당에서 쫓겨나지도 않아. 호주머니에 돈을 갖구두 꼬랑내 나는 옷을 입은 채로 식당에 들어가려다 쫓겨나는 건 바보나 하는 짓이야. 난 바보가 아니거든."

"배고픈데 목욕탕부터 가겠다는 건 바보가 하는 짓이야. 넌 바보야."
"나 바보 아니야. 네가 바보야."
"뭐라구 이 새끼가…."

둘은 벌떡 일어나 서로의 멱살을 거머쥐었다.

그때까지 말없이 다른 생각을 하고 있던 수잉원이 "생각 좀 하게 조용히 좀 해, 이 바보 새끼들아!"라고 소리를 질렀다. 그리고 나서

"니놈들은 둘 다 바보야. 배고픈데 목욕탕부터 가겠다는 놈이나 식당에서 쫓겨날 걸 뻔히 알면서 밥부터 처먹겠다는 놈이나 똑같은 바보야. 그렇지만 배고파 밥부터 먹겠다는 바보가 목욕탕부터 가겠다는 바보보다는 덜 바보야. 그러니까 밥부터 먹으러 가자, 바보들아."

수잉원의 말에 두 사람은 무슨 뜻인가 하고 고개를 갸우뚱거리다가 잠시 후에야 알아들었다.

마웬성은 의기양양하여 양손을 옆구리에 누른 모습으로 수잉원의 꽁무니를 따르고 부이궤이는 풀 죽은 모습으로 마웬성의 뒤를 따랐다. 그들이 식당에 가까이 가자 멀리서부터 경계의 눈으로 보고 있던 주인이 밖으로 뛰쳐나오며 팔을 벌려 제시했다.

"여긴 니들이 올 데가 아니야. 자 이거 줄 테니 다른 곳으로 가봐"라며 맨 앞에 서 있는 수잉원의 손에 동전 하나를 건네주었다. 그리고 나서 손을 바지에 쓱쓱 문지른 다음

"아, 냄새!" 하며 코를 쥐었다.

수잉원이 동전을 도로 건네주며

"우리도 돈 있어요. 오늘은 구걸하러 온 게 아니에요. 정식으로 사먹으러 온 거에요."라고 말했다.

주인은 여전히 코를 쥔 채 코맹맹이 소리로

제2부

"니들이 돈이 어딨어"라고 말했다. 그러자 부이궤이가 앞으로 썩 나서며

"자, 봐. 이거 돈이잖아." 하며 호주머니에서 꺼낸 돈다발을 흔들었다.

주인의 눈이 휘둥그레졌다.

"니들 그 돈 어디서 훔쳤어?"

"아니야, 훔친 거 아니야. 일…."

수잉원이 부이궤이의 옷을 끌어당겼다. 그러고 나서 "훔친 거 아니에요. 일해서 번 거예요. 밥 줘요."라며 식당 안으로 걸음을 떼어놓았다.

안에 있던 손님들의 시선이 일제히 이들에게 쏠렸다. 주인이 당황하여 소리쳤다.

"그건 아무래도 좋아. 하지만 여긴 니들이 들어와선 안 돼. 나가 나가!" 하며 밖으로 밀쳐냈다.

세 사람은 몇 군데 식당들을 떠돌다가 하는 수 없이 가게에서 비쩍 마른 젠빙을 사서 허기를 채웠다. 그런 다음 목욕탕으로 갔다. 주인이 목욕물을 오염시킨다고 쫓아냈으나 반드시 목욕을 해야 한다는 루커영의 말이 떠올라 죽기 살기로 떼를 써서 안으로 들어갈 수 있었다. 그로 인해 손님들과 여주인 간에 시비가 붙어 왁자지껄했으나 꾸역꾸역 밀고 들어갔다. 손님들이 너도나도 도망치듯 빠져나갔다. 셋만 남은 목욕탕에서 느긋이 몸을 씻고 나왔다. 옷가게에서는 목욕을 하고 왔다고 설명한 뒤에야 뒷문을 통해 별실에 들어가 주인이 가져다주는 옷을 사 입을 수 있었다. 그 후에는 할 일 없이 이곳저곳을 전전하다가 어느 집 창고에 몰래 들어가 잠을 청했다.

구멍 난 천장으로 하늘에 파란 별들이 총총하다.

부이궤이와 마웬성은 어느새 곯아떨어져 코를 골고 있으나 수잉원

은 도무지 잠이 오지 않았다. 아까 그 신사복의 사내 루커영은 오래전 몇 해 동안 탄광에 함께 있었는데 그가 직속 상사인 반장이었다. 지독히도 많이 맞고 노임을 빼앗기기도 했는데 참으로 이상한 일이다. 그가 이처럼 쉽게 돈을 벌 수 있는 일을 알려주다니! 더욱이나 오랫동안 소식도 연락도 없었는데 자신이 있는 곳을 어떻게 알았을까. 그 무자비하고 인정머리라곤 눈곱만큼도 없는 놈의 가슴에도 옛 추억의 그림자나 같이 있었던 사람들에 대한 애정이 자리할 빈 곳이 남아 있었단 말인가. 절대로 그럴 위인이 아니다. 오히려 그는 우리 세 사람에게 돌아갈 몫을 중간에 삥땅을 뜯었을 가능성이 높다. 그런데 더욱 이상한 것은 기껏 마대자루 세 개를 가까운 곳으로 옮겨주는데 1인당 30원이라니, 쿨리들 일당이 70전이고 라오바이싱(일반인) 일당이 1원 50전인데, 아니 추가로 준다는 돈을 합하면 무려 60원이다. 뭔가 이상하지 않은가. 그래 뭔가가 있어. 그 뭔가는 위험한 일을 하는 걸 거야. 확실해. 그런 일은 단 1원을 준다 해도 개미 떼처럼 달려들 거야. 절대로 우리한테 이렇게 큰돈을 쉽게 줄 리가 없지. 절대로.

이튿날 점심때가 지나서 수잉원은 두 사람에게 삼시 나너을 베니 먼저 일본군과의 약속 장소로 가라고 했다. 자신도 시간에 어긋나지 않게 가겠다는 것을 여러 번 강조했다.

장쭤린 대원수는 4시에 잠자리에서 일어났다.
'드디어 내일이다.'
그러나 실제로 잠이 깬 시간은 이보다 2시간쯤 전이다. 새벽잠 속으로 의식이 가물거릴 때 여느 날 같으면 다시 잠 속으로 빠져들 것이지만 북경을 떠난다는 생각이 비집고 들어오니까 잠이 확 달아나 버렸다.

옆에는 다섯째 부인인 서우위(壽懿)가 잠들어 있다. 대원수는 모로 누워 얇은 비단이불을 감싸고 있는 희고 탄력 있는 몸을 보면서 오랜만에 함께 가진 지난밤의 회열을 생각하면서 정감이 가득한 눈으로 바라본다. 26년의 차이라고는 믿어지지 않을 불꽃 같은 사랑, 그 에너지는 이미 사그라든 것으로만 알았던 몸의 어느 곳으로부터 오는 것일까. 그녀와의 사랑은 마적으로부터 시작하여 온갖 싸움터에 이르기까지 거친 삶을 살아온 자신의 인생에서 처음 겪어보는 봄날 언덕에 무지개 같은 황홀함이었다.

처첩 중 나이가 비슷하고 매력적인 쉬슈양(許澍暘)이나 막내 마웨칭이 있지만 그녀는 격이 다르다. 보조개가 들어가는 예쁜 얼굴뿐만 아니라 깊은 사고력과 세련된 행동, 국내외 정치에 대한 식견, 때로는 조심스런 조언, 남편에 대한 세심한 보살핌으로 인해 사랑을 독차지하고 있다. 그녀를 이곳으로 오게 한 것은 두 가지 목적이 있다. 첫째는 봉천으로 귀환할 때 위장 열차를 운행하려는 것이고, 다음으로는 다른 사람에게는 나타낼 수 없는 불안한 마음을 안정시키려는 것이다.

"우리는 동북으로 무사히 돌아갈 것이고, 앞으로 그곳에서의 모든 힘은 이곳 북경을 탈환하는 일에 집중될 것이다. 아니, 그 전에 당장 좋은 일이 생길 수도 있어. 내가 걸어온 길에는 예측을 불허하는 수많은 난관이 있었다. 이번에도 하늘은 이 장쥐린을 버리지 않으실 것이다. 걱정하지 마라. 당신이 먼저 떠나도 우리가 다시 만나는 건 다만 6시간의 차이일 뿐이다."

대원수는 천진하게 잠들어 있는 얼굴을 다시 한번 내려다보고 나서 침실의 커튼을 젖히고 방으로 나왔다. 그곳은 이미 빛이 들어와 사각지대의 그림자를 몰아내고 있었다. 그 빛은 급격하게 어둠을 몰아내더니 오래지 않아 넓은 방의 구석까지 점령했다. 가운데 놓인 황등(黃燈)은 줄어든 몸 아래에 힘없는 고동색 울타리를 치고 시간을 잊은 듯 졸고 있었다. 그것은 마치 발밑까지 다다른 위기를 애써 태연자약한 척하며 일본과 줄다리기를 하고 있었던 요 며칠 동안 자신의 모습이 아닌가 생각됐다.

3일 오후 2시.

재작년(1926)에 생산된 배기량 7L 직렬 6기통의 마이바흐 W5가 북경시 동청구 동편문에 위치한 철도역 북경화차참(北京火车站) 앞에 정차했다. 대원수복에 단도를 찬 장쮜린이 차에서 내리자, 악대의 지휘자가 지휘봉을 올렸고 처음에는 베르디의 '개선행진곡'을 연주하다가 조용한 '다뉴브강의 물결'로 변했다.

수많은 환송 인파가 기다리고 있었다. 북경의 내로라하는 명사들, 실업계 대표, 외교관들이 역의 중앙을 가득 메웠다. 아들 쉐량을 비롯하여 북경의 치안을 맡긴 포유린, 3, 4 방면군 군단장 양위팅(楊宇霆), 장쮜린의 사돈이며 전 **총리**인 진윈펑(靳雲鵬), 국무원총리 판푸(潘復), 셴싱야(眞興雅) 등이 있었다.

대원수는 코발트색 계단을 올라 연단에 서서 주위를 한 바퀴 둘러본 다음 입을 열었다.

"여러분, 이토록 늦은 밤에도 저를 환송하기 위해 나와 주셔서 깊은 감사를 드립니다. 시간 관계상 간단히 소회를 말씀드리겠습니다. 오늘 제가 이곳 북경을 떠나는 것은 힘에 밀려서가 아닙니다. 설마 이 장쮜린이 장제스 같은 허약한 역도에게 밀리기야 하겠습니까. 다만 전쟁을 하게 되면 유서 깊은 북경이 화마를 입을 뿐만 아니라, 대륙의 소용돌이로 오랫동안 고통받고 있는 백성들이 또다시 이리저리 쫓겨다니는 모습을 차마 볼 수 없기 때문입니다. 이런 사정들을 고려하여 오늘은 동삼성 제 고향으로 가지만 그곳에 머무는 기간은 잠시일 뿐입니다. 나 장쭤린은 머잖은 날에 반드시 북경으로 돌아온다는 것을 약속드리는 것으로 인사를 대신합니다. 여러분을 뵙지 못하는 기간이 비록 짧기는 하지만, 건강 잘 보살피십시오. 감사합니다."

모두 박수를 치고 악대가 행진곡을 연주했다. 장쭤린은 북경 원로 명사들과 돌아가며 악수를 한 다음 열차에 올랐다. 뒤따라 셋째 아들 장더슈(張學曾), 주치의 두져샨(獨傑山), 그리고 진원평, 판푸, 농공부 총장 모더후이(莫德惠) 등이 올랐다. 전용열차는 총 20량으로 구성되어 있다. 장쭤린은 10번째 칸에 탔다. 통치자금으로 쓰일 금괴와 가재도구들도 실렸고 기관총으로 무장한 1개 중대의 병력이 앞뒤에서 호위하고 있다. 이 열차는 원래 중국 농민의 1년 치 밥값에 버금갈 금액으로 한 끼에 128가지의 음식을 먹고 자신의 미용을 위해 산모들을 불러 무릎을 꿇린 채 직접 모유를 흡입한 사치의 대명사 청나라 시타이호(西太后, 서태후)가 쓰기 위해 영국에서 특별제작하여 들여온 것이다. 그러므로 최고의 호화로운 시설과 기관총 탄환도 뚫지 못할 방탄 철갑으로 무장하고 있다. 처음 들여올 때는 16칸 중에 요리사 50~100명이 일하는 주방이 4칸이고 호화 침실에 도금까지 한 것이었으나 칸을 늘리고 보안과 활용도를 참작하여 개조했다. 차량 내부엔 큰 객실과 침대칸이 있고 소파는 물론 마작 놀이를 위한 시설까지 만들었다.

2시 25분, 경적이 울리고 열차는 서서히 역사를 벗어나기 시작했다. 장쭤린은 경적을 듣는 순간 왠지 슬프다는 생각이 들었다. 태어나 처음으로 느끼는 감정이다. 인생은 이 열차처럼 미지의 세계를 향해 끝없이 달려야만 하는 존재인가. 그리고 자신은 또 다른 미지를 향해 한 시절 최고의 자리에 있었던 북경의 번화한 거리에서 멀어지고 있다. 인생의 종착역은 어디쯤인가.

"대원수 각하, 봉천까지 모시고 가겠습니다."

군사고문 노리가 마사나리가 다가와 인사를 했다.

뒤이어 다른 칸에 있던 또 다른 군사고문 마치노 다케마(町野武馬) 예비역 대좌와 기가 세이야가 인사를 하고 돌아갔다. 불안감으로 인해 응급 약품이나 과자 등을 준비했던 사람들은 일본인 고문이 셋이나 동승하고 있다는 것에 안도했다.

한 시간쯤 지났을 때 진원평과 모더후이가 다가와 마작을 제안하여 테이블에 앉았으나 집중이 되지 않고, 여전히 심란했다. 잠시 쉬겠다 하고는 자리로 돌아와 소파에 앉았다. 눈을 감았다. 며칠 전 꿈에 보았던 궈쑹링의 머리가 떠올라 흠칫하며 눈을 떴다. 차창으로 검은 종이에 그린 묵화 같은 들판의 실루엣들이 흘러가고 있었다.

"천계(天界)에 들지 않고 아직도 내 행동을 감시하고 있는 것인가?!"

생각하면 아까운 인물이긴 하다. 만일에 그가 쑨원이라는 삭자의 그 몹쓸 전염병 같은 혁명사상에 물들지 않았다면, 그리고 지금 자신의 옆에서 1, 2차 즈펑(直奉) 전쟁 때처럼 충심으로 돕고 있다면 이처럼 외롭고 슬프다는 생각은 들지 않을 것이다.

궈쑹링은 1883년 봉천의 동릉구 어초채에서 태어났다. 쮀린보다 8살 아래다. 쑹링도 어려서부터 극심한 고생을 했다. 집안이 찢어지게 가난했으므로 가족과 자주 구걸을 다녔다. 비록 구걸로 연명하긴 했으나 할아버지 대부터 문자를 좀 깨우친 집안이며 학구열이 강한 사람들이라는 것이 쭤린의 집안과 차이가 나는 점이다. 쑹링이 9살 되던 해에 아버지 푸싱(復興)이 서당을 열어서 쑹링도 그곳에서 3년 동안 유교 경전을 습득했다. 1894년 청일전쟁이 발발했다. 사람들과 함께 피난을 떠났다. 물론 서당도 문을 닫았다. 전쟁이 종식되고, 고향에 돌아왔으나 가난은 전보다 더했다. 13세가 되었을 때 지주의 집에 3년 기한의 반머슴(어른의 2분의 1 품삯)으로 들어갔다. 천성이 근면 성실하였으므로 꾀를 부리지 않고 열심히 일했다. 머슴으로 있는 중에도 쉬는 시간이면 삼국지나 수호지 같은 책들을 즐겨 읽었다. 사경(私耕)을 줘야 할 만기가 다가왔다. 지주는 어느 날 도둑 누명을 씌워 쫓아냈다. 경제적 어려움은 계속되어 하루 먹을 양식을 사기 위해 일을 찾아다녀야만 했다. 그러나 막노동 일거리조차 드물었다. 그런 중에도 아버지는 틈틈이 공부를 지도했고, 형편이 조금 나아진 때에는 서원에 보내 공부를 시키기도 했다.

쑹링은 러일전쟁이 한창이던 1904년에 설립된 3년제 봉천 육군소학당(陸軍小學堂)에서 국어 수신 역사 외국어 등 교양과, 교련 사격 병기 지형 전술 등의 군사 실무과정을 수료했다. 성적이 우수하여 늦은 나이에도 불구하고 정규반에 입학할 수 있었다. 1906년 학당 내에 1년제의 속성무관학당(速成武官學堂)이 개설되자 그곳에 진학했다. 이곳에서 쑨원(손문)이 주도하는 혁명단체 동맹회(同盟會)의 사상을 지닌 팡쳉다오(方成道) 등 교관들을 만나게 되어 혁명에 심취하게 된다. 1907년에 학당을 수석으로 졸업했다. 이후에도 여러 엘리트 코스를 밟는 동안 1등 자리를 빼앗긴 적이 거의 없다. 두뇌가 좋다기보다는 몸에 밴 근면 성실함과 불타는 학구열, 군인으로서 나라를 위하겠다는 의무감이 투철했기 때문이다. 절제가 몸에 밴 생활을 했다. 술 담배는 물론이고 도박도, 유흥가 출입도 하지 않았다. 하급 부대를 방문할 때 찔러주는 용돈이나 특별한 대접에는 호통을 쳤으며 문 앞에 나와 영접하는 것조차 나무랐다. 자동차나 마차를 타는 것을 거부하는 등 부하들과 함께 동고동락했다. 그리고 병사들의 복지에 힘썼다. 첫 번째 부임으로 성경장군 아문(衙門) 휘하의 초장(소대장)으로 시작한 이후 지휘하는 부대마다 기강을 바로 세웠다. 마약쟁이나 무단 이탈자들이 많고, 한가한 시간이면 도박이나 귀뚜라미 시합을 하던 형편없는 군대도 그가 맡으면 얼마 지나지 않아 긴장이 서려 있는 모범부대로 변모했다. 당시 주민들은 청일전쟁과 의화단사건 러일전쟁 등 계속되는 환난과, 그 와중에 독버섯처럼 태어난 마적 떼와, 심지어는 관군이나 관청 등으로부터 끊임없는 약탈을 당하고 있었으나 그의 부대는 서릿발 같은 기강을 세워 주민들로부터 크게 환영을 받았다. 군기가 문란하기 짝이 없었던 당시로서는 이질적인 존재와 다름없었다. 말하는 것도, 웃는 행동도 함부로 하지 않았다. 심지어는 집에 사람을 초대해 놓고 평소 지적하고 싶었던 말들을 늘어놓아 방문객들이 소화가 안 된다고 불평할 정도였다. 옳다고 생각하는 일은 수장을 굽히지 않았다. 이런 모습이 봉천 육군 중로순방영(中路巡防營)의 통령(統領)이었던 주칭란(朱慶瀾)의 눈에 들어 그의 측근이 되었다. 1909년 주칭란이 사천성(四川省) 성도(省都)로 부임하게 되자 함께 교육을 받았던 동맹회원들과 함께 그를 따라가 중대장에 임명되었다. 그리고 이듬해 동맹회원들의 소개로 사천 신군(新軍, 청나라 말기에 조직한 근대적 군 편제) 내에 있는 비밀조직인 동맹회에 가입한다.

그 후 사천 군정부 부도독이 공석이 되자 동료들과 함께 주칭란을 추천했으나 사천의 통치는 사천 출신이 맡아야 한다고 배척함에 따라 주칭란은 사천을 떠나야 했고, 쑹링도 하는 수 없이 1911.11. 상순 봉천으로 돌아온다. 그는 숙소를 봉천여자 사범 부속소학교 교사 한숙수의 집에 두고 장룽(張榕)이 이끄는 연합 급진회에서 혁명활동을 전개한다. 하지만 성경장군 자오얼쉰(趙爾巽)이 알게 되어 장쭤린에게 이들을 체포하라는 지시가 하달된다. 400여 명의 동지가 처형되었다. 그러나 쑹링은 봉천 육군속성학당 동기인 고기의와 한숙수의 도움으로 처형을 면하게 된다. 한숙수는 쑹링과는 동향사람으로 연경대학을 졸업하고 봉천의 빈민가에서 빈민아동 지원 등 봉사활동을 하고 있었다. 이후 한숙수와는 결혼에 이르게 된다.

죽음을 면한 그는 1912년 군사학의 중요성을 깨닫고 북경 장교 연구소에 시험을 쳐 입학했고, 학생회장으로 활약했다. 1913년 장교 연구소를 졸업한 후 봉천으로 돌아와 도독 장씨난(張錫鑾)의 참모로 잠시 근무하다가 북경 육군대학에 수석 입학한다. 1916년에 동 대학을 졸업하고 북경 강무학당의 초빙 교관이 되어 학생들을 가르쳤으나 국무원 총리 돤치루이(段祺瑞)의 독재에 불만을 품어 광저우 군정부에 합류하기 위해 그곳을 떠난다.

쑨원을 만난 쑹링은 이렇게 말했다.

"진정한 공화국을 건국하려면 군인부터 혁명을 해야 합니다. 군인들은 매번 군벌을 이용해 특수세력을 조성함으로써 실질적으로는 공화정치에 장애가 되고 있습니다. 그러므로 군인 자신들부터 혁명을 해야합니다."

쑨원은 쑹링의 말에 깊이 공감하고 많은 이야기를 나눴다.

그러나 자신을 이용할 생각밖에 없는 남방 군벌들에 실망한 쑨원이 1918.5. 일본으로 떠나버리자, 쑹링도 봉천으로 돌아왔다. 이곳에서 육군대학 동기의 추천을 받아 독군서 참모가 되었고, 곧이어 1919년에 장쭤린이 세운 동3성 육군강무당의 교관으로 중령 계급장을 달았다. 전술에 해박하여 강의는 언제나 인기가 높았다.

이 당시 그가 포병과에서 가르친 제자가 장쭤린의 장남으로 쑹링보다 15세 아래인 쉐량(學良)이다. 두 사람은 의형제를 맺었다. 후에 쑹링이 장쭤린에 맞서서 '반봉사건'을 일으킨 때에도 쉐량은 의형제이며 스승인 쑹링을 구하기 위해 백방으로 애를 썼다.

동3성 순열사 경호대 여단장 참모장 겸 제2연대장에 취임해서는 군 안에 보병학교를 창설했으며 합리적인 승진제도와 기술고시를 창안했다. 군 내에 남아 있는 낡은 폐습을 없애고 구타나 횡령 같은 부조리를 일소했다. 그가 운영했던 8여단과, 실무를 맡았던 쉐량의 3여단은 봉천 군내에서 가장 모범적이고 강력한 부대로 명성을 떨쳐 3, 8여단으로 불렸다.

이를 시기한 마적 출신 지휘관들이 "군사학교 출신들은 훈련이나 잘 시킬 뿐 실전에서는 허수아비와 같다"며 비웃었다. 쑹링은 이들의 주장을 보기 좋게 꺾어놓았다.

1920.7. 안후이즈리전쟁(安徽直隸戰爭, 안직전쟁)에서 봉천 계엄사령관에 임명된 쉐량의 주력 부대가 관내(산해관 내)로 진군하면서 잔존 병력의 지휘권을 쑹링에게 맡겼다. 그는 1개 연대 병력을 이끌고 천진에서 롱지광(龍濟光)의 2개 여단을 궤멸시켰으며, 그해 가을에는 길림성 동부에 마적단들이 나타나 주민들을 괴롭히자 순식간에 섬멸해 버렸다.

1차 즈펑전쟁(직봉전쟁) 때 마적 출신들이 지휘하는 부대들은 연전연패했다.

2차 전쟁에서도 그들이 얼마나 허술한가를 보여줬다. 장쭤샹(張作相)

의 제5방면군이나 장징후이(張景惠)의 서로군(西路軍)은 완패했으나 정규 교육을 받은 군장들은 승리했다. 1차 전쟁에서의 쓰라린 패배를 그들의 힘으로 설욕했다.

장쭤린이 거둔 대부분의 승리는 궈쑹링의 두뇌와 용기에서 나온 것이라 해도 과언이 아니다. 그러나 쑹링은 태생적인 혁명가였다. 반황반일(反皇反日) 중화자주(中華自主) 삼민주의(三民主義)의 혁명사상이 확고한 사람이었다. 그의 머리에는 오직 전화에 죽고, 쫓기고, 굶주리는 불쌍한 국민을 구하겠다는 일념밖에 없었다.

당시 봉천군에는 세 개의 파벌이 있었다.

장쭤린과 장징후이(張景惠), 장쭤샹(張作相), 우쥔성(吳俊陞)으로 대표되는 구파(舊派)와, 양위팅(楊宇霆), 장덩쉬안(姜登選) 등 일본육사 출신의 사관파(士官派), 중국 육군대학과 보정군관학교(保定軍官學校) 출신의 육대파(陸大派)였다. 쑹링은 중하위 간부들로 구성된 육대파의 우두머리로 양위팅이 이끄는 사관파와 충돌이 잦았다. 1922년 제1차 즈펑전쟁 이후 세력 구축을 위한 전략에 있어서도 극명한 의견 대립을 보였다. 양위팅은 산해관을 넘어 중원을 정복하자는 주장을 했고, 궈쑹링은 만주를 노리고 있는 일본이 함부로 움직이지 못하도록 당분간은 동삼성을 지키면서, 만주의 풍부한 자원을 이용하여 안으로 힘을 길러야 한다고 건의했다. 그러나 장쭤린이 양위팅의 주장을 받아들여 1924년 제2차 즈펑전쟁을 벌이게 된다. 쑹링은 이 전쟁에서 3군단 부군장을 맡게 된다. 3군단은 1군단과 묶어 1,3연군이라 불렀는데 동북군의 주력이었으며, 사실상의 지휘는 쑹링이 맡았다. 그는 이 전쟁에서 혁혁한 공을 세웠으나 논공행상에서 자신이 가기로 돼 있던 장쑤성(江蘇省) 독판(督辦) 자리에 양위팅이 가게 되는 것을 보자 격분하여 일본으로 떠난다.

일본에 체류하는 동안 놀라운 사실을 알게 된다. 1925년 10월 도쿄의 데이고쿠호텔(帝國호텔)에 투숙하고 있는 그에게 일본군 참모본부에서 사람이 방문했다. 그는 쑹링에게 "당신이 일본에 온 것은 장쭤린 장군의 밀약을 체결하기 위해 대표의 자격으로 온 것이 아닌가?"라고 물었다. 처음에는 무슨 말인지 영문을 몰라 그저 훈련을 견학하러 온 것이라고 대답했으나 그가 돌아간 다음 미심쩍은 생각이 들어 조사를 시작했다. 그 결과 장쭤린이 일본과 '21개조 밀약'을 맺었다는 사실을 알게 된다. 쑹링은 때마침 같은 호텔에 투숙하고 있는 펑위샹의 부하 한푸주(韓復榘)에게 이 사실을 알리고 함께 힘을 합해 역적을 토벌할 것을 펑위샹(馮玉祥) 장군에게 전해 달라고 한다. 이렇게 하여 마침내는 11월 19일에 펑위샹과 궈쑹링의 밀약이 맺어졌다. 두 사람은 같은 극빈 가정 출신으로 같은 군인의 길에 들어선 이후 본분에 충실했으며, 절제되고 금욕적인 생활을 철저하게 실천했다. 펑위샹 역시 아편과 여자를 멀리하고 재물도 탐하지 않았다. 비단옷을 입지 않았다. 공화제 사상에서도 같았다. 독실한 기독교인으로 평소 성경과 쑨원이 쓴 책을 보물처럼 끼고 다녔으며 부하들에게 담배와 도박을 금지했다. 금주령을 내릴 때도 많았다. 두 사람은 중국 군대에서는 보기 드문 예다. 밀약의 내용을 통해 그들의 의식을 짐작할 수 있다.

'군벌의 전횡을 배제하고 영원히 전쟁의 참화를 소멸시키며, 국가를 통일하여 민주정치를 실시하고, 각자가 선정에 힘써 서로 싸우지 않는다. 그리고 합법정부를 구성하여 외국인과 매국조약을 체결하지 않는다.'

궈쑹링은 장쭤린 군의 제1방면군 군단장인 리징린(李景林)도 끌어들여 펑위샹과 더불어 3각 동맹을 맺는 등 봉기를 일으켰으나 관동군

사령관 시라카와 요시노리의 개입으로 실패하고 아내와 함께 체포되어 요하(遼河)에서 처형되었다.

대원수는 자신과 궈쑹링의 삶을 비교해 본다.

그는 인민을 위해 살았고, 나는 자신을 위해 살았다.
그는 일을 위해 살았고, 나는 권력을 위해 살았다.
그는 세상을 바꾸려 했고, 나는 세상과 타협했다.
그는 2년 5개월 전(25.12.25.)에 죽었고 나는 '건재하다'.
누구의 삶이 바람직한 것인가는 훗날의 사람들이 평가할 것이다.
그러나 대원수가 놓친 점이 있다.
궈쑹링에게는 국민을 위한 뜨거운 열정과 원대한 비전(vision)이 있었다. 또한 대의(大義)를 위해 인생을 바치려는 사람은 생존의 시간을 그리 중요하게 여기지 않는다는 점이다.

대원수는 스스로에게 자신감을 불어넣으며 다시 마작 테이블로 향했다.

출발한 지 2시간 10분이 지난 4시 20분이 됐을 때 천진역에 도착했다.

7군단장 초이푸(楚玉撲)가 주둔지인 당관둔에서 나와 환송인사를 했다.

판푸와 마치노가 덕주(德州)에 있는 산동 독군 장쭝창(張宗昌)을 만나러 간다며 인사를 하고 열차에서 내렸다.

진원평도 일본 영사관에서 9시에 사카니시 리하치로(坂西利八郎) 군사고문과 상담할 일이 있다고 하며 하차했다.

일본에 대해 매우 좋은 감정을 지닌 진원펑을 살려두기 위한 계략이라는 것을 장쭤린은 알 리 없다.

천진을 출발하면서 열차 조리장 부풍디에(朴豊佃)와 부조리장 조연버(趙淵伯)는 대원수가 산해관에 도착할 때 먹을 수 있도록 만찬을 준비하기 시작했다. 눈치 빠른 그는 대원수의 이번 행로가 어쩌면 다시는 북경으로 돌아올 수 없는 길이 되거나, 적어도 10년은 지나야 귀환할 수 있을 것이라는 생각이 들었다. 대원수도 아마 같은 생각을 했을 것이며 밥도 먹는 둥 마는 둥 했을 것이다. 그렇다면 대원수가 고향으로 들어가는 관문인 산해관을 넘을 때 제대로 된 야식을 제공하는 것이 특별열차 조리장이 해야 할 최소한의 도리라고 생각했다. 두 사람은 심사숙고하여 식단을 결정했다. 고기와 가지볶음, 삶은 콩 요리, 채소와 고기 채 볶음, 조기구이, 시금치와 새우볶음, 매운 닭찜, 배춧국 등이다. 산해관에 도착했을 때 마중 나온 흑룡강성 독군 겸 성장 우쥔성이 열차에 올라 군정 집법처 차장 창인화이(常蔭槐) 등과 대원수의 칸에서 음식을 함께 먹으며 말동무를 했다.

6.3. 오후, 봉천 독립수비대 제2대대 4중대장 도미야 가네오(富谷金男) 대위와 용산 주둔 공병 20연대 제1대대 후지이 데이쥬(藤井帝樹) 중위는 봉천역에서 그리 멀지 않은 독립수비대 부속지 창고 안에 대기하고 있었다.

액자 같은 창문에 갇힌 해가 나머지 공간을 붉게 물들이며 마치 한 자리에서 맴을 도는 것처럼 좀체 움직이지 않았다. 의자에 앉아 그 모습을 물끄러미 쳐다보고 있던 후지이 중위가 혼잣말로 중얼거렸다.

"만주의 태양은 마치 붉은 풍선을 허공에 매달아 놓은 모습이군. 조선에선 빨리도 가곤 했는데 여긴 다른 태양인가."

그때까지 모서리에 놓인 야전침대에서 잠든 줄 알았던 도미야 대위가

"그럴 리가 있나. 만주와 조선은 강 하나를 마주하고 있고 태양은 하나가 아닌가"라고 말하고는 후지이 쪽으로 돌아누웠다. 눈이 마주치자 씨익 웃고는

"에비 에사 데 타이 오 수루(海老餌で鯛を釣る, 새우 미끼로 도미를 낚는다)라는 격언이 있지 않은가. 괴수 고기를 잡으려면 서두르지 말아야 해. 자칫하면 미끼를 문 채 낚싯줄을 끊고 달아날 수가 있네. '도둑의 낮잠(盜人の昼寢)'이라고 하지 않던가. 밤중에 일을 하려면 미리부터 잠이나 자두지 그래."

"중대장님도 참, 그럼 우리가 도둑이란 말입니까?"

"남의 목숨을 빼앗으려는 게 도둑이 아니고 뭔가. 도둑 중에 가장 큰 도둑이지."

"그건 강도라고 하는 겁니다. 강도 중에 날강도요."

두 사람은 소리 내 웃었다. 소속이 각기 다른 부대지만 며칠 동안에 친숙한 사이가 됐다. 위험부담이 큰일을 함께하기 때문일 것이다.

"그런데 말이야, 이 일을 시작할 때부터 확신을 갖지 못한 게 하나 있는데 저 물건은 성능을 신뢰할 수 있는 건가?"

도미야 대위가 침대에서 몸을 일으키며 구석에 쌓여 있는 양철통을 가리키며 하는 말이다. 그는 상의 포켓에서 담배를 꺼냈다.

"알다시피 우리 일본군 무기는 외국 군대에 비해 유난히 질이 떨어지는 형편이야. 물론 미국을 가상의 적으로 여기고 있는 해군은 좀 다르지만, 러시아나 중국을 적으로 생각해 온 우리 육군은 아직도 몽골

군대식 육탄전을 교범의 가장 윗자리에 놓고 있지 않은가. 그러니 무기가 발달할 수 없지. 이를테면 미군이 가지고 있는 M3 셔먼의 75mm 주포는 1,500m에서도 82mm를 관통할 수 있는데 머잖아 인도될 거라는 우리의 치하(九七式 중전차 'チハ') 주포는 450m에서 82mm를 관통하는 것도 어려울 거라고들 하네. 이런 상황에서 화약인들 제대로 된 성능을 갖고 있을 것인가 하는 의구심이 드는 건 당연한 일이 아니겠나."

그는 여전히 담배를 손가락 사이에 낀 채로

"불량품이라도 있어서 실패한다면 그야말로 하늘이 내려앉고 땅이 뒤집힐 일이야. 그래서 묻는 말일세."

그 말에 후지이 중위가

"화약의 역사에 대해 들어본 적이 있으신가요? 예컨대 9세기 전후 중국에서 발명한 화약이 송나라 금나라에서 발전했고 다시 몽골군에 의해 유럽으로 전파되어 대포나 총을 만들게 됐다는 이야기나, 오스만 튀르크가 동로마를 정복할 때 헝가리 사람 우르반(Urban)이 만든 길이 8m에 포신 직경 75cm, 무게 19톤짜리 대포로 난공불락 콘스탄티노플의 두께 11m 3중 성벽을 무너뜨린 이야기 같은 것 말입니다. 그 대포를 끌고 가려면 사륜차 30대와 황소 60마리, 장정 20명이 필요했다고 하지요. 어쨌거나 군대는 실증으로 판단하는 거니까 눈으로 확인하시는 게 좋겠죠."라고 말하곤 의자에서 일어서서 구석에 놓인 화약통들로 다가갔다. 주위를 두리번거리더니 문을 열고 밖으로 나가 표면이 넓적한 돌멩이를 가져다 중앙에 놓았다. 그런 다음 화약통을 열고 안에서 노란 작약을 한 줌 꺼내 돌 위에 실처럼 뿌렸다.

그 모습을 보고 있던 도미야 대위가 담배에 불을 붙이려고 켜던 라이터를 황급히 껐다. 후지이 중위는

"좀 빌려주시죠." 하고는 라이터를 받아 돌 위에다 불을 붙였다.

'칙' 하는 소리와 함께 불빛이 사라졌다. 섬광이 인 끝부분에서 시력이 어둠 속으로 빨려 들어갔다. 옅은 화약 냄새와 더불어 흰 연기가 창문을 통해 들어온 햇볕을 받아 보라색으로 피어올랐다.

"폭약은 저폭발 물질, 즉 low explosive materials와 고폭발 물질인 high explosive materials가 있는데 양자를 구분하는 기준은 폭심지에서의 최초 충격파 속도가 음속을 넘는가 안 넘는가로 구분합니다. 이 폭약은 1초당 속도가 3km, 즉 마하 9 이상인 맹성 화약으로 폭파할 때의 굉음과 함께 충격파로 인한 파괴 작용이 화약 중에서 가장 위력적입니다. 이만하면 신뢰할 수 있지 않겠습니까."

도미야 대위는 "대단하군. 불꽃이 이는가 싶더니 금방 사라져 버렸어."라고 말하고 나서 라이터를 받아 담배와 함께 다시 호주머니에 넣었다.

"그럼 조 정도 양만 가지고도 무쇠로 된 철로와 괴물 같은 열차를 요절낼 수 있단 말이지?"

"조 정도라니요. 저 수량이 얼마 될 것 같습니까?"

"글쎄, 깡통 하나에 30kg쯤 될까? 네 개니까 120kg?"

"정확하게 맞추셨습니다."

"그렇다 하더라도 너무 적지 않은가?"

"저거 두 통이면 큰 교량 하나를 뿌리째 뽑아버릴 수 있습니다. 본부에 100kg을 요청했는데 120kg이 와서 혹시 착오를 일으키지 않았나 문의했습니다. 그런데 폭발물 담당관이 그냥 그렇게 알라면서 손으로 가라는 시늉을 했습니다."

"허허, 양이 많으면 소모품 대장에서 털어내는 데도 어려움이 있을 텐데 어쩐 일일까?"

"제 생각에는 히로시 연대장님의 지시가 있지 않았을까 추정을 합니다. 고모토 참모님과 더불어 극우주의자가 아닙니까. 확실하게 끝장내겠다는 생각을 했을 겁니다."

"좋아! 그렇다면 내가 할 일만 제대로 챙기면 문제는 없겠군."

20분쯤 지났을 때 음도(音度)를 낮춰놓은 전화기의 벨이 치리릭 울렸다.

대위가 수화기를 들더니 부동자세를 취하곤 "네네"를 연발했다.

"누굽니까?"

"고모토 대좌님이야. 08시에 북경을 출발한 W가 곧 산해관을 통과하게 될 거라는 말씀이네"라며 손목시계를 들여다봤다.

"저들의 행동을 현미경처럼 들여다보고 있는데 굳이 다섯째 부인의 시간까지 알려주실 필요가 있을까요. 조금 있으면 모든 역으로부터 장쭤린의 도착시간과 출발시간이 차례로 보고될 텐데 말입니다."

"누구보다 긴장 상태에 있는 사람은 아마도 고모토 대좌님일 걸세. 혹시나 제5부인이 탄 열차를 장쭤린의 열차로 착각하여 발파기를 누를까 미리부터 염려하시는 거지. 자신도 쓸데없는 걱정이라는 걸 알면서도 다른 객차들이 있으니까 조심하라는 일종의 경계신호야."

14:26분 또 벨이 울렸다.

"준비 이상 없나?"

"이상 없습니다."

"J 방금 북경을 출발했다. 정신들 바짝 차리라고 전해라. 이상."

"알겠습니다. 명심하겠습니다."

J는 장쭤린의 암호명이다.

잠시 후 산해관 요원으로부터

"15:10 W 산해관 통과!"라는 전화가 왔다.

두 사람은 서로의 얼굴을 바라보며 껄껄 웃었다.

"16:35, J 천진 통과!"

"우리가 예상한 시간은 정차 시간을 15분으로 예상하더라도 천진에서 출발하는 시간을 17시로 봤는데 예상보다 25분이나 빠른 거 아닙니까. 그렇다면 이곳에 도착하는 시간도 다시 계산해 봐야 하지 않을까요?"

"그럴 필요는 없어. 내 계산에 의하면 내일 아침 5시에서 크게 벗어나지 않을 거야. 기껏해야 2, 30분 차이겠지. 더 정확하게 계산하려면 도착 직전 역인 산해관이나 금주에서 출발하는 시간을 본 다음 지나온 구간 전체의 평균을 계산하여 대입하면 거의 들어맞을 걸세. 그렇다 하더라도 참고만 할 뿐이지 크게 신경 쓸 일은 아니야. 도착 전 3㎞ 지점에도 파수 보는 병사가 있지 않은가."

20:00가 되자 도미야 대위가 어둠을 뚫고 어딘가로 향했다.

그는 독립수비대 숙소에 다다라 미리 선발해 둔 50명의 병사를 소집했다. 잠들지 않고 기다리고 있던 병사들은 총을 들고 막사 밖에 집합했다. 만철의 철로 경비를 강화하려는 것이다.

"제군들은 오늘 이 시간부터의 몇 시간이 전쟁보다 중요한 때라는 것을 알고 있을 것이다. 지금부터 각자에게 지정해 주는 장소에서 경계 지역 안으로는 개미 한 마리도 들어오게 해선 안 된다. 특히 가까운 곳에 있는 경봉선 철로에 중국 군인들이 경계를 서고 있으니까 소리를 내거나 눈길을 끌게 하는 일이 있어선 절대로 안돼. 자 그럼 시마다 오장(伍長)은 인솔하고 현장에 가서 개개인에게 경계 근무 장소를 지정해 줘라. 1시간 후 내가 점검하겠다."

50명의 병사는 소리 나지 않게 조심하면서 출발했다. 조용히 중국이 관리하는 경봉선과 만철선이 교차하는 지점으로 다가갔다. 멀리 육교 아래 중국군 경비병들의 그림자가 어른거렸다.

약 200m 전방 45도 각도에 두 개의 철로가 마치 뱀이 한데 어울려 꿈틀대는 모습으로 위치해 있다. 그 사이로 흑청색 하늘이 떴다.

"22:05, J 산해관 통과!"

"접견 시간을 포함한 휴식 시간이 천진에서보다 조금 늘었군. 약 25분 정도 될 것 같아. 이 대로라면 X지점 도착은 05:30 이내가 될 거야."

산해관 요원으로부터 전화를 받은 지 1분도 채 되지 않아 고모토 대좌의 전화가 왔다.

"산해관 통과 현재 열차 편성의 변경은 없다. J는 20중에 10이다, 명심해라."

22:10, 하사관 두 명이 창고 문을 열었고, 후지이 중위는 그들과 더불어 화약통과 착화기가 들어있는 상자와 전선을 들고 밖으로 나갔다. 육교 아래로 내려가 남만주 철도 교각 기능 밑에 폭약을 설치하기 시작했다. 고도의 기술을 요하는 작업으로 최소 5시간이 소요된다. 중국군 보초가 교각 가까이 다가왔다. 네 사람은 바닥에 납작 엎드렸다. 후지이 중위가 권총을 꺼냈으나 보초는 더 이상 오지 않고 늘 하던 대로 그곳에서 되돌아갔다. 다시 일어나 작업을 계속했다. 폭약에 연결한 전선(電線)을 길게 늘여 창고 아래 수풀 속에 놓아둔 착화기에 연결했다. 03:30이 돼서야 작업이 끝났다.

긴장으로 땀 범벅이 된 그들이 창고로 돌아왔을 때 도미야 대위는 담배를 뻐끔거리고 있었다.

그는 밖으로 나갔다가 다시 들어와 담배를 뻐끔거리다 시계를 보곤 발로 비벼 껐다. 그리곤 또 밖으로 나갔다.

05:10, 어둠이 걷히고 차츰 주위가 훤해지기 시작했다.

"이제부터가 정말 중요한 때다!"

대위는 쌍안경을 들고 다시 밖으로 나갔다. 고개를 돌려 뒤쪽 풀숲을 바라봤다. 40미터쯤 떨어진 숲속에 후지이 중위가 착화기가 들어 있는 나무상자를 앞에 놓고 웅크린 모습으로 이쪽을 바라보고 있을 것이다. 경봉선 철로 쪽을 살폈다. 중국 경비병들의 모습은 보이지 않았다. 조금 높은 곳에 올라 서쪽을 향해 쌍안경을 눈에다 댔다. 아득히 뻗어나간 선로가 모습을 감춘 곳에 동산이 있었다. 다시 쌍안경의 방향을 옆쪽으로 조금 틀었다. 동산 앞쪽으로 잡초가 무성한 곳에 멈췄다. 아무 형체도 보이지 않았다. 신호병도 시시각각 중요한 시간이 다가오고 있다는 것을 알고 있을 것이다.

멀리서 바람결에 열차 소리가 들려왔다. 내리려던 쌍안경을 다시 들어 그 소리에 신경을 집중하며 동산 앞을 바라봤다. 아무 신호가 없다. 오래지 않아 반대편에서 열차가 서서히 속도를 낮추며 다가와 교차점을 돌아 시야에서 사라졌다. 하얼빈행 보통열차다.

05:15, 고모토 대좌로부터 전화가 왔다.

"이상없나?"

"이상 없습니다."

"좋아, 이제 곧 통과할 시점이다. 이것이 마지막 전화다. 만전을 기하라."

잠시 후 아득히 먼 곳에서 열차 소리가 들려왔다. 철로 옆으로 뛰어올라 쌍안경을 들었다. 열차가 오는 방향의 동산 앞으로 향했다. 철로 아래 숲에서 흰 깃발을 흔드는 모습이 눈에 들어왔다. 열차의 꼬리는 이미 동산을 훨씬 지나고 있었다. 얼핏 눈대중으로 봐도 20량, 장쭤린이 좋아한다는 코발트 색깔이다. 그의 전용 열차가 틀림없다. 급히 쌍안경을 내리고 후지이 중위를 향해 팔을 흔들었다. 발전기 돌아가는 소리가 옅게 들렸다.

열차는 뭉툭한 대가리로 새벽공기를 헤치며 마치 신화 속의 바케모노(化け物, 괴물) 같은 모습으로 경적을 울리며 달려오더니 눈앞에서 위압감을 주곤 서서히 속도를 줄이며 휘어진 육교로 다가가고 있었다. 교차로와 삼동교를 지나 좌측 철서(鐵西) 공장지대와 오른쪽 부속지와 상부지(商埠地) 사이를 3㎞만 더 가면 봉천역이다.

도미야 대위가 침을 꿀꺽 삼키며 숲과 열차를 번갈아 노려봤다. 열차 머리가 삼동교에 닿고 몸체의 중간이 경봉선과 만철선 교차점을 빠져나가고 있는 그때다. 수풀 속에서 후지이 중위의 등이 보이는가 싶더니 T자형 키가 있는 아래쪽으로 상체를 내리꽂았다.

05:23, 장쭤린은 자리를 떠나 전망 칸으로 갔다. 3년 만에 보는 봉천은 변한 것이 없었다. 변하지 않은 그 모습이 더욱 정겹다. 눈에 익은 광경들을 보고 있노라니 이곳을 떠나 3년 전 9월 북경에 입성하고 그해 11.30. 안국군 총사령에 취임하기까지의 시간이 주마등처럼 스친다. 자의든 타의든 인간 세상 탐욕을 잠시 내려놓고 고향에 돌아오니 마음이 따사로워진다. 답답함이 가시는 것 같다. 그 답답함은 산해관을 지나는 시점부터 시작된 것 같다. 조리장 부풍디에가 차려준 심야 만찬에서 오랜만에 음식을 맛있게 먹었다. 특히 채소와 고기로 만든 채 볶음은 먹던 중 가장 맛이 있었다. 그러나 속이 답답하여 체한 것

이 아닌가 하여 주치의 두져샨이 주는 약을 먹었으나 낫지 않았다. 체중이 아닌 것으로 생각됐다. 기분 탓인가 하여 전망 칸으로 자리를 옮겼다. 우쥔성이 다가왔다.

"각하, 새벽이라 바람이 찬데 이 옷을 입으십시오."

들고 온 검정 코트를 입히려 했다.

대원수는 시계를 들여다봤다. 05:25이다. 고개를 돌려 우쥔성을 보면서

"알았네. 하지만 곧 봉천역에 도착할 테니까 그럴 필요는 없어."라고 말하는 순간, 몸이 허공에 뜨는 것을 느꼈다. 천지를 뒤집어 놓는 것 같은 굉음이 일었다.

폭발물을 설치한 교각이 뿌리째 뽑히면서 위에 있는 교차로를 들어 올렸다. 그 위를 달리던 열차는 10m 공중에 떴다가 까마득 30m 아래로 내리꽂혔다.

뽀얀 먼지 속으로 중간이 꺾이고 너덜너덜한 모습이 된 열차가 폭풍에 날아간 철로 자리에 가로 놓여 있었다.

장쭤린의 머리에는 공중에서 날아온 파편이 박히고 양쪽 손목과 오른쪽 넓적다리 아래가 떨어져 나갔다. 기울어진 열차의 바닥에 피를 흘리며 쓰러져 있었다. 우쥔성은 두개골이 파열되어 즉사했다. 농공 총장 모더후이는 머리부상을, 육군총장 장징후이는 목 부상을 입었고 일본인 고문 키가 세이야는 얼굴과 손에 경상을 입었다. 사망 20명, 부상자 53명이다.

한편 일본군이 관리하는 만철 선로 옆에는 장제스의 남군 옷을 입은 두 명의 군인이 시체가 되어 나란히 누워 있었다.

각각 심장과 허파를 칼에 찔려 검붉은 피가 뭉쳐 있었다. 손에는

소련제 수류탄을 쥐고 있었다. 몸싸움을 한 흔적 같은 건 발견되지 않았다.

어저께 보공남가(保工南街)와 심요중로(沈遼中路) 사이 주택가 가운데 있는 작은 공원에서 루커영으로부터 30원씩을 받아 들고 기뻐하던 '있어도 되고 없어도 되는' 두 사람이다. 호주머니에 돈은 없었다. 대신 옆에는 밀짚모자 2개와 신발 한 짝이 놓여 있었으며, 호주머니에는 안휘성에서 생산되는 고급 편지지가 한 통씩 들어 있었다. 상단에 '국민혁명 관동 초무사 용지(國民革命 關東 招撫使 用紙)'라고 인쇄된 편지지에는 '혁명은 아직 성공하지 않았다. 동지여 노력을 경주하자.'라고 적혀 있었다. 봉천 영사 우치다(內田)는 이 자들은 "거동이 수상하여 척살했다"며 장쭤린을 폭살하기 위해 장제스가 보낸 편의대로 보인다고 주장했다. 그러나 폭발물을 설치한 고도의 기술은 일본인조차도 관동군의 소행이라고 의심할 수밖에 없었다. 사건발생 후 오래지 않아 쿨리들이 떼를 써서 들어갔던 목욕탕집 주인과 일본군 장교에게 수류탄 탄피를 팔았던 고물상 주인에 의해 쿨리들의 신원이 밝혀진다.

장쭤린은 사고가 난 지 3시간 23분 만인 9시에 봉천성 원수부 농원(東園) 소청루(小青樓)에서 숨을 거뒀다.

석가장(石家莊)에 있는 국민혁명군 사령부에서 장제스 사령관은 그날의 일기를 이렇게 적었다.

"…오늘의 신문보도에 따르면, 봉천에서는 일본인이 저질렀다고 의심하고 있지만 일본인은 아직도 우리 편의대의 행위라고 우기고 있다. 일본인의 음모는 이와같이 악랄하다. 동북의 국방을 공고히 하기는 사실상 어렵다."

이 사건 수사는 고모토 다이사쿠를 지원하는 '후타바카이(雙葉會)' 등의 발호로 유야무야(有耶無耶) 됐다가 20년이 지나 극동 국제 군사재판소에서 진상이 밝혀졌다. 이후 고모토 다이사쿠는 중일전쟁에서 패전하면서 옌시산의 포로가 되었다가 다시 중공군의 포로가 되었다. 공산당으로 전향을 요구하였으나 거부하고 옥사했다.

장쭤린 폭살 사건은 군국주의자들로 하여금 만주 정복에 대한 확신을 갖게 함으로써 3년 후인 1931.9.18. 관동군이 유조구사건(柳條溝事件), 즉 중국명 류타오거우 사건을 조작하고 마침내는 일제의 괴뢰국인 만주국을 건국하는 도화선으로 작용한다.

제7편

어떤 사랑

　한편, 백두산부대의 신웅 대장은 간부들을 긴급 소집하여 방금 정보원으로부터 보고받은 장쭤린 폭살사건에 대해 설명했다.
　"동아시아 전체가 매우 불안정한 데다 이번 사건으로 남군과 북군, 그리고 중국을 집어삼키려는 일본을 비롯하여 이해관계로 얽힌 여러 나라 간에 어떤 일이 발생할지 예측을 불허하는 상황이다. 이런 때일수록 일본군의 동정을 살피면서 경계를 더욱 강화하고 어느 때라도 즉각 대응할 수 있도록 대비 태세를 확립해야 할 것이다."
　간부들에게 말을 하고 나서 우울한 표정을 지었다.
　"장쭤린을 폭살한 관동군이 무슨 짓을 저지를지 모르는 시국이다. 통화로부터는 연락이 없는 지가 석 달 가까이 됐는데 어떤 대책을 강구해야 되지 않겠나?"
　"무슨 일이 있으신지 걱정이 돼서 오늘 낼 3소대장을 보내려던 참입니다. 약방 운영이 어려운 것으로 생각됩니다. 일주일 전에 확인했는데 두 달째 은행에 돈이 들어오지 않고 있습니다."

"정세가 좋지 않은 땐데 소대장 혼자 보내서 되겠는가? 여럿이면 불심검문을 받을 수도 있을 것이지만 한두 명 정도 함께 가도록 하라. 그리고 관동군이 장제스가 밀파한 자들을 잡아낸다는 핑계로 독립군에 대한 대대적인 색출 작전을 벌일지도 모른다. 약방을 철수하는 것이 어떨지 그것도 검토해 보도록 하라."

"네 알겠습니다. 지시하신 대로 이행하겠습니다."

현진국(玄鎭國) 대원은 올해 35세 노총각으로 통화와의 연락을 맡은 지 3년이 됐다. 전에 맡았던 대원은 산삼과 짐승 가죽을 가지고 통화로 가다가 백두산 밑 이도백하 자작나무 숲에서 떼강도를 만나 목숨을 잃었다. 불상사가 있은 다음부터 딱히 정해진 기간은 없으나 보통 2개월에 한 번씩 가는 통화와의 연락은 현진국 소대장이 맡게 되었다. 짐을 가지고 갈 때는 반드시 호위병 한 명을 붙였으나 평상시에는 혼자 다녀오곤 했다. 이번엔 짐은 없으나 장쥐린 사건으로 불안한 시국이라 두 명을 보내기로 했다.

소대장이 내일 통화로 간다는 말이 알려지자 이찬욱(李燦旭) 대원이 본부 중대장을 찾아왔다.

"제가 3소대장님을 모시고 가겠습니다."

"예상할 수 없는 어려운 일이 기다리고 있을지도 모르는데 왜 자원하여 가려고 하나? 더욱이 3소대원도 아니지 않은가?"

"저는 올해 31세이고 현진국 소대장님은 35세로 형님과 같은 분이십니다. 제가 모시고 가는 것이 당연하다는 생각이 들었기 때문입니다. 저는 택견도 좀 하지 않습니까?!"

이렇게 하여 이튿날 새벽 두 사람은 백두산 본부를 떠나 통화를 향해 출발했다.

일찍 가을이 시작되는 백두산은 1년에 260일이 안개에 덮여 있다.

안개 지대를 빠져나가는 동안 옅은 황색의 자작나무 숲과 금강송 군락지대와 좀이깔나무 신갈나무 사이를 부지런히 걸었다. 이틀 동안 선봉령을 넘고 어랑촌을 지나 송강하(松江河)에 도착하여 도시락을 먹었다.

진국이 강변 풀밭에 누워 하늘을 보고 있는데 찬욱이 묻는다.

"소대장님은 사는 곳이 어딘가요?"

"연길(延吉)일세."

"고향은 어디세요?"

"황해도 안악(安岳)."

"가족은 몇 분이세요?"

"부모님과 나 포함하여 여섯."

"10명이 되는 집들도 풀풀한데 그에 비하면 그리 많지는 않네요. 우리 집은 부모님과 아들 둘, 딸 하나 모두 다섯 식군걸요."

"부모님은 건강하시고?"

"네, 동갑이신데 아직 환갑을 넘지 않으셨고 다행히 건강늘하세요."

"자네는 맏이는 아닐 테고…"

"맨 위로 누님은 신의주에서 잡화가게를 하는 집에 시집가 잘 살고 계시고 형님도 이미 결혼하셨어요. 저는 독립군에게 일본군 임시 주둔지를 몰래 알려주다가 발각되어 백두산부대에 들어왔습니다."

진국은 그가 가족사를 이야기하자 누나의 모습이 떠올랐다.

10여 년의 세월이 흘렀으나 문득문득 기억이 떠오를 때마다 현실의 모습으로 되살아나 가슴이 파이도록 깊은 슬픔에 잠기게 된다. 살려달라고 울부짖던 스물한 살 여리디여린 누나의 울부짖음이 귀청을 울린다. 돈 많은 홀아비라는 말만 듣고 시집을 보내려 했으나, 그 부자가 산다는 장춘(長春)을 홀로 다녀온 누나는 어두컴컴한 부엌에서 양잿물 한 사발을 들이켰다. 마지막 순간에 자신이 엄청난 일을 저질렀다는 것을 깨닫고 살려달라고 몸부림쳤으나 이미 독약은 내장 곳곳에 스며든 후였다.

그 모습을 보면서 아무 도움도 줄 수 없는 무력감에 발만 동동 굴렀다. 눈이 펑펑 내리는 날, 거적에 싸인 누나의 시신은 동네 아저씨들에 의해 담가(擔架)에 실려 골짜기 공동묘지로 올라갔다.

홀아비라는 구가(具哥) 성의 그자는 나이가 50이 가까웠고 허우대는 멀쩡했으나 부자도 홀아비도 아니었다. 총독부 영림창 임강지청에서 벌채 허가를 받은 대목상으로부터 하청을 받는 새끼목상일 뿐이었다.

머리를 땋아 길게 늘인 누나는 갸름한 얼굴에 가녀린 몸매를 지녔고 울타리 밖에다 설거지물을 버리는 때 외에는 좀체 밖으로 나가지 않았다. 어느 때 누나가 잠시 밖에 나갔을 때 먼발치에서 보고 나서 하숙하고 있는 목로주점 주인을 꼬드겼을 것이고 아버지는 이웃에도 나이 어린 처녀가 한양에 사는 부자 홀아비에게 시집가서 잘 사는 모습을 보았으므로 관심을 두기 시작했을 것이다. 해골 달린 전봇대 같은 주점 주인은 아버지를 설득하고, 뺑덕어멈 같은 살짝곰보 여주인은 어머니를 꼬드기는 것으로 역할 분담을 한 것 같다. 뺑덕어멈은 이따금 먹을 것을 가져와 그 목상의 재력과 달린 식구가 없다는 점을 강조하며 수다를 늘어놓다 가곤 했다.

누나는 자수와 뜨개질 솜씨가 뛰어나 학(鶴)이나 난초 따위의 그림을 수놓은 벽걸이 보를 걸어두기도 했고, 뜨개질로 장갑이나 목도리를 만들어 부모님과 동생들을 즐겁게 하기도 했다. 그녀는 천생 여자였다.

조선에서 연길로 오던 때에도 어린 동생을 업고 겨울 강을 건너다 현기증으로 쓰러지는 등 갖은 고생을 했고, 평소에도 성질 급한 아버지로부터 동생들을 대신하여 모든 꾸지람을 한 몸에 받았다. 이러한 무모한 일이 아버지가 딸을 위함이었는지 가난한 집안에 도움을 받으려는 계산이었는지는 알 수 없다. 어쩌면 서울 홀아비에게 시집보낸 이웃을 보고 그 두 가지 목적을 이루고자 했는지도 모른다.

누나가 죽고 나서 불과 일주일 만에 마을의 우체국장 장남인 절름발이 청년이 자살을 했다. 누나를 너무도 깊이 짝사랑했던 것이라고 사람들이 수군거렸다.

누나가 뜨개실을 사러 멀리 시내에 갔다 올 때 외모에 이끌려 뒤따라오다가 동네 청년들에게 흠씬 두들겨 맞고 돌아간 학생도 있었다.

진국은 자다가 소변을 보려 잠깐 깨어난 때에도 누나의 죽음이 떠오르면 자리에 누우려다 벌떡 일어나 내내 잠을 이루지 못하는 때가 많았다. 세월이 많이 흐른 후에도 그랬다.

아버지는 선비라는 체면으로 일을 하지 않는 분이었다. 일이라고 해야 얻을 수 있는 건 막노동이지만 집에 먹을 게 떨어졌어도 그런 선 아예 관심의 대상이 아니었다. 학동들을 7, 8명 모아 서당을 꾸렸으나 훈장에게 드리는 술이나 닭 옷감 같은 예물은 고사하고 1년에 쌀 반 섬인 강미(講米)나 5원의 학채(學債)조차 감당하지 못해 6개월도 못 가 문을 닫았다. 어머니는 늘 입버릇처럼 말씀하셨다. 우렁각시가 나타나 더도 말고 덜도 말고 식량이 떨어질 때마다 딱 식구들이 한 끼 먹을 수 있는 바가지 반만큼의 식량만 채워주곤 했으면 세상에 더는 근심이 없을 것이라고.

헐벗고 굶주린 동생들과 어머니의 끝 없는 고생, 현실에 불만인 아버지의 술주정, 누나의 죽음, 이런 모습들을 보면서 진국 자신은 절대로 장가를 가지 않겠다고 다짐했다.

　게다가 장남이라는 위치에 대한 아버지의 지나친 기대는 정신적 폭력으로 이어져 마치 운신하기 어려운 작은 철제 우리 안에 갇힌 새처럼 미칠 것 같은 폐쇄 공포증을 느끼게 했다. 새장을 부숴버리고 하늘로 자유롭게 솟구치고 싶었다. 자유가 그리웠다. 배고픈 환경이지만 밥보다 자유에 대한 그리움이 간절했다. 반항적이고 도발적이며 정상적인 것들을 비정상으로 만들고 싶은 유혹을 느끼는 비뚤어진 성격이 이런 환경으로부터 시작된 것이 아닌가, 스스로 돌아보기도 했다. 장독대에 가지런히 놓여 햇볕에 반짝이는 항아리를 깨고 싶은 그런 충동일 것이다.

　만주의 생활이라는 것이 열심히 한다고 해서 고생에서 벗어날 수 있는 것이 아니어서 더욱 암담했다. 아무 일이나 닥치는 대로 하다가 시간 날 때면 어머니를 따라 가까운 암자에 가서 기도를 드렸다. 어머니의 기도는 아들이 빨리 장가를 가서 가정을 이루도록 해 달라는 것이었으나 진국의 기도는 달랐다. 절대로 결혼은 하지 않을 테니 가족들 고생이나 면하게 해 달라는 것과, 하루빨리 누나의 무덤을 조선 고향마을 양지바른 산비탈에 옮기는 그날이 오도록 해 달라는 것이었다. 그런데….

"해 지기 전에 하룻밤 묵어갈 곳에 도착하려면 부지런히 가야지. 자 어서 출발하세."

　진국이 옷을 툭툭 털면서 일어섰다. 무언가 궁금한 것이 있는지 이것저것 물으며 밑밥을 깔던 찬욱도 입을 닫고 일어섰다.

얼핏 듣기로 찬욱은 가정형편이 좀 낫고 화목한 가정이라고 한다. 찬욱 본인도 삼형제의 막내답게 붙임성이 있다. 좀체 화를 내는 모습을 본 적이 없고 차분하고 이지적이다.

날이 어두워서야 수수밭 벌판 가운데로 흐르는 수로 옆 낡은 창고에 도달할 수 있었다. 진국이 통화를 오고 갈 때 이용하는 곳으로 벽에 바른 흙이 다 떨어져서 이미 창고로서의 역할은 끝난 것으로 보였다. 비를 피하기 위해 놔둔 것이다.

수로로 내려가 얼굴과 손발을 대략 씻었다. 물을 떠다가 수수와 귀리를 빻아서 만든 미숫가루를 컵에 넣고 휘휘 저어서 마셨다. 그리고 자리에 누웠다. 수로를 따라 들어온 바람이 땀에 젖은 옷을 차갑게 했다.

너무 피곤했던지 둘 다 말이 없다.

한참 만에 찬욱이 묻는다.

"주무세요?"

"아니."

또 한동안 말이 없다. 이번엔 진국이 묻는다.

"자느냐고 물어놓곤 왜 말이 없어?"

"차마 말씀드리기 쑥스럽고 민망해서요."

"우리 사이에 쑥스럽고 민망할 말이 뭐가 있어. 어서 말해봐."

한참 만에 묻는다.

"소대장님은 신옥씨에 대해 어떻게 생각하세요?"

생뚱맞은 질문이다.

"글쎄. 딱히 한 가지로 답하기 어려울 거 같은데…, 여성적이고, 지혜롭고 헌신적이고, 애국심도 강하고 참 좋고 훌륭한 분이지. 게다가

의술이 탄탄해서 부대에 많은 도움을 주고 있지 않은가. 우리 백두산 부대의 보물과 같은 존재지."

"개인적으론 어떻게 생각하세요?"

"대원과 대원, 그 이상 무슨 특별한 관계가 있을까."

"정말이세요? 정말 신옥씨와 아무런 특별한 감정 같은 게 없나요?"

"그 밖에 뭐 다른 감정이 있을 게 있나? 굳이 말하자면 누이동생 같은 사이지. 자네를 동생같이 여기는 것과 같은 그런 감정이지. 그런데 왜 그걸 꼬치꼬치 묻나? 혹시…"

"부대에 떠도는 말에 의하면 소대장님과 신옥씨가 서로 좋아하는 사인데 누구도 먼저 입 밖으로 말을 꺼내지 않고 있다는 겁니다. 부대장님도 두 분이 짝을 이루기를 은근히 바라는 것 같다고도 합니다. 통화를 여러 번 가고 오셨으니까 대화를 나눌 기회도 많았을 거잖아요."

"무슨 말도 안 되는 소리! 다 헛소문이야. 그런 거 없어."

그리고 보니 이런 질문을 하는 데에는 이유가 있을 것 같다.

"자네 혹시 신옥씨 좋아하나?"

"그 물음에 답하기 전에 아까 드린 질문을 다시 한번 확인해 주세요. 신옥씨와 소대장님 아무 특별한 관계 아니라는 말씀이 정말인가 알고 싶습니다."

진국은 아까부터 긴가민가하다가 그 말을 듣는 순간 머리를 망치로 얻어맞은 것 같다. 그러나 아니라고 대답할 수밖에 없다. 따지고 보면 밝힐 만한 뚜렷한 이유나 내용이 없기 때문이다.

아니라는 이유를 좀 더 정확하게 말한다면, 첫째는 저세상으로 떠나간 선영과 신옥의 모습이나 분위기가 너무 닮아서 현재 신옥에 대한 느낌이 혹시 죽은 선영에 대해 갖고 있던 감정으로부터 전이된 것이 아닌가 하는 생각과, 둘째는 선영을 잊지 못해 그녀가 있던 자리에 신옥을 앉히고 싶은 무의식적인 욕망에 기인한 것이 아닌가 하는 그런 회의적인 생각이다.

통화(通化)에는 여러 번 왔다. 그러나 대개 사무적인 일을 처리하는 것으로 끝나고 다른 깊이 있는 이야기를 나눈 적은 그리 많지 않다. 다른 이야기를 하다가 몇 번 이성적인 이야기로 흘러간 적이 있는데 그때마다 진국이 퇴로를 만들었다. 최근 들어 마음에서 안개가 조금씩 걷히고 있다는 것을 어렴풋이 느끼고 있었다. 이따금 선영이 사는 천국에서 춤을 추거나 꽃밭을 달리곤 하던 꿈속에서의 영혼이 지상으로 내려왔음인가, 아니면 선영의 얼음 나라가 오랜 동면으로부터 풀리고 있음인가. 신옥에 대한 감정이 하나의 나무에서 자란 가지가 아니라 전혀 다른 곳에서 싹이 나 자라고 있는 다른 나무라는 것을 깨닫고 자신감이 생기기 시작했다. 그러고 보니 신옥이 진국을 바라보는 눈길도 달라진 것 같았다. 그녀의 눈은 빛났고 그 반짝임 속에는 하고 싶은 이야기가 있다는 것을 차츰 알기 시작했다.

지금 신옥과의 관계는 그 상태에 머물러 있다. 나름 놀랄 만한 신선이라고 생각하지만, 느낌에 머물러 있을 뿐이고 뚜렷이 밝힐 만한 내용도 이유도 없다는 것이 맞는 말이다.

"그래. 아무 관계도 없어."

찬욱은 누웠던 자리에서 벌떡 일어나 앉으며

"휴~ 다행이다. 이제 수수께끼가 풀렸네. 아우~" 하며 두 팔을 번쩍 들었다.

"……"

"저 사실은 신옥씨 좋아하거든요."

"그래?"

"엄청요."

"언제부터 좋아했는데?"

"제가 부대에 들어와 1년쯤 지난 때부터요."

"그럼…?"

"그러니까 4년 됐어요. 전에 신옥씨가 부대에 있을 때는 보는 것만으로도 하루하루가 즐거운 나날이었는데 통화에 약방을 열고부터는 어쩌다 한 번 보게 되니까 살아도 산 것 같지 않아요. 문득문득 통화로 달려가고 싶은 마음뿐이에요. 이런 말 누구한테도 한 적이 없어요. 하지만 가슴이 벅차서 누구에게라도 말하고 싶어 못 견딜 때가 많아요. 어느 날은 멀리 산등성이에 가서 지나는 바람에게 큰소리로 '나 신옥이 사랑한다아. 신랑 각시 될 거야아~'라고 외친 적도 있어요. 신옥씨가 없다면 지금은 못 살 거 같아요. 그녀는 기쁨이고 내 모든 것이에요. 그런데 힘들었던 건 형님과 신옥씨가 서로 좋아한다는 소문을 듣는 것이었어요. 그 말을 듣는 순간 머릿속에 떠오르는 건 시퍼런 강물이었어요. 그보다 더더욱 힘들었던 때는 형님이 통화로 출장을 가신 기간이었어요. 봄이면 두 분이 산벚꽃잎 흩날리는 숲을 거닐며 사랑을 고백한다든가, 가을이면 따사로운 볕을 이고 진홍색으로 머리를 숙인 수수밭 그림자가 도랑물에 출렁거리는 둑길을 따라 걷는 그런 상상을 했어요. 그럴 때면 아무 일도 손에 잡히지 않았어요. 출장에서 귀대하신 때에라야 제 일은 정상으로 돌아왔으니까요. 형님이 아니라고 하시니까 지금은 하늘로 날아갈 거 같아요. 이젠 잠도 제대로 잘 것 같아요. 하지만 쑥스럽고 부끄러워서…."

"이 사람아, 전쟁이 무슨 장난인가? 엄중한 시기에도 그런 낭만적인 생각을 하는 자네가 부럽네."

자신도 모르게 짜증 섞인 말로 면박을 줬다. 이제 알 것 같다. 그가 왜 자원해 따라나섰는지를, 그리고 아까 송강하에서 무언가 말하려고 했던 것이 신옥과 나와의 관계라는 것을 말이다. 그의 호칭이 소대장님에서 형님으로 바뀐 것은 경계심이 풀렸다는 것이 아니겠는가.

그러고 나서 대화가 끊어졌다. 찬욱은 눈을 감고 있으나 자는 것이 아니다. 면박은 아랑곳없이 신옥에 대한 무지개를 그리고 있을 것이다.

사랑!

참으로 알 수 없는 정체다.

출발한 지 사흘째 되는 날, 지평선에 해가 떨어지고 어둠이 짙은 시간에 김두조선족만족향(金斗朝鮮族滿族鄕)에 도착했다. 조선인들과 만주족이 함께 사는 마을이다.

신옥의 한약방은 불이 꺼져 있었다. 문을 두드렸으나 인기척이 없다. 가슴이 덜컥 내려앉았다. 왠지 불안감이 엄습했다. 급히 시가지를 지나 1㎞쯤 떨어진 곳에 사는 9호를 찾았다.

가죽이나 산림부산물 등을 가지고 올 때마다 팔아서 7호를 통해 본부로 보내는 것이 그의 임무다. 7호는 신옥의 암호명이다. 조갑준 노인은 집에 있었다. 마당에서 주인을 부르자 기다렸다는 듯이 뛰쳐나와 진국의 두 손을 잡았다. 노인은 올해 67세다.

그러고는 큰 소리를 내지 말라고 "쉬~ 날래 들기요" 하며 손을 잡아 급히 방으로 이끌었다.

노인은 옆 방문을 열고

"야야, 메눌아야, 여기 밥으 두 그릇만 좀 해 오나라. 간거리가 없지만 서두…" 하고는 문을 닫았다.

"그러지 않아 열흘 고금(학질) 앓은 사람처름 꿀알(눈이 들어감)이 되얐소. 어제 아침부텀 약방 마다(마당)으 지(쥐)방우리처름 들락거려댔소."

"불이 꺼져 있고 불러도 대답이 없던데 혹시 무슨 일이 있습니까?"

"본부에 보낼 돈으 벌겠다구 고집으 부려 아주 위험한 곳으루 갔소."

"위험한 곳이라니요? 그게 무슨 말씀입니까?"

"기러니까나…."

신옥은 본부에 보낼 돈을 만들지 못해 걱정을 많이 했다. 최근 들어 환자도 거의 없었다. 추수를 하려면 아직 한두 달은 더 있어야 하는 어려운 때라 농가에서 어지간한 병은 원시적인 방법에 의존하거나 아예 추수 때가 오기를 기다리며 참는 방법밖에 없다고 생각들을 하기 때문이다. 외상으로 치료를 받은 농가가 많은데 그들은 약방을 다시 찾는 것을 미안하고 부끄러워하여 빚을 갚기 전에는 오지 않았다.

그런데 며칠 전 제의가 들어왔다. 반정부활동을 벌이고 있는 유격대의 장교가 총상을 입어 매우 위험한 상태에 있는데 그곳까지 가서 치료를 해 주면 황소 10마리 값인 400원을 주겠다는 것이다.

유격대란 이름 그대로 이곳저곳을 다니면서 전투를 벌이는 부대다. 그러므로 한곳에 머물지 않고 수시로 이동한다. 때로는 한곳에 오래 머물기도 하고 때로는 열흘 가까이 밤마다 이동하기도 한다. 그러나 먼 곳으로 이동하는 경우는 없고 성(省)내의 일정한 지역 안에서 옮겨 다닌다.

이 제안을 가지고 의논했으나 결말이 나지 않았다. 7호는 되도록 많은 돈을 한시라도 빨리 본부로 보내야 한다면서 위험을 감수하지 않고는 이룰 수 없는 일이라고 했다. 9호는 조금만 있으면 추수기가 되어 어려움이 풀릴 것이며, 본부에서 당장 굶는 상태가 아니지 않으냐, 만일 위험한 곳에 갔다가 예기치 못한 일이라도 발생한다면 그것이야말로 모두를 잃는 것이라며 극구 반대했다는 것이다.

"그래서요?"

"유격대에서 온 사람들로부터 계약금 조로 200원을 받아 나에게 주고 엊그제 저낙에 그들을 따라 떠났소."

울고 싶은 심정을 누르며 다시 물었다.

"엊그제 몇 시에 출발했습니까?"

"날이 어두웠으니까나 7시쯤 됐을 거우다."

"유격대에선 몇 사람이 왔습니까?"

"둘이가 왔소. 남자 한 명 에미네 한 명."

"말을 타고 왔습니까?"

"아니요. 말은 눈에 띠기 쉽다고 생각했는지 기냥 왔소."

"우리 쪽에서 같이 간 사람은 없습니까?"

"달포 전부터 약방에 함께 와 있는 애기네(처녀)가 함께 갔소."

"그 처녀가 누군데요?"

"이름은 모르갔구 곱상허니 눈동자가 똘망똘망헌데 7호 말이 믿을 수 있는 애기네라구 합더구마."

"허허, 어딘지를 모르는 곳을 처녀 둘만 따라갔다니, 이런 무모한 짓이 어디 있을까…?"

"함께 갈 사람이 없어서리 내가 가겠다구 하이까 저쪽에서 앙이 된다구 했소."

"유격대가 있는 곳이 어딘지는 말하지 않던가요."

"말은 하지 않았지마는 방향은 알구 있소. 서가구(徐家溝) 쪽으루

간 거 같으오. 아매두."

"거리는 얼마나 된다구 하던가요?"

"나흘은 걸어야 된다구 합지."

"서가구 방향으로는 길이 나 있습니까?"

"잘은 모르지만 오솔길으는 있을 거우다."

"그쪽으로 계속 가면 어디가 나옵니까?"

"무인지경 산입지."

진국은 머릿속으로 계산을 해 본다. 지금 시간 20:10. 저들과의 시간차는 대략 47시간이다. 따라잡을 방법은 하나밖에 없다.

"말을 구할 수 있습니까?"

"내 사촌이 기르구 있으니까나 빌릴 수는 있갔지마는…."

노인은 어이없다는 표정으로 진국을 바라본다.

"손 놓고 있을 수는 없습니다. 가는 데까지 가 봐야 합니다. 죄송하지만 지금 가서서 좀 빌려달라고 말씀해 주십시오. 내일 새벽에 가려면 가부를 알아야 할 것 같습니다."

"알았소."

생각 같아선 밤중이라도 달려가고 싶으나 어디가 어딘지 알 수 없는 상태에선 부득이 힘든 밤을 보내야 할 것 같다.

사랑방을 내 주어 일찍 자리에 누웠다. 사흘을 걸어오느라 피로가 쌓였으므로 찬욱은 눕자마자 잠에 곯아떨어졌다. 그러나 진국은 잠이 오지 않았다. 신옥의 안위를 생각하니 미칠 것만 같다. 잠은 멀리 달아나고 신옥과 선영의 얼굴이 번갈아 떠올랐다. 선영은 이 세상 사람이 아니다. 신옥과는 차츰 가까워지고 있다. 속에 있는 말을 하진 않았으나 그동안 통화를 오간 3년의 세월이 무언중에 서로의 마음에 길을 닦은 것이리라. 이토록 잠들지 못하고 힘든 밤을 보내는 것은 동지이기 때문이기도 하지만, 그 이상의 이유가 있기 때문일 것이다. 그렇다면 마음속에서 선영을 떠나보냈다고 자신할 수 있을까.

오랫동안 선영이 있던 자리에 아무런 의구심도 없이 신옥을 맞아들일 수 있을까.

선영과 이루어지지 못한 것은 생각하기조차 싫은 너무도 부끄럽고 철없는 행동으로 비롯된 것이었다.

불행에서 벗어날 길이 없다는 어리석은 생각에 젖어 방황하던 시기가 있었다. 비슷한 부류의 아이들과 할 일 없이 쏘다니며 뻐끔담배도 피워보고 얼굴을 찡그리며 술도 마셔보던 때였다.

그즈음 동네에는 사찰도 있고 성당도 있고 천도교도 있었다. 그러나 그들이 무엇을 하는지는 관심이 없었다. 나라 잃은 유랑민들의 의지할 곳 없는 마음을 치유해 주는 정신적 지주가 되고 있다는 정도만 어렴풋이 짐작하고 있었다. 종교시설 중에 개신교 교회는 아직 없었다. 이따금 푸른 눈의 사람들이 선교를 위해 찾아오기도 했다. 그들은 독일에서 온 천주교 신부님이나 캐나다에서 온 개신교 선교사들이라고 했는데 하루 이틀 머물다 사라졌다. 그런데 1년 전에 60이 가까운 조선인 노(老) 목사님과 가족들이 마을이 내려다 보이는 둔덕에 조그마한 교회당을 짓고 목회 활동을 시작했다.

어느 날 친구들과 더불어 교회당 부근에 놀러 갔다. 그런데 무슨 생각이 들어 그런 행동을 했는지는 지금도 알 수가 없다. 아마도 친구들 앞에서 만용을 부리고 싶었을 것이다. 담배를 손가락에 끼운 채 그 조그만 교회당 안으로 들어갔다. 마주 보이는 벽 앞에 연단이 있고 그 위에 강단이 있었다. 강단 위에는 아담한 모습의 하얀 십자가가 놓여 있었다. 십자가 앞에서 담배를 뻐끔거리며 손으로 만져보기도 하다가 밖으로 나왔다.

높다란 층계를 내려오려고 첫걸음을 떼는데 열린 문을 통해 음성이 들려왔다.

"이거 담배 냄새잖아. 누가 왔다 갔지?"

그리고 급히 슬리퍼를 끄는 발소리가 들렸다. 그 말을 듣는 순간 아차 싶었다.

그날 이후 교회 부근을 얼쩡거리는 일은 없었다. 관심도, 갈 일도 없었기 때문이다.

그런데 눈이 녹아 시장 거리가 질척거리는 어느 봄날의 일이었다. 진국의 가족은 그나마 장만했던 오막살이도 팔고 어느 동포의 문간방을 월세를 주고 빌려 살고 있었다.

마당에 쌓인 잔설을 쓸고 있는 그의 눈으로 반쯤 열린 대문 사이를 지나가는 젊은 여성의 모습이 언뜻 비쳤다.

찰나의 시간이고 얼굴은 보지 못했으나 뒷모습이 너무도 고왔다. 연녹색 스웨터와 미색의 긴치마를 입었고 검정 반장화를 신었는데 걸음을 옮길 때마다 허리 아래를 굽이쳐 내린 치마가 봄바람에 주련이 흔들리는 것처럼 찰랑거렸다. 숱 많은 단발머리는 햇볕에 반짝거렸고 보통 여성들보다 약간 큰 키의 균형 잡힌 몸매는 오랜만에 찾아온 봄날의 따스한 햇살을 음미하려는 듯 까만 반장화를 여유로운 걸음걸이로 떼어놓고 있었다. 고결하고 아름다운 그녀의 뒷모습은 우울한 시간을 보내고 있던 한 젊은이의 마음을 통째로 흔들어놓았다. 동네에는 살림이 조금 부유한 몇몇 집안에서 딸들을 서울이나 일본에 유학을 보내기도 했고, 신학문을 배운 여성들이 계몽 활동을 위해 오는 일도 더러 있으므로 그녀의 옷차림이 사람들에게 생소하거나 거부감을 주지는 않았을 것이다. 어쨌거나 그날 이후 모든 신경이 그녀에게 향했다. 얼굴은 어떻게 생겼을까? 어디에 살고 있을까? 누구 집일까?

짧은 시장 거리를 하루에도 몇 번씩 오르내렸다.

그러던 어느 따사로운 봄날, 그날은 닷새에 한 번 열리는 장날이었다. 눈 녹은 물로 질척거리던 장바닥도 뽀송뽀송 말랐고 날씨도 화창하여 이른 아침부터 사방에서 장꾼들이 모여들기 시작했다.

겨울이면 지독한 추위와 폭설로 인해 제대로 된 장이 서는 경우는 드물었다.

그러나 봄이 오고 날씨가 좋으면 이곳저곳에서 사람들이 모처럼 새 옷으로 갈아입고 잔치에 가는 것처럼 들뜬 표정으로 나들이에 나선다.

특별한 볼일은 없더라도 이국땅에 흩어져 고생하는 친척이나 친구를 오랜만에 만나 음식이라도 함께 먹으며 정담을 나누려고 미리부터 연통을 해놓고 그날이 되어 만나는 사람들도 있다. 어떤 이는 뜰에 놓아기르던 재산인 닭을 들고 오기도 했고 어떤 이는 돗자리나 방석 같은 것들을 짜서 매달아 놓았다가 등에 걸고 오기도 했다. 아직 농사일을 시작할 때가 아니므로 사람이 모일 것이라 예상한 장꾼들도 물건을 많이 가져왔다.

장바닥은 한낮이 되자 조선족 한족 만주족이 한데 섞여 활기를 띠기 시작했다.

오늘은 그녀를 볼 수 있으리라는 확신으로 아침부터 장바닥을 오르내렸다.

짧은 거리를 몇 번이나 오르내렸는지 다리가 후줄근했을 즈음 마침내 그녀의 얼굴을 똑똑히 볼 기회가 찾아왔다. 보는 순간 그토록 찾던 사람임을 직감했다. 그녀는 인형을 파는 좌판 앞 사람들 틈에 허리를 약간 굽힌 모습으로 누군가와 깔깔거리면서 재미있게 움직이는 어떤 장난감을 보고 있었던 것 같다. 사람들에 가려져 이쪽에서 장난감은 보이지 않았으나 옆얼굴은 또렷이 보였다. 선명하게 곡선을 그리며 내려간 윤곽 위에 오뚝한 콧날을 먼발치에서 뚫어지게 바라보고 있을 때 시선을 의식했는지 돌연 그녀가 고개를 돌려 이쪽을 봤다. 아주 짧은 순간 눈이 마주쳤다. 너무 크지는 않은, 미소가 잔잔한 아름다운 눈이었다. 오뚝한 코, 하얀 살결에 도톰하고 붉은 입술, 머리칼에 반쯤 가려져 있는 예쁜 귀, 얼굴을 받치고 있는 긴 목, 레이스가 달린 하얀 블라우스가 그 목을 받치고 있었다. 그녀는 무관심한 표정으로 보다가 다시 좌판 쪽으로 고개를 돌렸다. 진국의 머릿속에는 그 얼굴이 사진처럼 또렷하게 각인되었다. 10m 정도 떨어진 곳에서 봤어도 그녀의 분위기는 목련꽃 같다는 생각을 했다.

그러나 그녀가 누군지를 알고 나서는 천 길 벼랑으로 떨어지는 것 같았다. 다른 사람이 아니라 언덕 위 작은 교회의 목사님 댁 고명딸이라는 것을 알았기 때문이다. 듣기에 위로는 오빠가 둘 있는데 한 분은 백여 리쯤 떨어진 옆 동네에서 학생들을 가르치고 있고, 한 분은 연길에서 미국인 목사님으로부터 선교활동을 배우고 있다고 한다. 그녀, 이선영은 신의주에 있는 학교에 가서 자력으로 학비를 벌어 공부를 했다. 굶주릴 때가 많았는데도 공부는 늘 상위권에 올라 있었다. 진국 자신처럼 오랜 고학을 끝내고 집에 돌아와 있는 것이다.

목사관이 집이라는 말을 듣고는 하루에도 수십 번 먼바다 조각배처럼 희망과 좌절의 부침을 거듭했다. 절망이 입을 벌릴 때가 많았으나 그럴수록 보고 싶어 견딜 수가 없었다. 마음을 접고자 하면 더욱 얼굴이 떠올랐다. 집에 있을 수가 없어 또다시 거리를 오르내렸다. 아무것도 손에 잡히지 않았다. 그녀의 모습을 머릿속에 그려보는 건 즐거운 일이기도 하지만 한편으론 고통스런 일이기도 했다. 가능하다면 시간마다 보고 싶었으나 아름다운 그 모습은 자주 나타나지 않았다. 일주일에 한 번, 어느 때는 보름이 지나도록 볼 수가 없을 때도 있었다. 그럴 때면 어디 몸이 아픈가, 직업을 구해 새처럼 아주 날아가 버린 것이 아닌가 하는 생각에 잠을 이루지 못했다. 교회에 다니는 사람들에게 은근슬쩍 물었다. 큰오빠 집에 갔다는 말을 들었을 때는 고개를 넘어 한달음에 달려가 단 한 번만 얼굴을 본 다음 되돌아오고 싶은 충동이 문득문득 불처럼 일었다.

교회에 나가고 싶어도 그럴 수가 없었다. 그날 저질렀던 무모한 행동이 쇠고랑이 되어 발목을 묶었기 때문이다. 고즈넉이 혼자 있을 때는 일상의 모든 일들을 그녀와 결부시키는 그림을 그렸다. 함께 숲을 거닐거나 개울에 가서 족대로 물고기를 잡거나, 물감을 앞에 놓고 나란히 수채화를 그리거나 심지어는 운동회에서 두 사람의 발을 하나로 묶고 달리기를 하는 그런 상상들이다. 무슨 일을 하든 그때마다 '아름다운 눈'을 의식하면서 주위를 둘러봤다. 특별한 일이나 자랑할 일이 있는 곳엔 선영이 있기를 바랐다.

그런데 이듬해 겨울, 동짓날 마을에서 노래자랑 대회가 열린다는 벽보가 붙었다. '아름다운 눈'을 의식하면서 열심히 연습을 했다. 그리고 동짓날이 되었다. 보통학교(초등학교) 강당은 사람들로 가득 찼다. 강당이 좁아 복도까지 차고 그래도 사람이 많아 밖에서도 볼 수 있도록 유리창을 열어 놓았다. 한겨울이지만 강당은 열기로 후끈거렸다.

진국은 예선을 거칠 때마다 군중 속을 살폈다. 그러나 선영의 모습은 보이지 않았다. 혹시나 저녁예배를 보고 나서 조금 늦게 오는 것이 아닐까 기대를 걸곤 했으나 보이지 않았다.

몇 번의 예선을 거치고 준결승에 올랐을 때 또다시 사방을 살펴봤다. 그런데 놀랍게도, 정말 놀랍게도 그녀가 있었다. 강당 안에 있는 것이 아니라 복도 빼곡한 사람들 틈에 있었다. 임시로 발전기를 돌린 전등 불빛이 창문의 그림자를 반쯤 그늘을 지운 곳, 여러 사람의 틈에 서서 무대를 바라보고 있었다. 몇 번을 눈을 껌벅이며 확인을 해봐도 선영이 틀림없었다. 짙은 머리 아래 그 '아름다운 눈'이 전등 불빛을 받아 샛별처럼 반짝였다.

오래전 악극단에 있었다는 이발사와의 결승에서 금반지를 받고 무대를 내려오면서 눈길이 마주친 사람은 그늘 속에서 반짝이는 그 눈이었다. 아니, 확실치는 않으나 그렇게 생각됐다.

그 일이 있은 다음에도 만나고 싶은 마음은 간절했으나 용기는 나지 않았다.

무심한 계절은 쉼 없이 지나 다음 해 겨울이 왔다. 그날은 정오 무렵부터 눈이 내리기 시작했다. 처음에는 한두 송이씩 날리더니 3시쯤부터는 함박눈이 쏟아지기 시작했다. 어둠 속에 비친 마을은 요정의 세계로 변했다. 집에 있을 수가 없었다. 거리로 나섰다. 발목까지 쌓인 눈은 그칠 줄 모르고 내렸다. 쏟아지는 눈을 맞으며 시장을 벗어나 구부러진 소로를 따라 비탈길을 올라갔다. 걸음을 멈추고 위를 올려다봤다. 가파르고 긴 계단 위로 교회의 처마가 보이고 그 처마 밑에 달아놓은 호야등이 주변을 비추고 있었다. 지붕 위로 십자가가 하늘 가운데 높이 솟았다. 아득히 먼 곳으로부터 쏟아지는 눈이 십자가로 낙하하고 있었다. 침묵 속에서 누군가가 무슨 말을 전하고 있는 것 같았다. 경건

함과 엄숙함에 압도됐다. 계단 양쪽으로 어둠 속에 하얀 눈을 머리에 얹고 있는 무성한 잣나무숲은 분위기를 더욱 숙연하게 했다. 위쪽 마당 옆으로 서 있는 잣나무들이 목사관에서 나온 연한 주황색의 호야 불빛을 받아 마치 감색 앞치마를 두른 것 같았다. 쏟아지는 눈이 아지랑이처럼 아른거렸다. 깊디깊은 침묵 속에 행해지는 이 모습들은 다른 세계에 있는 것 같은 생각이 들게 하여 두려움에 몸을 떨었다.

무릎을 꿇었다. 그리고 십자가를 향해 두 손을 모았다. 속죄와 갈망의 기도였다.

친구들 사이에서는 진국이 선영을 좋아한다는 말이 돌았다. 어느 날 저녁 남녀 친구들의 모임이 있었는데 놀랍게도 그녀가 사람을 보내 그곳으로 오라는 말을 전했다. 그러나 가지 않았다. 그녀 앞에 서면 떨려서 남자다운 모습을 보일 수 없을 것 같고, 전에 저질렀던 부끄러운 짓이 거론되지나 않을까 하는 두려움이 있었다. 안팎의 환경에 너무나도 주눅이 든 시기이기도 했다. 좀 더 솔직하게 말한다면 절망을 맞이하고 싶지 않았기 때문이다.

몇 달이 지나 여름이 되었다. 없는 용기를 조각조각 모아 결심을 굳힌 다음, 길거리에서 그녀와 마주쳤을 때 떨리는 목소리로 만나고 싶다는 말을 꺼냈다. 생각해 보고 알려주겠다는 대답을 들은 지 이틀 만에 다음 날 오후 7시 목사관으로 오라는 통보를 받았다. 부모님이 계시는 목사관이라니, 그러나 되돌릴 수 없다. 머리를 빨고, 가운데를 빗으로 곱게 갈래를 타고, 복장을 단정히 했다. 미리 빨아서 부뚜막에서 말린 하얀 운동화를 신고 집을 나섰다. 집에서 교회의 층계 밑에까지는 조금 마음의 여유가 있었다. 그러나 층계를 한 계단씩 올라 목사관이 가까워질수록 심장이 점점 얼어붙는 것 같았다. 목사관의 정면은 어두웠고 모서리 쪽 창살문에서 나오는 호야 불빛이 마당을 비추고 있었다. 댓돌 위로 올라서서 가볍게 문을 두드렸다. 문이 열렸다. 옅은 향기가 코끝을 적셨다. 확실하지는 않으나 옅은 목련꽃 향기 같았다.

의례적이고 쑥스런 인사가 오갔다. 그녀는 목을 감싸는 노란 색깔의 스웨터를 입고 있었다. 순간 머릿속으로 노란 목련이 떠올랐다. 파란 하늘을 이고 선 황색 목련꽃이었다. 뒤로 묶은 머리는 동박기름을 발랐는지 윤이 났다. 한지에 기름을 먹인 붉으스레한 방바닥은 티끌 하나 없고 방석 하나가 놓여 있었다. 계단 쪽으로 난 창문 앞에 서가를 가득 채운 책들이 눈길을 끌었다. 녹음기에서 찬송가가 은은히 흘렀다.

그런데 안채로 나가는 문이 한 뼘쯤 열려 있었고 그곳으로부터 두런두런 말소리가 들려오는 것이 아닌가. 속이 후들후들 떨렸다. 오빠들이 와서 부모님과 이야기를 나누고 있다고 먼저 말해줬다. 그러나 말소리들이 들릴 때마다 긴장은 더욱 높아졌다.

가뜩이나 떨리는 이성 앞인 데다 말소리까지 들리니까 머릿속이 하얘졌다.

그녀에게 했던 말의 요지는 "저는 선영씨를 무척 좋아하는데 저에 대해선 어떻게 생각하고 있는지 알고 싶어서 왔습니다."였다. 그녀는 차분한 어조로 이렇게 말했다.

"저에게 주시는 마음은 매우 감사하지만, 아직 나이가 어려서 이성에 대해 생각해 본 적이 없습니다. 좀 더 지난 다음에 생각해 보겠습니다."

평소에는 하고 싶은 말이 무척 많았는데 새처럼 날아가 버리고 더는 생각이 떠오르지 않았다.

"그래도 나는 선영씨를 영원히 사랑할 겁니다."라는 말을 남기고 도망치듯 방을 나왔다. 계단을 내려오는 때에야 하고 싶었던 이야기들이 하나둘 밤하늘에 별처럼 떠올랐다. 자신을 향해 '바보야, 멍충아' 하고 중얼거렸다.

집에 와서 곰곰 생각해 보니 그녀가 목사관으로 오라고 한 것은 선영의 생각이기보다는 목사님의 뜻이고, 아직 어려서 이성에 대해 생각해 본 적이 없다고 말한 것도 그분이 시킨 것이라는 생각이 들었다. 전체적인 의미는 경계(警戒)와 부정(否定)이라고 단정할 수밖에 없었다.

망설임의 계곡과 용기의 언덕을 수없이 오르내린 끝에 어느 날 성경을 옆에 끼고 교회의 문을 열었다. 세월이 오래 걸리더라도 진심을 보여주면 대화의 문이 열리고 기회가 생길 것이라는 막연한 생각이었다. 신도들에게 마음을 들킨 것 같은 부끄러움을 느끼면서도 그 길밖엔 없었다. 예배가 열리는 날이면 맨 먼저 나와 뒤편 구석 자리에 앉아 성경을 펴 놓았다. 눈은 성경을 읽고 있으나 신경은 앞쪽 문을 향했다. 목사님이 들어오기 전에 늘 그녀가 먼저 나와 강단에 촛불을 켜놓고 가기 때문이다. 저녁 예배에는 강단의 촛불뿐만 아니라 장분 주위로 군데군데 걸려 있는 호야까지도 불을 붙였다. 그럴 때면 언제나 뒤쪽 구석 어둠 속에 웅크리고 있던 숙맥의 모습이 불빛에 드러났다. 그녀는 놀라지 않았고 진국은 보는 것만으로 행복했다.

그리고 몇 번인가 용기를 내어 대화를 시도하려 했으나 교회 안에서 세속적인 이야기를 꺼내는 것은 신에게 또 한 번의 부끄러움을 보이는 것이라는 생각이 들었다. 그렇게 시간이 가던 어느 날 교회 마당에서 사람들이 모두 가기를 기다리고 있다가 만나자는 말을 했다. 잠시 생각하더니 앞으로 3일 동안은 행사가 있어서 안 되고 4일째 되는 날 저녁 8시에 이곳으로 오라는 말을 했다.

그녀와의 만남이 비극적 결말로 이어질 일은 그 3일 동안에 발생했다. 교회에 다니는 사람으로부터 목사님이 진국을 별로 좋아하지 않는 것 같다는 말을 들었다.

그 말을 듣는 순간 선영의 입에서 나올 말이 두려웠다. 그것은 사형선고와 같았기 때문이다. 만나기로 한 날에 가지 않았다.

그리고 사랑에 대해 오랫동안 생각했다. 가까이 다가갈 수는 없어도 이 세상에 함께 존재하는 것만으로도 행복하다는 것을 깨달았다. 어찌 가까이 있어야만 행복할 것인가. 같은 하늘 아래 존재하는 것만으로도 행복한 것이다. 이따금 그 고운 모습을 볼 수만 있다면….

그로부터 1년이 지났다. 1919.3.1., 조선에서 있은 만세운동이 만주로 이어져 3.13. 용정 서전벌(瑞甸大野)에서 만세 시위운동을 전개했는데 이때 주동자의 한 명으로 지목을 받아 일본과 중국 경찰로부터 쫓기는 신세가 됐다. 밤중에 몰래 집에 들어갔을 때 청천벽력과 같은 말을 들었다.

선영이 죽었다는 것이다. 머릿속이 하얘졌다. 고학을 했을 때 영양실조로 인해 생긴 병이 깊어져서 죽음에 이르렀다는 것이다. 내일이 장례라고 했다. 뜬눈으로 밤을 새우고 새벽에 집을 나와 개울 건너 맞은편, 교회가 내려다보이는 산으로 올라갔다. 며칠 동안 내린 눈으로 산도 들도 나무도 모두가 은빛 세상이다. 그 위에 또 성근 눈이 내리고 있었다.

10시가 되자 아련히 찬송가 소리가 들려왔다. 그리고 얼마 후 뾰족탑 위로 뎅~ 종소리가 울렸다. 가슴이 와르르 무너져 내렸다. 뎅~ 뎅~ 종소리는 심연의 뿌리를 송두리째 흔들어 놓고는 명징한 겨울 하늘 위로 멀리멀리 날아갔다. 교회당 지붕 위에 비둘기들이 날아올랐다.

눈을 감았다. 뜨거운 것이 볼을 타고 흘렀다. 폭설이 내리던 밤 층계 아래에서 무릎을 꿇고 기도했을 때 무엇을 갈구했던가. 하나님은 존재하시는 것인가. 그녀의 죽음은 한 인간의 너무도 경솔하고 어리석은 행동이 빚은 결과라는 생각이 들었다. 잘못된 판단은 살아서는 되돌릴 수 없다. 진국은 자신이 너무도 어리석었다는 것을 알게 됐다.

그녀는 기다리고 있었던 것이다.

교회에 다니던 때, 선영이 호야에 불을 붙이고 나서 처음으로 풍금 앞에 앉아 찬송가를 치던 그날은 진국이 처음으로 말을 건 지 1년이 되는 날이었다. 숙맥은 그 좋은 기회에도 한마디 말조차 건네지 못했다.

배구대회가 열리던 날, 벗어놓은 상의가 바람에 날렸을 때 선영이 달려가 맨 먼저 손에 든 것은 진국의 옷이었다.

서전벌에서 진국이 연단에 올라 일제의 만행을 규탄하던 때, 그녀는 연단 뒤에 친구와 함께 서서 뜨거운 박수로 용기를 북돋아 주고 있었다.

훗날에 안 일이다.

서가구(徐家溝)로 가는 길은 험했고 말은 그리 건강하지 못했다. 사람이 먹을 것도 태부족한 터에 말을 기르기란 쉽지 않은 일이다.

한 필은 그래도 건강한 편에 속했으나 다른 한 필은 먼 거리를 가기에는 그리 좋아 보이지 않았다. 그렇다고 한 필에 두 사람이 함께 탈 수도 없다. 그러나 비싼 세를 주고 빌릴 수밖에 없었다.

깜깜한 새벽에 마을을 나와 9호로부터 설명을 들은 방향으로 계속해서 달렸다. 처음에는 띄엄띄엄 집들이 있는 벌판을 가다가 중간에 세 갈래 길이 나와서 당황했다. 주변에는 물어볼 사람도 집도 없었다. 하는 수 없이 가장 폭이 넓은 길을 따라갔다. 수십 리를 가도 집이라곤 보이지 않았다. 이 길이 신옥이 간 길이 맞는지 확신이 들지 않았다. 정오가 훨씬 지나 어느 작은 개울가에 도착했다. 개울을 건너 십 리쯤 갔을 때 비로소 길에서 떨어진 언덕 위로 드문드문 농가들이 보였다. 주인이 없어 세 번째 집을 찾아가서야 나이 80이 넘은 것으로 보이는 노파를 만날 수 있었다. 서가구는 이미 한참 전에 지났고 가던 길을 계속해서 사흘 정도 가면 험한 산악지대가 나온다는 것과, 그 지역은 산적이나 불온한 무장세력이 있어서 사람들이 가기를 꺼린다는 것도 알려주었다. 그렇다면 맞는 길이라는 생각이 들었다. 집을 나올 때 노파가 가면서 먹으라고 찐빙을 두 개씩 주었으므로 감사한 마음에 1원을 줬더니 "시신이(謝謝你, 고마워)"를 연발하다가 길이 험하고 크고 작은 개울을 4곳이나 더 건너야 산에 도달할 수 있으니까 조심하라는 말도 덧붙였다. 마을을 지나고부터는 지형이 높아졌고 가뭇한 봉우리들이 보였다. 키 작은 관목들이 듬성듬성 있는 골짜기를 따라 얼마쯤 올라가자 커다란 개울이 나타났다. 개울은 강이라고 할 수 있을 정도로 넓고 수량이 많았다. 두리번거리면서 보니까 조그마한 쪽배가 있었다. 갈대에 가려서 금방 눈에 띄지 않았던 것이다. 쪽배는 개울 양쪽과 연결된 줄이 매여 있어 줄을 당기면 오갈 수 있게 돼 있었다. 비상시에 대비하여 달아놓은 노는 사용할 필요가 없을 것 같았다. 하지만 사람은 건널 수 있으나 말이 문제다. 하는 수 없이 5리나 우회하여 사람과 말이 건넜다. 날은 어두워지고 있었다. 무인지경에서 밤을 보내야 할 것 같았다. 더 올라가 보기로 했다. 지친 말의 고삐를 잡고 1㎞쯤 올라가니까 천만다행으로 길 가 오른쪽으로 앞뒤 두 채의 오막살이가 나타났다. 안도의 한숨을 내쉬면서 주인을 불렀다. 처음에는 부엌에서 여인이 얼굴을 내밀었다가 다시 들어갔다. 잠시 후 얼굴이 털복숭이인 50대 초반으로 보이는 이가 방문을 열고 마루로 나왔다.

"날이 저물어 부득이 자고 가야 할 터인데 하룻밤 방을 좀 빌려주실 수는 없을까요?"

사내는 아래위를 훑어보고 나서

"니시 나니옌(你是哪里人, 어디서 왔소)?" 하고 물었다.

통화에서 왔다고 하자 인적도 드문 이 깊은 산골에 무슨 일로 왔느냐고 물었다.

정체를 알 수 없어 우물쭈물하다가 일거리가 좀 있나 해서 왔다고 하자 말없이 씨익 웃고는 방을 빌려주겠다고 하면서 3원을 내라고 했다.

"말들에게도 먹을 걸 좀 주시오."

말도 안 되는 비싼 값이지만 선뜻 내줬다.

차려주는 귀리밥을 먹고 일찍 자리에 누워 스르르 잠이 들었다. 그런데 몇 시나 됐을까. 귓가에 옷자락 끌리는 소리 같은 미세한 소리가 늘렸다. 자세히 들어보니 소심스럽게 옮겨 놓는 발소리나. 그 소리는 울안 뒤쪽으로 돌아가고 있었다. 이윽고 벽 너머에서 살며시 문을 두드리는 소리가 나고 방에서 누군가가 밖으로 나가는 것 같았다. 찬욱의 입을 막고 잠을 깨워놓고는 살며시 문을 열었다. 맨발로 걸어 뒤울안 집의 모서리에 서서 귀를 기울였다.

"니 젠 더 이웨이 니 요 젬 마(你真的以為你有錢嗎, 정말 돈이 있는 거 같아)?"

그 말에

"그렇다니까. 방값을 높게 불렀는데도 선뜻 내는 걸 보면 돈이 있는 게 확실해."라고 응답했다.

"그렇다면 끌어내야지."

"두 놈이 몸집이 만만치가 않아. 겁도 없이 여기 들어온 걸 보면 쉬운 상대는 아닌 거 같아. 아직 초저녁이니까 조금 더 기다렸다가 끌어내자구. 일단 방으로 들어와."

"알았어."

다시 돌아와 찬욱에게 귓속말로 알려주고 함께 밖으로 나왔다. 커다란 장작개비를 들고 문 양쪽에 서서 기다렸다. 얼마 뒤 옅은 쇳소리가 들렸다. 총을 잡는 것으로 짐작됐다.

문이 열렸다. 진국이 첫 번째 나온 놈의 얼굴에 힘껏 장작개비를 휘둘렀고, 찬욱은 문지방 너머로 발을 떼어놓고 있는 두 번째 놈의 손을 내리쳤다.

땅바닥에 떨어진 두 자루의 총이 불빛에 비쳤다. 얼른 집어 들었다. 한 놈은 얼굴을 감싸고 땅바닥에 엎드려 있고, 다른 놈은 "워 더 쇼우, 워 더 쇼우(我的手, 我的手. 내손 내손)!" 하면서 너덜거리는 손목을 다른 손으로 받치고 있었다. 두 놈의 관자놀이에 총구를 들이댔다. 털복숭이 놈의 몸을 툭툭 찼다. 놈은 한참 만에 정신이 드는지 땅바닥을 짚고 일어나 앉았다. 그러고는 흘러내리는 피를 손으로 훔쳤다.

"네놈들 말고 집에 누가 또 있나?"

얼굴이 만신창이가 된 털복숭이가 얼굴을 만지면서 대답했다.

"마누라들밖에 없습니다."

"여기로 모이라고 해!"

털복숭이가 소리를 지르자 맨 처음 봤던 여자가 몸을 웅크리며 방에서 나왔고 잠시 후 어둠 속에서 머리가 헝클어진 여자 한 명이 잔뜩 겁먹은 눈으로 나타났다.

두 여자는 남편들 옆에 무릎을 꿇었다.

저마다 살려달라며 애걸복걸했다.

"방 워, 칭 라오 워 이 밍(帮我, 请饶我一命. 제발 목숨만 살려주십시오.)"

"너희들은 뭐 하는 연놈들이냐?"

"저희는 가난 때문에 죽지 못해 이 짓을 하고 있습니다요. 한 번만 목숨을 살려 주시면 다시는 나쁜 짓을 하지 않고 고향으로 돌아가 착하게 살겠습니다. 한 번만 살려줍쇼."

"고향이 어디냐?"

"관전(寬甸)이 고향인데 강 건너 조선 땅 신의주와 삭주에 다니면서 밀수 장사를 하다가 국경 세관에 걸려 돈을 몽땅 빼앗겨 하는 수 없이 이 짓을 하고 있습니다."

"그렇다고 잘 곳이 없어 들어온 사람들을 총으로 쏴 죽이고 돈을 강탈하려 했단 말이냐? 그래 그동안 얼마나 많은 사람을 죽였는지 말하라."

"아닙니다. 이번이 처음입니다."

"그래?"

"아직 맛을 보지 못해서 거짓말을 쉽게 하는 거 같은데요."

찬욱이 진국의 얼굴을 흘낏 보고는 스나이더 소총의 개머리판으로 두 놈의 몸을 몇 번 쥐어박았다. 그리고 총구를 옆으로 돌렸다. 여자들이 비명을 질렀다.

"묻는 말에 제대로 대답하지 않으면 몽땅 죽여버리겠다."

"그동안 몇 명이나 죽였나?"

오들오들 떨던 두 여자 중 한 여자가 대답했다.

"죽이진 않았고 돈만 빼앗았습니다."

다른 여자를 향해 물었다.

"네가 대답해. 몇 명이나 죽였나?"

"죽이진 않았습니다."

"몇 명한테서 돈을 빼앗았나?"

"다섯쯤 될 겁니다."

"언제부터 이런 짓을 했나?"

"한 3년 됐습니다."

"3년 됐는데 무슨 다섯이야? 죽고 싶어?"

"아니 아니, 한 열댓 명은 될 겁니다."

그러자 털복숭이가 여자를 행해 눈을 부라렸다.

"묻겠다. 혹시 최근 2, 3일 사이에 이 길로 남자 한 명과 여자 셋이 지나가는 걸 본 적이 있나?"

어제 봤던 여자가 큰 소리로 말했다.

"네네. 남자 한 명과 여자 한 명은 총을 들고 있었고, 젊은 여자 둘은 총이 없이 따라갔습니다."

"예, 그렇습니다요. 이틀 전 오후 3시쯤에 여길 지나갔습니다요."

그렇다면 오늘 하루만 부지런히 가면 따라잡을 수 있을 것 같다.

날이 밝아오고 있었다. 집안에 귀중품들을 모두 챙기게 한 다음 다시는 나쁜 짓으로 살지 말라며 쫓아버렸다. 그들은 걸음아 날 살려라 사라졌다. 집에 불을 놓고 그 자리를 떠났다.

부지런히 갔다. 말의 상태를 관찰하며 걷기도 하고 달리기도 했다.

이튿날 정오가 조금 지났을 때다. 얕은 개울을 건너고 나서 말에게 잠시 휴식을 주기 위해 내리려 할 때 찬욱이 앞쪽을 손가락으로 가리켰다. 잡목 숲 사이로 바라보니 멀리 갈대숲 위로 가물거리는 것이 있다. 자세히 바라보니 사람이다. 좀 더 앞으로 나아갔다. 네 명이다. 틀림없이 그들이라는 확신이 섰다.

하지만 이대로 다가간다는 것은 무모한 일이다. 풀숲 사이 버드나무에 말을 매고 재갈을 물렸다. 몸을 숙이며 그들이 가는 방향을 향해 빠른 걸음으로 계속 걸었다. 산 아래를 따라 올라가 가까운 숲속에 숨어서 그들의 행동을 살폈다.

그들 네 사람은 천천히 걷고 있었다. 두 사람은 장제스 군의 청색 모자와 군복을 착용했으나 매우 남루하고 계급장도 붙어 있지 않았다. 그마저도 바지는 농민복을 입었고 남자의 신발은 남루했다. 여자도 마찬가지로 상의만 군복이다. 총은 남녀 모두 모신나강 M1891을 둘러메고 있었다. 그런데 자세히 보니 여군이 입고 있는 바지와 신옥의 바지가 이상하다. 서로의 바지가 바뀌어 있는 것이다. 그뿐이 아니다. 신옥이 즐겨 사용하던 목도리도 여군의 목에 감아 있었다. 은반지는 남자 군인의 새끼손가락에서 햇볕을 받아 반짝거렸다. 약지나 중지가 굵으니까 새끼손가락에 끼고 있는 것이다. 그런데 또 이상한 행동을 하고 있다. 그들 둘이 번갈아 가며 신옥이 차고 있는 손목시계를 가리키며 눈을 부라렸다. 시계를 내놓으라는 협박을 하고 있는 것이다. 그런데 못 보던 처녀가 단도를 들고 신옥의 앞에 서서 그들을 가로막았다. 남자 군인이 가소롭다는 듯이 희죽희죽 웃고 있었다. 그녀가 아마도 신옥이 믿을 수 있는 친구라고 했던 처녀인 것으로 짐작됐다. 진국은 신옥의 그 시계가 할아버지로부터 물려받은 것이라는 걸 잘 알고 있다. 이것으로 어떤 일이 벌어지고 있는지 파악됐다. 총을 겨누고 숲을 뛰쳐나가며 소리쳤다.

"지 키셔 라이(举起手来, 손들어)!"

네 사람은 놀라서 손을 번쩍 들었다. 찬욱이 군인들의 어깨에서 총을 빼앗아 자기 어깨에 걸었다. 신옥은 눈이 동그래지며 진국을 바라봤다. 어리둥절한 표정이다. 한순간에 일어난 일들이 꿈인지 생신지 헷갈리는 모습이다.

"설명은 나중에 하기로 하고, 지금 이 사람들이 한 행동이 무엇이오? 그 낡아빠진 바지는 뭐고, 신옥씨의 반지를 왜 저 사람이 끼고 있는 겁니까?"

비로소 상황을 파악한 신옥이 웃으면서 말했다.

"저 사람들에게 뭐라고 하지 마세요. 할아버지가 주신 이 시계만 아니면 바지나 반지 따위는 줘도 돼요. 공연히 자극할 필요가 없어요. 그냥 놔두는 게 서로를 위해 좋을 겁니다. 왜냐하면 부대에 가서 또 무슨 일이 있을지 모르잖아요."

그녀의 얼굴은 나흘 동안의 강행군으로 초췌하고 햇볕을 받아 검게 그을려 있었다.

"저 두 사람의 행동으로 볼 때 군인이라고는 도저히 믿기지 않는데 부대에 갔을 때도 마적단같이 무례한 행동을 한다면 어찌할 겁니까? 그냥 여기서 돌아가는 게 좋지 않을까요?"

그 말에 신옥은 고개를 옆으로 저으며 단호하게 대답했다.

"안 돼요. 중환자가 있다는 말을 듣고 어떻게 돌아간단 말입니까?! 게다가 이미 계약금도 받았어요. 이제 조금만 가면 도착한다니까 그냥 가요."

그 말에 옆에 있던 처녀가 고개를 끄덕였다.

신옥이 처녀를 가리키며

"약초를 다루다가 알게 된 동생인데 제게 많은 도움을 주고 있어요.

함께 있어서 든든하답니다."라며 소개했다.

처녀의 이름은 점분이며 약초 장사도 하고 의술에도 실력을 갖추었다고 했다.

총을 빼앗긴 두 명의 군인은 연신 머리를 조아렸다. 반지와 목도리를 돌려주겠다고 말했으나 신옥이 괜찮다며 만류했다.

길을 가는 내내 찬욱은 신옥의 옆에 바짝 붙어서 도란도란 이야기를 나누었다.

두 시간쯤 갔을 때 군인들이 말했다.

"물건을 빼앗은 걸 위에 사람들이 알면 우린 혼나요. 말하지 말아줘요."라며 근심에 찬 표정을 지었다. 신옥이 안심하라고 웃으면서 말했다.

도대체 군대에 기강이 서 있는 것인지 의아한 생각이 들었다. 그러나 당시엔 중국군 어느 부대에나 흔히 있었던 일이다

드디어 도착했다.

산속에는 나무와 풀을 베어 만든 임시 막사가 세 군데 있고 총을 멘 군인들이 주변을 지키고 있었다. 그들의 복장 또한 엉망이었나. 장교의 안내를 받아 본부로 생각되는 막사로 들어갔다.

40대 초반으로 보이는 환자가 누워 있다가 몸을 일으키려 했다. 괜찮으니까 그대로 누우라고 하자

"먼 길 오시느라고 고생 많으셨습니다. 총상을 입었는데 좀 고쳐주시기 바랍니다."라고 말했다.

말하는 것도 그렇고 인품이 있어 보였다. 조금 전까지 자신들을 호위해 왔던 졸병들처럼 막돼먹은 사람이 아니라 일단은 안심이 됐다.

채(蔡)씨라는 성을 가진 대장은 배에 심한 총상을 입었다고 말했다.

신옥이 상처를 보자고 하자 대장이 말했다.

"점심때가 훨씬 지났는데 시장하실 겁니다. 우선 밥부터 드시고 하시지요."

그러나 신옥과 점분은 우선 상처가 어떤지부터 봐야 한다며 환자를 반듯이 눕히고 붕대를 풀기 시작했다. 배꼽 오른쪽 총상에 피가 말라붙어 있어서 환자가 아픔을 참느라고 얼굴을 자주 찡그렸다.

"상처가 오래되어 구더기가 생겼네요. 어떻게 이 지경이 되도록 그냥 놔뒀어요? 상비약도 없나요?"

붕대를 모두 풀고 나서 신옥이 화를 냈다.

"이리저리 옮겨 다니며 싸우는 유격대에 제대로 된 약품이 있을 리 있습니까? 게다가 위생병이 몇 달 전에 죽었습니다. 전투 중에 부상한 병사를 구하러 가다가 총탄에 맞았습니다." 대장이 얼굴을 찡그리며 대답했다. 그러나 이 시기의 장제스 군대는 미국으로부터 엄청난 지원을 받고 있었으나 무기나 장비 보급품들이 암시장으로 유출되어 정작 전쟁에서는 부족한 경우가 많았다. 또한 공산군이나 봉천군은 멀리까지 이어져 있는 장제스군의 보급망을 단절하는 데 주력하고 있었다.

신옥이 소독한 칼로 환부를 긁어내고 한참 동안 애를 쓴 끝에 총알을 뽑아냈다. 양철 그릇에 댕그랑 쇳소리가 나자 대장이 비로소 휴우~ 하고 한숨을 뱉었다. 점분은 심지를 만들어 건네주었다. 두 처녀는 손발이 척척 맞았다. 치료를 하는 동안 환자도 의사들도 땀을 뻘뻘 흘렸다.

"일단 위험한 상태는 면한 것 같습니다."

"감사합니다. 며칠 정도 치료를 받으면 일어나 걸을 수 있을까요?"

이들은 봉천군의 전방을 교란하기 위해 장제스가 파견한 부대인데 수시로 장소를 이동하면서 유격전을 펼쳐야 했다. 그러므로 대장이 총상을 입어 움직이지 못하는 것은 부대 전체가 궤멸할 수도 있는 치명적인 약점으로 작용하는 것이다.

"심지를 갈아끼는 치료를 최소 열흘은 계속해야 새살이 돋을 겁니다."

"허허 큰일 났군." 대장이 중얼거렸다.

네 사람은 그들이 지정해 주는 남녀가 구분된 막사에 들어가 여장을 풀었다. 머무는 동안 뒷받침을 해줄 두 사람의 장교가 지정되어 어려운 일은 자신들을 통해 해결하라는 말을 들었다. 계곡에 매 놓은 말이 걱정되어 이야기했더니 그날 저녁때 가까운 곳에 끌고 왔다고 말해줬다.

며칠 지내는 동안 관찰해 보니 부대의 군기가 막돼먹은 것 같지는 않았다. 유격대니까 복장에 특별히 제한을 두는 것 같지는 않고 분위기도 비교적 자유로웠다. 장교들은 매우 신사적이고 교양을 갖추고 있는 데 반해 하급 병사들은 귀뚜라미 부대와 별반 다르지 않았다. 군에서 볼 수 없는 목걸이나 시계 반지 등을 지니고 있었고 입에 담기 어려운 육두문자도 큰 소리로 떠들어대곤 했다. 어떤 병사는 손목에 시계를 여러 개 주렁주렁 차고 있었다. 유격전의 성격상 어느 정도의 토색질은 눈감아 주는 것 같았다. 훌륭한 장교 밑에 막돼먹은 사병 없다고 했는데 알면 알수록 수수께끼 같은 것이 중국군이다.

낮이 되면 찬욱은 조금 떨어진 곳에서 신옥의 주변을 맴돌았다. 시간을 관찰하다가 기회다 싶으면 다가가 대화를 시도하는 모습을 볼 수 있었다. 진국은 묘한 감정이 들었다. 또한 찬욱의 그러한 용기와 과거의 자신을 비교하고 회한에 잠기기도 했다. 점분은 혼자 떨어져 의학에 관한 책을 열심히 읽었다.

신옥이 이따금 진국에게 의견을 묻거나 치료 경과를 알려주곤 했다. 의견이란 대수롭지 않은 소소한 것들이었다.

이레가 지나자 차츰 걱정이 생기기 시작했다. 백두산에서 나온 지 여러 날이 지났으므로 본대에서 혹시 무슨 사건이라도 발생하지 않았나 하여 사람을 보내지 않을까 하는 걱정이다. 아무래도 신분을 밝혀야 할 것 같았다. 지금까지는 친척이나 같은 동네 이웃이라고 말했다. 그들은 크게 관심을 두지는 않았다. 그러나 이들이 장제스의 군대이므로 독립군이라는 신분을 밝히고 어려운 문제를 말해도 될 것 같았다. 채대장의 건강이 많이 회복된 것도 그런 생각을 하는 데에 용기를 주었다.

엿새째 되는 날 치료가 끝나고 진국이 말했다.

"오늘은 대장님께 그동안 저희가 숨기고 있던 말씀을 드리고 양해를 좀 구하고자 합니다."

"말씀하십시오."

"사실은 저희는 조선독립군입니다. 신분을 노출하는 것이 위험할 것 같아 숨기고 있었습니다만, 대장님께서는 장제스 총사령 각하를 모시고 싸우는 군대이므로 우리와는 일의대수(一衣帶水)의 관계라는 생각에서 더는 감출 필요가 없을 것 같습니다."

"아, 그렇습니까? 형제를 만난 것같이 반갑습니다."

대장은 상처 난 부위로 인해 얼굴을 찡그리면서도 침대에서 일어나 반갑게 악수를 청했다. 잠시 이런저런 얘기를 나눈 다음 전후 사정을 말했다.

대장은 잠시 생각하더니 신옥에게 물었다.

"제 상처가 자가 치료로도 가능하겠습니까?"

"농(膿, 고름)은 거의 빠졌습니다. 엊그제부터는 더 이상 곪지 않고 새 살을 돋게 하는 치료를 하고 있습니다. 대장님께서 허락하신다면 제가 몇 가지 필요한 약을 드리겠습니다. 그걸 가지고 지금까지 해 온 것 같은 치료를 계속하신다면 회복력이 빠르시니까 오래 걸리지는 않을 겁니다."

"알겠습니다. 그렇게 하시지요."

대장은 흔쾌히 대답했다. 그리고 군인 한 명을 불러 약품을 받도록 했고 신옥은 치료하는 방법을 자세하게 알려주었다.

채 대장은 거듭 감사하다는 인사를 하고 나서 부하를 불러 도중에 먹을 음식까지 챙겨주도록 지시했다.

네 사람은 이튿날 새벽에 말을 끌고 부대를 나왔다. 며칠 동안 잘 먹인 탓인지 말들은 올 때보다 훨씬 좋아 보였다. 먼 길을 가야 하므로 말에 두 사람씩 오르지는 않고 신옥과 점분을 각각 태우고 남자들은 걸었다. 함께 걷겠다며 한사코 거절했으나 강제로 태우다시피 했다.

이틀을 걷고 사흘째 되는 날 아침이다. 고개 너머에서 아침 해가 솟고 햇살이 계곡에 퍼질 무렵, 진국은 이상한 느낌을 받았다. 어느 시점부터 누군가가 자신들을 주시하는 것 같았다. 그동안 너무 주변을 경계했기 때문에 신경과민이 버릇처럼 된 것이라 여겼다. 그런데 가면서도 그런 느낌을 떨쳐버릴 수가 없다. 누군가가 계속하여 미행하는 것만 같다. 옅은 기침 소리 같은 것도 들려 그 자리에 멈춰 귀를 기울였으나 새소리조차 들리지 않았다.

엊그제 산적들의 집을 불태운 지점에 가까이 왔을 때다.

갑자기 신옥이 탄 말이 앞발을 허공으로 높이 들었다. 이어서 '파앙

~'하고 총소리가 고막을 울렸다. 말이 쓰러졌다. 신옥이 말에서 떨어져 굴렀다.

"모두들 몸을 낮춰!"라고 소리치며 달려가 신옥의 몸을 안아 점분의 뒤에 앉히고 말을 후려쳤다. 두 사람을 태운 말은 쏜살같이 내달렸다. 그제야 콩 볶듯 하는 총소리가 귀를 울렸다. 찬욱은 숲에 몸을 낮추고 맞은 켠 숲을 향해 총을 발사하고 있었다. 이따금 적의 머리가 관목 숲 위로 아주 낮게 솟았다. 이쪽을 발견하기 위해 무리수를 두는 것 같다. 그때마다 총을 쏘면서 빠르게 개울을 향해 이동했다. 도대체 저들의 정체가 뭘까? 몇 명이나 될까?

그러나 놈들의 정체는 오래지 않아 밝혀졌다. 두 사람이 강에 접근하고 있을 때 한 놈이 숲에서 길로 뛰쳐나오며 소리를 쳤다.

"저기 저놈이 내 이빨을 몽땅 부러트리고 집을 불태운 놈이다. 놓치지 마라."

사방에서 총알이 날아왔다. 짐작에 10여 명은 되는 것 같다. 신옥과 점분은 배 안에서 발을 동동 구르며 기다리고 있었다. 드디어 강에 다다랐다. 그때 문득 얼굴이 떠올랐다. 아련히 찬송가 소리가 들렸다. 하얀 은세계에 종소리가 울렸다. 비둘기가 날았다.

물가에 기다리고 있는 찬욱을 배 안으로 밀어 넣었다. 건너편과 연결된 밧줄에 총을 난사했다. 뚝 하고 밧줄이 끊어졌다. 강에서 외치는 소리가 들려왔다. 산적들이 다가오는 방향으로 몸을 돌렸.

좌우를 향해 방아쇠를 힘껏 당겼다. 고개를 돌려보니 찬욱이 노를 젓고 있었다. 하류로 흘러가던 배는 맞은편 언덕에 가까이 닿고 있었다.

"꿈속에서도 꿈이 아니길 바랐다. 그녀는 멀리 떠났다. 그러나 한 자리에 두 사람이 앉을 수는 없지 않은가!"

뿌연 망막 안으로 산적들이 다가오고 있었다.

온 세상 하얗게 눈 덮이는 날
인연의 그림자 하얗게 지워놓고
눈안개처럼 그대는 갔다.
비탄의 늪에 빠진 목마른 들짐승은
차디찬 겨울의 산비탈에서
목이 쉬도록 이름을 불렀다.
침묵의 사랑아, 바보 같은 사랑아
이별이란 살아서만 있는 줄 알았던
어리석음은
후회의 송곳 되어 가슴 찌른다.
깊디깊은 심연으로부터 솟구쳐
제 몸 부딪혀 점점이 부서져 내리는
파도여, 하얀 물보라여
함께 살아 행복했던
아련한 풍금소리
밤이면 베갯머리 여울물로 흐르리
두렵구나,
나의 성(城)에 휘몰아칠
번쩍이는 절망의 번개와
회한의 천둥소리
모든 생명은 가야 할 때가 있다지만
은하수 넘어 갈구하는 무엇이 있기에

바쁜 길손처럼 떠나야 했는가.
꿈이 잠든 무덤 위에 눈이 내린다.
그리움과 소망을 덮으며 눈이 내린다.
그대는 아지랑이였던가
꿈속에서도 꿈이 아니기를 바랐던
사랑했던 님이여
바람조차 사라진 쓸쓸한 설원에서
인사를 보냅니다.
안녕히~.   (2022.11. 눈안개 사랑)

신옥과 찬욱 점분이 돌아오고 나서도 부대에는 오랫동안 침울한 분위기에 휩싸였다.

두 대원이 무사히 돌아온 것은 기쁜 일이고 더욱이나 신분이 확실하고 의술까지 있는 여성 대원 한 사람이 함께 왔으니 참으로 기쁜 일이기는 하나, 오랫동안 투쟁대열에 앞장섰고 헌신적으로 일했던 현진국 소대장이 죽은 것은 모두를 놀라고 슬프게 했다.

신옥과 찬욱에게 어떻게 된 거냐고 물으니까 무기라곤 겨우 총 한 자루밖에 없는 데다 몹시 황급한 상황이라 도망치다가 다시 돌아가 보니 상황은 종료됐더라고 했다. 시신이라도 있는가 찾아보았으나 없더라는 것이다. 시신을 어디다 묻었는지, 혹은 불태웠는지 알 수 없어 오는 내내 눈물을 흘렸다고 한다. 놈들은 지나가는 사람들 눈에 띄면 자신들의 죄가 드러나는 것이 두려워 필시 어딘가 모를 곳에 묻거나 불에 태웠을 것이다. 안타까워 발을 동동 굴렀다.

부대원들은 양지쪽에 무덤을 만들고 대장으로부터 현진국 소대장의 손톱과 발톱을 받아 그가 입던 전투복과 함께 묻어주고 제사를 드렸다.

신옥은 오래도록 울었다. 찬욱이 옆에서 위로하는 모습을 볼 수 있었다.

슬픔 중에도 무영은 점분을 만난 것이 매우 반가웠다. 실로 이런 만남이 어디에 있을까. 생명을 살려주고, 비록 기간은 짧았으나 함께 겪었던 고난들이 기억에서 되살아났다. 오랫동안 멀리 나가 있던 여동생을 만난 것 같았다. 점분의 동생 한돌은 관전(寬甸)에 있는 과일가게에 점원으로 떠났다고 했다. 홀로 떠돌아다니며 침술로 생계를 잇다가 전에 약초로 인연이 되어 친했던 언니인 신옥을 찾아가게 되었다고 한다. 무영이 남매를 구출하려다 마침내는 백두산부대의 일원이 됐다는 말을 듣고는 눈물을 흘리다가 박수를 쳤다. 오래지 않아 삼월과 신옥 신화 점분은 자매처럼 자주 만나 이야기꽃을 피우는 모습을 볼 수 있었다.

제8편

죄수 구출 작전

 "올해 내 나이 58세다. 낼모레가 환갑 나이다. 요즘 들어선 사방이 아프고 얼마 못 살 것 같다는 생각이 자주 든다. 죽기 전에 소원은 네가 결혼하는 걸 보구 싶다. 물론 나라 잃고 쫓겨 다니는 신세에 이런 말 하는 게 정신 나간 얘기로 들릴 수도 있겠지만, 하루라도 빨리 너희들이 식을 올리는 모습을 보고 싶다는 소원은 지울 수가 없구나. 이런 환경에서 살림을 꾸리는 건 생각하기 어렵겠으나 결혼식만이라도 올린다면 여한이 없을 것 같다. 이대로 죽는다면 어떻게 눈을 감을 수 있고, 저세상에 가서 네 아버지를 비롯하여 조상님들을 무슨 면목으로 뵙는단 말이냐."
 "아이 어머님도…, 지금 일본 놈들과 생사를 건 싸움을 벌이고 있는 판에 무슨 그런 얼토당토않은 말씀을 하세요. 결혼이야 환경이 좋아질 때 해도 되는 거지만 이 싸움에 지면 우리를 포함해 모든 이들의 희망이 날아가 버립니다. 민족이 힘을 모아 적과의 싸움에 집중해야 할 때입니다. 누구한테도 그런 말씀 입 밖에도 내지 마세요. 듣는 사람이 어머니 벌써 노망나셨다고 할 겁니다."

어머님의 모습을 뵈니 아닌 게 아니라 무척 수척해지셨다. 오랑캐령의 중골(僧谷) 재가승(在家僧) 마을에 오신 지도 반년이 되었다. 생각도 습관도 다른 사람들이 사는 생소한 마을에 지내시는 동안 고향 산하와 정든 얼굴들이 그리웠을 것이다. 물론 외삼촌 부부가 함께 있고, 본부에서 이따금 마을에 식량이나 필요한 물품들을 보내주긴 하지만 가난한 마을에 얹혀사는 신세라는 건 변명할 여지가 없다. 그렇다고 노구를 이끌고 멀고 높고 험한 백두산부대까지는 갈 수가 없다.

아들과 예비 며느리는 일에 바빠 두 달에 한 번 정도 얼굴이나 내밀고 훌쩍 가버리곤 하니 공허하고 힘드셨을 것이다. 무영이나 삼월도 바쁘기 때문이다.

옆에서 두 사람의 대화를 듣고 있던 외숙모가 옷섶을 매만지며 머뭇거린다. 이를 눈치챈 무영이

"외숙모님은 경수 걱정 때문에 잠을 못 이루시지요?"라고 말했다.

그 말을 기다리고 있었던 것 같다.

"경수가 만기를 채우고 나올 때가 됐는데 우리 모두 수배당하고 있는 몸이니 함부로 움직일 수도 없고, 어찌해야 할지 모르겠네. 출소하면 독립군에 들어가겠다고 입버릇처럼 말해 왔는데 어느 부대로 갈 건지도 알 수 없잖은가. 소문에는 독립군 부대가 왕청에도 있고 훈춘에도 있다고 하던데 백두산부대로 오면 좋으련만 소식을 전달할 방도가 없어 애만 태우고 있네. 이러다 하나밖에 없는 아들과 영영 생이별을 하는 건 아닌지 불안한 마음뿐이네."

가족들이 경수를 면회한 건 2년 전이니까 그동안 감형을 받아 감옥에서 나왔는지 알 수가 없다. 모두가 가와모토에 의해 수배령이 내

려져 있어서 마음대로 다닐 수 없으므로 감옥까지 갈 엄두를 내지 못하고 만기가 올 때까지 미뤄왔기 때문이다. 기다리는 심정이 오죽이나 답답할 것인가. 하지만 이런 감정은 무영도 마찬가지다. 어떻게 하면 경수의 소식을 알 수 있을까 고민해 왔다. 가장 좋은 방법은 친구인 다케시타 깅키치를 통해 알아보는 것인데 위험한 일을 다시 부탁하기가 염치가 없을 뿐 아니라 설사 소식을 알게 된다고 해도 갈증만 더해지는 외에 근본적인 해결책은 아니기 때문이다. 경수를 직접 만나야 하는 일이다.

"알겠습니다. 방법을 연구해 보겠습니다. 너무 걱정하지 마시고 마음을 편하게 하고 지내시기 바랍니다. 무엇보다도 경수가 감옥살이를 마치고 자유의 몸이 되는 것이 가장 기쁜 일이니까요."

그런데 무영이 어머니와 외삼촌 내외를 만나고 부대로 복귀했을 때 심 선생으로부터 어머니가 했던 말씀과 같은 말을 들었다.

만나자마자 그가 물었다.

"어머님으로부터 채근을 당하지 않았나요?"

무슨 말인지 어리둥절하여 얼굴을 바라봤다.

"채근이라니요? 무슨…."

그는 너털웃음을 껄껄거리고 나서

"어머님께서 빨리 결혼식 올리라고 독촉하지 않으시던가요?"

"그걸 어떻게…?"

그는 또 한 번 껄껄 웃었다.

"사실은 며칠 전에 웅이 대장이 중골에 다녀왔습니다. 한 선생이나 삼월 동지가 부대를 위해 많은 고생을 하시는데 어머님을 한 번도 뵙지를 못해 마음이 편치 않았던 겁니다. 그래서 신화 중대장을 대동하고 갔었지요. 거기서 누가 먼저랄 것도 없이 자연스럽게 두 분의 결혼에 관한 이야기가 나온 걸로 알고 있습니다. 대장도 말하기를 그렇게 된다면 자신도 한결 마음이 가벼워질 것이라고 하더이다. 이 일은 무조건 반대만 할 일은 아닙니다. 어머님 연세도 있으시고 고향으로 돌아갈 길이 부지불식간에 막혀버린 그 심정을 헤아려야 합니다. 부대원들도 처음에는 한 선생에 대해 의심도 하고 함께 있는 걸 탐탁지 않게 여겼으나 지금은 두 분의 헌신적인 행동에 깊은 신뢰와 동지적 유대감을 갖고 있어서 크게 환영할 것으로 생각합니다. 그러니까 오늘부터는 긍정적인 방향으로 생각을 돌려보세요."

무영으로서는 참으로 어이없고 말이 안 되는 일이라 생각됐다. 그러므로 어머니께는 이 일은 전시 상태에 있는 상황에서는 절대로 할 수 없는 일이고 부대원들에게는 체면 없는 것이라는 점을 들어 이해를 구할 결심을 했다. 오히려 결혼식보다 시급한 일은 경수가 감옥을 나왔는지, 나왔다면 어디로 갔는지 행방을 알아내는 것이 급선무다. 감옥을 나왔다면 그곳을 알아내어 찾아야 하고, 아직 감옥에 있다면 구출해야 한다. 누 개의 가설을 설정하고 혼자 힘으로 어떻게 해 보려고 고민을 많이 했다. 그런데 이 말이 대장의 귀에 들어갔다. 아마도 자주 만나는 심 선생이 말했을 것으로 추측되었다. 대장은 이 일을 부대 차원에서 해결하자고 말했다. 경수를 구출하는 일은 독립군을 한 명 얻는 일이고, 더욱이나 그동안 무영이 부대에 이바지한 공로가 결코 적은 것이 아니니까 이 일은 당연히 부대의 일이라고 말했다. 처음 몇 번은 완강히 거부했으나 누차에 걸친 권유가 있었고, 막상 혼자 해결할 좋은 방안이 떠오르지도 않으므로 지원을 받기로 했다. 대장은 대원 신상명세서를 보고 일을 추진하는 데에 적합하다고 판단되는 세 명을 선발한 후 그들의 동의를 얻었다. 그 세 사람은 독립군의 일원으로서 당연히 해야 할 일이라며 흔쾌히 수락했다고 한다. 무영은 마음속으로 깊이 감사하고 앞으로 더욱 충심으로 일해야 한다는 다짐을 했다.

대원 세 명과 함께 출발은 했으나 걱정이 이만저만이 아니다. 만일 대원 중 누군가에게 불상사가 발생한다면 무슨 면목으로 대장과 대원들을 볼 것인가. 그것은 하지 않은 것만도 못한 일이 되는 것이다. 그러나 내친 일이다.

모두 검은 다부쉰즈에 마오즈를 쓰고 가발을 땋아 뒤로 늘였다. 수염도 길게 길렀다. 아무도 의심하지 않을 중국인의 모습이다. 한꺼번에 모여서 가지 않고 두 명씩 나누어 멀찌감치 거리를 두고 떨어져서 갔다.

백두산 중부까지는 아직 곳곳에 눈이 쌓여 있어서 내려오느라고 고생을 많이 했다. 그러나 만포에 가까워지자 벌써 봄기운이 돌았다. 미인송이나 신갈나무와 사초와 갈대 속세 등의 잎이 선명한 빛깔을 띠고 있었다. 이곳에서 배를 타고 압록강을 건너 통화를 경유하여 봉천으로 갈 참이다.

중간에 경찰의 근무지 등을 살피며 달구지도 얻어 타고 하면서 백두산에서 출발한 지 7일 만에 봉천에 도착했다.

봉천 시내로 들어오자 각자 두 갈래 길로 갈라졌다. 무영과 김진승(金振勝)은 봉천 제3감옥으로 향했고 강명규(姜明圭) 조혁만(趙赫滿) 두 대원은 대화구(大和溝) 방향으로 향했다.

며칠 후.

정흥로(正興西路)와 신동패로(神東壩路)가 만나는 곳 봉천 제3감옥이 있는 사가자촌(四家子村).

감옥 정문 부근으로는 면회자들에게 방을 대여하는 몇 채의 여사(旅社, 여인숙)들이 산재해 있다. 그중 가장 정면에 있는 여사에 다부숸즈를 입은 사내 둘이 문을 열었다. 창구에 앉은 중년의 여인이 혹시 범죄자들이 아닌가, 위아래를 훑어본다. 가장 먼저 들어왔던 사람이 창구에 앉은 여인에게 물었다.

"니 요 방지엔 마(你有房間嗎, 방 있습니까)?"

"니 후이 자이 날리 다이 지 테엔(你會在那裡待幾天, 며칠 있을 건데요)?"

"친구 면회를 왔습니다. 신청한 지 며칠이나 지나면 허가가 나는지 그걸 알아야 정확한 일수를 말씀드리겠는데, 우선 한 사흘 예약을 할까요?"

여자가 좌우로 고개를 젓는다.

"면회라면 사흘은 턱두 없어요. 열흘두 좋구 한 달두 좋구, 어떤 이는 두 달이나 걸리는 것두 봤어요."

"그렇게나 오래 걸려요?"

"여기 감옥이 유녹 까탈스럽다구 해요. 그래누 어닐 가나 방법은 있게 마련이잖아요." 하고는 입가에 야릇한 웃음을 흘린다.

그 말을 들은 사내가 반색을 한다.

"그럼 방법을 알구 있다는 말씀이네요."

"내가 거기 좀 아는 사람이 있긴 한데…."라며 꼬리를 단다.

예상이 적중했다. 먼저 경수가 이 감옥에 있는지부터 확인해야 했다. 그러나 아무리 옷차림과 신분증을 중국인으로 위장했다 하더라도 경수에 대한 면회 신청을 한다면 가와모토에 의한 수사가 중국 경찰과도 공조가 이루어져 만주 전역에 쳐놓은 그물망에 걸려들 가능성이 있다. 그래서 생각해 낸 것이 교도소 가까운 곳에 있는 숙박업소다. 부패가 극심한 중국이다. 교도소와 끈이 닿아 있을 것으로 생각한 것이다.

"그럼 급행료를 좀 드릴 테니까 면회가 빨리 되도록 좀 알아봐 주실 수 없을까요?" 웃으면서 물었다.

"여기선 급행료라구 하지 않구 펑미자그(蜂蜜價格, 꿀값)라구 해요."

"그러면 펑미자그가 얼마나 들까요?"

"글쎄요…."

말하면서 눈치를 살핀다.

"면회하려는 사람은 무슨 죄로 들어왔고 그 사람과는 어떤 사이예요?"

"우리 집에서 고용한 조선인의 아들이 어떤 일로 시비가 벌어져 욕심 많고 못된 점산호 집에 찾아가 항의를 하다가 죄인으로 몰렸어요. 우리는 그 사람과 이웃에서 어릴 때부터 형제처럼 지낸 친구들입니다. 그의 아버지는 이 일로 충격을 받아 3년째 자리에 누워 있어요. 보기가 너무 안쓰러워서 양쪽에 소식이나 알려주려구 온 겁니다."

"조선 사람이군요. 그럼 좀 어려울 거 같은데… 생각을 좀 해봐야겠네요."

여자가 어떤 계산을 하고 있는지 눈치챈 무영이 짐짓 농담조로 말한다.

"젊고 미인인 아주머니가 왜 이러실까. 게다가 말솜씨도 좋으시고 마당발일 거 같은데 좋은 일을 많이 쌓아야 이 담에 극락을 갈 수 있어요."

여자가 입을 가리고 호호 웃으면서

"내가 몇 살로 보여요?"라고 물었다.

"한눈에 봐도 딱 40대구만."

그녀는 옆에 놓인 손거울을 들어 얼굴을 들여다보며 눈을 크게 뜨기도 하고 입술을 삐죽거리기도 한다. 그러면서 다시 묻는다.

"정확하게 몇 살 같아요?"

"글쎄요,…43세요. 맞지요? 그 정도밖에 더 드셨겠어요? 혹시, 너무 많이 봐서 실례를 범한 게 아닌가요? 요즘은 나도 눈이 침침해서 원."

그녀는 거울을 내려놓으며 깔깔 웃었다.

"패패 젊은 사람이 눈이 침침하다니…"

어쨌든 10년이나 젊게 봤다니 싫지는 않다.

"진짜루 40대루 보는 건지 장난치느라고 그러는지 모르겠네."

"정말 그렇게 보이는걸요. 너무 많이 봤어요?"

또다시 거울을 들여다보며 생글거리더니 거울을 내려놓고는 말이 없다.

"그러지 말고 화끈하게 말씀하세요. 우리야 뭐 가족은 아니니까 호주머니 사정이 허락한다면 드릴 것이고 그렇지 않으면 그냥 돌아가고 둘 중 하나예요."

한동안 뭔가를 생각하더니

"사실대로 말씀드릴게요. 30원 이상이면 신청 당일로 면회가 되고 20원이면 3일, 10원이면 5일이에요. 그 이하는 모르겠어요. 안 해 봤으니까."라고 말한다.

"그럼 이렇게 하지요. 우선 수고비로 10원을 드릴게요. 가능하다는 것을 확인해 주시면 꿀값으로 30원을 드리겠습니다. 그렇게 하면 되지 않겠어요?"

수고비까지, 그것도 10원씩이나 준다니 흡족한 표정이다.

"숙박은 며칠로 할까요?"

"하루 얼만데요?"

"하루 한 사람당 30전요."

30전이면 반점(飯店)에서 숙박할 수 있는 금액이다. 반점은 아침밥도 제공해 주고 잠자리도 괜찮은 편에 속한다. 이 여자는 면회 오는 사람들의 약점을 이런 방법으로 이용하여 폭리를 취하고 있다.

"5일 정도 묵는 걸로 하면 되지 않겠어요?"

"간혹 날짜가 늦어지는 때도 있어요. 넉넉하게 한 열흘로 해놓으세요. 사람 일이란 알 수 없잖아요."

"그렇게 하지요."

여자가 고개를 끄덕였다.

수고비와 숙박비로 16원을 지불했다.

무영은 여주인이 혹시 불온한 자들로 의심하여 신고할 염려가 있으므로 김진승(金振勝) 대원을 돌아보며

"그럼 열흘 동안 숙박하는 걸 예상하여 반반씩 부담하는 거야!"라고 말했다.

알아챈 진승이 고개를 끄덕였다.

"꿀을 바를 상대는 어떤 사람입니까?"

"그것까진 아실 필요가 없구요. 다만 면회 허가를 내릴 수 있는 위치에 있는 사람이라는 것만 알고 계세요."

그녀는 진승에게 방을 알려주고 돌아오며

"혹시 어떤 사고 같은 거 때매 쫓겨다니는 분들은 아니겠지요?"라고 물었다.

가슴이 뜨끔했으나 정색을 했다.

"그럴 리가요. 우리가 범죄자들로 보이세요?"

"그렇진 않은데 더러는 그런 사람들이 있으니까요. 무서운 세상이잖아요."

방으로 들어가면서 숙박인 명부라고 쓴 대장(臺帳)이 눈에 들어오자

"참, 깜박했네요. 숙박부에 적어야 하니까 신분증들 가져오세요."라고 말했다.

"하나만 확인하세요. 저 사람은 이름을 불러줄게요."

여자는 기분이 좋아선지 무영의 신분증만 확인하고 진승에 대해선 불러주는 대로 적었다.

3일에 한 번씩 순검이 와서 확인하기 때문에 귀찮아도 제대로 적어야 하는데 의심이 드는 사람들이 아니니까 그냥 적는다고 했다.

다음날 2원을 봉투에 넣어 맛있는 거 사 먹으라고 줬다. 그리고 감옥소 소장에 관한 이야기 등 이런저런 이야기를 나누었다. 퇴근 무렵에는 창문을 통해 감옥을 관찰했다. 사흘째 되는 날은 시장을 돌아다니다가 여성들 옷에 다는 나비 모양의 장식품을 하나 사다가 여자에게 달아주면서 다시 이야기를 나눴다.

돈과 선물을 주며 이야기를 자주 나누는 이유는 혹시라도 가와모토가 쳐놓은 그물이 중국과의 공조까지 이루어져서 면회를 신청하는 사람이 걸려들도록 해놓지 않았을까 하는 의구심 때문이다. 조금이라도 그런 눈치가 보인다면 일단은 철수해야 한다.

나흘째 되는 날은 감옥과 연결된 주변 도로를 살펴보고 대화구에도 다녀왔다.

집안에 들어서자마자 여주인이 말했다.

"그 조선인 청년은 면회가 금지돼 있다고 합니다."

그 말을 듣는 순간 가슴이 철렁했다. 혹시나 가와모토의 그물이 작동한 것이 아닌가 하여 황급히 물었다.

"아니, 무엇 때문에 면회를 금지한다는 겁니까? 내가 알기로는 만기가 되어 감옥에서 나올 때인데요. 모범수로 감형을 받았으면 이미 나왔을지도 모른다는 생각을 하면서 왔었는데요."

"천만에요. 감옥 안에 함께 있는 동료 죄수들한테 장제스를 도와야 중국을 통일하고 일본을 쫓아낼 수 있다며 불온사상을 전하다가 밀고를 당해 형량이 1년 늘었다고 하더라구요. 멀리서 면회를 왔는데 어떻게 좀 안 되겠느냐구 사정을 해두 사상범이라서 안 된다구, 머잖아 여순감옥으로 이송될 거라면서 딱 잡아떼더라구요. 돈을 도로 달라는 말도 못 하고 그냥 돌아올 수밖에 없었어요."

그러면서 옆눈질로 흘끔 봤다. 그러나 무영은 내심 안도의 한숨을 내쉬었다. 가와모토의 그물은 봉천 경찰에는 연결된 것 같지 않다. 물론 정식으로 면허 신청이 접수됐을 때는 그럴 위험이 있을 가능성이 있다고 생각되지만, 현 단계에서는 안심해도 된다. 가장 중요한 것은 경수가 이곳에 있는지를 확인하는 일인데 이것으로 확인이 됐다.

그러나 짐짓 낙담하는 표정을 지었다.

"허어, 이 일을 어쩐담…"

진승 대원이 말했다.

"면회는 영 넘어갔으니까 내일은 봉천 시장 구경이나 하루 더 하고 저녁 열차로 돌아가야지요."

숙박비 환불을 염려한 여주인은 얼른 자리를 피했다.

한편, 대화구로 간 두 사람, 강명구 조혁만은 중심가에 있는 어느 고층빌딩 앞에 섰다. 강명구 대원이 위를 올려다봤다. 2층에 '8로개발(八路開發)'이라 쓰인 간판이 눈에 들어왔다. 중국인들이 좋아하는 숫자인 8자를 따서 지은 이름이다. 계단을 성큼성큼 올라가 출입문을 두드리자 안에서 누군가가 작은 유리문을 통해 밖을 내다본다. 모습을 확인하자 문이 열리고 여직원이 나와서 어디서 왔느냐고 물었다.

호남성에서 온 조우(周) 성을 가진 사람이라고 했다. 여직원이 안으로 들어갔고, 이내 문이 열리면서 45세가량으로 보이는 거구의 사내가 두 팔을 벌리며 나타났다.

"이 싸이로우(細佬, 아우), 왜 남의 성을 참칭하는고?"라며 끌어안았다. 강 대원도 그의 등을 두드렸다. 한눈에 보기에도 두 사람은 매우 친밀한 모습이다.

"한 번은 찾아오리라고 예상은 하고 있었는데 생각보다 일찍 왔군." 이라고 말했다.

그러고는 소개를 하기도 전에 옆에선 조혁만 대원에게

"조우쿠앙(周況)이라구 합니다. 반갑습니다."라며 손을 내밀었다.

자리에 앉자 강명구가 물었다.

"그런데 폭탄 제조 기술자가 웬 개발회사 간판을 걸고 있습니까?"

"신분을 감추려면 이런 간판이라도 걸어야 하지 않나. 그리고 필요한 물품들을 합법적인 방법으로 조달하기에는 이 간판이 매우 유용하네."

"번화한 거리 가운데다 간판을 버젓이 걸어놓고 있으니 일본 경찰을 조롱하는 거 아닌가요?"

"어쨌거나 여기는 중국 땅이고 나는 중국인이니까 자네보단 덜 위험하지."

조우쿠앙, 호남성(湖南省) 출신의 이 사람은 헝가리인 마자르(Magyar)

와 함께 조선 독립에 특별한 기여를 한 사람이다. 마자르는 몽고에서 신의(神醫)라 불리며 왕실 주치의로 있던 이태준(李泰俊, 1883~1921)이 의열단원으로 가입하면서 김원봉으로부터 폭탄제조에 어려움을 겪는다는 이야기를 듣고 소개해 준 사람이다.

조우쿠앙은 쑨원의 휘하에 있었는데 상해 임시정부 법무총장으로 쑨원의 절대적 신임을 받고 있던 신규식(申奎植)과 서로군정서 참모장을 역임하고 임시정부 노동국 총판으로 있던 김동삼(金東三) 두 사람의 설득으로 신흥무관학교로 가서 조선의 애국청년들에게 폭탄 제조기술을 가르치는 교관으로 있기도 했다. 그는 중국의 장래를 걱정하는 진정한 중국인이었다. 망국이 된 조선의 애국자들과 함께 힘을 합해 대일항전의 역량을 강화하고자 폭탄 제조 기술을 가르쳤다.

강명구와는 오래전부터 알게 된 사이다. 장쑤성 난징에 있는 닛세이(日淸) 보험회사 폭파를 모의하다 함께 일하던 자의 밀고로 실패했는데 이때 폭탄 제조를 그가 맡았었다. 이번에 도움을 받고자 어렵게 주소를 알아내 찾아왔다.

그는 인사가 끝나자마자 대뜸 물었다.

"생명의 위험을 무릅쓰고 멀리까지 안부 인사를 하기 위해 왔을 리는 없고, 파괴용, 방화용, 암살용 중에 어떤 걸 얻으려고 왔는가?"

"파괴용입니다."

"어떤 성능을 가진 폭탄을 몇 개나?"

"현장 답사부터 한 다음에 결정해야 할 것 같습니다."

세 사람은 저녁을 먹고 식당을 나왔다. 달빛이 대낮처럼 밝게 비추고 있었다.

그들이 도착한 지 5일 후 15:00경 순관 복장의 두 명이 봉천 제3감옥의 정문으로 다가갔다.

경비 순사가 총을 매만지며 가까이 왔다.

"니 쉬 라이 칸 워 더 마(你是來看我的嗎, 면회하러 왔소)?" 하다가 경좌(警佐) 계급장을 보곤 깜짝 놀라 경례를 붙인다.

"어떻게 오셨습니까?"

경좌 계급의 사내는 그 말엔 대꾸를 않고

"책임자 나오라고 하라"라고 말했다. 순사가 우물쭈물했다. 그를 따라온 경위보(警尉補) 계급의 사내가 옆구리에 찬 긴 칼을 매만지며 호통을 쳤다.

"뭘 꿈지럭거리고 있나. 빨리 나오라고 해!"

순사는 더 이상 묻지 못하고 경비실로 뛰어갔고 잠시 후 책임자가 황급히 모자를 쓰며 달려 나와 경례를 붙였다. 경장 계급의 책임자는 머리를 숙이며 공손한 태도로 물었다.

"실례지만 어디서 오셨습니까?"

경좌는 입을 굳게 다물었고 옆에 있는 경위보가 말했다.

"소장께 보안국 조사실 조사과장께서 오셨다고 전하라!"

경장은 보안국에서, 더욱이 조사실에서 나왔다는 말에 황급히 경비실로 들어갔다. 전화하는 소리가 들렸다.

다시 나와서 공손한 모습으로

"죄송하지만 방문자 기록부에 서명을 좀…"이라고 말했다. 그러자 경위보가 가라앉은 음성으로

"오늘 방문하신 일은 기록으로 남기면 안 돼. 보안에 관한 극비 사항이야. 여기 신분증이나 확인해!"

안주머니에서 신분증을 꺼내 경장의 눈앞에 들이밀었다가 다시 집어넣었다. 자세한 사항은 읽어보지 못했으나 이름이 리옌(李寅)이고 대각선으로 빨간 줄 두 개가 있는 것으로 보아 보안국에서 온 사람들이 맞는 것 같다. 그러나 기록부에는 적어야 한다.

우물거리는 모습을 보고 경위보가 또 호통을 친다.

"빨리 안내하지 않고 뭘 꾸물거리나." 하고 나서 경좌를 보며

"과장님, 여긴 질서가 전혀 잡히지 않았습니다. 이 모습도 상부에 보고할까요?"라고 물었다. 그러나 경좌는 대꾸하지 않고 경장의 모습만 바라봤다.

경장은

"쉬더 쉬더(是的是的, 네네)" 하면서도 경위보가 들고 있는 가방을 곁눈질로 흘낏거렸다.

"이 가방에 수류탄이라도 들어 있는 것 같은가? 이 안에는 소장의 운명을 가늠할 증거와 조서들이 들어있으니까 쓸데없는 걱정 같은 건 하지 말고 빨리 안내하라."

그의 말을 경좌가 나무랐다.

"하급 근무자들에게 무슨 쓸데없는 소리야."

소장실을 향해 앞장서 걸어가는 왕웨이티엔(汪維天) 경장은 생각했다. 경좌 계급이면 서장급이고, 게다가 나는 새도 떨어트린다는 보안국에 있는 사람인데 어인 일로 차를 타고 오지 않았을까? 아니다. 차는 어디 다른 곳에 심부름을 보냈거나, 장제스의 남군 침입에 대비하여 모두 일선으로 동원됐을 것이다. 만에 하나 이들이 불순분자라면 나는 어떻게 되는 건가? 신분 확인을 제대로 하지 않고 소장실로 안내까지 했으니까 경찰에서 쫓겨날 뿐만 아니라 중죄인으로 처벌을 받

을 것이 아닌가. 하지만 그런 일은 없을 것 같다. 경좌 계급의 이 사내는 복장과 아주 어울리는 모습이다. 임시로 경찰 옷을 입은 사람은 이렇게 어울릴 수가 없다. 어딘가가 어색하고 부조화한 점이 보이게 마련이다. 틀림없는 경찰이니까 안심해도 된다.

소장실 앞에는 50대 중반으로 보이는 키 작고 뚱뚱한 사내가 경좌 계급장을 달고 서 있었다. 두 사람을 보자 다가와 경례를 붙였다. "텅문성(藤文生)이라구 합니다. 오시느라고 수고 많으셨습니다."

같은 경좌 계급이지만 보안국 경좌의 위치는 감옥 소장 하나쯤 영전하게 할 수도 옷을 벗게 할 수도 있다.

"공안국 조사과 가오웬첸(高文謙) 경좌요."라며 손을 내밀었다.

소장은 왕 경장에게 귓속말로 입구에서 잠시 기다리라 하고는 앞장서 소장실로 들어갔다.

손님들이 자리에 앉자 여직원이 미리 준비하고 있던 차를 내왔다. 소장은 손님들이 찻잔을 드는 모습을 본 다음 잠시 실례하겠다며 밖으로 나갔다. 그때까지 문 옆에서 기다리고 있던 왕 경장에게 낮은 음성으로

"신분 확인했지?"라고 물었고, 왕 경장은 "네, 했습니다."라고 대답한 후 다시 "보안국에서 나온 사람이 맞습니다."라고 말했다.

소장이 돌아오자 가오 경좌가 말했다.

"일이 너무 바빠서 오래 머물 시간이 없소. 용건을 말하겠소. 오늘 내가 온 목적은 두 가지 문제 때문이오. 첫째는 현재 이곳에서 복역 중인 자가 면회자로 가장한 조선 독립군과 연계되어 있다는 혐의에 관한 조사이고, 둘째는 우리 부서에 접수된 투서인데 소장님의 뇌물수수에 관한 건, 그리고 면회인에 대한 급행료 부당 징수에 관해 소명을

청취하기 위한 것입니다. 소장님에 관한 문제는 소관부서인 경무처에 이관해야 하는 일이지만 일단 접수된 것이니까 본인의 소명을 받아보라는 상부의 지시입니다."

소장이 당황하여 얼굴색이 붉게 변했다. 떨리는 목소리로 말한다.

"저는 뇌물을 받은 적이 없습니다. 거 결코 그런 거 받은 적이 없습니다. 급행료라니요. 어찌 그런 게 존재할 수 있겠습니까."

경좌는 그 말엔 대꾸하지 않고 옆에 가방을 안고 있는 경위보를 향해

"우선 기록을 내놓게."라고 했고, 경위보는 가방에서 종이 한 장을 꺼내 소장의 앞에 밀어놓았다.

가오 경좌가 말했다.

"참고로 박경수 이 자에 관한 정보는 일본 경찰로부터 이첩된 것이므로 성격에 따라선 그들과의 공조까지 이루어질 것으로 생각하고 있소. 그만큼 중대한 사안이오."

"네, 알겠습니다."

소장이 종이를 들고 읽어본다.

    이름: 박경수
    나이: 27세
    주소: 요녕성 흥경현(興京縣) 혁도아랍(赫圖阿拉) 왕청문(汪淸門)
        385번지
    국적: 조선국

"이렇게 하지요. 우리도 시간이 없소. 그러니까 중요한 사항인 박경수는 내가 직접 조사를 하고, 소장님의 혐의에 관한 소명은 여기 있는

리 계장이 담당하기로 하지요." 주위를 둘러보며

"어디 양쪽으로 붙은 조용한 사무실이 없을까요? 필요할 경우 의견 교환을 해야 하는데…"

소장이 연신 머리를 조아리며

"여기 제 방을 쓰시지요. 옆에 부속실이 하나 있습니다."

"그래 주시겠소. 감사하오."

소장은 수화기를 들고 누군가에게 경수의 인적 사항을 알려주고 그와 같은 사람이 있는지 확인하여 보고하라고 말했다.

잠시 후 전화가 왔다. 현재 몇 호 감방에 있다는 음성이 전화기 너머까지 들려왔다.

"말씀하신 대로 박경수는 현재 복역중에 있는 자입니다. 곧 데리고 오도록 하겠습니다."

잠시 후 간수가 손목에 수갑이 채워진 젊은 사람을 데리고 들어왔다. 가오 경좌가 큰 소리로 물었다.

"이 자가 박경수인가?"

"네 그렇습니다."

"조서를 작성해야 하니까 그 수갑을 잠시 풀어주게." 그 말에 간수가 소장의 얼굴을 바라본다.

소장이 고개를 끄덕였다.

간수가 황급히 허리에 차고 있던 열쇠를 들어 수갑을 풀어준 다음 경례를 하고 밖으로 나갔다.

"그럼 리 계장은 소장님을 모시고 옆방에 가서 혐의 부분에 대한 소명을 청취하도록 해."라고 말하고는 소장의 얼굴을 바라봤다. 그는 매우 위축된 모습으로 조신한 신부처럼 두 손을 무릎 위에 가지런히 모으고 있었다.

가오 경좌가 그를 바라보며 말했다.

"투서라는 게 막상 조사를 해 보면 엉터리인 게 대다수니까 소장님께 누가 되지 않도록 예의 바르게 처리하게. 알았는가?"

"네. 명심하겠습니다."

계장이 소장과 함께 일어섰다.

가오 경좌가 소장에게 당부했다.

"박경수에 관한 조서 작성과 소장님에 대한 소명 기록을 종료할 때까지는 두 곳 모두 아무도 들어오지 않도록 해주시오. 입구에도 얼씬거리지 않게 말이오."

이따금 문밖에서 인기척이 들리는 것은 직원들이 결재나 보고 때문에 오는 것으로 생각됐기 때문이다.

두 사람이 나간 다음 경수를 올려다봤다. 무영은 경수를 처음 본다.

훤칠한 키, 수염이 텁수룩하게 자랐으나 첫눈에 봐도 잘생긴 얼굴, 형형한 눈빛, 대한 남아의 모습이다.

그러나 경수는 또 무슨 일을 벌이려고 부른 것일까, 그 자리에 선 채 의심에 찬 눈빛으로 바라보고 있다.

다정한 목소리로 "앉게."라고 말했다. 조선말에 흠칫 놀라는 기색이다.

그러나 경수는 꼿꼿이 서서 내려다보고만 있다. 증오로 이글거리는 눈이다. 독립군 수사를 위해 한두 마디 조선말을 배운 중국 경찰이라고 생각하기 때문이다. 중국인들이나 중국 관리들은 아직도 1925년 6월 11일 조선총독부 경무국장 미쓰야 미야마쓰(三矢宮松)와 봉천성 경무처장 우진(于珍) 간에 비밀리 체결한 소위 미쓰야 협정으로 돈을 벌기 위해 조선 독립운동가나 그들을 돕는 동포들에 대한 인간 사냥을 거리낌 없이 자행하고 있다. 심지어는 무고한 농민을 잡아다가 작두로 목을 잘라 보상금을 받은 중국 관리도 있었다. 1925.10. 집안현 대양차구 거주 이경선(李慶善)을 체포하여 목을 자르고 보상금 30원을 받은 것이 그 예다. 경수는 감옥에서도 이를 알고 있었다.

무영이 다시 한번 앉으라는 말을 한 뒤에야 천천히 걸어와 의자에 앉았다. 아니꼽다는 표정으로 목을 뻣뻣이 들었다.

"지금부터 내가 하는 말에 놀라지 말게."

중국 경찰의 경좌 계급장을 단 사람의 입에서 나오는 정확한 조선말 발음에 또 한 번 놀라는 표정이다.

"왜놈들의 만행과 중국인들의 텃세에 얼마나 고생을 많이 했는가. 게다가 젊디젊은 나이를 감옥에서 보내고 있으니 자네나 나나 분하고 안타까운 마음뿐일세. 그러나 나는 이처럼 늠름하고 훌륭한 아우를 둔 것이 너무도 자랑스럽네. 믿기지 않겠으나 내가 자네 외사촌 형일세."

경수는 도저히 믿기지 않는 눈치다. 덤덤한 표정으로 이건 또 무슨 수작인가 눈만 꿈벅거린다.

"아버님 존함 박병삼 어르신이고 어머님 전순녀 어르신이 아닌가. 누이 이름은 명은이 명주…이래도 믿지 못하겠는가?"라고 말한 다음 그에게로 다가갔다

"일어나게. 사랑하는 동생을 처음으로 좀 안아보고 싶네."

무영은 경수의 어깨를 안았다. 힘든 세월을 보내고 있으나 뼈대는 어엿한 장정이다. 막혔던 혈관이 하나로 이어지고 피와 피가 힘차게 흐르는 것 같다. 눈물이 핑 돌았다. 경수도 형을 안았다. 조선말을 잘하는 것만으로 형이라 신뢰하는 것은 아니다. 두 사람 사이에 흐르는 혈맥이 이미 의심 같은 건 깨끗이 지워버렸다.

"자아, 긴 얘기는 이 지옥을 벗어나서 하기로 하고 지금부터 내 말을 잘 듣게."

"알겠습니다, 형님."

꿈인지 생시인지 아직도 믿기지 않는 표정이지만 감격과 기쁨으로 눈가가 촉촉이 젖어 있다.

이러는 중간에 한 번 이 계장이 들어와 소장의 혐의에 대한 소명 경과를 보고하는 척하며 다녀갔다.

한 시간쯤 흘렀다.

옆 방에 문이 열리고 경위보가 서류 가방을 들고 들어왔다. 뒤따라 소장이 들어오며 물었다.

"일 모두 마치셨습니까?"

그의 얼굴은 밝았고 말소리는 의기양양했다. 가오 경좌는 책상 위에 놓인 서류들을 주섬주섬 모으며

"덕분에 중요한 사항들은 개략적인 조사를 마쳤습니다."라고 대답하고 나서 경위보를 향해

"소장님에 대한 혐의는 충분한 소명이 되었는가?"라고 물었다.

"투서는 증거가 없는 것으로 판단됩니다. 청렴한 공직자의 명예에 흠이 가는 일은 없을 것 같습니다."

"그렇겠지. 내 예상대로야. 알았네."

소장의 눈에 감사의 빛이 돌았다.

"그렇지만 박경수 이자는 조사에서 수사로 전환해야겠소. 그러기 위해 소장께 두 가지 요청을 드리고자 하는데 협조해 주기 바라오."

"당연한 말씀입니다. 제 권한에 속하는 일은 무엇이든 협조하겠습니다."

"고맙소. 첫째는 이자의 신병을 인수하는 것이고, 둘째는 우리가 타고 다니던 차가 오늘 아침 고장이 나서 수리를 위해 공장에 들어갔소. 차와 운전수를 붙여 주면 본부에 돌아가는 즉시 돌려보내겠소. 그렇게 해 주실 수 있겠지요?"

그 말에 소장은 뒷머리를 긁으며 당혹한 표정을 지었다.

"차에 대해선 별문제가 없을 것으로 생각되지만 죄수의 신병은 상부의 승인을 받아야 하는 일입니다. 지금 즉시 인도하기는 어렵습니다. 보안국의 인수 요청서를 주시면 절차를 밟아 인도하겠습니다."

"우리가 출장을 갔다가 긴급 명령을 받고 왔기 때문에 미처 서류를 준비할 시간이 없었소. 분초를 다투는 긴급한 일이니까 우선 신병을 인도해 주시오. 그러면 본부에 들어가는 즉시 운전수에게 서류를 주어 보내겠소."

"죄송한 말씀이지만 제겐 그럴 권한이 없습니다. 이해해 주시면 감사하겠습니다."

"정말 못하겠다는 거요? 저길 보시오. 조금 있으면 해가 질 시간이오. 소장의 비협조는 업무방해나 마찬가지요. 그로 인해 발생하는 책임은 전적으로 소장께 돌아간다는 것도 알아야 할 것이오."

창 너머 감옥의 담장에는 이미 긴 그림자가 드리웠다. 담장 위로는 힘 잃은 석양빛이 들어와 마룻바닥에 흐린 창틀 무늬를 던져놓고 있었다.

그러나 소장은 대꾸하지 않았다. 그때까지 의자에 앉아 있는 경수에게 몇 번이나 고개를 돌렸다. 수갑을 차지 않은 모습이 영 못마땅한 표정이다. 수화기를 들었다.

"죄수에게 수갑을 채워 데려가라."라고 지시하고는 수화기를 내려

놓으며

"그렇다 하더라도 이자를 제 임의로 보낼 수는 없습니다."

무영이 의자에서 일어서며 나직한, 그러나 위엄이 서린 음성으로 말했다.

"정 그렇게 주장한다면 소장 당신도 함께 구인할 것이오. 보안국은 국가 안위에 관한 중대한 일에는 긴급 구인권이 있다는 사실을 모르고 있는 것이오?"

"그러시면 과장님의 요청에 대해 본부에 전화로 문의하여 답변을 듣고 그에 따라 처리하겠습니다. 대단히 죄송하지만 과장님의 성함을 다시 한번 알려주시기 바랍니다. 지금 즉시 전화하겠습니다."

일이 난처하게 됐다. 다른 방법이 없다는 판단이 섰다. 김진승 대원에게 눈짓을 했다.

그가 가방을 열고 수류탄을 꺼내 들고 일어섰다.

"소장 놈아, 여기서 죽고 싶은가?"

소장이 눈을 둥그렇게 뜨고 올려다 본다. 그러고는 화들짝 놀라 일어섰다. 경수가 소장의 정강이를 걷어찼다. 그는 "어이쿠" 하며 정강이를 안고 돌았다. 다시 멱살을 잡아 의자에 앉혔다. 무영이 권총을 꺼내 소장의 머리에 겨눴다.

"먼저 신분을 밝히겠다. 우리는 조국의 독립을 위해 일본 제국주의 섬나라 오랑캐들과 싸우고 있는 조선독립군이다."

소장의 얼굴이 하얘졌다.

"어디서 온 독립군인가? 무슨 짓을 하려는 건가?"

"조용히 하라. 크게 떠들면 당신에게도 좋을 게 없어."

경수를 향해 말했다.

"아우는 저 설합을 열어서 권총이 있는지 찾아보게."

다시 소장을 향해

"지금부터 내가 하는 말을 잘 듣고 그대로 이행하라. 그러지 않으면 당신은 이 자리에서 죽을 것이고, 우리는 밖에 나가 너의 졸개들에게 수류탄을 던지며 전투를 벌여야겠지. 우리는 죽음을 두려워하지 않는다. 그러나 중국인들과는 싸우고 싶지 않다. 오랜 역사를 통해 우리와 이웃해 살아온 민족이기 때문이다. 섬나라 강도 놈들의 협박과 공갈에 굴복하여 형제처럼 지내던 조선 민족을 하루아침에 배신하고 보상금에 눈이 멀어 밀고와 색출을 자행하는 자들이 허다하지만, 그것은 무지와 몽매함에서 비롯된 것이라고 생각한다. 중국이 직접적인 원수는 아니지 않은가. 또한 나라를 잃고 갈 곳이 없어 일시 신세를 지고 있음에 미안한 감정도 있기 때문이다."

그때, 누군가가 문을 가볍게 두드렸다. 수갑을 가지고 온 간수일 것이다. 무영이 말했다

"쓸데없는 짓을 하면 총알이 당신의 뒤통수를 뚫고 나갈 것이다. 수갑과 열쇠만 조용히 받아오라!"

소장이 책상 위에 수갑과 열쇠를 내던지며 신경질적으로 말했다.

"어쩌자는 건가?"

"좋은 대우를 받으려면 공손한 태도를 취하는 게 좋겠지. 그래야 대화도 순조롭게 이루어질 것이 아닌가."

그때 경수가 설합에서 권총과 탄창을 들어보였다. 난부(南部) 14년 형이다. 무영이 고개를 끄덕이자 탄창을 꽂고 허리춤에 넣었다.

소장이 말했다.

"어차피 당신들은 죽거나 붙들리게 돼 있어. 곳곳에 군대가 주둔한

봉천을 빠져나갈 수 있을 거 같은가? 내가 소리를 치면 당장 이 감옥의 울타리 밖으로 탈출하기도 어려울 거다."

무영의 입가에 미소가 흘렀다.

"대책도 없이 허술하게 이곳까지 들어온 것 같은가? 우리는 비굴한 행동을 싫어한다. 그러나 상대의 만용에 대비하여 자구책을 마련하는 것까지 포기하진 않는다. 우리 대원들은 지금 몇몇 중요한 곳에 대기하고 있다. 조사를 해 보니 당신이 사는 집은 이곳 감옥에서 3㎞ 떨어진 곳에 있고, 당신의 막내딸은 동평(東平) 국민학교(초등학교)에 다니고 있더군. 3학년 2반 텅샤오린(藤小琳)양 말일세. 우리와 약속한 시간이 지나면 요원들이 무슨 짓을 할지 모른다. 어떻게 하겠는가? 그래도 끝까지 고집을 부릴 건가?"

그 말에 소장의 눈가에 경련이 일었다. 당황한 기색이 역력하다.

"잠시 생각할 시간을 달라."

그는 한동안 천장을 올려다봤다.

"그러면 제안을 하겠다."

"말하라."

"내가 함께 가겠다. 대신에 가족은 절대 건드리지 말고, 당신들이 시내를 벗어나는 즉시 나와 운전수를 내려달라. 그렇게 해 줄 수 있겠는가?"

"좋다. 우리도 죄 없는 사람들을 해칠 생각은 없다. 안전지대까지만 가면 즉시 풀어주겠다. 정문을 나갈 때 엉뚱한 짓을 하면 당신은 물론 당신 가족과 정문 경비원들까지 모두 불행으로 연결된다는 걸 명심하고 의연하게 행동하라."

"물론이다."

소장이 수화기를 들었다. 손이 떨고 있었다. 기도가 막히는지 쉰 목소리로 변했다.

"본부에 좀 다녀와야 하니까 차 대라."

진승 대원이 책상 위에 놓인 수갑을 가져오면서 경수에게 말했다.

"정문을 빠져나갈 때까지만."

경수가 웃으면서 팔을 내밀었다.

소장이 앞에 서고 그 뒤를 무영이 따랐다. 포켓 안에 권총이 소장의 등을 노리고 있었다.

진승 대원은 수갑이 채워진 경수의 허리에 맨 밧줄을 쥐고 뒤를 따랐다. 소장이 입구에 앉았던 여직원에게 말했다.

"본부에 잠깐 다녀오마."

여직원은 "예"라고 대답하면서 소장의 얼굴을 쳐다봤다. 평소와 달리 눈이 충혈되고 굳은 표정이다. 뒤따르는 경좌도 살짝 미소를 보내긴 했으나 이내 굳은 표정이 됐고, 모두가 같은 모습이다. 감옥이라는 곳의 성격상 따뜻한 분위기가 존재할 수는 없으나 이 정도로 냉랭하고 이상한 분위기는 아니다. 소장실에 죄수가 불려 왔다가 가는 선그리 드문 일도 아니다. 특권층이나 부호들과 관계된 죄수들은 이런 대접을 받는다. 심지어는 소장실에서 면회자가 가지고 온 음식을 먹은 다음에 가는 때도 있었다. 소장실을 나갈 때는 물론 수갑에 포승을 두르지만, 소장의 표정이 지금처럼 굳어 있는 건 흔히 보는 일이 아니다. 보통 때 같으면 일이 있어서 먼저 나가니까 시간 되면 퇴근하라는 말을 남겼을 것이다.

하지만 저 경좌 계급을 한 사람으로부터 무언가 지적을 받았거나 비리가 적발됐는지도 모른다. 그래서 얼굴이 굳어 있을 것이다. 여직원은 그런 생각을 하고 있었다.

운전수 짱바오룽(張寶龍)은 오늘 밤은 또 어느 죄수의 부모나 친척으로부터 어느 요리집에서 접대를 받으려고 일찍 출발을 하는가 생각하며 소장실 앞에 차를 댔다. 그런데 차에 오르는 사람들을 보니 소장의 뒷좌석에는 낯모르는 경좌 계급의 순관과 경위보 계급장을 단 순관이 수갑 찬 죄수와 함께 탔다. 경좌 계급이 이곳에 오는 것은 흔치 않은 일이다. 게다가 저녁 무렵에 죄수를 데리고 감옥 밖으로 나가는 일은 처음이다. 어디로 가는 것인가. 그뿐이 아니다. 평소 말이 많은 소장이 오늘은 말도 없고 표정도 굳어있다. 어디로 가자는 명령도 없다. 참으로 이상한 일이다.

"어디로 모실까요?"라고 물었다. 소장이 말을 하지 않았다. 대신 뒷자리에 앉은 경좌가 말했다.

"통화(通化) 방향으로 가라."

그 말에 소장의 옆얼굴을 살폈다. 그는 돌부처처럼 앞만 바라보고 있었다.

700m쯤 달려 국도로 진입하기 위해 핸들을 꺾었다. 그러자 경위보가 소리쳤다.

"그리로 들어가지 말고 가던 옛길을 따라 가! 빨리 후진해!"

시키는 대로 후진하여 옛날 다니던 소로길을 따라 달렸다. 2km쯤 되는 곳에서 경좌가 소리쳤다.

"오른쪽 길로 내려가!"

전면으로 길에서 갈라진 농로가 있고 그 앞쪽은 넓은 과수원이 내려다보였다.

농로를 따라 50m쯤 내려갔다. 과수원 앞에 차를 돌릴 만한 마당이 나타났다. 명령에 따라 차를 세웠다.

경위보가 포켓에서 열쇠를 꺼내더니 죄수의 손목에서 수갑을 풀었다. 허리에 맨 포승도 풀어줬다. 그리고 그 수갑을 소장의 손목에 철커덕 채웠다. 쇳소리가 운전수 짱바오룽의 귓속을 지나 머리를 강하게 때렸다. 모든 일이 번개처럼 한순간에 진행됐다. 겁에 질려 부들부들 떨었다.

등 뒤에서 경좌의 음성이 들렸다.

"겁낼 거 없다. 시키는 대로만 하면 목숨을 뺏길 염려는 없어!"

날은 이미 어두워졌고 멀리 산봉우리 위로 붉은 달이 머리를 내밀고 있었다.

명령대로 그곳을 나와 가던 방향으로 계속 달렸다.

한 시간쯤 갔을 때 100m 전방 노면이 일(一)자로 돌출된 곳 가까이 갔다. 그런데 앞에 바리케이드와 붉은 등이 보이고 손전등 불빛들이 어지럽게 춤추고 있다.

브레이크를 밟으려 한 바로 그때다.

바리케이드 옆 오른쪽 풀숲에서 기관단총 소리가 드르륵 드르륵 났다. 주변에 있던 경찰들이 우왕좌왕했다. 대부분은 숨기에 바빴고 한둘은 그쪽을 향해 사격을 가했다. 수류탄 터지는 소리가 두 번 연이어 들리자 모두 도망치거나 땅에 납죽 엎드렸다. 한순간 숲속의 총소리가 딱 멈췄다. 이때 반대편 풀숲에서 순검 복장을 한 사람이 나타나 재빨리 바리케이드를 밀어놓곤 "이에타이쟝(別开枪, 사격 중지)!"이라고 외치면서 총알이 날아오던 숲으로 총구를 향하며 번개처럼 사라졌다.

그 순간 순검들은 같은 동료인 줄로 생각했다.

그 모습을 바라보던 가오 경좌가 소리쳤다.

"전속력으로 달려!"

액셀러레이터를 힘껏 밟았다. 차는 마치 날개가 달린 것처럼 내달렸다. 돌출 부분에서 차가 공중으로 붕 뛰어올랐다가 낙하했다. 그 반동으로 심하게 흔들렸으나 있는 속력껏 내달렸다. 그제야 정신을 차린 순검들이 차 뒤에서 총을 쏘아댔다. 일부는 방금 총소리가 났던 숲으로 들어간 동료가 어찌 됐는지 총구를 겨누고 조심스레 다가갔다. 그러나 숲에는 아무도 없었다. 다만 가운데에 수류탄 터진 자리만 두 군데가 움푹 파여 있었다. 모두 고개를 갸우뚱거리고 있을 무렵 강명구 조혁만 두 대원은 젖 먹던 힘까지 동원하여 위험지역을 벗어나고 있었다.

차는 무인지경 풀숲 사이에 난 길을 따라 쉬지 않고 달렸다. 1시간 30분가량 왔을 때 경좌가 차를 세웠다. 그리고 모두 내리라고 했다. 경위보가 수갑을 차고 있는 소장의 다리를 묶어 왼편 길가에 앉혔다. 그러고는 운전수 짱바오룽을 앞세우고 오른편 길옆으로 가서 손과 발을 묶은 다음 그 자리에 앉혔다. 경좌가 소장에게 다시 뚜벅뚜벅 걸어왔다. 그리고 말했다.

"당신의 가족은 안전하오. 우리는 부인과 막내 아기의 얼굴조차 알지 못하오. 주위들은 정보로 거짓말을 했소. 그렇게 하지 않으면 우리가 죽는 것은 물론이지만 소장 당신도, 그리고 감옥소의 직원들도 다수가 불행한 일을 겪었을 것이오. 저항 수단을 갖추지 못한 나라 잃은 망명객들이 무도한 침략자나 그에 동조하는 자들에 대항하기 위해 이런 방법을 쓰는 것에 대한 정당성의 여부는 당신들의 판단에 맡기겠지만, 우리로서는 유혈사태를 막기 위한 깊은 고심 끝에 나온 행동이었다는 걸 이해해 주기 바라오. 돌아가 보면 알게 될 것이오. 조금 전

바리케이드를 친 곳에다 우리 동지들이 총을 쏘고 수류탄을 터뜨렸어도 죽거나 다친 사람은 아무도 없을 것이오. 총은 엉뚱한 곳에 난사했고, 수류탄은 수풀 가운데에 터뜨렸기 때문이오. 죽음을 각오하면서 그런 힘든 일을 한 것은 중국과 중국인에 애정을 갖고 있기 때문이오. 또한 당신들 두 사람은 협박으로 납치된 것이니까 큰 죄가 되지는 않을 것이오. 아마도 한 시간쯤 있으면 봉천 쪽에서 당신들 군경이 몰려오겠지. 그때까지 여기서 기다리시오. 우리는 그 전에 봉통교(奉通橋)에서 왜놈 군경들을 섬멸해야 하오, 우리 동지가 이미 30분 전에 통화현 주재 일본 영사관 경찰에 우리의 존재를 알렸으니까 그들은 봉천 경찰에 전화로 확인했을 것이고 지금은 일본군이 떼거리로 몰려오고 있겠지. 봉천 군경이 오는 시간은 그들보다 훨씬 늦을 것이니까 그 전에 우리는 왜놈들을 처리하고 멀리 가 있을 것이오. 자 그럼, 작별 인사를 합시다. 고생들 많았소. 건강하시오."

텅문성 소장과 운전수 짱바오룽은 길을 사이에 두고 서로를 마주보면서 아군이 오기를 기다릴 수밖에 없었고, 세 사람은 안개에 싸여 희미한 달빛 속을 걸어갔다.

2km쯤 나아가자, 안개에 더해 물안개까지 짙어지기 시작했다. 그리고 또 100미터쯤 나아가니까 앞머리에 奉通橋(봉통교)라고 쓰인 다리가 나타났다. 길이가 50m에 달했다. 건너편에 일직선으로 이어진 도로는 물안개 속에 꼬리를 감추고 있으나 움직이는 그림자 같은 건 아직 없었다. 10m 아래로는 물안개를 투사한 달빛에 희미한 은빛 비늘이 요동치는 강물이 소리쳐 흐르고 있었다. 김진승 대원이 교량 주위를 살피고 나서 부엉이 소리를 냈다. 그러자 오른편 언덕에서 부엉이 소리가 들렸다. 두 사람은 길을 내려갔다가 다시 언덕을 올랐다. 오래지 않

아 나무 아래에 앉았던 그림자들이 일어섰다. 여섯 사람은 서로를 반갑게 끌어안았다.

폭탄 제조 기술자 조우쿠앙과는 엊그제 대화구에서 딱 한 번 만난 사이지만 오래된 친구 같은 반가움에 맞잡은 손을 오랫동안 흔들었다.

지금까지 단 한 사람의 불상사도 없이 일이 매끄럽게 진행된 것은 폭탄 전문가의 도움이 컸기 때문이다. 이 위험한 곳에서 또 독립군을 돕고 있으니 그의 원대한 이상과 인류애적 사상에 절로 머리가 숙여졌다. 그뿐 아니라 무영과는 엊그제 자리를 따로 하여 친목을 다졌다. 자신과 연락하는 방법을 알려주며 필요할 때 요청하라고 했다.

언덕과 다리 사이는 어림잡아 100m가량 떨어져 있었다. 조우쿠앙은 그 거리에 전선을 늘여 기폭장치를 연결했다.

"이 폭약의 기제(基劑)는 니트로글리세린인데 외부 충격에 민감해서 작은 진동에도 폭발합니다. 그로 인해 연구자들이 더러는 죽거나 상해를 입기도 했습니다. 이런 문제점을 예방하기 위해 미세한 단세포 생물인 규조(硅藻, diatom)들의 유해가 해저 등에 쌓여 만들어진 흙인 규조토에다 약간의 탄산나트륨을 섞어서 쓰지요. 그런데 규조토를 너무 많이 혼합하면 둔감해져서 늦게 터지거나 혹은 터지지 않을 때도 있습니다. 반대로 너무 적게 혼합하면 미리 터져버리기도 하지요. 그걸 잘 조절하는 것이 성패의 관건인데 오늘 매설한 폭약은 혹시나 하는 염려가 되어 약간은 예민하도록 배합을 했습니다. 다만 전선의 거리가 너무 멀어서 어떨까, 하는 생각입니다. 그러나 너무 가까이 전선을 늘인다면 일본군이 도착하기 전에 터져버릴 수도 있습니다. 이 다이너마이트는 10인치(25cm) 길이에 1.5 인치(3.8cm) 직경으로 만들었습니다. 한 묶음에 10개씩 교각 5대에 설치했으니까 제대로만 폭발해 준다면 위력이 좀 있을 겁니다. 기다려 보기로 하지요."

"실력에 정평이 나 있으신데 저희가 무엇을 걱정하겠습니까?!"

조우쿠앙은 다시 도로로 올라가 교량의 중간쯤으로 가더니 그 자리에 엎드려 슬래브 바닥에 한참 동안 귀를 댔다. 그리고 다시 언덕으로 올라와 말했다.

"20분쯤 기다리면 적들이 도착할 것입니다."라고 말했다.

아닌 게 아니라 20분이 지났을 때 동쪽으로부터 부르릉거리는 자동차 소리가 들리더니 안개 속에서 지프가 나타나고 10여 대의 트럭이 뒤를 따랐다. 트럭에는 투구를 쓰고 총을 든 군인들이 가득가득 타고 있었다.

조우쿠앙이 씨익 웃었다. 달빛에 하얀 이가 드러났다.

차들이 다리에 들어서고 있었다. 모두 숨을 죽이고 아래를 내려다 봤다. 선도차와 트럭 간의 거리만 약간 떨어졌고 트럭과 트럭 사이는 2미터도 채 되지 않는 것 같다. 앞선 지프가 교량의 왼쪽 끝에 다다랐을 때 호남인의 손이 번개처럼 움직였다.

귀청을 찢는 듯한 폭음이 들리면서 다리의 상판 부분이 위로 치솟았다. 나무토막들처럼 여러 개로 끊어져 강바닥에 뒹굴었다. 그 사이사이로 트럭들이 팔랑개비처럼 돌며 강물에 처박히고 있었다.

바라보는 사람 모두가 잠시 넋을 잃었다. 정신이 돌아온 때에야 서로를 끌어안으며 환호했다.

"자아, 이젠 빨리 각자 가야 할 곳으로 출발합시다. 조금 있으면 성난 이리떼가 이빨을 드러내며 이 일대를 개미 한 마리 빠져나가지 못할 정도로 포위망을 치고 좁혀올 것이오."

"이 은혜는 저희의 가슴에 꺼지지 않는 불꽃으로 살아있을 겁니다.

그리고 다시 만나는 그날을 기대하겠습니다. 그때까지 건강하십시오."

호남인의 넓은 어깨가 언덕 너머로 사라지는 뒷모습을 보면서 다섯 사람은 숲속을 내달렸다. 안개가 걷히면서 사방이 대낮처럼 밝아지기 시작했다. 마실을 다녀오던 고향의 달밤 같았다.

그날 아침 봉천신문에

'神出鬼没通缉犯一伙人横扫奉天监狱击破日军一个连(신출귀몰 수배자 일당 봉천 감옥을 휘젓고 일본군 1개 중대 격파)'라는 제목과 함께 사건의 경위가 상세하게 보도되었다. 관련된 수배자로 조선인 출신의 전 일본 경찰을 비롯한 독립군 4명이 봉천 제3감옥을 일시 점령하여 반정부운동으로 복역 중이던 죄수와 함께 탈출하고 또한 귀로에 호남성 출신의 조우쿠앙이라는 폭탄 기술자와 공모하여 일본군 1개 중대를 궤멸시켰다는 보도가 실렸다. 봉천 경찰에 사상자가 없었기 때문인지 문맥이 매우 호의적인 논조였다. 출동한 일본군은 사망자 98명에 부상자 36명으로 도합 134명에 달한다고 했다. 보병 1개 중대는 4개 소대로 이루어져 있고, 1개 소대는 45명으로 구성되어 있으니까 전체 180명의 74%가 죽거나 혹은 중상을 입은 것이다.

이 사건으로 만주 전역에 무영과 조우쿠앙의 사진이 실린 벽보가 나붙었다. 벽보 밑에는 이들 두 사람을 신고하거나 체포하는 자에게는 각각 2천 원에 달하는 현상금을 제공하고, 이 사건 정보를 제공하는 자에게는 500원의 포상금을 제공한다는 문구가 쓰여 있었다.

그 말을 들은 무영은

"내 몸값이 그 정도밖에 안 되는가?" 하며 껄껄 웃었다는 소문이 부대원들 간에 퍼졌다.

제9편
진홍색 면사포

성공적으로 경수를 구출했을 뿐만 아니라, 적에게 엄청난 타격을 입히고 돌아왔으나 부대의 분위기는 여전히 가라앉아 있었다. 김진국 소대장의 죽음 때문이다.

그가 죽은 지 달포쯤 되던 어느 날 아침 순찰을 돌던 함장복(咸長福) 대원이 황급히 뛰어 들어와 이성현(李成賢) 소대장에게 보고했다.

"숲속에 사람 시체가 한 구 있습니다. 놀라서 달려왔습니다."

"어디에 있는가?"

"부대 뒤쪽 길 300m 아래쪽에 있습니다"

"가까이 가 봤나?"

"가까이 가서 건드려 보니 기척이 없습니다."

"어떻게 생겼나?"

"얼굴은 수염에 덮여 알아볼 수 없는데 아마도 약초를 캐러 산에 들었다가 죽은 사람 같습니다."

"가보세."

두 사람은 그곳으로 내려갔다.

과연 숲속에는 시체가 있었다. 추위 때문인지 손발을 바짝 옹크리고 옆으로 누워 있었다. 얼굴을 보니 온통 수염으로 덮여서 알아볼 수 없고, 추측건대 중년 이상의 나이라 생각됐다. 옷은 여기저기 찢어지고 산에서 굴렀는지 등에는 흙 묻은 자리가 길게 이어져 있었다. 신발은 단 한 쪽도 없고 맨발이다. 몸을 바르게 눕혔다. 왼쪽 어깨와 가까운 쪽 가슴 부분 옷의 한군데가 구멍이 뚫리고 그곳에 풀들을 한데 모아 심지처럼 박은 뭉치가 눈에 들어왔다. 이상한 느낌이 들어 뭉치를 뽑아내고 구멍 뚫린 옷을 비집어 몸을 들여다 봤다. "어?" 총 맞은 자리가 분명하다. 더욱 자세히 보기 위해 단추를 벗기려고 양쪽 어깨를 들었다. 그때 시체의 입에서 '후우-' 하는 약한 숨소리가 새어 나왔다. 잘못 들은 것이 아닌가 하여 입을 뚫어지게 내려다봤다. 입술이 미세하게 떨고 있었다.

이성현 소대장이 함 대원에게 물었다.

"지금 입술 떠는 거 봤어?"

"글쎄요, 그런 거 같기도 하고 아닌 거 같기도 하고…."

함 대원이 다시 시신의 어깨를 들었다.

"푸우~"

소대장이 소리쳤다.

"사람이 살아 있다~!" 둘의 입에서 동시에 고함이 터져 나왔다.

소대장이 들쳐 업었다. 함 대원이 뒤에서 밀었다.

대원들이 모여들었다. 신웅 대장도 달려왔다. 수십 명의 대원이 소대장의 뒤를 따라 간호실로 들어가려다 제지당했다.

응급처치가 끝나고 대장이 조급한 목소리로 말했다.

"빨리 그 수염을 깎아봐라! 대강 깎아라."

얼굴을 내려다보던 사람들의 입에서 일제히 함성이 터져나왔다.

"만세~!"

"현진국이다~."

남자 대원들이 돌아서며 눈을 끔뻑거렸다. 여성 대원들은 손등으로 눈물을 닦았다. 신옥은 엉엉 소리 내 울었다. 뒤늦게 달려온 점분도 신옥을 안고 울었다.

현진국 소대장은 40여 일을 총상에 약초를 찾아 비벼 넣으며, 풀뿌리를 캐 먹으며, 오직 집념 하나로 부대까지 왔다. 그러나 불과 300m를 앞에 두고 죽음 직전에 있었다. 더욱이 몸에는 왼쪽 가슴 외에 오른쪽 허벅지에도 총상이 있는데 구더기가 득시글거렸다. 양쪽 정강이에는 피가 엉겨 붙었고 손톱은 3개나 빠져 있었다. 늑대 같은 사나운 짐승을 만나지 않은 것은 그나마 행운이라고들 말했다.

신옥과 점분 삼월 세 사람은 진국의 치료와 회복에 매달렸다. 그리고 10개월쯤 지났을 때는 걸어 다닐 수 있는 정도가 됐다. 그의 얼굴에도 생기가 돌았다.

어느 날 누구의 입에서 먼저 나왔는지는 모르나 여성 대원들의 제안이 있었다. 위험에 처해 있던 가족들이 모두 구출되고 현 소대장의 몸도 어지간히 회복되었으니 그 기쁨을 함께 나누고 축하하기 위해 조촐한 잔치를 열자고 했다. 부대원들 대부분이 비슷한 생각을 하고 있었다. 대장에게 정식으로 건의되었다.

심 선생이 말했다.

"나도 그런 생각을 하고 있었는데 계절도 화사한 6월이지 않은가. 잔치를 여는 김에 이왕이면 한무영 중대장과 김삼월 대원의 결혼식을 올려주는 것이 좋지 않을까 하는 생각이네. 물론 당사자들이 여전히 반대하겠지만 우리가 우겨서라도 진행하는 게 좋을 것 같네. 그분들이 우리 부대에 들어와서 많은 공적을 쌓지 않았나. 한 중대장의 어머님 소망도 있고…."

"좋습니다. 저도 그런 생각을 하고 있었습니다. 그럼 장소는 어디로 하는 게 좋을까요?"

"연세 드신 분들이 여기까지 오실 수는 없으니까 재가승 마을에서 결혼식을 올린 다음, 그 마을 분들에게도 음식을 장만해 드리고 우리는 이곳에 마련하여 대원들이 하루 노고를 위로받을 수 있도록 하는 게 좋을 것 같은데 대장은 어찌 생각하시는가?"

"그래야 할 것 같습니다. 구체적인 계획은 여성 대원들에게 맡기고 진행은 남성 대원들이 돕도록 하겠습니다."

"그게 좋겠군."

당초에 짜놓은 구상대로 무영에 대한 설득은 심 선생이, 삼월에 대한 설득은 신화가 맡았다. 예상한 것처럼 당사자들은 한결같이 반대했다. 절대로 응할 수 없다며 각가지 이유를 들었다. 어머님의 간절한 소원을 들어 드려야 한다며 3일을 설득한 끝에야 무영은 하는 수 없이 응했고 무영이 응하니까 삼월은 반대를 접었다.

전체적인 계획은 신화가 맡고 여성 대원들이 며칠 동안 밤마다 모여서 세세한 계획들을 수립했다. 결혼식은 전통 방식으로 하려고 했으나 사주단자(四柱單子)는 응당 생략하더라도 납폐(納幣)는 재미있을 것 같으니까 해 보자는 의견도 있었다. 오랫동안 웃음이라곤 별로 없이 긴장한 상태에만 있었던 부대에 함진아비를 통해 웃음을 선사하자는 것이다. 그러나 신랑의 사모(紗帽)와 단령(團領)을 비롯하여 신부의 원삼 족두리, 가마 같은 것들이 하나도 갖춰지지 않은 상태에서는 의혼 - 사주 - 택일 - 납폐 - 예식 - 우귀(于歸) 등 6가지 절차에 달하는 전통 혼례를 올리기가 어렵다는 결론에 도달했다. 몇 가지를 생략하더라도 어려운 일이다.

신식으로 한다면 용이할 것 같았다.

심 선생이 재가승 마을에 내려가 주지 스님을 비롯한 유지들의 승낙을 받고 어머니와 외삼촌에게도 알렸다. 어머니는 말할 것도 없고, 외삼촌 내외도 경수를 구출한 기쁨에다 조카의 결혼식이라니 겹경사라며 뛸 듯이 좋아했다. 장소는 재가승 마을 숲속 넓은 공터로 잡아 미리부터 풀을 말끔히 깎아놓았다. 마치 녹색 카펫을 깐 것 같았다. 면사포는 나중에 현물로 갚아드리기로 하고 재가승 마을에서 얻어온 옥양목으로 바느질 솜씨가 좋은 영숙 대원이 만들었다.

신혼 첫날밤은 마을의 깨끗한 방 한 칸을 일주일간만 빌리기로 하고 여성 대원들이 내려가 청소를 깨끗이 하고 이부자리도 마련했다.

열흘 동안 차근차근 준비가 이루어졌다. 어머니와 외삼촌 내외는 손 놓고 있을 수 없다며 결혼식 날짜가 정해신 이튿날부터 산으로 다니면서 나물을 채취하고 있었다. 잔치가 이틀 남았다. 마침 이날이 아랫동네 장날이라고 했다. 나물을 한 보따리씩 지고 마을 사람 서너 명과 함께 아랫동네로 내려갔다. 그리고 저녁 무렵에 돌아왔다. 예쁜 원피스와 잠옷, 신랑 신부가 먹을 과자 같은 것들을 사서 돌아왔다.

마침내 날이 밝았다. 결혼식 날씨는 너무 좋다. 하늘엔 구름 한 점 없고 황금색 햇살이 신록으로 가득 찬 산과 계곡에 넘실거리고 있었다. 백두산의 봄인 6월 중에서도 가장 좋은 날이라는 생각이 들었다. 천산도사(天山道士)라는 별명이 붙은 안생원(安洼元) 대원이 길일 길시(吉

時)라고 택해 준 날이다. 대원들 입에서 과연 도사라는 농담들이 나왔다. 잔디밭처럼 풀을 깎아놓은 식장 주변 커다란 나무들 아래에 재가승 마을 주민 100여 명과 30명의 대원들이 기다리고 있었다. 여성 대원들의 손에는 붓꽃이나 담자리꽃 만병초 월귤 비로용담 왜치치 같은 꽃들을 묶은 꽃다발들이 들려 있었다. 비로용담은 백두산에서도 귀한 꽃이다. 대원 다섯 명은 총을 들고 주변을 경비하고 있으나 분위기에 들떠 구경하기에 바빴다.

10시가 되었다.

사회자 장한상(張韓相) 대원이 개식을 선언하고 '신부 입장'을 외쳤다. 앞에서 기다리고 있던 최경필(崔京弼) 대원이 하모니카를 불기 시작했다.

심선생이 신부 김삼월의 손을 잡고 전면에 서 있는 신랑을 향해 천천히 걸어들어왔다. 중간쯤 다다랐을 때 신랑이 앞으로 나가 심선생으로부터 신부의 손을 이어받아 주례 앞으로 인도했다. 전면 의자에 앉아 이 모습을 보는 어머니의 눈에 눈물이 고였다. 모두가 숲이 떠나가라 박수를 쳤다.

두 사람이 정면을 향하고 서자 신웅 대장이 짧게 주례사를 했다. 매우 짧은 주례사를 한 것은 그가 부대의 대장 자격이지만, 아직 총각이고 나이도 무영보다 아래라는 쑥스러움이 작용했는지도 모른다고 사람들이 웃으면서 소근거렸다.

신랑 신부가 인사를 마치고 천천히 녹색 카펫인 풀밭 위를 걸어 나오고 있었다. 그 길의 중앙에는 나뭇가지들 사이로 햇볕이 폭포처럼 쏟아지고 있었다. 신랑 신부가 빛이 쏟아지는 곳으로 들어섰다. 면사포가 눈부시게 빛났다. 그 순간이다.

"파앙~."

신랑 신부가 석상처럼 그 자리에 섰다. 모두가 어리둥절하여 사방으로 눈을 돌렸다.

누군가 신부를 가리키며 "저기!" 하고 소리쳤다. 시선이 한 곳으로 향했다.

신부의 오른쪽 가슴에 빨간 진홍색 반점이 생겨났다. 핏빛은 순백의 면사포에 점점 번지고 있었다. 신부의 동공이 흐려졌다. 머리를 숙였다. 신랑이 신부의 몸을 안고 수풀 속으로 내달았다. 울부짖는 소리가 산을 흔들었다.

언덕 아래 가와모토의 얼굴에 능글맞은 미소가 떠올랐다. 공중에 대고 권총을 쏘면서 소리쳤다.

"여기가 우리의 세키가하라(関ヶ原)다. 전부 남김없이 죽여버려라!"

가와모토의 뒤를 따라 순사들이 새까맣게 몰려오고 있었다.

그 후의 이야기

17년 후.

무영은 만주국 대련 감옥에 갇혀 있었다.

고등재판소 1심에서 사형을 선고받았다. 항소는 하지 않았다.

안중근 의사의 어머님 조마리아 여사님께서 했던 말씀이 늘 머릿속을 맴돌았기 때문이다.

"네가 항소를 한다면 그것은 일제에 목숨을 구걸하는 짓이다. 네가 나라를 위해 이에 이른즉 딴맘 먹지 말고 죽으라."

생명을 연장하지 않겠다는 결심을 하고 나니 담담했다.

철창 밖으로 멀리 언덕이 보이고 그 위로 먹구름이 금방이라도 소나기를 뿌릴 것처럼 까맣게 덮였다.

지난밤 꿈을 떠올린다.

야마가타 이사부로 총감의 앞에 앉아 있었다. 그는 머리가 하얗고 무릎 앞에는 단장이 놓여 있었다.

그가 물었다.

"김원봉(金元鳳)의 의열단에는 왜 가입했나?"

"자유롭고 넓은 영역에서 활동하면 침략의 근원을 제거하기가 용이할 것으로 생각했기 때문이오."

"근원이라 함은 쇼와(昭和) 덴노를 말하는 건가?"

"그렇소. 귀국의 왕 히로히토(裕仁)를 말하는 거요."

"어떤 경로로 의열단에 가입했나?"

"경로는 말할 수 없소."

꿈에서도 조우쿠앙을 통해 김원봉 단장과 연결됐다는 말은 하지 않았다.

"그런 행동을 하려는 이유가 무엇이냐?"

"나와 우리가 빼앗긴 것들을 되찾고자 함이오."

총감의 얼굴이 일그러졌다.

"어리석은 놈, 태양을 향해 가장 곧게 뻗은 삼나무가 되라고 강조했건만 어찌 무모한 길을 택한 것이냐. 비록 종족은 다르나 가와모토처럼 일본에 충성하면 완전한 일본인이 되어 후대에 이르기까지 영화롭게 살 수 있을 게 아니냐?"

"인간의 양심에 반하는 행동은 결코 성공할 수 없습니다. 남의 나라를 빼앗고, 그 국민을 죽이고, 내쫓고, 재산을 강탈하거나 불태우고, 강제로 싸움터에 몰아넣고, 역사를 왜곡하고, 언어와 문자를 지우고, 실험실의 모르모트로 삼고, 어린 처녀들을 위안부로 끌어가고, 개인의 감정까지 지우려는 무도한 나라와, 그런 세력을 맹종하는 국민이 한울님의 눈을 피할 수 있겠습니까?! 또한 그런 나라의 국민이 된들 무슨 의미가 있겠습니까?! 야만인으로 전락하는 것이 아니겠습니까?!"

"충견을 기르려고 했더니 조선 호랑이 한 마리를 길렀어."

이사부로 총감이 단장을 휘두르는 바람에 잠이 깼다. 꿈이 생시처럼 선명했다.

살았을 때 들인 공(功)이 죽어서도 억울했던 것일까.

총감은 1920년 관동 장관으로 부임한 이후, 1922년에 추밀원 고문을 거쳐 1925년 베트남 라오스 캄보디아를 아우르는 프랑스령 인도차이나 대사로 파견됐다는 소식을 신문을 보고 알았다. 그리고 장쭤린 사건이 일어나기 1년 전인 1927년 9.24.에 69세의 나이로 죽었다.

지위에 비추어 그가 가와모토를 알 리는 없다. 개동이와의 인연은 특별한 것일 뿐이다.

무영이 사형선고를 받은 지 한 달이 지난 작년 4월에 다케시타 깅키치가 면회를 왔다. 그를 통해 가와모토가 죽었다는 사실을 알았다. 일을 열심히 한 포상으로 휴가를 받아 고향 홋카이도의 도야(洞爺) 마을에 갔다고 한다. 그 옛날 아버지 어머니를 죽이고 마을을 불태운 사람들이 동족인 무로란의 코란콜콜 추장 시케우크가 아니고 바다 건너 혼슈에서 온 싸움꾼들이었다는 사실을 알게 됐다. 그 사실을 알려준 사람은 쪽배를 타고 멀리 에토로후로 도망쳤다가 오랜 세월이 흐른 뒤에 마을로 되돌아와 살고 있는 노인이라고 했다. 마룬카(가와모토)와 유모가 본 시케우크의 군대는 마룬카의 아버지 오타루 추장 요쿠마오를 돕기 위해 출동했던 것이다. 그러나 이미 싸움꾼들이 배를 타고 사라진 뒤였다. 유모를 비롯한 동네 사람들은 시케우크와 그 부하들을 살인자들로 오인했다.

가와모토는 1903년 오사카 박람회가 열렸을 때 입구에 인종 전시관을 만들고 그 안에 아이누족들을 넣어 마치 외계인을 구경시키듯 돈을 받고 관람시킨 사실을 치욕으로 기억하고 있던 터에 그날의 진실을 알게 되어 참을 수 없는 가책과 굴욕을 느꼈다. 그 전시관에는 갓을 쓴 남자와 장옷을 두른 조선인 여인도 있었다.

가와모토는 영사관 경찰서 사무실 가운데에 목을 맨 시체로 발견되었다. 모두가 퇴근한 후 홀로 남았다가 천장에 밧줄을 맸다.

약소민족의 나약한 한 인간이 거대하고 폭력적인 일본 제국에 행한 항의의 표시다. 또한 그 길이 자기모순에 대한 유일한 탈출구였을 것이다. 아이누족의 정체성을 일본인으로 환치하기 위해 그토록 야차처럼 쫓아다니던 가와모토다. 죽기 전 그가 뼈저리게 느낀 것은 자신의 동족과 자신의 나라 외엔 기대거나 믿을 곳이 전혀 없다는 사실이었을 것이다.

8월 달이 되었다.

장기수들이 무영에게 사형장으로 가게 될 것이라고 예상한 날이 닷새 앞으로 다가왔다. 그들이 하는 말은 대개 적중했다.

아침에 쇠창살 문 너머로 언덕을 삼상하고 있었나. 흐리든, 맑든, 비가 오든, 눈이 오든, 하루 중 이 시간대에 밖을 내다보는 것은 즐거운 일이다.

언덕에는 햇볕이 쏟아지고 있었다. 여름날인데도 아지랑이가 넘실댔다. 어느 순간, 사람들이 쏟아져 나왔다. 양팔을 공중으로 쳐들고 마구 흔들었다. 그리고 무어라 알아들을 수 없는 함성이 들려왔다. 자세히 들어보니 완수이(만세)!라고 외치고 있다. 만세 소리다. 정신이 멍했다. 오랜 감옥살이에다 사형일을 앞두고 있어 환영이 뵈는 것이란 생각이 들었다. 정신을 차리려고 눈을 꿈벅거렸다. 넓적다리를 꼬집어 봤다. 그리고 다시 쇠창살 밖을 바라봤다. 꿈이 아니다. 귀를 기울였다. 웅성거리는 소리가 나더니 오래지 않아 복도 양쪽에서 만세 소리가 울려 퍼졌다. 주위를 두리번거렸다. 먹던 밥그릇 외에는 아무것도 쓸만한 것이 없다. 웃통을 벗었다. 러닝셔츠를 찢었다. 검지(둘째 손가락)를 물어뜯었다. 선혈이 뚝뚝 떨어졌다. 태극기의 선을 그렸다. 종종거리는 발소리가 들리더니 철커덕 문이 열렸다. 발소리는 다음 칸으로 가고 있었다. 갇혀 있던 새처럼 쏜살같이 밖으로 나왔다. 눈이 부셔서 현기증이 일었다. 잠시 비틀거리다 눈을 떴다. 식당이 시야에 들어왔다. 달려가 두리번거렸다. 막대 하나가 눈에 들어왔다. 깃발을 매달았다. 거리로 뛰쳐나갔다. 환호하는 사람들로 인산인해를 이루고 있었다.

그런 것은 관심 없다. 가슴에서 솟아오르는 불덩이를 쏟아내야만 했다. 자꾸자꾸 쏟아내야 살 것 같다. 군중 사이를 마구 내달렸다.

"아버지~~."

아래위가 비어있고 테두리만 그려진 태극기를 들고 왼쪽 발을 질뚝거리며 군중 속을 뛰고 있는 사내를 사람들이 물끄러미 바라봤다.

같은 시간, 압록강에 있는 섬, 갈대로 덮은 작은 집에서는 신옥과 점분이 총상을 입은 사람을 치료하고 있었다. 삼월은 밭에서 김을 매고 있었다. 머리칼에 이따금 흰 올이 섞였다. 문득 강 건너 언덕을 바라봤다. 소매로 눈을 씻고 다시 봤다. 꼽추 춘삼 아저씨가 미친 듯이 태극기를 흔들고 있었다. (2024.7.)